삶이 이와 같이 아뢰옵니다

よって件のごとし

옮긴이 **김소연**

경북 안동에서 태어났다. 한국외국어대학에서 프랑스어를 전공하고, 현재 출판 기획자 겸 번역자로 활동하고 있다. 옮긴 책으로는 교고쿠 나쓰히코의 『웃는 이에몬』, 『엿보는 고헤이지』, 하타케나카 메구미의 『뇌물은 과자로 주세요』, 미야베 미유키의 『마술은 속삭인다』, 『외딴집』, 『혼조 후카가와의 기이한 이야기』, 『괴이』, 『흔들리는 바위』, 『메롱』, 『흑백』, 『안주』, 『그림자밟기』, 『미야베 미유키 에도 산책』, 『맏물이야기』, 『십자가와 반지의 초상』, 『사라진 왕국의 성』, 『희망장』, 『삼귀』, 『금빛 눈의 고양이』, 『어제가 없으면 내일도 없다』, 『눈물점』, 『영혼 통행증』, 덴도 아라타의 『영원의 아이』, 마쓰모토 세이초의 『짐승의 길』, 『구형의 황야』 등이 있으며 독특한 색깔의 일본 문학을 꾸준히 소개, 번역할 계획이다.

미야베 월드 제2막
삼가 이와 같이 아뢰옵니다
미야베 미유키 지음
김소연 옮김

서 007

1장 · 주사위와 등에 011

2장 · 질냄비 각시 221

3장 · 삼가 이와 같이 아뢰옵니다 365

편집자 후기 569

일러두기

* 작게 표시된 본문의 주는 옮긴이 주입니다.
* 괄호로 표시된 주는 원저자의 주입니다.

서

에도 간다 미시마초에 있는 주머니 가게 미시마야는 흑백의 방이라는 객실에 손님을 초대하여 조금 특이한 괴담 자리를 마련해 왔다.

이야기꾼이 한 명에, 듣는 이도 한 명.

하는 이야기는 하나뿐.

일일이 초를 켜지도 끄지도 않는다.

"이야기하고 버리고, 듣고 버리고."

그 자리의 이야기는 그 자리에만 그치고, 이야기꾼은 이야기를 하여 무거운 짐을 내려놓는다. 듣는 이는 받아 든 무거운 짐을 흑백의 방에서만 듣고 잊는다.

주인 이헤에가 호사好事로 시작한 이 별난 괴담 자리는 처음 청자 역할을 맡았던 조카딸 오치카가 시집을 간 후, 차남 도미지로가 이어받았다. 그림에 재주가 있는 도미지로는 이야기꾼의 이야기를 다 듣고 나면 그것을 바탕으로 묵화墨畫를 그리고, 『기이한 이야기책』이라고 이름 붙인 오동나무 상자에 봉해 넣는다는 독특한 방법으로, 때로는 듣고 버려야 할 이야기의 무게에 짓눌리는 게 아닐까 하는 두려움을 감추며 간신히 버티고 있다.

오치카는 어두운 그늘을 드리운 고독한 아가씨였다. 아주 조금 들뜬 소녀의 마음을 가졌다가 그 탓에 약혼자를 잃고, 가깝게 지내던 남자를 살인자로 만들어 버렸다며 스스로를 탓하고 있었다. 그러나 특이한 괴담 자리의 청자 역할을 맡아 이 세상의 온갖 기구하고 이상한 이야기를 들으며, 상처 입은 마음을 봉합하고 그 흔적을 안고도 일어설 수 있는 힘을 얻었다.

그러면 도미지로는 어떨까. 아직 서둘러 장래를 결정하지 않아도 되는 마음 편한 처지인 본인은 나름대로 다른 가게의 밥이라면 실컷 얻어먹은 데다가, 세상 물정도 어지간히 안다고 자부하며 스스로를 믿고 있지만, 그 마음에 오치카만큼 강한 심지가 있으려나.

다정하고 솔직하지만 미덥지 못하다. 그런 도미지로의 등을 떠받쳐 주는 것은 두 하녀, 괴담 이야기가 불러들이는 귀신으로부터 미시마야를 지키는, 부정을 쫓는 힘을 가진 오카쓰와 미시마야의 과거를 전부 알고 있는 고참 하녀 오시마다.

사람은 이야기하고 싶어 한다, 그것이 밝은 내용이든 어두운 내용이든 상관 없이. 그리고 미시마야의 특이한 괴담 자리에, 오늘도 새로운 이야기꾼이 찾아온다.

1장

주사위와 등에

살며시 내리는 보슬비가 에도 거리를 덮는다.

길 가는 사람의 이마며 뺨에 작은 빗방울이 싸늘하게 닿는다. 이 비는 아직 남아 고여 있는 더위를 녹이고, 바싹 마른 매미 시체를 흘려보내고, 흙먼지를 가라앉히고, 방울벌레며 귀뚜라미 소리를 불러들인다.

가을이 왔다.

흑백의 방 툇마루에 깐 돗자리가 촉촉이 젖어 있다. 처마 끝에 고인 물방울은 졸음을 부르듯 느긋하게 시간을 두고 떨어진다.

달력상의 추분이 지나고 특이한 괴담 자리가 맞이한 이야기꾼은 자그마한 몸집의 남자로, 다리가 약간 불편한 것 같았다. 혼자서 걷지 못할 정도는 아니지만, 한 발짝 걸을 때마다 발걸음이 비틀거린다. 상석에 자리를 잡고 앉을 때까지 안내를 맡은 오시마가 걱정스러운 듯 옆에 붙어 있었다.

표정이나 피부의 윤기, 팽팽한 뺨으로 미루어 보아 나이는 서른에서 서른다섯 사이. 다만 머리카락은 꽤 많이 빠져서 숱이 적다.

여자라면 머리를 틀어 올리지 않고 대충 묶어서 얼버무릴 수도 있는 정도의 숱이지만, 남자의 경우는 그럴 수 없다. 이야기꾼은 어떻게든 겨우 빈하게 머리를 틀어 올렸는데, 이마의 머리카락이 시작되는 부분이나 살쩍 언저리 부근은 맨살이 비쳐 보이는 것이 촌스럽다기보다 애처롭다.

색이 바랜 격자무늬 고소데일본의 전통 복식에서 통소매로 지은 평상복를 걷어 올려 허리춤에 끼워 입고, 짙은 남색으로 물들인 잠방이를 입었다. 하얀 버선만이 약간 새것이다. 표정은 흐리고 눈가와 입가가 언짢은 듯 일그러져 있다.

그렇다, 그게 의아했다. 일부러 시간을 내고 발길을 옮겨 이곳에 왔을 텐데 어째서 저렇게 부루퉁한 것일까.

특이한 괴담 자리의 이야기꾼은 처음부터 줄곧 직업 소개꾼인 도안 노인에게 주선을 부탁하고 있다. 평판이 올라감에 따라 인기가 생겨, 지금은 이곳에서 이야기하고 싶다는 사람들이 순서를 기다리고 있을 정도다.

이 남자도 겨우 차례가 돌아왔을 텐데. 자진해서 이야기하고 싶어 한 거 아닌가? 아닐까. 마지못해 왔나. 그래서 일부러 직인職人이 일할 때 입는 모모히키일본 전통 복식의 하의로, 속옷으로도 입었다. 허리에서 발꿈치까지 약간 붙게 입는 바지로, 허리는 끈으로 묶게 되어 있다를 입은 채로 왔을까.

——도안 씨의 심술인가?

두꺼비처럼 얼굴도 배도 뚱뚱한 직업 소개꾼은 왠지 이 특이한 괴담 자리의 청자를 못마땅히 여기는 사람으로, 오치카도 실컷 밉살스러운 말을 들었고 도미지로도 만나자마자 대뜸 '밥벌레'라고 욕을 먹었다.

그 두꺼비 신선이라면 도미지로에 대한 심술로 도무지 특이한 괴담 자리와는 인연이 없는 사람을 억지로 설득하여, 또는 돈을 주고 이야기꾼으로 꾸며 내어 보내는 일 정도는 할 수도 있다.

――그렇다면 이쪽은 어떻게 할까.

도미지로의 마음속에서 부글거리는 분노와 당혹을 느낀 것인지 이야기꾼은 더욱 언짢은 얼굴을 한 채 방바닥에 이마를 부딪칠 기세로 한껏 머리를 숙였다.

"죄송합니다. 저는 이렇게 밉상인 놈이지만 결코 미시마야에 안 좋은 마음을 품고 있는 것은 아닙니다. 여기서 이야기할 수 있는 기회를 얻어 다행이라 여기고 있습니다."

다다다 쏟아내고 얼굴을 들자 이마뿐만 아니라 광대뼈 언저리에까지 다다미 자국이 나 있다.

"다만 열한 살 때 웃는 법을 잊어버렸습니다. 그 후로 한 번도 웃은 적이 없어요. 다른 사람에게 아양을 떨지도 못합니다. 그래서 이런 얼굴을 하고 있지요. 용서해 주시기 바랍니다."

목소리를 들으니 서른도 되지 않은 것 같았다. 훨씬 더 젊다. 어쩌면 도미지로와 비슷한 정도, 스물두셋이 아닐까.

"눈치채셨는지도 모르겠지만 저는 다리가 불편합니다. 힘 쓰는 일은 못 하지요. 지금 고용살이를 하는 곳에서는 곱자처럼 허리가 굽은 영감님과 함께 일하고 있는데 제 쪽이 도움을 받고 있는 처지라."

말을 하다 보니 이야기꾼의 칙칙한 얼굴에 땀이 흥건히 배기 시작했다.

"일을 그렇게 하다 보니 매일 밥을 먹여 주는 것만으로도 감사한 일이지요. 급료는 한 푼도 받을 수 없습니다. 그래서 1년 내내 단벌 신세고, 이곳에 찾아뵈려 해도 갈아입을 옷이 없었습니다. 보기 흉한 모습이라 이렇게 사죄드립니다."

또 이마를 방바닥에 부딪친다.

"그만!"

저도 모르게 도미지로는 소리를 질렀다.

"그만하셔도 됩니다. 무사님이든 코흘리개 꼬마든 이야기꾼으로서 상석에 앉으면 모두 똑같은 손님이십니다."

이야기꾼은 천천히 몸을 일으켰다. 땀이 한층 더 심해졌다. 밖에 나가지도 않았는데 비를 맞은 것 같다.

"이걸 쓰시지요."

도미지로가 내민 수건을 움켜쥐고 이야기꾼은 고개를 숙였다. 잠시 후 움켜쥔 주먹째 수건을 얼굴에 누르고는 욱, 욱, 하고 짧게 신음하듯이 울었다.

아아, 이 사람에게서 이야기를 끌어내야 하나. 그런 생각만으로도 가슴이 찢어질 것 같아서 도미지로는 일부러 다른 생각을 했다.

오시마가 내주고 간 오늘의 다과는 향기 좋은 호지차반차番茶를 불에 쬐어 말려서 만든 차와 단풍 모양의 양갱이다. 조금 단단한 양갱으로 설탕에 조린 밤이 통째로 한 알 들어 있다. 초가을인 지금밖에 먹을 수 없는 과자로, 오늘처럼 가을비가 보슬보슬 내리는 날에 뜨거운 차와 함께 맛보는 게 제일이다.

"거듭, 거듭, 꼴사나운 모습을 보이는군요."

수건을 얼굴에 덮은 채 이야기꾼이 목소리를 쥐어짠다.

도미지로는 그 눈앞에 호지차가 담긴 잔을 살며시 내밀었다.

"아무래도 이야기하기가 어려우시면 저와 잠시 차를 마시며 잡담이나 하시다가 돌아가셔도 됩니다. 이 특이한 괴담 자리는 미시마야의 엉뚱한 취미니까요. 그냥 취미로 손님을 괴롭히는 일이 있어서야 장사꾼의 지옥에 떨어지고 말 겁니다."

생각나는 대로 한 말이었지만 이야기꾼의 귀에는 울림이 컸던 모양이다.

"——장사꾼의 지옥."

어린아이가 외듯이 말하더니 입가를 일그러뜨리고 입술을 비슬비슬 떨었다.

"그렇다면 무사에게는 무사의, 직인에게는 직인의 지옥이 있을까요."

농사꾼의 지옥, 기예꾼의 지옥에 사창가의 지옥, 여관이나 여인숙의 지옥도 있는 것일까요. 남자의 지옥, 여자의 지옥, 아기들만 모인 지옥에 할아버지 할머니투성이인 지옥. 입술을 비슬비슬 떨면서 그렇게 말하고 이야기꾼은 또 수건으로 얼굴을 눌렀다.

도미지로는 깨달았다. 이 사람은 정말로 웃지 못하는 것이다. 웃으려고 하면 이렇게 입매가 이상하게 일그러지고 입술이 떨리고 만다.

"저도 언젠가는 어딘가의 지옥에 가겠지요. 가 볼 때까지는 어떤 곳인지 알 수 없을 테고요. 하지만 미시마야 님. 제가 잘 아는 곳이 하나 있습니다."

지옥은 아니지만 지옥에 가장 가까운 곳이라고 그는 말했다.

"그 이야기를 하고 싶습니다. 제 이름은 모치타로라고 합니다. 웃기는 이름이지만 이래 봬도 부모님이 지어 준 의미가 있어요."

매년 이렇게 조용한 가을비가 내리면.

그 빗방울이 뺨에 떨어지면.

처마를 때리는 빗소리에 잠에서 깨면.

이 모치타로 씨는 울고 싶어진다.

큰 소리로 고함치고 싶어진다.

비틀거리는 다리로 발을 구르며 날뛰고 싶어진다.

그 이유를 지금까지 누구에게도 이야기할 수 없었다. 믿어 주지 않을 테니까.

"저는 믿겠습니다."

도미지로는 가슴을 탕 쳤다.

그리고 모치타로의 이야기가 시작되었다.

*

모치타로의 고향, 조슈 우즈키 번藩의 하타마무라라는 마을은 산 하나 맞은편에 있는 오하타무라 마을의 여섯 개 분촌分村 중 하나였다.

서로의 산자락을 밟듯이 이어져 있는 산들 사이에 농사를 지을 수 있는 땅은 적다. 다행히 물은 풍부한 곳이었기 때문에 처음에는 삼, 이어서 목화밭을 만들어 삼실과 면사를 자아 천을 짜는 것이 사람들의 생업이 되고, 이 땅의 역사가 되었다.

오하타무라 마을 서낭신의 유래를 적은 책을 보면, 에도 막부가 생기기 이전부터 이 근방의 산에 사람이 자리를 잡고 몇 개의 집락을 이뤄 서로 도우며 살았던 것은 분명하다.

오하타무라 마을은 산을 넘는 가도街道의 여관 마을이기도 하다. 우선 이 마을에서 먹고살 수 있는 입의 수가 늘고, 늘어난 일손으로 길이 정비되고 경작이 이루어지자 적당한 거리에 분촌을 하나 만들고, 또 먹고살 수 있는 입과 밭을 늘려 가고――하는 식으로 히토쓰기무라一ツ木村 마을, 후타쓰자와무라二ツ沢村 마을, 산본기무라三本木村 마을, 요쓰쓰지무라四辻村 마을, 고노하시무라五ノ橋村 마을, 그리고 여섯 번째로 생긴 것이 하타마무라畑間村 마을이었다. 이 마을의 이름에만 숫자가 붙지 않은 까닭은 마지막에 오하타무라大畑村 마을과 히토쓰기무라 마을 사이에 생긴 분촌이기 때문이다.

북적거리는 여관 마을인 데다 가게도 많고, 촌장이나 지주의 저택도 늘어서 있는 오하타무라 마을과 밭밖에 없는 하타마무라 마을 사이는, 산길이기는 하지만 어린아이의 다리로도 30분이면 걸어갈 수 있다. 그래서 하타마무라 마을의 아이들은 종종 오하타무라 마을에 일당을 벌러 나간다. 어른들과 함께 밭에서 일할 수 있는 몸이 될 때까지는 저택에서 아기 보기나 잔심부름, 물 긷기에 청소, 빨래 등의 허드렛일, 장작이나 숯을 지고 팔러 다니는 일을 하는 것이다.

모치타로네 집은 아버지와 형, 누이와 모치타로 네 가족이었다. 아버지 마쓰이치는 몸집은 작지만 하타마무라 마을의 모든 사람들이 인정하는 일꾼이다. 형 마쓰타로는 누구를 닮았는지 덩치가 큰데, 꾀를 부리지 않는 점은 아버지와 비슷해서 힘 쓰는 일도 끈기가 필요한 일도 마다하지 않는다.

어머니는 모치타로를 낳고 산고가 심해 죽고 말았다. 그래서 모치타로는 어머니의 얼굴을 모르지만 알고 있는 사람들은 모두 누이가 어머니를 꼭 닮았다고 한다. 이름도 어머니는 '오리쿠'고 누이는 '오린'이다.

피부가 희고 뺨이 붉으며 성격은 밝아 다정하고, 손재주가 좋아서 실잣기도 염색도 잘하는 누이는 모치타로의 자랑이었다.

소작인 오두막에 살며, 가진 거라곤 가래와 괭이, 실 잣는 도구와 질냄비, 대야와 봇짐 지는 지게…… 그 외에는 몸뚱이가 전부인 가난한 네 식구였다.

그래도 사이좋게 살던 차에 생각지 못한 행복이 찾아온 것은 형이 열여덟, 오린이 열여섯, 모치타로가 열한 살 되던 해 초여름의 일이었다.

"오린, 오하타무라 마을 '이노하나야'의 아들이 널 색시로 맞고 싶대."

이노하나야란 삼실과 면사를 취급하는 거간꾼의 가게다. 본점은 성하城下마을에 있는 '이노카시라야'로, 우즈키 번 안에서도 오래된 상가다. 오하타무라 마을에 있는 분점 쪽은 생긴 지 이십 년쯤 되었을까. 오하타무라 마을과 여섯 개의 분촌에서 올라오는 실을 모두 모아 팔기 때문에 상당히 번성하고 있었다.

그런 가게 외아들의 며느리로 하타마무라 마을의 농사꾼 딸을?

누가 들으면 그게 무슨 터무니없는 소리냐, 대낮부터 잠꼬대하지 말라며 호통을 칠 법한 이야기다. 그러나 실상은 잠꼬대가 아니었다. 당사자인 외아들, 겐이치로라는 이름의 열아홉 살 젊은이의 소원이었기 때문이다.

겐이치로는 오린을 사랑하고 있었다. 대체 어디에서 어떻게 보고 첫눈에 반했을까. 그 수수께끼를 풀자면 놀랍게도 모치타로의 봇짐 장사가 인연이었다.

숯이나 장작은 팔러 다니는 이가 많아서 모치타로는 오로지 짚신만 팔았다. 이것을 일가가 밤새 만드는데 짚과 함께 염색으로 휘파람새 색깔이나 붉은색, 남색으로 물들인 삼실이나 면사를 짜 넣는다. 물론 상품으로는 팔 수 없는 자투리 실을 사용한다. 이렇게 만든 짚신은 보기에 예쁜 데다 발에 닿는 느낌이 부드럽고 짚의 따끔거리는 느낌을 얼마쯤 누그러뜨리는 효과가 있다.

여관 마을인 오하타무라 마을에서 걷다 지치고 짚신도 헤진 여행자에게 이 색실 짚신은 인기가 좋았다. 모치타로가 팔러 다니면서,

"이 예쁜 짚신을 생각해 낸 사람은 우리 누이예요."

"누이는 실잣기 노래를 부르는 걸로는 하타마무라 마을뿐만 아니라 여섯 개 분촌 중에서 제일이지요."

하고 악의 없이 솔직하게 떠들고 다니는 바람에 더욱 소문이 났다.

그러던 어느 날, 그 평판이 이노하나야의 겐이치로 귀에까지 들어가고 말았다. 어떤 처자인지 한 번 보고 싶다는 마음에 그는 있지도 않은 볼일을 만들어 내어 일부러 하타마무라 마을을 찾아갔다.

겐이치로가 찾아갔을 때, 오린은 마을의 실 잣는 집에서 삼실을 잣고 있었다고 한다. 실 잣는 집은 실을 잣는 여자들의 작업장이다.

여러 종류의 실을 잣고 손을 움직이면서 여자들은 독특한 가락으로 노래를 부른다. 그것이 실잣기 노래다. 모치타로의 자랑은 거짓말이 아니었다. 오린은 노래를 정말로 잘 불렀다. 아련하게 애수를 띤 아름답고 낙낙한 목소리가 좋았다.

겐이치로는 순식간에 매료되었다, 오린의 노랫소리와 낭창낭창한 손놀림, 둥근 이마에 맺힌 상쾌한 여름 땀방울과 계속 노래하다

보면 연지를 바른 듯 붉어지는 하얀 뺨에.

아내로 맞이한다면 이 처자다. 부지런하니 좋지 않은가. 그러나 두 사람의 신분과 입장 차이가 엄연하니 이노하나야의 부모님도 쉽게 허락해 주지는 않을 터인데.

매일 고민을 거듭하던 겐이치로는 순식간에 여위더니 얼굴빛마저 창백해졌다. 더위를 먹은 것치고는 계절이 너무 이르고 정도가 심하다. 걱정된 어머니가 대체 어찌 된 일이냐고 울며 묻자 겐이치로는 그제야 사랑 고민을 털어놓았다. 놀란 이노하나야에서는 오린의 내력과 평판을 조사했으나, 하타마무라 마을에 사는 가난한 소작인의 딸이라는 점 외에는 불평할 데가 없었다.

일이 이렇게 된 이상 어쩔 수 없다. 상사병의 치료법은 사랑을 이루게 해 주는 방법뿐이다.

어쩌면 겐이치로가 실패에 감기는 실처럼 하타마무라 마을로 쪼르르 가 버렸을 때부터 운명은 정해지지 않았을까. 이러쿵저러쿵 하지 말고 오린을 이노하나야의 며느리로 맞이해 주자——고 그쪽의 의향이 정해진 후, 마침내 오린 본인에게 이야기가 들어갔다.

터무니없이 좋은 혼담에 처음에는 두려워하던 오린도, 차근차근 경위를 듣다 보니 납득하게 되었다. 수줍어하며 뺨을 붉히는 그 얼굴은 모치타로가 넋을 잃을 정도로 아름다웠다.

다만 이 혼담에는 조건이 있었다. 오린은 생가를 떠나 일단 오하타무라 마을 대촌장 부부의 양녀가 되었다가 거기에서 이노하나야로 시집을 가야 한다. 하타마무라 마을의 생가에서 바로 시집을 가게 되면 역시 격이 맞지 않기 때문이다.

대촌장은 오하타무라 마을과 여섯 개의 분촌을 모두 다스리는 장長이다. 땅이나 산을 소유하고 있는 사람보다도 높다. 그 집의 양녀라면 이노하나야의 며느리로서도 결코 부끄럽지 않을 터다.

이 조건을 오린 본인보다도 먼저 아버지와 형이 받아들였다. 머리를 숙이며 잘 부탁드린다고 매달렸다.

그러고 나서 며칠 후에 오린은 짐을 챙겨 오하타무라 마을 대촌장의 저택으로 옮겨 갔다. 얄팍하더라도 하지 않는 것보다는 나으니 혼례 때까지는 계속 예절 연습을 하기로 했다. 대촌장의 안주인은 꽃꽂이와 춤을 가르치겠다며 의욕을 보였다.

가장 중요한 혼례 날짜는 10월 9일로 정해졌다. 본점인 이노카시라야의 은퇴한 어르신이 점에 심취해 있는데 직접 거북 등껍질을 숯불에 굽거나 수반에 지승을 띄우고 빌어 보았더니 그날이 가장 길하다고 했단다.

부잣집으로 시집가게 된 누이의 소식에 기뻐하면서도, 모치타로는 아직 이게 얼마나 큰일인지 이해하지 못하고 있었다. 그래서 들뜬 나머지 형에게 앞뒤 가리지 않고 물었다.

"혼례는 어디에서 해?"

"오하타무라 마을의 이노하나야에서."

"우리도 누이의 색시 모습을 볼 수 있어? 나, 착하게 있을게."

"아니, 너도 나도, 아버지도 혼례에는 못 가."

"어째서? 왜 못 가?"

"모르겠어? 오린은 더 이상 우리 집 딸이 아니니까. 대촌장님이랑 마님이 오린의 양부모가 되어 준 거라고. 우리는 이제 오린의 가족이 아니야."

원래 말수가 없던 아버지는 오린을 양녀로 보내고 나서 더욱 과묵해졌다. 그 무뚝뚝한 얼굴에서는 딸에게 굴러들어온 행복을 정말로 기뻐하고 있는지 어떤지 읽어 낼 수가 없었다. 다만 아침 저녁으로 생각났다는 듯이 마을 변두리의 묘지를 찾아가서는 어머니의 무덤 앞에 웅크린 채 꼼짝도 않는 일이 많아졌다.

"어머니랑 둘이서 기뻐하고 있는 거야. 방해하면 안 돼."

쓸쓸해. 하지만 견딜 거야. 우리가 아무리 노력해도, 오린에게 이 혼담 같은 행복을 가져다줄 수는 없으니까. 잘한 일이야. 견딜 거야.

"알겠냐, 모치."

아버지도 형도, 모치타로를 이렇게 부르곤 했다. 모치, 이리 와. 모치, 잘 들어.

"봇짐 장사를 하러 가도 오린을 찾아가선 안 돼. 우연히 보게 되더라도 스스럼없이 다가가선 안 되고."

——이제 가족이 아니니까.

어린 모치타로의 마음에도 두 사람의 타이름은 서서히 스며들어,

——이제 만날 수 없어. 누이는 이제 내 누이가 아니야.

겨우 이해할 수 있었다. 여름이 끝나고 가을이 오고 태풍의 바람

이 산 맞은편을 불어 지나가자, 모치타로는 조금쯤 어른이 되었다.

그런데.

혼례까지 앞으로 보름도 채 남지 않았을 때 갑자기 오린이 돌려 보내졌다.

매우 맑은 가을날 아침으로 아버지와 형은 밭에 나가 있었다. 모치타로는 봇짐 장사를 준비하며 지게에 팔 것을 싣는 중이었다. 색실 짚신과 곶감, 마을 여기저기에 피어 있는 희고 노란 들국화 꽃다발. 꽃은 작지만 향이 좋아, 오하타무라 마을의 여관에서는 잘 팔렸다.

어느 순간 멀리서 종을 치는 소리가 들려왔다.

칭~, 칭칭. 칭~, 칭칭.

점점 가까이 다가온다. 이윽고 그 소리에 남자들이 지르는 소리도 섞여들었다.

"하타마아, 무라 마을의, 마쓰이치~, 마쓰타로~."

부르고 있다. 어라? 우리 아버지와 형의 이름이 아닌가.

"오린이~, 돌아왔다~."

"오린에게~, 등에가, 씌었다아."

거기까지 듣고 모치타로는 입을 딱 벌렸다.

뭐라고? 무슨 일이 일어났다고?

누이에게 등에가 씌었다고?

이야기꾼의 자리에 앉은 모치타로는 아까 잠시 울었던 탓에 콧등이 살짝 붉다. 그나마 이야기하고 있는 사이에 많이 진정되었고,

입가의 일그러짐은 사라졌다.

도미지로의 얼굴에는 여전히 당혹스러운 기색이 남아 있었다. 이야기를 들으면 들을수록 모치타로의 나이를 짐작하기가 어려웠기 때문이다.

사람의 나이는 목소리에도 드러나지만, 오히려 이야기할 때의 말투나 사용하는 단어에 잘 나타난다. 한두 마디가 아니라 계속 이야기하고 있으면 알 수 있다. 모치타로의 경우는 도미지로와 같은 나이는 아니고 서른 전후도 아니다. 더 나이가 많고 어른스러웠다.

"등에가, 씌었다."

확인하듯이 도미지로는 천천히 되물었다.

"지금 그렇게 말씀하셨지요. 제가 잘못 들은 것이 아니지요?"

"예. 등에는, 붕붕 날아다니는 벌레지요. 새까맣고 사람을 쏘는 등에 말입니다."

"그런 것이 사람에게 씐다는 것은."

기분 나쁘고 메슥거린다. 도미지로는 저도 모르게 우웩 하고 소리 내어 말하고 말았다.

"대체 무슨 뜻입니까?"

죄송합니다, 하며 모치타로가 목을 움츠린다. "제 고향에서는 누군가에게 원한을 사서 저주를 당하는 것을 그렇게 말하거든요."

여기에는 분명한 유래가 있다. "옛날 옛날, 먼 옛날에"로 시작하는 것이 어울리는, 옛날이야기 같은 전설이라고 한다.

"이야기가 길어지겠지만 조금만 참고 들어 주십시오."

오하타무라 마을이 있는 곳 일대, 줄지어 늘어선 산들과 깊은 숲과 몇 줄기나 되는 강을 수호하며 다스리는 우부스나가미 신은 노름을 즐겼다. 온 나라 방방곡곡의 신들을 꾀어서는 매일같이 주사위 놀이 내기를 하곤 했다.

열심히 노름을 하며 놀면 놀수록 우부스나가미 신은 강해졌다. 어느새 모든 신들 중에서도 손꼽히는 실력을 갖춰 그 이름도 '육면 님'이라고 불리게 되었다. 육면, 여섯 개의 면에 1에서 6까지의 숫자가 적혀 있는 주사위를 말하는 것이다.

육면 님은 큰 승부에 도전해 이기고 또 도전해 이겼다. 자신의 산을 내기에 걸어 이기고, 여름 한철 이 땅에 내리는 비를 내기에 걸어 이기고, 봄이면 산에서 첫 울음을 우는 모든 짐승의 새끼를 내기에 걸어 이겼다.

승부의 상대인 신들도 자신이 가지고 있는 소중한 자연이나 생물, 생산물을 내기에 건다. 육면 님은 그것들을 따내어 자기 땅의 소유로 삼았다.

오하타무라 마을에 모셔져 있는 신사에는 육면 님이 노름에 이겨 딴 것을 적은 한 권의 문서가 남아 있었다. 옛날이야기 같던 전설이 갑자기 진짜처럼 여겨지는 까닭은 거기에 적혀 있는 것이 오하타무라 마을 일대의 풍물이나 산물에 꼭 맞게 겹쳐지기 때문이다.

인근 어디에도 없는데 이 부근의 들에만 피는 꽃들. 좋은 약의 재료가 되는 초목. 이 부근의 강만 거슬러 올라오는 물고기. 이 부근의 산에만 있는 작은 은 광산이나 동 광산. 봄이면 반드시 건너오는 붉은색 날개의 새. 그 새들이 떨어뜨리고 가는 대량의 깃털은 성하마을에서 비싸게 팔린다.

노름을 잘하는 육면 님 덕분에 오하타무라 마을은 풍요로워졌다. 맛있거나 아름답거나 사람들의 생활에 도움이 되는 것들이 모였다. 이곳 사람들은 육면 님을 공경하여 색깔도 크기도 제각각인 주사위를 만들어다가 육면 님을 모신 신사에 바쳤다.

하지만 아무리 잘하는 노름꾼이라도 언젠가는 지는 때가 온다. 육면 님도 어느 날 내기 쌍륙 승부에서 호되게 깨졌다. 육면 님이 절반도 채 가기 전에 상대는 벌써 말을 궁에 들여보내고 있었다.

"그 상대가, 등에의 신이었지요."

등에의 신. 그런 존재가 있다는 사실이 우선 도미지로에게는 놀랍다.

"어. 벌레의 신이 아니고요? 등에만의 신이라니……."

모치타로는 도미지로가 놀라자 머쓱해했다.

"좋은 벌레도 나쁜 벌레도 있으니 신도 따로따로 있는 것이 당연하지요."

그렇군. 실례했습니다.

"육면 님은 그 승부에 자신이 다스리는 땅의 밭에서 1년 동안 얻을 수 있는 작물 전부를 걸어 버린 겁니다."

육면 님을 두텁게 공경하고 따르는 이 고장 사람들이 땀 흘려 농사지은 밭의 작물을 통째로 걸고 말았다.

큰일이 아닌가. 졌으면 빼앗길 테니. 이 고장 사람들이 굶어 죽을 텐데.

육면 님은 매우 당황하여 등에의 신에게 머리를 숙이며 자신이 다스리는 사람들을 위해 제발 봐달라고 부탁했다.

——대신 앞으로 내가 다스리는 땅에서는 두 번 다시 당신을 죽이지 않겠소. 사람들에게는 당신을 때려죽이는 것도, 연기를 피우는 것도 엄하게 금하고, 당신을 두려워하고 삼가라고 하겠소.

승부를 지켜보고 있던 신들은 지금까지 실컷 육면 님에게 져 왔기 때문에 그런 제멋대로인 부탁이 통하겠느냐며 화를 냈다.

그러나 등에의 신은 받아들였다.

"등에의 신은 완전히 바보라 이해득실을 몰랐으니까요."

애초에 등에의 신이 승부에 이길 수 있었던 것도 머리로는 아무것도 몰라서 아무 생각도 하지 않았기 때문이다. 욕심이 없었기 때문이다. 노름에는 종종 그런 때가 있고 그래서 무섭고 재미있는 것이다.

등에의 신은 받아들였고, 게다가 몹시 기뻐했다.

——지금까지 어디의 어떤 신이 다스리는 땅에서도 나와 내 권속은 사람에게도 짐승에게도 꺼려지고 미움을 사 쫓기기만 했다. 앞으로는 육면 님의 땅에 안주하며 육면 님이 다스리는 사람들에게 경외를 살 수 있다면 이보다 기쁜 일은 없지.

아울러 육면 님은, 분노가 가라앉지 않는 다른 신들에게 오늘을 마지막으로 두 번 다시 주사위놀이도 내기 쌍륙도 하지 않겠다고 맹세했다. 하지만 다른 분들은 앞으로도 노름을 즐길 수 있도록 주사위를 드리겠소. 내가 다스리는 사람들이 나에게 바치는 주사위를 여러분에게 드리리다.

이로써 겨우 신들의 화가 풀리고 육면 님은 용서를 받아 등에의 신과 함께 자신이 다스리는 땅으로 돌아왔다——.

“이런 옛날이야기입니다.”

모치타로는 후우 하고 숨을 내쉬더니 손가락으로 콧등을 긁적였다. 손톱이 더러웠다.

“오하타무라 마을과 여섯 개의 분촌에서는 정말로 등에를 죽이지 않습니다.”

아버지가 어릴 때부터 그랬다. 아버지의 아버지 때도 그랬다. 먼 옛날부터 내려온 관습이다.

“육면 님이, 육면 님을 모신 신사 신관의 꿈에 나타나 그렇게 분부하셨다나요.”

이 또한 옛날이야기 같다.

“쏘이면 피를 빨리고, 가렵고 붓고, 소나 말에게는 병이 옮을 때도 있으니까 마을 사람들도 등에를 보면 쫓아냅니다. 하지만 죽이지는 않아요. 벌레 쫓는 향도 피우지 않고요.”

용의주도하게도 매년 여름에 농작물을 해치는 해충을 쫓기 위해 횃불을 피울 때에는 며칠 전부터 사람들이 밭이나 길가에서, “등에 님은 피해 계시오~, 등에 님은 피해 계시오~” 하고 큰 소리로 외친다고 한다. 벌레를 쫓는 행사를 하는 동안 등에는 어디론가 도망쳐서 숨어 있으라며.

“그래서 저희 마을에서는 등에가 모두 크고 통통해서 다른 곳에서 온 사람들이 매미로 착각할 정도였습니다.”

그 모습을 떠올리자 도미지로는 또 ‘우엑’ 하는 기분이 들었다.

“그러면── 모치타로 씨의 고향에서는 등에가 마을의 수호신인 육면 님이 직접 초대한 빈객 신이로군요.”

“빈객?”

“아, 소중한 손님이라는 뜻입니다.”

맞아요, 맞아, 하고 모치타로가 고개를 끄덕인다.

“하지만 제대로 된 신사나 사당 같은 것은 없습니다. 그냥 더부살이니까요.”

더부살이라도 신은 신이다. 육면 님의 신자들은 모두 등에 신의 신자도 된다. 신자는 신을 섬기며 수호나 이익을 기원한다. 신은 신자의 소원을 들어준다.

그것이 성가신 일이었다.

“애초에 사람이나 동물의 피를 빠는 해충의 신입니다. 좋은 일을 빌어 봐야 이루어 주지 못하지요. 바보라서 해서는 안 되는 일이 뭔지도 모르고요. 그래서──.”

육면 님의 신자들은 육면 님에게는 빌 수 없는 꺼림칙한 일, 옳지 않은 일을 등에의 신에게 빌게 되었다.

시기, 질투, 원한, 증오.

누군가를 괴롭혀 주고 싶다, 누군가가 죽었으면 좋겠다, 누군가로부터 무언가를 빼앗고 싶다, 누군가를 불행의 밑바닥으로 떨어뜨려 주고 싶다.

그렇다, 다른 사람을 저주하는 못된 소원이다.

매미처럼 통통한 등에들은 모두 등에 신의 권속이다. 육면 님의 땅을 마음대로 날아다닌다.

저주를 가슴에 숨긴 사람은 산길이든 밭이든 습지든 숲속이든 좋으니, 마주친 등에에게 자신의 피를 빨게 하고 이름을 말한 뒤에 이렇게 호소하면 된다.

——등에의 신께 전해 주십시오, 소원이 있습니다, 전해 주십시오.

계속해서 호소하며 피를 빨게 한 등에의 수가 99마리가 되었을 때, 사악한 소원은 신에게 전해지고 저주는 이루어진다.

등에의 신은 바보이기 때문에 해서는 안 되는 일이 무엇인지 모른다. 들어주어서는 안 되는 일이라도 들어주고 만다.

약간 목소리를 낮추며 모치타로는 말을 이었다.

"등에 신의 저주는 저주한 사람이 아니라 저주를 당한 상대방 쪽에 '표식'이 나타나는데요."

그 표식을 알면, 본인뿐만 아니라 주위 사람 누구든지 등에 신의 저주임을 알 수 있다. 불쾌하고 잔혹한 그 표식이란,

"저주를 당한 사람이 무언가 먹으려 하거나 마시려고 하면,"

그 속에서 등에가 나오는 것이다.

막 퍼놓은 밥그릇 속에 등에. 갓 찐 감자를 가르면 등에.

매미로 착각할 만큼 통통하고 새까만 날개를 번쩍이는 커다란 등에.

"시, 시, 시."

도미지로는 오한을 참으며 물었다.

"시체지요? 죽은 거지요, 그 등에는?"

이야기꾼 자리의 모치타로가 정좌한 채 무릎 위에서 양손을 쥐어짜 대고 있다.

아아, 말하기 힘들다. 미안하다. 하지만 말하지 않을 수는 없으니,

"죽어 가는 등에입니다. 지직, 지직 하고 소리를 내면서 다리를 움직이는."

"우와아."

도미지로는 저도 모르게 몸을 비틀어 엎드린 자세 그대로 듣는 이의 자리에서 도망치고 말았다. 모치타로가 새파랗게 질려, 죄송합니다, 죄송합니다, 하고 되풀이한다.

"미시마야 님, 저는 이만 돌아가겠습니다. 아무래도 이런 이야기는——."

"우우욱."

유리를 끼운 장지문을 활짝 열고 툇마루까지 나가 툇마룻가에서 부슬비가 떨어지는 마당으로 머리를 내민 도미지로가 구역질을 했다. 시원해질 때까지 우웩거리다가 가슴이 텅 비자 앉은 자세를 바로 하며 크게 숨을 들이쉬었다.

——정신 차려. 이래서는 오치카를 볼 낯이 없어.

"저야말로 실례했습니다."

원래대로 장지를 닫고 하오리일본 전통 복식에서 고소데 위에 걸쳐 입는 길이가 짧은 겉옷 앞자락을 여며 단정히 한 도미지로가, 똑바로 서서 기모노 자락을 털고는 청자의 자리로 돌아온다.

"그리고 모치타로 씨, 저는 '미시마야 님'이 아니라 도미지로라고 부르시면 됩니다. 뭣하면 겁쟁이, 허수아비, 나약한 놈이라고 부르셔도 되고요."

정색을 하고 말하는 목소리가 또 살짝 떨리고 만다.

"아아, 예에…… 그런, 아이고."

모치타로는 꼼짝도 못 하고 기가 죽어 있다. 미안한 짓을 하고 말았다. 이렇게 이야기꾼을 돌려보낸다면 청자의 불명예다.

"죄송합니다. 이야기를 계속해 주시지요. 꼴사나운 모습을 보였습니다만 이것도 등에 신의 저주가 얼마나 무서운지 뼈에 사무치게 알았기 때문입니다."

어쨌거나 표식이 생기면 저주를 받은 사람은 전혀 먹고 마시지 못하게 되어 버리지 않는가.

"누군가 다른 사람이 먹여 주거나 마시게 해 주는 경우에도 그, 등에가 나오나요?"

머뭇머뭇 도미지로의 안색을 살피고 눈을 들여다보며 거기에서 다부진 빛을——다부지려고 노력하는 기상을 발견한 모치타로가 고개를 끄덕였다.

"그렇습니다. 가령 옆에 있는 사람에게 밥이나 국을 먹여 달라고 하려 해도."

"숟가락 안에 등에가 있다는 말이로군요."

"맞아요, 본인에게는 보이고 말지요. 이 표식의 등에는 저주를 받은 당사자에게만 보여요."

이 등에는 귀신이다. 그래서 '등에가 씌었다'고 하는 것이다. 피할 수도, 떼어 낼 수도 없다.

도미지로는 말했다. "이런 저주에 걸린다면 저는 사흘도 제정신으로 있을 자신이 없습니다."

아니, 사흘은 센 척을 하느라 해 본 말이고 본심을 말하자면 하루도 버티지 못하겠지.

"누이도 대촌장님의 집에서 먹지도 마시지도 않고 닷새나 견뎠지만."

그 닷새 동안 대촌장은 여기저기 뛰어다니며 갖은 애를 써 주었다. 어떻게든 저주를 풀 방법은 없을까 하고.

하지만 어떻게도 되지 않았다. 등에 신의 저주는 육면 님도 풀 수 없다. 육면 님은 등에의 신에게 은혜를 입었고, 육면 님이 등에의 신을 이 땅에 초대했으니까.

어리석은 등에의 신은 저주의 의미조차 아는지 모르는지 알 수 없는데.

오린은 각오를 하고 겐이치로와의 파혼을 청했다. 그러고는 집으로 돌아가고 싶다며.

——어차피 죽을 거라면 집에서 죽고 싶어요.

"더 이상 혼자 힘으로는 걸을 수 없어서 오하타무라 마을의 남자들이 데려다주었어요."

최소한의 부적으로 삼으라며 마를 쫓는 종을 쳐 주는 남자들과 함께 하타마무라 마을로 돌아온 것이다.

"남자들이 짊어진 지게에 앉아 굴러떨어지지 않도록 꽁꽁 묶여서."

핏기를 잃고 지게 가장자리를 붙잡을 힘도 없었지만 그래도 오린은 달려온 아버지와 오라비, 모치타로를 향해 미소를 지었다.

——미안해요.

그 얼굴 앞을 검게 빛나는 등에 한 마리가 부웅 날갯소리를 내며 가로질러 갔다.

집으로 돌아와서도 오린은 누워서만 지냈다. 먹지도 마시지도 않은 날이 계속되어 약해질 대로 약해졌기 때문에, 혼자서는 측간에도 가지 못했다.

"남자가 돌보는 건 무리야. 우리한테 맡겨."

그렇게 말하며 옆집 아주머니와 실 잣는 집에서 가장 고참인 오쓰네 할머니가 집에 와 주었다. 처음에는 갈아입을 홑옷과 수건을 들고 왔던 아주머니가 오린의 모습을 보고는 곧 기저귀를 준비하자 모치타로는 괴로운 기분이 들었다.

"등에의 신은 머리가 나쁘니까 우리가 속이면 되지."

오쓰네 할머니는 우선 식힌 미음을 죽통竹筒에 넣어서, 즉 내용물이 보이지 않게 하여 오린에게 주려고 했다. 나름대로 괜찮아 보이는 생각이었지만, 죽통을 입가로 가져가자 오린은 울상을 지으며 약해진 팔을 들어 올려 죽통을 밀어내려고 했다. "죽통의…… 구멍 안에서, 등에가…… 내 얼굴을 보고 있어요……."

깜짝 놀란 오쓰네 할머니는 당장 죽통을 손도끼로 반으로 갈라 보았지만 내용물인 미음이 튀었을 뿐이다.

옆집 아주머니는 오린이 자고 있는 사이에 죽통을 입에 물리고 물을 흘려 넣으면 어떨까 하는 생각을 해냈지만 헛일이긴 마찬가지였다. 주위 사람들이 무언가 마시게 하거나 먹이려는 의도를 가지고 다가가면 오린은 금세 눈을 뜨고 마는 것이다. 물어보니 머리 주위에서 등에의 날갯소리가 나는 데다 그놈들이 모조리 오린의 얼굴로 덮쳐 오는 꿈을 꾸어서 잘 수가 없다고 한다.

어떻게든 물만이라도 먹이고 싶다는 바람으로 궁리를 거듭하다가 둥글게 뭉친 천에 물을 묻혀 오린의 입가를 가볍게 두드리듯 적셔 준다——는 방법으로 간신히 물을 줄 수 있게 되었다.

"이래서는 임종 때 입술을 축여 주는 거다. 임종 때 입술을 축여 주는 방법과 똑같아."

아버지는 그렇게 말했지만 모치타로는 신경 쓰지 않았다. 아주머니, 할머니와 교대로 하루에 몇 번이나 입술을 축이는 식으로 오린에게 물을 주었다.

오쓰네 할머니는,

"나는 이제 다 늙었고 내일 죽어도 좋아. 등에의 신을 착각하게 만들어서 내가 오린을 대신해 줄 수는 없을까?”

라며 오린의 옷을 입고 백발 머리를 묶어 오린의 빗을 꽂고 실 잣는 집에서 오린이 사용하던 어깨띠를 매고 오린을 돌보았다. 가끔은 오린이 잘 부르던 실잣기 노래도 불렀다.

“오쓰네 씨, 마음은 알겠지만 아무리 등에의 신이라도 그걸로는 안 속아요.”

아주머니는 쓴웃음을 지었지만 모치타로와 형은 오쓰네 할머니의 등을 향해 두 손을 모으며 감사했다.

자기 일처럼 돌보아 주는 아주머니나 할머니와는 반대로 오린과 그 가족을 멀리서 둘러싸고 숙덕거리는 마을 사람들도 적지 않았다.

“왜 저주를 받았는지 모르니 섣불리 가까이 갔다간 휘말리게 될지도 몰라.”

“오린은 누군가에게 저주를 받을 정도로 원한을 살 만한 짓을 한 걸까? 그렇다면 어쩔 수 없는 일이지.”

옆집 아주머니와 오쓰네 할머니는 이런 놈들은 ‘등에의 신보다 더 바보다’라며 화를 냈다.

“오린이 이런 일을 당한 건 부잣집으로 시집가는 걸 누군가가 질투했기 때문임이 분명해. 그 외에 뭐가 있겠어?”

아버지도 형도 모치타로도 같은 생각이었다. 시기하고 저주한 이가 어디 사는 누구인지 알 수 없다는 사실이 답답해 견딜 수가 없었다.

하타마무라 마을의 촌장도 이 '누군가'에 대해 끙끙거리며 몹시 고민했다. 오린을 시기하여 저주한 사람이 같은 마을 주민이라면 큰일이기 때문이다. 오린이 돌아오고 지금까지, 촌장에게 실 잣는 집의 동료인 오키쿠가 저주를 했다느니, 그러고 보니 시집을 못 간 오시즈가 요즘 자주 등에에 쏘이곤 했다느니 하며 쓸데없는 고자질을 하는 사람이 끊이지 않았다. 이런 것은 제대로 처리해 두지 않으면 마을 전체의 규율과 통솔에 금이 가고 만다.

촌장은 절차를 갖추어 하타마무라 마을 사람들을 한 명도 남김없이 엄중하게 조사했다. 만일 수상한 낌새가 느껴지면 그게 누구든 변명 따위 듣지 않고 당장 추방해 버리겠다! 는 기세였다.

이렇게 모든 사람들을 호되게 닦아세운 결과, 촌장은 아버지에게 말했다.

"오린을 저주한 건 이 마을 사람이 아닐세. 좋은 혼처를 부러워하거나 질투하기는 했어도 이런 무시무시한 짓을 저지를 만큼 심보가 못된 사람은 이 마을에 없어. 그러니 앞으로 오린이…… 죽은 후에도 원한을 품어서는 안 되네."

——벌써 누이의 운명이 결정되어 있다는 말투다.

몰래 훔쳐 듣고 있던 모치타로는 그 말이 더 가슴에 박혔다.

한편 오린을 돌려보낸 후 오하타무라 마을 사람들은 어떻게 했을까. 혼례를 목전에 두고 있던 겐이치로는 생각지도 못한 불행에 크게 충격을 받고 집에만 틀어박혀 있다고 한다.

그러나 이노하나야에서는 누군가가 오린의 문병을 오지도 않았

고 사람을 보내지도 않았다. 심지어 겐이치로의 어머니인 안주인은,

"역시 막 자란 아가씨를 며느리로 들이려고 한 게 잘못이었어요. 이걸로 없었던 일이 되었으니 겐이치로에게는 오히려 잘됐지."

라는 심한 말을 지껄이고 있을 정도였다.

저주를 풀 방법을 찾아다녀 주던 대촌장은 손쓸 도리가 없음을 깨닫자 몹시 낙심했던 모양이다. 반면에 대촌장의 안주인은 역시 여자의 마음을 잘 알고 있어서, 귀한 집 아가씨에서부터 부엌 하녀까지 오하타무라 마을의 모든 여자들의 귀에 들어가도록 열심히 이야기하고 다녔다.

"누가 오린을 저주했든 꾸짖거나 나무라거나 벌을 주지는 않을 테니, 제발 나서 주게. 사람은 등에의 신과 비슷하게 어리석지만 등에의 신과 다른 점은 나쁜 짓을 했다는 걸 깨달으면 고칠 수 있다는 게 아니겠는가."

슬프게도 이 호소에 응답하는 목소리는 없었다.

"등에의 신은 저주를 걸어 달라고 부탁하는 사람의 목숨은 빼앗지 않는 거예요?"

"먼저 아흔아홉 마리의 등에에게 피를 빨게 해 주었으니 그걸로 된 게 아닐까."

"저주를 당하는 쪽은 시시각각 괴로워하면서 죽어 가는데. 겨우 그걸로는 부족하다고요."

부엌에서 아침을 먹으며 아버지와 형이 낮은 목소리로 주고받는

다. 형의 목소리에는 노기가 담겨 있다. 아버지의 목소리는 지칠 대로 지쳐 있다.

오린이 돌아온 지 아흐레째 되는 날 아침이었다. 모치타로가 잠에서 깨어 창을 열어 보니 구름에 덮인 하늘에서는 차가운 가을비가 내리고 있었다.

오린의 상태가 조금이라도 바뀌면 금방 알 수 있도록, 자주 입술을 축여 줄 수 있도록, 모치타로는 밤새 침상 옆에 붙어 있었다. 낮에는 아무래도 오쓰네 할머니와 옆집 아주머니에게만 신세를 지고 있으니까,

——모치는 누이를 생각해 주는 착한 아이구나. 하지만 이런 일은 오린도 부끄러울 테니 아줌마랑 할머니한테 맡기렴.

하는 설득에 오린의 기저귀를 갈거나 몸을 닦고 옷을 갈아입히는 일은 하지 않고 있으니 적어도 밤에는 떨어지지 않고 옆에 붙어 있는 정도는 해 주고 싶었던 것이다.

그러다가 문득 생각했다. 이 방법이라면 누이를 저주에서 구해 낼 수 있지 않을까 하고.

그러나 좀처럼 시도할 수가 없었다. 무서워서가 아니다. 즉흥적으로 떠오른 생각일 뿐이고 확실치 않기 때문이다.

망설이고 있는 사이에 시간이 지나고 누이는 점점 약해져 갔다. 삼도천까지 앞으로 한 발짝. 아니, 반 발짝밖에 남아 있지 않은 것이 아닐까. 오늘이 한계다. 내일이 되면 더는 눈을 뜨지 않을지도 모른다.

──누이가 눈을 뜨고 있는 동안에. 저주의 등에를 똑똑히 볼 수 있는 동안에.

그렇지 않으면 이 방법은 의미가 없어지고 만다. 하지만 정말로 괜찮을까. 누이를 대신해서 모치타로가 등에 신의 저주를 떠맡을 수 있을까.

더 이상 망설이고 있을 시간이 없다. 모 아니면 도다. 어쨌든 해 보는 거다.

부엌에 들어간 모치타로는 봉당으로 내려가 물독에서 오린의 밥그릇에 물을 떴다. 이것은 이제 아침에도 낮에도 저녁에도 하루에 몇 번이나 하는 습관이 되어 버렸다.

"오린은 어젯밤에 어땠니?"

아침 식사를 마친 아버지가 묻는다. 음울한 구름 때문에 부엌은 어둑어둑하다.

"별로, 평소랑 같았어요."

"너는 좀 잤니? 미안하구나."

형은 입을 꾹 다물고 있다. 형제 사이에 오린을 위해 나눌 말은 더 이상 없었다.

물을 채운 밥그릇을 작은 쟁반에 올리고 모치타로는 오린이 자고 있는 안쪽 마루방으로 되돌아갔다. 평소 같으면 쟁반 위에 새면 뭉치도 올려놓았겠지만 오늘 아침에는 밥그릇뿐이다.

모치타로는 가만히 오린의 베갯맡에 쪼그려 앉아 "누나, 일어나" 하고 말을 걸었다.

오린의 눈꺼풀이 부르르 떨린다. 뺨이 푹 패고 턱이 홀쭉해져 건강했을 때보다 훨씬 작아져 버린 얼굴. 건강했을 무렵에는 결코 보인 적이 없는, 고뇌를 나타내는 주름이 미간에 생겨나 있다.

밥그릇의 물을 흘리지 않도록 쟁반을 일단 바닥에 놓고 모치타로는 자기 자신에게 한껏 기합을 넣었다. 하는 거다. 누이를 구할 수 있을지도 모른다. 해 보는 거다.

"나 모치야. 누나, 오늘은 좀 일어나 볼래?"

침상에 달라붙은 것처럼 얄팍해져 버린 오린의 몸. 안아 일으키려고 양팔을 두르자 야윈 몸에서 뼈가 불거지고 기저귀 냄새가 났다. 모치타로는 울고 싶어지는 것을 열심히 참았다.

가랑비가 내려도 빛을 들이기 위한 작은 창에서는 아침 햇빛이 비쳐 들어온다. 누나, 조금이라도 밝은 쪽을 봐 줘.

"비가 오고 있어. 이런 걸 가을비라고 하나? 누나는 그런 걸 잘 알지."

모치타로도 아직 열한 살짜리 어린애다. 지금부터 시험해 보려고 하는 일이 무서워서 목소리가 떨리고 뒤집어지고 만다.

그것을 들었는지 오린이 살짝 눈을 떴다. 목숨이 다해 가 하얘진 피부와 빛을 잃고 탁해지기 시작한 눈동자.

"……모치."

오린은 모치타로가 봇짐 장사를 하러 나가면서부터 모치라고 부르지 않게 되었다. 이제 어린아이가 아니라 혼자서 장사로 돈을 벌어오는 어엿한 남자니까. 꼭 '모치타로', 어떨 때는 '모치타로 씨'라고 불러 줄 때도 있었다.

그런데 지금은 생각난 듯이,

"모치…… 왜 그래……."

하고 말한다. 견딜 수 없어서, 모치타로의 눈에는 눈물이 고였다. 오린은 그것을 똑똑히 알아보고 불안한 듯이 눈을 깜박거리기까지 했다.

"울……어?"

모치타로는 왼쪽 어깨와 왼팔로 오린을 부축하고 오른손으로 밥그릇을 들어 올렸다.

"누나, 이걸 봐 줘."

오린의 얼굴 앞으로 물을 담은 밥그릇을 가져간다. 밥그릇은 오래 사용해서 이가 빠져 버렸지만 처음 샀을 때는 유약이 반짝반짝해서 예뻤다. 형이 오하타무라 마을에 봇짐 장사를 하러 다니던 무렵 오늘은 벌이가 괜찮았다며 고물상에서 사다 준 것이다.

"이 밥그릇으로 물을 마시자. 누나."

오린은 또 약하게 눈을 깜박였다. 눈동자가 움직여 밥그릇 쪽을 본다.

순간 야위고 시든 그 몸 속에 공포와 혐오의 파도가 스치고 지나가는 것을 모치타로는 느꼈다. 가까이 댄 뺨에서 뺨으로 전해져 왔다.

"역시 징그러운 등에가 있어?"

확인해야 한다. 미안, 누나. 대답해 줘.

"이 밥그릇의 물 속에서 커다란 등에가 다리를 움직이고 눈알을 이리저리 굴리면서 지직, 지직 소리를 내고 있어?"

오린은 필사적으로 얼굴을 돌리려고 한다.

있다, 틀림없이 있다. 저주의 등에가.

좋아, 그럼 됐다.

"그럼 누나. 이 등에는 내가 가져갈게!"

말하자마자 모치타로는 오린의 밥그릇을 들어 올려 입에 대고 한 방울도 남김없이 벌컥벌컥 마셔 버렸다.

그냥 물이다. 이상한 맛은 나지 않는다. 커다란 등에를 삼키는 느낌도 나지 않는다. 차가운 물이 목구멍을 통과해 갈 뿐이다.

이걸로는 안 되는 걸까.

"얘, 모치!"

큰 소리를 지르며 칸막이 문을 걷어찰 듯한 기세로 달려온 사람은 옆집 아주머니다. 오늘 아침에도 일찍 일어나셨구나. 죄송해요, 신세를 져서.

"너 뭘 하는 거니!"

모치타로는 아직 오린을 안고 주저앉아 있었기 때문에 도망칠 수가 없어서, 대뜸 아주머니에게 뺨을 얻어맞고 말았다.

엄청난 따귀였다. 모치타로의 손에서 오린의 밥그릇이 굴러떨어졌다.

"이걸로 오린한테 물을 먹인 거야? 무슨 바보 같은 짓을."

아주머니가 모치타로의 뺨을 한 대 더 때리려고 손을 들자 오린도 손을 움직였다. 아주머니를 막으려고, 가로막으려고 했다.

"모, 모치는, 저주, 를."

삼켜 버린 거예요, 나 대신에. 오린은 필사적으로 아주머니에게 말하려고 했다. 모치타로를 걱정하며 매달려 온다. 모치타로도 누이를 마주 안았다.

그때――,

모치타로의 머릿속, 귓속에 갑자기 등에의 날개 소리가 넘쳐났다.

한두 마리가 아니다. 엄청난 떼다. 검게 빛나는 눈알, 굵은 콩처럼 통통하고 딱딱한 몸, 부웅부웅 하고 공기를 떨리게 하는 날개, 바쁘게 문질러 대는 다리.

등에 떼가 모치타로의 머릿속에서 튀어나온다. 눈에서, 귀에서, 콧구멍에서, 말을 이루지 못한 말로 외치려고 크게 벌린 입 안에서.

"우아아아아악!"

모치타로는 오린의 몸을 이불 위에 내팽개쳤다. 펄쩍 뛰듯이 일어나 양손으로 귀를 막고 이를 악물며 입술을 다문 채 쓰러진 오린의 몸을 타넘더니 깜짝 놀라 주저앉은 아주머니 옆을 스쳐 큰 걸음으로 달렸다.

여기에 있으면 안 된다, 떨어져야 해, 떨어져야 해. 나는 등에투성이야.

맨발로 봉당에 뛰어내린 모치타로는 출입구인 판자문에 부딪혀

비틀거리면서 뒷마당으로 뛰쳐나갔다. 소작인 오두막이 줄지어 있는 이 부근은 마을에서도 낮은 곳이라 조금만 비가 내려도 금세 물웅덩이가 생기고 흙이 질척질척해지고 만다.

모치타로는 물웅덩이를 밟으며 성대하게 흙탕물을 튀겼다. 꼭 다문 입술 사이로 신음하는 듯한 소리를 계속 내고 있다. 놀라서 뛰어나온 이웃 사람들이나 모치타로의 아버지, 형 앞에서,

“등에, 등~, 에에!”

그렇게 외치다가 우욱 토하고 말았다.

양손으로 입을 누르고 머리를 숙여 앞으로 고꾸라질 듯하면서, 날뛰는 소처럼, 화난 멧돼지처럼, 그저 똑바로 달려가, 산으로 올라가든 늪으로 들어가든 절벽에서 뛰어내리든, 이 몸을 버리고, 등에의 저주도 함께 없애 버려야지!

모치타로는 달리고, 달리고, 달렸다. 마을 한가운데를 가로지르는 길을 달리고,

수레를 두는 곳을 지나고,

우물가를 지나칠 때는 누군가가 물을 뿌리며,

“모치타로, 정신 차려, 무슨 일이야, 머리를 식혀!”

귀에 익은 목소리로 고함쳤다.

미안해요, 하지만 내 머리는 식어 있어요. 그저 등에 떼로 가득해졌을 뿐이지요.

달리고 달리다가 고꾸라져 땅바닥에 손을 짚고, 어? 손을 짚었다고 생각했는데 왠지 손가락이 허공을 휘저었다.

두 다리도 땅에서 떠 있다.

부웅, 붕붕. 커다란 날개 소리가 난다. 이번에는 머릿속에서 나는 것이 아니라——,

머리 바로 위에서다!

"——솔개에게 채여 가는 개구리처럼."

모치타로는 말했다. 그 입술이 오랜만에 비슬비슬 떨렸다.

"커다란 등에에게 낚아채여, 저는 날고 있었습니다."

쌀가마니만 한 크기의 등에였다. 요괴다. 그 톱날처럼 까칠까칠한 다리에 고소데의 뒷덜미가 움켜잡혀 몸은 공중에 매달려 있었다.

"그렇게 됐다는 걸 깨달았을 때, 마침 마을 출입구 부근에 있는 파수막을 넘어가고 있었습니다. 그런데 대롱대롱 매달린 제 오른쪽 다리의 발끝이 판자 지붕을 누르기 위해 올려 둔 둥근 돌을 걷어차 버려서."

아얏! 하고 모치타로는 소리쳤다. 둥근 돌은 판자 지붕을 굴러가 처마로 튀어나갔고 무슨 일인가 싶어 뛰어나온 파수 당번 아저씨의 어깨를 아슬아슬하게 스치며 땅으로 떨어졌다. 흙탕물이 철벅 튀었다.

"그래서 나는 꿈을 꾸고 있는 게 아니구나, 정말로 일어나고 있는 일이구나 하고."

청자의 자리에서 도미지로는 눈을 크게 뜬 채 천천히 고개를 끄덕였다. 내심을 말하자면 입을 떡 벌리고 싶은 참이지만 청자로서 그렇게 칠칠맞고 무례한 짓을 해서는 곤란하다고 생각했다.

——확실히 이 이야기라면.

모치타로가 처음에, '아무도 믿지 않으리라'고 말했던 것도 납득이 간다. 세책상에서 인기가 많은 '요괴 이야기'에 등에의 신 삽화가 붙어 엮여 있어도 이상하지 않은 내용이다.

——오치카는 이런 걸 들은 적이 있었을까.

도미지로가 처음이라면 조금 기쁠 것 같다. 아니, 매우 자랑스럽다. 콧방울이 벌름거리는걸. 남자로서, 사촌으로서 '그런 일로 기뻐하다니 그릇이 작다'는 건 잘 알고 있습니다요, 네네.

"저는 자고 일어난 차림새였고 등에는 꽤 빠르게 날고 있었습니다. 가랑비가 정면에서 얼굴에도 몸에도 덮쳐 왔지요. 차갑고 춥고 점점 눈물도 나기 시작했어요."

등에는 어디로 가고 있는 걸까. 대롱대롱 매달려 있을 뿐인 모치타로는 짐작도 가지 않았다. 아까 얼핏 오른쪽 시야에 오하타무라 마을의 소방 망루가 스쳐 간 기억은 나는데.

"야, 이 커다랗고 멍청한 등에 자식아, 나를 어디로 데려가는 거냐, 하고 물어보았지만."

등에는 붕붕거릴 뿐이었다. 계속 날다가 구름 속으로 들어가자 주위가 안개로 덮인 듯 시뻐예져서 어느 쪽으로 고개를 돌려도 풍경이 보이지 않게 되었다.

"몸은 식어서 추운데, 고소데의 뒷덜미를 붙잡혀 옷이 꼭 끼는 바람에, 어디로 가도 좋으니 빨리 내려 줬으면 좋겠다는 마음뿐이었습니다.

도망치려는 생각은 하지 않았을까. 하지 않았겠지. 도미지로는 감탄했다. 모치타로는 당시 겨우 열한 살. 용케도 그만큼이나 각오를 다질 수 있었구나.

"그러다가 지칠 대로 지쳐 꾸벅꾸벅 졸았는데……."

어느 순간 부웅 하고 크게 흔들려 떨어지는 게 아닌가 하고 깜짝 놀라 눈을 떴다.

"완전히 밤이 되어 있더군요."

구름 속에서 빠져 나왔는지 주위를 덮고 있던 시뿌연 안개가 열어지자 발밑이 크게 트여 풍경이 잘 보였다.

캄캄한 산의 숲속에 반짝거리는 금귤을 뿌려 놓은 듯 노란색과 주황색 빛이 켜져 있다. 등에가 점차 하강하자 그것은 창에서 새어 나오는 수많은 불빛임을 알 수 있었다.

마을이다. 산길을 따라 마을이 있다. 차양 위에 간판을 걸고 사방등을 내놓은 것은 가게——아니, 여관이다! 저건 여관마을이야.

"어린 제가 알고 있는 여관마을이라면 오하타무라 마을뿐이었으니까요."

등에에게 납치되어 가을비와 구름과 안개 속을 날아다니다가, 결국은 오하타무라 마을로 돌아온 걸까. 뭐야——하고 생각하는 사이에 지면에 가까이 내려온 등에가 모치타로를 땅바닥에 내던졌다.

속도가 붙어 있었기 때문에 모치타로는 데굴, 데굴 굴렀다. 그 기세 그대로 무언가에 부딪히는가 싶더니 철벅 하고 물이 튀었다.

——대체 뭐야.

손을 짚고 일어섰지만, 이마를 부딪친 탓에 눈이 빙글빙글 돈다.

모치타로가 부딪힌 것은 빗물통이었다. 옆면에 '용수用水'라고 적은 통을 세 개 겹치고 그 위에 먼지를 피하기 위한 지붕을 얹었었다.

하타마무라 마을에 이런 세련된 물건은 없다. 오하타무라 마을은 성하마을 흉내를 내어 언제부터인가 이런 것을 두게 되었다. 하지만 산불이 나면 이런 통의 물로는 아무런 도움도 되지 않는다. 고작해야 모닥불을 끄는 데 사용하는 정도일 것이다.

아야. 모치타로는 이마를 문지르면서 주위를 둘러보았다. 등에는 날아가 버려 그림자도 흔적도 없다.

지금 모치타로가 주저앉아 있는 곳은 위에서 내려다본 여관마을의 변두리, 마을을 통과하는 길 끝자락이다. 돌아보니 새까만 숲이 밤하늘의 절반 높이까지 버티고 서 있다.

밤하늘에는 왠지 달도 별도 없지만 모치타로는 주위의 모습을 알아볼 수 있었다. 길 좌우에 주욱 늘어서 있는 석등롱 덕분이다. 하나하나는 모치타로의 무릎까지밖에 오지 않는 높이인데 안에 놓인 땅딸막하고 굵은 초가 밝은 불꽃을 내뿜고 있다.

이런 것은 오하타무라 마을에도 없다.

앞쪽을 보니 금귤이 아니라 밀감만 한 크기가 된 수많은 불빛이 창에서 새어 나오고 있었다. 그 안에서 얼핏얼핏 움직이는 그림자와——,

둥기닥, 딩디딩, 둥둥 딱딱, 둥기닥.

샤미센과 북소리. 좋은 가락으로 노래하는 소리와, 명랑한 환성. 연회다. 그것도 꽤 흥이 올라 야단법석이다.

"어디 보자, 멈춰라 멈춰라, 3!"

"그렇게 마음대로는 안 되지."

"이런, 다음 승부는 내가 이길 거야."

——노름을 하고 있다.

엄청나게 탁한 목소리와 굵은 목소리와 깽깽거리는 새된 목소리가 뒤섞여서 시끌벅적하다.

——흥이 올랐군.

웃거나 놀리거나 손뼉을 치거나 발을 구르는 등 매우 소란스럽다.

이곳은 역시 오하타무라 마을이 아니로구나. 오하타무라 마을의 여관에서는 이렇게 대놓고 노름을 하지 않는다. 처벌을 받게 되니까.

그건 그렇고 이상하네. 아까부터 무슨 냄새가 나지 않나? 킁킁. 이거, 냄새가 나는 건 내 몸인가?

게다가 피부를 만져 보니 끈적거린다. 아까 빗물통에 부딪혔을 때 물이 튀었기 때문일까.

기분이 나빠져서 길가 석등롱 중 하나로 다가가 고소데의 젖은 곳을 잡아당겨 불빛에 비춰 보았다.

그러다가 자신의 손에 끈적하게 피가 묻어 있음을 깨달았다.

"우와아!"

뭐야, 뭐야, 이게 뭐야, 피인가? 나 다쳤나? 그 커다란 등에에 쏘였나? 피를 빨렸나? 몸 어딘가에 구멍이 뚫린 건 아닐까? 어디? 어디에?

허둥지둥 우왕좌왕하는 사이에 또 아까 그 빗물통에 부딪히고 말았다. 찰박! 하고 통 안의 물이 튀고 이번에는 모치타로의 얼굴에 물보라가 끼얹어졌다.

그래서 알았다. 이것은 물이 아니다.

"피다!"

피다 피다 피, 빗물통 안에 피가 고여 있다! 이게 뭐야 어떻게 된 거야 누가 이런 짓을 한 거야!

"우와아아아아!"

모치타로의 비명을 지우듯이 창에서 새어 나오는 불빛으로 가득한 여관 여기저기에서 큰 목소리가 난다. 환성, 노성, 기뻐하거나 분통을 터뜨리거나.

"오오, 이 승부는 내가 이겼다!"

"으으음, 또 산을 빼앗겼군."

둥기닥, 둥기닥. 북소리가 높이 튀어오른다.

도망쳐야 해, 여기에서 도망쳐야 해. 모치타로는 땅바닥을 긁으며 일어섰다. 다리가 꼬여 금세 넘어진다. 정신 차려, 일어나서 달리는 거야! 도망쳐야 해!

퓨우우우, 쿵!

여관마을 쪽에서 돌멩이 같은 것이 허공을 가르며 날아와 모치타로의 등에 명중했다.

그 기세에 등을 떠밀린 모치타로가 앞으로 부웅 날아 땅바닥에 엎어졌다. 석등롱 안의 촛불이 눈을 깜박이는 것처럼 흔들렸다.

"어디 가는 거예요!"

엎어진 등 위에서 작은 새가 지저귀는 듯한 목소리가 외친다. 화났나?

"모처럼 여기에 왔으면서 아무것도 하지 않고 도망치다니 어리석군요!"

모치타로는 또 땅바닥에 이마를 부딪혔다. 이번에는 콧등과 턱 끝이 까지고 말았다.

"무엇보다 어디로 도망치려고요? 저 숲은 어둠의 황천이에요!"

작은 새 같은 목소리의 주인이 자신의 등 위에서 폴짝폴짝 뛰고 있음을 느끼기까지 꽤 시간이 걸렸다.

"……등, 아픈데."

그렇다. 폴짝폴짝 뛰고 있는 것은 감촉이 딱딱하다. 움직일 때마다 등이 따끔거린다.

"그야 당연하지요!"

한층 더 높은 목소리로 지저귀더니 등 위에 있던 무언가가 부웅 날아올라 모치타로의 눈앞으로 떨어졌다.

"모치타로 씨, 일어나세요."

모치타로는 눈에 힘을 주었다. 자세히 살펴보고, 그러고 나서 눈을 한 번 감았다. 나는 꿈을 꾸고 있나 봐. 꿈인 줄 모르고 꿈을 꾸고 있어. 분명해. 그렇지 않다면 이런 게 멋대로 돌아다니거나 나한테 말을 걸지는 않을 테니까.

"모치타로 씨, 당신은 꿈을 꾸고 있는 게 아니에요."

모치타로는 눈을 떴다. 작은 새처럼 지저귀고 있는 것은 모치타로의 얼굴 바로 앞을 구르고 있었다.

그렇다, 구르고 있다. 본래 굴리는 용도로 쓰이니까.

주사위다.

지금은 3이라고 적힌 면이 보인다.

검은 알갱이 같은 표시가 세 개 나란히 있다.

하나의 면이 어른의 엄지손톱만 한 크기다. 나무를 깎아 만든 소박한 느낌 그대로의 작은 주사위지만 숫자를 나타내는 표시는 또렷하고 진하게 그려져 있다.

"주사위" 하고 모치타로는 말했다. "너, 주사위지."

눈앞의 주사위는 데구르르 굴러 4의 면을 내밀었다. "그냥 주사위가 아니에요."

"말하는 주사위겠지."

"모치타로 씨의 주사위예요. 잊었어요?"

어? 내 주사위?

"나는 노름 같은 건 하지 않아."

그러자 말하는 주사위는 뱀에 조여지는 작은 새처럼 끼익끼익 소리를 내면서 발을 구르고 데굴데굴 굴렀다.

"나는 노름에 쓰이는 주사위가 아니에요! 육면 님의 공물이라고요!"

육면 님의 공물. 거기까지 듣고서야 겨우 깨달았다.

"너…… 정월에 내가 육면 님의 신사에 바친 주사위니?"

육면 님을 모시는 신사는 오하타무라 마을에 있는 것이 본사本社이고, 그 후 분촌이 생길 때마다 분사分社되어 각 마을에서도 각각 신사를 모시고 있다. 원래는 하나의 신이지만 오랫동안 모셔지다 보니 각 분사마다 서로 다른 관습 같은 것도 생겼다. 하지만 정월 참배 때만은 어느 신사에서나 반드시 주사위를 바치도록 되어 있어 마을 사람들은 모두 직접 주사위를 만들어 가져갔다.

올해 정월, 모치타로네 집에서는 형과 모치타로가 다른 가족들의 몫도 만들었다. 그러고 보니 오쓰네 할머니 몫도 만들어 달라는 부탁을 받았었지.

재료는 적당한 장작이면 되지만 가능한 한 나뭇결이 곧고 예쁘게 나 있는 부분을 사용한다. 크기나 색을 넣을지 말지, 표시를 넣어 숫자를 나타낼지, '일', '이', '삼'의 한자로 쓸지는 마을마다 차이가 있지만 하타마무라 마을에서는 나뭇결을 그대로 살리고 수를 나타내는 둥근 표시를 그려 넣는 데에는 식물 염료를 진하게 졸여 사용한다.

형과 모치타로가 만든 주사위는 크기도 가지런하고 만듦새도 뛰어났다. 다만 딱 하나, 나무의 단단한 마디 부분이 마침 모서리가 되어 버리는 바람에 모양이 찌그러진 것이 있었다.

모치타로는 그것을 골라 자기 몫의 주사위로 했다.

——정월에는 어쨌거나 산더미 같은 주사위가 바쳐지니까 육면 님도 어느 것이 어떤 신자의 주사위인지 구별이 가지 않을 거야. 조금쯤 모양이 이상한 게 눈에 띄어서 좋을걸.

이라며 형이 웃으면서 했던 말을 진지하게 받아들인 것이다.

지금 모치타로의 눈앞에서 구르거나 뛰어오르고 있는 주사위는 약간 찌그러져 있다. 응, 내 주사위 맞다.

"하지만 주사위가 말을 하다니 어떻게 된 거지?"

애초에 여기는 어디일까? 신자가 육면 님께 바친 주사위가 있는 것을 보면 육면 님이 사시는 곳일까? 이런 여관마을 같은 곳이?

이러고 있는 지금도 웅성웅성 왁자지껄 소란스럽다. 불이 켜져 있는 창이란 창에서는 모두 연회와 노름을 즐기며 흥에 겨운 목소리가 넘쳐난다.

"모치타로 씨, 어쨌든 일어나세요."

찌그러진 주사위의 재촉에 모치타로는 땅바닥에서 몸을 일으켰다. 아직 다리가 후들거리는지 제대로 설 수가 없다. 비틀비틀하다가 손을 짚고 사죄하는 것 같은 자세로 정좌를 하고 말았다.

"잘했어요, 잘했어."

주사위가 칭찬해 주었다.

"여기는 육면 님이 이 세상의 신들을 초대하기 위해 만든 마을이에요. 사람은 얌전히 있는 게 좋아요."

주사위는 쥐가 우는 듯한 목소리로 말하면서 모치타로의 무릎 위로 뛰어올라왔다.

"어라? 냄새가 나요."

"아까, 저쪽에 있는 빗물통에 부딪혀서 뒤집어 엎을 뻔했어."

모치타로는 등 뒤의 어둠을 돌아보며 빗물통 쪽을 가리켰다.

"내용물을 뒤집어쓴 거예요?"

"응. 저건——."

모치타로의 코는 이미 마비되어 버려서 느껴지지 않지만 젖은 부분은 피부에 달라붙고 끈적거려 기분이 나쁘다.

"피, 맞지. 생피."

입 밖에 내어 말하니 구역질이 치밀어 오르고 속이 메슥거려 견딜 수가 없다.

"여기서는 신이 사람을 잡아먹나? 나도 잡아먹히는 거야? 그 전에 생피를 뽑히는 걸까? 빗물통 가득 피를 뽑히면 아플 텐데. 나 무서워."

식은땀이 왈칵 쏟아져 나와 모치타로의 턱 끝에서 뚝뚝 떨어진다. 무릎 위의 주사위는 "아잇!" 하고 소리치며 좌우로 굴러 떨어지는 땀방울을 피했다.

"아하! 그래서 도망치려고 했던 거군요."

한심하네요——하고 한탄하더니, '1' 표시를 위로 하고 멈추었다.

"여기 있는 빗물통에 든 것은 사람의 생피가 아니에요."

"피가 아니라고?"

"피만이 아니다, 라고 할까요…… 뭐, 더 더러운 것도 섞여 있고…….”

엑! 더 싫어, 토할 것 같아.

“저건 사람 세상의 더러움이에요.”

더러움. 사람이 살아가는 세상에서 생겨나고 고이고 가라앉아 가는 더러운 것, 지저분한 것, 보기 흉한 것.

“한 번 더 말씀드리지만 이곳은 육면 님이 만드신 이 세상의 신들을 위한 놀이터예요.”

많은 신들이 모이는 신역神域이다. 한없이 깨끗하고 맑은 장소다.

“하지만 너무 깨끗한 것만 있으면 사람 세상과 지나치게 동떨어져서 눈에 띄고 말지요. 신들이 모이는 곳이 중생들의 눈에 잘 보이면 위험하잖아요?”

신들에게서 무언가를 훔치려 하거나 신들을 해치려 하는 등, 벌받아 마땅한 사악한 생각을 품은 자들이 접근하게 된다.

“그래서 육면 님은 사람 세상의 더러움을 모아 마치 먼지를 가라앉히기 위해 물을 뿌리듯이 경계 부근에 뿌려서 이 장소의 깨끗함을 감추려 하신 것이지요.”

거짓말 같은 이야기다. 모치타로는 코를 훌쩍였다. 그러자 재채기가 나왔다.

재채기 같은 평범한 일을, 이런 기이한 곳에서 하고 있다. 우습지 않나? 좀 웃어 봐, 모치.

무리다. 하지만 조금 침착해졌다. 상대가 주사위라고는 하지만 외톨이가 아니게 되었기 때문이리라.

"나, 커다란 등에한테 붙잡혀서 이곳에 왔어."

모치타로는 찌그러진 주사위에게 지금까지의 경위를 전부 들려주었다. 주사위는 이야기가 저주의 표식인 등에를 큰맘 먹고 삼킨 부분에 접어들자 찌그러지지 않은 쪽 모서리로 일어서서 빙글빙글 돌았다.

"세상에, 세상에. 모치타로 씨는 엄청난 일을 하셨어요!"

무턱대고 감탄해 준다. 이 주사위는 찌그러져서 잘 굴러가지 않지만 모서리로 서서 도는 것은 잘한다.

"너, 이름은 뭐야?"

"나는 모치타로 씨의 주사위예요. 그걸로 충분하지요, 이름 따위는 없어요."

"그렇다면 내가 이름을 지어 줄게. 기리지로 어때?"

"기리지로? 헤헤, 고마워요, 좋은 이름이네요!"

오른쪽으로 돌고 왼쪽으로 돌고 빙글빙글 도는 기리지로를 보며 모치타로는 다시 한번 웃어 보려고 했다. 웃기는 광경이니까. 기리지로는 착한 녀석인 것 같고.

하지만 소용없었다. 입 끝을 위로 구부려도 그냥 구부렸을 뿐. 양쪽 뺨을 끌어올려도 그냥 끌어올렸을 뿐.

웃는 얼굴은 어떤 얼굴이더라.

몸이 오싹하니 차가워졌다.

"모치타로 씨……."

땅바닥에서 데구르르 굴러 '5'를 보이더니, 기리지로는 상냥하게 말했다.

"몸을 씻고 오늘 밤에는 쉬세요. 일단 나를 따라오세요."

이쪽, 이쪽. 기리지로가 이끄는 대로 석등롱이 늘어선 길에서 옆으로 벗어나 잡목림 안을 구불구불하게 뻗어 있는 오솔길로 들어간다.

캄캄하지만 앞장선 기리지로의 작고 네모난 몸이 별처럼 빛나며 모치타로의 발치를 비춰 준다. 맨발바닥에 닿는 것은 흙이나 자갈이 아니라 부드러운 풀이나 젖은 이끼인 모양이다.

"조금만 더 걸어가죠."

기리지로의 말에 주위를 둘러보았다. 석등롱 길을 사이에 두고 늘어선 여관 같은 커다란 건물들은 잡목림 맞은편으로 숨겨져 있다. 저것이 이곳의 중심부라면 지금 있는 곳은 거기에서 빙 돌아 들어간 뒤쪽이다.

"우리, 육면 님께 바쳐진 공물이자 이 마을에서 하인으로 일하고 있는 자들은 애초에 사람이 아니에요. 아니, 생물이 아니지요."

하지만 모치타로는 다르다. 적어도 아직은 '산 것'에 들어간다. 그리고 지금부터 이 마을에서 살아가려면 지낼 곳이 필요할 텐데.

"이 부근이 좋겠어요. 하타마무라 마을과 비슷하지요?"

발치의 빛은 흐릿하다. 그래도 오솔길 끝에 우선 판자 지붕을 인 오두막이 보이기 시작했다. 한 채가 아니라 드문드문 몇 채가 늘어서 있다.

발바닥의 부드러운 감촉이 바뀌었다. 모래일까, 재일까? 조금까칠까칠하다. 한 발짝 한 발짝 주의깊게 발을 내딛고 목을 빼어 주위를 두리번두리번 확인하며 걸어간다.

몇 채의 오두막을 지나자 기와지붕 저택이 나타났다. 그 주위에는 토담이 둘러져 있지만 여기저기가 무너지거나 구멍이 뚫려 있었다.

오솔길을 사이에 두고 맞은편에는 크고 작은 오두막이나 이층집이 잡목림 사이로 줄지어 있다. 아래쪽 절반에 판자를 댄 장지가 바깥문으로 되어 있는 집은 가게다. 숯장수, 기름장수, 땜장이에 고물상. 하얀 장지에 파는 물건을 글씨로 적어 나타내고 있다. 불빛이 없는데도 또렷하게 읽을 수 있는 것이 신기하다.

살짝 열어 보니 변소가 있고, 빨래 너는 곳이 있고, 말이나 소를 묶어 두는 울짱에, 몇 개의 짐수레와 손수레도 있다. 산처럼 쌓아 올려져 있는 것은 숲에서 갓 베어 온 통나무인 모양이다.

——정말로 우리 집 근처 풍경 같아.

마을 광장에 있는 촌장이나 신관의 저택, 우물 옆에서 여자들이 빨래를 하고 남자들이 땀을 씻고 소와 말에게 물을 주는 모습이 떠오른다.

모치타로의 가슴이 뛰었다.

"기리지로, 여기에는 나 말고도 사람이 있는 거지? 나처럼 잡혀 와서 여기에 살고 있는 사람이 있는 거지?"

저도 모르게 목소리가 커졌다.

기리지로는 폴짝 뛰더니 모치타로의 어깨 위로 날아 올라왔다.

"분명히, 사람이 있어요. 모두 이 부근에 있지요. 그래서 모치타로 씨도 여기로 데려온──."

"아아, 다행이다!"

"기뻐하면 안 돼요. 그건 부질없는 기쁨이에요."

어째서? 라고 되물으려다가 모치타로는 말을 꾹 삼켰다.

보였기 때문이다. 희끄무레한 사람 같은 그림자가.

맞은편 오두막과 오두막 사이에서 스윽 미끄러져 나왔다.

귀, 귀, 귀신이다.

다리가 없다. 머리와 어깨는 사람의 모습이지만 전체적으로는 커다란 도깨비불 같다, 고 하려니 도깨비불이 어떤 모양을 하고 있는지 잘 모르겠다. 알고 있는 것에 비유한다면 하얀 옷감에 머리가 달려 있는 모양에 가장 가까우려나.

무어라 부르기도 애매한 그 존재는 밤의 어둠 속을 흐르듯이 날아 오솔길 안쪽으로 모습을 감추었다.

"저거, 저거, 지금."

이가 딱딱 부딪힌다. 귀신이 사라져 간 방향을 가리키려고 뻗은 손가락이 위아래로 떨린다.

"예에, 방금 있었지요."

"기리지로, 저건 사람이 아니야! 저런 건 귀신이라고 하는 거라고!"

다리가 풀린 모치타로는 또 주저앉아 버릴 뻔했다. 정신 차려, 모치. 다리를 움직여서 도망치는 거야!

"자, 잠깐, 모치타로 씨, 어디로 가시려고요."
"귀신이 있는 곳에 있을 수는 없어."
"저건 귀신이 아니에요!"
기리지로는 끼익끼익 소리쳤다.
"이 마을에서는 저게 사람이에요. 이곳에 들어오면 사람은 모두 저 모습이 되어 버리거든요. 모치타로 씨도 아까 그 사람이 보면 저런 모습으로 보일 거예요!"
뭐야. 대체 뭐야. 그런 거, 나는 딱 질색이야.
"이곳에 있는 사람들은 모두 모치타로 씨와 마찬가지로 저주를 받았거나 큰 잘못을 저질렀어요."
신들이 보기에는 더럽혀진 것이다.
"더러움투성이인 그 모습 그대로 신역인 이 마을에 있는 것은 허락되지 않아요."
몸에 띤 더러움과 함께 인간다운 겉모습, 사람의 숨결, 인기척을 모두 잃은 모습이 되지 않으면 누구도 이 마을에서 살 수 없다.
"나도…… 저런 귀신이 된 거야?"
자신의 양손을, 몸을 둘러본다. 뺨을 때려 본다. 발을 굴러 본다.
분명 자신이다. 몸이 있다. 피부가 있고 뼈가 있다.
"나는 나야!"
"지금은 아직 그렇지만" 하고 기리지로는 말했다. "앞으로는 알 수 없지요."
모치타로가 절망하고 자포자기하여 그저 흐르는 시간에 몸을 맡

긴 채 멍하니 지내고 만다면,

“모치타로 씨에게도 귀신이 되어 버린 자신이 눈에 보일 거예요. 알게 될 거예요.”

그렇게라도 알면 다행이다.

“더 시간이 지나면 귀신이 되어 버린 자신도 잃게 돼요.”

자신을 잃는다고?

“죽는다는 뜻이야?”

그렇다면 상관없다. 각오하고 있었으니까.

“서글프지만, 어쩔 수 없지.”

그러자 기리지로는 왠지 목소리가 작아져서 말했다. “한 번 더 발을 굴러 보세요.”

시키는 대로 힘껏 힘을 주어 쿵쿵 발로 땅을 밟아 보았다.

이 감촉. 모래는 아니구나, 좀 더 부슬거리는 것과 동글동글한 것의 감촉이다.

“그게, 이 마을에서 자신을 잃은 사람들이 변한 거예요.”

“뭐?”

모치타로는 발바닥을 들어 올려 보았다. 무언가 붙어 있다. 이게 뭐지? 뭐라고?

“하얀 알갱이는 사람의 뼈가 산산이 부서진 거예요. 검고 부슬거리는 건 사람의 피와 살이 썩어서 티끌이 된 거고요.”

“끄아아아!”

비명을 지르며 모치타로는 폴짝폴짝 뛰었다. 기리지로는 그 어깨 위에서 내동댕이쳐져 조금 먼 곳으로 떨어졌다.

"싫어, 싫어 싫어, 싫어~!"

땅바닥에 발을 대고 있고 싶지 않다. 기쁘기는커녕 무서워서 견딜 수가 없다. 하지만 누군가 멀리서 보면 덩실거린다고 여기지 않을까.

"아무리 싫어도, 무서워도, 내 말을 잘 듣고 마음을 단단히 먹지 않으면 모치타로 씨도 언젠가는 그런 동글동글이랑 부슬부슬이 되고 말 거예요."

"싫어어!"

귀를 막고 도망치려고 했을 때 하필 그 저택의 토담이 무너진 곳에서 다른 귀신이 스르륵 나왔다.

아까 그 귀신보다 크다. 아까의 귀신이 아이라면 이번에는 어른이다.

어른 귀신도 토담 앞에 뜬 채 머리를 들고 딱 멈추었다.

그대로 서로 눈싸움을 한다. 모치타로는 움직이지 못한다. 어른 귀신은 움직이지 않는다——

그런 줄 알았더니 스윽 위로 길어졌다. 살아 있는 사람의 동작에 비유하자면 등을 펴고 똑바로 섰다는 느낌이다.

——뭐 하는 거야.

굳어 있는 모치타로와 엷게 빛나며 모치타로의 발치에 바싹 붙어 있는 기리지로 앞에서, 어른 귀신은 손을 모으고 이쪽을 향해 머리를 숙였다.

어른 귀신도 처음에 본 귀신과 똑같이 폭이 넓은 옷감에 머리가 달려 있는 모습이다. 따라서 그 동작은 어디까지나 '그렇게 보였다'고 하는 편이 낫겠다.

어쨌거나 저것은 합장이다.

모치타로는 몸에서 힘이 빠져 그 자리에 털썩 쓰러지고 말았다.

눈물이 치밀어 오른다. 입이 시옷 자가 된다.

어른 귀신은 원래의 자세로 돌아가 둥실둥실 옆으로 흘러가더니 어둠 속으로 사라졌다.

기리지로가 작게 깜박이며 말했다.

"동료한테 좋은 인사를 받은 거예요."

저것은 귀신이지만, 귀신 같은 모습으로밖에 보이지 않지만, 사람이다. 모치타로와 똑같은 신세의 사람이다. 그래서 사람 같은 행동을 하고 간 것이다.

나는 저렇게 될 수 있을까.

"모치타로 씨는 남자잖아요. 누님을 구하기 위해서 대신 저주를 받은 거잖아요. 그때의 용기를 떠올려 보세요."

용기. 등에를 한입에 삼킨.

기리지로가 옅게 빛나면서 눈앞으로 굴러왔다. 찌그러져 있어서 오른쪽으로 흔들렸다 왼쪽으로 흔들렸다 한다. 잘 만들어지지는 않은 주사위. 하지만 형과 이것을 만들 때는 즐거웠다.

마침내 모치타로의 눈에서 눈물이 넘쳤다.

"울어도 돼요. 울면서라도 괜찮으니까 용기를 내세요."

놀랍게도 기리지로의 목소리도 울고 있었다.

"나는 모치타로 씨가 만들어 주었기 때문에 여기에 있는 거예요."

기리지로의 빛이 눈물에 젖은 모치타로의 뺨에 비친다.

"나는 모치타로 씨가 육면 님께 빈 소원 그 자체예요."

──내 소원.

누이의 목숨을 구할 수 있기를. 누이가 등에의 신의 저주에서 해방되기를.

전처럼 다함께 행복하게 살 수 있기를.

"그런 내가 안내해 드릴 테니까 모치타로 씨는 하타마무라 마을로 돌아갈 그날까지 이 마을에서 고용살이를 하는 거예요."

언젠가 돌아갈 수 있다. 분명 그날이 올 거라 믿고.

"하인인 내가 하는 일은 이 마을을 아름답게 유지하고, 찾아오시는 신들의 모든 요구에 부응하고, 끝나지 않는 연회와 노름이 방해를 받지 않도록 하는 것."

모치타로도 함께 그 일을 하자고 한다.

"아무 일도 하지 않고 절망에 웅크리고 있으면 그만큼 빨리 귀신이 되어 버릴 거예요."

그리고 부슬부슬이나 동글동글로 변하고 만다.

"하인으로 일하면서 모치타로 씨는 하타마무라 마을의 생활을 계속 마음에 떠올려야 해요."

아침에 일어나서 밤에 잠들 때까지 일하고 먹고 마시고 웃거나 화내거나 땀을 흘리거나 추위에 떨거나 사람다운 모든 소소한 일들을 마음 깊은 곳에서 파내어 계속 끊임없이 생각해야 한다.

그리고 돌아가고 싶다고 계속 바라야 한다. 아버지와 형, 누이를 만나고 싶다고, 행복하게 웃는 얼굴을 다시 한번 이 눈으로 보고 싶다고.

돌아가고 싶다. 언젠가는 돌아가고 싶다. 아니, 아니다. 더 강하게, 더 굳게 자신의 가슴에 들려주어야 한다.

반드시 돌아간다. 나는 살아서 하타마무라 마을로 돌아간다.

제발 들어주세요, 육면 님.

"모치타로 씨의 마음이 육면 님한테 닿으면 용서를 얻을 수 있을 거예요."

육면 님의 용서가 있으면 더부살이인 등에 신의 저주는 사라진다. 애초에 어리석은 등에 신은 자신이 이루어 준 나쁜 소원을 일일이 기억하지도 못하리라.

"모치타로 씨는 이름도 좋아요. 육면 님이 좋아하는 이름이에요."

그렇다, 육면 님은 떡을 좋아하신다는 전설이 있다. 노름에 열중해 있던 시절에는 구운 떡을 쥐고 한 입 먹고는 "짝!"에 걸고, 두 입 먹고는 "홀!" 하고 외치셨다나.

등에 신에게 져서 체면을 잃고 노름을 완전히 그만둔 후에도 떡은 여전히 좋아했다. 그래서 신자들이 육면 님에게 바치는 신찬神饌은 반드시 떡이나 떡으로 만든 과자다. 정월에 바치는 공물인 주사위를 떡으로 만드는 철저한 신자도 있다.

모치타로가 갓 태어나 아직 이름 없는 아기였을 때,

——이 녀석한테는 육면 님이 아주 좋아하시는 떡을 이름으로 붙여 줘요. 육면 님한테 사랑받아서 좋은 일이 많이 생기도록.

그렇게 말한 사람은 형 마쓰타로였다.

어머니 오리쿠는 그때 이미 저세상으로 가 버린 후였다. 마쓰타로는 여덟 살이었고 본인 역시 어머니를 여읜 지 얼마 되지 않았는데도, '어머니가 돌아가셨다'는 것을 아직 잘 이해하지 못하는 여섯 살짜리 누이를 데리고 온 마을을 돌며 아기인 모치타로를 위해 젖동냥을 했다. 그러고는 어머니 얼굴을 모른 채 자라는 가엾은 동생에게 좋은 이름을 붙여 주고 싶다며 열심히 머리를 짜낸 것이다.

출산 전에 어머니와 상의해 아기가 아들이면 '마쓰지로'로 하겠다고 결정한 바 있는 아버지 마쓰이치는 마쓰타로의 의견에 좋은 얼굴을 하지 않았다. 하지만 아버지와 형이 서로 이야기를 나누는 사이에 '모치타로'가 입에 붙어 버린 오린이 아기인 동생을 어르면서 "모치, 모치" 하고 부르는 바람에 어쩔 수 없겠다며 포기했다.

철이 들고 나서 지금까지 그 경위를 몇 번이나 들었는지 모른다. 이제 귀에 딱지가 생길 것 같다고 모치타로는 자주 불평했다. 그러면 형과 누이는,

——저것 봐, 떡이 부풀었어.

하고 웃으며 모치타로의 뺨을 찌르거나 머리를 거칠게 쓰다듬고는 했다.

그런 삼남매를 말없이 바라보던 아버지가 조금 쓸쓸해 보인 까닭은 어머니를 떠올리고 있었기 때문이겠지.

아버지, 형, 누이, 모두가 소중히 여겨 온 어머니의 추억.

나를 붙들고, 다시 불러 주는.

모치타로는 땅바닥 위에서 자세를 고쳐 똑바로 앉았다. 주먹으로 얼굴을 북북 문지르고는 기리지로를 보았다. 깊은 밤 어둠의 밑바닥에서 그 빛이 얼마나 따뜻하고 든든했는지를 떠올리며.

"응, 나는 떡이야. 끈기가 있지!"

어린 마음에도 각오를 굳히고 스스로를 고무하던 당시의 심정을, 모치타로가 흑백의 방에 앉아 담담하게 이야기하고 있다.

도미지로는 아직도 그의 나이가 짐작이 가지 않는다. 고개를 숙이고 낮게 이야기하고 있을 때는 늙어 보이고, 지금은 정말 열한 살짜리 사내아이처럼 눈동자가 반짝인다. 도무지 알 수가 없어서 으스스한 느낌마저 들었다.

"결국 저는 그 부근에 있는 오두막을 보금자리로 삼게 되었습니다."

가까운 곳에는 오래된 우물도 있었다. 물을 길어 올려 보니 놀랄 정도로 차갑고 맑은 물이었다.

"물을 본 순간 엄청나게 목이 마르더군요. 두레박을 쓰기가 답답해서 우물 속에 뛰어들어 벌컥벌컥 마시고 싶을 정도였습니다."

목마름을 느끼고 물이 맛있다고 느낀다. 살아 있다는 증거다. 그

렇다면,
“아침에 일어나자마자 등에에게 붙들려 곧장 끌려온 것이잖아요. 배는 고프지 않으셨습니까?”
도미지로의 물음에 모치타로는 크게 고개를 끄덕였다.
“예, 배가 고파도 너무 고파서 나중에는 어지럽더군요. 하지만 우물물을 보기 전까지는 잊고 있었어요.”
입 끝이 경련하고 눈가가 움찔거린다. 일반적으로는 웃을 상황인데 분명히 이 사람은 웃지 못하는 것이다.
——열한 살 때, 웃는 법을 잊어버렸습니다.
“물은 있었어요. 그럼 음식은 어땠을 것 같습니까?”
산더미처럼 있었다, 고 한다.
“제가 끌려간 그 마을…… 그냥 분명하게 말씀드리자면 육면 님이 만든 노름의 마을이었습니다.”
온 세상의 신들이 노름에 열을 올리는 곳이다. “노름판을 주최하는 사람도 손님도 모두 신입니다. 그러니 우선, 노름판을 주최하는 육면 님께 바쳐지는 음식이 있었어요. 기리지로가 뭐라고 했더라.”
“신찬 말입니까? 신이 드시는 음식.”
“아아, 신찬이군요.”
육면 님에게는 육면 님이 좋아하는 떡과 떡으로 만든 과자.
“그리고 노름을 하러 모여드는 신들도 각자에게 바쳐진 신찬과 공물을 가져옵니다. 도시락이 아니라, 뭐라고 하면 좋을까요.”
“방문 선물일까요?”

모치타로가 눈을 동그랗게 떴다. "그래요, 맞습니다. 그렇습니다. 미시마야 님은 역시 이런 번화한 곳에서 가게를 열고 계시는 만큼 잘 아시는군요."

방문 선물입니다, 방문 선물. 눈을 동그랗게 뜬 채 모치타로는 양손을 크게 펼쳤다.

"이 나라에 계시는 모든 신들이 저마다 방문 선물을 들고 노름의 마을에 오시는 거예요. 엄청난 일이지요."

맛있는 음식을 좋아하고 여러 지방의 특산품이나 맛집 평판기도 많이 읽는 도미지로는 그것이 얼마나 '엄청난' 일인지 쉽게 상상할 수 있었다.

"전국 방방곡곡의 맛있는 음식과 맛있는 술이 모여든다는 뜻이로군요!"

신이 나서 대답하니 모치타로가 약간 당황했다.

"죄송합니다. 저는 식탐이 많아서요, 맛있는 음식이라면 사족을 못 씁니다."

도미지로가 허둥지둥 사과하자 모치타로의 입가가 일그러지고 눈이 한층 더 가늘어졌다. 웃는 법을 잊은 사람이 한껏 짓는 웃음이다.

"미시마야 님은 좋은 분이군요."

모치타로는 따뜻한 목소리로 그렇게 말했다.

"말씀하신 대로, 신들이 가져오는 방문 선물은 하타마무라 마을과 오하타무라 마을밖에 몰랐던 그 무렵의 저에게는 이 세상의 것이라고 생각되지 않을 정도로 호화로웠습니다. 물론, 먼저 신들께 내놓고 나서 남았거나, 신들이 먹지 않고 물린 음식을 먹는 것이지만요."

대부분은 맛있었다고 한다. 그냥 진수성찬이었다.

"사람의 음식과 같았으니까요."

사람들이 신께 바치는 식사로서의 신찬에는 어느 정도의 공통점이 있다. 설탕이나 설탕과자, 흰 떡이나 흰쌀밥, 토란, 도미 온마리 등은 전국 어디에서나 신찬이 되는 음식이다.

"그런 건 좋았어요——아니, 좋은 정도가 아니라 마치 용궁성에 간 듯한 기분이었습니다. 마을에서 살 때는 흰쌀밥은 본 적도 없었고, 이름은 모치지만 흰 떡을 먹을 수 있는 날은 설날뿐이었으니까요."

정말 기뻐서 밥을 먹을 때만은 괴롭지도 쓸쓸하지도 슬프지도 않았다고 한다.

"하지만 그 무렵의 저는 열한 살의 꼬마라 술에는 관심이 없었지요."

옻칠을 한 붉은 술통, 겉껍질만 벗겨 희게 다듬은 나무로 만든 술통, 밧줄을 맨 한 말짜리 술통. 줄줄이 늘어서 있는 것을 감탄하며 바라보았을 뿐 한 방울도 마시지 않았다.

"지금 생각해 보면 벌 받을 일이었습니다."

"그러게요오."

모치타로의 몫까지 도미지로는 유쾌하게 웃었다.

"그리고 각 지방의 특산품으로 만든 신찬 중에는 조금 당황스러운 것도 있었어요. 어디까지나 신이 먹을 음식이고, 설령 남겼다 한들 사람이 받아 먹기는 곤란하다고 할까."

"예를 들어 어떤 것인가요?"

모치타로는 눈을 가늘게 떴다.

"뭔지 알 수 없는 나무뿌리. 희끄무레한 것과 거무스름한 것이 있었어요."

"생약의 재료일지도 모르지요."

"그랬으려나요. 코를 대고 냄새를 맡아 보니 약 냄새가 나더군요. 어린 저한테는 독처럼 생각되어서 무서웠습니다."

손바닥만 한 크기로 딱딱하게 말랐는데 모양이 둥근 무언가도 있었다. 흙인가 했더니 희미하게 된장 냄새가 나기에 몹시 기뻐하며 두들겨 깨서 흰밥에 얹었지만,

"쓰고 아려서, 한 입도 먹을 수 없었어요."

"같은 된장이라도 우리가 먹는 된장과는 빚는 방법이 다른 건지도 모르겠네요."

의외로 곤란한 것은 생선이었는데,

"매일 들어오다 보니 다 먹지도 못하고 상해 버렸지요. 그래서 말린 생선이 들어오면 고마웠어요. 커다란 말린 오징어 같은 거. 정말 술과 안주가 다 갖추어져 있었네요."

"그만큼 상이 차려져 있었으면 술을 마시던 사람도 있지 않았을까요?"

모치타로가 본 다른 '귀신'들은 서로에게 하얀 옷감처럼 보여도 정체는 분명 사람이다. 적어도 본인이 사람이려고 노력하는 동안에는.

"술을 좋아하는 남자였다면 매일 흰쌀밥을 배불리 먹었던 모치타로 씨와 마찬가지로 매일 명주銘酒를 배불리 마시고 있었다 해도 이상하지 않지요."

"아아, 그렇군요. 저는 흥미가 없어서 몰랐을 뿐일지도 모르겠네요."

모치타로는 팔짱을 끼더니 고개를 끄덕였다.

"아, 생각났습니다. 저는 도래떡을 좋아하는데 가끔 도래떡은 깨끗이 사라지고 납작한 찰떡만 남아 있어서 실망할 때가 있었지요. 도래떡을 좋아하는 누군가가 먼저 가져갔을지도 모르죠."

이렇게 이야기만 들으면 웃음이 난다.

"그런 일이 일어난 것을 보면 신찬은 어딘가 정해진 곳에 모여 있었던 걸까요?"

추억에 잠겨 있던 모치타로가 퍼뜩 도미지로를 보았다.

"그렇군요, 저는 이야기를 하는 게 서툴러서요. 그걸 말하지 않았네요."

신사가 있었다고 한다.

"온갖 신들이 노는 노름의 마을에 신사가 있었군요."

"굵은 고목으로 만든 도리이신사의 참배로에 세우는 일종의 문. 좌우 두 개의 기둥 위에 나무를 얹은 것으로, 그 문 안쪽은 신의 영역임을 나타낸다도 서 있었고요. 훌륭한 신사였지만 엄청나게 이상했어요.”

어느 쪽에서 어떻게 보아도 항상 신사의 정면밖에 보이지 않았기 때문이다.

“예?” 도미지로는 무슨 뜻인지 알 수가 없었다. “그런 건물이 있을 리가요?”

“그 마을에는 있었습니다. 저는 매일 다녔으니까요. 신사 안에 신찬이 모여 있는 큰방이 있었거든요.”

도리이도, 어디에서 어떻게 보아도 신사 정면에 서 있다. 옆에서 보이는 장소가 없다.

“그리고 도리이를 지난 다음에 돌아보면 아주 멀리에 있는 겁니다.”

두세 발짝 걸어 그 아래를 막 지났을 뿐인데, 돌아보면 도리이는 반정1정은 약 109미터이나 떨어져 있다. 현기증이 날 것 같았다.

“신사도 비슷한 느낌이 있어서 자갈을 밟으며 걸어가도 좀처럼 가까워지지 않았어요. 그러다 문득 숨을 내쉬거나 눈을 깜박이면 갑자기 눈앞에 다가와 있었지요.”

신사 정면에는 밧줄이 걸쳐져 있었는데 모치타로가 마을의 신사, 육면 님의 신사에서 보아 온 것과 같은 방식이 아니었다.

“뒤집혀 있었거든요. 그렇게밖에 말할 수 없는데, 방향이 반대였습니다.”

게다가 밧줄 사이에 끼워져 있는 접은 종이는 먹으로 물들인 것처럼 새까맸다.

"정상적인, 진짜 신사가 아니라는 증거일까요?"

신들이 흥에 겨워 노는 노름의 마을에 있는 신사가 다른 신성한 신사와 완전히 똑같은 모양으로 되어 있으면, 왠지 용서받지 못할 것 같은 기분도 든다.

"글쎄요. 실제로 안에 들어가 보면 신사가 아니라 도이야바問屋場 에도 시대에 역참에서 인부나 말을 바꾸어 사람이나 짐을 수송하던 사무를 보던 곳 같았으니까요."

신사 안에는 넓은 방이 몇 개나 있고 방마다 여러 공물이 쌓아 올려져 있었다고 한다. 가장 넓은 것은 신찬의 방, 그다음으로 넓은 옷들의 방, 어수선한 도구들의 방, 산 제물의 방, 에마絵馬 기원 또는 감사의 표시로 절이나 신사에 봉납하는 말 그림. 진짜 말을 봉납하는 대신에 그림으로 그려 바친 것인데, 후에는 말 이외의 그림을 그려 바치기도 했다의 방에 인형의 방.

"사, 산 제물이라니요?"

"갓 잡은 닭이나 커다란 잉어나 메기, 쥐나 토끼도 있었지요."

아아, 다행이다. 사람은 아니구나.

"미시마야 님, 방금 안심하셨지요?"

"예. 간이 작아서 부끄럽군요."

"아뇨, 아뇨. 저도 그 마을에서 처음으로 산 제물의 방에 들어갔을 때 똑같이 안심했습니다. 사람이 잡혀 매달려 있지 않아서 다행이라고요."

바보지요——하며 입가를 일그러뜨린다.

"이미 저 자신이 산 제물이 되었는데도."

산 제물의 방에는 늘 짐승의 피 냄새가 떠돌았는데 커다란 물고기가 드물게 살아 있는 경우도 있어서 며칠 동안 돌본 적이 있다고 한다.

"커다란 대야를 찾아다가 우물물을 담아서 가져갔어요. 저도 엉뚱하다고 할지, 어린애였기 때문에 지금보다 훨씬 더 바보였습니다."

아니, 그저 불안하고 쓸쓸했기 때문이겠지. 아무리 친근하게 다가와 주어도 기리지로는 살아 있는 존재가 아니다. 열한 살의 모치타로는 살아 있는 사람이 그리웠으리라.

"신사 안에서는 다른 사람을 만나는 일이 없었군요."

이제 와서야 도래떡을 두고 보이지 않는 다툼이 벌어졌다는 사실을 알아차렸을 정도니 아무도 만나지 못했겠지.

"네…… 우연히 마주치거나 눈에 띌 수는 있지만 사람과 사람이 가까이 하는 것은 금지되어 있었을 테지요."

왜냐하면 모두 죄인이니까.

"사이가 좋아져서 서로 격려하고, 남자와 여자 같은 경우 사랑하는 사이가 되거나 한다면 벌을 받는 게 아니잖아요."

"서로 귀신 같은 모습으로 보여도 사이가 좋아지거나 사랑할 수 있을까요?"

그렇게 물은 도미지로를 모치타로가 물끄러미 마주 보았다. 뚫어질 듯한 눈초리에 도미지로는 자세를 고쳐 앉았다.

"죄송합니다, 제가 무슨 거슬리는 말씀을 드렸나요?"

모치타로는 말없이 고개를 좌우로 저었다. 두 번, 세 번 조심스럽게.

"저야말로 죄송합니다. 제가 제대로 웃을 수 있다면 웃으면서 대답하면 될 일인데요."

웃음이라는 표정을 하나 잃은 것만으로도 사람은 이렇게 불편해진다.

"그런 말씀을 하시는 미시마야 님은 아직 진짜 외톨이가 된 적이 없으시구나, 하고 생각했습니다."

강하게 한 대 얻어맞은 것처럼 도미지로는 가슴이 뭉클해졌다.

"아아, 그 말씀이 맞습니다. 아는 척 지껄여서 죄송합니다."

도미지로는 머리를 숙였다. 모치타로는 고개를 숙이고 코를 훌쩍이더니 에헤헤, 하고 소리 내어 말했다.

"방금 이건, 웃은 걸로 쳐 주십시오."

"알겠습니다. 이참에 새 차와 양갱으로 한숨 돌리지요."

두 사람은 다과에 손을 뻗어서 잠시 먹고 마시며 대화를 나누었다.

"전국의 신찬이 모였을 그 마을에서도 양갱을 본 적은 없네요."

"과자류는 어떤 것이 있었습니까?"

"다식이 많았습니다. 모나카도 있었고요. 대개 매화나 복숭아 꽃 모양을 하고 있었어요. 신기한 걸로는 절구 모양이 있었지요."

"해당 지방에 가면 왜 그런 모양으로 만드는지 알 수 있을 테지요."

"맞아요. 그리고 팥밥이 있었습니다. 팥을 넣어 지은 밥. 미시마야에서는 찹쌀에 팥을 섞어 밥을 짓고 깨소금을 뿌려서 드시지요?"

"예. 다른 팥밥이 있습니까?"

"있습니다. 달아요. 팥을 달게 조리고 나서 밥을 짓는 거지요. 그건 어느 지방의 공물이었을까요."

신찬은 제물로 바쳐지는 것이기 때문에 대개는 소반에 놓여 있다. 소반 위에는 종이나 조릿대 잎 등의 이파리가 깔려 있는 경우가 많지만,

"다시마가 깔려 있는 것을 발견했을 때는 깜짝 놀랐습니다."

소반이 아니라 그림이 그려진 커다란 접시나 질그릇 주발, 소쿠리나 바구니에 담겨 있을 때도 있었다.

"무엇보다도 신기했던 건 뗏목이었지요."

"뗏목? 통나무를 엮은, 그 뗏목 말입니까?"

"역시 그렇게까지 크지는 않았습니다. 다다미 반 장 정도의 크기일까요."

그 위에 생쌀과 팥, 납작하게 편 커다란 찰떡에 말린 과일과 설탕과자, 술과 된장이 든 병, 크고 작은 생선이 한 마리씩, 그리고 비단실 묶음과 무명천이 줄지어 놓여 있었다고 한다.

"틀림없이 풍요로운 지방의 공물이었겠지요."

"맞습니다. 오하타무라 마을의 육면 님을 모신 신사에서도 그런 산더미 같은 공물을 보진 못했기 때문에 어린 마음에도 우리 육면

님은 검소하시구나, 하고 생각했답니다."

맛있는 것을 좋아하는 사람으로서 음식 이야기는 계속 들어도 질리지 않지만 다른 방에 있던 공물도 신경이 쓰여 견딜 수가 없다.

"옷의 방에는 신께 바쳐진 옷이 모여 있었겠군요."

호지차를 단숨에 비우고 모치타로는 고개를 끄덕였다.

"고소데, 하오리, 띠, 버선, 유카타도 있었고 각반까지 갖추어져 있었지요. 그리고 속곳도요."

신의 속곳.

"속치마도 있었습니다."

"그렇다면 여신이 노름을 하러 왔었다는 건가요?"

"잠시 쉬러 오신 거지요."

속곳이나 속치마라면, 신들의 방문 선물이라기보다는 오래 머물기 위해 갈아입을 옷을 가져왔다는 느낌이다.

"도구들은 어떤 것이 있었습니까?"

"대충 사람 세상에 있는 것은 거의 다 있었습니다."

사람은 사람 세상에 있는 것들 거의 전부를 신들에게 바치며 평온한 삶을 기원한다.

"그건 이발의 신이었으려나요. 가발이 가득 쌓여 있어서 얼핏 보면 기분이 나빴어요."

도미지로는 이발사를 수호하는 이발의 신에게 불평할 생각은 없지만,

“가발은 방문 선물로 괜찮을지 어떨지 의심스럽네요.”

산간 마을에서 자란 모치타로로서는 사용법을 알 수 없는 것도 있었다고 한다.

“펼치면 방 안 가득해질 것 같은 커다란 그물. 가장자리에 추가 매달려 있었고요.”

“아, 그건 아마 끌그물 어망이겠네요.”

“그 무렵의 제 키만 할 것 같은 커다란 나무주걱.”

“커다란 솥이나 병의 내용물을…… 아니, 온천지에서 뜨거운 원천源泉을 휘젓거나 유황 침전물을 걷어 내거나 하는 도구이려나요.”

“미시마야 님은 역시 아는 게 많으시군요!”

에마의 방에는 당연한 일이지만 에마뿐. 아무것도 적혀 있지 않은 새하얀 에마라서 늘 나무 향기가 났다고 한다.

“육면 님의 에마는 본사의 것도 분사의 것도 모두 똑같이 육각형입니다.”

말이 된다.

“육각형인 건 육면 님뿐일 거라고 생각했는데 이 나라는 넓으니 또 있는 곳에는 있더군요. 육각도 오각도, 삼각도 있었습니다.”

노름의 마을에 놀러 오는 신들에게 자기 신사의 에마는 일종의 통행증이었던 게 아닐까. 나는 이렇게 중생들의 신앙을 받고 있다는 증거.

문득 든 생각이지만 도미지로가 그렇게 말해 보니 모치타로는 또 눈을 동그랗게 떴다.

"미시마야 님, 굉장하시네요."

맞아요, 맞아, 그렇습니다! 손뼉을 짝짝 치며 고개를 마구 끄덕인다.

"그 무렵의 저는 그런 데까지 머리가 돌아가는 꼬마는 아니었으니까요. 하지만 기리지로에게 물어본 적이 있었지요."

——있지, 이 마을에는 나쁜 신이 가까이 오는 일은 없어?

"나쁜 신이 노름을 하고 싶어서 들어온다면 무섭겠다고 생각했거든요."

그러자 기리지로는 이렇게 대답했다.

——신에 착하고 나쁜 것은 없어요.

사람들이 고마워하니까 착한 신이고 무서워하니까 나쁜 신이 아니다. 신들에게 사람의 잣대로 재는 선악은 들어맞지 않는다.

"다만 현세에서 아무도 신앙하지 않는 신은 이곳에는 들어올 수 없으니 안심하라더군요."

"……그렇군요."

더부살이인 등에의 신도 모치타로의 고향에서는 신앙의 대상이었다. 어리석어서 사람의 못된 소원을 들어주고 말지만, 그러면 나쁜 신일까? 사람 쪽에서 그렇게 선을 그어도 되는 걸까.

도미지로는 천천히 고개를 끄덕였다.

"일종의 통행증이었던 것은 에마뿐만이 아니군요. 신들의 방문 선물은 전부 누군가가 신앙을 바치고 있다는 증거예요. 그런 의미가 있기 때문에 노름의 마을을 찾아오는 신들은 가발이든 속곳이

든 지참하시는 것이고 육면 님도 그걸 받아 큰방에 넣어 두신 게지요."

그 물건들을 둘러보며 눈을 희번득거리는 열한 살 모치타로의 모습을 떠올린 도미지로가 자연스럽게 미소 지었다.

"그렇구나, 으~음."

모치타로는 팔짱을 끼고 먼 곳을 바라보는 듯한 눈빛이 되었다.

"그 마을에 있었을 때는 그런 생각을 하지도 못했는데요."

꽤 바빴고요.

"큰방에 있는 음식 덕분에 굶주리는 일은 없었지만 매일 청소하는 게 큰일이었거든요. 상하면 버려야 하고요."

"그런 일을 하인인 주사위 여러분과 함께 했던 거군요."

주사위 여러분이라고 말해도 될까.

"육면 님의 하인은 주사위뿐이니까요. 하지만 아까 말씀드렸지요, 인형의 방이라고."

그 인형이란 '사람 모양을 한 것', 종이를 접거나 잘라 만든 종이 인형이었다.

"그것만은 내내 똑같은 모양을 한 것밖에 보이지 않았어요. 길이가 두 치 정도였으려나요. 눈도 코도 달려 있지 않고, 새하얀 종이 접기 인형이었는데."

그들이 주사위 하인의 수하가 되어 열심히 일했다고 한다.

——인형들아~, 일어나라~.

"매일 아침 기리지로가 큰 소리로 부르면 인형이 팔랑팔랑 일어나는 겁니다. 그리고 뒤를 따라오지요."

그렇게 열심히 일하다가 하루의 일이 끝날 무렵이면 인형들이 더러워지고 찢어지고 구겨져서,

"해가 지면 먼지처럼 사라져 버려요. 하지만 다음 날 아침에 신사의 큰방에 가면 새 인형이 가득 있었지요. 어쨌든 신기한 일이었습니다."

대체 정체가 무엇일까. 사람 모양을 하고 있다니까 도미지로는 저도 모르게 무서운 쪽으로 상상하고 만다.

"정체는…… 글쎄요." 모치타로는 가만히 눈을 가늘게 떴다.

"먼저 말해 버리면 재미가 없으니 차차 이야기하지요. 확실히 기묘해서 저도 금방은 익숙해질 수가 없었습니다."

"이 녀석들 말이야, 부지런한 건 잘 알고 있지만."

길 양쪽에 줄줄이 늘어서 있는 석등롱을 종이 인형들이 닦고 있다. 밤새도록 기름을 태우느라 달라붙은 그을음을 닦는 것이다.

"나는 좀 으스스해."

"그렇다면 우두커니 서서 보고 있지 말고 부정한 물을 뿌리고 오세요."

"그쪽은 더 싫어."

"일하지 않는 모치타로 씨한테는 오늘 아침에 큰방에서 가져온 도래떡을 드리지 않을 거예요."

해님의 모습은 늘 희미하게 흐려져 있지만 노름의 마을에도 아

침 점심 저녁은 있다. 지금은 딱 점심때다. 신들의 노름은 해 질 녘에 시작되어 밤새도록 흥이 오르고 아침이 오면 끝이 난다. 다들 밝을 때는 잠자리에 드는 것이다.

모치타로가 이 마을에 끌려온 지도 오늘로 닷새째다.

——아직 마을 한가운데에는 가까이 가면 안 돼요.

모치타로가 할 수 있는 일이라면 길을 청소하고 쓰레기를 줍는 일, 주사위와 인형들이 걸레질을 하기 위한 물을 긷는 일(이게 또 끝이 없어 몇 번이나 길어 옮기고 또 길어 옮겨야 한다), 그 뒤 걸레를 빨아 말려야 한다. 가장 싫어하는 일은 더러운 물을 비우는 거다.

빗물통에 든 더러운 물은 한 번 비워도 이튿날에는 가장자리까지 가득 차 있다. 기리지로의 말을 흉내내어 말하자면, 사람의 더러움은 마를 날이 없어요.

"그럼 물을 새로 길어 올게."

영차 하며 통을 좌우에 들고 물을 뜨러 되돌아간다.

모치타로가 사는 집 근처 우물과는 별도로 소와 말을 매어 놓는 울타리 옆 물터는 넓이가 다다미 한 장 정도이고 깊이는 모치타로의 무릎 정도로, 주위는 돌로 메워져 있고 깨끗한 물이 고여 있다. 물을 끌어들이는 물받이는 눈에 띄지 않는데도 어디에선가 물이 온다. 사흘째까지는 물이 어디에서 오는지 알아내려고 주위를 찾아다니던 모치타로지만 어느 순간부터 포기했다. 됐어, 편리하니까.

첨벙! 빈 통을 물 속에 넣어 물을 긷는다. 주위는 조용하고 새 소리도 벌레 소리도 나지 않는다. 이 마을에서는 바람조차 불지 않기 때문에 숲의 나무들이 소리를 내는 일도 없다.

첨벙! 물보라가 반짝반짝 빛난다. 당연하다는 듯이 깨끗하다.

물터 가장자리의 돌 위에 손을 짚고 모치타로는 쪼그려 앉았다. 네모난 수면이 천천히 흔들리고 거기에 비치는 모치타로의 얼굴도 천천히 일그러진다.

——오늘 아침에는 경단을 먹을 수 있었다.

신찬의 방에 수수경단이 있었기 때문이다. 대체 몇 꼬치나 먹었을까. 수수의 좋은 향이 나고 달고 맛있었다.

웃어 보자. 기뻤으니까. 웃지 못할 리가 없다.

네모난 수면의 흔들림이 멈추었다. 그러나 거기에 비치는 모치타로의 얼굴은 여전히 일그러져 있다.

웃으려고 하는데 눈가가 위아래로 움직일 뿐, 콧방울이 벌어졌다 오므라졌다 할 뿐, 입가가 시옷자가 되었다가 돌아왔다가 뺨이 경련했다가 할 뿐, 이런 일그러진 표정이 되고 만다.

안 된다. 지금은 무리다. 조금 더 이 마을에 익숙해지면, 커다란 등에에게 붙잡히는 꿈을 꾸지 않게 되면, 기리지로 없이 혼자 있어도 흠칫거리지 않게 되면, 다시 웃는 방법을 떠올릴 수 있을 테지. 분명히, 분명히.

눈을 감고 스스로에게 들려준다. 힘내, 모치타로. 그런데도 감은 눈꺼풀 사이에 눈물이 고이고 만다. 우는 것은 이렇게 쉽구나.

──아버지, 형, 누나.

오린은 등에의 저주에서 벗어날 수 있었을까. 자신이 한 일은 헛되지 않았을까.

나 꼭 돌아갈 거야. 꼭 돌아갈 테니까, 모두들 건강하게 지내.

눈을 뜬다. 수면에 비친 자신의 얼굴을 확인한다. 우는 얼굴이어서는 안 된다, 정신 바짝 차려야지.

모치타로의 얼굴 옆에 다른 사람의 얼굴이 있었다.

여자다. 경단처럼 동그랗게 묶은 머리카락. 아랫볼이 불룩하고 입술이 두툼하다. 오른쪽 뺨에 커다란 사마귀.

모르는 얼굴이다. 대체 누구일까.

"이봐, 당신!"

큰 소리로 부른 순간 물에 비치는 여자는 더러운 것을 봤다는 듯 얼굴을 찌푸리더니 사라졌다.

어? 어? 어? 방금 그건 누구지?

당황한 모치타로의 몸이 얼어붙어 버려 움직이지 못한다.

부우~웅.

뒤쪽에서 무겁고 커다란 날갯짓 소리가 났다. 등에의 날개 소리다. 묶여 있다가 풀려난 것처럼 모치타로는 튀어오를 듯한 기세로 뒤를 돌아보았다.

보이지 않는다. 사람의 모습도, 날아다니는 등에도.

여우에 홀린 기분이란 바로 이런 때를 두고 하는 말이리라. 그러나 이 마을에 여우는 없다. 신들과 하인과 귀신이 되지 않으려고 필사적으로 일하는 가엾은 사람들뿐이다.

방금 그 여자도 사람인 이상은 이곳에 갇혀 있는 동료겠지. 한데 어째서 귀신으로 보이지 않았을까. 물에 비추면 본래의 사람 모습으로 보이는 걸까.

통을 들고 기리지로가 있는 곳으로 돌아가니 깨끗한 물을 찾아 와글와글 몰려드는 인형들이 보인다. 이 녀석들, 물에 젖어도 아무렇지도 않은가 보다. 더러워지면 닦고 더러워지면 닦으며 청소를 계속한다. 모치타로는 인형들이 물을 뒤집어쓰는 모습을 바라보면서 물었다.

"기리지로, 우리 사람들도 물에 비추면 귀신이 아니게 되는 거야?"

"무슨 잠꼬대 같은 소리를 하시는 거예요?"

그게——하며 아까 있었던 일을 이야기해 주자 기리지로는 갑자기 모서리로 탁 섰다. 그대로 꼼짝도 하지 않는다.

"왜 그래? 깜짝 놀랐어?"

어쨌거나 주사위이다 보니 그럭저럭 속마음을 알게 되었어도 감정을 알기는 어렵다.

"무엄하고 끈질기구나."

기리지로가 빠른 말투로 작게 중얼거린다.

"고약한 놈이라도 부끄러움을 안다면 사정을 봐주지 못할 것도 없지만 어쨌거나 업보가 깊어 큰일이로다."

"응? 뭐라고 했어?"

갑자기 빙글빙글 돌며 기리지로가 크게 소리를 질렀다.

"자, 인형들아, 다음 일을 하자. 이쪽으로 와!"

모치타로는 잠자리로 삼은 오두막의 판자벽에 표시를 하여 날짜를 세고 있었다. 그 표시가 딱 60개가 되던 날 아침, 데리러 온 기리지로가 새삼스럽게 격식을 차리는 말투로 말했다.

"모치타로 씨는 이곳의 일을 잘 익히셨어요. 오늘부터는 신들의 여관 쪽에도 가 보지요."

분명히 모치타로는 이 마을의 청소나 정리, 자잘한 잡일을 하는 법을 완전히 배웠다. 기리지로가 항상 옆에 있으면서 가르쳐준 덕분이지만 본래도 게으름뱅이는 아니다. 깨어 있는 동안 계속 일을 하는 생활은 하타마무라 마을의 집에 있었을 때와 똑같다. 조금도 고생스럽지 않았다. 오히려 신기한 음식이나 흰쌀밥이나 떡을 먹을 수 있는 만큼 이곳이 더 형편이 나았다.

——음식이나 물에 등에가 섞여 들어오는 일도 없고.

누이의 등에를 삼켰을 때에는 훨씬 더, 상상할 수도 없을 정도로 심한 일을 당하리라 각오하고 있었는데.

"알았어. 나 열심히 일할게."

육면 님의 용서를 받을 수 있도록 열심히 일하자. 늘 마음속에 그리는 하타마무라 마을로, 가족들의 곁으로 돌아가기 위해서.

"지금부터의 고용살이는 훨씬 어려워질 거예요."

기리지로는 모서리로 서서 단호하게 말했다.

“낮 동안에 신들은 여관 안쪽에서 주무시고 계시니까요.”

청소나 빨래는 가능한 한 조용히 해야 한다.

“해가 지면 신들은 일어나서 목욕을 하신 다음 연회 자리에 들어가 술과 음식을 둘러싸고 앉아 노름을 시작하지요. 아침까지 먹고 마시면서 놀고 날이 밝으면 연회 자리에서 물러나 주무시고요.”

우와아, 팔자 좋다.

“모치타로 씨는 절대로 신들의 모습을 보아서는 안 돼요. 또, 신들의 눈에 띄어서도 안 돼요.”

“어째서?”

“하인이 손님의 얼굴을 보거나 손님에게 하인의 꼴사나운 모습을 보이는 것, 둘 다 용서받을 수 없는 무례니까요.”

매일 일을 마치면 모치타로는 얼른 여관에서 물러나야 한다. 신들에 따라서는 방금 전까지 그곳에 있었던 사람의 기척마저 싫어하는 경우도 있으니까.

“뭔가 무섭네.”

신이란 그렇게 엄한 걸까.

“나, 여기는 그렇게 힘든 곳이 아니라고 생각하기 시작한 참이었는데.”

모치타로의 입에서 저도 모르게 생각이 흘러나왔다.

“더 괴롭지 않으면, 누나의 저주를 떠맡은 게 안 되지 않나 하고 좀 걱정이 되기도 했어.”

기리지로는 빙글 돌았다.

"쓸데없는 걱정이에요."

지금부터가 진짜 고용살이니까요.

"실수를 하면 어떻게 돼?"

"실수를 한 사람을 본 적이 없어서 모르겠네요."

"나한테 용기를 줄 만한 말을 좀 해 줘."

허술한 오두막 안에서 모치타로는 주워 온 판자 조각을 겹쳐 쌓고 그 위에 거적을 깔아 침상으로 삼고 있다. 기리지로는 그 위로 폴짝 뛰어올랐다.

"――이건 뭔가요?"

모치타로가 벽에 새긴 표시다.

"날짜를 세는 거야. 오늘로 딱 60일째지."

그러자 기리지로는 좌우로 데굴데굴 굴렀다. 이것은 사람이 '아니다'라며 고개를 가로젓는 것과 같은 의미가 있다.

"어, 내가 잘못 세었어?"

"아뇨, 이 마을의 시간의 흐름은 하타마무라 마을의 시간의 흐름과 달라요."

신들이 계시는 곳에서는 본래 시간이 흐르지 않는다. 신은 영원한 존재이기 때문이다.

"그래도 시간이 없는 곳에서는 즐거움도 생겨나지 않지요. '흥겨워하는' 것은 시간을 소비해야만 비로소 가능한 일. 특히 내기라면 더욱 그렇고요."

그래서 이 마을에는 거짓 시간이 흐르고 있다. 하타마무라 마을

이 있는 현세의 시간과는 다른 것이다.

"모치타로 씨가 날짜를 구분하기 위해서 얼마든지 표시를 새겨도 상관없지만."

이 표시가 나타내는 날수에 기대를 담는 것은 그만두는 편이 좋다.

"오백 일이 되었으니 용서를 받을 수 있다는 보장은 없어요. 천 일이 넘었으니 육면 님이 기특한 신자라고 인정해 주실 거라는 보장도 없고요."

알았어……. 그렇게 반복해서 말해 주지 않아도 괜찮아.

"다만."

기리지로가 모치타로의 눈앞까지 굴러왔다.

"걱정하지 않아도 모치타로 씨는 이미 훌륭하게 누님을 구했어요. 누님한테 걸려 있던 저주는 사라졌어요. 현세에서 건강하게 지내고 계실 거예요."

모치타로는 멍해졌다. 너무 놀라니 눈도 입도 크게 벌어지고 만다. 스스로 깨닫지 못할 뿐 아마 귓구멍도 크게 벌어져 있지 않을까.

"지, 지, 지금 뭐라고 했어?"

"모치타로 씨의 누님은 건강하세요."

"어, 어, 어어어어어."

"어떻게 아느냐고요?"

모치타로는 기리지로를 움켜쥐었다. 가까이에서 보니 찌그러진 부분에 때가 끼어 있다. 이 녀석도 부지런한 하인인 것이다.

"그때는 아직 너무 이른가 하고 걱정이 되어서 말씀드리지 않았지만요."

"그때라니?"

"이 마을에 온 지 닷새째 되던 날, 수면에 비치는 여자의 얼굴을 본 적이 있으시지요?"

물터에서 분명 그런 일이 있었다. 자신의 얼굴 옆에 여자의 얼굴이 나란히 비쳤더랬다.

"기리지로, 뭔가 웅얼웅얼하면서 나를 속였구나."

"그런다고 속는 모치타로 씨는 정말 솔직하고 착한 아이예요."

또 속이려고 하는 거 아닐까?

"그게 바로 모치타로 씨의 누님한테 등에를 붙여 보낸 여자예요."

아아, 오린을 저주한 여자라니!

모치타로는 떠올렸다. 물터의 물에 비친 여자의 동그랗게 묶은 머리, 두툼한 입술. 엉성한 오타후쿠 가면이마와 광대뼈가 튀어나오고 코가 납작한 여자의 탈처럼 좌우의 뺨이 부풀어 있었다. 그리고 오른쪽 뺨에 사마귀가 눈에 띄었는데.

이 마을에서 본인 외에 사람의 얼굴을 본 적은 그때뿐이었다. 뭐가 뭔지 모르겠으면서도 잊을 수는 없었다.

그렇다, 그때 그 여자가 더러운 것이라도 봤다는 듯 얼굴을 일그러뜨렸던 일도.

"분하게 여기고 있었던 거예요" 하고 기리지로는 말했다. "모치타로 씨가 등에 신의 저주를 떠맡았기 때문에 누님은 구원을 받았지요. 그래서 저주를 한 여자는 이를 갈며 분하게 여기고 모치타로 씨를 노려봤던 거예요."

기리지로를 손 위에 올려놓은 채 모치타로는 거적 위에 걸터앉았다. 다리가 조금 떨리고 있었던 것이다.

"누나, 살았구나."

"네. 하지만 그때 모치타로 씨한테 가르쳐줘 버리면 얼른 집으로 돌아가고 싶은 마음이 일고, 저주가 풀린 누님을 만나고 싶어 못 견디거나 괴로운 심정이 될까 봐……."

그를 속인 것이다.

"……고마워. 응, 분명 그랬을 거야."

지금은 좀 더 차분해졌다. 절반은 체념일까. 절반은 각오를 다지고 있다.

"다행이야. 내가 한 일이 쓸모없지는 않았구나. 즉흥적인 생각이었는데 맞아서 다행이야."

그건 그렇고, 그 여자는 어디 사는 누구일까.

"나는 전혀 본 적이 없는 얼굴이었어. 누나랑 아는 사이였을까?"

오린은 부잣집에 시집을 가기 위해 대촌장의 양녀가 되어 예의범절과 교양을 익히고 많은 사람을 만났다. 이노하나야로 시집을 가게 되어서 처음으로 만난 사람도 많았으리라.

젊고 마음씨가 착하고 좋은 혼담이 들어온 오린을 질투하여 등에를 붙여 주려는 마음을 먹은 여자가, 그런 사람들 중에 있었을까.

“누님에 비하면 훨씬 못생긴 여자였어. 못된 표정을 하고 있어서 더욱 추녀로 보였을 뿐일지도 모르지만.”

모치타로의 마음에 오린의 웃는 얼굴이 떠오른다. 오린의 실잣기 노래가 되살아난다. 부지런하고 마음씨가 착하고 다정하고 밝고 흠 잡을 데가 없는 누이였다.

그에 비하면 그런 추녀 따위. 누님을 질투하는 것부터가 잘못이다. 처음부터 상대도 되지 않는데.

“제대로는 겨룰 수 없으니까 사람은 질투를 하는 거예요.”

기리지로가 말했다. 모치타로는 깜짝 놀라 손바닥 위의 주사위를 바라보았다.

“그 여자, 지금 어떻게 됐어? 역시 이 마을에 있는 거지?”

“네. 이 마을에 붙잡혀 있지만 여자가 어떤 모습이 되었는지 모치타로 씨는 짐작도 하지 못할 거예요.”

어? 하지만 물에 비친 것은 사람의 얼굴이었다. 귀신도 아니었다.

“여자를 보았을 때 소리가 들렸을 텐데요.”

앗 하고 생각했다. 그러고 보니 들렸다.

“등에 날개 소리가 났어. 소리의 느낌만으로도 꽤 크겠던데.”

아아, 그런가. 납득이 되었지만, 모치타로는 깜짝 놀랐다. 팔에 소름이 돋는다.

"……혹시."

"그, 혹시가 맞아요."

"등에가 돼 버린 거야?!"

등에 신의 저주는 저주를 받은 사람에게는 곧 무서운 징표가 나타난다. 그러나 저주한 사람이 어떻게 되는지 그쪽은 잘 모른다. 저주한 자의 말로를 확인한 예가 없기 때문이다.

"저주를 걸 때 아흔아홉 마리의 등에에게 피를 빨려 '저주삯'으로 삼는다는 이야기는 들은 적이 있지만."

기리지로는 모치타로의 손바닥 위에서 데굴 굴렀다.

"'저주삯'이 아니라 '저주의 대가'라고 하세요."

"대, 대가란 말이지, 알았어."

"게다가 그 이야기는 잘못되었어요."

아흔아홉 마리의 등에에게 피를 빨리는 것은 등에의 신에 대한 대가도 공물도 아니다. 그 자체가 저주의 의식인 셈이다.

"등에의 신이 계시는 땅에서 아흔아홉 마리의 등에에게 피를 빨린 자는 백 번째 등에로 모습을 바꾸게 돼요."

스스로 등에가 되어 저주하는 상대가 있는 곳에 모습을 나타낸다. 물이나 음식에 섞여 상대를 괴롭히고 굶주림과 갈증을 유발하여 죽음으로 몰아넣는 것이다.

오린의 눈앞에서 밥그릇의 물과 함께 통통한 등에를 삼켜 보였을 때와 마찬가지로 모치타로는 속이 거북해졌다. 구역질이 치밀어 올랐다.

그래도 기리지로가 무슨 말을 하는지는 잘 알 수 있었다. 앞뒤가 들어맞는다. 지금까지 저주한 자의 말로를 잘 모르는 채로 흐지부지되었던 까닭도 당사자인 본인이 등에가 되어 버렸기 때문이구나.

"그, 그렇다면 기리지로."

구역질을 참으며 모치타로는 숨을 가다듬었다.

"나를 이곳으로 데려온 그 커다란 등에가."

"맞아요, 그게 모치타로 씨의 누님을 저주한 여자의 현재 모습이에요."

쌀가마니만 한 크기였다. 등에의 요괴다. 모치타로를 쉽게 붙잡아서 가랑비 속을 붕붕 날았다.

"모치타로 씨를 납치해 이 마을로 들어와 버린 이상 그 커다란 등에도 이제 멋대로 현세로 돌아갈 수는 없어요."

언젠가 육면 님의 용서를 얻을 수 있을까. 아니, 더부살이 신에게 사악한 소원을 빈 신자를 육면 님은 결코 가엾게 여기지 않을 것이다.

등에의 몸으로 날아다닐 뿐.

"산것의 피에 굶주려 먼지가 될 때까지 날아다니는 것이지요."

그런데도 아직 모치타로에게 원한의 얼굴을 보일 정도의 악의를 유지하고 있다. 그것이 얄밉다며, 기리지로는 오랜만에 뾰족한 목소리를 냈다.

"그때 나는 이렇게 말했지요."

──고약한 놈이라도 부끄러움을 안다면 사정을 봐주지 못할 것도 없지만 어쨌거나 업보가 깊어 큰일이로다.

"모치타로 씨는 이제 상관하지 않아도 돼요. 어디에선가 커다란 등에의 날개 소리가 들리거나 또 수면에 여자의 얼굴이 비치더라도 신경 쓰지 말고 내버려 두세요. 상관하면 모치타로 씨의 일에 방해가 돼요."

중요한 충고인데도 모치타로는 다른 생각을 하고 있었다.

"기리지로는 그 여자의 이름을 알아?"

어디 사는 누구인지 나도 알고 싶다.

"그 여자가 누님을 저주했다는 사실을 오하타무라 마을이나 하타마무라 마을에서 모두에게 알려 주고 싶어!"

기리지로는 조용히 침묵하고 있었다. 모치타로는 조금 당황했다.

"물론 내가 무사히 여기에서 마을로 돌아간 후의 일이겠지만."

"우선 무사히 돌아가는 일에 전념하세요."

잡념은 더러움으로 통한다. 이곳에서 더러움을 띤다는 것은 사람의 모습으로 머무르지 못하고 귀신으로 변해 가는 첫걸음이다.

"커다란 등에를 경멸한 나머지 자신이 귀신이 되고, 동글동글 부슬부슬한 먼지가 되어 버린다면 얼마나 웃기겠어요."

"진짜, 금방 이렇게 겁을 주네. 나는 네가 싫다, 기리지로."

"싫어도 괜찮아요. 부지런히 일하세요."

이런 이야기를 해 버린 후이니, 하며 그날 아침에는 모치타로에게 차가운 우물물로 목욕을 하라고 했다. 평소처럼 신사로 가서 큰 방으로 들어갔는데, 앞장선 기리지로는 지금까지 지난 적 없는 복도를 데굴데굴 굴러 나아갔다.

"이 앞에 육면 님의 본당이 있어요."

복도의 막다른 곳에는 넓은 마루방이 있고 앞쪽의 쌍바라지 문이 활짝 열려 있었다. 그 너머는 네모난 중정으로 하얀 자갈과 모래가 깔려 있다. 다만 딱 한가운데 부분만 사방 한 자로 네모나게, 깨끗하게 비질을 한 것처럼 자갈과 모래가 치워져 있어 흙이 보였다. 촉촉하고 비옥해 보이는 흙이다.

"이곳이 육면 님이 계시는 곳이에요."

마루방의 툇마루에서 네모난 흙 부분을 향해 기리지로가 앞구르기로 데구르르 굴렀다. 이것은 기리지로의 인사다.

모치타로도 마루방에 앉아 단정하게 엎드렸다. 아까 목욕을 해서 몸이 차갑고 코가 간질간질해 재채기가 나오려는 것을 열심히 참았다. 주위는 쥐 죽은 듯 조용하고 좋은 향 냄새가 떠돌고 있었다.

"육면 님은 우리 같은 하인 앞에 모습을 보이시지 않지만 나는 이 네모난 흙 부분을 육면 님이라 생각하고 절을 하지요."

"그럼 나도 그렇게 할래."

얼굴 앞에서 손을 모으며 모치타로는 눈을 감고 기도했다. 우리 가족이 모두, 하타마무라 마을 사람들도 모두 무사히 살 수 있게 해 주세요.

그때.

갑자기 등줄기에 오한이 스쳤다. 엉덩이에서부터 목덜미로 달려 올라오는 한기는 몸 안쪽을 드르륵 문질러 올리는 소리가 나지 않았나 싶은 만큼 강해서 모치타로는 손을 모은 자세 그대로 얼어붙고 말았다.

"기, 기리지로."

대체 어떻게 된 거야. 곁눈질로 기리지로를 살펴보니 찌그러진 주사위는 찌그러지지 않은 쪽 모서리를 아래로 하고 서서 움찔거리며 떨고 있다.

"기리지로, 왜 그래, 괜찮아?"

모치타로의 오한은 목덜미 부근에서 완전히 빠져나갔고, 그러자 굳었던 몸이 풀렸다. 따뜻한 피가 돌기 시작하는 것이 느껴진다.

털썩. 기리지로가 '6' 면을 위로 한 채 마루방 위에 쓰러졌다.

"후후, 후우우우."

기리지로는 떨리는 듯한 목소리를 내며 모치타로 앞으로 굴러와 다시 모서리로 섰다.

"방금 그것은요, 모치타로 씨."

이 세상에서 가장 무서운 역신疫神이 가까이 다가온 기척이라고 한다.

"그 신은 노름을 하지 않기 때문에 늘 이 마을 옆을 그냥 지나치실 뿐이지만."

역신이 그냥 지나가는 것만으로도 마을에는 이러한 영향이 나타난다.

"우리 하인들뿐만 아니라 작은 신들도 그분의 기척을 두려워하는 것 같아요."

"그렇게 무서운 역신은 어떤 신인데?"

"역이란 병이라는 뜻, 역신은 병의 신이에요."

그중에서도 최강이자 가장 흉악한 것이,

"포창신이에요."

포창은 한번 날뛰기 시작하면 사람의 힘으로 억누를 수 없는 무서운 돌림병이다. 걸린 사람은 픽픽 쓰러져 죽는다. 간신히 살아남아도 어떤 사람은 얼굴이나 몸에 남은 보기 흉한 마맛자국에 괴로워하고, 어떤 사람은 앞을 보지 못하게 된다.

모치타로가 알기로 오하타무라 마을과 여섯 분촌이 큰 포창에 휘말린 것은 한 번뿐이다. 4년 전 한여름으로 맨 처음 시작된 곳은 성하마을이었다. 우선 성하마을과 가장 왕래가 많은 오하타무라 마을에 옮았고 거기에서 분촌으로 흩어져 갔다. 결국 그때는 서른 명 정도가 걸렸는데 그중 절반 이상이 죽었다. 특히 히토쓰기무라 마을에서 죽은 사람이 많았다. 포창으로 죽은 사람은 묻지 않고 태워야 한다고 해서 아버지가 이틀 정도 그 일을 도우러 나갔다가 홀쭉하게 야위어 돌아왔었지.

——아아, 그러고 보니.

그 무렵 히토쓰기무라 마을에서 가장 미인이었던 처자가 포창에 걸렸는데 죽지는 않았으나 마맛자국이 심하게 남는 바람에 괴로워한 나머지 강에 뛰어들어 죽었다는 이야기를 듣고 오린이 무섭다며 울어서 모치타로도 따라 울어 버린 기억이 있다.

육면 님을 모시면 괜찮다고 아버지는 말했지만 히토쓰기무라 마을의 그 처자도 육면 님의 신자이니 그런 말로는 조금도 안심할 수 없었다. 육면 님은 포창신보다 약한 거야.

그렇다, 그때도 철없는 마음으로 생각했다. 육면 님은 다른 신을 대접하는 것처럼 포창신의 기분을 맞춰 줄 수는 없는 걸까? 하고.

"한데 이제 와서 알게 된 바, 포창신은 노름을 하시지 않는다니 어쩔 수 없었겠구나."

속 시원히 납득한 모치타로가 기리지로의 뒤에 바싹 붙어서 신들의 여관으로 향했다.

여관에서 하는 일이 '훨씬 어려워진다'고 했던 기리지로의 위협이 무색할 만큼 모치타로는 딱히 고생스럽다고 느끼지 않았다.

신들에게 식사, 신찬과 신주神酒를 내는 것은 주사위들의 역할이다. 무언가 좋지 않은 이유가 있어서 이 마을에 끌려오고 만 모치타로 같은 신자들은 맡을 수 없다. 그렇게 되면 해야 할 일은 뒷정리와 청소, 쓰레기 버리기이고 그 요령이라면 이미 익혔다. 청소쯤은 건물 밖에서 하는 것보다도 편할 정도였다. 낮 동안에 신들은 모두 주무시기 때문에 노름이나 연회에 사용되는 큰방에는 아무도 없다.

하기야 복도나 계단에 있으면 각각의 침소에서 자고 있는 신들의 코 고는 소리나 잠꼬대가 귀에 들어오는 일은 있었다. 코 고는 소리는 크기가 작기도 하고 크기도 한데 가장 큰 것은 거의 천둥 소리나 마찬가지였다.

잠꼬대는 무슨 말인지 알아들을 때도 있고 무슨 소리인지 알 수 없을 때도 있다. 노름에 계속 지다 보면 신이라도 역시 분해서 악몽에 시달리는 걸까. 큰 소리로 쌍륙의 눈 숫자를 외치거나, '짝이다!', '이번에는 홀이다, 이 사기꾼 놈아!' 하고 고함치는 신도 있다.

신찬과 신주는 육면 님 신사에 바쳐진 것과 신들이 선물로 들고 와서 신사에 두고 가는 것을 주사위 하인들이 매일 적당히 나누어 바친다(그때 신들이 남긴 몫을 모치타로가 먹는다). 따라서 술이든 음식이든 변변찮았던 적이 없다. 아직 술맛을 모르는 모치타로도 신주의 병 입구에서 풍겨 나오는 달콤한 향기에 황홀해진 적이 있다.

그런데도 신들은 의외로 헤프게 남긴다. 술도 흘린다.

"노름을 하면서 무언가 먹을——이 아니라 드실 때 욱해서 싸움이 나는 바람에 접시나 잔, 술병을 집어던지는 경우도 있다니까요."

"예의범절이 너무 없어."

"이곳에는 숨을 돌리러 오시는 거니까요."

"그렇다고 해도 신답지 않아!"

"뭐, 마음대로 말해 보세요. 그것도 다 지금뿐이니까. 머잖아 그 건방진 입은 오므라들고 말 거예요, 흐흥."

그때는 모치타로도 발끈했지만 기리지로의 말은 사실이었다.

여관 고용살이를 하러 다니게 된 지 여드레째 되던 날 아침의 일이었다. 작업은 늘 석등롱 길 왼쪽의 여관에 있는 세 개의 큰방을 정리하고 청소하는 것으로 시작된다.

모치타로는 목에 수건을 두 개 감고 짚 주머니를 옆구리에 끼고 자루가 긴 비와 쓰레받기를 들고 뒷문으로 향했다. 기리지로와 주사위들은 정면 현관 청소부터 시작하기 때문에 그들이 딱딱거리며 움직이는 소리가 희미하게 들려온다.

뒷문을 들어서면 커다란 부엌이고 넓은 봉당에 화덕이 몇 개나 자리잡고 있다. 모치타로는 문턱 앞에서 "안녕하세요" 하고 인사하고 나서 봉당에 발을 들여놓았다.

이 마을의 여관은 바깥에서 보면 석등롱 길을 사이에 두고 좌우로 많은 건물이 늘어서 있는 것처럼 보인다. 하지만 실은 좌우로 나뉘어 있을 뿐 양쪽 다 하나로 이어져 있는 건물이다. 처음에 있던 오른쪽에 한 채, 왼쪽에 한 채 있는 여관에서 각각 증축에 증축을 되풀이하여 지금의 규모가 되어 버린 모양인지 안으로 들어가면 미로 같다.

모치타로는 아직 좌우의 여관 모두 큰방과 그리로 통하는 복도밖에 모른다. 기리지로가 그 정도만 알아도 충분하다고 했다.

일단은 비와 쓰레받기를 벽에 기대어 두고 쓰레기 넣을 짚 주머니를 내려놓은 다음 마룻귀틀에 엉덩이를 걸친 채 수건으로 발을 깨끗이 닦는다. 이곳에 들어가면 자신의 주위는 자신의 수건으로 닦아 깨끗이 하는 것이 규칙인데 하나로는 불안해서 항상 두 개를 목에 감고 온다.

그런데, 어라, 발톱이 자랐다. 이곳에 오기 전 언제 마지막으로 발톱을 잘랐더라.

——나, 죽지는 않았구나.

발톱이 자랐다는 것은 살아 있다는 뜻이다. 왠지 반쯤은 죽은 듯한 느낌으로 지내 온지라, 기쁘기도 하고 새삼 불안해지기도 하는 미묘한 기분이다. 그때.

타앙.

부엌 안쪽, 2층으로 이어지는 계단 위쪽에서 귀에 익지 않은 소리가 났다.

마룻귀틀에 걸터앉은 채 모치타로는 귀를 곤두세웠다. 천천히 발을 내리고 수건을 목에 건다.

타앙, 타앙. 기묘한 소리가 천천히 다가온다. 위층에서 계단을 내려오는 것이다.

큰일이다! 마룻귀틀에서 미끄러져 내려간 모치타로가 봉당에 엎드려 몸을 숨겼다. 타앙, 타앙 하며 무언가가 튀는 것 같은 소리는 점점 커지고 그 사이사이에 계단의 판자가 삐걱거리는 소리가 섞였다.

봉당에 얼굴이 닿을 정도로 바싹 붙인 채 엎드리고 있자니,

타앙!

소리가 한층 더 높이 울렸다. 그 순간 모치타로의 목덜미 털이 바짝 곤두섰다. 두 팔에 소름이 돋았다.

이대로 엎드려 있어야 한다. 움직이지 마. 꼼짝 말고 있어. 마음은 그렇게 외치고 있다. 그런데도 모치타로는 참을 수가 없었다. 가만히 있기가 힘들다.

어리석기 짝이 없게도 호기심에 쫓기고 있었기 때문이다. 저런 소리를 내며 계단을 내려온 존재를 제 눈으로 보고 싶어서.

모치타로는 머리를 들어 올렸다. 마룻귀틀 가장자리에서 눈만 내놓고 엿보면 된다. 양손은 봉당에 짚은 채로 고개만 빼면.

부엌 끝의 계단이 보였다. 계단 층과 층 사이 수직면 부분의 판자가 없어서 단과 단 사이가 빠져 있는 계단이다. 그래서 보였다.

오두막집만 한 크기의 커다란 눈알이 타앙, 타앙 하고 가볍게 튀어오르면서 계단 끝의 복도를 나아간다.

눈알은 하나인데 눈동자는 잔뜩 있다. 갓 찐 경단에 깨를 뿌린 것처럼 커다란 눈알은 눈동자투성이다.

그 눈동자들이 깜박깜박 깜박인다. 저쪽을 보았다 이쪽을 보았다 한다. 그리고 끊임없이 무언가 말하고 있는 듯하다. 작은 새의 지저귐처럼.

어느 눈동자와도, 모치타로는 눈이 마주치지 않았다.

"대체 무슨 일인가 했더니."

잠시 후 상황을 보러 온 기리지로가 발견할 때까지 모치타로는 식은땀투성이가 되어 봉당에 엎드려 있었다. 살짝 지리기도 했다.

"신들의 모습을 본 거겠지요."

말도 하지 못하고 모치타로는 끄덕끄덕 고개만 끄덕였다.

"오늘 아침에는 눈의 신이 특히 목욕을 오래 하셨어요. 그 신은 어쨌거나 만사에 느긋한 분이시라 나도 가끔 당황할 때가 있지만……. 모치타로 씨도 마주치고 말았나요."

눈의 신이라고?

"커, 커, 커다란, 눈알이었어."

모치타로가 부르르 떨자 기리지로는 빙글빙글 돌며 날카로운 목소리로 말했다.

"그런 무례한 말이 어디 있어요. 자비롭고 상냥한 신이시라고요."

"하지만, 그 모습, 기, 기, 기분 나빠."

"눈의 신이니까 몇 개나 되는 눈을 몸에 지니고 계시는 거예요. 눈에는 여러 가지 의미가 있으니까요."

생물의 신체에 있는 눈, '보는 눈이 있다'는 등의 '판단력', '안목'을 나타내는 눈, 소쿠리의 눈, 바둑판의 눈, 사물을 재는 '눈금'의 눈.

"현세에서는 반드시 열 손가락 안에 꼽히는 중요한 신이세요. 지릴 정도로 겁을 먹다니 실례예요."

기리지로는 꾸짖으면서도, 일단 거처로 돌아가 몸을 씻고 옷을 갈아입는 모치타로를 따라와 주었다.

여관에 청소하러 들어갔다가 거처로 되돌아가는 꼴이 된 적은 처음이다. 평소와 다른 행동을 하고 있어서인지 석등롱 길에서 한 명, 거처로 돌아가는 잡목림 안에서 한 명의 귀신을 보고 말았다.

석등롱 길에 있던 귀신은 이쪽을 눈치챈 것 같았기 때문에 모치타로는 머리를 숙여 인사했다. 상대는 도망치듯 가 버렸다. 귀신의 발치에 모치타로의 주먹만 한 크기의 주사위가 붙어 있었다.

"인사하는 건 기특한 일이에요."

칭찬해 준 기리지로도 목욕 재계를 할 때는 인정사정이 없었다.

한 번으로 질린 모치타로는 그 후로 신중에 또 신중을 기해 신들의 모습을 보지 않도록 유념했다. 보지 않고, 보여 드리지 않는다. 무엇보다도 중요한 규칙이다.

그러나 이쪽이 아무리 진지하게 결심해도, 숨을 돌리기 위해 여흥을 즐기러 온 신들은 변덕스럽다. 모치타로가 청소를 하러 들어가기 직전까지 노름에 열을 올리고 있거나, 술에 취한 채로 큰방에서 계속 취침 중인 경우도 있다. 그 후에도 몇 번인가 부주의하게 마주치고 말았는데 그때마다 기리지로와도 이야기를 나눴다.

"이번에는 어떤 모습의 신을 보셨나요?"

"새까맣고 커다란 지네였어……."

"그런 얼굴 하지 마세요. 커다란 지네의 모습을 하고 있는 것은 상인의 수호신이에요. 외상값을 받을 때 미처 받지 못하는 돈이 없도록 지켜 주시지요."

또 어떤 때에는,

"나이 든 스님의 모습인데 머리만 빙글 뒤를 향하고 있었어!"

"후난後難을 막아 주는 신이에요. 뒤에서 닥쳐오는 모든 재난을 막아 주시지요."

육면 님의 하인인 주사위들은 아무렇지 않게 신들 사이에 섞일 수 있으니, 여관 고용살이는 그들에게 전부 해 달라고 하면 되지 않을까. 나는 이제 무리야! 하고 생각했을 무렵에는 뜻밖의 모습을 보았다.

"귀여운 목소리로 '금실 은실 주렁주렁 옥이 달린 보물상자'라고 지저귀는 작은 새를 봤는데……."

"날개는 무슨 색이었나요?"

"눈부신 금색! 큰방의 교창 맞은편에 쌍으로 앉아 있었어. 내 기를 느끼고 날아가 버렸지만."

"그건 복권의 신이에요."

"우와~! 복권의 신의 모습을 보고 울음소리도 들었으니까, 복권에 쉽게 당첨되는 거 아닐까?"

"그것과 이것은 다른 이야기예요."

어느 날 해가 지기 전, 슬슬 신들이 일어날 때라 모치타로가 허둥지둥 물러가려고 하는데 여관 복도 안쪽에서 먼지 냄새 나는 바람이 부웅~ 하고 불어왔다.

불시에 일어난 일이라 그 바람을 들이마신 모치타로가 "엣취!" 하며 재채기를 하고 말았다. 그러자 먼지 냄새 나는 바람이 딱 그치더니,

"사람의 기운이다, 사람의 기운이야."

"쓸어 내라, 쓸어 내라, 못된 놈을 쓸어 내라."

많은 사람들이 와글와글 떠드는 듯한 목소리가 나서 모치타로는

맨발로 밖으로 도망쳤다.

"쓸어 내라고 해서——."

"빗자루의 신이에요. 까다롭고 깨끗한 것을 좋아하는 신이라 모치타로 씨의 재채기가 거슬리신 게지요."

"왜 그렇게 많은 사람의 목소리였던 걸까."

"모치타로 씨, 이 세상에 대체 얼마나 많은 수의 빗자루가 있을 것 같나요?"

"아, 그런가."

매번 놀라고 무서운 일이 더 많지만 가끔은 기쁘고 즐거운 기분이 들 때도 있다. 모습이 공포스럽긴 하지만 실은 고마운 수호신이나 복의 신인 경우도 적지 않다. 사람을 겉모습만으로는 알 수 없는 것처럼, 신 또한 겉모습만으로는 알 수 없다.

어쨌거나 신의 수는 수없이 많다. 육면 님과 더부살이인 등에의 신, 그 외에는 달력에 그려져 있는 칠복신밖에 몰랐던 모치타로가 일일이 기겁을 하는 것도 무리는 아니었다.

놀라고, 겁먹고, 슬퍼하고, 기뻐하고, 의기양양해하고, 낙담하고, 두근두근하고, 맥이 풀리고, 느긋하고, 초조하고.

매일 여러 가지 마음을 품고 그것을 표정과 몸짓으로 나타낸다. 하타마무라 마을에서 사는 동안 할 수 있었던 일을, 대부분 이 노름의 마을에서도 할 수 있게 되었다. 전부가 아니라 대부분이다.

단 하나, 웃는 것만은 여전히 할 수 없었으니까.

"이게 내가 받고 있는 벌일까?"

기리지로에게 물어보니 찌그러진 주사위는 몹시 슬픈 듯한 목소리로 말했다.

“모치타로 씨는 이곳에서 열심히 고용살이를 하고 있어요. 거기다 더해서 어떤 벌을 받겠어요?”

“그럼 그 여자의 원한 때문일까?”

오린을 저주하고 커다란 등에가 된 여자.

“그만두세요.”

기리지로는 매섭게 화를 냈다.

“있지도 않은 일을 그렇게 고민하는 것만으로도 마음을 상하게 하고 말아요. 더욱더 웃는 방법을 떠올릴 수 없게 된다고요!”

혼나고 나서 모치타로도 반성했다. 이후로 그 여자의 얼굴은 보지 못했다. 커다란 등에가 가까운 곳을 날고 있는 기척을 느낀 적도 없다. 쓸데없는 생각은 그만두자.

이 마을에서의 밤낮에 익숙해지고, 매일이 고용살이로 바쁘고, 먹을 것은 많고, 조용히 잠을 청할 거처도 있다. 짝인 기리지로는 좋은 녀석이다. 마음만 먹으면 이곳의 생활 속에 마음을 묻어 버리고, 하타마무라 마을에 대해서도 가족에 대해서도 잊어버릴 수 있을 것 같다. 차라리 그게 편하지 않을까.

그렇게 생각하고 오두막의 벽에 날짜를 표시하는 일을 그만둔 날도 있었다. 하지만 다음 날 마음을 바꾸어 표시를 했다. 차라리 이 표시를 새긴 벽을 부수어 땔감으로 쓸까, 고민한 적도 있다. 그러다가 또 마음을 바꾸었다.

어느 날 아침, 침상에서 빠져나와 오두막의 바닥에 서자 발바닥에 낯선 감촉이 느껴졌다.

——서리가 내렸네. 계절이 바뀐 거야.

모치타로는 발을 구르며 서리를 맛보았다.

하타마무라 마을을 떠나온 것은 차가운 가을비가 내리는 아침이었다. 이제야 이 마을에 겨울이 왔다. 벽의 표시를 올려다보니 벌써 삼백이 넘었다. 사람이 사는 평범한 마을에서는 겨울이 되기까지 이토록 오랜 시간이 걸리지 않는다.

그래도 좋아. 이제 신경 쓰지 않을 거야. 이 마을에는 이 마을의 시간이 흐르고 있다는 사실을 깨달았으니까.

어제까지는 딱히 춥다고 느끼지 않았는데 서리를 보고 몸이 반응한 탓인지 몸단장을 하는 내내 이가 딱딱 부딪혔다. 기리지로와 만나 신사로 향하는 동안에는 길가에 뻗어 있는 서릿발을 발견했다.

"이렇게 뼛속까지 시리니까 따뜻한 옷이 있으면 좋겠네."

"그럼 옷방에 들렀다 가세요."

어디에서 보아도 정면인 신사의 이상한 풍경에도 완전히 익숙해진 모치타로는 품에 손을 집어넣고 목을 움츠리며 참뱃길의 차가운 지면을 뛰듯이 걸어갔다. 그러다가,

"우와!"

깜짝 놀란 나머지 발이 미끄러져 우스울 만큼 제대로 얼굴부터 박으며 넘어졌다. 미끄러진 곳은 서리가 녹기 시작해서 생긴 진창

이었다. 머리부터 진흙탕투성이가 되고 말았다.

하지만 그런 것은 조금도 신경 쓰이지 않았다.

참뱃길 끝, 신사로 올라가는 폭이 넓은 돌계단이 하나, 둘, 셋. 세 단 있다.

그 세 번째 단에 사람이 서 있었다.

여자다. 날씬하고 모치타로보다도 키가 크다. 머리카락은 동그랗게 말아 묶었고 진홍색과 황금색의 바둑판무늬 기모노에 은실이 들어간 예쁜 띠를 매고 있다. 그리고 무엇보다도,

——색실 짚신이다!

기모노의 색깔에 맞는 색실이 들어간 색실 짚신을 신고 있었다.

여자는 이쪽을 보고 있다. 모치타로를 바라본다. 눈과 눈이 마주쳤다. 꿈이 아니다, 환상이 아니다.

진흙탕이 튄 얼굴을 닦지도 않고 거미줄에 붙잡혀 끌려가듯 모치타로는 오로지 여자를 향해 다가갔다.

여자의 하얀 얼굴은 반쯤 울상을 짓고 있었다. 성큼성큼 다가가는 모치타로에게서 뒷걸음질을 치며 자신의 발치로 시선을 떨어뜨렸다. 거기에는 감만 한 크기의 새까만 주사위가 있었는데 여자아이를 감싸듯이 또각또각 돌계단을 굴러 이쪽으로 다가왔다.

"이봐, 넌 이름이 뭐지?"

새까만 주사위에는 하얀 안료로 '일' '이' 하고 숫자가 쓰여 있다. 잘 울리는 남자의 목소리에서 무게감이 느껴졌다.

그 녀석을 향해 전속력으로 굴러가 모치타로를 추월한 기리지로

가 앞으로 나서며 대꾸했다.
"그쪽이 먼저 이름을 대세요."
찌그러져 있기 때문에 빠르게 구르면 좌우로 튕기거나 똑바로 나아가지 못하는 기리지로.
모치타로는 한순간――사실 정말로 그 한순간만은 '우스꽝스럽네' 하고 생각해 버렸다. 그런 생각이 들 만큼 검은 주사위의 풍채가 좋았던 것이다.
"여기 있는 분의 이름은 야요이 님이라고 한다."
낭랑한 목소리를 울리며 검은 주사위는 말했다.
"오하타무라 마을의, 육면 님의 본사本社를 맡고 있는 신관 일족의 따님이시다."
당대 신관의 입장에서 보면 야요이는 조카딸에 해당한다. 오하타무라 마을에 있는 신관의 저택은 대촌장의 저택보다도 크고 격식 있는 번의 명문가와도 관계가 있다. 어쨌거나 대단한 신분이어서 정상적으로 살았다면 모치타로 따위와는 평생 제대로 얼굴을 마주할 일이 없는 여자라고 할까.
"그런 아가씨가 어째서 이 마을에 있나요?"
기리지로도 노골적으로 수상하게 여기고 있다. 그것을 느꼈는지 야요이는 더욱 뒷걸음질 쳤다. 고개를 숙이고 몸을 움츠리고 양손을 굳게 맞잡고 있다.
"먼저 확실히 말해 두겠는데 이 야요이 님은 어리석은 등에 신의 저주를 당한 것이 아니다. 육면 님의 가호로 이 마을에 숨을 수 있게 된 몸이시지. 그것도——."

길게 이어질 듯한 검은 주사위의 말을 모치타로는 가로막았다.

"여기 계속 서 있으면 야요이 님도 추워서 힘드시겠지요. 신사에는 옷이 많이 있고 버선도 있어요. 이야기는 나중에 제대로 들을 테니 안으로 들어가지요."

그러자 기리지로도 폴짝 뛰어올랐다.

"모치타로 씨의 말이 옳아요. 내가 안내할게요."

앞장서서 안으로 들어가자 신찬의 방에서 희미하게 좋은 냄새가 풍겨 온다. 모치타로는 코를 킁킁거리며 야요이를 돌아보았다.

"오늘 아침에는 좋은 것이 있네요! 맡아 보세요, 이 냄새. 모르겠어요?"

검은 주사위가 딱! 하고 커다란 소리를 냈다. 허물없이 말 걸지 마, 무례한 놈.

"실례했습니다, 죄송해요. 하지만 이 냄새."

"아, 감주 같아."

속삭이는 듯한 작은 목소리로 야요이가 말했다.

"오늘은 쌀쌀하니까 종조부님께서 따뜻한 감주를 육면 님께 바치신 걸 거야."

모치타로는 입을 딱 벌렸다. 기리지로는 찌그러지지 않은 쪽의 모서리로 서서, 아마 똑같이 얼어붙어 있는 듯하다.

검은 주사위가 또각또각 야요이의 발치까지 굴러가서 말했다.

"야요이 님이 하루라도 빨리 완쾌하시기를 빌며 바치신 것이겠지요."

"그렇다면, 육면 님께서 드시고 물리신 것을 우리가 먹어도 되겠네."

우리. 처음부터 모치타로도 셈에 넣어 주고 있다.

입을 여니 더더욱, 야요이는 모치타로와 신분이 다르다는 사실을 알 수 있었다. 하지만 상냥하다.

"너, 이름이 뭐니?"

얼굴을 보고 묻는 말에 당황한 나머지 모치타로는 혀까지 굳고 말았다.

"이름은 모치타로, 하타마무라 마을 출신이고 나이는 열한 살. 나는 기리지로라고 해요."

기리지로가 대신 대답하자 야요이는 입매를 누그러뜨렸다.

"너에게도 이름이 있구나."

"네. 나는 모치타로 씨가 육면 님께 바친 주사위예요. 이름도 모치타로 씨가 지어 줬어요."

"나의 이 주사위는."

그렇게 말하며 야요이는 쪼그려 앉아 검은 주사위를 손에 들고 양 손바닥으로 감쌌다.

"종조부님께서 직인을 시켜 만들어 주신 거야. 그러니까 진정한 의미로 내 주사위는 아닐지도 모르지만……."

"무슨 말씀이십니까, 저는 야요이 님의 주사위입니다!"

검은 주사위가 큰 소리로 말했다. 그러자 야요이는 생긋 웃었다.

웃었다. 이 여자는 웃을 수 있다. 웃는 얼굴이 정말 예뻤다.

"그럼 내가 이름을 붙여도 되겠지. 글쎄, 어떻게 할까. 으음…… 으음……."

진지한 얼굴로 돌아와 잠시 생각하더니 곧 다시 커다란 웃음꽃을 피웠다.

"간베에. 간베에가 좋겠어!"

"좋은 이름입니다."

"감주가 식기 전에 마시러 가지요, 야요이 님, 간베에 씨."

"너희들까지 허물없이 부르지 마라."

주사위에게 표정이 있을 리는 없다. 하지만 이제껏 기리지로와 지내 오면서 모치타로는 몇 번이나 그의 희로애락을 느꼈다. 간베에의 안색도 알 수 있다. 발끈했다가 조금 부끄러워하더니 지금은 젠체한다.

신찬의 방으로 들어가자, 백자 술병에 든 감주가 보인다. 두 병 있었다. 아직 따뜻하다.

"한 병은 육면 님께, 한 병은 나를 위해 바치신 거니까 내가 받아서 모치타로에게도 나누어 줄게."

"고, 고맙습니다."

침이 나올 것 같았다. 감주는 전에도 잔향이라면 몇 번인가 느낀 적이 있다. 하지만 드시고 남기실 만큼의 양이 되지 않았는지 냄새의 흔적만 있을 뿐 모치타로의 입에는 들어오지 않았다. 오늘의 이 감주는 간베에의 말대로 야요이를 위한 공물이기 때문에 그대로 이곳에 남겨져 있는 것이리라.

감주로 몸을 데우면서 이 신사 안이 어떻게 되어 있는지 대강 설명했다. 말이 부족한 부분은 기리지로가 도와주었다. 야요이는 열심히 들었다.

"그럼 다음에는 입을 것을 조달하자. 나한테도 모치타로 너한테도 더 따뜻한 옷이 필요해."

마을에 서리가 내린 것에 호응하듯이 옷방에는 겨울옷이 넘쳐나고 있었다. 솜을 넣은 찬찬코어린아이가 주로 입는 소매 없는 겉옷, 도테라보통의 기모노보다 크기가 크고 소매가 넓은 솜옷. 겨울 침구로도 사용된다에 가이마키솜을 넣은 잠옷, 목도리와 배두렁이. 야요이는 자신의 몸에 걸칠 옷뿐만 아니라 모치타로의 옷도 적당히 골라 주었다.

"그렇게 얇은 옷으로, 지금까지 추웠겠다."

척척 움직이면서 말난 김에 이야기한다는 듯한 가벼운 말투로 야요이는 자신의 사정을 털어놓기 시작했다.

"우리 집은 성 아래에 있는 포목점이야. 성 안에도 출입이 허락되어 있을 정도로 큰 가게지만, 뭐, 그건 내가 으스댈 일이 아니지."

고용살이 일꾼인 젊은 남자를 데리고 신관의 조카인 어머니를 따라 오하타무라 마을의 본가를 찾아온 것은 어제 오후의 일이었다.

"증조할머님의 건강이 좋지 않다고 해서 어머니가 뵙고 싶어 했거든. 나는 증조할머님에 대해서는 잘 모르지만 어머니가 돌아가

시기 전에 한 번 뵈어 두라고 하셔서 따라온 거야."

야요이의 어머니로서는 친정에 돌아온 셈이다. 성하마을에서 오하타무라 마을까지 여자의 걸음으로는 이틀은 걸리는 여정이지만 다부지게 걸어왔다.

"나는 이렇게 멀리 나오는 건 처음이라 완전히 지치고 말았지만."

신관의 집이니 우선은 어느 곳보다도 먼저 육면 님의 본사本社에 참배를 해야 한다. 모녀는 오는 길에 뒤집어쓴 흙먼지를 씻어 내자마자 신사에 가기로 했다.

신사가 있는 곳은 마을 동쪽 끝의 숲속이라 조금 걸어야 한다.

"종조부님께서 새 짚신으로 갈아신고 가라며 이 짚신을 주셨어. 예쁜 실이 짜 넣어져 있지? 마을의 명물이래."

"그, 그, 그."

긴장한 나머지 모치타로는 말을 더듬었다.

"그거, 제일 처음 고안한 게 우리 누이예요."

말이 끝나기 무섭게 기모노와 띠의 산 맞은편에서 또 간베에가 또각 하고 바닥을 울렸다.

"죄송해요, 말허리를 잘라서."

"아니, 괜찮아. 간베에, 일일이 화내지 말아 줘."

"다정하신 야요이 님, 감사한 배려네요."

회지懷紙 품에 지니고 다니며 시를 적거나 휴지로 쓰던 종이가 가득 쌓여 있는 곳에서 기리지로가 감사의 말을 했다.

"색실 짚신이라고 부르는데 우리 집에서 만들어서 제가 오하타무라 마을에 팔러 가곤 했어요."

누이 오린의 꽃가마도, 그것이 시기를 사서 등에에 씐 것도, 모두 색실 짚신이 시작이었던 것이다.

오랜만에 실물을 보니 가슴속에 고여 있던 그리움이 넘쳐났다. 목이 메고 눈시울이 뜨거워진다. 모치타로는 주먹으로 얼굴을 눌렀다.

야요이가 부드러운 목소리로 물었다.

"모치타로 너희 집은 어디니?"

"하, 하타마, 무라요. 오하타무라 마을, 근처."

"그래도 팔 것을 짊어지고 산길을 걷는 건 힘들었겠지. 모치타로 너는 부지런한 아이구나."

어머니가 아이를 칭찬하는 듯한 말투다. 모치타로는 더욱 눈물이 나서, 참으려고 하다가 사레가 들리고 말았다.

말없이 곁에 있어 주던 야요이는 모치타로의 눈물이 잦아들고 호흡이 원래대로 돌아오자, 다시 입을 열었다.

"어제는 날씨가 별로 좋지 않았어. 두꺼운 구름이 끼어 있고 오후에도 어둑어둑하고 바람도 강하고."

그래서 모녀도 함께 따라간 고용살이 일꾼도, 나무에 숨고 덤불에 몸을 숨기며 뒤에서 쫓아오는 수상한 기척을 눈치채지 못했다.

"우리는 노상강도를 만나고 만 거야."

나무 맞은편으로 신사의 지붕과 문이 보일 만큼 가까운 거리였

지만 그래도 검은 복면을 한 커다란 남자가 칼을 들고 위협하니,

"혼이 쪼그라든 것처럼 도움을 청하는 목소리가 나오지 않았어."

오하타무라 마을은 여관마을이기도 하기 때문에 여섯 개의 분촌보다 훨씬 번화하다. 드나드는 사람 중에는 나쁜 놈도 있다. 성하마을에서 온 모녀는 옷차림도 훌륭하니까 일찌감치 표적이 되었으리라.

"야요이 님, 다, 다치신 데는."

묻고 나서 깨달았다. 우와, 부끄럽다. 나는 정말 바보야.

다쳤기 때문에——그래서 목숨이 위태로워졌기 때문에 야요이는 지금 여기에 있는 것이다. 아까 간베에가 '완쾌를 빈다'고 말하지 않았던가.

"무서워하지 말았으면 좋겠는데."

골똘히 생각하는 듯한 얼굴을 하고 야요이가 말했다.

"나는 말이지."

"아, 네에."

"이래 봬도 기가 세거든."

입술을 오므리며 웃는다.

"노상강도는 지갑이나 비녀나 장신구를 가져가는 것만으로 모자랐는지 종조부님한테 방금 전에 받은 짚신…… 색실 짚신이라고 한댔지, 예쁜 짚신도 갖고 싶어 했어."

——당장 벗어서 이리 내놓아라.

"어머니의 발을 붙잡으려고 하기에 우리 고용살이 일꾼이 어머

니를 감쌌는데 갑자기 칼로 베어서."

피를 흘리며 쓰러지는 고용살이 일꾼을 보고 야요이는 크게 소리를 질렀다. 이 나쁜 놈!

"소리를 지르면서 노상강도에게 달려들었어. 복면을 벗겨 버리려고."

기가 센 정도가 아니다, 이 아가씨.

"자, 잘되었나요?"

"응. 그 녀석도 나 같은 여자가 저항할 거라고는 생각하지 않았겠지. 깜짝 놀라 칼을 떨어뜨리고 말았어."

검은 복면은 벗겨 보니 구깃구깃한 수건이었다. 야요이는 양손의 손가락에 혼신의 힘을 담아 노상강도의 얼굴을 힘껏 할퀴었다.

"기세가 지나쳤어. 처음부터 잘 조준해서 눈알을 뭉개 버렸으면 좋았을걸."

"너, 너무하셨네요."

매우 진지한 얼굴로 야요이는 고개를 끄덕였다.

"주먹으로 호되게 얻어맞고는 주위가 캄캄해져 버려서……."

다음에 정신이 들었을 때에는 핏기를 잃고 하늘을 향해 누운 자신의 몸을 내려다보고 있었다, 고 한다.

"본사本社의 내실內室이었을 거야. 어머니가 옆에서 울고 있고, 고용살이 일꾼도 있고, 종조부님과 마을 사람들, 의원도 있었어."

다친 몸에서 야요이의 혼만이 빠져나온 것이다.

"천장에 닿을 듯이 떠 있던 내가 아무리 불러도 누구 하나 들어 주는 사람이 없었어."

어떡하지. 어떻게 하면 아래로 내려갈 수 있을까. 자신의 몸으로 돌아가지 않으면 어머니나 종조부님과 이야기를 할 수가 없다. 괜찮아요, 저는 살아 있어요, 라고 전하고 싶은데.

"그러다가 몸이 더욱 위쪽으로 빨려올라가는 느낌이 나더니……."

천장을 통과하고 지붕 밑을 통과하고 신사의 기와지붕까지 통과해서 점점 위로, 하늘로 올라갔다.

멀리 구름 틈새로 얼핏 등불이 보이기 시작했다. 두 줄로 늘어서 있다.

"이 마을의 석등롱 길을 보신 거로군요."

야요이는 그 등불을 오하타무라 마을의 중심부에 늘어서 있는 여관 창문의 불빛이라고 생각했기 때문에,

"몸이 있는 곳으로 돌아왔구나 하고 기뻐했지만."

내려가 보니 전혀 다른 장소였다.

"둥실둥실 바람을 타고 석등롱 길 끝으로 내려가더니 땅바닥에 서는가 싶었는데 누가 큰 소리로 이름을 부르더라."

——야요이 님, 야요이 님!

"엄청난 기세로, 간베에가 발치로 굴러왔어."

성하마을에 사는 야요이도 야요이의 어머니도, 평소에는 육면님께 참배를 가지는 못한다. 두 사람의 몫은 신관님이 대신하고 정월의 주사위도 만들어 바쳐 주곤 했다. 그래서 간베에가 곧장 달려

온 것이다.

"사실 야요이 님의 몸은 지금도 죽음의 가장자리에서 계속 잠들어 계시다."

산더미처럼 쌓인 옷 밑에서 천천히 굴러나온 간베에가 말했다.

"육면 님은 연약한 여자의 몸으로도 두려워하지 않고 노상강도에게 맞선 야요이 님을 몹시 마음에 들어하셔서."

――내 자랑스러운 신도다. 이토록 강한 혼이 사라지면 아깝지.

"잠들어 있는 야요이 님의 몸에서 혼만 불러들여 이 마을에 숨겨 주신 거다."

몸이 살아남는다면 혼을 돌려보내면 된다. 유감스럽게도 몸이 죽고 말았을 때는 야요이의 혼을 넣을 새로운 그릇을 찾을 때까지 이 마을에 있으면 된다.

"이곳에서 수많은 신들의 기氣를 쐰다면 야요이 님의 혼도 더욱 깨끗해지고 신성해질 테지."

아하. 모치타로는 반쯤 감탄하고, 반쯤 어이가 없어서 말이 나오지 않았다. 혼을 넣을 새로운 그릇이라는 게 그렇게 쉽게 찾을 수 있는 건가? 설마 주사위는 아닐 테고.

육면 님은, 모 아니면 도라는 마음으로 노상강도의 복면을 벗기려고 한 야요이의 배짱을 좋게 보셨으리라. 그것은 목숨을 건 도박과 같았으니까.

이제 알겠다. 야요이 님은 그런 특별한 분이기 때문에 이 마을에서도 사람의 모습을 한 채로 있다는 걸. 한데,

"야요이 님, 이제 와서 이상한 질문이지만 저는 장난치는 게 아니니까 대답해 주시겠어요?"

"뭔데?"

"제 모습, 야요이 님의 눈에 보이지요? 귀신이 아니라 제대로 된 사람의 모습으로 보이는 거지요?"

야요이는 솔직히 당황한 얼굴을 하며 두 개의 주사위 쪽을 보았다. 둘 다 침묵하고 있다.

"이곳에서는, 사람은 서로에게 귀신으로 보이도록 되어 있어요. 저도 야요이 님의 눈에는 귀신으로 보이나요."

모치타로는 설명했다. 야요이는 한 마디도 끼어들지 않고 듣고 있다가 설명이 얼추 끝나자 스윽 손을 뻗어 모치타로의 뺨을 만졌다.

"통통해."

그렇게 말하며 미소를 짓는다.

"매일 공물을 먹으니 마을에 있을 때보다 살이 찐 거겠지."

내 얼굴, 동그래졌나? 모치타로는 당혹스러워 쩔쩔맸다.

"아까 그 감주도 맛있었어. 이 마을에서는 식사 걱정을 하지 않아도 되는구나."

야요이의 웃음에 끌려 모치타로도 입가가 느슨해지는――듯한 기분이 들었지만, 정말 그럴까.

입 끝을 끌어올릴 수 있을까? 마음이 즐겁고 기쁘고 재미있다. 그래서 나도 웃고 싶어. 웃는다는 건 이런 기분에 어울리는 일이니까.

웃자.

용을 쓰느라 어깨에 힘이 들어간다.

“모치타로 씨.” 기리지로가 떨리는 목소리로 말했다. “그런 얼굴은 하지 마세요. 야요이 님을 무섭게 만들고 있어요.”

“어! 죄, 죄송해요. 저, 웃는 방법을 잊어버리고 말아서.”

모치타로의 이상하게 힘준 얼굴보다도 그 말이 훨씬 더 야요이를 놀라게 한 모양이다.

“어째서 웃는 얼굴을 잊어버린 거야? 모치타로 너한테는 그만큼 슬픈 일이 있었던 거니? 애초에 너는 왜 여기에 있는 거지?”

야요이의 눈빛이 부드러우면서도 강하다. 숨긴다고 어떻게 될 일도 아니라고 생각한 모치타로는 지금까지의 사정을 전부 털어놓았다.

다행히 웃방에는 앉을 곳이 얼마든지 있고 조용하며 따뜻했다.

모치타로가 이야기를 마치자 제일 먼저 입을 연 것은 간베에였다.

“저주의 증거인 등에를 삼키다니 대단한 담력이로군.”

야요이도 깊이 고개를 끄덕인다. 쳐다보니 그 눈에 눈물이 고여 있었다.

“정말 용감한 아이구나.”

이번에는 뺨이 아니라 모치타로의 머리를 마구 쓰다듬어 주었다.

“육면 님은 내 혼이 이 마을에서 고독한 나머지 살아생전의 사람다운 감정을 잊어버리는 일이 없도록 모치타로를 골라서 만나게 해 주신 거야."

야요이를 위해 선택되어 모치타로는 본래 사람의 모습을 되찾았다. 야요이의 눈에는 하타마무라 마을에 살던 코흘리개 꼬마의 모습이 비친다. 모치타로도 귀신이 아닌 야요이의 모습을 볼 수 있다.

"나의 간베에도 모치타로의 기리지로도 충실한 주사위라고 생각하지만."

사람에게는 역시 사람이 필요하다. 사람의 희로애락과 멀리 떨어져 있으면 생명의 온기를 잃고 만다.

"그러니까 이렇게 나와 만난 건, 모치타로한테도 보탬이 될 거야. 내가 웃는 걸 보고 있으면 모치타로도 점점 웃는 방법을 떠올리게 될 테지."

열심히 말하는 야요이 옆에서 커다란 검은 주사위와 찌그러진 작은 주사위가 얼굴을 마주 보는 듯 살짝 움직이더니 서로 고개를 끄덕였다.

"육면 님은 틀림없이 모치타로의 용기와 누나를 생각하는 마음을 아시는 거야. 그렇지 않다면 내게 힘을 보태 줄 상대로 어린아이를 고르실 리가 없는걸. 간베에도 그렇게 생각하지 않아? 기리지로는 어때? 내 몸이 좋아질 무렵에는 모치타로도 용서를 받아서 함께 현세로 돌아갈 수 있지 않을까? 아니, 있지 않을까가 아니라 반드시 그렇게 되도록 노력하자."

어, 네, 하지만, 야요이 님도 여기에서 일을 하시는 건가요? 야요이의 열변에 압도되어 모치타로는 말을 하지 못했다.

그런 모치타로의 얼굴을 똑바로 바라보며 야요이는 노래하듯이 밝게 말했다.

“나는 열네 살이야. 모치타로의 누나라고 생각해 줘.”

당치도 않아요, 당치도 않아, 안 됩니다.

과연 그런 말을 할 수 있을까.

*

“뭐, 말괄량이 아가씨였습니다.”

흑백의 방 상석에서 이야기하는 모치타로의 눈은 말라 있다. 추억에 젖어 있지는 않다. 다만 야요이가 등장하기 시작했을 때부터 눈빛이 달라졌다.

처음 인사할 때는 겁먹은 강아지 같은 눈을 하고 있었다. 이야기가 시작되자 거기에 강렬한 분노와 슬픔이 섞였다. 절망이 눈동자를 어둡게 덮었다.

그 모든 것이 사라진 지금 모치타로의 눈 안쪽은 잔잔하다.

“하지만 덕분에 저는 즐거웠어요.”

잔잔한 눈빛으로 그렇게 말했다.

도미지로의 가슴에도 온화한 잔잔함이 찾아왔다. 불길한 저주로 시작된 이 사연에서 여기가 가장 밝은 대목이 아닐까 하고 마음속으로 생각한다.

이야기에 들어가기 전, 모치타로는 이마에 다다미 자국을 낸 채 분명 이렇게 말했었다.

——열한 살 때 웃는 법을 잊어버렸습니다. 그 후로 한 번도 웃은 적이 없어요.

즉, 야요이와 만난다는 행복이 있었어도 결국 모치타로는 웃음을 되찾지 못한 것이다. 되찾지 못한 채 지금에 이르고 만 전말이 이제부터 펼쳐지려나.

가슴이 무거워져 간다. 이래서는 안 되지. 이야기꾼보다 먼저 듣는 사람이 녹초가 되어 버리면 어찌한단 말인가.

"야요이 님은 오린 씨와 닮은 데가 있었나요?"

그렇게 묻자 모치타로는 한쪽 입 끝을 끌어올렸다. 수줍음을 감추려는 웃음일까, 아니면 쓴웃음일까.

"비교하면 벌을 받을 겁니다. 누이도 대촌장의 양녀가 되어 여러 가지를 배우기 시작하고 나서는 순식간에 품위가 생겼지만 야요이 님과는 애초에 나고 자란 환경이 너무 달랐어요."

"그럼 야요이 님이 모치타로 씨처럼 일을 할 수는 없었겠군요. 청소나 물 긷기 같은 건 태어나서 한 번도 안 해 봤을 테니까요."

"안 해 봤으니까 해 보고 싶다, 는 말을 하는 아가씨이긴 했지요."

정말로 말괄량이다.

"이쪽은 야요이 님께 하녀 흉내를 내게 할 수는 없으니, 그것만은 제발 참아 달라고 머리를 숙이며 부탁해 단념하게 했습니다."

대신 모치타로는 야요이에게 뭔가를 가르쳤다.

"색실 짚신을 만드는 방법을요."

야요이는 몹시 기뻐하며 열심히 배웠다. 재료는 마을 안에서 쉽게 조달할 수 있었다.

옷방에 쌓여 있는 공물로 바쳐진 옷이나 띠는 모두 질이 좋다. 본래 같으면 비싼 값에 사고 팔려야 마땅할 테지만,

"아낌없이 풀거나 꿰매거나 하면서 마음에 든 색깔의 실을 조달하니 그런 점은 역시 아가씨였습니다."

색실 짚신을 만들고 있는 야요이의 모습을 보면 모치타로는 누이 오린이 떠올랐다. 헤어졌을 때는 열여섯 살이었다. 모치타로가 이 마을에 오고 나서 흐른 시간에 따라서는, 오린과 야요이가 같은 나이여도 이상하지 않다.

"아무래도 두 사람의 모습이 겹쳐서……."

눈을 가늘게 뜨며 모치타로는 중얼거렸다.

"야요이 님께 실잣기 노래도 가르쳐 드리고 싶다고 생각했지만 그만두었지요."

"어째서인가요?"

"실잣기 노래 같은 걸 들었다간 집으로 돌아가고 싶어져서 견딜 수 없었을 테니까요."

야요이가 나타남으로써 모치타로는 사람의 온기를 얻었다. 기리지로만 상대하고 있었을 때보다 훨씬 '사람'다운 나날을 보낼 수 있

게 되었다.

그러나 얄궂게도 모치타로가 마음속에 봉해 넣고 강하게 눌러 죽여 온 향수나 그리움을 휘젓는 꼴이기도 했다. 그것은 위태로운 데다가 전혀 바람직하지 않은 감정이었다.

"제가 어떤 마음을 품고 있는지 기리지로는 꿰뚫어 보았기 때문에."

——쓸데없는 번민을 하지 않도록 부지런히 일하세요!

"이전보다 더 저를 부려 먹어 주었습니다."

낮 동안 모치타로는 여관에 일을 하러 가고 야요이는 신사의 옷방에서 색실 짚신을 만든다. 완성된 짚신은 그대로 옷방에 장식하고 육면 님께 손을 모으며 빈다.

말괄량이답게, 야요이는 여관에 모이는 신들과 노름에 관해 알고 싶어 했다.

"간베에 씨가 엄하게 타일러도 우리랑 같이 여관에 가고 싶어 했어요."

——나는 괜찮아. 육면 님께서 이 마을에 초대해 주신 몸인걸. 신들의 기를 쐬는 건 좋은 일이라고 간베에도 말했잖아.

"분명히 그렇게 말했었기 때문에."

간베에는 아무 소리도 못하게 되었다. 그리하여 어느 날 아침 마지못해 야요이를 여관으로 데려갔다. 야요이는 많은 객실에서 크고 소란스럽게 들려오는 신들의 코 고는 소리나 잠꼬대, 헛소리에 놀라기는커녕 매우 좋아했다.

——잠꼬대도 이렇게 재미있는데 해가 지고 나서 신들이 신나게 노실 때는 더 재미있겠지.

그건 안 된다, 절대로 안 된다, 해가 지고 나서는 모치타로도 여관에는 가까이 가지 않는다, 간베에뿐만 아니라 기리지로도 도와 열심히 설득하고 마지막에는 머리까지 숙여 가며 부탁해도 야요이는 포기하지 않았다.

"여관 안에서 노름이나 주사위 놀이에 열을 올리는 신들의 모습을 보고 싶다, 대화를 듣고 싶다, 이쪽의 모습을 보이지 않으면 무례에는 해당하지 않을 거라고 주장하며."

"제멋대로인 아가씨네요. 모치타로 씨도 곤란하셨겠어요."

"아니…… 그렇지도 않았습니다. 물론 곤란한 척은 했지만요."

사실 모치타로도 비슷한 흥미를 갖고 있었기 때문이다. 신들은 노름이나 주사위 놀이에 열을 올리면서 어떤 대화를 할까.

"그때까지 띄엄띄엄 들은 적밖에 없었으니까요."

본심은 숨기면서 간베에와 기리지로가 야요이의 주장에 꺾이기를 바라며 모치타로는 안절부절못하는 모습을 보였다. 야요이 님이 꼭 가고 싶다고 하신다면 제가 같이 가서 지켜 드리겠다고 말해 보기도 하고, 야요이 님 대신 제가 들으러 가 볼까요, 라고 말해 보기도 하고.

"지금 생각하면 제 본심 따위는 빤히 보였을지도 모르지만요."

——어쩔 수 없지요.

먼저 꺾인 것은 기리지로였다.

——내가 준비를 하지요. 그때까지는 절대 멋대로 구시면 안 돼요.

"이때 기리지로가 묘하게 속 깊은 구석을 보였던 데에는 이유가 있었습니다. 나중에 그걸 알고 꽤 후회했지요."

노름이나 주사위 놀이가 벌어지는 큰방은 좌우의 여관을 합해 일곱 개 있었다. 그중 하나이자 가장 좁고 뒷문에서 가까운 곳으로 마루 밑을 기어 가까이 간다. 물론 큰방 바로 아래까지는 갈 수 없다. 마루 밑의 기둥을 세어 다섯 번째까지가 아슬아슬하게 가까이 갈 수 있는 한계다.

"야요이 님과 저는 물터에서 몸을 씻고 나서, 화덕의 재와 냄비 바닥의 검댕을 섞어 얼굴에도 팔다리에도 발랐습니다. 발은 맨발이었고, 옷에도 재와 검댕을 묻혔지요."

일단 마루 밑으로 들어가면 절대로 말을 해서는 안 된다. 숨을 죽이고 소리를 내지 않고 기리지로가 표시한 데까지 기어가면 그대로 엎드려 꼼짝 않고 있어야 한다.

"준비를 하는 동안 저는 조금 겁이 나서 울상을 하고 있었습니다. 하지만 야요이 님은 다부졌지요."

——울면, 눈물 때문에 검댕과 재가 씻기고 말아. 마음 단단히 먹어, 모치타로.

"마루 밑에는 주사위들도 따라와 주었습니다. 간베에, 야요이 님, 저와 기리지로 순서로 기어갔지요."

다섯 번째 기둥에 나 있는 표시가 보이기 전, 그것보다 훨씬 전에,

"저는 심장이 뛰고 귓속이 웅웅거리고 온몸에 소름이 돋고 오줌을 지릴 것만 같아서 도망치고 싶어 견딜 수가 없었어요."

신들의 기가 전해져 온다. 높은 곳에서 떨어져 오는 기. 격류처럼 흘러오는 기. 커다란 바위처럼 굴러오는 기. 마루 밑의 젖은 땅바닥에 엎드린 채 짓눌릴 것만 같아서 모치타로는 숨이 막히고 눈을 뜨고 있기조차 힘들어졌다.

신들의 목소리는 확실히 들을 수 있었다. 이 큰방에서는 내기 주사위 놀이를 하고 있는 모양이다. 모인 신들이 주사위를 던지고는 큰 소리로 떠들고 있다. 손뼉을 치며 기뻐하고 바닥을 치며 한탄하고 웃기도 하고 화내기도 하고 야유하기도 하고 놀리기도 하고.

"저는 거의 기절한 거나 마찬가지라 하나하나의 목소리는 구분할 수가 없었어요. 그러다 보니 얼마 동안이나 마루 밑에 엎드려 있었는지도 알 수가 없었고."

기리지로가 찔러서 겨우 제정신으로 돌아왔다.

"마루 밑에서 기어나와 보니 아직 밤중이었습니다. 그날 밤에는 달이 보이지 않고 드문드문 구름이 하늘 높은 곳을 흘러갔지요."

야요이를 지키기는커녕 야요이의 부축을 받으며 모치타로는 집으로 돌아왔다. 물터에서 다시 한번 몸을 씻고 옷을 갈아입었다.

"더러움을 떨어내고 하얀 뺨의 미인으로 돌아오자 야요이 님은 주사위들에게 머리를 숙이며 사과했습니다."

——엄청 엄청 무서웠어.

"목소리가 떨리고, 울먹이고 있었지요."

——그런 무서운 대화를 들어 버렸는데 앞으로도 원래처럼 살 수 있을까.

"저는, 아까도 말했지만 제정신이 아니었고 뭐가 그렇게 무서웠느냐고 야요이 님께 묻기도 겁이 났어요."

야요이는 모치타로가 신들의 기에 짓눌려 거의 아무것도 듣지 못했음을 알자 안도의 얼굴을 했다.

——다행이다. 모치타로는 아무것도 모르는 채로 있어 줘.

"그럴 수는 없어요. 그러면 너무 한심하니까요."

제게도 가르쳐 주세요. 야요이 님, 신들의 어떤 대화를 들으신 거예요?

무서우니 더더욱 알아야 한다. 집요하게 물고 늘어져 야요이한테서 들을 수 있었던 것은——,

"그 큰방에서 모든 병의 신——수많은 역신과 가뭄의 신이 모여 역참 주사위 놀이를 하고 있었다는데."

역참 주사위. 어린아이들의 놀이지만 정교한 것에서부터 싸구려까지 수많은 종류가 있다. 도미지로가 좋아하는 것은 '도카이도 53 역참'의 주사위 놀이로 각 숙소마다 그곳의 명물 그림이 그려져 있어서 장식만 해 두어도 즐겁다. 형인 이이치로는 좀처럼 나기 어려운 '이가고에 길 주사위 놀이'를 좋아했다.

"이 나라의 그림 지도 위에 많은 땅의 이름이 빼곡히 적혀 있는, 그런 주사위 놀이였지요."

그 위에서 병의 신과 가뭄의 신이 주사위를 던진다. 나온 눈의 수만큼 나아가기도 하고 쉬기도 하고 되돌아가기도 한다.

어디에서 멈출 것인가, 역신은.

어디로 갈 것인가, 가뭄의 신은.

도미지로도 그 무서운 의미를 알 수 있었다.

"그렇게 다음 갈 곳을 정하고 있었다는 거로군요."

가령 기침의 신이 멈춘 곳에서는 기침병이 유행한다. 학질의 신이 멈춘 곳에서는 학질이 유행한다. 가뭄의 신은 나아갔다가 물러섰다가, 말판의 시작부터 끝 사이 이 나라 여기저기에 얼마나 많은 가뭄과 물 부족을 가져올 것인가.

"그 후로 야요이 님은 두 번 다시 떼를 쓰지 않았고 여관에도 가고 싶어 하지 않게 되었습니다."

모치타로도 조용히 고용살이에만 몰두하는 나날로 돌아갔다.

"웃는 방법은 여전히 생각나지 않았나요?"

도미지로가 묻자 모치타로는 문득 시선을 피하더니 고개를 떨어뜨렸다.

"이 상태라면 떠올릴 수 있으려나. 너무 신경 쓰지 않고 지내다 보면 우연히 웃을 수 있게 되거나 할지도 모르겠구나…… 그렇게 생각하고 있었는데요."

야요이와 둘이서 여관 마루 밑을 기어간 지 열이틀 후의 일이다. 날이 밝기 전 모치타로 옆으로 온 기리지로가 이렇게 말했다.

——모치타로 씨, 이제 헤어질 때가 온 것 같아요.

"현세의 하타마무라 마을에 정월이 돌아온 것이지요."

매년 정월이 되면 오하타무라 마을과 여섯 분촌에 사는 육면 님의 신자들은 각자의 신사에 참배를 하고 소원을 담은 주사위를 바친다.

“새 주사위를 바칠 때 전해의 주사위는 같은 경내에서 불에 태워지고 맙니다.”

낡은 부적과 마찬가지로 전해의 낡은 주사위는 불태워지는 것이다.

“그래서 기리지로도 사라져 버린다는 사실을 알게 되자 얼마나,”

괴롭고 슬프던지. 지금 이렇게 이야기하고 있어도 눈이 빨개지고 입매가 굳어질 정도로, 가슴이 찢어지는 게 아닌가 싶을 정도로 쓸쓸했다.

“제 눈앞에서 기리지로의 모습은 점점 엷어져 가더군요.”

——나 대신 어떤 주사위가 모치타로 씨 곁에 올까요.

어떤 주사위가 와도 모치타로는 착한 일을 계속해 주었으면 좋겠다, 부지런히 지내 주었으면 좋겠다, 육면 님에 대한 신심을 지켜 주었으면 좋겠다, 는 당부를 잊지 않았다.

——이제 제멋대로 구시면 안 돼요.

“신들의 목소리를 듣고 싶다는 야요이 님과 저의 무리한 요구를 그때 기리지로가 순순히 들어준 까닭은.”

이별이 다가와 있었기 때문이다.

“저는 기리지로에게 달려들어 움켜쥐려고 했지만.”

아무 느낌이 없었다.

"손바닥을 펴 보니 재를 쥐고 있었어요."

그 재도 순식간에 사라져 없어지고 말았다.

찌그러져서 매끄럽게 구르지 못하고, 말투가 이상하고, 모서리로 우뚝 서는 것은 잘하고, 잔소리가 많고 친절하고, 심술궂은 짓도 하고 화도 잘 내고, 그런 주제에 모치타로가 울면 옆에 붙어서 같이 울어 주는,

"좋은 녀석이었는데."

가고 말았다. 작별이다.

모치타로는 펑펑 울었다. 한참을 울고 있자니 어느새 야요이가 곁에 와 있었다. 야요이도 외톨이였다.

"간베에도 사라져 버렸거든."

모치타로는 울면서 말했다. 제일 처음 기리지로를 만났을 때의 일. 이상한 녀석이라고 생각했던 것. 같이 있으면서 즐거웠던 일, 재미있었던 일. 야요이가 등을 문질러 주는 가운데 훌쩍훌쩍 울다 보니 해가 뜨고 맑은 아침 해가 비쳐 들었다.

야요이가 "어머나" 하고 소리를 질렀다. 그 가냘픈 어깨 위에 간베에와 비슷한 크기에 짙은 붉은색의 주사위가 올라와 있었다.

――야요이 님, 제가 새로운 야요이 님의 주사위입니다.

"야요이 님을 위해, 종조부인 신관님이 올해도 주사위를 바쳐 준 겁니다. 그래서 간베에를 대신할 주사위가 나타난 거예요."

모치타로는 어떨까. 누군가가 새 주사위를 바쳐 주었을까.

"거기 지저분한 사내아이, 이쪽을 보지 마라."

붉은색 주사위는 야요이의 어깨 위에서 말을 걸어왔다. 어른 여자의 목소리인데 설교하는 것처럼 사나운 말투였다.

"뭐야, 네가 멋대로 내 앞에 나온 거잖아."

"세상에, 상스러운 사내아이네요, 야요이 님."

"너도 갑자기 너무 말투가 딱딱해. 그렇지, 이름은 기리하桐葉라고 하자."

붉은색인 주제에 오동나무 잎이래, 흥! 하고 코웃음을 친 그때, 모치타로의 머리 꼭대기에 무언가가 딱 부딪히고 어깨 위에서 튀어올라 발 앞으로 굴러 떨어졌다.

"꺄아, 아파!"

나뭇결이 그대로 살아 있는 소박한 주사위였다. 눈은 한자가 아니라 붉은 안료로 작은 동그라미가 그려져 있다.

"모치타로, 나 오린의 주사위야."

여자아이의 목소리로 주사위는 그렇게 말했다.

"네 누나가 널 위해 만들어서 바쳐 준 주사위야. 알겠어? 내 이야기가 들리니?"

모치타로의 발치에서 나무 주사위는 폴짝폴짝 뛰어오른다.

누나가, 나를 위해 주사위를 만들어 주었다니.

"그럼 살아 있는 거지?"

나무 주사위를 주워 들며 모치타로는 물었다. 이 주사위의 나뭇결은 아름다운 줄무늬를 그리고 있고 찌그러진 데도 뭉친 데도 없다.

"당연히 살아 있지."

모치타로의 손바닥 위에서 나무 주사위는 작은 원을 그리며 굴렀다.

"네 덕이야. 네가 저주의 등에를 삼켜 주어서 오린은 건강을 되찾았어. 아버지와 오라버니와 함께 네가 돌아오기를 기다리고 있어!"

모치타로는 또 펑펑 울었다. 이번에는 기뻐서 우는 것이라, 야요이도 속 시원해질 때까지 울게 해 주었다.

나무 주사위에는 '대참代參 대신 참배함'에 빗대어 '오다이'라는 이름을 붙였다. 오다이는 명랑하고 수다스러웠다. 기리지로보다 나이 어린 소녀 같았다.

"맞다, 오다이가 우리 누나를 알고 있다면 기리하는 야요이 님의 몸이 좋아졌는지 어떤지 알고 있겠지?"

열심히 물은 모치타로의 이마에 오다이는 딱 부딪쳐 왔다.

"그건 네 녀석이 물어도 되는 게 아니야. 알겠어? 알겠냐고?"

저도 모르게 야요이가 웃음을 터뜨렸다. 아니, 웃을 일은 아닌 것 같은데.

"기리하, 내 몸은 아직 낫지 않았어?"

"아주 아름다운 얼굴로 잠들어 계십니다."

눈치를 살피는 기색도 없이 기리하는 선뜻 대답했다.

"다만 작년 겨울 초에 어머님의 바람으로 야요이 님의 몸은 성하 마을에 있는 댁으로 돌아가셨습니다. 그쪽에 실력 좋은 의원이 있고, 아버님을 비롯해 집안의 다른 분들도 야요이 님의 얼굴을 볼 수 있으니까요."

"어머나, 그래?"

야요이의 웃음에 불안함과 쓸쓸함이 섞였다. 상스러운 사내아이도 알 수 있다.

매일의 고용살이 속에 마음을 파묻고 잊은 척하고 있던 것——. 모치타로는 언제가 되면 하타마무라 마을로 돌아갈 수 있을까. 야요이의 몸은 언제가 되면 깨어날까.

정월이라는 매듭을 지으며 두 사람은 각자가 끌어안고 있는 짐의 무게를 새삼 실감하게 되었다.

새해는 이 노름의 마을에서도 하나의 구분점인 것 같았다. 엄하고 잔혹한 구분이다.

그날, 오다이를 데리고 일하던 모치타로는 귀신이 사라지는 모습을 두 번이나 보았다. 한 번은 석등롱 길 끝에 있는 빗물통 옆에서, 두 번째는 고용살이를 하고 돌아오는 길에 잡목림을 빠져나와 낡은 우물로 이어지는 오솔길 중간에서.

빗물통 옆의 귀신은 쌓여 있는 통 뒤에 숨듯이 서 있다가 점점 작아져 갔다. 마지막에는 키가 한 치 정도가 되어 버리더니,

——에취.

재채기 같은 소리를 내며 사라졌다.

잡목림의 오솔길에 있던 귀신은, 사실은 어떤지 모르겠지만 모치타로의 눈에는 나무에 올라가려고 하는 것처럼 보였다.

몹시 길쭉한 귀신이었다. 마치 옷감처럼, 예전에 모치타로에게 손을 모으고 인사해 준 귀신처럼, '왠지 사람 같은' 데가 느껴지지 않는다.

옷감 귀신에게는 힘이 없었다. 나무에 올라가려고 줄기에 감기고, 가지에 몸을 얽지만 금세 풀려 털썩 떨어지고 만다. 그 모습을 바라보던 모치타로가 도와주려고 그쪽으로 다가가려 했다.

그때 오다이가 날카로운 목소리로 말했다.

"하지 마!"

모치타로가 깜짝 놀랄 정도의 목소리였는데도, 옷감 귀신은 알아채지 못했다. 흐늘흐늘 가지에 얽히려 하고 있다.

"저건 시간을 헛되이 보내서, 이 마을에서 나가지 못한 채 사라지려는 사람이야. 익사해 가고 있는 거나 마찬가지니까 섣불리 가까이 가면 끌려 들어가고 말아."

그것이 정말로 사라져 버릴 때까지 모치타로는 그 자리를 떠나지 못했다. 무릎이 덜덜 떨렸지만 끝까지 바라보았다.

거처로 돌아오자 이미 신사에서 돌아와 있던 야요이가 달려들듯이 모치타로 옆으로 오더니 말했다.

"신사 바로 바깥에서 귀신이 세 명이나 사라지는 걸 보고 말았어."

어지간한 야요이도 얼굴이 창백해져서 기리하가 열심히 위로하고 있다. 제가 곁에 있는 이상, 야요이 님께는 아직 시간이 있습니다. 그런 얼굴 하시지 마세요.

"우리, 꼭 현세로 돌아가자."

"응. 저 포기하지 않을 거예요."

누나를 만날 것이다. 다시 가족들과 왁자지껄하게 살 것이다.

"하타마무라 마을로 돌아가면 누나가 만든 색실 짚신을 제가 야요이 님께 가져다드리러 갈게요."

우울해하지 말자, 겁먹지 말자. 강해지자. 서로 격려하는 소녀와 소년의 마음은 아랑곳하지 않은 채 설날 노름의 마을은 몹시 북적거렸고 여관에는 신들의 목소리가 울려 퍼졌다.

노름의 마을에는 눈이 자주 내린다.

현세의 달력으로는 해가 바뀌면 봄이니 '봄눈'이 될 텐데, 이 마을에 내리는 건 느린 함박눈이 아니라 밟으면 뽀드득뽀드득 소리가 나는 한겨울의 가루눈이었다. 하룻밤 사이에 빗물통이 메워져 버릴 정도로 쌓여서 모치타로와 주사위들에게는 눈을 쓰는 일이 중요한 임무였다.

제설작업처럼 힘 쓰는 일에는 종이 인형들도 도움이 된다. 주사위들의 지시에 여기저기에서 팔랑거리며 모여들어 움직이는 하얀 인형들을, 야요이는 처음부터 귀여워했다.

"일도 잘하고 작은데 힘이 세네. 모치타로, 그거 알아? 저 애들을 만지면 꽤 따뜻해. 사람의 피부 같아."

매일 신사의 옷방에 다니고 있는 야요이는 우선 새벽에 인형의 방에서 일을 하러 나가는 종이 인형들을 지켜보고, 해 질 녘에는 돌아온 인형들이 물터에서 목욕하는 모습을 구경한다. 종이 인형들은 주사위의 명령을 이해하고 시키는 대로 따르지만 모치타로가 하는 말에는 한 번도 따른 적이 없다. 애초에 들리지 않는 것처럼 무시할 뿐이다.

"야요이 님이 하시는 말씀이라면 들을지도 몰라요. 한 번 해 보지 않으실래요?"

재미있겠다 싶었는지 야요이는 어느 날 아침, 일을 하러 나가는 종이 인형들에게 말을 걸어 보았다.

"몇 명 남아서 내가 색실 짚신을 나르는 걸 도와줘."

종이 인형들은 모르겠다는 얼굴이었다. 하지만 야요이 옆에 있는 기리하가,

"인형들아, 야요이 님을 도와라."

하고 소리를 지르자 순식간에 방향을 바꾸어 야요이에게 다가왔다. 그 모습은 마치 벚꽃이 질 때 꽃잎이 확 날리며 춤추는 것 같았다.

"이 애들은 어디까지나 육면 님의 하인인 주사위의 말을 듣는구나."

그제야 납득한 듯 중얼거리는 야요이 앞에서는 잠자코 있다가, 나중에 모치타로와 단둘이 남게 되자 오다이는 말했다.

"그 종이 인형들은 마을에 머무르고 있는 신들의 수에 맞춰 늘었다 줄었다 해요."

그렇다면 종이 인형들도 신찬이나 신주와 마찬가지로 신들이 가

져온 선물일지 모른다. 요양차 온천 여관에 가는 부자가 자신의 시중을 들도록 하기 위해 데려가는 하인과 비슷하다고 할까. 그래서 그 하인은 온천 여관의 지배인인 주사위들의 명령에 따라 일하는 것이다.

한편, 모치타로나 야요이 같은 육면 님의 신자는 다른 신들에게는 아무 의미도 없다. 온천 여관의 예를 계속 들자면 우연히 같은 숙소에 머물고 있을 뿐인 모르는 사람이고, 게다가 분명히 신들보다 신분이 낮다. 그래서 하인인 종이 인형들도 상대해 주지 않는 것이다.

하얀 숨을 내쉬면서 힘껏 눈을 쓸고 있으면 머리는 한가해져서 여러 가지 생각을 한다. 여관의 지붕이나 높은 곳에 쌓인 눈을 떨어뜨리는 것은 황공하게도 주무시는 중인 신들의 몸 위보다도 높이 올라가는 셈이기 때문에, 주사위와 종이 인형들의 일이다. 모치타로는 그저 땅바닥의 눈을 치운다. 땀은 턱 끝에 고이고, 한숨을 돌리느라 몸이 식으면 순식간에 그 땀이 자분자분 언다. 이 정도의 추위를, 하타마무라 마을에서는 겪은 적이 없었는데.

신들이 각자의 방에 들어가 자고 있는 낮 동안에는 한기뿐만 아니라 정적도 뼈에 사무친다. 노름의 마을에 눈 내린 풍경은 아름답지만, 그 아름다움에는 공포가 섞여 있다. 봄에 넘치는 꽃들이나 여름에 빛나는 신록, 가을의 호화로운 단풍 풍경에는 없는, 그저 고요한 침묵이 무섭다.

그것은 모치타로 혼자만의 착각이 아니어서 며칠 동안 하나, 또 하나, 쌓인 눈 위에 녹듯이 사라져 가는 귀신을 보았다.

도대체 누구였을까. 모치타로에게 손을 모으고 인사해 준 사람이 아니었으면 좋겠는데. 조용함을 견디지 못하고, 스스로 목숨을 지워 간신히 이곳에서 해방된——.

나도 언젠가 집으로 돌아갈 수 있을까.

야요이 님과는 언제까지 함께 있을 수 있을까.

육면 님의 용서는 언제 받을 수 있을까. 혹시 사면 같은 건 없는 게 아닐까. 그저 기리지로가 모치타로를 격려하기 위해 지어낸 이야기가 아니었을까.

하얀 눈은 모치타로의 근심을 불렀다. 쌓여 가는 불안 때문에 밤에 지칠 대로 지쳐 모래 자루처럼 무거워진 몸을 침상에 눕혀도 잠을 이루기가 어려웠다.

그래도 시간은 흘러 모치타로가 벽에 새기고 있는 표시로 정월 첫날로부터 45일째가 되는 날 한밤중의 일이었다. 모치타로는 하타마무라 마을에 살던 시절의 꿈을 꾸다가 덜덜 떨면서 눈을 떴다.

밤의 밑바닥이었고 어둠까지 얼어붙어 있었다. 추위로 발가락이 곱고 콧등에 동상이 생겨 가렵다.

야요이의 거처는 여기보다 더 신사에 가까운 곳에 있는 오두막이다. 기리하와 오다이는 여관에 일하러 가 있다. 모치타로는 밤의 한기 속에서 혼자 몸을 움츠리고 있을 수밖에 없었다.

여관이 늘어서 있는 방향에서는 늘 그렇듯이 시끌벅적한 환성이나 노성이나 응원 소리가 희미하게 들려온다. 오늘 밤도 신들은 몹시 신이 나서 즐기시는 중이다.

모치타로는 침상 위에 일어나 앉았다.

이러고 있어도 추울 뿐이다. 추위로 졸음기도 날아가 버렸다. 여관 근처까지 가서 오다이이가 아니어도, 기리하가 아니어도 좋으니 일하고 있는 주사위를 찾아 무언가 돕게 해 달라고 하자. 움직이는 편이 차라리 낫다.

솜을 넣은 한텐보통 일을 할 때 입는 짧은 상의을 껴입고, 버선 위에 야요이가 만들어 준 색실 짚신을 신어 걸어갈 채비를 하고, 수건으로 머리를 감싼 후 모치타로는 거처 밖으로 나갔다. 밤의 잡목림을 지나는 오솔길은 눈과 서리로 하얗게 떠올라 잘 보인다.

양손을 품에 집어넣고, 목과 등을 웅크려 가능한 한 맨살을 바깥 공기에 드러나지 않도록 하느라, 모치타로는 구부정하니 작아진 모습으로 걷고 있었다. 깊이 호흡하면 목구멍 안쪽까지 얼어붙을 것 같아서 숨도 작고 얕게 쉬었다. 머리를 싼 수건 때문에 시야도 좁아져 있다. 게다가 한밤중의 마을을 덮고 있는 눈의 맑은 한기가 모치타로의 기척을 엷게 만들었다.

이유는 그 정도밖에 생각나지 않는다. 어쨌거나 그 일은 일어났다. 있을 수 없는 일이지만 일어나고 말았다.

잡목림의 오솔길에서 석등롱 길로 빠져나가기 전에 처마 정도의 높이로 쌓인 눈의 벽이 있다.

낮에 모치타로가 직접 만든 벽이다. 석등롱 길의 눈을 쓸다 보니 엄청 높게 쌓여서 딱딱하게 굳힌 다음 벽으로 만들면 재미있겠다는 생각이 든 것이다. 처마 정도로 쌓아 올릴 무렵에는 팔과 허리가 아파서 시들해지긴 했지만.

그러나 멋진 벽이다. 폭도 2간(약 3.64미터)은 된다. 오다이는 칭찬해 주었고 기리하는 어이없어했다.

그 벽의 맞은편——석등롱이 늘어선 길가에 작은 그림자가 서 있었다.

깨달은 순간 모치타로의 두 팔에 소름이 돋고 심장이 입에서 튀어나올 뻔했다. 눈이 뱅뱅 돌아 서 있을 수가 없다.

사람이 아니다, 귀신이 아니다, 주사위도 종이 인형도 아니다.

신이다. 이렇게 가까이에.

신 한 분이, 모치타로가 쌓아 올린 눈벽의 그늘에 서 있다.

몸집이 작다. 모치타로의 무릎 높이에 머리가 있다. 그렇다, 머리가 보이고 어깨가 보였다. 팔과 다리는 어떻게 되어 있는지 모르겠다. 소매와 옷자락이 긴 기모노를 걸치고 있는 것처럼도 보였으나——

아아, 안 된다, 숨쉬기가 힘들다. 뒷걸음쳐, 이 자리를 떠나야 한다. 하지만 움직일 수 없다. 색실 짚신의 바닥이 오솔길의 눈에 얼어붙어 버린 모양이다.

온몸의 피가 거꾸로 돌고 머리가 화악 뜨거워진다.

다르다, 지금까지와는 다르다. 자신은 지금 신에게 가까이 가 버린 것만이 아니다.

가까이 가 버린 것을 저쪽도 눈치챘다.

몸집이 작은 신은 머리를 특이하게 올려 묶었다. 좌우로 넓게 귓머리가 튀어나와 있고 귀 옆에 긴 장식이 매달려 있다. 보옥寶玉을 연결했을까. 딸랑딸랑 좋은 소리가 난다. 소리가 나는…… 까닭은 신이…… 움직이고 있기 때문이다.

신은 모치타로 쪽을 돌아보려 하고 있다.

——죽는다.

우두커니 서서 모치타로는 심장까지 돌이 되었다. 정말로 돌이 되어 버릴 수 있다면 얼마나 편할까 생각하면서.

"그렇게 무서워하지 않아도 되는데."

귀에 들려왔다. 믿기 어렵다. 사랑스러운 여자아이의 목소리다.

"그대는 주사위가 아니로군. 종이 인형도 아니야. 사람의 몸으로 이 마을에 들어올 수 있다니, 어지간히 덕이 높거나 엄격한 수행을 쌓았겠군."

그야말로 덕도 지위도 높으신 분의 말투다. 아니, 모치타로는 진짜 고귀한 분을 만난 적이 없다. 야요이 님도 진짜 고귀한 분에 대해서는 모를 것이다. 하물며 신이라니——

턱을 덜덜 떨며 모치타로는 말했다.

"저, 저는 죄인입니다. 황송한 짓을 저질러, 정말 죄송합니다. 당장 떠나겠습니다."

뒤로 물러나려고 하는데 다리가 여전히 움직이지 않는다. 달라붙어 있다. 몸을 비틀어도, 버둥거려도, 다리가 따라오지 않는다.

엇차! 엉덩방아를 찧고 말았다. 큰일이다 큰일이다 큰일이다 큰

일이다.

신을, 모치타로의 인기척으로 더럽히고 말았다.

"허둥거리지 않아도 돼. 그대는 잘못한 게 없다. 이런 곳에 있는 내가 잘못이지."

사랑스러운 목소리가 떨고 있다. 신도 추위를 타나.

"큰일이 나고 말아서, 어떻게 하면 좋을지 난처해졌거든. 하다못해 맑은 눈에 닿으면 이 흐트러진 기를 가라앉힐 수 있지 않을까 하는 기대로 나와 보기는 했다만……."

떨고 있는 것이 아니다. 신이 울고 있다. 무례한 줄 알지만 딱 들어맞는 말을 쓰자면,

——울상을 짓고 있다.

딸랑딸랑, 딸랑딸랑. 머리 장식 소리가 난다. 벽 맞은편에서 언 땅에 예쁜 빛이 몇 개나 떨어졌다가는 팟 터진다.

눈물이다. 작고 사랑스러운 신의 눈물.

신인데, 야단맞은 어린아이처럼 울고 있다.

"화, 황공하옵니다만, 여쭙, 겠습니다."

모치타로는 저도 모르게 물었다.

"무슨 곤란한 일이 있으신지요. 울고 계시네요. 몹시 슬픈 일이 있으신지요?"

넉살 좋고 분수를 모르는 질문이다. 아무리 몸집이 작고 목소리가 사랑스러워도 신이다. 이 자리에서 신벌을 받아 죽어도 불평은 할 수 없다.

하지만 가여웠다. 내버려 둘 수가 없다.

"저, 저는 그저 허드렛일을 하는 하인이지만 신께 도움이 될 수 있는 일이 있다면 무엇이든 하겠습니다. 부디 말씀해 주십시오."

모치타로의 말이 얼어붙은 하얀 호흡이 되어 밤 속에 떠돈다.

"다정한 말을, 해 주는구나."

그렇게 중얼거리던 자그마한 신은 마침내 본격적으로 흐느껴 울기 시작했다.

"나, 나는 어리석고, 생각이 모자라서, 엄청난 일을 저지르고 말았다."

"무엇을 하셨는데요?"

"올해 봄부터 여름까지, 이 나라의 모든 하늘을 날아다니는 제비를 걸고 승부를 했는데, 지고 말았어."

모치타로도 숨을 삼켰다.

"그건…… 으음, 홀짝 주사위 노름을 하셨다는 뜻입니까?"

"응, 맞아."

신의 말투까지도, 꾸중을 듣고 변명하는 어린아이처럼 되었다.

"그러면 신께서는."

"나는, 제비의 신."

아아, 그런가, 그렇구나. 아까 잠깐 보이고 말았던 이 신의 어깨 아래는 제비 날개 모양을 하고 있는 것이다.

"캐묻는 것 같지만 신께서는 이 마을에 자주 오십니까?"

"아니."

제비의 신이 고개를 저었나 보다. 또 딸랑딸랑 머리 장식이 소리를 냈다.

"이번이 두 번째야. 처음에는 까마귀의 신이 같이 가자고 해서 왔는데 깜짝 놀랄 정도로 이겼어. 그래서 이번에는 내가 개똥지빠귀의 신을 데려왔거든."

처음으로 노름을 하는 개똥지빠귀의 신은 크게 이기고 있는데, 제비의 신은 계속 지기만 해서 결국 자신이 다스리는 제비들의 목숨을 거는 처지가 되고 말았다고 한다.

"올해 봄과 여름의 제비는 이미 져서 빼앗겨 버린 것이지요?"

"맞다."

"상대는 어떤 신이신지……."

"미꾸라지와 민물게의 신이야."

와아, 먹으면 맛있지만 진흙 냄새가 나는 조합.

"미꾸라지의 신과 민물게의 신은, 신께서 져서 곤란해지신 것을 알고 계시지요?"

"응."

"어떻게 하면 돌려받을 수 있을까요. 뭔가 거래를 청하시지는 않던가요?"

"하, 한 번 더 승부를 하자더구나."

말하면서 제비의 신은 또 울기 시작했다. 눈길 위에서 눈물이 튀어 빛난다. 가엾지만 예쁘네――하고 생각하다가 모치타로는 깨달았다.

심장이 차분해졌다. 현기증도 멈추었다. 몸은 아직 떨리지만 이것은 추위 때문이다. 온몸에 소름이 돋는 느낌도 가라앉았다.

그래도 사람의 몸으로 신을 정면에서 보아서는 안 된다는 것을 잊지 말아야 한다.

"하지만 한 번 더 승부를 하신다고 해도 신께는 더 이상 걸 것이 없잖아요?"

모치타로의 물음에 흐느껴 울면서 제비의 신은 대답했다. "내, 내년, 봄 여름의, 제비들을 걸고, 승부를 하자고."

그렇구나. 그랬다가 또 지면, 이번에는 내후년의 제비를 걸자고 하겠지. 노름이란 그렇게 깊이 빠져들어 빠져나올 수 없게 되는 법이다. 사람이나 신이나 마찬가지다.

제비의 신은 코를 훌쩍이며 울고 있다. 사기邪氣가 없고, 몹시 연약하다.

이 신이 참패한 채로 끝난다면 올해 봄과 여름에는 온 나라의 제비들이 사라진다. 오하타무라 마을과 여섯 분촌에도 바람을 가르며 밭 위를 날아다니는 산제비 떼가 찾아오지 않으리라.

그러면 너무 쓸쓸하지 않을까. 제비의 신이 올해의 제비를 되찾을 수 있도록, 어떻게든 도울 수는 없을까.

"제비의 신 님, 저는 산속의 작은 마을에서 태어나고 자랐습니다. 제비는 예쁘고 귀엽고 길한 짐승이지요. 나쁜 벌레를 잡아먹어 주고 날개에 복을 실어 가져다준다고 하고요."

제비의 신은 울음을 그치고 살짝 이쪽으로 얼굴을 향한——것 같다. 순식간에 모치타로의 팔에 소름이 돋고 등줄기에 한기가 스쳤다.

"아니, 제발 그대로 계세요. 제 쪽을 보시면 안 됩니다. 제발 부탁드립니다."

"아아, 그래. 미안하구나."

너무 많이 운 어린아이처럼 코맹맹이 소리가 되었다. 모치타로는 진심으로 황송했지만 무섭다는 기분은 사라졌다.

"현세의 하늘을 날아다니는 제비가 없어지면 곤란하니까 어떻게든 신을 돕고 싶어요."

"어, 정말?"

딸랑따라랑! 머리 장식이 튄다.

"예에. 하지만 저는 대단한 지혜를 가지고 있지는 않아요. 생각나는 대로 말씀드릴 뿐이고 전혀 도움이 되지 못할지도 모르겠습니다."

"아니, 지금의 나보다는 그대가 분명 더 똑똑할 거야."

제비의 신은 작게 웃었다.

"이번 일에서 벗어나면 나는 두 번 다시 노름을 하지 않겠다. 어리석고 경솔했어. 처음에 이겼다고 들뜨고 말았다."

사람 세상에서도 흔히 들을 수 있는 이야기다. 노름이란 멋모르고 처음 할 때는 대개 이길 수 있다. 그래서 무서운 것이다. 이겼을 때의 일을 잊지 못해 한 번 더, 한 번 더, 라고 집착하니까.

이런 이야기도 들은 적이 있다. 운이 없을 때는 무엇을 해도 안 된다. 대신 한 번 운이 돌아오면 아무것도 하지 않아도 이길 수 있다.

운이란 무엇일까. 그 자리의 흐름, 기세, 분위기, 사소한 추세.

그것을 바꾸려면 어떻게 하면 좋을까.

눈이 살짝 얼어붙은 땅바닥에 고쳐 앉아 양손을 바닥에 짚고 모치타로는 말씀을 올렸다.

"제비의 신 님, 참으로 드리기 어려운 말씀이지만 신께서는 지금 운이 없으신 겁니다. 아무리 권유를 받더라도 오늘 밤에는 더 이상 노름을 하지 말고 주무십시오."

그리고 내일 밤이 되면 건곤일척의 승부를 벌이는 것이다.

"내일 밤, 내년의 제비를 걸고 딱 한 번만 홀짝을 골라 거기에 이겨서 올해의 제비를 되찾도록 하지요. 이후로는 두 번 다시 노름을 하지 마십시오. 부탁드립니다."

"응, 알았다."

제비 신의 목소리가 불안한 듯이 떨린다.

"하지만 그러면 반드시 이길 수 있을까?"

그런 건 저도 몰라요.

"반드시 이길 수 있을지 어떨지는 모릅니다. 하지만 내일 밤, 신께서 승부를 하시기 전에 제가 크게 소란을 일으켜서 이 마을에 계시는 모든 신들을 놀라게 하겠습니다."

제비의 신이 계속 지고 있는 지금의 흐름을 힘껏 흔들어서 뒤집어 버린다면 운도 달라질지 모른다. 그러려면 가능한 한 큰 소동을 일으켜야 한다.

"신께서 미꾸라지와 민물게의 신과 승부를 하시는 방을 알려 주시겠습니까."

"왼쪽의, 이쪽에서 세 번째 여관에 있는 '벚꽃방'이야."

전에 야요이와 함께 역신들의 역참 주사위 놀이를 엿보려고 했던 방보다는 꽤 멀다. 하지만 갈 수밖에 없다. 할 수밖에 없다.

"내일 밤, 제가 그 방으로 찾아뵙겠습니다. 기어서라도 굴러서라도, 다다미를 물고 늘어져서라도 가겠습니다."

더러움투성이인 자신의 인기척을 느끼고 신들이 놀라 소란을 피우겠지. 그럼 나는 신들의 기에 부딪혀 짜부러지려나.

그래도 고함을 지르며 날뛰며 신들에게 이 모습을 보여준다면 확실하게 소동을 일으킬 수 있을 것이다.

"소란이 잦아들면 제가 어떻게 되든 상관하지 마시고 승부를 하십시오."

사람의 기 때문에 흐트러지고 흔들려 그때까지의 운은 날아가고 새로운 기의 흐름이 생길 테니까. 그 흐름을 타고 운을 붙잡아서 올해의 제비들을 되찾아 주었으면 좋겠다.

모치타로에게는 이 방법밖에 생각나지 않는다.

"이긴 뒤에는 더 이상 노름을 하시면 안 됩니다. 부디 한 번만, 딱 한 번의 승부로 그만두십시오. 그리고 이 마을에는 두 번 다시 오지 마십시오."

"알겠다." 제비의 신은 말했다. "그대에게 은혜를 입는군. 이름이 뭐지? 가르쳐다오."

"아이고, 신께 말씀드릴 수 있을 정도의 이름은 가지고 있지 않습니다."

가슴이 벅차서 눈물이 날 것 같다.

"발밑을 조심하시고 여관으로 돌아가십시오. 내일은 큰 승부가 기다리고 있으니까 푹 주무세요."

"응. 그대도 쉬게."

머리 장식 소리에 이어 얼어붙은 땅을 가볍게 차는 소리가 나고 두꺼운 눈벽 위로 무언가가 날아올랐다. 모치타로는 순간 눈을 감고 더욱 깊이 머리를 숙이며 그 자리에 웅크렸다.

제비의 신이 날아간다. 날개가 허공을 가르고, 밤공기에 신선한 움직임이 생겼다. 땅바닥에 웅크리고 있던 모치타로에게도 그 흐름이 느껴졌다.

——엄청난 약속을 하고 말았어.

혼자 남게 되자 큰 파도 같은 낭패가 밀려왔다. 그러나 후회는 없었다.

앞으로 밝은 전망도 없고, 이 마을에 갇혀서 요즘은 눈을 쓰는 매일에 혼까지 얼어붙어 가는 듯한 기분이 들었다.

——저 작은 신을 도울 수 있다면.

모치타로가 이 마을에 갇혀 있는 것에 의미가 생긴다. 끝도 없이 이어지는 단조로운 허드렛일만이 이 몸에 주어진 임무가 아니라고 생각할 수 있게 된다.

눈꺼풀 안쪽에 하타마무라의 목화밭 위를 날아다니는 산제비를 떠올려 보았다. 마음이 따뜻하게 젖고, 아버지와 형, 누이의 웃음소리가 귓속에 되살아났다.

"다음 날은 아침부터 살아 있다는 기분이 들지 않았습니다."

흑백의 방 상석에 앉아 있는 모치타로는 지금도 약간 안색이 창백하다. 신을 가까이 두고 나눈 대화는 떠올리기만 해도 겁이 날 정도로 괴롭다고 할까, 무겁다고 할까, 터무니없다고 할까.

도미지로는 새해 첫 참배 때면 반드시 간다묘진神田明神 도쿄 지요다구 소토간다에 있는 신사에 가고, 사면초가의 액운이 있는 해에는 액막이를 빠뜨리지 않도록 하고 있다. 집의 가미다나神棚 집 안에 신사의 부적 등을 모셔 놓는 선반에 올려놓은 부적에는 정중하게 예를 다하고, 이나리 신사 앞을 지나면 인사를 하고, 가끔은 작은 소원을 빈다. 신과는 그런 교류밖에 하지 않았다. 그래서 두렵다는 말의 진정한 의미는 모른다.

몸에까지 영향이 나타날 만큼 압도적인 신들의 기氣의 힘. 압壓이라고도 할 수 있을까. 경험해 보고 싶은 기분도 들지만 그런 장난스러운 마음을 품으면 그야말로 신벌을 받으리라.

"이번에는 기리지로가 밥상을 차려 주었을 때처럼은 되지 않을 테니까요. 제 힘으로 큰방이 있는 곳을 짐작해서 가까이 가는 길을 생각하고."

소란을 일으킬 수 있을 정도로 신들에게 가까이 가기 전에 들켜서는 안 되니 인기척을 옮게 만드는 재와 검댕을 조달해야 한다.

"오다이는 태평하니까 그의 눈을 속이는 건 어렵지 않지만 기리하는 만만치 않고요. 야요이 님께도 움찔거리거나 안절부절못하는 모습은 보일 수 없었습니다."

"모두에게 비밀로 하고 혼자서 제비의 신을 도울 생각이셨군요."

"그야 당연하지요. 그런 엄청난 일에 누구를 끌어들일 수 있겠습니까."

모치타로는 기세 좋게 말하다가 갑자기 입을 시옷자로 다물었다. 화난 것이 아니다. 부끄러워하는 것이다.

"……저는 바보였으니까요."

"아뇨, 모치타로 씨는 의협심을 가지신 분입니다. 저는 그렇게 생각해요."

작금에는 좀처럼 쓸 일이 없는 말이다. 의협심. 하지만 모치타로에게는 딱 들어맞는다.

"누님을 대신하셨을 때도, 제비의 신을 도우려고 생각하셨을 때도."

곤란에 처한 사람이나 괴로워하는 사람을 만나면 이득이든 손해든 내버려 두지 못한다. 못 본 척할 수가 없다. 설령 상대가 신이라는 황공한 존재라 해도.

"용기라는 건 사람에게 나눠줄 수 있는 겁니다. 때로는 나눔으로써 더욱 늘어나 보다 큰 용기가 될 때도 있어요. 하지만 의협심이라는 건 한 사람에게 일인분씩밖에 없어요. 게다가 이것을 만들어 내는 기개를 가진 사람이 세상에는 극히 적지요."

말을 마친 도미지로가 자신의 이마를 철썩 때려 보였다.

"잘난 척 말씀드렸지만 제가 한 말이 아닙니다. 오래된 한문 병법서에 쓰여 있던 말을 옮긴 것이지요."

모치타로는 눈을 휘둥그레 떴다. "오래된 한문책이라니 미시마야 님은 그런 어려운 책을 읽을 줄 아십니까?"

도미지로는 거북처럼 목을 움츠렸다.

"초보용으로, 학자 선생님이 쉽게 풀어 써 준 책이 있거든요. 근처의 세책상에서 읽어 보라고, 몇 권이든 빌려 주겠다고 하더라고요. 그리고 저는 미시마야의 간판을 짊어지고 있지 않은 더부살이 차남이니 가게 이름으로 불리는 건 낯간지럽습니다. 도련님이라고 불러 주십시오."

그러고 보니 오늘은 이 사람에게 이런 서론을 말할 여유도 없었다.

이곳에 왔을 때는 대놓고 불쾌해 보였고, 이유를 물으니 눈물을 흘렸고, 나이가 짐작이 가지 않았고, 열한 살 때 웃는 방법을 잊었다고 말한 모치타로.

확실히 지금까지 해 준 이야기는 충분히 불가사의하고 가혹하고 기구했다. 하지만 유쾌하고 밝은 대목도 있다. 노름의 마을이 아니면 얻을 수 없었던 지혜도 있다. 그런 신상 이야기가 다다르는 곳에 어째서 지금의 슬픈 모치타로가 있는 것일까.

다음 이야기를 듣고 싶다. 하지만 듣기가 무섭다.

"……바보 나름대로 계산을 하고 꿍꿍이를 속에 간직한 채 하루

동안 일을 하다가."

도미지로의 생각에 아랑곳하지 않고 모치타로는 말을 이었다.

"해가 지자 연회와 노름에 사용되는 일곱 개의 큰방에 불이 켜지기 시작했습니다."

드디어 실행의 때가 왔다.

"조심하고 있었다고 생각했는데 역시 제 눈치가 이상했나 보지요. 오다이가 딱 달라붙어 따라다니고 기리하도 오늘 일은 끝났으니 얼른 잘 곳으로 돌아가라며 가차없이 쫓아내더군요."

이 녀석들의 눈을 속이지 않으면 여관 쪽으로 돌아올 수 없다. 약속한 큰방은 꽤 멀다. 꾸물거리고 있다간 오늘 밤의 승부가 시작되어 버리고 제비의 신은 어제의 운을 단 채로 홀짝을 고르게 된다.

——이곳에 초대받은 신을 돕기 위해서라면 하인 하나쯤은 날려 버려도 육면 님은 화내지 않으려나.

주사위들을 주워 어딘가 멀리 던져 버리자. 그리고 여관으로 곧장 달려가는 것이다.

"지금 생각하면 정말 바보였습니다. 하인을 업신여긴다면 육면 님은 당연히 화를 내실 테고 저는 육면 님의 사면을 기다리는 몸인데 무슨 착각을 하고 있었는지."

도미지로는 그만 웃고 말았다. "그러니까 그게 모치타로 씨의 의협심이에요. 자신의 이득이나 손해는 뒤로 돌리고 말지요."

"아니요, 그냥 생각이 부족할 뿐입니다."

문득 모치타로의 입가가 느슨해졌다. 일그러진 것이 아니다. 분명히 느슨해졌다.

웃기 직전. 웃음의 이보 직전.

"하지만 미시——가 아니라, 도련님."

이때 모치타로 앞에 하늘의 도움이 나타났다.

"제대로 말하자면 제 앞이 아니라 노름 마을 옆을 지나간 셈이지만요."

그것도 우연히 아주 가까운 곳을.

"포창신이 말이지요."

최강이며 가장 흉악한 역병의 신.

어째서인지 노름을 하지 않고 늘 노름의 마을 옆을 지나갈 뿐이다. 그래도 그 흉악하고 사나운 기척에는 보잘것없는 사람이나 하인뿐만 아니라 작은 신들조차 영향을 받는다.

"저에게는 그게 세 번째 경험이었습니다."

처음은 기리지로와 함께 육면 님이 계시는 곳에 참배를 갔을 때였는데, 갑자기 모치타로의 온몸을 덮친 황공과 오한의 이유를 기리지로가 가르쳐주었다.

"두 번째는 야요이 님이 오기 직전이었습니다. 역시 해 질 녘이었는데 저는 거처인 오두막으로 돌아가려고 잡목림 안을 혼자서 걷고 있었습니다."

첫 번째 때와 똑같이 별안간 온몸에 소름이 돋고 구역질이 나서 모치타로는 순간 길가에 엎드렸다.

"덕분에 첫 번째 때는 신사 안에 있어서 그나마 괜찮았다는 걸 알았지요."

건물의 보호를 받지 못하고 직접 몸으로 받는 포창신의 기척은 실로 폭풍같았다.

"차라리 지렁이가 되어 땅 속에 숨고 싶다고 생각했습니다. 땅바닥에 납작 엎드려 있어도 위에서 꾹꾹 눌려서 코끝이 땅에 파묻혀 가고 폐부가 뭉개질 것 같아 숨이 멈추었지요."

옥외에서 받아 보고 처음으로 포창신이 내뿜는 기는 뜨겁다는 사실도 알았다. 열풍처럼 몰아닥쳐 온다.

"지나가 버릴 때까지 내내 구웅구웅 하는 소리가 났습니다. 실제로 나는 소리인지 제 귓속에서만 들리는 소리인지 모르겠지만."

어금니가 딱딱 울리고 갈비뼈가 삐걱거렸다고 한다.

그런 무서운 포창신이 세 번째로 노름의 마을 옆을 지나갔다. 그것을 모치타로는 '하늘의 도움'이라고 했다.

"황송하지만 '됐다!'고 생각했습니다. 절호의 순간에 와 주셨구나, 꼭 내가 부탁한 것 같네, 하고요."

일부러 노름을 하고 있는 큰방까지 가는 수고를 덜 수 있었다.

"저는 석등롱 길을 달려 여관을 둘러볼 수 있는 데까지 가서 그 자리에서 우뚝 버티고 섰습니다."

건물 안으로 도망쳐 들어가지 않고 그늘에 숨지 않고 땅바닥에 엎드리지도 않았다.

"포창신을 참배해야겠다고 생각했거든요."

석등롱 길을 달리기 시작했을 때부터 힘들었다. 꿈속에서 버둥거리는 것처럼 발이 나아가지 않는다. 점점 숨이 막히고 온몸에 소름이 돋고 팔다리가 굳어 간다.

"포창신을 참배하고 포창신께 내 모습을 보인다."

최대의 무례이고 더러움이다.

"확실히 그거라면 마을에 흐르는 기의 흐름을 밑바닥에서부터 뒤집어 휘젓고도 남을 정도의 소동을 일으킬 수 있겠군요."

도미지로의 말에, 아까 잠깐 느슨함을 보였던 모치타로의 입가가 다시 엄숙하게 조여졌다. 뒤틀린 것처럼 보이기까지 했다.

"예. 제 계책은 성공했습니다."

계획은 성공했다. 제비의 신에게 새로운 기의 흐름과 운을 잡을 기회를 가져다주었다.

"하지만…… 역시 무서운 일이었습니다."

최강이며 가장 흉악한 역신의 기를 뒤집어쓴다는 것은.

그 모습을 눈으로 본다는 것은.

"컸어요."

포창신은 거인이었다. 노름의 마을 상공에 떠 있던 엷은 저녁 구름이 이마 언저리에 딱 걸릴 정도로.

"구름에 닿을 정도로 크고 온몸이 새빨갛게 불타고 있고 구웅구웅 소리를 내고 있었습니다."

천천히, 물을 휘젓듯 천천히 한 발짝, 두 발짝 나아간다. 노름의 마을 옆을 지나간다.

"어느새 저는 큰 소리로 고함치고 있었습니다."

말은 아니었다. 비명이고, 고함이었다.

"그 목소리가 거슬렸겠지요. 거인의 머리가 이쪽으로 기울더니 마을을 내려다보았습니다."

포창신은 약간 몸을 굽혀 거대한 머리와 어깨를 마을에 가까이 했다.

"그러자 제게도 보였습니다."

최강이며 가장 흉악한 신이 무엇으로 이루어져 있는지 알아볼 수 있었다.

"망자였습니다. 야윈 알몸의 망자 떼가 서로 얽히고 겹쳐 거인의 모습을 이루고 있더군요."

그리고 지옥불에 휩싸여 있다. 저녁 하늘 전체도 떨리게 하는 구웅구웅 하는 소리는 포창신의 몸을 태우는 불꽃의 소리만이 아니었다. 망자 떼가 저마다 울부짖는 소리도 섞여 있었다.

"거인의 얼굴에는 눈과 코가 없고 구멍이 뚫려 있었는데, 그러니까 해골이지요. 텅 빈 구멍이란 구멍에서는 모두 불꽃이 뿜어져 나오고 있었습니다."

포창신이 마을을 향해 몸을 내밀듯이 구부리자 뿜어져 나오는 불꽃이 모치타로의 머리카락을 그슬렸다. 그만큼 신이 가깝게 느껴졌다.

"저는 계속 소리를 지르느라 목구멍 안쪽까지 타는 것 같았어요."

저녁 하늘 높은 곳에서 포창신이 한 손을 움직여 귀찮은 벌레를 쫓는 듯한 몸짓을 한 데까지는 기억하고 있다.

“그게 한계였습니다. 저는 기절하고 말았고 다음에 정신이 들었을 때는 신사의 신찬의 방에 눕혀져 있었는데…….”

베갯맡에는 야요이가 있고 신주를 머금은 천으로 모치타로의 입술을 두드리고 있었다.

“제가 눈을 뜨자 야요이 님이 울음을 터뜨렸습니다. 오다이와 기리하도 나란히 있었는데 꼭 장례식 같았어요.”

모치타로는 포창신의 뜨거운 기에 피부가 타서 여기저기에 화상을 입은 상태였다. 몸에 힘이 빠져 일어날 수가 없었다. 야요이가 양손을 잡아당겨 주어서 간신히 일어나자 이번에는 설 수 없다는 것을 알았다.

“조금씩 움직이는 연습을 하다가 사흘이 걸려서 걸을 수 있게 되었지만.”

약해진 두 다리는 지금에 이르기까지 그대로이고 원래대로 돌아가지 않았다.

도미지로는 흑백의 방으로 들어오던 모치타로의 불안한 걸음걸이를 떠올렸다.

“하지만.”

입 한쪽 끝만 끌어올리며 모치타로는 말을 이었다.

“그만한 보람은 있었습니다. 제비의 신은 그날 밤의 승부로 올해의 제비를 되찾고 두 번 다시 노름을 하시지 않았어요.”

——모치타로에게 감사의 뜻으로 전해 달라는 물건이 있어.

오다이가 맡아 가지고 있었던 것은 하늘색에 칠흑의 선이 그려져 있는 한 쌍의 아름다운 깃털이었다.

노름의 마을에서의 생활은 영원히 이어질 것처럼 여겨졌다. 좋은 일도 나쁜 일도 잔뜩 겪었다.

야요이 님은 언제 현세로 돌아갈 수 있을까. 나는 언제쯤 용서를 받을 수 있을까.

막연하게 생각하며 기대하고, 또는 불안에 두려워하고, 그래도 해야 할 일 때문에 매일 바쁘고, 배를 채우는 신찬은 호화롭고, 물은 맑고, 침상은 조용하고, 그래서 영원히 이어질 것처럼 여겨졌는데——

갑자기 끝이 찾아왔다.

징조는 있었다. 돌이켜 보면 그게 징조였구나 하고 이해가 되는 일이.

하지만 그때 그 자리에서는 아무도 심각한 붕괴의 전조임을 읽어낼 수가 없었다.

그 무렵, 노름의 마을에는 봄이 와 있었다.

매화, 복숭아꽃, 벚꽃에 살구꽃. 온갖 꽃들이 경쟁하듯 흐드러지게 피고, 바람이 불면 모든 꽃잎이 날아올랐다가 석등롱 길에 떨어져 쌓인다. 마을은 달콤한 향기에 감싸여 있었다.

처음으로 징조를 눈치챈 것은 오다이였다.

"오늘 아침에 청소하러 간 여관 안뜰에서, 땅이 바싹 말라 갈라져 있고 벌레도 전부 말라서 죽어 있었어."

작은 연못의 수면에는 잉어나 금붕어가 배를 보이며 떠 있었다고 한다.

"어젯밤에는 건강하게 헤엄치고 있었는데 하룻밤 사이에 어떻게 된 걸까. 기분 나빠."

야요이는 꽃샘추위 때문일 거라고 했다. 기리하는 애초에 오다이의 불안을 상대도 하지 않았다. 모치타로도 그때는 큰일일 거라고는 받아들이지 않았다.

그날 해 질 녘, 마을 서쪽 하늘로 져 가는 해님이 석양인데도 피가 빠진 것처럼 새하얗게 보였다. 주위의 저녁 놀은 변함이 없는데 해님만이 빛을 잃고 돌멩이처럼 되어 있었다.

다음 날 오전, 신사 안팎을 바쁘게 청소하고 있던 (꽃잎은 예쁠 때는 괜찮지만 내버려 두면 색깔이 변하고 불쾌한 냄새가 난다) 모치타로는 어떤 사실을 깨닫고 깜짝 놀랐다.

도리이가 보이지 않는다.

완전히 사라져 버렸다.

그런 바보 같은.

바깥에서 오면 어느 방향에서든 신사가 정면에 보인다. 붉게 칠한 도리이도 정면에 보인다. 아무도 그 도리이를 통과하지 않고 지나갈 수는 없고 못 보고 지나칠 수도 없는데.

그런데 사라졌다.

역시나 당황한 모치타로가 옷방으로 달려 들어가 야요이를 불렀다. 둘이서 신사 입구까지 되돌아가 보고서 야요이가 숨을 삼키며 양손으로 뺨을 눌렀다.

"정말이야. 도리이가 없어."

모치타로의 착각이 아니었다.

"육면 님께 무슨 일이 생긴 걸까?"

두 사람은 육면 님을 모신 방으로 달려갔다. 넓은 마루방에 발을 들여놓은 순간 야요이가 모치타로의 팔을 세게 잡았다.

"탄내가 나! 불이 난 걸까?"

모치타로의 코에도 탄내가 확 끼쳤다. 착각할 수가 없다. 무언가가 타는 냄새다.

앞쪽의 쌍바라지 문은 평소처럼 활짝 열려 있다. 문에 이상은 보이지 않는다. 하지만 그 너머의 네모난 안뜰은 하얀 자갈이 재를 짓이긴 것처럼 지저분해져 있다. 탄내는 거기에서 나고 있었다.

가장 중요한 육면 님이 계시는 곳, 사방 한 자로 깨끗하게 자갈과 모래가 치워져 있고, 촉촉하고 비옥해 보이는 흙이 보이던 곳은 흙이 바싹 말라 갈라져 있었다.

"어제 오다이가 말했던 여관의 안뜰 같아요."

모치타로는 무릎이 후들거리기 시작했다. 육면 님이 계시는 곳이 이렇게 되다니.

"분명 오하타무라 마을에 있는 본사가 화재로 불탄 거야!"

야요이도 모치타로의 팔을 붙잡은 채 떨고 있다. 얼굴은 새파랗고 눈물을 글썽거린다.

“종조부님은 무사하실까? 여기에서 뭔가 도움이 될 수는 없을까?”

“우선 주사위들을 모아서 무사한지 확인해 보지요. 그 녀석들이 불타고 있으면 꺼 주어야 해요.”

둘이서 신사에서 뛰어나와 정면의 계단에 발을 디뎠을 때 주위가 크게 흔들렸다.

모치타로는 자신이 현기증을 일으킨 거라고 생각했다. 바로 옆에서 야요이가 무릎을 털썩 꿇으며 하마터면 계단을 굴러떨어질 뻔했다. 휘청이는 야요이를 부둥켜 안고, 그때 자신이 아니라 이 마을이 흔들리고 있음을 깨달았다.

발바닥이 떨리고 땅이 울리기 시작한다. 눈앞의 참뱃길에 균열이 생긴다. 잡목림이 당황한 사람들처럼 좌우로 흔들리기 시작하고 가지가 삐걱삐걱 소리를 낸다.

“지진이다!”

한순간 모치타로는 망설였다. 땅이 갈라지는 길로 내려가는 것보다 신사 안으로 돌아가는 편이 안전할까. 옛날에 오하타무라 마을과 여섯 분촌 일대에서 꽤 큰 지진이 일어났을 때도, 육면 님의 본사와 여섯 개의 분사에서는 금줄 사이에 끼운 접은 종이조차 떨어지는 일이 없었다고 들은 적이 있다.

하지만 모치타로의 귀는 믿기 힘든 소리를 들었다. 뚜둑. 뚜둑, 뚜둑, 뚜둑!

신사 안에 늘어서 있는 기둥이 끝에서부터 부러져 가는 것이다. 뚜둑! 딱 한가운데쯤에서부터, 눈에 보이지 않는 거대한 주먹에 얻어맞은 듯 부러져 간다.

"여기를 떠나야 해."

야요이가 모치타로의 팔을 잡아당겼다.

"신사의 지붕이 금세 무너져 떨어질 거야."

말하고 있는 사이에도 두 사람의 머리 위로 회칠 조각이 후두둑 떨어져 내렸다.

"뛰어!"

뒤도 보지 않고 둘이서 달려 나갔다. 갈라지는 땅을 피하면서 달린다. 다리가 약한 모치타로를 야요이가 잡아끌며 잡목림으로 뛰어들었을 때 땅을 뒤흔드는 듯한 굉음이 쫓아왔다.

참지 못하고 돌아보니 하늘까지 닿을 것처럼 기세 좋게 피어 오르는 흙먼지 속에서 신사의 기와지붕이 붕괴해 가는 중이었다.

이럴 수가. 이런 일이 있을 리 없다. 이곳은 육면 님의 노름의 마을, 신이 만든 장소인데.

구우우우웅, 구우우우웅——

어디에선지 모르게 중후한 종소리가 울리기 시작했다. 하늘에서 내려오는 것일까?

"이건 본사 본전에 있는 대종大鐘 소리야."

야요이의 얼굴이 흙빛이 되어 있었다. 이곳까지 밀어닥쳐 오는 흙먼지 때문은 아니다.

"신자들에게 천재지변을 알리기 위한 종이야. 현세에서, 종조부님이 치고 있는 거야."

"대체 무슨 일이 일어나고 있는 걸까요."

"모르겠어."

두 사람은 서로를 부축하고 곁을 지키며 석등롱 길로 향했다. 지면은 끊임없는 지진으로 흔들리고 잡목림의 나뭇가지뿐만 아니라 한아름이나 될 듯한 고목의 줄기까지도 둘로 찢어져 간다.

모치타로는 보았다. 상반신은 또렷하게 사람의 모습이 남아 있는 귀신 하나와, 하얗고 납작한 판자 조각 같은 귀신 하나가, 녹듯이 사라지는 것이 아니라 새까만 숯이 되어 갈라진 땅으로 빨려 들어가는 모습을.

——이곳의 신자들도 불타고 있는 거야.

자신도 야요이도 언제 이 불길에 휩싸일지 알 수 없다. 어떻게 하면 좋지? 어떻게 하면 살 수 있지?

"모치타로, 저걸 봐!"

야요이의 외침에 모치타로는 시선을 들었다. 잡목림 맞은편에 새까만 연기 덩어리가 우뚝 솟아 있다. 그 안에서 불꽃이 춤추고 있다.

"여관이 불타고 있어."

석등롱 길까지 다다르자 야요이는 그 자리에 주저앉고 말았다. 모치타로도 견디지 못하고 무릎을 꿇었다.

길 좌우에 늘어서 있던 여관은 모든 건물에 불길이 번져 있었다.

수많은 창에서 불꽃이 뿜어져 나오고 있다. 굵은 연기의 띠를 만들어 내고 있는 것은 이미 무너져 버린 여관이다.

꽃을 즐기는 봄이라 머물고 있는 신들의 수는 많았다. 여관은 거의 꽉 차 있었다.

지금 그 모든 신들이 앞다투어 마을에서 밖으로 도망쳐 나간다. 사람의 모습을 한 신, 짐승의 모습을 한 신, 도구의 모양을 한 신, 아지랑이처럼 형태가 확실하지 않은 신.

신들이 내뿜는 압에, 모치타로도 야요이도 더 이상은 앞으로 나아갈 수 없었다. 그저 웅크린 채 도망쳐 나가는 신들을 지켜볼 수밖에 없다.

날개가 있는 신은 그 날개를 퍼덕여 날아오른다. 그렇지 않은 신들은 하얀 종이 인형들을 부리고 있었다. 역시, 종이 인형들은 머물고 있는 신들의 힘의 화신이었던 것이다.

신들은 발밑에 와글와글 모여 있는 종이 인형들을 붙잡고, 또는 물고, 또는 감고, 또는 삼킨다. 그러자 종이 인형들은 순식간에 갖가지 것으로 모습을 바꾸었다. 하얀 작은 배, 커다란 꽃잎, 연꽃, 갈기를 나부끼는 신마神馬, 이빨이 날카로운 늑대, 미끈거리는 거대한 몸을 꿈틀거리는 커다란 메기, 여관 한 채만큼이나 큰 소쿠리나 바퀴. 신들은 그것들을 붙잡고, 올라타고, 또는 함께 타고, 노름의 마을을 빠져나가 하늘 높은 곳으로 탈출했다.

그런데 주사위들은 어디에 있는 걸까. 오다이는, 기리하는?

"이봐, 오다이!"

배 밑바닥에서부터 목소리를 짜낸 모치타로가 불러보았다.

"기리하, 어디 있어?"

입을 열면 신들의 기가 직접 폐부로 들어온다. 몸이 터져 버릴 것 같다.

"주사위, 들아아~."

신들이 점점 마을 상공으로 사라져 간다. 덕분에 신의 기가 약해지고 조금씩 큰 목소리를 낼 수 있게 되었다.

"오다이, 기리하!"

기다시피 앞으로 나아가 필사적으로 눈에 힘을 주며 찾으려고 하는 모치타로의 어깨에 야요이가 매달려 왔다.

"……불타 버린 거야."

울고 있었다. 얼굴이 눈물로 빛나고 있다.

"육면 님이 계시는 곳이 더러워지고 신사가 쓰러져 버렸어. 하인인 주사위들이 무사할 리가 없어."

오늘 아침에 나누었던 인사가 이번 생의 마지막 이별이었을까.

"야요이 님, 다친 데는 없으세요?"

야요이의 몸은 아직 불타지 않았다. 자신도 무사하다. 포기해서는 안 된다. 이곳에서 도망쳐 나가야 한다.

정신이 들어 보니 대종 소리는 그쳐 있었다.

툭.

마을 하늘에서 비가 내리기 시작했다.

모치타로는 깜짝 놀라 하늘을 올려다보았다. 얼굴에 비가 닿는다. 듬성듬성하고 커다란 빗방울이다. 그 수가 늘고 본격적으로 내리기 시작했다.

여관의 화재가 잦아들었다. 불꽃이 사라지고 대신 몇 줄기나 되는 연기가 피어오른다. 석등롱 길의 양쪽에 빼곡하게 처마를 나란히 하고 있던 여관은 한 채도 남아 있지 않았다.

연기 때문에 멀리까지는 보이지 않는다. 그게 다행이었다. 제대로 보았다면 모치타로는 소리 내어 울고 말았을 테니까.

마을을 덮고 있는 것은 빗소리뿐이었다.

흔들. 또 지진이 왔다. 위아래로 흔들린다. 모치타로와 야요이의 코앞에서 땅이 쩍 갈라지며 입을 벌렸다.

"잡목림으로 돌아가지요."

나무들이 뿌리를 내리고 있는 곳이라면 땅이 갈라지지도 않을 것이다.

"어째서? 이제 도망칠 수 없어."

"어떻게든 방법을 생각해 볼게요."

"생각해 봐야 소용없어. 육면 님께 무슨 일이 일어나서 힘이 사라져 버린 거야. 이 마을은 먼지가 될 거야. 우리도 함께……."

"아뇨, 야요이 님은 도망치세요."

모치타로는 다리가 약하다. 그래도 야요이만이라면. 하지만 야요이는 어두운 눈을 하고 어깨를 늘어뜨렸다.

"그런 수단은 없어."

위아래로 흔들린다. 좌우로 흔들린다. 불에 탄 여관이 요란한 소리를 내며 무너졌다. 잡목림의 나무들도 흐트러져 모치타로의 거처 쪽에서 새로운 흙먼지가 피어올랐다. 강해지는 빗발이 곧 그것을 진정시켜 버린다.

노름의 마을은 불에 타고, 비에 무너지고, 숯과 먼지와 진흙이 되어 홍수에 삼켜져, 어딘가로 떠내려가고 마는 것이다.

고소데에 비가 스며들어 야요이는 추운 것 같았다.

"야요이 님, 여기에 꼼짝 말고 계세요. 제가 뭔가 걸칠 것을 찾아올게요."

잡목림을 빠져나가는 오솔길은 작은 강처럼 되어 있었다. 방금 전까지는 도리이와 신사가 있었던 방향에서 흙탕물이 기세 좋게 흘러왔다. 그 안에 그을린 주사위가 몇 개 보인다.

깜짝 놀란 모치타로가 흙탕물에 손을 집어넣었다. 그러나 움켜쥐었다고 생각한 주사위는 허무하게 부서지고 손안에는 검은 숯이 남았다.

의지가 되어 줄 주사위들은 이제 없다.

마을 어디에선가 굉음과 함께 뭔가 무너지는 소리가 났다. 꾸물거리고 있을 수는 없지만 모치타로는 마음이 부러져, 손에 남은 숯을 몇 번이나 움켜쥐면서 소리도 없이 울 뿐이다.

울고 있다. 어금니를 악물고. 목소리를 삼키고. 그렇다, 나는 목소리를 내지 않았다.

그렇다면 이 흐느낌은 누구의 목소리일까?

뒤인가? 옆인가? 모치타로는 일어서서 빗속을 찬찬히 살피며 주위를 확인했다. 흙탕물의 흐름이 발가락 끝과 복사뼈에서 소용돌이를 친다.

왼편 안쪽에 부서진 나무통과 판자 조각이 아무렇게나 쌓여 있다. 분명 비에 쓸려 떠내려왔겠지.

그 그늘에 눈에 익은 것이 있었다. 비를 맞으며 땅바닥에 떨어져 있었다.

모치타로를 이 마을로 데려온, 커다란 등에.

오린을 저주해 등에가 씌게 하고, 그 대가로 자신도 등에로 변해 버린 여자.

이제 얼굴도 제대로는 기억나지 않는다. 한순간 수면에 비친 일그러진 표정을 보았을 뿐이다.

한 발짝, 두 발짝. 모치타로는 커다란 등에에게 다가갔다. 발밑에서 흙탕물이 살짝 튀었다. 그러자 등에의 다리가 일제히 쭉 움츠러들었다.

이 녀석, 살아 있다!

"이봐, 등에."

모치타로가 부르자, 등에는 다리로 허공을 휘저으며 낮게 으르렁거리기 시작했다. 자세를 바꾸어 일어나려 하는 걸까.

모치타로는 단숨에 거리를 좁혀 가까이 가서 양손으로 등에의 몸을 눌렀다.

"너, 살아 있지. 아직 날 수 있어? 아니, 무슨 일이 있어도 날아 줘야겠어."

가까이에서 보아도 등에는 등에였다. 어디에도 사람 같은 모습은 남아 있지 않다. 그저 무식하게 커다랄 뿐——

그렇게 생각하다가 젖어서 축 처진 등에의 날개에 작은 꽃무늬가 떠올라 있음을 깨달았다.

——이 여자가 입고 있던 고소데의 무늬다.

문득 속이 괴로워질 듯한 연민이 치밀어 올랐다. 한때는 사람이었던 존재. 질투가 심하고 음험한 오린의 원수.

"나는 더 이상 널 원망하지 않아."

모치타로는 말을 걸었다.

"이 마을은 끝장이야. 곧 먼지가 되고 말 거야. 하지만 우리는 감사하게도 아직 무사하지."

커다란 등에의 몸에 팔을 두르고 힘껏 껴안아 일으켰다. 약해진 다리로는 버티기가 힘들어 한 번으로는 들어 올릴 수 없었다. 하나, 둘, 셋에, 다시 한번.

"남은 목숨을 소중히 쓰자. 힘내서 날개를 움직여서 물기를 털어내. 나를 데려왔을 때처럼, 여기서 데리고 나가 주었으면 하는 사람이 있어."

몸에 걸치고 있는 고소데도 수건도 전부 비가 스며 있다. 모치타로는 양손으로 커다란 등에의 날개를 문질러 물을 짜내고, 문질러서 말려 주었다. 커다란 등에는 약하게 머리를 흔들며 짧은 앞다리로 얼굴을 닦고 있다.

"좋아, 좋아. 어떻게든 날개를 펼 수 있을 것 같네. 날개를 움직여 비를 피하면서 잠깐 기다리고 있어. 알겠지? 멋대로 도망가면 안 돼."

커다란 등에의 한쪽 눈에 얼굴을 가까이 하고, 그 어지럽고 복잡한 눈동자를 들여다보며 모치타로는 말했다.

"마지막으로 좋은 일을 해 봐. 그러면 여기에서 죽어도 지옥에는 떨어지지 않을 거야. 살아남을 수 있다면 사람의 모습으로 돌아갈 수 있을지도 몰라."

그런 말을 남기고 야요이가 있는 곳으로 이를 악물고 달렸다. 그 사이에도 지진이 오고 주위에서 붕괴의 소리가 난다.

"야요이 님!"

야요이는 지면이 느슨해진 탓에 솟아오르고 만 나무들의 뿌리 위에 웅크린 채 몸을 둥글게 말고 있었다. 비에 흠뻑 젖어 안색이 새하얗다.

"제발 기운을 내 주세요."

야요이와 서로 부축해 가며 미끄러지고 넘어지면서 빗속을 나아갔다. 돌아가 보니 커다란 등에는 자신의 힘으로 날개를 움직이고 있었다.

"모, 모치타로, 이건."

야요이는 온몸으로 뒷걸음질 치려고 했지만 모치타로는 단단히 붙들었다.

"야요이 님, 이 녀석이 마을에서 데리고 나가 줄 거예요. 지금은 보시는 대로 이런 모습이지만 원래는 사람이에요. 여자고요."

이 녀석과 함께 도망치세요. 모치타로는 야요이의 손을 잡고 커다란 등에 쪽으로 이끌었다. 커다란 등에는 힘차게 날개를 움직여 두 사람의 눈높이까지 날아올랐다.

"자, 이 녀석의 다리를 붙잡으세요. 뒷다리 쪽이 좋겠어요, 튼튼하니까."

등에의 앞다리가 야요이의 기모노 뒷덜미를 움켜쥐고 가운데 다리 끝의 갈고리가 두 어깨를 움켜쥐었다.

야요이는 불안한 듯이 모치타로의 얼굴을 보았다.

"하지만 모치타로 넌?"

모치타로는 야요이를 보지 않았다. 커다란 등에의 엉덩이를 때리며 소리쳤다.

"좋아, 가!"

커다란 등에가 날아오르자 매달린 야요이의 몸이 앞뒤로 흔들렸다. 정강이를 타고 빗물이 흘러 떨어진다.

"가, 날아가, 날아가!"

위를 올려다보며 소리치자 입 속에 비가 들어온다.

"야요이 님, 죽을힘을 다해서 매달려 계세요! 지상에 도착할 때까지 손을 떼시면 안 돼요. 부디 무사하세요!"

손을 흔들며 소리쳤다. 모치타로의 이름을 부르는 야요이의 목소리. 들리지 않는다, 고 모치타로는 생각했다. 괜찮다. 이게 최선이었다.

커다란 등에에게 들려준 말은 모치타로 자신을 위한 말이기도 했다.

이곳에서 목숨을 잃는다면 마지막으로 한 가지 좋은 일을 하고 싶다.

커다란 등에와 야요이의 모습이 빗발 너머로 사라졌다. 그걸 기다리고 있었다는 듯, 마을 전체를 토대에서부터 흔드는 듯한 지진이 덮쳐 왔다.

발밑의 땅이 갈라진다. 가까스로 피한 모치타로가 흙탕물을 튀기며 걷기 시작했다. 이제 뛸 수도 없다. 서둘러 봐야 도망쳐 숨을 수 있는 장소도 없고.

등 바로 뒤에서 잡목림의 땅바닥이 꺼진 것처럼 나무들이 부러져 간다.

정신을 차려 보니 어느새 주위에는 짙은 안개가 흐르고 있다. 안개? 어디에서 생겨난 것일까?

아니, 아니다. 이건 구름이다. 육면 님의 노름 마을은 지진에 부서지고 큰비에 무너져 비구름 속으로 삼켜질 모양이다.

바로 옆에서 땅이 갈라지고 모치타로가 있는 쪽의 지면이 크게 솟아올랐다. 갈라진 땅의 저편은 토대의 바위까지 맥없이 깨져 구름에 삼켜지고 녹아 사라져 버렸다.

기구한 사연과, 앞뒤 생각하지 않는 무모한 용기로 모치타로는 이 마을에 왔다. 이곳에 내내 갇혀 있었다.

그래도 인생의 일부를 보낸 장소다. 추억도 있다. 기리지로는 좋은 녀석이었다. 오다이는 왈가닥에 귀여웠다. 야요이 님과 간베에는 마치 아가씨와 집사 같은 느낌이고, 기리하는 꼭 시녀 같았다.

신이 남겨 주신 신찬이나 공물은 맛있었다. 먹을 것에 관해서라면 현세의 생활에서는 평생 맛볼 수 없을 호화로운 음식을 먹을 수 있었다.

신들은 무서운 한편으로 재미있기도 했다.

그런데 마지막에는 꿈처럼 덧없이 사라져 간다. 육면 님에게 대체 무슨 일이 일어난 걸까. 마을에 머무르고 있던 신들은 이제 남김없이 떠나 버렸을까.

차가운 비에 뼛속까지 시려 와, 몸이 무거워지기 시작했다. 졸리다. 다리가 움직이지 않는다.

여기에 쪼그리고 있자. 구름에 삼켜지면 폭신폭신하고 부드러울 테지. 그러면 누워서 자 버리자.

땅은 이제 모치타로가 있는 이곳만, 예전에 오두막이나 물터가 있던 한 구획이 남아 있을 뿐이다. 그것도 끝에서부터 무너져 간다.

머리를 흔들어 머리카락의 물을 털어 내고 양손으로 얼굴을 닦았다. 그때, 시야 구석으로 푸르게 빛나는 무엇인가가 스쳤다.

뭉게뭉게 피어 올라 낮게 깔리며 당장이라도 모치타로를 삼키려고 다가오는 구름 속을 무언가가 날고 있다.

그것이 팔랑 움직였을 때, 섬광처럼 모치타로는 깨달았다.

제비의 신에게 받은 깃털이다.

──올해의 제비는 되찾았다고 전해 줘, 라고 말씀하셨어.

오다이가 분부를 받고 전해 주었다. 하늘색에 칠흑의 선이 그려져 있는 한 쌍의 아름다운 깃털.

그 깃털이 구름 속을 날고 있다.

팔랑, 하늘색으로 빛난다. 팔랑, 눈부실 정도의 빛.

받은 후 보금자리의 베갯맡에 장식해 두었다. 매일 바라보곤 했다. 바라볼 때마다 마음이 따뜻해졌다. 하타마무라 마을의 밭 위를 나는 산제비가 생각났다. 가족의 웃는 얼굴이 떠올랐다.

팔랑, 또 빛난다. 구름 속을 날아다니고 있다. 분명히, 분명히.

"이봐~!"

모치타로는 양손을 들고 큰 소리로 외치면서 그 자리에서 뛰어올랐다.

"나는, 여기 있어, 여기야, 여기에 있어어어어!"

계속 지는 바람에 눈물을 흘리고 있던 제비의 신이 준 커다란 선물. 그것은 모치타로의 목소리를 알아듣고 구름 속에서 튀어나왔다. 팔랑팔랑 날갯짓하고 있다.

모치타로의 발밑이 흔들렸다. 서 있는 땅이 기운다. 모치타로의 등 쪽이 솟아올라가고 흙탕물이 단숨에 발치로 흘러온다. 자갈과 기와, 나뭇가지도 흘러온다.

모치타로는 비스듬해진 지면을 뛰어 내려갔다. 제비 신의 깃털은 허공에 떠 있다. 기세를 붙여 그리로 몸을 날렸다. 양손을 뻗는다. 닿아라, 닿아라, 닿아 줘!

다리를 박차는 순간 발치의 땅이 무너졌다. 두 손은 허공을 휘젓는다. 하늘색 빛이 모치타로의 얼굴을 비춘다.

오른손이 가까스로 하늘색 깃털의 깃대를 움켜잡았다. 조금 늦게 왼손이 다른 한쪽을 잡았다.

한 쌍의 깃털은 힘차게 날갯짓을 하여 모치타로의 몸을 들어 올렸다. 부우웅 올라간다. 구름을 헤치고 날아간다.

"됐다아, 됐다고오."

모치타로는 소리쳤다. 고함쳤다. 이제 정말로 외톨이라 누구의 귀에도 들리지 않는데도.

"제비의 신 님, 고맙습니다아아아~."

울고 웃으면서 양팔을 힘차게 움직여 모치타로는 날갯짓했다. 나, 날고 있어.

이윽고 구름이 끊기더니 새하얗게 빛나는 보름달이 모치타로 앞에 얼굴을 내밀었다.

"저는 그렇게 해서 하타마무라 마을로 돌아왔습니다."

어느새 모치타로의 얼굴에는 피로의 빛이 떠올라 있다. 아직도 나이를 짐작하기가 어려운 얼굴이다. 노인의 주름. 어린아이처럼 악의 없는 눈동자. 병자의 야윈 어깨. 힘찬 목소리. 약해진 다리.

"보름달의 빛으로 땅이 보이기 시작하니 산의 모양이나 강의 흐름으로 대략적인 장소를 알 수 있었지요."

모치타로는 하타마무라 마을로 향했다. 깃털을 움켜쥔 두 팔을 날개처럼 퍼덕이고 몸을 틀어 방향을 잡으며.

"마을 서쪽의 나무문에서 2정쯤 떨어진 곳에 돌로 된 도조신道祖神 도로의 악령을 막고 여행하는 사람을 수호해 준다고 하는 신이 있었습니다. 사당도 지붕도 없지만 주위의 땅이 깨끗하게 골라져 있어서,"

달빛 덕분에 상공에서 발견하기가 쉬웠다.

"갑자기 마을 안으로 날아 내려갈 수도 없고, 남의 집 지붕에 걸리기라도 하면 큰일이니까요."

모치타로는 갑자기 입을 다물더니 고개를 숙였다.

"그때는 정말로 그것만 신경 쓰고 있었어요. 저는 육면 님의 마을에 갔다가 돌아왔어도 전혀 똑똑해지지 못했지요."

도조신이 있는 곳에서 지상에 발이 닿고 모치타로가 손을 떼자, 제비의 신으로부터 받은 한 쌍의 깃털은 반짝 하고 하늘색으로 빛나며 사라져 버렸다.

주위를 비추는 것은 달빛뿐이었다.

"그래도 저는 아직 깨닫지 못했어요."

현세로 돌아올 수 있었다는 기쁨으로, 집에 돌아갈 수 있다는 기쁨으로 가슴이 가득했기 때문이다.

"마을의 나무문에 있는 파수막은 월번月番인 남자들이 교대로 묵으며 불이 꺼지지 않도록 하는 것이 관습이었습니다."

지금 거기에 불빛이 보이지 않는다.

나무문도 활짝 열려 있다.

무언가 이상하다.

이상하다 이상하다 이상해.

"걸으면서 자세히 보니 나무문의 문짝은 뜯어져 있었습니다."

거기까지 와서야 모치타로의 코가 눈치챘다.

뭐야, 이 탄내는.

"방금 전에 붕괴하는 마을에서 화재와 연기의 냄새를 맡다 온 참이니까요."

가슴이 술렁거리고 심장이 튀어올랐다.

"조심해야 하는데 저는 바보라서 이 약해진 다리로 달리기 시작했습니다. 비틀거리고 휘청거리고 그래도 필사적으로 달려 마을 안을 돌아보니……."

하얀 달빛 아래에 하타마무라 마을이 무너지고 많은 건물들이 불탄 광경이 떠올라 보였다.

"저희 집은."

모치타로의 뾰족한 울대뼈가 오르내렸다.

"거의 새까맣게 타서 기둥이 깜부기숯처럼 되어 있었지요."

아버지의, 형의, 누이의 이름을 불러 보았다.

대답하는 목소리는 없었다.

희미하게 가까운 숲속에서 들개의 울음소리가 들려왔다.

"촌장님의 집도 불타서 흔적도 없었어요. 뭐가 뭔지 알 수 없는 채로 저는 마을에 있는 육면 님의 신사로 향했습니다."

거기에도 똑같은 무참한 풍경이 펼쳐져 있었다.

"작은 분사分社였지만 새로 지은 신사였습니다."

벽은 무너지고 기둥은 쓰러지고 지붕은 벗겨지고 불에 타, 모든 것이 파괴되어 있었다.

“육면 님이 이런 일을 당하셔서 힘을 잃고 말았기 때문에 노름의 마을도 붕괴해 버린 거예요.”

그제야 이해할 수 있게 된 연속된 상실에 모치타로는 우두커니 선 채 넋을 놓았다. 아무것도 생각할 수 없어서 그저 막대처럼 서 있었다.

얼마나 시간이 지났을까.

“동쪽 하늘이 밝아 오고 그제야 정신이 들었습니다. 분별력이 조금쯤 돌아왔지요.”

이곳에 있으면 위험하다. 오하타무라 마을이나 다른 분촌은 어찌 되었을까. 어쨌든 이동해야 한다.

“불탄 자리를 뒤져서 어떻게든 입을 수 있는 솜을 넣은 찬찬코와 더러워진 색실 짚신을 발견했습니다. 그걸로 채비를 하고,”

숲의 나무들 사이에 신중하게 몸을 숨기면서 모치타로는 오하타무라 마을로 향했다.

“오하타무라 마을에서는 건물의 대부분이 무사한 것처럼 보였습니다.”

그러나 육면 님의 본사本社는 역시 부서지고 불에 타 무참한 흔적만 남아 있었다. 대촌장의 저택도, 신관의 저택도 불에 탔다.

“본사의 경내였던 곳에는 급조한 초소가 만들어져 있더군요.”

그 초소의 기에 새겨져 있는 문장紋章은 모치타로의 눈에 전혀 익지 않은 것이었다.

"우리 영주님 가문의 문장이 아니었어요. 그리고 초소에 있는 무사님들은 전장에 나가는 듯한 차림새를 하고 있었고요."

천하태평했을 이 시대에 또 전쟁이 일어났나. 아니면 성하마을에서 모반이라도?

"뭐가 뭔지 모르겠지만 붙잡혔다간 제 목숨도 부지할 수 없겠다 싶어서 허둥지둥 도망쳤습니다."

마을 변두리에 다다르자 가도를 따라 판자가 높이 세워져 있고, 껍질을 벗겨 희게 다듬은 나무대 위에 효수되어 있는 몇 개의 머리가 보였다.

"대촌장님과 신관님의 머리였습니다. 야요이 님의 종조부님 말이에요."

간담이 서늘해져 모치타로는 좌우간 도망쳤다. 어제부터 먹지도 마시지도 않았고 몸은 완전히 차가워진 데다가 다리는 후들거렸지만,

"이 모습을 보아하니 다른 마을도 무사하지 않겠다는 생각이 들어, 덤불의 잡초를 할퀴다시피 하며 오하타무라 마을 북쪽의 언덕을 올라갔습니다."

언덕을 넘으면 그 너머의 강이 이웃 번과의 국경을 이루고 있다. 강의 선착장에는 관문이 있고 관리가 지키고 있을 테지만, 그 눈을 피해 가까운 곳에 숨어서 실낱같은 희망이라도 찾고 싶었다. 적어도 이 땅에서 무슨 일이 일어났는지, 그것만이라도 누가 가르쳐 주었으면 싶었다.

"선착장의 관문에도 초소와 같은 문장의 기가 서 있었습니다."

모치타로의 고난은 그날 오후, 언덕 기슭의 오솔길을 지나가던 나무통 장사의 짐마차가 거두어 줌으로써 끝을 고했다.

"제가 하타마무라 마을에서 도망쳐 왔다고 말했더니 나무통 장사는 저를 빈 통 안에 숨겨 주었습니다. 히토쓰기무라 마을의 나무통 장사였지요."

가는 길에 겨우 들은 사정은 각오했던 것 이상으로 부조리하고 비정했다.

"제가 노름의 마을에 있던 사이에, 현세의 우즈키 번에서는 영지 바꿈이 일어났던 것입니다."

과연, 바로 납득이 되어 도미지로는 대답했다.

"그래서 초소에도 선착장에도 모치타로 씨가 모르는 문장이 걸려 있었던 거로군요."

영지 바꿈이란 글자 그대로 막부의 명에 의해 영주가 다스리는 영지를 바꾸는 것이다. 번성하고 큰 영지로 바꿀 때도 있지만 무언가 잘못에 대한 벌을 받아 좁은 영지나 궁벽한 곳으로 옮겨지고 마는 경우도 있다.

"우즈키의 영주님 집안은 전국 시대 때부터 그 땅에 뿌리를 내리고 있었어요. 작은 지방이었지만 대대로 소중히 여기며 다스려 주셔서 우리 영지민들에게도 고마운 일이었습니다."

모치타로가 모시던 영주는 그 집안의 7대째, 번주 자리에 앉았을 때는 겨우 열아홉 살이었다.

"영지로 들어오시는 행렬에서 화려한 장식줄을 두른 말에 올라타고 오하타무라 마을에도 들러 주셨습니다. 저는 아직 여덟 살인가 그쯤이었지만 어린 마음에도 그 늠름한 모습에 넋을 잃고 말았지요."

영지민의 경애를 받던 청년 번주는, 그러나 무사히 치세를 다할 수 없었다.

"시기상으로는 제가 노름의 마을로 끌려간 것과 거의 비슷했던 모양인데, 영주님은 막부에서 명령하신 토목 공사 때 실수를 하고 말았다더군요."

막부는 다이묘들에게 여러 가지 공사를 명령한다. 토목 공사는 무조건 잘 완수해야 하고, 조금이라도 실수가 있으면 엄하게 책망을 받는다.

"에도 성 바깥 해자를 파고 제방을 다시 쌓는 일이었다는데, 멀리 파견되는 것도 아니고 비용도 짐작하기 쉬운 일이었지요. 전례가 많이 있으니까요. 그래서 젊은 영주님께도 어려운 하명은 아니었을 텐데."

운 나쁘게도 일손 수배를 부탁한 에도의 상인이 뱃속 시커먼 너구리였기 때문에 터무니없는 돈을 쓰게 되었다. 이 비용을 둘러싼 분쟁이, 우선 영주에 대한 나쁜 평판의 원인이 되고 말았다.

또한 이 토목 공사에는 일을 함께 맡은 나이 많은 영주가 있었는데, 이 영주가 우즈키 번의 젊은 영주를 걸핏하면 얕잡아 보고 도와주지 않은 데다가 오히려 작은 잘못이나 실수를 시끄럽게 책망하여 더욱 일을 키웠다.

"심술을 부리셨군요."

"그렇지요. 어째서일까요? 영주님들 사이에서도 시어머니와 며느리 같은 일이 있는 걸까요."

서민으로서는 이해할 수 없는 권력 싸움이었을지도 모른다. 마음이 맞지 않았던 것인지도 모른다. 그저 젊음을 질투했을 뿐이었는지도 모른다.

"하지만 가장 큰 탈은 제방을 다시 쌓는 작업을 순시하러 온 오메쓰케에도 막부에서 무사의 비행을 감찰하던 직책의 하급 관리에게 부상을 입히고 만 것이었습니다."

"우와아, 아니 어째서."

눈을 가리고 싶어지는 실책이다.

"큰비가 내리는 와중에 일부러 순시하러 왔다가 발이 미끄러졌다지만 날씨 탓으로 돌릴 수는 없지요. 우리 영주님이 전부 뒤집어쓰고 말았습니다."

결국 모치타로의 영주는 임무에서 해제되고 근신을 받은 후에 영지 바꿈 처분을 받은 것이다.

"영지 바꿈으로 자신들의 영주님이 통째로 바뀌어 버리는 일은, 에도에 사는 사람들한테는 전혀 실감이 나지 않겠지요."

도미지로는 순순히 고개를 끄덕였다. "그렇지요. 생각해 본 적도 없습니다."

에도 성은 늘 같은 곳에 있고, 거기에는 쇼군 님이 있다. 대가 바꿔기는 해도 도쿠가와 쇼군 가가 어딘가 다른 곳으로 가 버리는 일은 상상하기도 힘들다.

"잘난 척 말했지만 저도, 아니, 제 부모님이나 부모님의 부모님들도 이야기로 들어 알고 있을 뿐이었습니다. 도쿠가와 님의 천하태평 시대가 오기 훨씬 전부터 우리 땅에는 우리 영주님 집안이 있었으니까요."

그런데 조정의 결정으로 먼지처럼 맥없이 다른 곳으로 날아가고 말았다. 저항하는 것은 허락되지 않는다.

"제게 사정을 가르쳐준 히토쓰기무라 마을의 나무통 장사도 이야기하면서 떨고 있었습니다."

——태어나서 처음으로 나라님이란 무섭다는 걸 실감했어.

"우리 입장에서 보자면 성에 있는 영주님이 제일 높습니다. 평상시에는 에도의 쇼군 님을 잊고 지내지요. 어찌 보면 당연하지 않습니까."

그런데 잊고 있던 높은 분으로부터 벼락이 떨어진 것이다. 모치타로와 사람들이 모시고 있던 주인은 아득히 먼 지방으로 떠나갔다.

"새로운 번주가 된 영주님은 규모가 비슷한 다른 영지에서 오셨는데."

긴 역사를 함께하며 좋게든 나쁘게든 서로 익숙해지고 친해졌던 전 번주와는 비교할 수 없을 정도로 만사에 있어 영지민에게 엄했다.

"지금 돌이켜 보면 새로운 영주님을 맞이하는 이쪽에도 순종적이지 않은 구석이 있었겠지요."

"다들 전 영주님을 아쉽게 생각하고 있었을 테니까요."

"예. 그것이 새 영주님께도, 가신家臣 분들께도 보여서, 건방진 영지민 놈들! 하는 마음이 들었던 게 아닐까요."

우즈키 번의 새 번주가 제일 먼저 손을 댄 일은 영지 내의 인구 조사와 전답 조사였다. 지주마다 가족, 친족 구성을 신고하게 하고 소작인 명부를 제출하도록 한다. 땅의 측량을 새로 하고 매년 영지 내에서 수확할 수 있는 쌀의 양을 확인한다. 잎채소와 콩류, 뿌리채소류의 수확량도 밭의 넓이로 다시 헤아린다.

"전답 다음은 영지 내의 산에서도 같은 일을 하여 목재나 숯, 광산에서 나는 것까지 조사했다고 합니다."

그 일이 한바탕 끝날 때까지 2년이 넘게 걸렸으나, 상당한 노구가 된 새 번주는 직접 그 일을 지휘하며 말을 타고 영지 내를 돌아다녔다. 경호하는 기마대를 이끌고 다니며 가는 곳마다 영지민들을 떨게 했다고 한다.

"새 영지의 통치가 안정될 때까지는, 이라며 그동안에는 참근교대參勤交代 에도 시대에 각 지방의 영주들이 격년 교대로 에도에 올라가 막부에서 근무하던 제도도 특별히 면제를 받아 영지 내에만 머물러 있었다고 하니 대단하지요."

모치타로는 속으로 생각했다. 토목 공사에서 실책을 저지른 젊은 영주와 교대한 '상당한 노구'의 영주. 녹봉은 작아도 대대로 도쿠가와 가를 섬겨 온 오래된 가문, 오래된 신하였을지도 모른다. 때문에 그런 특별한 청도 통했던 게 아닐까.

"이야기가 왔다 갔다 해서 죄송하지만……."

조금 아득한 눈빛이 된 모치타로가 말을 이었다.

"현세에서는 제가 하타마무라 마을을 떠난 지 3년 하고도 열 달이 지나 있었습니다."

노름 마을에서는 정월, 즉 주사위의 대가 바뀌는 일은 한 번밖에 일어나지 않았다. 역시 시간의 흐름이 현세와는 달랐던 것이다.

"히토쓰기무라 마을의 나무통 장사는 최근 열 달 사이에 영지 내에서는 마지막 조사──신사 조사가 이루어졌다고 가르쳐 주었습니다."

신사 조사.

"처음 듣는군요. 글자 그대로, 신사를 조사한다는 뜻이겠지만."

"예……."

모치타로는 고개를 끄덕였다. 그의 눈 안쪽이 어두워진다.

"조사가 시작되었을 때는 영지 내에서 어떤 수호신이 신앙을 받고 있는지 다른 땅에서 온 영주님은 모르기 때문에 순찰하며 확인하시는 거라고, 그뿐이라고 소문을 퍼뜨렸다고 합니다."

모치타로네가 사는 땅에 계시는, 작은 토지신들.

"실제로 다른 마을에서도 심각한 말썽은 일어나지 않았고요. 수호신을 위해 훌륭한 신사를 지은 곳에서는 앞으로 새 영주님이 데려온 신도 함께 모시라는 명령을 받았다나, 그 정도였고."

"그건 새 번주가 특별히 섬기는 신이었겠군요."

"신심이 깊은 분이었던 모양입니다."

건성인 말투로 모치타로는 낮게 말했다.

"자신의 마음에 드는 신한테는요."

그러나 오하타무라 마을과 여섯 개의 분촌이 섬기는 육면 님은 아무래도 마음에 들지 않았던 모양이다.

"노름을 좋아하는 신이라니, 진짜 신이 아니라고 단정 짓고."

——사이비 신이다. 신인 체하는 원숭이 같은 천한 것이야. 이런 신을 섬기다니 말도 안 된다.

부수고 모조리 불태워야 한다.

"그럼 더부살이인 등에의 신도?"

"옛날이야기부터 통째로 전부 새 영주님 밑에서는 금지되었습니다. 더러우니 두 번 다시 입 밖에 내어서도 안 된다고요. 공물인 주사위도 유래를 적은 책도, 신사에 봉납한 에마도 부적도 전부 쌓아 올려 불태우라고."

그러나 오하타무라 마을과 여섯 분촌의 마을 사람들은 순순히 그 명령을 따르지 않았다.

"왜냐하면 육면 님은 우리의 신이었으니까요."

노름을 좋아하시고 어쩌다 크게 져서 엄청난 곤경에 빠졌다. 하지만 다른 땅의 산물을 따내어 주신 적도 있다. 등에 신과의 거래도, 육면 님도 등에의 신도 뿌리부터 사악하지는 않았기 때문에 성립된 이야기다. 어딘가 익살스럽고 귀엽다.

사람과 가깝고, 사람과 비슷하고, 사람과 똑같이 웃거나 기뻐하거나 즐거워하거나 분하게 여기기도 하는, '우리의' 토지신.

"대촌장님과 신관님, 여섯 분촌의 촌장들이 모여 몇 번이나 부탁했다고 합니다. 오하타무라 마을의 신사에서 육면 님을 옮기고 더 작은 사당에 봉하겠습니다. 원래의 신사에는 새 영주님이 명령하시는 신을 모시겠습니다. 분촌에서는 결코 육면 님을 섬기지 않겠습니다——."

그러니 부디, 부디, 우리 곁에 육면 님을 남겨 주십시오. 수호신입니다. 이 땅의 신입니다.

그러나 소원은 통하지 않았다.

"전부 모조리 붙잡혀서."

어째서인지 모여서 봉기를 기획했다는 죄목이 붙어 있었다.

"며칠 지나지 않아 대촌장 등은 책형을 당하고 효수되었습니다. 남겨진 마을 사람들이 갈팡질팡하는 사이에 영주님의 경비 기마대가 사람들을 이끌고 쳐들어와, 오하타무라 마을의 육면 님 본사를 불태우고 분촌의 분사도 순서대로 불태워 무너뜨렸지요."

초소를 설치하고 전쟁 준비를 하고 있던 무사들은 육면 님을 부수고 그 신자들을 사냥했던 것이다.

마을 사람들은 놀라고 두려워 어쩌지도 못한 채 지켜볼 수밖에 없었다.

"하타마무라 마을은 꽤 부유해졌고, 몇 년쯤 지나면 일곱 번째 분촌이 생길 무렵이었다는데."

육면 님의 가호 덕분이었다는 생각은 요만큼도 하지 않고.

"본보기로 오하타무라 마을에서는 남자들이, 하타마무라 마을에서는 전원이 끌려나와 어디론가 옮겨졌다고 합니다."

——소식은 전혀 알 수 없어. 서쪽의 고노가와 강변에서 시작되고 있는 새 밭 간척에 보내진 게 아니냐고들 하는데.

"나무통 장사가 그렇게 말한 순간 저는 눈앞이 캄캄해졌습니다. 고노가와 강은 무시무시하게 거친 강이라 지금까지 몇 번이나 범람했어요. 이 지방 사람들이라면 잘 알고 있는데……."

다른 곳에서 조슈 우즈키 번으로 온 새 번주나 가신인 무사들은 모르겠지. 언젠가는 어쩔 수 없이 알게 되겠지만 그때까지 대체 얼마나 많은 무고한 영지민들의 목숨과 노력을 헛되이 낭비하게 될까.

——너도 불쌍하게 되었구나, 그래도 아버지나 형이나 누이에 대해서는 포기하렴.

히토쓰기무라 마을의 나무통 장사는 모치타로의 어깨를 붙잡고 흔들며 그렇게 타일렀다고 한다.

"놀랍게도 나무통 장사는 제 신상을 잘 알고 있었습니다."

——너, 누이 대신 커다란 등에에게 납치되었다면서?

지금까지 어디에 있었니? 육면 님의 마을? 으으음……. 어쨌든 돌아올 수 있어서 다행이구나. 목숨이 붙어 있어 다행이야. 그 목숨을 헛되이 해서는 안 된다.

"이제 와서 어슬렁어슬렁 나가 봐야 하타마무라 마을의 누군가를 구할 수도 없다, 인구 조사를 할 때 도망친 것으로 되어 있으니 붙잡혀서 책형을 당하는 게 고작이라면서."

도망친 게 아닙니다. 등에 신의 저주를 대신 받고 커다란 등에에게 붙들려 노름의 마을에 가서 노름에 열을 올리는 온 나라 신들의 시중을 들었습니다. 그런 이야기를 새 번주의 슬하가 된 이 땅에서 입 밖에 내 봐야 책형대로 가는 길이 짧아질 뿐이다.

——네가 살아남는 것만 생각해라. 가족도 그걸 바라고 있을 거야.

"나무통 장사의 말을 듣고 머리로는 이해했지만."

가슴이 타는 듯 슬프고, 분하고, 아무래도 아무래도 납득이 가지 않았다.

"너무해, 너무 부조리해, 그런 생각이 들고."

도미지로는 깜짝 놀랐다. 모치타로의 눈가가 붉어지고 눈물이 고여 있었다.

"야요이 님도 마음에 걸려서."

모치타로는 손등으로 눈물을 닦더니 스스로를 격려하듯이 숨을 한 번 쉬고 말을 이었다.

"성하마을에 가고 싶었어요. 가게 이름은 모르지만 성에 물건을 대는 포목점이니 찾아가면 금방 알 수 있을 테지요."

그곳에 가면 분명히 야요이가 있으리라. 머리를 다친 후로 깊이 잠들어 있던 몸에 혼이 돌아오고 무사히 지내고 있겠지.

"히토쓰기무라 마을의 나무통 장수에게는 육면 님의 마을에서 같이 있었던 사람을 찾고 싶다, 신관님의 친척이라고 간단하게 이야기했지만.”

나무통 장수는 가로막듯이 고개를 저으며 한층 더 강하게 모치타로의 어깨를 흔들 뿐이었다. 소용없어. 무리야. 찾아서 어쩌려고.

——모치타로, 너 내 이야기를 듣고 있지 않았던 거냐. 육면 님을 모시는 신관 일족은 제일 먼저 처형당하고 말았어.

“인정머리 없는 말이지만, 그렇지요.”

아무도 구할 수 없다. 아무것도 되찾을 수 없다. 모든 것은 부서져 버린 후이고, 무엇 하나 원래대로는 되지 않는다.

그 아픔, 슬픔. 닦아도 새로운 눈물이 흐르고, 움켜쥔 주먹이 떨린다.

“저는 머리를 끌어안고 엉엉 울었습니다.”

히토쓰기무라 마을의 나무통 장수는 모치타로를 마구간 구석에 숨겨 주었다고 한다. 그래서 나무통 장수와 이러한 대화를 하고 있는 동안 내내, 바로 옆에서 나무통 가게의 짐마차를 끌고 있던 말이 꼬리를 붕붕 휘두르거나 다리를 바꾸어 디디거나 여물을 먹고 있었다.

“울고 있으니 왠지 그 말이 다가와서 제 머리에 콧등을 비벼 왔습니다.”

축축한 온기와 뺨에 닿은 말의 콧김. 모치타로의 가슴은 흔들렸다. 살아 있는 것의 온기. 살아 있는 것의 고마움.

"그때 갑자기 생각이 났습니다. 노름의 마을에는 이런 온기는 없었지, 하고요."

노름의 마을은 신들의 마을이고 그곳에서 신들을 모시는 것은 신들의 하인이나 일시적으로 생명이 주어져 망령처럼 떠도는 죄인들뿐이었다.

"저는 그곳에서 돌아왔어요."

이 손에는 따뜻한 피가 흐르고 있다.

"나무통 장사의 말이 맞았습니다. 이 목숨을 헛되이 해서는 안 된다. 도망쳐서 살아남자. 그렇게 결심했습니다."

히토쓰기무라 마을의 나무통 장사는 거래가 있어서 한 달에 한두 번은 선착장이 있는 곳에서 이웃 번으로 가는 국경을 넘는다고 한다. 이웃 번으로 도망치면 우선 모치타로의 몸은 안전할 테니,

"다시 통 속에 숨어 국경을 넘기로 했습니다."

도착한 곳에서는 나무통 장수의 거래처인 술 도매상의 주인에게 의지하기로 했다. 이것도 나무통 장수가 주선해 주었기 때문에 은혜를 잊지 않고,

"지금도 잠을 잘 때 절대 히토쓰기무라 마을 방향으로는 발을 뻗지 않습니다."

드디어 도망치는 당일에는 아침부터 비가 내렸다. 나무통 장수의 아내가 마련해 준 일용품을 보자기에 싸서 끌어안고 모치타로는 텅 빈 술통 안에 쪼그려 앉았다.

"톡 쏘는 쌉쌀한, 좋은 냄새가 났습니다. 그 냄새를 지금도 어쩌

다 꿈속에서 맡을 때가 있지요."

국경 근처의 마을에서는 작물의 씨나 묘목을 제외하고 짐마차로 옮길 수 있는 물건 중 돈이 오가는 거래에 한해, 이웃 번의 가게와 장사를 하는 것이 인정된다. 이것은 이전 번주의 시책이었으나, 새로운 번주는 약간 더 확대해 어음 거래도 인정하고 있었다. 그 탓인지 나무통 장수의 짐마차가 언덕 기슭의 오솔길을 따라 선착장으로 향하는 동안 여러 업종의 상인들과 길동무가 되었다.

그들의 인사나 대화만 듣고 있으면,

"이 땅은 줄곧 평온하고 나쁜 일이라곤 전혀 없었던 것처럼 여겨졌습니다."

선조 대대로 섬겨 오던 주인 가문이 떠나고 어디 사는 누구인지도 모르는 영주가 번주로 군림하고 어릴 때부터 친숙했던 수호신을 불태우고 무고한 마을 사람들을 닥치는 대로 베고 고향에서 떼어내 끌고 갔다는데.

"그런 무서운 일은 무엇 하나 없었다는 듯 입 밖에 내지 못했습니다."

섣부른 말은 할 수 없다. 폭풍은 지나갔다. 머리를 낮추고 지나쳐 보낼 수 있었다. 감사해라, 감사해라.

영지민은 영주를 고를 수 없다. 그러니 얌전히 따르며 살아가야 한다.

"저는 죽어도 그리 하기 싫었습니다. 간신히 영지를 떠나 그 후로 두 번 다시 고향에는 돌아가지 않았지요."

그날 모치타로는 나무통 안에서 이렇게 생각했다.

"나는 온갖 신들이 계시는 노름의 마을을 알고 있다."

그렇게 많은 신들이 계셨지만 그곳은 낙원이 아니었다.

"그렇다면 지금 이러고 있는 지상은 어떨까. 타지 사람인 새 번주의 호불호만으로 수호신을 통째로 불태우고 부수고 지워 버리는 벌 받을 짓이 허락되는 이곳은 어떤 곳일까."

지옥 같다. 하지만 사람이 많이 살고 있고, 그들이 섬기는 신의 신사도 있다. 그러니 지옥은 아니다.

지옥은 아니지만 모치타로에게는 지옥과 가장 가까운 곳이다.

오하타무라 마을의 대촌장도 신관님도 야요이 님도 아버지도 형도 누이도 모치타로의 마음도, 주사위들의 추억도 커다란 등에가 되어 버린 불행한 여자도 모두 뒤섞여 이 지옥과 가장 가까운 곳의 부조리한 겁화劫火에 불타고 있다——

거기까지 말하더니 모치타로는 말을 끊고 고개를 떨어뜨렸다. 얇은 가슴이 오르내리고 있다. 그 가슴 안쪽에 오가는 것을 생각하며 도미지로는 조용히 기다렸다.

이윽고 모치타로는 시선을 들었다.

"제가 의지하게 된 이웃 번 마을의 술가게는 '미야마야三山屋'라는 곳이었습니다."

가게 정면으로 세쌍둥이처럼 모양이 나란한 아름다운 산이 세 개 보였다고 한다.

"저는 다섯 살 때 미아가 된 후 행방을 알지 못하게 된, 미야마야

주인의 넷째 도련님 이름을 쓰게 되었지요."

그곳에서는 모두가 모치타로를 위로해 주었다. 행방불명이 되었다가 돌아왔다. 산의 신께서 돌려보내 주신 거다, 다행이다, 다행이야.

"술가게 주인의 가족들도 좋은 분들이었군요."

"그야 물론입니다."

모치타로가 깊이 고개를 끄덕이자 눈가에 고여 있던 마지막 눈물 한 방울이 떨어졌다.

"우즈키 번에 새로 온 번주의 무도한 짓은 이웃 번에도 널리 알려져 있었습니다. 미야마야가 있는 국경 부근의 마을은 주위의 산에서 베어 내는 질 좋은 삼나무나 오동나무 목재로 번성하고 있었던지라 꽤 큰 마을이었는데."

횡포한 신사 조사를 한 끝에 오하타무라 마을과 하타마무라 마을에서 무서운 일이 있었다는 사실이 전해졌을 때는 남자들을 모아 강가에 횃불을 피우고 우즈키 번에서 강을 건너오는 마을 사람이 없는지 며칠 밤이나 감시했다고 한다.

"표면상으로는 도망쳐 오는 자를 붙잡기 위해. 사실은 구해서 숨겨 줄 생각으로 말이지요."

그런 마을이었기 때문에 모치타로가 행방불명에서 돌아온 넷째 도련님이 아니라는 사실을 눈치챘으면서도 다들 분위기를 맞춰 주었다고 한다.

"저는 술가게의 장사에 대해서는 모르고 읽고 쓰기나 셈도 할 줄 몰랐어요. 보시다시피 휘청거리는 다리라서 몸을 쓰는 일은 할 수 있는 것이 정해져 있고요. 어쨌거나 청소와 쓰레기 줍는 일을 하면서."

열심히, 아침부터 밤까지 일했다.

"히토쓰기무라 마을의 나무통 장사가 가끔 찾아와 우즈키 영지 내의 상황을 가르쳐 주었습니다. 그러다가 제가 미야마야에 들어간 지 반년쯤 지나고 나서였나……."

계절이 바뀔 무렵에 큰비가 내렸다.

"며칠 동안 강을 건너는 것이 금지될 정도였지만 이쪽 마을에는 큰 피해가 없어 가슴을 쓸어내리고 있던 차에 국경을 넘어 나무통 장사가 왔지요."

――아니나 다를까, 고노가와 강에 큰일이 난 모양이야.

"개척하고 있던 새 밭은 사쿠지카타作事方 에도 막부의 건축, 토목 공사 관련 하급 관리를 이르는 말의 초소도 일하는 사람들이 사는 오두막도 다 함께 흙탕물에 삼켜져 아무것도 남지 않게 되고 말았다는구나."

그때는, 모치타로도 울지 않았다. 이미 눈물이 마르고 마음은 단단해져 있었다.

"이제 이곳에도 있고 싶지 않다. 더, 더 먼 곳으로 가자고 생각했습니다."

미야마야에는 성하마을의 실 도매상으로 시집간 딸이 있었다.

"우리 마을에서 실잣기가 활발했던 것처럼 이쪽에서도 비단실이나 삼실이 특산물이었거든요."

이 실 도매상은 규모가 크고 에도에 가게도 내고 있었기 때문에,
"미야마야의 나리와 마님께 부탁드려서 저는 에도의 그 가게로 고용살이를 나가게 되었습니다. 물론 허드렛일이고, 밥만 먹여 주면 되니까 급료는 필요 없습니다, 하며 머리를 숙였지요."

미야마야의 주인은 당혹스러워했지만 안주인이 곧 승낙했다.

——나도, 너는 에도로 가 버리는 편이 낫겠다고 전부터 생각하고 있었다.

"마님은 제가 가끔 스스로도 깨닫지 못하는 사이에 콧노래로 실잣기 노래를 부르곤 하는 것이 신경 쓰였다고 하시며."

이웃 번이라고는 해도 강을 사이에 두고 장사 거래가 있는 것은 히토쓰기무라 마을의 나무통 장수만이 아니다. 운 나쁜 상대가 그 콧노래를 듣고 만다면,

"제가 붙잡힐 뿐만 아니라 미야마야에도 나무통 가게에도 폐를 끼치게 되지요. 마님으로서는 당연한 걱정이었습니다."

이렇게 해서 모치타로는 에도로 갔다. 단순히 햇수만 헤아린다면 나이는 열여섯이 되어 있었다.

"결국 실 도매상에서도 1년 정도밖에 고용살이를 하지 못했지만요."

눈앞에서 가볍게 말하는 모치타로지만 눈 안쪽은 진흙처럼 탁하고 어둡다.

"제가 이상한 놈이고 유령처럼 기분 나쁘다며."

젊은 행수나 하녀들, 사환 아이가 꺼리고 싫어하여 바늘방석이

었다고 한다.

“그 후로 하루 벌어 하루 먹고사는 일을 전전하며 어떻게든 목숨을 이어 왔습니다. 다리도 나이를 먹어 가다 보니 더욱 약해져서 옛날보다 더 불안하고 휘청거리는 터라, 처음에 말씀드렸던 것처럼 지금은 허리가 굽은 할아버지에게도 당해 내지 못하는 꼴이지요.”

모치타로는 자포자기에 토라진 채 될 대로 되라는 식이다. 얼굴로는 웃음을 잊었는데 마음 깊은 곳에서는 자신의 한심함을 비웃고 있다.

도미지로는 생각에 잠겼다. 묻고 싶은 것은 몇 가지 있다. 어느 것부터 물으면 좋을까.

역시, 이건가.

“무례한 줄 알면서 여쭙겠습니다만.”

“예, 무엇인지요?”

모치타로의 눈가가 붉다.

“모치타로 씨는 지금 몇 살이십니까? 목소리는 젊은데 얼굴은 더 이상 젊은이가 아니네요. 확실하게 짐작이 되지 않아서, 일말의 죄송함과 함께 불안한 마음으로 이야기를 듣고 있었습니다.”

모치타로는 한쪽 입 끝을 끌어올렸다.

“미시마야 주인장——도련님께서는 몇 살이십니까?”

“저는 스물둘입니다. 아까 말씀드렸지만 가게를 짊어질 일이 없는 태평하고 미숙한 도련님이지요.”

"아아, 그렇군요."

눈을 깜박이더니 모치타로는 도미지로의 얼굴을 뚫어져라 다시 살펴보았다.

"아니, 미숙하기는커녕 어딘지 당당하십니다. 과연 괴담 자리 같은 특이한 취미로 시간 때우기를 하실 만하네요."

지금까지와 조금 다른, 따끔하게 빈정거리는 모치타로가 얼굴을 내민다. 도미지로는 그 얼굴을 향해 웃음을 지었다.

"말씀하시는 대로 시간 때우기이지만, 손님의 이야기를 들음으로써 세상 물정을 아는 데 도움이 되기도 합니다."

"그럼 찬찬히 살펴보고 제 나이를 맞혀 보십시오. 이만큼 이야기를 들어 온 후라면 알 것도 같으니까요."

엇차, 그렇게 나오다니. 도미지로는 곤란해졌다. 말을 조심해야 한다.

당신은 머리카락이 빠진 노인처럼도 보이고 세상 물정 모르는 어린아이처럼도 보인다. 아마 당신 마음의 시간은 지옥과 가장 가까운 곳에서 도망쳐 온 그날 그대로 멈춰 있는 것이리라. 그리고 몸의 시간만이 헛되이 쌓여 당신을 약하게 만들었겠지.

"모치타로 씨의 나이를 맞히기 전에 두 가지 더, 제 질문에 대답해 주시겠습니까."

모치타로는 약간 입을 삐죽거렸다. "무엇을 묻고 싶으신지?"

"아직 누님의 실잣기 노래를 기억하십니까? 콧노래로라도 부를 수 있습니까?"

도미지로가 기대했던 것 이상으로 이 질문에는 효과가 있었다. 모치타로는 시선을 피하며 턱을 당겼다.

"그야…… 기억하지요."

"그래요? 그럼 두 번째 질문입니다. 지금도 색실 짚신을 짤 수 있습니까?"

이번에는, 온몸으로 당황했다. 저도 모르게 그러는 것처럼 손가락이 움직였다. 한순간 짚신을 짜듯이 움직였다.

"짤 수 있을 것 같은데요."

"확실하지 않은 모양이군요. 우즈키 번 영지를 도망쳐 나온 후로 미야마야에서도, 에도의 실 도매상에서도 짤 기회는 없었을까요?"

"하지만 미야마야에서는 위험해서요."

모치타로의 목소리가 높아지고 뒤집어졌다.

"그게 오하타무라 마을에서 인기 있는 물건이라는 건 인근에도 알려져 있었으니까요."

"확실히, 무심코 짜서 누군가에게 주는 것도 파는 것도 위험했겠지요. 하지만 에도로 오고 나서는 어떠셨습니까?"

색실 짚신은 귀하고 예쁘다. 세련된 사람들이 많은 에도에서 판다면, 조슈의 여관 마을에서 얻은 인기 따위와 비교가 되지 않을 정도로 평판을 얻지 않았을까.

"당신이 고용살이를 했던 곳은 실 도매상이었으니 재료는 부족하지 않았을 테지요."

모치타로의 얼굴이 새빨개지더니 점점 하얘졌다. 핏기는 눈가에만 짙게 남고 다시 눈물이 고이기 시작한다.

"짜려고…… 해 보면, 생각이 나서, 손이 움직이지 않게 돼 버려요."

오린이, 야요이가, 즐거웠던 일이 생각나서. 행복했던 때가 생각나서.

몽환 같았던 노름 마을의 나날이 생각나서. 지옥과 가장 가까운 곳에서 도망칠 때의, 나무통 안의 어두움이 생각나서.

"저는……."

모치타로는 한 손으로 얼굴을 눌렀다.

"살아 있는 게 저주스러워집니다."

속삭이는 듯한 목소리 속에 가두어져 온 세월이 있다.

"후회하고 계시기 때문이군요" 하고 도미지로는 말했다. "아버님과 형님과 누님을 구하려고 하지 않았다. 찾으려고도 하지 않았다. 오로지 도망치는 것만 생각하고 말았다. 자신의 목숨을 우선으로."

그 회한과 수치에 모치타로는 내내 갇혀 있는 것이다.

타인의 귀로는 순식간에 알아들을 수 있다. 그 목소리 밑바닥에 흐르는 캄캄한 꺼림칙함을.

"그 후회는 잘못된 것입니다."

차분하게, 그러나 단호하게 울리도록 도미지로는 말했다.

"모치타로 씨는 도망치길 잘한 거예요. 히토쓰기무라 마을의 나무통 장수가 해 준 충고를 따르길 잘한 겁니다. 아무 잘못도 하지 않았어요."

갑자기 모치타로가 소리를 질렀다. "당신이 그런 걸 어떻게 압니까!"

도미지로는 동요하지 않았다. 조용히, 이렇게 대답했다. "당신은 육면 님의 마지막 신자예요. 당신이 살아남지 않았다면 육면 님은 이 세상에서 잊히고 말 참이었습니다. 육면 님을 섬기고 그리워하는 자로서 당신에게는 살아남는다는 사명이 있었어요. 그렇게 생각하지는 않으십니까?"

다리를 걷어차인 것처럼 모치타로의 자세가 덜컥 무너졌다.

"……마지막, 신자?"

"예. 뭐, 등에의 신까지 함께 모셔 줄지 어떨지는 당신 마음대로 하시면 되겠지만요."

망연자실한 모치타로의 이마에서 물방울이 스윽 흘러 떨어진다. 눈물이 아니다. 땀이다.

"모치타로 씨가 몇 살인지 역시 저는 짐작이 가지 않습니다. 하지만 만일 모치타로 씨가 그럴 마음을 먹고 색실 짚신을 짜 주신다면, 그게 팔릴 만한 물건인지 어떤지 감정하고 어울리는 가게에 소개해 드리는 정도는 저도 할 수 있습니다."

말하고 나서 도미지로는 한 손으로 자신의 이마를 쳤다. "이거 안 되지, 저도 모르게 으스대고 말았군요. 정확하게는 미시마야의 주인인 제 아버지에게, 모치타로 씨의 색실 짚신이 팔릴 만한 물건인지 아닌지 감정하고 괜찮을 것 같은 가게에 소개해 달라고 부탁하는 정도는 저도 할 수 있을 겁니다."

그리고 허겁지겁 덧붙였다. "만일 팔릴 만한 물건이 못 되어서 가게를 주선해 달라고 할 수 없다면, 모치타로 씨와 함께 아버지의 욕을 하며 울분을 풀 수도 있겠지요."

도미지로의 눈앞에서 모치타로의 얼굴이 천천히 일그러져 간다.

우는 얼굴은 아니다. 화난 것도 아니다. 웃으려고 하는데 웃을 수 없다. 웃는 방법을 떠올리려고 하지만 아직은 되지 않는다.

"……저는 서른한 살입니다."

지금껏 쓸모없는 인생이었습니다.

"그렇다면 다시 한번 살아보시지요" 하고 도미지로는 말했다. "육면 님의 마지막 신자로서 긍지를 갖고 사는 겁니다."

모치타로는 몸을 앞으로 숙이고 양손으로 무릎을 꽉 움켜쥐며 오열했다.

오래 울지는 않았다.

짧고 울부짖는 듯한 오열은 곧 그치고 모치타로는 얼굴을 들었다.

눈과 눈이 마주친다. 거기에 지금까지는 없었던, 구름 사이로 보이는 푸른 하늘이 있었다.

적어도 도미지로는 그렇게 믿는다.

이 구름 사이의 맑은 하늘로부터 비쳐드는 빛이 언젠가 이 사람이 웃는 법을 떠올리게 해 줄 거라고.

"다음에는 색실 짚신을 들고 찾아와 주십시오. 가게 앞에서 도미지로와 약속했다고 말해 주시면 됩니다."

기대하며 기다리겠습니다——하고 정중하게 엎드려 절하는 미시마야의 도련님이었다.

"오카쓰, 괜찮아?"

조금 엄숙한 목소리를 내어 경칭을 생략하고 부른 것은 그만큼 걱정이 되었기 때문이다.

그런 도미지로의 심경을 오카쓰는 제대로 이해하고 있었다. 옆방과 이쪽 방을 구분하는 당지문을 살짝 열고는 미소를 지으며 얼굴을 내밀었다.

"매우 흥미로운 이야기였어요."

오카쓰는 검은 머리카락이 풍성하고 피부가 흰 미인이지만 얼굴과 목덜미에 심한 마맛자국이 있다. 이 마맛자국은 포창신의 사랑을 받고, 그 가호를 받고 있다는 증거다. 오카쓰가 미시마야의 특이한 괴담 자리에 다가오는 마魔나 재앙을 물리치는 수호자 역할이 될 수 있는 까닭은 역병신 중에서도 최강인 포창신의 뒷배가 있기 때문이라고 할 수 있다.

그러나 모치타로가 본 포창신은 비쩍 야윈 알몸의 망자 떼로 쌓아올려져 있고 온몸에 겁화를 두른 이형의 거인이었다고 한다.

그 모습을 상상하면 한기가 느껴진다고 할까. 무섭고 꺼림칙하다. 오카쓰도 얼마쯤 동요하지 않았을까.

——그런데 흥미롭다니.

"저는 이 특이한 괴담 자리를 지켜보고 나쁜 것이 다가오지 못하도록 감시하는 파수꾼이잖습니까."

오카쓰의 목소리는 담담하고 부드러우며 도미지로와 마주하는 표정도 차분하다.

"그러니 본래는 이야기꾼의 이야기에 귀를 기울여서는 안 되지요. 이야기의 줄거리에 정신이 팔리면 파수꾼으로서의 임무에 소홀해지고 마니까요."

말은 그렇게 해도 무리겠지. 조금이라도 이야기를 들으면 다음 내용과 결말이 신경 쓰일 수밖에 없으니까.

"오늘도 그럴 생각이었지만 모치타로 씨가 포창신의 모습을 뵈었다――는 대목을 듣고 나서는 아무래도 그것만 생각하고 말았어요."

갸름한 눈초리에 희미한 색향을 띠며 오카쓰는 부드럽게 웃었다.

"……언젠가 저도 포창신의 모습을 이 눈으로 뵙고 싶어요. 제게는 이 세상의 무엇보다도 높고 힘이 세고 아름다운 신이니까요."

그 말이 어느 정도나 진심인지 도미지로는 모른다. 다만 멀고 밝은 것을 동경하는 듯한 오카쓰의 눈빛이 반쯤은 눈부시고 반쯤은 무섭다고 느꼈다.

"제 가슴속을 걱정해 주셔서 고맙습니다."

"아니, 괜찮다면 됐어."

어째서 이쪽이 허둥지둥하는 걸까. 정말이지 오카쓰에게는 당해

낼 수가 없다.

"도련님, 색실 짚신 이야기는 진심이시지요?"

"응." 고개를 끄덕이다가 도미지로는 갑자기 주눅이 든 표정을 지었다. "잘못한 걸까? 모치타로 씨는 이름을 속이지 않았으니까, 특이한 괴담 자리로만 관계를 끝내지 않아도 되지 않을까 싶었는데."

오카쓰는 도미지로의 얼굴을 똑바로 보았다.

"아가씨라면, 그렇게 하시지는 않았을 거예요."

흑백의 방의 첫 번째 청자, 도미지로의 사촌누이인 오치카 얘기다. 행복하게 시집을 가서 지금은 회임 중이다.

"하지만 그건 아가씨가 미시마야의 장사를 좌우할 수 있는 입장은 아니었기 때문이에요. 도련님과는 그 점이 다르고 지금의 청자는 도련님이니까 도련님이 하신 일이 옳아요."

마음이 약해지시면 안 됩니다, 하고 말했다.

"머잖아 모치타로 씨가 색실 짚신을 가지고 와 주시기를 저도 기대할게요."

자기 자신을 납득시키듯이 한 번 힘차게 고개를 끄덕이고 나서 오카쓰는 말을 이었다.

"모치타로 씨의 이야기는 사람을 살리는 것도 죽이는 것도 결국은 사람이 하는 일이라는 이야기였어요. 뿐만 아니라 사람은 신마저도 살리기도 죽이기도 하지요. 사람의 목숨은 소중한데 생물로서는 왜 이리 횡포하고 오만할까요."

그런 사람의 목숨에 한계가 있는 것은 그 횡포와 오만에 한계를 두기 위해서다.

"그게 신들이 정하신 일이라고 생각하려니, 글쎄요, 사람과 신은 어느 쪽이 먼저고 어느 쪽이 나중일까요. 너무 어려워서 저는 모르겠어요."

사람이 있기 때문에 신이 계시는 것일까, 신이 계시기 때문에 사람이 있는 걸까——

그 후로 흑백의 방에 책상을 두고 곰곰이 그런 생각에 빠져 있을 뿐, 도미지로는 전혀 맥을 추지 못했다. 들은 이야기를 한 장의 그림으로 그려, 듣고 버린 것으로 한다. 그것이 도미지로의 방식인데 무엇을 그리면 좋을지 아무래도 정리가 되지 않았기 때문이다. 하루, 이틀, 사흘, 쓸데없이 시간만 지나간다.

모치타로의 이야기에는 보여 줄 만한 일화가 많고, 그리고 싶은 장면도 여럿 있었다. 석등롱 길을 사이에 두고 여관이 늘어서 있는 노름 마을의 풍경이나, 육면 님의 이상한 신사, 그 안에 있는 여러 용도의 큰방.

물론 사랑스러운 주사위들도 버리기 어렵다. 종이 인형들을 거느리고 부지런히 일하는 모습을 그리면 즐거운 그림이 되리라. 하지만 가장 귀여운 것은 울보인 제비의 신이지.

마을이 붕괴될 때 모치타로를 찾아 날아다니던 한 쌍의 깃털도 그리고 싶다.

모치타로가 처음으로 마주친 유령이나, 육면 님의 신사 앞에 서 있던 야요이의 모습. 수면에 잠깐 원래의 얼굴을 비추었던 커다란 등에로 변한 여자. 그 여자의 질투와 저주 때문에 지게에 비끄러매어져 오하타무라 마을에서 돌아온 오린의 모습. 좋은 일도, 나쁜 일도.

——지금쯤 모치타로 씨는 무엇을 하고 있을까.

용기를 내어 색실 짚신을 짜 보았을까. 눈물이 넘쳐도 지지 않고 떠올려 주었을까.

모치타로는 책상에 팔꿈치를 짚고 몸을 일으켰다.

자신은 특이한 괴담 자리의 청자로서 지금까지 하지 않았던 일을 했다. 이야기를 마친 이야기꾼과 새로운 관계를 만들려고 했다.

그것이 좋은 일인지 나쁜 일인지는, 앞으로 자연히 답이 나오리라. 좋게 나왔을 때의 공도 나쁘게 나왔을 때의 책임도 자신이 제대로 받아들여야 한다.

그렇다면 그려야 할 것은 하나였다.

한 쌍의 색실 짚신.

새로운 인생으로 발걸음을 내딛는 모치타로의 든든한 초석이 되기를, 하는 바람을 담아서.

2장

비시
냄
질각

맑은 가을날, 오전에 미시마야의 부엌문으로 늘 드나드는 채소 장수가 왔다.

"좋은 밤이 들어왔는데 어떠십니까?"

그는 응대하러 나간 하녀 오시마의 눈앞에서 밤송이를 갈라 열매를 꺼내어 보여 주었다. 과연 알이 굵고 단단히 여물어 맛있어 보이는 밤이다.

"나리가 좋아하시는 거니까 밤찰밥을 지을까? 좋아요, 전부 주세요."

"아이고, 고맙습니다."

채소장수가 끝이 갈고리 모양으로 되어 있는 특이한 작은 칼로 밤송이를 슥슥 갈라 간다. 그 손놀림이 재미있어 지나던 길에 눈길이 멈춘 도미지로는 무심코 주저앉아 마지막 밤송이가 갈라질 때까지 구경하고 말았다.

마침 채소장수와 교대하듯이 작업장 쪽에서 어머니 오타미가 돌아왔다. 커다란 소쿠리에 담긴 매끈매끈한 밤과 도미지로의 얼굴을 번갈아 보던 오타미는,

"또 이런 곳에서 게으름을 피우니."

하고 살짝 흘겨보며 놀렸다.

"아뇨, 아뇨, 저는 물을 한 잔 마시러 왔을 뿐이에요. 그런데 밤송이에 걸려 버려서."

"그럼 걸린 김에 오시마를 도와서 밤껍질을 벗기렴. 이만한 양이라면 꽤 품이 들 거야."

밤껍질은 삶기 전에 벗겨야 한다는 걸 도미지로는 몰랐다.

"단단하지?"

"예. 조심하시지 않으면 손가락을 벨 거예요."

오시마는 도미지로에게 누구나 쉽게 사용할 수 있는 작은 칼을 주고 자신은 식칼로 밤을 깠다. 그러더니 전혀 위태롭지 않게 술술 벗겨 간다. 도미지로가 하는 칼질과는 비교도 되지 않았다.

"맛있는 밤찰밥을 먹기 위해서야."

하루가 다르게 가을이 깊어지고 있는데 분투하다 보니 땀이 맺힌다.

두 사람은 부엌 봉당에 앉아 묵묵히 손을 움직였다. 열려 있는 부엌문에서는 맑고 차가운 가을바람이 불어 들어온다. 아침 식사 뒷정리는 끝났지만 물기를 빼려고 세워 둔 커다란 도마는 아직

바짝 마르지 않았다.

어느새 해가 짧아지는가 싶더니 점점 더 늦게 뜨고 빨리 졌다. 여름이라는 계절은 장마가 끝난 후의 뇌우를 앞세워 요란하게 도래한 다음 세상을 푹푹 삶는다. 늦더위도 오래 앉아 있는 손님처럼 질질 끄는데 사라질 때는 인사도 없다. 그리고 가을은 닌자처럼, 정신을 차려 보면 거기에 있다.

계절이 바뀌면 그만큼 오치카의 배 속 아이도 자랄 테지. 손안에서 미끄러지는 굵은 밤을 만지작거리며 도미지로는 생각했다. 요즘 걸핏하면 오치카와 배 속 아이를 떠올린다.

오치카의 경사는 한 달 남짓 전에 알았다. 오치카가 시집간 세책상 효탄코도에서 길보를 전해 준 것인데,

"며느리의 친정이 미리 들떠서 소란을 피워선 안 된다."

하고 오타미가 엄하게 단속하여 도미지로와 다른 사람들은 축하도 방문도 삼가고 있다.

이에 눈치 빠른 오치카의 남편 간이치가 먼저 인사하러 와 주어서,

——오치카는 입덧이 심하여 지금은 가능한 한 쉬게 하고 있습니다. 기운을 차리면 만사 제쳐 놓고 알릴 테니 만나러 와 주십시오.

라고 말했다. 그러나 굳이 자백하자면 간이치의 배려 섞인 말을 들은 도미지로는 속으로 발끈하고 말았다. 오치카는 내 사촌 누이야. 마음씨 착하고 미인인 데다 부지런할 뿐만 아니라 특이

한 괴담 자리의 청자 역할을 야무지게 해낸 배짱 좋은 아이이며 자랑스러운 사촌누이라고.

뭐가 '쉬게 하고 있습니다'냐. 무엇 때문에 사촌인 내가 '와 주십시오'라는 말을 들어야 하냐고.

어른스럽지 못한 불만임을 본인도 잘 알고 있다. 질투? 그것과는 조금 다르다. 도미지로는 맹세코 오치카를 여인으로 본 적이 없고, 사촌누이가 아니라 친누이처럼 생각해 왔다. 하지만 분한 것은 분한 것이다.

옆에서 새 밤을 까기 시작한 오시마가 아래를 향한 채 뭔가 낮게 말했다.

도미지로는 손을 멈추고 오시마를 보았다.

"응, 뭐라고?"

오시마는 계속 밤을 까며, 한 알을 완전히 까서 다른 소쿠리에 넣고는 얼굴을 들었다.

"시집을 보내는 쪽이란 재미가 없네요."

아하하. 오시마도 비슷한 생각을 하고 있었던 모양이다.

"그래도 아버지와 어머니는 그나마 낫지. 일찌감치 오치카의 안부를 살피러 갈 수 있었으니까. 우리는 언제까지 삼가야 하는 걸까."

오시마는 다음 밤을 손에 들었다.

"밤찰밥을 듬뿍 지어서 아가씨한테 갖다 드리고 싶은데, 마님께 혼나려나요."

"내가 물어볼게."

오시마는 미시마야에서 대행수인 야소스케 다음 가는 고참 고용살이 일꾼이다. 도미지로는 물론 두 살 위인 형 이이치로 역시 어릴 때부터 오시마에게 신세를 져 왔다. 오치카는 가와사키 역참에 있는 본가에서 에도로 올라온 첫날부터 오시마와 함께 먹고 자며 같이 일해 왔다.

오시마도 도미지로도, 각각 오치카와는 강한 유대가 있다고 믿고 있다. 아하하 웃으며 얼버무리긴 했지만 며느리의 친정은 손해라는 말을 굳이 입 밖으로 꺼내고 싶어진다.

"도련님, 저 더욱더 마님께 혼날 만한 생각을 하고 있는데요."

오시마의 말투가 딱딱해지고 입매가 꽉 죄어졌다. 그러면서도 손은 부지런히 계속해서 밤껍질을 벗기고 있는 점이 역시 대단하다.

"뭔데?"

"효탄코도에는 행상을 나가는 사람이 있으니 남자의 일손은 충분해요."

세책상은 가게 장사도 하지만 절반 이상은 행상, 단골 거래처를 돌아다니며 영업을 한다.

효탄코도에도 행상을 나가는 고용살이 일꾼이 몇 명 있는데, 오치카의 혼례 때 인사를 받았을 뿐이고 도미지로가 얼굴과 이름을 알고 있는 사람은 주로라는 중년 남자 한 명뿐이다.

애초에 이 주로가 책 읽기를 좋아하는 오시마를 단골손님으로 삼는 바람에 미시마야와 효탄코도의 인연이 생기고, 오치카와 작은 주인 간이치가 만난 것이다. 하지만 간이치와 먼저 친해진 쪽은 도미지로다. 거의 틀림없다. 몇 번인가 볼일도 부탁했고 맛있는 음식을 좋아한다는 점에서 마음이 맞았다.

하지만 지금은 보기도 싫다. 오치카와 서로 좋아하게 되다니 뻔뻔스럽잖아.

아니지, 아니지. 도미지로의 생각이 곧 옆으로 미끄러진다. 지금은 오시마의 생각을 듣고 있는 중이다.

"응, 남자 일손은 충분하지."

그러자 오시마는 처음으로 부엌칼의 움직임을 멈추고 말을 이었다.

"그래서 무엇이든 남자들끼리 어떻게든 해 버리는 습관이 붙어 있고, 또 어떻게든 되어 왔을 거예요. 여자 일손은 밥을 짓는 할머니가 한 명 있을 뿐이고 제대로 된 하녀는 없어요. 시아버지만 있고 시어머니도 없지요. 간이치 씨에게는 누이도 없고."

오시마가 하려는 말이 무엇인지 도미지로는 어렴풋이 짐작이 가기 시작했다.

"오시마, 효탄코도로 가고 싶은 게로군."

오시마는 소녀처럼 고개를 끄덕 했다.

"그렇겠지. 내가 오시마라도 역시 똑같은 생각을 했을 거야."

효탄코도로 가서 오치카에게 딸린 하녀가 되어 일하고 싶다. 앞으로 아이를 낳게 되면 여자가 오치카 한 명밖에 없는 집안에서 육아와 살림을 동시에 하기란 힘들 테니까.

"효탄코도에서도 오치카를 도울 사람을 늘리기 위해 뭔가 손을 쓸지도 몰라" 하고 도미지로는 말했다. "그 전에 우리 오시마를 보내겠다고 이야기해 보면 되지. 어려운 일은 아니야. 어머니도 꾸짖지는 않을 거야."

오시마의 흐린 얼굴에 한 줄기 빛이 엿보였다.

"그럴까요?"

"나는 쓸쓸해지겠지만. 오치카가 마음 든든해지고 오시마도 안심할 수 있다면 효탄코도로 가 줘."

오시마는 부엌칼을 산더미처럼 쌓인 밤 위에 놓고는 앞치마 끝자락을 들어 올려 쿨쩍 하고 코를 훌쩍였다.

"고맙습니다."

——좋겠다, 오시마가 부러워.

입 밖에 내지는 못한 채 도미지로는 생각했다. 충성스러운 하녀는 마침내 바람이 이루어져서 마음도 풀리겠구나.

——하지만 귀여운 사촌누이를 빼앗겨 버린 사촌오라비의 질투와 울분은 어떻게 해도 풀릴 길이 없다고.

"풀 수 있어. 방법은 있다."

너도 색시를 맞이하면 돼——하고 이이치로는 말했다.

미시마야의 형제는 이케노하타의 찻집 걸상에 나란히 앉아 있었다. 한여름에 바라보았을 때는 푸르고 짙었던 시노바스이케 연못의 물 색깔이 오늘은 흐린 먹처럼 엷어져 있다. 단풍은 빨강도 노랑도 아직 막 물들기 시작한 참이라 볼만해지려면 꽤 시간이 걸린다.

그래도 소박한 꼬치경단과 함께 나오는 따끈하고 떫은 차가 위장을 알맞게 데워 주어서 기분이 좋아졌다. 보리차와 차지게 반죽한 감주로 보낸 여름의 잔재가 엽차의 향기에 녹아 사라져 가는 것 같다.

"혼인이라면 나보다 형님이 먼저지요."

꼬치경단을 집어 들며 도미지로는 웃었다.

"빨리 돌아와서 가정을 꾸려 주세요. 형님의 어깨에 미시마야의 앞날이 걸려 있으니까."

도미지로의 형인 이이치로는 스물네 살. "남의 가게 밥을 먹어 보고 오라"는 아버지 이헤에의 한 마디에 도리아부라초에 있는 소품 가게 '히시야'에 고용살이를 하러 갔다. 그의 나이 열여섯 살 때의 일이다. 지금은 그쪽에서 대행수 같은 입장에 있지만 이제 돌아와도 좋을 때다. 고용살이를 나갔으면 10년은 일하라고 말했던 이헤에도 본심으로는 이이치로가 돌아와 주기를 바란다는 것을 도미지로는 알고 있다.

"네가 말하지 않아도 내 앞날은 정해져 있으니 걱정할 필요는 없다."

이이치로는 머리 모양도 얼굴 생김새도 단정하고 키도 크고 전체적으로 적당히 살집이 붙어 있어 남자답다. 귀의 모양까지 예쁘다. 도미지로는 줄곧 '미남'이라는 말로 형의 모습을 표현해 왔지만, 최근 오카쓰와 우연히 이이치로에 대한 이야기를 나누다가 이런 말을 들었다.

——작은 주인님한테는 미장부美丈夫라는 말이 어울린다고 생각해요.

미장부? 한자로 어떻게 쓰는 거야? 오카쓰가 가르쳐 주어서 배우고 실제로 당사자와 얼굴을 마주하니, 과연 이 사람의 미모는 튼튼하기가 장부 같구나 하는 감탄이 나왔다. 어디를 두드려도 빈틈이 없는 미남이다. 응? 그런 뜻이 아니려나.

그보다 형이 지금 흘려들을 수 없는 말을 하지 않았던가.

형제가 만나는 것은 올해 1월 오치카의 혼례 이후로 처음이다. 그때도 모두 함께 신부가 된 오치카의 모습을 넋 놓고 바라보며 다음은 이이치로라는 이야기를 했다. 당사자인 본인은 들리지 않는 척했지만 그 후로 무슨 일이 있었던 걸까.

"정해져 있다니, 혹시 혼담이 결정되었다거나?"

나는 아무것도 듣지 못했는데, 나만 빼놓다니 너무해. 약간 노여운 빛을 띠며 얼굴을 들여다보는 도미지로를 향해 이이치로는 흥 하고 웃었다.

"있지도 않은 혼담이 어떻게 결정되겠니. 앞날이 정해져 있다는 말은 내가 아버지의 뒤를 물려받는 것도, 이를 위해 아내를 맞아야 하는 것도, 내 아내는 언젠가 미시마야의 2대째 안주인이 되는 것도 이미 정해진 길이라는 뜻이다."

형의 엷은 웃음을 바라보며 도미지로는 문득 혀끝에 올라온 말을 그대로 내뱉고 말았다.

"형님, 그게 싫어요?"

지금까지 생각도 해 보지 않은 일이었다. 이이치로가 미시마야를 물려받는 것은 당연하다. 장남이고 그에 어울리는 능력을 가지고 있으니까. 그를 대신할 사람은 없다.

하지만 이이치로가 바라고 있는지 어떤지를 신경 쓴 적은 없었다.

형제는 두세 번 눈을 깜박이는 동안 서로 마주 보았다. 실제로 이이치로는 눈꺼풀을 깜박깜박하고 나서,

"——나는 그런 말은 하지 않았어."

"그러니까 말하지 않았을 뿐이지 속으로는 생각하고 있었던 거 아니에요?"

도미지로가 대꾸하자,

"생각하지 않았다. 머리를 스친 적도 없어."

이이치로는 한 마디 한 마디 끊듯이 강하게 말했다.

"나는 미시마야를 물려받고 싶다. 한 세대가 지나기도 전에 이만큼 가게를 키운 아버지는 훌륭하다고 생각하지만 내게는 내가 하고 싶은 일이 있어. 내 대에서 미시마야를 더욱 크게 만들어 보이고 싶고."

형제는, 이번에는 눈도 깜박이지 않고 서로 마주 보았다.

"그렇다면 다행이에요" 하고 말하며 도미지로는 입 안 가득 물

고 있던 경단을 씹었다.

"쓰데어느 마르 애서 미아나니다."

"먹으면서 말하지 마."

"응." 꿀꺽 삼키고, "쓸데없는 말을 해서 미안합니다."

이이치로는 떫은 차가 든 찻잔을 쥐고 입가로 가져가다가 웃음을 터뜨렸다.

"너는 정말 재미있어. 어릴 때부터 변함이 없구나."

"그래요?"

"그래서야, 내 쪽이 훨씬 네 앞날을 걱정하고 있다는 사실도 전혀 모르겠지."

"내 앞날?"

도미지로는 형과 이야기하면 저도 모르게 말투가 어려지고 만다.

"그래. 네 앞날은 정해져 있지 않아. 그런 만큼 고를 수가 있지. 하지만 깊이 생각하지도 않고 분점만 내 주면 만족이라고 생각하고 있다면, 나는 아버지만큼 만만하지 않을 거다. 본점에 도움이 되지 않는 가게를 늘릴 생각은 없으니까."

그런가. 처음으로 도미지로는 가슴속이 따끔했다. 형은 아버지만큼 만만하지 않다. 이것은 의외로 그냥 지나치기 어려운 진실이 아닐까.

"어떻게 먹고살 작정인지, 무슨 일에서 보람을 찾을 요량인지, 네 마음이 결정되기 전에는 아내도 자식도 가질 수 없어. 즉, 네가 아내를 맞이하면 된다는 건 결코 쉬운 답이 아니란 말이지. 알겠니?"

"응."

"불안한걸. 언제까지나 오치카를 짝사랑하면서 효탄코도에 질투를 하고 있을 여유 따위 네게는 없다고."

어, 아닌데. "질투 같은 건……."

"충분히 하고 있어. 그런 점이 어린애라는 거다."

도미지로는 새끼 거북처럼 목을 움츠렸다.

빨간 앞치마를 걸친 차 따르는 소녀가 차망을 손에 들고 이쪽을 보고 있다. 차를 더 따라 주려고 하는 걸까, 이이치로를 넋 놓고 보고 있는 걸까.

"형님, 오늘은 무슨 볼일이 있어서 나를 불러낸 거예요?"

아직 용건을 듣지 못했다.

오타미의 부탁을 받고 도미지로가 행수 한 사람과 일터의 헛간을 살펴보고 있는데 오시마가 부르러 온 건 반각(한 시간)쯤 전이다.

"작은 나리가 오셨어요. 나리와 마님께 알리지 말고 몰래 이케노하타의 '미도리'라는 찻집에서 만나자고 하시네요."

일터의 헛간에는 주머니의 재료가 될 수 있는 낡은 천이나 천 조각, 헌옷이 산더미처럼 쌓여 있다. 그것을 대강 분류하여 정리하고, 실밥과 먼지를 얼굴에도 옷에도 붙인 채 곧장 '미도리'로 달려가 보니, 하치조지마八丈縞 하치조치마八丈島섬에서 만들어지는 비단 줄무늬 직물에 잔무늬가 들어가 있는 오글오글한 비단 홑하오리를 맞추어 입은 이이치로가 유유히 떫은 차를 즐기고 있었다.

자기만 태연한 얼굴을 하고! 라는 생각에 부아가 났지만 도미지로는 형을 좋아하기 때문에 만나면 기쁘다. 그러나 이렇게 따끔한 말을 들을 거라고는 생각하지 않았다.

"나한테 설교를 하려고 일부러 하오리를 입고 나온 거예요?"

설마, 하고 이이치로는 태연하게 말했다.

"오치카를 축하하고 안부를 물으러 다녀왔지. 집에는 그 김에 들른 거다."

도미지로는 깜짝 놀랐다. 그 얼굴이 어지간히 무시무시했는지 이이치로는 약간 기가 죽었다. "왜, 왜 그러느냐."

원망스럽다. 도미지로는 악문 이 사이로 목소리를 냈다. "우리는, 아직 오치카를 만나지 못했는데……."

"그, 그야, 모두 함께 몰려가면 오치카의 몸에 지장이 있을 테니 그렇겠지. 어쩔 수 없어. 나는 지금은 미시마야 사람이 아닌 상태니까, 손님 대우이고 격이 다른 거야. 히시야에서도 축하를 전해 달라고 했고."

부득부득부득. 도미지로의 이에서 소리가 난다. 그편이 훨씬 더 질투가 난다.

"그렇지, 오치카를 만나고 왔기 때문에 널 불러낼 생각을 한 거다."

지금까지의 대화는 깨끗이 잊은 듯 이이치로는 친밀한 형의 얼굴이 되었다.

"효탄코도에는 밥 짓는 늙은 하녀밖에 없다는구나. 알고 있었니?"

도미지로는 여전히 부득부득부득……한 상태다.

"혼례 때는 여자 일손이 꽤 많던데 그건 그때만 부른 것이겠지. 눈치채지 못하다니 나도 실수했어."

부득부득부득. 그래서 뭐.

"앞으로의 일을 생각하면 오치카에게도 집안일에 익숙한 하녀가 한두 명 필요할 거다. 너는 그런 점에 나보다 눈치가 빠르고 세심한 성격이니 어머니와 뭔가 상의하지 않았을까 싶어서 말이야."

부득부득부득. 너무 세게 이를 간 나머지 턱이 아파서 도미지로는 당장은 말을 할 수가 없었다.

이이치로가 혼자서 말을 잇는다. "나는 차라리 미시마야에서 오시마를 보내면 어떨까 싶은데, 넌 어떻게 생각하니?"

"벌써 생각하고 있었어요, 그런 건!"

도미지로가 고함을 쳐서 차를 따르는 소녀도 손님들도 깜짝 놀라 이쪽을 보았다.

"……아직 어머니한테는 얘기하지 않았어요. 오시마 본인은 당장이라도 가고 싶어 해요."

이이치로는 도미지로를 바라본 채 음음 하고 고개를 끄덕이면서 손을 들어 차 따르는 소녀를 불렀다. 빨간 앞치마는 서둘러 차를 더 들고 와 주었다.

"고마워요."

"천천히 드시다 가세요."

앞치마의 색깔이 비친 듯 뺨이 빨개진 소녀는 얼굴이 둥그렇고 코가 납작하지만 귀엽다.

"벌써 오시마하고는 얘기가 되어 있는 거니? 역시 너답구나. 그럼 네 쪽에서 어머니한테 얘기를 해 봐 주지 않으련? 내가 말을 꺼내면 위에서 말하는 게 되어 버려서 거북하니까."

이 감각은 도미지로로서는 알 수 없다. 언젠가 가게를 물려받을 장남은 안주인보다도 위.

"알았어요. 하지만 어머니가 어떻게 말할지는 몰라요. 의외로 그런 참견은 안 된다고 화낼지도 모르고."

"만일 화를 낸다면 그거야말로 네가 나설 때 아니겠니. 잘 수습해서 설득해 다오."

"쉽게 말하지 마세요. 힘든 일이라고요."

"힘들다는 건 알고 있지."

이이치로의 얼굴에 방금 전까지의 엷은 웃음이 아닌 진짜 웃음이 떠올랐다.

"나한테는 무리야. 애교도 배려도 부족하니까. 믿고 있다, 도미지로."

자기 좋을 대로 말하고 말이야. 화가 치밀어서 꼬치경단도 더 주문해 버렸다.

"오치카와 간이치…… 좋은 부부지."

이이치로는 차 따르는 소녀에게 부탁해 세 번째 잔으로 벚꽃차를 받았다. 소금에 절인 벚꽃이 지나가 버린 올해 봄의 향기를 생각나게 한다. 이이치로는 찻잔을 기울이며 중얼거렸다.

"언젠가 누군가와 혼인을 한다면 나도 그런 부부가 되고 싶다. 절실하게 생각했어."

도미지로는 경단을 씹으면서 동시에 입을 삐죽거리는 재주를 부리고 있었다.

"왜 그러니, 이상한 얼굴을 하고."

이이치로는 도미지로의 어깨를 툭 쳤다.

"부러운 본보기가 있으니 나도 너도, 남자 일생의 큰일이라 생각하고 좋은 아내를 찾아야 하지 않겠니."

"에에, 에에."

"그러니까 먹으면서 말하지 말라니까. 아버지도, 어떤 때에도 함께 고생을 짊어져 주는 어머니가 있었기 때문에 행상으로 시작해서 그 정도까지 재산을 쌓을 수 있었던 거다. 아내는 중요해, 아내는."

몹시 힘주어 말하는 이이치로였다.

찻집 앞에서 헤어진 후 도리아부라초 쪽으로 돌아가는 형의 등을 돌아보고,

——형님, 역시 혼담이 들어온 게 아닐까.

그렇게 생각하며 도미지로는 하품을 참았다. 큰일이다, 경단을

너무 많이 먹었다.

*

힘들겠다고 여긴 일도 막상 실행해 보면 걱정했던 것보다 쉬울 때가 많다.

"실은 나도 오치카는 의지할 수 있는 여자 일손이 필요할 거라고 생각하던 참이야."

도미지로가 하녀 이야기를 꺼내자 오타미는 화를 내기는커녕 고개를 끄덕였다.

"지금 이대로라면 예정일보다 한참 먼저 우리 집에 와 있게 해 달라고 하지 않으면 불안하지. 하지만 간이치 씨에게 그런 부탁은 할 수 없고."

어머니와 아들은 터놓고 이야기를 나누었다. 도미지로는 오시마가 효탄코도에 가고 싶어 한다는 것도, 이이치로가 이 일을 걱정하고 있다는 것도 술술 털어놓고 말았다.

오시마의 이야기는 그렇다 치고 이이치로의 이야기에 오타미는 놀란 얼굴을 했다.

"흐음……. 세파에 시달린 보람이 있었구나. 옛날의 이이치로라면 자기 쪽에서 그런 일에 마음을 쓰거나 하지는 않았을 텐데."

어? 그런가. 도미지로에게 이이치로는 늘 영리하고 눈치가 빠른, 의지할 수 있는 형님이었다.

"뭐, 그런 점은 너도 세상에 시달려 보면 알 수 있겠지."
이야기를 마무리한 오타미가 오시마와 오카쓰를 불러들였다.
"오시마가 빠지면 당분간은 오카쓰가 혼자서 여러 가지를 짊어지게 된다. 새 하녀를 들여도 익숙해질 때까지는 오히려 더 힘들 테니까. 오카쓰의 의견도 들어야지."
물론 오카쓰도 박수를 치며 찬성해 주었다.
"오시마 씨가 아가씨 곁으로 가 준다면 두 발 뻗고 잘 수 있겠어요."
뚜껑을 열어 보니 모두 똑같은 걱정을 하고 있었던 모양이다.
"그럼 효탄코도에는 어떻게 말을 꺼낼까?"
남편인 간이치가 아니라 효탄코도라는 '집안'에 말하는 것이다.
누구보다 빠르게, 평소와 같이 의젓하게, 눈초리에 희미한 색향을 띠며 입을 연 사람은 오카쓰였다.
"오시마 씨가 도망치면 돼요."
오시마가 (비유적으로 말해서) 맨발에 걸친 옷 그대로 미시마야에서 3정쯤(1정은 약 109미터) 떨어진 효탄코도까지 달려가면 된다. 그리고 가게 앞에 앉아 손을 짚고 머리를 숙이며,
"염치없지만 미시마야를 떠나왔습니다. 제발 부탁입니다, 작은 마님 오치카 씨를 모시게 해 주세요."
미시마야의 주인과 안주인에게는 주제넘은 짓이라고 꾸중을 들었다. 도미지로 도련님도 말렸다. 하지만 어떻게 해서라도 오치카 곁에 있고 싶다. 부탁입니다, 부탁드립니다, 제발 부탁드립

니다!

"허락해 주실 때까지 버티면, 괜찮아요, 잘될 거예요."

"오시마 혼자 나쁜 사람이 되는데……."

"상대 쪽에서 허락해 주실 때까지만 그러는걸요, 상관없지요, 오시마 씨?"

"예, 책형에 효수를 당해도 상관없어요!"

누구도 그렇게까지는 하지 않아.

"뒷일은 제가 몸을 두 개 세 개로 쪼개어서라도 어떻게든 할게요. 쇠뿔은 단김에 빼라는 말도 있고, 이런 일은 용의주도하게 의논하면 오히려 실수가 나오고 마는 법이니 오시마 씨, 오늘이 바로 길일이에요. 당장이라도 효탄코도로 가세요."

오카쓰가 이렇게 지휘봉을 휘두른 적이 있었던가. 안주인인 오타미가 오카쓰의 모습을 보며 흠흠 하고 느긋하게 고개를 끄덕이는 것도 도미지로에게는 놀라운 일이었다.

일은 일사천리로 진행되어 오시마는 그날 중에 도망쳐 효탄코도 가게 앞에서 땅바닥에 앉아 애원을 시작했고, 안에서 뛰쳐나온 간이치와 오치카 부부가 잡아당겨 일으켰다.

"알겠습니다, 알겠으니 제발 이러지 마세요. 저희가 고용하겠습니다!"

"오시마 씨, 고마워요. 숙부님과 숙모님께는 나중에 사과를 드리러 갈게요."

간이치는 얼굴이 빨개진 채 땀투성이가 되었고, 오치카는 웃으면서 눈물을 짓고 있었다나.

일이 수습되자 도미지로는 사환 신타를 불러 히시야로 심부름을 보냈다.

"오시마가 효탄코도의 하녀가 되었습니다, 라고 형님께 전해 다오."

돌아온 신타는 이이치로로부터 접은 편지를 받아 왔다. 펼쳐 보니 "하하"라는 두 글자가 적혀 있었다.

"싫은 형님이야, 거드름이나 피우고."

도미지로는 형이 보낸 두 글자 옆에 아기를 지켜 주는 상징인 종이 개 그림을 그려 넣었다.

오카쓰는 오늘 흑백의 방 도코노마에 참억새와 도라지를 조합하여 꽂았다. 화기花器는 빗물 홈통의 일부를 잘라 낸 듯한 모양을 하고 있는데, 유약 덕분에 보기 좋게 매끈매끈하고 색깔은 마치 밤껍질 같다.

가을의 조합이다. 맛있는 음식을 좋아하는 도미지로에게는 기쁨이 많은 계절의 색깔.

그러나 도코노마를 등지고 상석에 앉은 새로운 이야기꾼은 밤껍질과 좋은 승부가 될 정도로 볕에 몹시 그을려 있다. 얼굴과 이마뿐만 아니라 피부가 보이는 곳은 전부 밤색이다. 어제오늘 볕에 그을린 게 아닌 듯하다. 바닷바람도 오래 쐰 탓인지 피부가 상해 눈가나 입가에 자글자글한 주름이 가득하다.

이 사람도 외모로 나이를 짐작하기 어려운 이야기꾼이지만, 일전의 모치타로와는 달리 얼굴이 밝고 인사하는 목소리도 기운차다. 지금은 또렷한 눈을 크게 뜨고 흑백의 방 안을 신기한 듯 둘러보고 있다. 서른이 조금 못 되었을 어엿한 중년이지만 꽤 사랑스러워 보이는 여자다.

효탄코도로 고용살이를 하러 쳐들어간 오시마의 자리를 메우기 위해 미시마야에는 새 하녀가 두 명 들어왔다. 한 사람은 오타미에 가까운 나이, 한 사람은 그의 딸 같은 열네 살. 두 사람 다 사는 곳이 미시마야와 가까워서 당분간은 집과 미시마야를 오가게 되었다. 일에 대해서는 오타미와 오카쓰가 가르치고 있지만 어쨌거나 할 일이 많아서 가르치는 쪽도 배우는 쪽도 바쁘다.

"그래서 이제부터 특이한 괴담 자리의 손님은 사환 신타에게 응대와 안내를 맡게 할 생각인데 도련님의 허락을 받을 수 있을까요?"

라는 말을 꺼낸 이는 대행수 야소스케였다. 다른 가게라면 벌써 '총대행수'라고 불리는 게 당연할 미시마야의 기둥이지만 왠지 본인이 그런 야단스러운 호칭을 싫어하여 '대행수님~' '예예, 지금 갑니다'로 끝내고 있다. 특이한 괴담 자리에서도, 처음에는 야소스케가 이야기꾼을 흑백의 방으로 안내하곤 했었다고 한다.

그 야소스케가 하는 말이다.

"이참에 안채로 안내하는 손님을 어떻게 응대하는지 신타에게 확실히 가르쳐 둘 생각입니다."

반대할 이유가 없다. 응, 좋아, 맡길게, 하고 가볍게 대답한 도미지로지만, 당사자인 신타는 갑자기 맡게 된 이야기꾼이 밤색의 중년 여자라 어지간히 당황한 기색이다. 안내를 마치고 물러갈 때도 여전히 눈을 깜박거리고 있다.

이야기꾼은 머리카락을 마루마게丸髷 에도 시대에서 메이지 시대까지 기혼 여성의 머리 모양 중 가장 대표적인 형태로 묶고 기모노는 줄무늬의 거친 비단에 검은 깃을 대었다. 띠는 꽤 낡은 주야오비昼夜帯 겉감과 안감을 서로 다른 천으로 만든 여성용 띠이고 발은 맨발이다. 버선을 신지 않았다.

일단은 외출복이지만 소박한 옷차림이다. 머리도 마루마게로 묶는 데 익숙하지 않은 느낌으로, 본인도 살짝 언저리가 당겨서 신경 쓰이는지 가끔 손가락으로 만지고 있다. 붉은색 옻칠을 한 빗도, 붉은 산호 구슬이 달린 비녀도, 예의 바르게 꽂고 있지만 빌린 물건 같다.

분명 평소에는 하나로 묶거나 양갈래로 묶고 머리 장식 따위는 생략하리라. 그리고 야외에서, 해님 아래에서 하는 일에 종사하는 모양이다.

——어부의 안사람일까.

쓰쿠다니지마 섬 부근에도 미시마야에서 열리는 특이한 괴담 자리에 관한 소문이 나 있다면 기쁜 일이다. 어쩌면 더 멀리, 니혼바시의 어시장에 고등어나 가다랑어를 가져오는 배가 돌아가는 길에 가마쿠라나 다테야마까지 특이한 괴담 자리에 관한 소문을 싣고 가 주었다면, 이것은 천장에 닿을 정도로 콧대가 높아져도 될 일이지.

"……일까요."

아? 도미지로는 제정신으로 돌아왔다. 이야기꾼이 방금 뭔가 물었다.

"죄송합니다, 뭐라고 하셨습니까?"

되묻자 이야기꾼은 부끄러운 듯 눈을 깜박이고는 얼굴을 숙였다. 꽤 멋진 이마가 눈에 띈다. 물론 그 이마도 빈틈없이 볕에 그을려 있다.

"나 같은 산골 사람이 찾아와도 정말 괜찮나요?"

이 말만 들어도 에도 시중의 여자는 아니다.

"저희의 특이한 괴담 자리는 여러 가지 이야기를 모으고 있습니다. 이야기꾼이 번화가의 상인만이어서는 안 되지요. 무사님만이어도 거북하고요."

도미지로는 싱긋 웃어 보였다.

"게다가 당신은 굳이 말하자면 산골 사람이 아니라 바닷사람처럼 보이는데요."

산골 사람이라는 말은 촌사람을 가리키는 관용어지만, 바닷사람이라는 말은 없다. 시시한 말장난이다. 하지만 이야기꾼은 입을 딱 벌리고 도미지로를 바라본 후 튕기듯이 웃음을 터뜨렸다.

"작은 나리, 농담을 잘하시네요."

깔깔, 목소리를 굴리며 잘 웃는다.

"역시 이렇게 볕에 탔으면 1년 내내 바닷바람을 맞고 있다는 걸

들켜 버리는 걸까요."

"아니, 실례되는 말씀을 드렸습니다."

도미지로는 정중하게 머리를 숙였다.

"하지만 제 말장난은 들어맞았지요?"

"예. 하지만……."

이야기꾼은 또 눈을 데구르르 굴리며 장난꾸러기 아이 같은 얼굴을 했다.

"오라비도 저도, 물고기를 잡지는 않아요. 우리 동네에서는 김 양식도 많이 하지만 그것도 아니랍니다."

물고기도 김도 아닌데 바다에 나간다고?

"그럼 무엇일까요. 맞혀 보겠습니다. 잠깐 기다려 주세요."

도미지로가 연극조로 팔짱을 끼어 보이자 이야기꾼은 당황한 표정으로 말했다.

"저어, '아와리야'의 마님은 이곳의 괴담 자리에서는 전부 사실을 말하지 않아도 된다고 가르쳐 주시던데요."

"예? 예, 그렇습니다."

"우리의 생업에 대해서 말하면 장소가 드러날 텐데 어떻게 하면 좋을까요."

순박하게 곤란해하는 얼굴이 또 귀엽다.

"알겠습니다. 그럼 당신이 제게 밝혀도 된다고 생각하는 사실을 우선 정리해 보지요."

이야기꾼은 또 눈을 깜박거린다. 당신이 제게 밝혀도 된다고 생각하는 사실?

"여기에서 말해도, 이야기해도 되는 내용이라는 뜻입니다. 들켜도 되는 내용."

"아, 네에."

이야기꾼이 음음 하고 힘차게 고개를 끄덕이자 산호 구슬이 달린 비녀가 갑자기 움직였다.

"아까도 인사를 드렸지만 저는 이 집의 특이한 괴담 자리에서 이야기를 듣는 역할을 맡고 있는 도미지로라고 합니다. 후계자가 아닌 속 편한 밥벌레 차남이니, 부디 도련님이라고 불러 주십시오."

"예에~, 도련님."

"당신의 이름을 여쭤도 될까요?"

"나요?" 이야기꾼은 손가락으로 콧등을 누른다. "도비라고 해요."

도비? 또 특이한 이름이다.

"오라비는 돈비라고 불렀어요. 그쪽이 편하고 부르기 쉬우니까."

확실히 그렇다. 어이, 돈비, 거기 그물 좀 가져다줘.

"나를 낳았을 때 어머니는 힘이 하나도 안 들었대요. 산기가 느껴지고 나서 태어날 때까지 반각도 걸리지 않았다나요."

음음. 어째서 이야기가 그쪽으로 가는 걸까.

"어머니는 산달이 되자마자 날치 지느러미를 띠 사이에 끼웠어요. 그렇게 하면 순산할 수 있거든요."

호오! 도미지로는 처음 듣는 이야기다. 역시 바닷가 마을에서 유포되고 있는 속설일까.

"그래서 내 이름도 도비. 오토비나 돈비라고 불리고 있지요일본어로 '날치'를 '도비우오'라고 한다."

과연. 도미지로는 턱을 당기며 오토비를 새삼 뚫어져라 바라보았다.

순산을 기원하는 이름을 가진 사람이 이곳에 있다.

참으로 고마운 일이다. 하늘의 이끄심이 아닐까.

"제 가족 중에 지금 몸이 무거운 사람이 있습니다."

"아아, 축하드려요."

오토비는 꾸벅 머리를 숙이며 인사를 했다. 산호 구슬 비녀가 더욱 움직여 반쯤 마루마게에서 튀어나오고 말았다.

"비녀가 떨어지겠어요."

손가락질을 하며 가르쳐주자 오토비는 아무렇게나 손바닥으로 비녀를 밀어 원래대로 넣어 버렸다.

재미있다. 게다가 이 사람, 처음 했던 짐작보다 젊을 것 같다.

"저는 스물둘인데 오토비 씨는 몇 살이신가요?"

"나는 스물다섯이에요."

나이치고는 머리카락도 피부도 상했다. 그러나 마음은 소녀 같다.

"오토비 씨한테는 오라버니가 계시는군요."

"예, 계시……."

따라하듯이 말하던 오토비가 당황하며 고개를 저었다.

"지 않아요. 죽었거든요."

오라비를 보낸 지 겨우 1년 정도 지났다고 한다.

"내가 언제까지나 훌쩍훌쩍 울고 있으면 오라비가 갈 곳으로 가지 못하니까, 마음에 남는 것이 있으면 다른 곳에 가서 이야기하고 와라, 그러기에 좋은 곳이 있다고."

"아와리야의 마님이, 이 미시마야의 특이한 괴담 자리를 소개해 주셨다는 거로군요."

"예." 오토비가 고개를 끄덕이자 산호 구슬 비녀가 쑥 미끄러진다.

"아와리야가 어떤 가게인지 여쭤도 될까요?"

"아아, 김 도매상이에요."

오토비가 '아아'라고 말할 때 마루마게와 영 사이가 좋지 않아 보이던 산호 구슬 비녀가 또 비뚤어졌다. 오토비는 그쪽을 보지도 않고 손바닥으로 밀어 넣더니 말을 이었다.

"에도 시중에도 납품하고 있는 큰 도매상이에요."

웃어서는 안 된다. 하지만 웃기다. 도미지로만 보고 있는, 오늘의 이야기꾼이 주는 재미다. 옆방에 숨어 괴담 자리의 수호 역할을 맡고 있는 오카쓰에게는 전해지지 않겠지.

"오토비 씨는 아와리야에 드나드는 상인이십니까?"

"상인……은 아니에요."

“오라버님도.”

“오라비는 미카사의 나룻배 선장을 하고 있었고 나도 계속 그 일을 도왔어요. 아!”

오토비의 눈이 동그래졌다.

이번에는 참지 못하고 웃음을 터뜨린 도미지로가 양손을 얼굴 앞까지 들며 사과했다.

“죄송합니다. 오토비 씨를 비웃는 건 아닙니다. 이 괴담 자리에서 말할 생각이 없었던 것을 말해 버렸을 때 모두들 그런 얼굴을 하시거든요. 오토비 씨도 똑같구나 싶어서요.”

오토비는 “헤에~” 하고 수긍하더니 또 아무렇게나 산호 구슬 비녀를 만져 머리카락 안으로 넣었다.

그러나 오토비가 손을 내린 순간, 빈틈을 노린 듯 갑자기 비녀가 빠져나와 산호 구슬 쪽을 아래로 하고 흑백의 방 다다미 위에 떨어졌다.

“이거 뭐야, 귀찮네.”

오토비는 기분이 상한 모양이다.

도미지로는 웃음이 멈추지 않았으나 어떻게든 목구멍 안에서 꾹 참았다.

“그거, 이야기가 끝날 때까지 넣어 둘까요.”

도미지로가 품에서 회지를 꺼내 셋으로 접어서 내밀었다. 오토비가 어리둥절한 얼굴이라,

“실례하겠습니다.”

하고 말한 다음 자리에서 일어나 산호 구슬 비녀를 주워 들어 종이로 감싼 후 도코노마 끝에 살며시 놓았다.

"색깔이 예쁜 산호 구슬이군요. 오늘 오토비 씨의 단장도 아와리야의 안주인께서 해 주신 걸까요?"

도미지로의 말을 듣고 떠올렸으리라. 오토비는 갑자기 들썽거리며 자신의 옷차림을 다시 살폈다.

"예, 마님께서 빌려주신 거라 어딘가 더럽히거나 올이 걸리거나 하면 안 돼요."

"그렇군요. 그런데 혹시 버선을 어딘가에 벗고 오신 것은 아닌지요?"

아와리야의 안주인이 미시마야에 맨발로 가라고 했을 리는 없다.

"버선은 꽉 껴서 신지 않았어요."

안주인은 예의가 없다고 야단을 쳤다. 제대로 된 여자는 버선을 신어야 한다면서.

"하지만 발이 조이면 숨까지 쉬기 힘들어져 버려서."

"그러셨습니까. 이곳에서는 전혀 상관없습니다."

도미지로의 말에 오토비는 안심한 듯한 얼굴을 했다.

"이거 있잖아요, 띠만은 내 거예요. 오라비가 사 준 유품이니까요, 외출할 때 늘 하고 다니지요."

낡은 주야오비는 겉감은 검은 공단, 안감은 꽤 색이 바래 선명하지 않지만 본래는 보라색의 오글오글한 비단이었겠지. 외출용으로도 값이 비싼 것은 아니다. 어린 소녀들이 많이 하는 물건이고, 설령 가게의 고용살이 일꾼이라도 오토비 정도의 나이라면 조금 더 좋은 옷과 띠를 하고 다닌다. 오라비와 오토비의 검소한 생활이 엿보인다.

좋아, 이야기를 들어 볼까.

"먼저 말씀드려 두겠습니다만 저는 미카사의 나루터를 모르니 명칭을 들어도 어디인지 모른답니다. 안심하십시오."

오토비는 옷차림 이야기에 정신이 팔려 본래의 화제를 잊고 있었는지 조금 의아하다는 듯한 눈을 했다. 그러고 나서 갑자기,

"아, 장소 말이군요"라며 뒤늦게 손으로 입을 막았다.

"예. 저는 모릅니다. 애초에 이 자리에서 들은 이야기는 이야기하고 버리고, 듣고 버리는 것이 규칙입니다. 오토비 씨가 지금부터 어떤 이야기를 해도 듣는 사람은 이 도미지로뿐. 이야기가 끝나면 듣고 버린답니다. 이곳에서 바깥으로는 새어 나가지 않아요. 이 도미지로, 누구에게도 이야기하지 않겠습니다.

'이 도미지로'라고 할 때마다 팡, 팡, 팡, 하고 일일이 가슴을 두드려 보였다.

오토비는 입을 다문 채 윗입술을 이로 깨물듯 하며 작게 웃었다. 독특한 웃음이다.

"아와리야의 마님도 미시마야는 제대로 된 가게라고 말씀하셨어요."

"고맙습니다."

"가게 안에서 괴담 자리를 운영하는 건 뚜렷이 특이하지만요."

지금의 '뚜렷이'는 도미지로가 사용하는 '뚜렷이 기억하다'와는 조금 다르게 '몹시'나 '매우'라는 뜻이 강할 것이다. 어디의 사투리일까.

김 양식이 활발한 곳은 에도에서는 시나가와나 오모리다. 그러나 그 부근에서 '미카사의 나루터'라는 말을 들은 적은 없다. 역시 보슈房州 현재의 도쿠시마 현을 가리키는 옛 지명 남쪽일까.

"오라버니는 나룻배지기고 오토비 씨도 그 일을 돕고 있었다면 김 도매상 아와리야와는 어떤 관계이신가요?"

망설이는 기색도 없이 오토비는 곧 대답해 주었다. "마님과 먼 친척이에요."

"그렇군요, 친척이셨습니까."

오토비는 힘차게 고개를 끄덕였다. 이제 마루마게에서 빠져나올 것이 없어서 도미지로도 차분하게 바라볼 수 있다.

"마님과 어머니가 사촌 사이였어요. 마님네 집은 계속 김 양식을 하고 있었고 우리는 증조할아버지 때부터 미카사의 나룻배 선장이었지만 친척은 친척이지요. 어머니는 사촌인 오키요가 아와리야에 시집을 가기로 결정되자 온 이웃에 자랑하고 다녔다고 해요. 오키요가 부잣집으로 시집을 간다고."

김 양식을 가업으로 하고 아마 1년의 대부분을 바다에 들어가 일했을 처자가 도매상으로 시집을 간다는 것은 매우 큰 행운이고 틀림없는 신분 상승이다.

“아와리야 안주인의 이름은 오키요 씨라고 하시는군요.”

“예. 그리고 마님과 비슷할 정도로 강한 운을 타고나기를 바라면서 어머니는 오라비에게 기요마루라는 이름을 붙였어요.”

○마루, ○○마루라는 이름은 대대로 미카사의 나루터를 지켜온 오토비의 집에서 나룻배와, 나룻배를 모는 일가의 남자들에게 붙이는 명칭이라고 한다.

“오라비는 기요마루고, 오라비의 배는 도비마루.”

“그것도 날치의 도비인가요?”

“예. 오라비가 배를 몰면 만조 무렵 구메가와 강이 거칠어져 있을 때는 배가 날치처럼 흐름을 뛰어넘지요.”

오토비는 양손을 움직여 거친 흐름과 그 위를 뛰어넘어 가는 배의 움직임을 표현해 주었다.

“그래도 타고 있는 손님의 얼굴은 웬만해서는 젖지 않아요. 오라비의 실력이 엄청났으니까.”

구메가와라는 강의 명칭이 나왔다. 그 부근에서는 김 양식이 활발하다고 하니 미카사의 나루터는 아마 하구 근처에 있을 것이다. 바닷물의 가감에 따라서는 강물과 바닷물이 섞여 수위나 흐름이 달라진다. 선장에게는 꽤 어려운 나루터가 아닐까.

“역시 저는 전혀 장소가 짐작이 가지 않는데, 여쭤봐도 될까요. 미카사三笠 나루터라는 이름의 유래가 있는지요?”

오토비는 순순히 고개를 끄덕였다.

“강에 삿갓笠을 엎어 놓은 것 같은 모양의 바위가 세三 개 있어요."

세 개의 바위가 구메가와 강의 수량水量이나 흐름의 강약에 따라 강 수면에 나타났다 숨었다 한다.

"구메가와 강은 수신水神이 사는 곳이라 삿갓바위를 통해 여러 가지 신탁을 주시지요. 예를 들어 장마가 시작될 때 삿갓바위가 세 개 다 나타나고 그게 사흘 동안 이어지면 그해 여름은 가물어요. 겨울 초에 삿갓바위가 두 개까지 얼어붙으면 그해에는 대설이 되지요."

흠, 재미있다.

"증조할아버지한테 들은 이야기에 따르면 옛날에 세 개의 삿갓바위에 어떻게든 금줄을 치려고 여러 가지로 애써 보았지만 잘되지 않았대요."

마지막에는 신관을 태운 나룻배가 뒤집혀 선장도 신관도 물에 삼켜지고 시체는 끝내 떠오르지 않았다고 한다.

"삿갓 모양을 한 바위잖아요. 그러면 밧줄을 묶어도 금세 빠져버리지요."

그래도 감행한 까닭은 수신이 사는 구메가와 강이 깨끗한 장소임을 보여 주고 싶었기 때문일 텐데, 가엾은 이야기이기는 하다.

"그리고 미카사의 나루터지기는 어떤 일이 있어도 세 개의 삿갓바위에 배를 부딪쳐서는 안 돼요. 원래 삿갓바위는 수신님의 몸에서 떨어져 나온 비늘이기 때문이에요."

"그럼 구메가와 강의 수신님은 물고기로군요."

"아니, 물뱀이에요. 도련님, 뱀에게도 비늘이 있답니다."

알고 있어요. 얼른 생각나지 않았을 뿐이에요, 라며 속으로 반박하지만 화가 나지는 않는다. 진지하게 가르쳐주는 오토비의 눈빛이 맑기 때문이다.

"물뱀이군요. 필경 커다란 뱀이겠지요."

"구메가와 강의 원류源流에 머리가 있고 하구에서 펼쳐지는 평평한 바다 밑바닥 어딘가에 꼬리 끝이 숨어 있어요. 그만큼 커다란 물뱀이에요."

김 양식장은 그 평평한 바다를 이용해 만들어져 있다고 한다.

"양식장보다 먼 바다를 돌아 지나는 배는 있지만 양식장 안을 가로지르는 배가 있어선 안 된다고 막혀 있어서, 아무리 배를 몰기가 어려워도 미카사의 나루터는 없앨 수 없어요."

"배가 양식장 안을 가로지르면 김이 상하니까 안 되나요?"

"아니에요, 아니에요. 모처럼 구메가와 강의 수신님에 의해 깨끗해진 물이 흘러 들어오는데 그곳을 사람의 기운이 스치면 소용없기 때문이에요."

아하. 양식도 사람의 손으로 이루어지니까 이미 사람의 기운은 스치고 있는 것 같지만,

"깨끗한 물을 배가 지나면서 휘저으면 송구스럽다는 의미겠군요."

송구스럽다. 음, 하고 납득한 듯이 오토비는 입을 한일자로 다물고 나서 말했다.

“그 양식장의 김은 성에도 바치고 있어요. 영주님도 구메가와 강의 수신을 섬기고 계시지요. 그곳에서 나는 김은 수신님께서 내려주시는 거예요.”

오토비의 말을 듣고 이번에는 도미지로가 음 하고 고개를 끄덕이며 납득한다. 과연, 이해가 되었다.

“그래서 아주 조심히 다뤄야 해요. 나 같은 게 태어나기도 훨씬 전에 명령이 있었고 그 후로 아무도 깬 사람은 없어요. 깨면 책형이지요.”

여전히 장소는 짐작이 가지 않기는 하지만 오토비의 고향에서 김 양식은 산업으로서 중요하다는 것, 그 산업을 지켜 주시는 구메가와 강의 수신에 대한 신앙이 깊다는 것, 그것은 토착민이 아니라 번이 주도하고 있다는 것——등을 이해하게 되었다.

“그러면 미카사의 나루터를 지키는 선장의 역할이 중요하겠군요. 그걸 대대로 맡아 온 오토비 씨의 집은, 실은 아주 훌륭한 집안이 아닌가요?”

오토비의 얼굴에서 표정이 사라졌기 때문에 ‘훌륭’이라는 말의 뜻이 통하지 않은 건가 하고 도미지로는 생각했다.

그러나 오토비는 표정을 지운 채 낮게 이렇게 중얼거렸다.

“일찍 죽어 버리지만요.”

어.

“우리 집 남자들은 모두 단명해요. 구메가와 강은 어려운 강이라 삿대를 잘못 움직이면 쉽게 목숨을 잃고 말지요. 장남이 죽고 뒤를 물려받은 차남이 또 죽고 삼남까지 죽는 일도 있을 정도예요."

오토비의 오라비 기요마루도 1년 전에 죽었다는 말을 들은 지 얼마 되지 않았다.

"기요마루 씨는 몇 살에 돌아가신 건가요?"

"스물여섯이었어요."

"늦었지만 삼가 명복을 빕니다."

도미지로는 자세를 바로 하고 머리를 숙였다.

"그럼 기요마루 씨의 후계는……."

"가치마루라고 남동생이 물려받았어요. 나보다 세 살 어리지만 벌써 가정을 꾸려서 올케가 사내아이를 둘 낳았으니 후계도 있지요."

"아, 그렇군요."

도미지로는 힘없이 안도했다. 뭘까, 아직 대화를 얼마 나누지도 않았는데 오토비의 가족에게 이입하고 말았다.

"그럼 오토비 씨는 지금 가치마루 씨를 돕고 있군요."

"대단한 일은 하지 않지만요."

손님이 타고 내릴 때 거들어 주거나 짐을 싣고 내리거나 도구를 손질하거나 대합실과 선창 주위를 청소하는 등 자잘한 일은 많다고 한다.

"강 저쪽과 이쪽에 두 개의 대합실과 선창이 있으니까요. 한쪽을 선장의 딸이, 한쪽을 며느리가 담당하는데."

기요마루가 나루터를 지킬 때는 맞은편 기슭의 잡일을 가치마루가 맡고 있었다고 한다.

"오라비는 내내 홀몸이었거든요."

고집스럽게, 아내를 얻으려고 하지 않았던 모양이다.

"나는 익숙해서 신경 쓰지 않았지만 오라비는 말이 느그렁할 때가 있어서."

느그렁하다.

"말이 느긋하다?"

"아니, 아니에요, 으음…… 말이 잘 나오지 않는 거예요."

말이 막힌다, 말을 더듬거린다. 그런 뜻일까.

"본인은 신경 쓰고 있어서 좀처럼 말을 하지 않다 보니 무뚝뚝한 사람이었어요. 얼굴도 부루퉁하고. 우리 가족들은 오라비가 정말로 화를 내는 모습은 한 번도 본 적이 없는데 얼굴만은 늘 화난 것 같으니 손해를 보곤 했지요."

——여자들은 나를 싫어해. 혼담도 억지로 결정해 버리면 상대가 불쌍하지.

"미카사의 나루터지기의 아내가 된다는 건, 무슨 일이 있어도 아들을 낳아야 하고 일찍 과부가 되는 것으로 정해져 있는 셈이나 마찬가지예요. 뱃삯은 싸고, 절반은 영업세로 성에 바쳐 버리니 가난하고요."

그렇군, 이득을 보는 일은 없다.

"그래도 옛날부터 이어온 중요한 역할이라 마을 안에서는 얼굴이 알려져 있고 소중히 여겨 주니, 혼담도 들어오지요. 그런데 오라비는 전부 걷어차 버렸어요."

도미지로가 생각하기에 미카사의 나루터지기는 일종의 신직神職인 듯하다. 이 일가의 남자가 아니면 수신이 사는 곳인 구메가와 강에 배를 몰고 나갈 수 없다. 번갈아 가며 교대로 마을 축제의 신관 역할을 맡는 것과는 다르다.

그런 의미에서 오토비의 집은 꽤 유서 깊은 특별한 집안임에 틀림없다. 번주(성주)의 신앙이라는 뒷받침도 있으니 소중히 여겨지리라. 게다가 돈과 바꿀 수 없는 가치이고, 빈부와는 직접 연결되어 있지 않기 때문에 더더욱 세속을 초월하는 존경을 받는다.

도미지로는 새삼 감탄했다. 세상이란 얼마나 넓은가.

가슴 깊은 곳에서 지난 번 이야기꾼인 모치타로의 이야기를 떠올려 본다. 그것도 사람과 토지신의 유대에 관한 이야기였다. 모든 땅에서 모든 사람들이 무언가의 형태로 신의 가호를 필요로 하고 있다. 그 신을 모시고 우러르기 위해 독자적인 방식이나 규칙을 정하고 있다.

사람이 정한 규칙은 사람 마음의 움직임이 바뀌면 쉽게 뒤집히고 만다. 육면 님은 새 영주의 뜻에 맞지 않는다는 이유만으로 짓밟히고 말았다.

그렇다, 애초에 어떤 신의 모습이나 힘부터가 사람이 생각하고 그려야 비로소 생기는 게 아닐까. 사람의 바람이 있어야 신들 또

한 정해지는 것이다.

흐음, 그럴싸한 생각이긴 한데 혼자서 궁리하려니 재미가 없네. 다음에 효탄코도 간이치의 의견을 들어 보자. 그 녀석은 책을 많이 읽고 아는 게 많으니까…… 하고 떠올렸다가 스스로에게 살짝 놀랐다.

오치카가 시집을 가고 나서 지금까지 이런 식으로 가볍게 간이치에게 의지하는 걸 잊고 있었다.

충분히 질투하고 있다고 이이치로는 말했다. 그래, 그래, 맞아요. 기분이 상했어요, 쓸쓸했어.

갑자기 부끄러워지고 얼굴이 확 뜨거워져 도미지로는 혼자 땀을 흘렸다.

"도련님, 더우세요?"

정신이 들어 보니 오토비가 이쪽을 보고 있다.

"어디 문을 좀 열까요?"

"당치도 않습니다, 이야기꾼을 부려 먹을 수는 없지요. 오토비 씨는 덥지 않으십니까?"

"어릴 때부터 강가에서 일해선지 더위나 추위를 별로 느끼지 않아요."

그런 삶도 넓은 세상 속에는 있다.

"말허리를 자르기만 해서 정말 죄송합니다. 에헴!"

헛기침을 한 번 하고 도미지로는 앉은 자세를 바로 했다.

"더군다나 제가 차도 과자도 내지 않았군요."

이제부터는 이곳에서 내는 다과도 도미지로가 혼자 준비하기로 했다. 스스로 꺼낸 말이었는데 오토비의 밤색 얼굴을 정신없이 바라보며 이야기에 끌려들어가는 바람에 잊고 있었다.

"이런, 주전자의 물이 미지근해졌군요. 과자는 밤양갱, 가을이니까요."

부지런히 움직이는 도미지로에게 오토비는 또 입술을 숨기는 듯한 웃음을 짓고는 말했다.

"내 이야기에도 가을 풍물이 나와요. 태풍이랑, 밤송이가."

올해 가을, 두 번째 태풍이 왔다.

이번 태풍은 바람이 강하고 비는 적었다. 한사리밀물이 가장 높은 시기 때 하구에서 밀려 올라오는 바다의 흐름과 서쪽에서 불어 내려와 강물을 하구로 밀어내는 바람의 힘으로 구메가와 강은 하루 밤낮 동안 커다란 뱀처럼 꿈틀꿈틀했다.

도하강을 건넘 중지는 그저께부터 정해져 있었기 때문에 이쪽 대합실에도 맞은편 기슭의 대합실에도 손님의 모습은 없다. 구메가와 강의 물은 깊은 푸른색으로 지금은 온화한 파문을 일으키며 유유히 흐르고 있다. 평소보다도 유속이 빠르다는 것은 삿갓바위 주위에 이는 파도가 튀는 모습을 자주 보아 익숙하지 않으면 좀처럼 알 수 없다.

선창에 서서 목에 감은 수건 끝과 무릎까지 오는 통소매 옷자락을 펄럭이며 기요마루는 꼼짝도 하지 않았다. 오토비는 늘 신기하게 생각한다. 오라비는 막대처럼 야위었는데 태풍이 불어닥치는 이 바람 속에서 어쩜 저렇게 바위처럼 버티고 설 수 있을까.

지켜보고 있는 사이에 기요마루가 발길을 돌려 선창에서 이쪽으로 내려왔다.

"오라버니, 어때?"

대합실 앞에서 오토비는 큰 소리로 불렀다.

기요마루는 묵묵히 오토비의 등 뒤 하늘을 가리켰다.

오토비가 뒤를 올려다보니 짙은 회색 구름 덩어리가 떠 있다. 불어닥치는 바람에 하늘을 흐르다가 끊어진 구름 떼가 점점 작아져 동쪽으로 밀려가는 동시에 눈부신 아침의 푸른 하늘이 펼쳐져 가는데, 그 작은 산 같은 회색 구름만은 고집스럽게 모양을 유지하고 있다.

"저게 사라져 버릴 때까지 기다리는 거지?"

오토비의 물음에 기요마루는 손을 휘젓더니 입을 열지 않고 대합실 안으로 들어가 버렸다.

미카사의 나루터는 이 지역 교통의 요지다. 상인이나 여행자, 순시하러 온 관리, 농민과 어부는 물론 김 양식업자. 여러 사람들이 여기서 나룻배를 타고 구메가와 강을 오간다. 그래서 강을 사이에 둔 두 개의 대합실에는 기다란 깃발을 걸기 위한 기둥이 있었다.

붉은 깃발은 도하 중지. 노란 깃발은 곧 도하 중지. 파란 깃발은 도하 재개. 아무 일도 없을 때는 하얀 깃발을 걸어 두는 것이 규칙이다.

이 깃발은 나루터지기의 통소매옷과 같은 모양을 하고 있고, 나루터지기 집안의 여자들이 만들고 손질하도록 되어 있다. 태풍이 지나는 동안 오토비는 얼른 파란 깃발을 빨고 수선해 두자고 생각했다. 이번 도하 중지는 그리 오래 계속되지 않을 테니까. 바람 소리를 듣고 자기 나름대로 그렇게 점치고 있었는데 오라비의 판단에는 당해 낼 수 없다. 뭐, 당연한 얘기지만.

저 고집스러운 구름이 사라지고 오토비가 파란 깃발을 걸면, 비바람이 강한 동안에는 맞은편 기슭에 매어 둔 나룻배 '도비마루'를 동생 가치마루가 저어 돌아온다. 이쪽은 선창 근처에 바위가 많아서 위험하고, 손님을 태우기 전에 선장만 타고 옴으로써 강을 건너도 괜찮다는 것을 확인할 수 있기 때문에 도하가 중지될 때는 배를 반드시 맞은편 기슭에 두어야 한다.

만일 도하 재개가 너무 일러서 배가 전복돼 버리면 가치마루는 죽는다.

——모든 게 목숨을 거는 일이야.

그런 가업이다. 누구를 원망할 수도 없다. 게다가 오토비는 오라비의 일을 돕고, 하루에 몇 번이나 오라비의 등을 전송하고, 돌아오는 배의 오라비에게 손을 흔드는 지금의 삶이 좋았다.

이 부근에서는 모두 나루터지기 집안에 한 수고 두 수고 접어준다. 게다가 이름의 유래로 보아 아무 탈 없이 순조롭게 많은 아이를 낳을 것 같은 오토비가 부지런하다는 사실은 인근 마을에 널리 알려져 있었기 때문에 열네다섯 살쯤 되자 혼담이 몇 개나 들어왔다. 그중 하나를 받아 구메가와 강을 건넌 곳에 있는 여관 마을의 도이야바로 시집을 갔는데 1년 남짓 만에 이혼장이 들이밀어져 친정으로 돌아오는 처지가 되고 말았다.

이때 오토비의 남편이었던 남자의 말이 가관이었다.

——저렇게 피부가 검으면 요괴처럼 보여서 무섭단 말이야.

어릴 때부터 선창이나 대합실에서 일해 온 오토비는 해님의 빛을 받아 피부가 타고 강 수면에 반사된 햇볕에 타고 하구에서 불어 올라오는 바닷바람에 타서 노릇노릇하다.

볕에 탄 피부가 기분 나쁘다니, 그럼 처음부터 혼담 따위 가져오지 않았으면 좋았을 텐데.

——오토비가 어두운 곳에 있으면 이쪽에서 불빛으로 비추어도 흰자와 앞니가 보일 뿐이야. 그때마다 깜짝 놀라다가는 수명이 줄어들고 말 거야.

남편이었던 남자가 호된 말을 하고, 시부모였던 사람들은 성가셔하고, 중매를 선 부부도 화를 내기보다 쓴웃음을 짓는 바람에 어이가 없어진 오토비는 작은 짐을 등에 비끄러매고 냉큼 돌아왔다.

어머니에게는 야단을 맞았다. 가치마루는 동생인 주제에 건방을 떨며 조금이나마 피부가 하얘지도록 노력하면 된다고 설교하기에 울 때까지 귓불을 꼬집어 올려 주었다.

같은 편이 되어 주었다고 할까, 오토비를 탓하지 않은 사람은 기요마루뿐이다.

"돌아왔니."

한 마디가 전부였다.

이혼하고 돌아와 어수선한 열기가 식자, 오토비에게는 또 몇 번의 혼담이 들어왔다. 하지만 본인은 '시집간다'는 일을 처음부터 다시 반복하려니 귀찮아지고 말았다. 물론 도이야바의 전 남편이 한 마음 없는 행동에 상처를 입기도 했다.

그 후에도 기요마루는 가능하면 빨리 재혼하는 게 좋다고 설교하는 어머니나 동생의 입을 시끄럽다는 한 마디로 다물게 해 주었다.

그러저러하는 사이에 세월을 이기지 못해 몸이 약해진 어머니가 맥없이 돌아가시고, 가치마루는 좋아하던 처자를 아내로 맞아 곧 건강한 사내아이를 낳았다.

스무 살이 넘은 오토비에게는 혼담도 들어오지 않게 되었다. 대신이라기엔 뭐하지만 기요마루에게는 끊임없이 혼담이 들어오고 중매를 서고 싶어 하는 사람이 찾아왔다. 누가 쳐들어오든,

"아내는 필요없어요."

기요마루는 콧방귀를 뀌었으나 딱 한 번 촌장의 아내가 왔을 때는,

"미카사 나루터의 대를 이을 사람으로는 동생이 있고 조카도 생겼습니다. 나는 혼자여도 괜찮아요."

하고 차근차근 말하며 거절했다.

어릴 때부터 말을 더듬곤 했고 어른이 되자 더욱 과묵해진 기요마루로서는 평생에 한 번 있을 제대로 된 발언이었기 때문에 옆에서 듣던 오토비도 가치마루도 깜짝 놀랐다. 물론 그 말의 무게도 충분히 가슴에 와 닿았다.

게다가 기요마루는 이렇게 말했다.

"나는 소심한 사람이라, 아내나 아이를 갖게 되면 목숨이 아까워져서 안 돼요."

1년 내내 비바람을 맞고 해님과 바닷바람에 그을려 피부는 갈색인 데다 뺨은 날카롭게 깎여 있으며, 귀 끝까지 물기가 튀어 바싹 말라 있다. 빈말로도 우아한 미남은 아니고, 그렇다고 해서 선뜻 추남이라고 한 마디로 단정할 수도 없는 박력이 있다. 애교 없는 말은 가끔 더듬고 쓸데없는 말은 하지 않지만 필요한 말도 하지 않는다.

그런 오라비가 가슴속으로 이렇게 생각하고 있는 줄은 몰랐다.

촌장의 아내가 마지못해 돌아간 후 기요마루가 없는 곳에서 오토비는 조금 울고 말았다.

"……오라버니가 불쌍해."

가치마루도 숙연한 얼굴을 하고 있었다. "나도 만일 형님을 대신하게 된다면 목숨이 아까울 거야. 진심으로 그렇게 생각한 적이 없었던 까닭은 아무래도 내가 형님이 아니기 때문이겠지."

하지만 그것은 이 집안의 숙명이다.

"누님, 울 정도라면 빨리 어딘가로 시집을 가서 건강한 사내아이를 많이 낳아 줘. 그래야 앞으로 마음이 든든해질 테니까."

어라, 그쪽으로 이야기를 가져가다니 교활한데. 하지만 분명히 맞는 말이다. 오토비가 대답이 막혀 곤란해 하고 있는데 두 사람 뒤에서 기요마루의 큰 목소리가 들려왔다.

"오토비도 가치마루도, 하고 싶지 않은 일은 안 해도 된다."

남매가 펄쩍 뛰어오르며 돌아보니 할 말을 마친 기요마루는 이미 등을 돌리고 걸어가는 중이었다.

"방금 그건, 느그렁하지 않았어."

"용건이 있어서 큰 목소리를 낼 때는 느그렁하지 않아. 나룻배를 몰면서 손님이 위험한 짓을 했을 때도 그렇고."

날카롭게 일갈하고 제대로 이해하도록 타이른다. 그럴 때 기요마루의 말씨는 멋졌다.

"애초에 형님은 성실하고 착한 성격이야. 장남이 아니었다면 나루터지기도 되지 않고 양식장에서 뗏목 손질 같은 일을 말없이 하면서 좋은 일꾼이 되었겠지."

확실하게 형의 사람 됨됨이를 꿰뚫어 보고 있던 가치마루도 덜렁대기는 했지만 가족을 소중히 여기고 있었다. 오토비에게 시집을 가라는 둥 말하는 한편, 짜증나는 도이야바의 전 남편이 자신은 재혼해서 아이를 낳고 잘 사는 주제에 아직도 집요하게 오토비의 가무잡잡한 피부를 술자리 안주로 삼으며 비웃는다는 소문을 듣자마자 친한 동료를 이끌고 쳐들어가 마구 두들겨 패서 사과문을 쓰게 한 후 빼앗아 왔다——는 것은 나중에 알게 된 이야기다.

하고 싶지 않은 일은 하지 않아도 된다.

솔직히 오토비는 이제 시집 따위 가고 싶지 않았다. 기요마루도 아내가 필요없다고 하니 둘이서 서로 도우며 미카사의 나루터를 지키면 좋겠다고 생각했다. 1년, 2년, 또 1년. 남매는 쉽게 흔들리지 않고 변화무쌍한 태풍의 바람에도 끄떡없는 일상을 꾸려 나갔다.

그날 오토비가 파란 깃발을 건 것은 해님이 중천에 접어들었을 무렵이다. 하늘이 개자 도하 재개를 기대하며 양쪽 기슭의 대합실에 손님이 모이기 시작했기 때문에, 막상 이쪽 기슭에서 기요마루가 첫 번째 배를 몰고 나갔을 때는 거의 만원이었다.

"조심해서 다녀오세요. 수신님의 가호가 있기를."

오토비는 선창에 서서 노를 저어 나가는 배에 깊이 머리를 숙였다. 그리고 몸을 일으키려는데 갑자기 오른쪽에서 불어온 한 줄기 돌풍에 비틀거리다 하마터면 선창에서 떨어질 뻔했다.

맞은편 기슭에서 배를 몰고 왔을 때 가치마루도 말했었다. 이 바람은 변덕스러워서 조금 조심할 필요가 있어요, 형님. 그친 것처럼 보이게 해 놓고 야습처럼 불어오더라고요.

——이런 대낮에 야습이 어디 있니.

오라비는 그렇게 말했지만.

다행히 가는 배는 아무 일 없이 맞은편 기슭에 도착했다. 이번에는 맞은편의 손님을 태우고 돌아온다. 마찬가지로 만원이다.

배가 구메가와 강의 절반까지 건너 두 번째 삿갓바위를 지났을 때 오토비는 선창으로 마중을 나갔다. 거기에서 돌아보니 파란 깃발이 거의 옆으로 서 있다. 역시 위쪽에는 강한 바람이 부는 모양이다.

나룻배가 선창으로 다가온다. 작은 배가 아니기 때문에 정박시킬 때는 밧줄로 단단히 붙들어 매고, 뱃전을 타넘기 힘든 노인이나 여자, 아이를 위해 짧은 사다리를 걸치는 것이 오토비의 일이다.

태풍 때문에 발이 묶여 있던 일하는 남자 손님들이 대부분인 가운데, 색깔을 맞춘 자주색 외출복을 입고 팥죽색 두건을 쓴 여자 일행 두 명이 눈에 띈다. 모녀일까. 양식장의 뗏목 주인이나 선주의 가족일까.

오늘은 선창에 대고 나서도 배가 흔들려 오토비는 손님들 한 사람 한 사람에게 손을 내밀었다. 자주색 외출복을 입은 두 사람은 두건 때문에 눈밖에 보이지 않아서 얼굴이 닮았는지 어떤지 알 수가 없었는데 먼저 오토비의 손에 매달려 선창으로 내려온 쪽이,

"어머니, 조심하세요."

하고 다른 한 사람에게 말했다. 젊은 처자의 목소리다.

"자, 고생하셨습니다."

어머니 쪽도 오토비가 내민 손을 단단히 붙잡으며,

"태풍 때문일까요, 한가운데쯤에서 배가 흔들려서 무서웠어

요."

하고 오토비에게 말을 걸어왔다.

"마침 거기에서 수신님이 뒤척이신 거겠지요. 부럽네요, 부인께는 분명히 좋은 일이 있을 거예요."

오토비가 밝게 대꾸하자 모녀는 얼굴을 서로 가까이 하며 웃었다.

두 사람뿐만 아니라 세 번째 일행도 있었다. 줄무늬 기모노를 걷어 올려 허리춤에 끼워 입고 쪽으로 염색한 각반을 차고, 먼지를 피하기 위한 비옷을 걸쳤다. 반백의 노인이다.

"할아버지도 조심하세요" 하고 젊은 처자가 말했다. "뱃전은 미끄러워요."

이렇게 좋은 옷을 입은 모녀가 단둘이 멀리 나올 리는 없으니 고참 고용살이 일꾼이 함께 온 것이리라. 노인은 오토비의 팔을 붙잡고 뱃전을 넘어 선창에 서는가 싶더니 더러운 뭔가를 뿌리치듯이 손을 놓았다.

오토비는 이런 태도에 익숙하다. 완전히 술에 취해 잡은 손을 놓지 않는 놈들보다야 낫다. 신경 쓰지 않고 다음 손님 쪽으로 주의를 향했을 때, 선창 위에서도 배 위에서도 일제히 사람들이 소리를 지르며 얼굴을 숙이고 몸을 구부렸다. 아까 오토비를 넘어뜨릴 뻔한, 후려치는 듯한 돌풍이 다시 불어닥친 것이다.

바람에 등을 떠밀린 순간 오토비는 배로 뛰어 올라탔다. 망설였다간 물에 빠진다. 뱃머리에 선 기요마루도 손을 차양으로 만들어 얼굴을 감싸며 두 다리에 힘을 주어 버티고 서 있다.

그때 선창에 내린 손님들 사이에서 끽 하고 찌부러진 듯한 비명이 일었다.

목소리만이 아니다. 오토비는 그 부근에서 피의 꽃이 확 피는 것을 보았다.

"무슨 일이에요!"

망설이지도 않고 뱃머리에서 선창으로 기요마루가 뛰어내린다. 오토비도 그 뒤를 따랐다.

비명을 지른 사람은 비옷을 입은 노인이었다. 양손으로 얼굴을 누르고 그 자리에 웅크리고 있다. 옆에는 몹시 당황한 얼굴로 자주색 외출복 차림의 모녀가 쪼그리고 앉아 있었다.

"할아버지, 할아버지, 괜찮으세요?"

"아아, 큰일이야. 눈을 다친 걸까. 피가 많이 나!"

사람들을 헤치고 세 사람에게 다가간 오토비는 곧 사정을 알 수 있었다. 노인의 발치에 밤송이가 하나 떨어져 있다. 윤기 나는 검은색으로 익어 둘로 갈라진 밤송이의 한쪽으로 당연히 안에 열매는 없다. 그것도 돌멩이 정도의 무게는 된다.

아까 그 돌풍에 날아와 노인의 얼굴에 제대로 부딪힌 모양이다. 참으로 운이 나쁘다.

"오토비, 일단 도하를 멈춰야겠다."

기요마루의 명령에 "알았어!" 하고 오토비는 대합실 쪽으로 달려갔다. 등 뒤에서, 이거 제대로 치료하지 않으면 큰일이겠어, 손님들은 갈 길이 바쁘십니까, 하고 묻는 기요마루의 목소리가 들린다.

오토비는 도하 중지를 나타내는 붉은 깃발을 건 다음 약상자를 들고 선창으로 뛰어 돌아갔다. 맞은편 기슭에서 건너온 손님들은 삼삼오오 가도와 여관 마을 쪽으로 옮겨 간다. 선창 옆에는 모녀와 다친 노인만이 남아 있었다.

자리에 털썩 주저앉아 있는 노인에게 기요마루가 수건을 찢어 얼굴의 상처에 대어 주고 있다. 상처는 밤송이의 둥근 모양 그대로이고 기요마루가 세게 눌러도 수건에 새로운 피가 배어 나온다. 허둥거리며 손을 맞잡은 모녀는 당장이라도 울음을 터뜨릴 것 같은 얼굴을 하고 있다.

"오토비, 상처에 바르는 약을 꺼내라."

기요마루가 재빠르게 명령한다. 조금도 말을 더듬는 기색이 없을 뿐만 아니라 확신에 가득 찬 강한 말투다.

"멍하니 있지 마. 어르신, 피는 멎기 시작했으니 이제 괜찮습니다."

"우, 운이 나빴네요." 도리어 오토비 쪽이 말을 더듬고 만다. "이런 큰 밤송이가 열리는 밤나무는 근방에 자라지 않는데."

이 부근의 잡목림 안에서 밤나무를 본 적은 없고, 선창 주위에 밤송이가 떨어져 있었던 적도 없다. 오늘 배를 타고 온 손님 중에 채소장수가 있어서 짐 속에 들어 있던 것이 굴러나왔다 해도 강풍을 타고 다른 방향에서 날아올 리가 없다.

처치를 하던 기요마루가 마지막으로 노인의 상처에 깨끗한 무명천을 감았다. 절반 정도는 무명천에 덮인 얼굴에 그제야 약한 웃음이 돌아왔다.

"나루터지기 님, 저는 어르신이라는 신분이 아니라 마님과 아가씨를 따라온 고용살이 일꾼입니다."

"아아, 그런가요."

기요마루는 평소의 무뚝뚝한 모습으로 돌아와 있다. 거북한 분위기를 얼버무리기 위해 오토비는 세 사람 일행에게 여러 가지로 말을 걸었다. 모녀도 기운을 차리기 시작했다. 잡담을 나누던 중에 세 사람이 성하마을로 가는 중임을 알았다. 급한 볼일이 있어 이대로 가겠다고 하기에 오토비는 가마를 불러다 주었다.

"친절하게 대해 주셔서 고맙습니다."

정중한 인사의 말을 남기고 세 사람은 무사히 떠나갔다. 대합실에는 도하 재개를 기다리는 손님들이 모이기 시작했다.

제법 시간이 흘렀지만 오토비는 한 가지가 내내 마음에 걸렸다. 아까 그 밤송이는 대체 어디로 굴러갔을까. 제대로 주워서 처리해 두어야 하는데. 강으로 굴러 들어가 버리면 사람의 피가 묻어 있는 것이니 강이 더러워진다.

대나무로 만든 쓰레기집게를 손에 들고 선창 주위를 빙글빙글 돌며 찾아보았지만 밤송이는 눈에 띄지 않았다. 할아버지의 눈가에서 튄 피의 흔적은 남아 있는데(거기에도 흙을 잘 덮어 눈에 띄지 않도록 했다), 가장 중요한 밤송이는 어디로 사라진 걸까.

——어떡하지.

곤란해하고 있는 오토비를 향해 무뚝뚝한 기요마루의 목소리가 날아왔다.

"어이, 돈비. 이건 뭐야?"

뱃전에 한쪽 발을 걸치고 얼굴을 일그러뜨리고 있다.

"손님이 잊어버리고 두고 간 건가? 이이이런 걸, 싸지도 않고, 드, 들고 다니나?"

아까의 용감한 모습에서 일변하여 말을 더듬는 모습이 귀엽다.

배의 우현 중간쯤, 기요마루가 발을 걸치고 있는 곳을 들여다본 오토비가 놀란 얼굴로 물었다.

"어? 오라버니, 이게 뭐야?"

"내가, 무, 물었잖니."

이게 무엇인지 오토비는 안다. 기요마루도 알고 있을 것이다. 이로리마룻바닥을 사각으로 파내고 취사나 난방용으로 불을 피우도록 만든 것의 냄비걸이에 매달려 있고 매일 사용하는 물건.

뚜껑이 달린 질냄비다. 지름이 한 자 남짓, 깊이는 두 치쯤. 냄비치고는 꽤 크지만 소박한 질그릇이고 색깔도 무늬도 없어서 뱃전에 오도카니 앉아 있어도 그다지 눈에 띄지 않는다.

그렇다, 이 질냄비는 떨어져 있지 않다. 제대로 바닥을 아래로, 뚜껑을 위로 하고 '앉아' 있다. 예의가 바르다.

영지 내의 북부에서는 옛날부터 도자기 구이가 활발하여 남부 바닷가인 이 부근에서도 쇠주전자나 쇠냄비와 함께 질주전자나 질냄비를 많이 사용한다. 금이 가거나 이가 빠진 그릇을 수선하는 '땜장이'가 장사가 될 정도다.

생활의 여러 장면에서 볼 수 있는 질냄비이기는 하지만 미카사의 나룻배 안에 오도카니 나타나다니.

"어쩔 수 없지, 주워 두렴. 부, 분실물이라면, 곧, 가, 가지러 오겠지."

"네, 네."

오토비는 일단 배에 올라타 양손으로 질냄비의 손잡이를 잡고 들어 올렸다. 조심스럽게 다룬 까닭은 혹시 안에 무언가 들어 있을지도 모른다고 짐작했기 때문이다. 음식이나 국물은 물론이고 염료 같은 것도 생각할 수 있다.

양손의 손가락으로 잡은 순간,

——역시.

하며 고개를 끄덕였다. 질냄비가 따뜻하다. 뭐가 있을지 모르니 신중하게 들어 올리자,

찰박.

질냄비의 뚜껑 아래, 냄비 안에서 무언가 물 같은 것이 움직이는 감촉이 났다.

"오라버니, 뭔가 들어 있어. 살펴봐야 해."

기요마루는 귀찮다는 듯이 얼굴을 찌푸렸다.

"들고 있어. 내가 뚜껑을 열어 볼 테니까."

오토비가 질냄비의 손잡이를 잡고 있어서, 양팔로 질냄비의 바

닥을 받치듯이 받아 든 기요마루가,

"우어?"

껴안은 순간, 움찔거렸다.

"우, 움직이고 있어."

"오라버니도 알겠어? 생선인가?"

오토비는 뚜껑의 둥근 손잡이를 잡고 천천히 들어 올렸다.

"기울이면 안 돼."

"빨리 해. 이, 이거, 왜 이렇게 무거운 거야?"

야단스럽기는. 그렇게까지 무겁지는 않았어. 오토비는 코웃음을 치며 질냄비 안을 들여다보았다.

텅 비어 있다.

"없는데."

뚜껑을 들어 기요마루에게도 보여 주었다. 해님이 질냄비의 바닥까지 비춰 준다.

"……아까는 뭔가 느낌이 났는데."

냄비도 뚜껑도, 뒤집어도 거꾸로 들어도, 그저 텅 비어 있다.

"흠. 치워 둬라."

도하가 재개되자 남매는 바빠졌다. 주운 질냄비는 오토비가 대합실로 옮겨 두었으나 해가 질 때까지 가지러 오는 사람도, 찾으러 오는 사람도 없었다.

한데 기묘하게도 오토비가 대합실을 닫고 집으로 돌아가려고 하자 대합실 안에 둔 질냄비가 사라지고 말았다. 의자 밑이나 칸막이 뒤쪽까지 기어다니며 찾았지만 보이지 않았다.

"누가 가져간 걸까?"

기요마루는 신경도 쓰지 않고 말했지만 오토비의 가슴 깊은 곳에는 꼭지가 달려 있는 감을 먹었을 때처럼 걸리는 것이 남았다.

그러나 주운 질냄비 따위를 언제까지나 기억하고 있을 정도로 한가하지는 않았다. 의외의 형태로 다시금 떠올리게 된 것은 보름쯤 지나고 나서의 일이었다.

자주 나룻배를 타는 김 거간꾼이 염색하기 전의 무명 옷감 한 필을 오토비에게 건넨 일이 계기가 되었다.

"우리 어머니가 기름을 친 베틀의 상태를 보려고 시험 삼아 짠 옷감이야. 기름 얼룩이 있고 군데군데 빽빽하다가 성기다가 해서 도저히 돈을 받을 수 있는 물건은 아니지만 괜찮다면 사용해 다오."

오토비는 매우 기뻐하며 옷감을 받아 하얀 깃발을 새로 만들었다. 붉은색이나 노란색에는 좋은 의미가 없기 때문에 다소 낡고 더러워져도 그대로 사용하지만, 미카사의 도하가 순조롭다는 의미인 하얀 깃발은 가능하면 언제나 새것을 써야 기분이 좋다.

오토비가 벌써 하얀 깃발을 만들었다는 이야기가 귀에 들어갔는지 상인은 곧 어머니를 데려왔다.

"그 옷감이 도움이 되고 있는 모습을 보고 싶다고 하셔서."

"나루터지기 님, 실례합니다."

거간꾼도 나이를 먹을 만큼 먹은 아저씨고 그의 어머니쯤 되면 허리가 굽고 바싹 말린 것 같은 할머니다. 님 자를 붙여 불러 주니 이쪽은 오히려 겸연쩍다.

"아이고, 정말로 저렇게 높은 곳에 걸려 있네. 고마워라, 고마워라."

어머니가 정성스럽게 깃발을 향해 손을 모으는 바람에 오토비는 더욱 부끄러워졌다. 멀찍이 보아서 다행이다. 가까이에서 보여 주었다면 서툰 바느질을 들키고 말았을 테니.

거간꾼이 오늘은 나룻배를 탈 일이 없다며, 어머니에게 깃발을 보여 주고 그 김에 여관마을의 가게에서 장어라도 먹을까 한다고 즐거운 듯이 말했다. 양식 기술이 좋아지고 김의 생산량이 매년 늘고 있어, 뗏목 주인도 도매상도 거간꾼도 모두 득을 보고 있다. 사정이 넉넉하니 반나절이나 시간을 내어 지금처럼 느긋하게 효도를 할 수 있는 것이리라.

숲의 절반이 불타는 것처럼 단풍으로 물들고 하늘은 한없이 푸르고 맑다. 차갑고 맑은 구메가와 강의 시냇물 소리에 마음까지 씻기는 기분이다.

기분이 누그러진 오토비는 문득 돌아가신 부모님을 떠올렸다. 우리 아버지와 어머니도 좀 더 오래 살아 계셨다면 나도 효도를 할 수 있었을 텐데.

가도변의 마을로 돌아갈 때 거간꾼의 어머니가 이런 이야기를 했다.

"저렇게 하늘을 헤엄치고 있는 하얀 깃발은 어릴 때의 수신님의 모습 그대로네."

지금처럼 구메가와 강의 강폭과 길이에 꽉 차게 자라기 전에는 수신님도 작았던 것이다.

"아아, 그렇군. 새끼 물뱀이네요."

"그렇지. 작고 약할 때는 매나 솔개나 지네로부터 몸을 보호하기 위해서 쐐기풀이나 독초 속에 숨기도 하고 밤송이를 모아 둥지로 삼기도 하셨어."

특히 동물이 겨울을 나기 위해 왕성하게 먹이를 먹는 지금 같은 계절에는 위험이 많았기 때문에 수신님은 밤나무가 많은 곳에 사셨다고 한다.

구메가와 강의 수신님과 밤나무——밤송이는 연관이 있었구나. 오토비는 처음 듣는 이야기였다.

"우리는 대대로 나루터지기를 맡고 있지만 처음 듣는 이야기네요."

"그야 너무 옛날이야기니까 잊힌 것일지도 모르지."

"오라비한테도 가르쳐 줄게요. 고맙습니다."

해 질 녘, 그날의 뒷정리를 하고 있을 때 기요마루에게 이야기해 보았다. 오라비는 무뚝뚝하게 눈도 맞추지 않고,

"손님과 대화를 나누는 건 좋지만 수신님에 대한 이야기는 웬만하면 입에 올려서는 안 돼. 우리 나루터지기 집안의 사람이라면 더욱 그렇지."

조금 더듬으면서 야단치는 오라비에게 오토비는 순순히 "그러

네, 미안해" 하고 사과했다.

구메가와 강의 수신님에게는 이름이 없다. 이곳에 사는 사람들에게 가볍게 불리는 일이 없도록, 일부러 그리 정했다고 한다. 그만큼 이곳의 수신님은 인간과는 격이 다르다.

요전의 태풍 이후로는 맑은 가을 날씨가 계속되고 구메가와 강의 흐름도 잔잔했다. 시냇물이 상류에서 진 단풍잎을 날라 오는, 이 계절에만 볼 수 있는 단풍뗏목의 풍경도 아름답다. 새삼 실감했다. 아아, 이곳은 정말 한적하고 풍요로운 땅이구나. 만에 하나 구메가와 강이 거칠어지거나 말라 버린다면 이 풍경은 잠시도 버티지 못하고 부서져 버리겠지. 그렇게 생각하면 수신님을 아무리 공경해도 지나칠 일은 없다.

——정신 바짝 차려야지.

그러나 다음 날은 낮은 하늘에 비구름이 달리고 바람이 옆에서 불어닥쳐 구메가와 강은 몸을 비틀듯이 좌우로 꿈틀거렸다. 겨우 어제 그런 일이 있었던 터라 오토비는 자신의 경솔한 수다가 수신님의 노여움을 건드린 게 아닐까 하고 조마조마했다.

기요마루는 오토비를 꾸짖지도 않고, 꿈틀거리는 강을 잘 달래며 도하를 계속했다. 맞은편 기슭에서 온 손님들이,

"가치마루 씨는 슬슬 도하를 멈추는 게 좋겠다고 말하고 있는데."

"흔들림이 심해서 위장이 뒤집힐 것 같아요."

저마다 그런 말을 해도 무뚝뚝한 얼굴로 흘려듣고 있다.

"오라버니, 아직 배를 띄울 수 있어?"
"나한테는 이 정도가 더 기분 좋아."
강을 타고 있다는 느낌이 든다고 했다.
"그렇다면 괜찮지만, 조심해."
오후가 되자 바람은 한층 더 강하게 옆으로 불어닥치고 가끔 자갈 같은 빗방울을 날라왔다. 강이 꿈틀거리는 것을 보고,
"아무리 기요마루 씨의 실력이라도 이건 좀."
하며 선창까지 왔다가 되돌아가 버리는 손님이 늘기 시작했기 때문에 기요마루도 마지못해 배를 멈추었다.
오토비는 대합실로 달려가 물건을 넣어 두는 나무 상자에서 붉은 깃발을 꺼냈다. 아니 꺼내려고 하는데 그때, 앞쪽 의자 밑에 질냄비 하나가 오도카니 자리를 잡고 앉아 있는 것을 발견했다.
"아니, 저런 곳에 냄비가 있네."
이번에는 마침 대합실에 있던 손님들도 함께 발견했다.
"저거, 질냄비지요?"
오토비가 다시 한번 확인했다.
"그렇지. 다른 것일 리가 있나."
"오토비 씨, 점심밥을 지어서 가져온 거 아니야?"
"설마요. 그렇다면 의자 밑 같은 곳에 두지 않지요."
대합실의 봉당에 무릎을 꿇고 오토비는 흠칫거리며 손을 뻗어 질냄비의 옆구리를 만져 보았다.
미지근하다. 사람 피부 같은 온기가 느껴졌다.

오토비의 등에 오한이 스쳤다.

"죄송해요, 저는 잘 못 잡을 것 같은데 누가 좀 도와주시지 않겠어요?"

손님들에게 부탁하자 오토비의 굳은 얼굴을 의아한 듯이 힐끗 보며 바로 옆에 있던 남자 행상인이 쪼그려 앉아 질냄비를 끄집어내 주었다.

"이거 무거운데!"

들어 올린 순간 남자는 소리를 질렀다.

"안이 꽉 차 있어."

정말로 그랬으면 좋겠다. 내용물이 무엇이든 상관없다. 지네나 지렁이라도 좋으니 어쨌든 무언가 들어 있어 주었으면.

"끙차."

행상인이 질냄비를 의자 위에 턱 내려놓고 뚜껑을 열었다.

텅 비어 있었다.

"뭐야. 엄청나게 무거운 냄비로군."

두꺼운 냄비고 뚜껑 손잡이 부분의 고리가 깊다. 오토비는 자기 자신을 타일렀다. 그래, 냄비 자체가 무거운 거고 쇠냄비와 달리 질냄비는 비어 있어도 왠지 따뜻한 법이니까. 흙의 온기가 있는 거지. 으스스하게 여길 필요 없어.

"좋은 냄비인걸."

뚜껑 가장자리를 손가락으로 더듬으며 행상인이 말했다. 자세히 보니 요전에 나룻배 안에 나타난 질냄비와 똑같다. 예의 바르게 '앉아서' 이번에는 대합실에 나타났다——.

"실례합니다."

기요마루가 손님들을 헤치고 다가오는 참이었다. 사람들이 모여 있어서 신경이 쓰인 것이리라.

"기요마루 씨, 이상한 물건이 떨어져 있어요."

행상인이 웃음을 지어도 기요마루는 표정을 바꾸지 않았다. 아주 잠깐,

——쓸데없는 소리 하지 마라.

못을 박듯이 오토비를 보았다.

"고물상에서 물건을 산 손님이 깜박 잊고 두고 간 거겠지요."

"아아, 그런가? 하지만 이거 새것 같은데."

"제, 제가 맡아 둘게요."

이 나루터지기의 무뚝뚝함에는 익숙한 손님들이라 더 이상 이야기를 길게 끌지는 않고 각자 흩어져 갔다. 기요마루는 오토비 쪽을 보지도 않고 목에 감고 있던 수건을 풀더니 입에 물고 세로로 찢기 시작했다.

"뭐 하는 거야?"

"이걸 걸 수 있게 할 거야."

딱히 수상한 생각은 아니다. 고물상에서 질냄비를 사도 똑같이 해 줄 테니. 하지만 일부러 수건을 찢을 필요는 없는데.

"상자 안에 새끼줄이 있어."

오토비가 말해도 기요마루는 아랑곳하지 않았다. 찢은 수건을

능숙하게 꼬아 끈처럼 만들어서 질냄비에 걸어 묶는다.

——요전에는 이렇게 찢은 수건으로 그 할아버지의 상처를 지혈했지.

그렇게 생각하다가 오토비는 또 한기를 느꼈다.

"집으로 가지고 돌아간 오라비는 질냄비를 씻고 닦은 후에 깨끗한 물을 담아서 부엌 구석에 두었어요."

흑백의 방 도코노마에 꽂혀 있는 참억새를 등지고 오토비는 말했다. 오른쪽 어깨 부근에 도라지의 청보라색 꽃이 한 송이 엿보이며 봉오리를 반쯤 피우고 있다. 꽃도 함께 오토비의 이야기를 열심히 듣고 있는 것처럼 보인다.

"한동안 상태를 보겠다면서. 만일 금이 가 있다면 땜장이한테 가져가야 하니까, 라고 말하더군요."

——분실물이라면, 망가지면 시비가 붙을 테니까.

"내게는 오라비가 하는 말이 무척 그럴듯하게 들려서 왠지 기분이 나빴지요."

"무척 그럴듯하다, 니요?"

도미지로가 되묻는 말에 오토비는 미간에 주름을 지으며 생각에 잠겼다.

"꼭, 그냥 분실물을 맡고 있는 것처럼, 아무것도 이상한 일은 없다는 듯이 군달까."

아아, 과연.

"길고양이도 아니고 배 안이나 대합실 의자 밑에 갑자기 나타나는 질냄비라니, 당연히 수상한 건데 수상하게 여기지 않는 것처럼 행동하고 있었다는 말씀이시군요."

"맞아요, 그런 뜻이에요."

"오토비 씨의 말씀, 저도 알겠습니다. 당시 오토비 씨의 기분도, 한기가 든 것도 이해가 가요."

"정말요? 나 이야기하는 게 서툴러서."

"아뇨, 아뇨, 절대 서툴지 않으십니다."

잠시 쉴 때라 생각하고 도미지로는 차를 새로 끓였다. 이야기를 듣는 사람으로서도 쇠주전자의 김을 보며 찻잎의 향기를 맡는 짬이 필요한 순간이다.

"질냄비에 금은 가 있지 않았겠지요."

"네."

"더럽지도 않고 그슬리지도 않고 새것처럼 보였고요."

"그렇다고 사용할 생각은 해 보지도 않았지만요."

"그야 당연하지요!"

신출귀몰하고 묘하게 무게가 나가는 데다 사람 같은 온기가 있는 냄비다.

그러나 대충 부엌 구석에 놔두니 평범한 질냄비인 것 또한 확실해서 곧 오토비도 별로 신경 쓰지 않게 되었다고 한다.

"목소리를 내는 것도, 물어뜯으려 하는 것도 아니니까요."

웃음을 흘리며 오토비는 그렇게 말했다.

"오라비도 질냄비 따위 잊어버렸다는 얼굴을 하고 있었고요."

"그렇습니까, 다행이군요."

"게다가 오라비한테 또 혼담이 들어왔기 때문에 더욱더 질냄비에 신경 쓸 계제가 없었어요."

"하지만 기요마루 씨는 혼담이란 혼담은 모조리 거절하고 있었잖아요?"

자기에게 아내는 필요없다면서.

"그때까지는요. 하지만 이번만은 그렇게 쉽게 걷어찰 수가 없었어요."

*

구메가와 강의 넓은 하구에서 남쪽에 걸쳐 있는 얕은 바다에는 김 양식으로 풍족해진 마을이 세 개 있다. 그중에서도 가장 큰 것은 우타쓰 마을이다.

'우다쓰를 올리다우다쓰는 일본의 주택에서 박공벽을 지붕보다 한 단 높게 올려 작은 지붕을 붙인 부분을 말한다. 부유한 집이 아니면 올릴 수 없었다'의 '우다쓰'에 '우타쓰卯辰'라는 한자를 맞추어 이름에 길한 의미가 담긴 이 마을에는 양식 뗏목 주인뿐만 아니라 주요 김 도매상이나 거간꾼도 모여 있다. 가도에서 미카사 나루터를 지나 사람이 왕래하고, 아담하고 깨끗한 요릿집이 있고, 그곳에서 춤이나 샤미센을 보여 주는 기생이 있고, 광장에는 떠돌이 연극단도 찾아온다. 그 정도의 마을이다.

그러나 마을 번영의 토대가 된 김 양식업이 처음부터 성공했던 건 아니니다. 비싸게 팔리는 김은 좀처럼 만들 수 없었고, 양식에 성공하고 나서도 김을 번의 특산물로 팔기 위해 다른 영지의 노련한 상인들과 교섭을 하는 과정에서 장사 초보는 실컷 농락만 당하는 등 분한 마음을 곱씹던 역사가 있었다.

힘든 추억 때문인지 이 부근 사람들은 대체로 개방적인 '바다 사람' 중에서는 보기 드물게 타지 사람을 싫어하는 기풍이 극단적으로 강하다. 자신들이 고생해서 쌓아 온 결과물을 바깥에서 온 사람이 가로채는 것은 참을 수 없다며 긴장하고 경계심을 풀지 못하기 때문이다.

우타쓰 마을의 도매상이나 거간, 뗏목 주인이나 선주의 집안은 같은 마을 안이나 나머지 두 개의 바닷가 마을에 살고 있는 자신들의 친인척 사이에서 혼담을 결정하는 일을 되풀이해 왔다. 그리하면 새로 생긴 세대도 가까운 곳에 자리잡고, 각자의 마을을 키우면서 원래 있던 집과 집의 유대도 강하게 유지해 나갈 수 있다. 덕분에 3대 이상 계속된 집안은 계보를 그려 보면 거미줄처럼 (원근의 차이는 있지만) 거의 모두가 어디에선가 연결된다.

역시 이래서는 안 된다며, 근자에는 일부러 성하마을의 상가商家에서 며느리를 맞이하거나 먼 어촌에서 양자를 들이는 집이 생겼다. 이러한 혼인이나 결연을 성립시키려면 물론 번의 허가가 필요하지만, 이것은 상납금을 쌓아 놓고 아뢰면 어떻게든 할 수 있다. 어려운 대목은 마을 사람들 사이에 뿌리 깊게 남아 있는, 타지 사람을 싫어하는 마음을 녹이는 일이다.

그리고 지금 우타쓰 마을 안에서 이 완고한 마음으로 인해 골치를 썩고 있는 것이 '쓰이지야'라는 김 도매상이었다.

"원래 쓰이지야의 본점은 성하마을 2번가에 가게를 가지고 있는 건어물 소매상입니다."

기요마루와 오토비의 집——대합실 근처의 잡목림 안에 있는, 튼튼함만이 장점인 통나무 오두막의 이로리 가장자리에 꿇어앉아 노인은 온화한 목소리로 말했다.

대접할 것도 없는 집이라 노인에게 백비탕을 내 준 오토비는 놀란 마음이 얼굴에 드러나지 않도록 노력하며 이로리에서 떨어진 찬장 그늘에 앉아 있었다.

——설마, 그때 그 할아버지가 우리 집을 찾아올 줄이야.

이 손님은 태풍 후의 거친 바람 속에서 어디에서인지도 모르게 날아온 밤송이에 맞아 다친 노인이었다.

오늘은 제대로 하오리를 입고 하얀 버선을 신었다. 쓰이지야의 하인으로 이름은 쇼스케, 나이는 예순일곱이라며 남자는 정중하게 인사했다. 그리고 이곳에 찾아오게 된 사정을 담담하게 이야기해 나간다.

"우타쓰 마을의 질 좋은 양식 김은 성하마을의 소매상에서도 잘 팔리는, 매우 고마운 산물입니다. 그래서 쓰이지야도 오랫동안 우타쓰 마을의 김 도매상이나 거간꾼 분들과는 잘 지내 오고 있었습니다만…….”

지금으로부터 9년 전, '다카사고야'라는 김 도매상에서 아버지의 뒤를 물려받은 지 얼마 되지 않은 젊은 주인이 급사하는 불행한 일이 있었다. 원인은 식중독이었다. 커다란 냄비로 끓인 조갯국에 당했는데, 같이 먹은 가족들도 적잖이 고생을 했지만 목숨까지 잃은 사람은 젊은 주인뿐이었다. 조갯국을 좋아하여 많이 먹은 것이 탈이었다.

다카사고야는 죽은 주인이 외아들이고 다른 자식은 없다. 나이 많은 부모도, 아이를 낳은 지 반년 남짓 되었던 젊은 주인의 아내도 조개 독으로 약해질 대로 약해진 데다 가게와 집의 기둥을 잃고 장례식을 치르는 것이 고작일 뿐, 그 밖의 일에 대해서는 어쩔 줄 몰라 하며 눈물을 흘릴 뿐이었다.

앞으로 다카사고야를 어떻게 할 것인가. 이곳의 친인척 관계는 거미줄처럼 얽혀 있다 보니, 우리 집에서 물려받겠다, 자신이 그 집에 들어가겠다며 손을 드는 자는 많이 있었다. 지나치게 많아서 오히려 싸움이 났다. 죽은 주인의 사촌 형의 아내의 오라비의 후처의 제자의 매형이라는 둥, 그게 누구냐고 할 법한 사람까지 몰려드는 형국이었으나,

"아시겠지만 이곳의 김 도매상은 동업조합을 만들어 유지하고 있기 때문에 다카사고야의 장사를 물려받으려면 다카사고야가 가지고 있는 독점권을 사들여야 합니다."

오토비는 그런 구조가 있다는 사실을 몰랐다. 기요마루도 처음

듣는 이야기겠지. 미카사의 나루터지기 집안은 장사에는 어둡다.

“그만한 재력이 있는 사람은 극히 한정되어 있습니다. 또 동업조합의 다른 김 도매상이 납득해 줄 만한 사람이어야 하고요.”

다카사고야는 장사의 규모는 작았지만 도매상으로서는 오래되어, 죽은 주인이 6대째였다. 동업조합의 회합 때는 늘 상석에 앉았고 기모이리(조합장)를 맡은 적도 있다. 그런 가게의 일이다 보니 다른 도매상들도 쉽게 “그럼 우리가” 하고 나서기 어려운 분위기가 있었다.

“서로를 그렇게 노려보고만 있는 기색을 재빨리 감지한 성하마을 쓰이지야의 주인은, 마침 이전부터 양식 김 장사에 흥미를 가지고 있던 차에 다카사고야의 재산을 사들여 우타쓰 마을에 김 도매상 쓰이지야라는 간판을 걸려고 손을 들게 되었습니다.”

당연히 저항을 받았다. 어쨌거나 타지 사람을 싫어하는 곳이니까. 줄곧 장사상 관계가 있었던 건어물상이라고는 해도 성하마을의 상가라면 우타쓰 마을과는 하늘과 땅만큼 다른 생활을 하고 있음이 분명하다. 마을의 역사도, 양식 김에 대해서도 알 리가 없다면서.

동업조합의 도매상들도 둘로 나뉘었다. 절대로 허락할 수 없다는 파와, 이참에 새로운 바람을 불러들이기 위해 쓰이지야가 들어오게 하자는 파로. 후자에는 섣불리 마을의 도매상들 사이에서 겨루어 승패를 결정했다가 원한을 남기는 것보다 완전한 신참의 손을 들어 주는 편이 뒤끝이 없다는 의견도 있었다.

"결국 마지막에는 다카사고야 선대 주인 부부의 의향이 중요해져서요."

——쓰이지야에 부탁드리지요.

"그래서 쓰이지야에서도 성 아래에 있는 가게에서 주인의 동생 부부를 우타쓰 마을로 보냄으로써 이야기가 정리된 것입니다."

동생 부부의 이름은 도키지로와 오미치, 이때가 서른 중반이었고 이미 아이도 셋 있었다. 장남 도키이치, 장녀 미하루, 차녀 미도리다.

"서, 성 아래의, 그것도 2번가라면 성에 가까운 곳이잖습니까."

내내 침묵하고 있던 기요마루가 입을 열고 낮은 목소리로 물었다.

쇼스케 할아범의 맞은편에 뼈가 불거진 무릎을 가지런히 모으고 앉아 있다. 틈새바람에 이로리의 불이 흔들려서 표정을 읽어내기가 어렵지만 말을 더듬는 걸 보니 긴장하고 있는 모양이다.

"그런 좋은 곳에 있는 가게에서 바닷가의 우타쓰 마을로 가다니, 용케 갈 마음이 들었군요."

무례한 말투지만 쇼스케에게 기분 상한 기색은 없었다. 오히려 크게 고개를 끄덕이고 있다.

"저도 그 점이 매우 걱정되었습니다만 다행히 쓸데없는 걱정이었습니다."

김 도매상 장사에 흥미를 품고 있던 사람도 애당초 도키지로였다고 한다.

──성하마을에 있는 한은 설령 가게가 더 커져서 분점을 내준다 해도 형의 우산 밑에 있을 뿐인 인생이다.

"처음부터 배우고 새로운 고생을 해서 자신의 가게를 갖고 키워 나갈 수 있다면 이런 보람 있는 일은 없다면서 용감하게 우타쓰 마을로 오셨지요."

그러고는 다카사고야의 가게를 물려받고, 고용살이 일꾼들도 모두 그대로 인수했다. 다카사고야의 선대 주인 부부를 위해 지낼 곳을 만들고, 남편을 여읜 후 젖먹이 아이와 함께 사는 젊은 주인의 생활을 돌봐 주고, 나중에는 재혼처까지 알아봐 주었다고 한다.

"아아, 그렇다면……."

기요마루는 쇼스케 할아범을 다시 살펴보듯이 눈을 가늘게 떴다. 노인의 야윈 얼굴 위에서 이로리의 불이 흔들리며 만들어 내는 빛과 그림자가 춤춘다.

"당신도, 워, 원래는 다카사고야의 고용살이 일꾼이었군요."

"그렇습니다."

그 입장에서, 도키지로 일가가 우타쓰 마을에 적응할 수 있을지 어떨지를 걱정하고 있었던 것이다.

"대행수, 아니 총대행수 정도는 되었겠군요. 기, 김 장사에 대해 전혀 모르는 도키지로 씨라는 사람보다 당신이 다카사고야를 물려받으면 좋았던 것이 아닙니까."

더욱 무례한 데다, 오라버니, 너무 말이 많잖아. 오토비는 조마

조마한 심정으로 두 사람을 바라보았다.

하지만 쇼스케 할아범은 여전히 웃는 얼굴로,

"저 따위는 그만한 그릇이 못 됩니다. 미카사의 나루터지기와 다른 선주들이 차이가 있는 것과 마찬가지지요."

이로리의 장작이 튀어 불똥이 춤춘다. 기요마루는 아무 말도 하지 않고 쇼스케 할아범도 미소를 짓고 있을 뿐이다. 오토비는 초조해졌다.

"주, 주인이신 도키지로 씨는 다카사고야의 옥호屋號는 물려받지 않은 거군요."

내가 말을 더듬으면 어쩐담.

"예, 아무래도 그건……."

쇼스케의 말을 가로막듯이 기요마루가 갑자기 거칠어진 목소리로 말했다.

"그러면 빼앗은 게 되어서 오히려 미움을 받을 거다. 시시한 소리로 끼어들지 마."

오토비는 목을 움츠렸다. 남매의 얼굴을 번갈아 바라보면서 쇼스케는 천천히 한 번, 두 번 고개를 끄덕였다.

"바로 그렇습니다. 역시 잘 알고 계시는군요."

"대, 대충 짐작이 갑니다. 우리 돈비가 뭘 모를 뿐이지요."

아무래도 오토비는 더 부끄러워하는 게 좋겠다.

"죄송합니다. 그럼 쇼스케 씨는, 지금은 쓰이지야의 총대행수이신가요?"

"아뇨, 아뇨."

쇼스케는 부정하듯이 손을 저었다.

"작년에 장사 일에서는 은퇴했습니다. 갈 곳도 없는 홀몸인 노인이라 그대로 집안일을 도우면서 쓰이지야의 지붕 밑에 머물고 있지요."

아, 그래서 자신을 '하인'이라고 말했던 건가. 나, 정말 부끄럽네.

"요전에 나, 나루터에서 함께 계셨던 분들이 안주인과 따님입니까?"

기요마루의 물음에 왠지 쇼스케의 눈이 빛났다. 좋은 질문입니다, 하며.

"예! 마님이 한 달에 한 번 여관마을의 눈 의원 선생님께 다니고 계셔서요. 평소에는 저만 따라가는데 그날은 태풍이 지나간 뒤 구메가와 강의 흐름을 보고 싶다, 미카사의 나룻배를 타고 싶다며 차녀 미도리 씨가 같이 따라왔지요."

말괄량이 아가씨다.

"가신 곳이 눈 의원이었다면, 다, 당신도, 곧 상처를 보아 달라고 할 수 있었겠군요."

"선생님께는, 다치고 나서 곧장 치료를 제대로 받아서 심해지지 않았다, 이 치료를 해 준 사람한테 고맙다는 인사를 하라는 말을 들었습니다."

쇼스케는 오른쪽 눈 주위를 감싸듯이 남아 있는 흉터를 가만히 손가락으로 가리켜 보였다.

분명히 눈동자는 무사하고 눈꺼풀의 부기도 빠졌다. 흉터 자체도 별로 눈에 띄지 않지만, 이로리의 불이 쇼스케 할아범 쪽으로 흘러 얼굴을 밝게 비추면, 밤송이가 꽂힌 흔적이 그려낸 일그러진 원을 알아보기가 쉬웠다.

일그러진 원이 무언가를 연상시킨다.

——무엇일까? 무언가를 닮았는데.

멍하니 생각에 정신이 팔린 데다, 어느새 피로와 허기가 몰려온 탓에 오토비의 마음은 그 자리를 떠났다. 잠깐 사이에 쇼스케 할아범과 무슨 이야기를 하고 있었는지,

"예?!"

갑자기 놀란 기요마루가 소리를 질렀다. 그와 동시에 이로리의 냄비걸이에 매달린 쇠주전자의 입에서 뜨거운 물이 뿜어져 나와 슉 하고 큰 소리를 내는 바람에, 오토비는 제정신으로 돌아왔다.

"쇼스케 씨, 당신이 여우나 너구리라면 나 같은 걸 홀려도 아무런 이득이 없을 거예요."

거친 콧김을 내뿜으며 기요마루는 내뱉었다. 당황한 쇼스케 할아범이 짚방석에서 미끄러져 내려와 이로리에서 멀어지더니 양손을 바닥에 짚고 머리를 숙였다.

"기분 상하셨다면 죄송합니다. 하지만 결코 기요마루 씨를 속이려고 하는 이야기가 아닙니다. 쓰이지야로서는 매우 진지하게 이 혼담을 생각하고 있습니다."

혼담이라니?

"대대로 미카사의 나루터지기를 맡고 있는 기요마루 씨의 집안을 존경하고 있기 때문에 더더욱 가볍게 제안하기가 꺼려져서, 우선 제가 의향을 여쭈러 찾아뵌 것입니다."

기요마루가 찬찬히 이야기를 들어 주었으면 하는 생각에 해가 지고 나서 찾아왔다. 문전박대를 당해도 몇 번이든 찾아올 생각이었다——.

열심히 호소하는 쇼스케 할아범의 이마에 땀이 배어 있다.

기요마루는 바위처럼 굳어 버린 시선이 아래를 향하고 있어서 얼굴이 캄캄하다.

"혼담이라니, 오라버니와 아까 이름이 나온 아가씨와의 이야기인가요?"

"돈비, 쓸데없는 걸 묻지 마."

"아뇨, 장녀 미하루 아가씨와의 혼담입니다."

매달리는 듯한 기색으로 쇼스케 할아범은 오토비 쪽을 향했다.

"나이는 열여섯, 하인인 제가 말씀드리자니 뭣하지만 아름답고 마음씨도 착해서 어디 하나 나무랄 데 없는 처자입니다."

그런 처자를 어째서 기요마루에게 주려는 것일까.

"미카사의 나루터지기는 목숨을 걸고 하는 일이고 대대로 단명해요" 하고 오토비는 말했다. "우리 할아버지도, 아버지도 일찍 돌아가셨어요. 다른 곳에서 온 아무것도 모르는 처자에게 권할 수 있는 인연이 아니에요."

"타지 사람이기 때문에 더더욱 기요마루 씨와의 인연을 원하고 있습니다."

무슨 말을 하는 걸까, 이 사람은. 오토비는 당혹스러워서 기요마루 쪽을 돌아보았다.

기요마루가 얼굴을 들었다. 화났을 거라고 생각했는데 아니었다. 부루퉁하게 입을 다물고 있기는 하지만 노한 기색은 없다. 오토비는 오라비의 그 표정을 어떻게 읽으면 좋을지 알 수가 없었다.

"기요마루 씨가 미하루 아가씨를 아내로 맞아 주신다면 쓰이지야는 처가로서 미카사 나루터를 지키는 이 집의 뒷배가 되겠습니다. 돈도 사람도 아끼지 않을 것입니다."

이 근처에 사는 사람들은 한 수고 두 수고 접어 주고 노인들은 '님' 자를 붙여 부르기도 하지만 돈과는 전혀 인연이 없다. 매일 목숨을 걸지만 생활은 일반 선주와 같다. 그것이 미카사의 나루터지기라는 존재라고 생각하며 살아왔다.

그걸 바꾸겠다고, 바꾸자고, 쓰이지야는 말해 주고 있다.

"도키지로 씨네는 우타쓰 마을에 정착한 지 아직 십 년도 지나지 않았지요."

기요마루는 온화한 말투로 말했다.

"타, 타지 사람이 다른 곳에 녹아들려면, 어쨌든 시간이 걸립니다. 느긋하게 생각하고, 장사에 정성을 쏟을 수밖에 없어요. 하, 한달음에, 어떻게 할 수 있는 일이 아닙니다."

"저도 알고 있습니다만."

쇼스케 할아범은 뿌리부터 우타쓰 마을의 사람이니까.

"그렇다면, 당신이 주인 일가에게 알려 주십시오."

그렇게만 말하고 기요마루는 무릎을 짚으며 벌떡 일어섰다.

"돈비, 초롱불을 켜고 쇼스케 씨를 가도로 나가는 데까지 안내해 드려라. 나는 자야겠다. 내일도 일찍 일어나야 하니까, 너도 꾸물거리지 마."

말을 마친 기요마루는, 일부러 큰 발소리를 내며 옆방인 침소로 들어가 버렸다. 칸막이로 쓰고 있는 발을 난폭하게 튕겨 올린다.

나루터는 해가 지면 닫는다. 쇼스케 할아범은 오늘 밤에 우타쓰 마을로 돌아갈 수 없다. 가도의 여관마을까지 나가서 여관에 묵든가,

"……아무것도 대접할 수는 없지만 우리 집에서 주무시고 가실래요?"

결국 오토비는 쇼스케의 이야기를 더욱 자세히 듣는 처지가 되고 말았다.

지금까지 김 도매상 쓰이지야는 견실하게 장사를 해 왔다. 물론 뛰어넘어야 하는 고생은 있었다. 다카사고야가 갖고 있던 거래처를 물려받았다고 해도 오래된 뗏목 주인 중에는 신참을 싫어하여 교류를 거절해 온 곳도 있고, 겉으로는 좋은 얼굴을 하고 거래를 계속해 준 곳에서도 값을 깎거나 바가지를 씌우는 등, 요컨

대 상인으로서의 역량을 시험받은 셈이라 도키지로도 오미치도 전혀 긴장을 늦출 수가 없었다.

쇼스케를 필두로 하여 다카사고야 때부터 있던 고용살이 일꾼들은 모두 가게를 열심히 키웠다. 다카사고야가 없어져 버린 이상 이곳에서 열심히 할 수밖에 없다는 체념도 있었고, 성하마을의 세련된 분위기를 풍기는 도키지로 일가에 대한 동경이나 흥미도 있었다.

한편으로, "신참인 주인을 모시는 거냐." "타지 사람한테 급료를 받는 거냐" 하는 비난의 눈길도 견뎌야 했다. 그래서 그만두겠다며 나간 사람도 있다.

동업조합의 회합 내에서는, 도키지로는 9년이 지난 지금도 여전히 말석이다. 의견은 거의 무시당하고 만다. 뭐, 쫓겨나지 않는 것만으로도 고맙다고 여길 수밖에 없다. 도키지로도 오미치도 밝고 명랑한 성격이어서 몸고생이나 마음고생 때문에 토라지거나 지쳐 버리지 않는 점도 다행이라 하겠다.

쓰이지야에는 1남 2녀의 자식들이 있는데 도키이치가 열여덟, 미하루가 열여섯, 미도리가 열넷이다. 위의 두 사람은 이미 충분히 가정을 꾸릴 수 있는 나이이다. 이 지방의 신참으로서는 도키이치에게 어떤 아내를 들이고 두 딸들을 어디로 시집 보낼지 아무리 신중하게 생각해도 모자라다. 말로 하긴 좀 그렇지만 '목표를 딱 정하고' 혼담 상대를 골라 쓰이지야가 우타쓰 마을에 뿌리를 내리는 데 일조해야만 한다.

하지만 부모의 마음을 자식은 모르는지라, 도키이치에게는 좋아하는 사람이 생겼다. 상대도 한마음으로 도키이치와 부부가 되고 싶다고 바라는 모양이다.

이 처자는 하필이면 현재 동업조합의 조합장이자 우타쓰 마을에서는 가장 오래된 김 도매상 '오카도야'의 외동딸이었다.

오카도야는 얼굴로는 싱글싱글 웃으면서 뒤에서는 쓰이지야를 망하게 하여 우타쓰 마을에서 쫓아내려고 애쓰던, 타지 사람을 싫어하는 이들의 우두머리였다. 좁은 마을이다 보니 쓰이지야의 도키지로, 오미치 부부도 어쩔 수 없이 사정을 알았지만 꾹 참고 웃는 얼굴로 교류를 해 온 것이다.

도키이치는 효심이 지극한 아들이었는데 어째서 멋대로 그런 성가신 집안의 처자와 사귀게 되었을까.

오카도야의 주인은 딸을 쓰이지야에 주지 않겠다며 씩씩거리고 있다. 딸은 매일 눈물에 젖어 새장 속의 새 같은 생활을 강요당하고 있다. 딸이 안쓰러워 견딜 수가 없었던 오카도야의 안주인은,

——마을의 미래를 위해서도 이런 일로 오카도야와 쓰이지야 사이가 틀어지면 안 돼.

그렇게 결심하고 쓰이지야 편이 되어 도키지로와 오미치 쪽에서 오카도야의 주인을 설득하기에 충분한 무언가를 꺼낼 수는 없을까 하고 열심히 지혜를 쥐어짰다.

그리고 생각해 낸 것이다.

귀찮게도 생각해 내고 말았다.

장남 도키이치는 일단 놔두고, 쓰이지야는 누이인 미하루라는 패를 먼저 내야 한다. 미하루를 기요마루에게 시집보내어 쓰이지야와 미카사의 나루터지기 집안 사이에 인연을 맺어 버리면 된다.

“저희는 모두 온갖 용무로 미카사의 나룻배를 타고 있으니까요.”

기요마루의 나이도 용모와 풍채도 알고 있다. 지금까지 혼담을 거절해 온 별종이라는 소문도 들었다.

“기요마루 씨를 설득해서 이 이야기를 마무리지을 수 있다면, 더욱 감사하는 마음이 커지겠지요.”

쇼스케 할아범은 열심히 이야기했지만 솔직히 오토비에게는 와 닿지 않았다. 어째서 우리 오라버니의 아내가 되는 것이 타지 사람을 싫어하는 오카도야의 주인을 설득할 수 있는 재료가 된다는 걸까?

쇼스케 할아범은 감탄했다. “오토비 씨는 오히려 모르시는군요.”

당신의 집안이 이곳 사람들의 눈에 어떻게 비치고 있는지. ‘님’을 붙여 불릴 때가 있지요. 당신들에게 손을 모을 때도 있고요.

그게 바로 ‘권위’라는 것이다. 신참, 타지 사람인 쓰이지야에는 백만 대군보다도 든든한 뒷배가 되는 것이다. 쇼스케 할아범은 참을성 있게 오토비에게 설명해 주었지만,

“애기가 반대잖아요. 쓰이지야가 가난한 우리의 뒷배가 되어 주겠다고 아까 말씀하지 않으셨나요?”

“예, 그렇게 말씀드렸지만 그건 얘기가 반대인 게 아니라 뒷배라는 말의 뜻이 다른 것입니다.”

오토비는 더더욱 이해할 수 없었다.

“미하루 아가씨는 젊은 과부가 되고 싶은 걸까요?”

“설마, 당치도 않아요.”

“이런 통나무 오두막에서는 못 살겠지요.”

“쓰이지야가 이 근처의 땅을 다져서 훌륭한 집을 지을 겁니다.”

“그래 봤자 쓰이지야에는 한 푼의 이득도 없어요!”

“그러니까 돈 문제가 아니라는 말입니다.”

서로 생각이 맞지 않아 성과는 없었지만 유쾌한 대화를 나누는 사이에 밤이 깊어지고 결국 쇼스케 할아범은 이로리 옆에서 자고 갔다.

“또 찾아뵙겠습니다. 저는 포기하지 않을 겁니다. 쓰이지야도, 오카도야의 마님도 포기하지 않을 겁니다.”

태풍 후의 그날 생각지 못한 재난으로 쇼스케 할아범이 다쳤을 때, 기요마루는 빠릿빠릿 소리가 날 정도로 척척 처치를 하여 도와주었다.

“덕분에 마님도 저도 더욱 기요마루 씨한테 호감을 갖게 되었습니다. 이 일은 물론 미하루 아가씨에게도 말씀드렸어요.”

기요마루는 한 마디 대꾸도 하지 않고 평소처럼 나루터지기의 일을 시작했을 뿐이다.

오토비는 선창에서 우타쓰 마을로 돌아가는 쇼스케를 지켜보았다. 역시 미하루와의 혼담이 갖는 의미는 이해가 되지 않았지만, 늦가을 아침의 햇빛 속에서 약간 잠이 모자란 쇼스케 할아범의 얼굴을 보니 어젯밤에 화롯가에서 보았을 때보다도 밤송이에 맞은 흉터가 잘 보였다.

사고가 있던 날 쓰이지야 일행의 마음속에는 이미 혼담이 들어 있었던 것일까. 나쁘게 받아들이고 싶지는 않지만 어쩐지 못된 의도가 느껴지는 까닭은, 아침인데도 졸리고 나도 피곤하기 때문이려나.

그리고 쇼스케 할아범의 눈 주위의 흉터.

오토비는 퍼뜩 깨달았다.

——이빨 모양이랑 비슷해.

입이 둥글게 떡 벌어지는 생물에게 물어뜯긴 흔적.

예를 들어 제일 먼저 떠오르는 것은,

——뱀이다.

*

"오라버니의 혼담에 대해서는 이후에 동생인 가치마루 부부에게도 이야기가 들어갔어요."

흑백의 방의 이야기꾼 자리에서 어깨에 빼꼼 고개를 내민 사랑스러운 도라지꽃을 얹은 채로 오토비가 이야기한다.

"어쩌면 본인인 오라버니보다 먼저 그쪽에 상의하러 갔을지도 모르지요."

가치마루 부부는 의욕적이었다. 이렇게 좋은 혼담을 거절할 이유가 있나?

"쓰이지야 쪽과 오카도야의 안주인은 애초에 대놓고 돌아다닐 수가 없고."

오카도야의 주인에게 알려지면 죽도 밥도 안 된다.

"양가의 심부름꾼인 쇼스케 할아범도 오라버니가 나룻배를 타고 있는 낮 동안에는 이야기를 할 수가 없잖아요. 답답하니까 동생인 가치마루와 올케를 끌어들인 거겠지요."

그러나 가족이 설득해도 기요마루는 고집스럽게 고개를 저으며 승낙하지 않았다.

——아내를 맞을 생각은 없다.

이 혼담이라서 거절하는 게 아니다. 쓰이지야에 원한은 없고 오카도야의 편을 드는 것도 아니다. 자신은 가정을 꾸리지 않기로 결심했다. 그뿐이다.

"기요마루 씨는, 자신은 소심하니 아내나 자식이 있으면 목숨이 아까워져서 안 된다고 말씀하셨지요."

"네. 쇼스케 할아범한테도 같은 말을 했어요."

"거기에는 뭐라고 하시던가요?"

"목숨을 아까워하는 쪽이, 목숨 아까운 줄 모르는 것보다 훨씬 목숨을 존중하는 삶의 방식이 된다고요."

호오. "쇼스케 할아범은 꽤 말을 잘하네요. 만만치 않은데요."

"그 할아버지는 충성스러운 대리인이니까, 쓰이지야 주인 부부와 오카도야의 안주인이 시킨 말일 테지만요."

거기에서 오토비는 살짝 입술을 깨물다시피 하며 입을 다물었다.

도미지로는 기다렸다. 오토비의 그을림이 물든 피부색에 도라지와 참억새의 가을 색깔이 잘 어우러진다.

"나는 역시 쇼스케 할아버지가 한 말을 지금도 잘 모르겠지만."

권위에 관한 이야기.

"그건 내 지혜가 모자라기 때문이고 오라버니는 알고 있었던 게 아닐까 싶어요."

그래서 처음에 혼담이 들어왔을 때도 격노하지 않고 오토비로서는 읽어 낼 수 없는 표정을 띠고 있었으리라.

"혼담과는 별개로 기쁜 마음이 들지 않았을까요. 매일 목숨을 걸고 강을 건너고 있는 몸으로서는."

자신에게는 권위가 있다. 다른 사람이 원하고 동경하는, 눈에 보이지 않는 힘이 있다.

"제아무리 가족이라도 혼자 속으로 하는 이런저런 생각을 전부 다 알 수는 없잖아요."

내던지듯이 빠르게 말하며 오토비는 손가로 시선을 떨어뜨렸다. 거칠어지고 손톱이 깨진 자신의 손끝을 보고 있다.

"오라버니는, 나도 동생도 모르는 사이에 여자에 관한 일로 몹시 싫은 일을 당한 적이 있었던 건지도 몰라요. 너무 싫어서 가슴에 담아 둔 채 누구에게도 말하지 않고 무뚝뚝한 남자가 된 건지도 몰라요."

오토비의 전남편이 까맣게 탄 피부를 가지고 놀렸던 것처럼.

"마음속은 알 수 없지만 어쨌든 그때 쓰이지야에서 들어온 혼담을 오라버니는 진심으로 거절하고 있었어요. 거절하는 마음에 거짓은 없었을 거예요. 하지만 전혀 마음이 움직이지 않았다고 딱 잘라 말한다면 거짓말이고요."

도미지로는 고개를 끄덕였다. "사람이 헤매는 건 당연한 일이니까요."

그러자 오토비는 깜짝 놀랄 만큼 날카롭게 물었다. "당신도 헤매나요? 이렇게 좋은 집에서 살고 있고 좋은 옷을 입고 좋은 안색을 하고, 왜 헤매나요?"

도미지로는 압도되어 당장 대답을 할 수가 없었다. 이 물음에 어떻게 대답할까? 뭐라고 대답하면 가장 정직할까?

"……앞으로의 인생 문제로 헤매고 있습니다."

정직하게 말하자면 그것밖에 없다.

"저도 남자로 태어난 이상 이 몸으로 무언가를 이루고 싶거든요. 기요마루 씨나 가치마루 씨처럼 매일 목숨을 거는 생업은 아니더라도 어쨌든 제가 해야 할 일이 있을 거라 생각하고……. 하지만 아직도 찾지 못해서 헤매고 있지요."

흑백의 방의 침묵에는 무게가 있다. 그 증거로 건드리지도 않았는데 도코노마의 참억새 이삭이 흔들렸다.

"그냥 좋을 대로 하세요" 하고 오토비가 묘하게 상냥한 얼굴로 웃으며 말했다.

쇼스케 할아범의 방문이 있고 나서 며칠 후, 한밤중의 일이었다.

오토비는 무슨 소리가 나서 잠에서 깨었다. 왠지 모르게 기척도 느껴졌다.

남매의 집에는 상야등을 켜 두는 습관이 없다. 부엌의 화덕이나 이로리 위의 연통에서 비쳐드는 달빛과 별빛이 있을 뿐이라 무척 캄캄하다.

오토비는 평소에 부엌 옆에 있는 마루방에서 잔다. 그날 밤은 추웠기 때문에 솜을 넣은 잠옷 모양의 이불에 양팔을 꿰고는 꼼꼼하게 몸에 감고 누워 있었다. 따끈따끈하다. 추워서 잠이 깬 것은 아니다.

사람의 목소리가 나서였다.

"……그래서…… 거요."

——오라버니다.

머리를 살짝 들고 기요마루가 자고 있는 쪽으로 귀를 기울였다. 솜을 넣은 이불이 스쳐 소리를 냈다.

밤에 가라앉아 있는 부엌의 봉당에서 희미한 소리가 났다. 딱딱한 무언가가 서로 부딪히는 소리다.

오토비는 몸을 일으켰다. 눈이 어둠에 익숙해지자 화덕 옆에 달려 있는 넓은 받침대 앞으로 드리워진 기요마루의 야윈 그림자가 보였다. 이럴 때 사람의 그림자는 아무것도 없는 밤의 어둠보다도 어둡다.

"……오라버니, 왜 그래?"

오토비는 소곤거리는 목소리로 불렀다.

"거기서 뭐 하고 있어?"

기요마루의 그림자는 전혀 움직이지 않았다. 오라버니, 이쪽을 보고 있는 거지?

저기, 오라버니. 다시 한번 부르려다가, 오토비는 숨을 삼켰다. 저 시커먼 그림자는 정말로 기요마루일까. 아니면 어떡하지.

그 시커먼 그림자가 갑자기 움직여 다가왔다. 마룻귀틀에 발을 걸친다. 엄지발가락이 큰, 기요마루의 발.

"아무것도 아니야. 자라."

기요마루는 그런 말만 남기고 오토비의 이불 옆을 지나 자신의 침소로 들어가 버렸다.

오토비는 두근두근하는 자신의 심장 소리를 들으면서 한동안 잠들지 못했다.

오라버니는 무엇을 하고 있었을까? 부엌의 화덕 옆에 내가 뭔가를 놔두었던가?

밝아지면 당장 확인해 보자. 그렇게 생각하고 있었는데 어중간하게 한 번 잠에서 깬 탓인지 이튿날 아침 오토비는 늦잠을 자고 말았다. 기요마루가 깨웠을 때는 부엌에도 봉당에도 아침 해가 가득 넘치고 있었다.

"미안, 오라버니!"

그러나 기요마루는 화내지 않았다.

"밤중에 부스럭거린 내 잘못이지. 이상하게 목이 말라서 말이야."

기요마루는 술을 마시지 않는다. 마시는 것은 설날의 도소주屠蘇酒 도소는 중국의 명의 화타가 처방했다는 약인데 산초, 방풍, 백출, 도라지, 귤피, 육계피 등을 조합한 것이다. 이것을 술에 넣어 마시면 한 해의 나쁜 기운을 없애고 수명을 연장할 수 있다 하여 설날에 마시는 풍습이 있다뿐이다. 아버지도 그랬다. 취기를 깰 물 같은 것은 필요 없다.

"어디 몸이라도 안 좋아?"

이어서 물으니 대답이 없다. 두 사람이 대화하는 동안 기요마루는 오토비의 얼굴을 보려고도 하지 않았다.

이상하다. 무엇보다 오라버니가 서 있었던 곳은 화덕 옆이지, 물병 앞이 아니었다.

봉당으로 내려가 화덕 앞에 서서 오토비는 떠올렸다. 그러고 보니 그 질냄비.

줄곧 화덕이 늘어서 있는 이 받침대 끝에 놓여 있었다. 있었지? 어제까지는 있었나?

지금은 없다. 사라졌다.

그저께는 있었나? 그 전에는? 꽤 커다란 냄비였지만 사용할 마음도 없고 버릴 마음도 없어서 일일이 신경 쓰지 않다 보니 시선이 향해도 눈에 들어오지 않았던 것이다.

지금은 없다. 여기에는 없다. 하지만 받침대 위에 희미하게 둥그런 흔적이 나 있다. 질냄비의 흔적이다.

지난 밤, 딱딱한 무언가가 부딪히는 소리도 질냄비 때문이 아니었을까. 뚜껑을 들어 올려 옆에 두었다거나, 일단 열었던 뚜껑을 닫았다거나.

"돈비, 멍하니 있지 말고 죽을 끓여."

이번에야말로 기요마루가 화를 내어 오토비는 아침을 짓기 시작했다. 된장을 넣은 잡곡죽. 이걸 먹으면 몸 구석구석까지 따뜻해져서 피가 돌고 힘이 난다.

대대로 어머니들을 통해 전해져 온 미카사 나루터지기의 아침밥이다. 결코 사치스럽지는 않지만, 이 맛을 낼 수 있게 될 때까지는 오토비도 나름대로 시간이 걸렸다.

된장죽을 그러넣는 기요마루의 옆얼굴에 평소와 다른 기색은 없었다. 오토비도 뜨거운 죽을 입으로 가져가 꼭꼭 씹었다.

그 후에도 딱히 이상한 일은 일어나지 않았고,

——포기하지 않을 겁니다.

의연하게 그런 말을 남기고 간 쇼스케 할아범으로부터는 한동안 소식이 없었다. 미카사 나루터에도 모습을 보이지 않았다. 그쪽도 신중하게 사전 공작을 해야 하니 함부로 움직일 수는 없으리라.

대신 동생 가치마루가 시끄러워졌다. 맞은편 기슭의 대합실을 아내에게 맡기고 거의 매일 저녁 마지막 나룻배를 타고 와서는 기요마루와 담판을 벌였다. 그때마다 돌아가지 못하고 자고 가게 되어 오토비가 치다꺼리를 했다.

"형님, 다시 생각하세요."

"시끄럽다."

"혼담을 받아들이세요. 선녀를 아내로 맞이하는 거나 마찬가지라고요. 누님도 그렇게 생각하지요?"

"닥쳐."

"나도 내 아내도 아이들의 장래를 생각하면 잠자코 있을 수 없어요. 물론 형님의 행복도 생각하고 있고요."

기요마루가 술을 마시지 않는 것을 알면서 가치마루는 술과 안주를 들고 올 때도 있었다. 병의 마개를 뽑은 순간 향긋한 향이 피어오르는 술의 출처는 분명 쓰이지야다. 동생은 완전히 구슬려진 모양이다.

가치마루 부부 쪽이 옳다. 누구나 그렇게 생각하지 않겠는가. 기요마루에게는 이 혼담을 마다할 제대로 된 이유가 없고, 혼담을 받아들임으로써 입게 될 은혜는 산더미처럼 많으니까.

구메가와 강 맞은편 기슭에서, 지금 이러고 있는 사이에도 동생 부부는 쓰이지야와 이야기하여 기요마루를 빼놓고 혼담을 진행하고 있을지도 모른다. 그렇다면 차라리 귀찮지 않아서 좋다. 강행해 준다면 나는 넘어가야지.

선창에서 저녁 해로 물드는 구메가와 강의 흐름을 바라보며 문득 그런 생각을 한――그날 밤 깊은 시각, 오토비는 또 사람의 목소리에 잠이 깨고 말았다.

잠꼬대는 아니다. 혼잣말도 아니다. 남녀가 이야기를 나누고 있다.

목소리가 나는 곳은 부엌이 아니었다. 그렇게 가까운 곳이 아니다. 기요마루의 침소 쪽이다.

그렇다, 남자 목소리는 기요마루가 틀림없다. 드물게도 빠른 어조로 말을 쏟아내고 있다. 왜냐하면,

흑흑, 훌쩍훌쩍

울고 있는 여자 목소리를 달래고 있기 때문이다.

달이 없고 구름이 많은 밤이었다. 누가 코를 쥐어도 상대가 누구인지 알 수 없을 정도로 통나무 오두막 안은 어둡다. 아니, 늘 이렇게 어두웠을까 하고 생각할 정도로 어둡다.

"정말로 그런 일은 없소. 나를 믿어 주시오. 마음이 바뀌지는 않을 거요."

기요마루의 목소리가 들린다. 평범하게 나누는 말이 아니다. 끈질기게 설득하고 있다.

그러나 여자의 목소리는 계속 칭얼거린다.

어둠 속에서 오토비는 숨을 멈추고 솜이불을 꽉 끌어당겼다. 어둠에 눈이 익숙해진다고 해서 무언가가 보이는 것은 아니고, 목소리가 크게 들리는 것도 아니다. 하지만 꼼짝도 하지 않고 눈

에 힘을 주며 귀를 기울이지 않을 수가 없었다.

기요마루가 하는 말은 똑똑히 알아들을 수 있다.

"나도 곤란하군. 어떻게 하면 안심할 수 있겠소?"

"두 번째 삿갓바위 옆에서 늘 흐름이 작은 소용돌이를 그리고 있지 않소. 푸른 수정 같은 색깔이라, 넋을 잃을 정도로 아름답지요."

"그게 당신의 눈동자 색깔인가. 그렇게 생각하고 보면 각별하지."

"울지 마시오. 나는 배신하지 않을 테니까."

달래듯이, 위로하듯이, 달콤하게 말끝을 끌기도 하는 것이 전혀 기요마루답지 않다. 하지만 들린다. 한 마디 한 마디가 명료하게 들려온다.

그런데 여자의 말은 알아들을 수가 없다. 오토비의 귀에는 훌쩍훌쩍 우는 소리가 들릴 뿐이다.

아니, 정말로 울음소리일까? 사람이 우는 목소리일까. 여자의 목소리일까.

사이사이에 매우 희미하기는 하지만 무언가가 스르륵 스치는 소리도 섞여 있다. 뭘까, 뭘까, 이것은 뭘까. 이상하다, 이상하다 이상하다.

어느새 덮어쓴 솜이불에서 얼굴만 내놓은 채 오토비는 무릎을 꿇고 있었다.

"나는 행복한 사람이오. 태어나길 잘했어."

열에 들뜬 듯 뒤집어진 오라버니의 목소리.

슈룩슈룩, 사락사락. 기요마루의 목소리에 대답하는 이 소리는 무엇일까——

"돈비, 깨어 있니."

찰나, 오토비는 돌이 되었다. 그만큼 놀란 것이다.

평소 기요마루의 목소리로 아까보다 훨씬 가까운 곳에서 부르고 있다. 부엌으로 들어온 것일까.

"이봐, 돈비."

마루를 밟는 발소리. 통, 통.

오토비는 눈을 감고 솜이불을 움켜쥔 채 숨을 죽이며 천천히 엎드린 자세로 돌아갔다. 나는 자고 있다, 깨어 있지 않다. 아무 소리도 듣지 못했다. 아무것도 모른다.

요 위에 엎드려 낡은 메밀 베개에 한쪽 귀를 올려놓은 순간 바로 옆에 기요마루의 기척이 나타났다.

"……뭐야, 자고 있잖아."

오토비는 규칙적인 숨소리를 냈다. 코로 숨을 내쉰다. 너무 세서는 안 된다. 너무 빨라도 안 된다.

발을 움직인다. 솜이불에서 발끝이 삐져나온다. 밤공기가 발톱에 스민다.

——어떡하지. 지금 오라버니가 만지기라도 하면 나는 비명을 지르고 말 거야.

또 바닥을 밟는 발소리. 기요마루가 멀어져 간다. 침소와 이로리 가장자리를 가르는 발이 올라간다.

이 발은 판자문이 여닫히는 소리가 시끄럽다며 기요마루가 여관마을의 창호가게에 부탁해 만들어 달라고 한 것이다. 여름에 사용하는 발보다 눈이 빽빽하고 무겁다. 그래서 움직이면 금방 알 수 있는 소리가 난다.

지금 올라갔다. 올라가 있다. 아직 올라간 채다.

발이 원래대로 돌아오는 소리가 나지 않는다.

오토비는 열심히 누워 있었다. 규칙적인 숨소리를 내. 조용히 숨을 쉬어.

그러는 사이에 기요마루의 코 고는 소리가 들려왔다. 구와아 하고 들이마시고 푸와아 하고 내쉰다. 두꺼운 종이를 찢는 것 같은 이상한 코골이다.

구와아, 푸와아. 구와아, 푸와아.

기요마루는 잠들어 버렸다.

칸막이인 발이 내려가는 소리는 아직 나지 않았다.

발은 여전히 올라가 있는 것이다.

이제 오토비는 온몸의 힘을 쥐어짜 눈을 감고 있다. 보고 싶다는 유혹에 필사적으로 저항하고 있었다.

얼마나 그러고 있었을까. 솜이불에 감싸여 식은땀투성이가 되면서.

차락.

발이 내려간다.

오토비는 잠들지 않았다.
아침까지 요 위에 누워 눈을 감고 있었다.

*

기요마루는 무엇과 이야기하고 있었을까.
누구를 향해, 그런 달콤한 목소리를 내고 있었을까.
기요마루의 침소를 조사해 보면 분명 알 수 있을 테지만. 문제는 자신이 정말 진심으로 알고 싶다고 생각하는가 하는 것이다.
하룻밤 만에 오토비는 열 살이나 늙은 기분이었다. 이대로 전부 내팽개치고 이곳에서 도망치고 싶다. 한편, 겁먹고 지친 이 몸으로는 1정도 달리지 못할 것 같은 기분도 든다.
이야기한 상대가 무엇이든 오라비에게 지장을 주지는 않는 모양이다. 오늘 아침의 기요마루는 건강해 보이고 혈색도 좋고 눈도 맑다.
다만 한밤중의 일을 기억하지 못하는 듯했다.
"돈비, 나쁜 꿈이라도 꾸었니? 눈이 부었다."
그렇게 말하며 걱정해 주었던 것이다. 연극 같지는 않았다. 그런 능청스러운 일을 할 수 있는 인품도 아니다.
오라비는 정상이 아니지만 정상이 아니라는 사실을 스스로는 깨닫지 못하고 있다.
무언가 구실을 만들어 낮 동안 오토비가 혼자서 통나무 오두막으로 돌아오면 된다. 몰래 오라비의 침소를 조사하고 다시 몰래 일터로 돌아가면 된다.

——오라버니의 침소에 숨어 있는, 여자 같은 목소리로 우는 것에게 잡아먹혀 버리지 않는다면 말이지.

해님은 높고 가끔 비단실을 흘린 듯한 구름이 흘러와 가을 햇빛을 가로막는다. 구메가와 강의 물은 파랗고 세 개의 삿갓바위에 튀는 물보라는 수정 조각처럼 반짝인다.

좋은 날씨의 밝은 햇빛이 오토비의 등을 떠밀어 주었다. 손님이 적어 나룻배의 왕래 간격이 긴 날이기도 했다.

기요마루가 모는 배가 이쪽 선창을 떠나 첫 번째 삿갓바위 쪽으로 다가가는 모습을 지켜보고 나서 오토비는 숨을 한 번 들이마셨다. 좋아.

바로 앞을, 방금 나룻배에서 내린 손님들이 드문드문 걷고 있다. 대강 그들 쪽으로 시선을 던지며,

"죄송해요, 저 잠깐 측간에."

가능한 한 큰 소리로 내뱉고 아랫배를 안는 시늉을 하면서 오토비는 발길을 돌려 선창을 뒤로했다. 달리고 달리고 헉헉대며 달린다.

괜찮을까. 정말로 하는 건가. 그만둬도 된다. 거짓말이 아니라 측간으로 뛰어들어 갔다가 후련한 얼굴로 일터에 돌아가면 그걸로 끝이다.

통나무 오두막의 출입구를 지난다. 갑자기 무릎이 덜덜 떨리기

시작했다.

아무도 없다. 어젯밤에는 가치마루도 오지 않았기 때문에 기요마루가 나가고 오토비까지 나가면 집 안은 텅 빈다.

그러면 누가 이 콧노래를 부르고 있는 걸까?

흐흐흐~응. 흐흥. 흐응, 흥.

오토비는 두 귀를 손으로 막았다. 그래도 들린다. 들려온다.

어서 와, 돈비. 돈비, 어서 와.

귀에 들리는 것이 아니다. 마음에 들린다. 도망칠 수 없다.

이로리 가장자리로 올라서서 떨리는 다리를 밀어내며 발을 들고 오토비는 기요마루의 침소로 들어갔다.

여기야, 돈비. 여기에 있어.

머릿속에 울리는 목소리. 오토비를 달래는 것 같기도 하고 놀리는 것 같기도 하다.

기요마루의 침소는 어지러웠다. 미닫이가 달린 반간짜리 벽장은 닫혀 있다. 그 외에는 항상 깔려 있는 요와 이불과, 갈아입을 옷을 넣어 둔 고리짝 정도밖에 없다. 그러니 어지러울 리가 없는데.

땀으로 축축한 얇은 이불과 그 옆에 떨어져 있는 나무 베개. 주름투성이 침구는 자고 일어난 그대로, 정리되어 있지 않다.

──자고 일어나서 흐트러져 있어.

이 어수선한 분위기에는 무언가 남녀의 색사 같은 데가 있다. 한때는 남편을 둔 적이 있는 오토비다. 알 수 있다. 하지만,

——그런 일이 있을 리 없는데.

우후후.

오토비의 머리와 가슴에 직접 들려오는 이 여자의 목소리는 애인을 자랑하고 있다.

봐, 여기에 있어.

벽장 안이다. 오토비는 미닫이로 다가갔다. 왠지 살금살금 걷게 되고 만다. 숨을 죽이고 만다. 이곳에는 오토비 혼자밖에 없는데.

미닫이는 좀처럼 열리지 않는다. 기요마루가 여기에 무엇을 넣었는지, 오토비는 생각나지 않는다. 이 통나무 오두막에는 아버지와 어머니가 건강했을 때부터 살았다. 버릴 수는 없지만 남매의 일상에 쓸 일이 없는 물건을 넣고 문을 닫아 둔 채 잊어버리고 있었다. 그런 잡동사니뿐일 텐데.

살짝 기울어진 판자문이 귀에 거슬리는 소리를 내며 문턱 위를 옆으로 움직였다. 주먹만 한 틈이 생기자 벽장 안의 어둠이 엿보인다.

오토비는 눈을 깜박였다. 관자놀이에서 차가운 땀이 뚝뚝 떨어진다.

벽장은 한가운데에 칸막이가 설치되어 있고 위아래로 나뉘어 있다.

아랫단은 텅 비어 있었다.

윗단도 단 하나만 제외하고는 텅 비었다.

단 하나, 이런 곳에 놓여 있기에는 지나치게 이상한 것을 제외하면.

질냄비였다.

돈비, 뚜껑을 열어.

친근하게 부르는 여자의 목소리.

오토비는 오른손을 들어 올렸다. 질냄비 쪽으로 뻗으려는데 심하게 떨려서 다섯 손가락을 제대로 펼 수도 없다.

무서워하지 않아도 돼.

여자의 목소리가 오토비의 귓속을 간질인다. 오토비는 순간 눈을 굳게 감았다. 그러고 나서 팔을 쑥 뻗어 질냄비 뚜껑의 손잡이를 움켜쥐고 들어 올렸다.

우후후후후.

질냄비 안에는 여자가 있었다.

미소 짓고 있다. 피부가 희고 얼굴이 갸름하고 붓으로 그린 것처럼 또렷한 눈썹과 작은 코. 입술은 얇고 거의 색이 없다.

――왠지 이상한 얼굴이다.

검은 덧깃을 대지 않은 기모노는 물색 바탕에 짙은 남색으로 그려진 커다란 비늘 무늬. 목덜미 주위밖에 보이지 않지만 분명 비단옷이다. 머리카락은 양쪽 살짝 안에 고래뼈를 넣어 고정한 다음 시마다마게島田髷 에도 시대에 주로 미혼 여성들이 많이 했던 머리 모양. 여러 변형이 있지만 앞머리, 옆머리를 튀어나오게 하고 머리를 정수리에서 모아 묶은 것을 뒤로 꺾었다가 다시 앞으로 꺾어 중간에서 머리끈으로 묶는 것이 일반적로 묶었고, 옷과 똑같은 물색 머리끈과 한 쌍의 대모갑 비녀, 오래되어 반질반질한 회양목 빗까지 또렷하게 보인다.

오토비는 목소리도 내지 못하고 입술을 꽉 깨물며 몸을 굳히고 우두커니 서 있었다.

착하구나, 돈비.

어르는 듯한, 비위를 맞추는 듯한 여자의 목소리.

나는 기요마루의 색시야.

오토비는 질냄비 뚜껑을 움켜쥔 채 손가락이 들러붙어 버린 것처럼 움직이지 않는다.

기요마루는 내 남편이야. 내 거니까.

그렇게 속삭이며 여자는 입을 벌리고 생긋 웃었다. 이가 보이지 않는다. 아니, 돋아 있지 않다. 입 속에 있는 것은 어둠뿐.

없는 것은 이만이 아니었다. 오토비는 그제야 깨달았다. 뭔가 이상한 얼굴.

처음에는 코가 있는 것처럼 보였다. 작고 가늘고 납작한 코. 눈이 착각한 것이었다. 코가 있어야 할 곳에는 한 쌍의 작은 구멍이 있을 뿐이다. 좌우의 귀도 없다. 맞은편이 비쳐 보이도록 공들여 묶어 올린 살쩍머리 밑에 있어야 할 귓불이 없다.

그리고 옷은 왼쪽을 겉으로 여미도록 되어 있다전통 복식에서는 보통 상대가 보기에 오른쪽 섶을 겉으로 여며 입으며, 왼쪽 섶을 겉으로 여며 입는 것은 죽은 사람의 장속裝束이다.

이 세상의 존재가 아니다.

여자의 눈동자가 오토비를 응시하고 있다. 저주를 걸려는 듯이. 마음 뒤쪽까지 탐색해 오듯이.

——눈동자가 파래.

깊고 어두운, 바닥이 없는 물의 색. 기요마루가 '넋을 잃을 정도로 아름답지요'라고 말했던 바로 그 눈동자다.

기요마루를 다른 여자에게 넘겨주지는 않을 거야.

질냄비 속의 여자는 웃음을 띤 채 속삭였다. 그 목소리는 조금도 웃고 있지 않았다. 이가 없는 입 안의 어둠에서 연한 붉은색의 긴 혀가 스르륵 오토비의 얼굴로 향해 왔다. 콧등을 핥으려 하고 있다.

그 혀끝은 두 갈래로 갈라져 있었다.

뱀 앞의 개구리와 같은 형국이구나, 라고 생각한 순간 오토비는 정신을 잃고 그 자리에 쓰러졌다.

어릴 때 오토비는 구메가와 강에 빠져 죽을 뻔한 적이 있다. 동생인 가치마루도 물가에서 넘어져 무릎을 크게 베이는 상처를 입은 적이 있다.

그러나 기요마루에게는 일절 그런 일이 없었다. 흐름이 빠른 강 옆에서 태어나고 자란 사람이라면 누구나 한두 번은 체험하는 '위험한 일'을 기요마루만은 당한 적이 없다.

오라비는 줄곧, 줄곧 구메가와 강의 수신님께 사랑받아 왔다. 그리고 어른이 된 지금은 수신님이 오라비에게 반해 있다.

오라비도 수신님께 반해 있다.

서로 반하여 부부가 되었다.

아내가 필요 없다고 했던 오라비의 말은 근처에 굴러다니는 평범한 여자한테는 볼일이 없다는 뜻이었던 것이다.

수신님과 오라비는 이미 완전히 부부가 되었다. 방해해서는 안 된다. 수신님이 질투를 하고, 오라비가 달래고 설득하는 목소리에도 그 질투가 가라앉지 않게 되어 큰일이 나기 전에 쓰이지야의 아가씨에게는 포기해 달라고 해야——

"오토비 씨, 오토비 씨, 정신 차려."

끈질기게 뺨을 때리고 시끄럽게 부르는 목소리에 오토비는 정신을 차렸다. 아직 기요마루의 침소에 있고 늘 깔려 있는 얇은 이불 위에 누워 있었다.

오토비 주위를 몇 명의 친한 손님들이 에워싸고 있다. 머리를 안아 일으켜 준 사람은 어머니에 대한 효심이 지극한 거간꾼 아저씨다. 뺨을 때리고 손을 잡아 준 사람은 여관마을과 우타쓰 마을 사이를 늘 오가는 봇짐장수 아주머니다. 항상 지고 다니는 지게는 옆에 내려져 있었다. 소쿠리에서 푸성귀 잎이 튀어나와 있다.

"배가 아프다고 측간으로 뛰어가더니 아무리 기다려도 돌아오지 않아서."

"괜찮아? 도둑과 마주치기라도 했나?"

묻는 말에도 오토비는 당장은 대답할 수가 없었다. 무서운 꿈에서 도망쳐 나와 눈을 뜬 직후 같은 느낌이었다.

꿈? 그래, 꿈이야. 이상한 꿈.

질냄비가 그런 곳에 있을 리 없다. 질냄비 안에 여자의 얼굴이 있을 리도 없다. 그 여자가 사람이 아니라 뱀의 화신일 리도 없다. 전부 다 꿈이 분명하다.

"괘, 괘, 괜찮아, 요."

겨우 목소리가 나왔다. 오토비는 다리를 힘없이 늘어뜨린 채 어떻게든 버둥거리며 일어나려고 했다.

"무리하지 마."

거간꾼 아저씨가 일으켜 준다. 발치에 있는 사람은 아마도 이 발소의 젊은 남자 같은데 우타쓰 마을의 단골손님에게 가기 위해 미카사의 나룻배를 기다리고 있었겠구나.

"미안해요, 여러분의, 발목을 잡아서."

"그런 건 상관없어. 너, 피를 모조리 빨린 것 같은 얼굴을 하고 있어."

하고 말하는 봇짐장수 아주머니의 얼굴도 새파랗다.

"손도 이렇게 싸늘하고……. 대체 무슨 일이 있었던 거니?"

그제야 오토비는 주위를 보았다. 어질러진 침소는 그대로였지만 질냄비는 어디론가 사라지고 없었다.

게다가 벽장의 미닫이가 부서져 있었다. 한가운데에 삐죽삐죽한 구멍이 뚫려 있다. 마치 안에서 커다란 무언가가 뛰쳐나온 것처럼.

"——물론 나는 누구에게도 질냄비 여자에 대해서 말하지 않았어요."

흑백의 방에서 이야기를 계속하는 오토비에게 피곤한 기색은 없다. 다만 그 표정에서는 생기가 사라졌다. 이 이야기를 떠올리고 다시 꺼내어 말함으로써, 새삼 '피를 모조리 빨린 것처럼' 되는 것인지도 모른다.

"사실에 대해서는 입 다물고 있었어요."

그 담담한 말에 도미지로는 말없이 고개를 끄덕였다.

"거간꾼 아저씨가 도둑과 마주친 게 아니냐며 걱정해 주어서 그걸 이유로 삼았지요."

——내가 갑자기 오두막으로 돌아오는 바람에 빈집털이가 당황해서 도망치려다가 나를 밀쳤어요.

"도둑이 벽장의 미닫이를 부쉈다고 했더니 나중에 가치마루가 고쳐 주었어요."

기요마루는 전혀 수상하다는 얼굴을 하지 않았고, 도둑은 어떤 놈이었냐거나, 이럴 때 가족이 물을 법한 질문을 전혀 하지 않았다고 한다.

"내게는 오라버니에게 묻고 싶은 것이 많았지만."

도미지로는 다시 한번 고개를 끄덕였다.

"무엇을 묻든 소용없다는 사실도 알고 있었어요."

코를 훌쩍이며 오토비는 아래를 보았다. 등 뒤로 참억새 이삭이 흔들리고 도라지꽃이 피어 있다.

"오라버니의 운명이니까."

구메가와 강의 수신님을 섬기는 미카사 나루터지기의 집안에 태어나 수신님에게 선택되어 그 남편이 되는 남자.

"다만 내 눈에는 질냄비 속에 있던 여자의 얼굴이 깊이 새겨져 있어서."

몇 번인가 꿈에도 나올 정도로.

"이상한 얼굴의 여자가 상대인데 어떻게 참을 수 있을까, 오라버니는 기분 나쁘지 않은 걸까, 그 여자의 어디가 좋을까, 그런 생각은 아무래도 들고 말았지요."

"……누구나 그렇게 생각할 겁니다."

도미지로가 끼어들자 오토비는 퍼뜩 얼굴을 들었다.

"그럴까요."

"그렇고 말고요."

"하지만 그러면, 피부가 까매서 기분 나쁘다며 비웃고 쫓아낸 내 전남편과 똑같아지지 않나요?"

대답이 막혀, 도미지로는 그저 오토비를 바라보았다. 오토비에게 기분 상한 기색은 없다. 솔직하고 진지한 눈빛이다.

"똑같지는 않다고, 저는 생각합니다" 하고 도미지로는 말했다. "다만 똑같지 않은가 하며 고민하는 오토비 씨는 마음씨 착한 사람이라고도 생각합니다."

오토비는 조금 눈을 크게 떴다. 그러더니,

"신의 눈에 들게 되면 외모 따위는 신경 쓰이지 않는 건지도 모르지요."

자기 자신을 납득시키듯이 그렇게 중얼거렸다.

도미지로는 말없이 흘려들었지만 가슴이 조금 아팠다. 오토비는 본인이 자각하고 있는 이상으로 전남편의 행동에 깊이 상처 입은 것이다.

후우—— 하고 숨을 내쉰 오토비가 등을 펴고 똑바로 앉았다.

"쓰이지야의 아가씨가 오라버니를 포기하도록 만들기 위해서 내가 할 수 있는 일은 없었어요. 아니, 오라버니는 완고하게 이 혼담을 받아들이지 않았으니 새삼 내가 할 일도 없었지요. 다만 혼담을 받아들이라고 끈질기게 오라버니를 설득하는 가치마루를 나는 꽤 열심히 말리게 되었어요."

무서웠으니까요, 라고 한다.

"혼담을 권하는 가치마루는 질냄비 여자한테는 원수라는 뜻이 되니까."

구메가와 강 수신님의 사랑을 방해하는 자다.

"신의 분노를 사면 큰일이잖아요. 적당히 하고 오라버니가 싫어하는 걸 권하지 마라, 네가 동생이라는 걸 생각하라고 타일렀지요."

가치마루에게 말하는 것만으로는 불안해서 가치마루의 아내에게도 똑같은 말을 했다.

"올케는 처음에는 내가 배신했다면서 토라졌지만."

——아주버님의 대답 하나로 모두가 잘살 수 있게 되는데.

"진심으로 말리고 있다는 마음도, 실은 무서워하고 있다는 마음도 올케에게는 전해졌겠지요."

아이를 가진 어머니는 공포에 민감한 법이다.

"잘사는 대신에 목숨을 바치게 될 거라고 말해 주었더니, 올케도 가치마루를 말리게 되었어요."

쓰이지야의 쇼스케 할아범은 끈질기게 찾아왔지만 더 이상 통나무 오두막 안으로는 들이지 않았다. 미카사의 나룻배를 이용하기 위해 찾아오겠다면야 막을 수 없겠지만 그럴 때는 손님으로 대해 버리면 충분하다.

"지치지도 않고 또 쓰이지야의 작은 아가씨——미도리 씨를 데려온 적도 있었어요. 아마도 미도리 씨가 오라버니나 나한테 뭔가 호소하도록 할 속셈이었겠지만,"

안 그래도 무뚝뚝한 나무토막 같은 기요마루와, 숨기고 있는 공포에 마음이 짓눌려 있는 오토비에게 소녀가 파고들 틈이라곤 없었다.

"우타쓰 마을에서 나룻배를 타고 와서 여관마을 쪽으로 갔지만 돌아가는 나룻배에는 타지 않았어요. 마을로 돌아가지 않았을 리는 없으니 다른 길을 지난 것이겠지요."

만만치 않은 남매에게 두 손 들고 말았으리라.

"여관 마을과 우타쓰 마을 사이에 미카사의 나룻배를 이용하지 않고 왕래하는 길이 있습니까?"

"네. 구메가와 강 중류까지 올라가면 좁은 나무다리가 걸려 있는 곳이 있어요. 꽤 멀리 돌아가게 되지만…….”

거기에서 오토비의 표정이 바뀌었다. 눈 속에 어두운 구멍이 뻥 뚫렸다.

이야기꾼의 이런 기색이 의미하는 바를 도미지로는 알고 있다. 지금껏 충분히 보아 왔으니까. 이야기가 막바지에 접어든 것이다.

“그 멀리 돌아가는 길을 지나서 설마 일부러 우리 집까지 올 거라고는 생각하지 않았지요.”

“누가 왔습니까?”

“미하루 씨.”

기요마루가 흙벽처럼 튕겨 내고 있는 혼담의 상대다. 쓰이지야의 장녀다.

“쇼스케 할아범은 같이 오지 않고 나이 많은 하녀를 데리고 왔어요. 나랑 이야기하러 왔다고 하기에 더더욱 깜짝 놀랐지요.”

미하루는 여관마을 쪽에서 가마를 타고 왔다. 갑자기 대합실을 찾아와 오토비에게 말을 걸었기 때문에 주위에서 나룻배를 기다리고 있던 손님들도 깜짝 놀랐다.

시마다마게에 꽂비녀를 꽂고 팥죽색과 다소 검붉은 빛을 띤 황갈색의 세로무늬 후리소데소매가 긴 예장용 기모노. 미혼 여성들이 주로 입었다에, 삼잎 무늬와 검은 자수를 조합한 주야오비를 매고 있었다. 후리소데는 이 부근에서는 좀처럼 볼 수 없는 것이다.

구메가와 강 중류의 나무다리를 건너왔다면 꽤 멀리 돌아왔을 텐데. 그래도 여행자 차림이 아니라 외출복 차림이고 여행자들이 신는 투박한 짚신이 아니라 고운 짚신을 신었다. 내내 가마에 흔들리며 온 것이 틀림없다.

쓰이지야의 유복함을 여봐란듯 보여 주기 위해서일까. 오토비는 화가 치밀었다.

그러나――

"당신이 기요마루 씨의 누이 되시는 분인가요?"

미하루의 목소리는 뒤집어져 떨리고 있었다. 뺨은 홍조를 띠고 갸름한 눈가에 희미하게 눈물이 고여 있다. 이곳으로 쳐들어오기까지 유복한 도매상의 딸 나름대로 큰 결심이 필요했을 터다.

"죄송합니다. 저희가 멋대로 굴면서 미카사의 나루터지기라는 중요한 역할을 맡고 계시는 기요마루 씨 일가를 고민하게 만들었다는 걸 잘 알고 있어요. 그건 이렇게, 사과드리겠습니다."

어안이 벙벙해서 우두커니 서 있는 오토비의 어깨를 그 자리에 있던 손님 중 누군가가 다급하게 두드렸다. 오토비 씨, 여기 계시는 아가씨를 대합실 안으로 안내하고 앉게 해 드려.

"아뇨, 괜찮아요."

그 손님에게도 재빨리 거절한 미하루가 매달리는 듯한 눈을 하고 오토비의 얼굴을 본다.

"오토비 씨, 반각만이라도 괜찮아요. 제 이야기를 들어 주실 수 없을까요?"

오토비는 입을 빠끔거렸다. 마른 우물에서 물을 푸려고 하는 것 같았다. 도르래만 대그락대그락 돈다.

그러자 미하루가 오토비의 손을 잡았다.

나긋나긋한 손가락. 부드러운 손바닥. 손톱은 깨끗하게 다듬어져 있다. 거스러미가 인 부분도 갈라진 곳도 없다.

"오토비 씨, 부탁드려요."

오토비의 목이 간신히 목소리를 되찾았다.

"나, 나는 이곳을 비울 수 없어요."

"그렇다면" 하고 미하루는 뒤에 서 있는 나이 든 하녀를 돌아보았다. "우리 집 하녀를 데려왔어요. 제가 오토비 씨와 이야기하는 동안 이곳을 맡아 달라고 할게요. 그러면 안 될까요?"

오토비가 대답하지 못하고 있는 사이에 모여 있던 구경꾼 손님들이 좋아요, 좋아요, 하고 멋대로 대답해 버렸다.

"우리도 봐 줄게."

"오토비 씨, 다녀와."

구경꾼들은 쓰이지야의 위광이 어쩌니저쩌니하기 이전에 미하루의 한결같은 사랑스러움에 감동하고 만 것이리라. 모두 미하루 편을 들며 오토비의 등을 떠밀었다.

"이야기는 여기에서 하면 안 되나요?"

"여기에서는……."

"그럼 어디면 괜찮은데요?"

"기요마루 씨와 오토비 씨의 집으로 찾아뵈면 안 될까요?"

아아, 그게 좋겠어. 바로 가까이에 있고. 아가씨, 그 신을 신고 걸을 수 있겠어요? 또 구경꾼들이 소란을 피운다. 오토비는 순간 머릿속이 새하얘져서 저도 모르게 소리쳤다.

"집은 안 돼요!"

기요마루가 그 질냄비 여자와 달콤하게 이야기를 나누는 곳에, 어떻게 미하루를 데려갈 수 있단 말인가. 위험하다. 절대 들여서는 안 되는 곳이다.

하지만 공포로 가득한 오토비의 외침도 구경꾼들의 귀에는 그냥 고집을 부리는 것으로 들렸는지,

"그렇게 심술궂게 말하지 마."

"애초에 아까운 혼담이라고. 게다가 이렇게 아가씨가 직접 찾아와 주셨는데."

"자, 쓰이지야 아가씨. 기요마루네 집은 이쪽이에요. 내가 안내해 드릴게요."

"오토비 씨, 빨리 와!"

밀고 당기는 사람들에게 떠밀려 결국 미하루와 함께 통나무 오두막으로 돌아오고 말았다.

"제대로 대접해야 해, 오토비 씨."

그런 말을 남기고 구경꾼들이 왁자지껄 물러간다. 미하루는 그들에게 또 머리를 숙이고 나서 튼튼한 것만이 장점인 통나무 오두막을 찬찬히 살펴보더니 생긋 웃음을 띠었다.

"여기가 기요마루 씨의 집이군요."

오토비는 머리가 어질어질해서 제대로 생각을 할 수가 없게 되

었다. 어떻게 하지, 이렇게 되어 버려서. 빨리 쫓아내야 해——

"들어갈게요."

미하루가 문의 거적을 들추더니 멋대로 통나무 오두막 안으로 발을 들여놓았다. 오토비는 몸 안의 피가 쇄아 하고 역류하는 소리를 들은 것 같았다.

"이, 이보세요."

오토비가 서둘러 쫓아 들어갔다.

미하루는 봉당에 우뚝 선 채 꼼짝도 않고 있었다. 오두막 안에 피어오르는 여러 가지 냄새에 기분이 나빠졌으려나. 양손의 손가락으로 코와 입을 누르더니 곧 기침을 하기 시작했다.

"죄, 죄송해요, 무, 물을."

미하루의 목소리가 괴로운 듯 갈라진다. 오토비는 부엌의 물병에서 물을 떠 왔다. 국자째 내밀었는데도 미하루는 싫어하는 기색도 없이 입을 댔다.

아아, 대접을 하고 말았다. 이제 와서 쫓아내도 이미 늦었을지 모른다.

——그렇다면 차라리 이 사람의 이야기를 듣고 나서 꼼꼼하게 혼담을 거절하자.

이참에, 기요마루는 다른 여자에게 눈을 돌리지 않는다, 아내는 당신뿐이라고 질냄비 여자에게 전할 수 있다면 오히려 다행이지 않을까. 미하루 본인을 향해 거절한다면 이보다 더 단호한 방법은 없지 않을까.

"드, 들어오세요. 더러운 곳이지만요."

오토비가 재촉하자 미하루는 얼굴을 들었다. 기쁜 기색이 확 퍼져 간다.

"차, 착각하지 말아 주세요. 혼담은 거절할 거예요."

"하지만 제 이야기를 들어 주시는 거지요?"

미하루는 이로리 옆으로 올라와 긴 소매를 추스르며 단정하게 앉았다. 그것은 살풍경하고 지저분한 통나무 오두막 안에 살아 있는 인형이 놓인 듯한 광경이었다.

미하루는 열렬하게 이야기했다.

늘어놓는 말의 대부분은 쇼스케 할아범의 입으로 들은 적이 있다. 쓰이지야에 있어, 기요마루와 미하루의 혼담은 더없이 중요하다. 일가 전체가 미하루가 기요마루에게 시집가기를 열망하고 있다. 미하루의 마음도 이미 정해졌다——

"저는 동생처럼 나룻배를 타지는 않았기 때문에 기요마루 씨도 오토비 씨도 눈치채지 못하셨겠지만."

미하루는 몇 번이나 기요마루의 모습을 보러 왔었다고 한다.

"우타쓰 마을 쪽의 대합실을 찾아가 가치마루 씨에게 부탁해서."

숨어서 기요마루의 모습을 바라보곤 했다. 몇 번을 가도, 아무리 바라보고 있어도 질리지 않았다. 가슴은 높이 고동치고 마음이 뜨거워졌다.

"하지만 요즘은 가치마루 씨도 너무 자주 오면 곤란하다고 하시고……."

불안해서 견딜 수 없게 되어 오토비를 찾아올 생각을 했다고 한다.

"가치마루 씨는 오토비 씨도 실은 저와 기요마루 씨의 혼담에 찬성하고 있다고 가르쳐주었어요."

——다만 누님은, 어떤 일이든 형님에게 반대한 적이 없어서 어떻게 거역해야 할지 모르는 겁니다.

"그래서 제가 직접 오토비 씨를 만나 이야기하면 분명 같은 편이 되어 주실 거라고 생각했어요. 이 혼담은 쓰이지야에도 오토비 씨네한테도 행복한 일이니까요."

애당초 오토비는 빨리 미하루의 이야기를 가로막고 결정적인 거절의 말을 하고 싶어서 들썽들썽했다. 하지만 열에 들뜬 듯 이야기하는 미하루는 그럴 틈을 주지 않았다.

안 되겠다. 하고 싶은 만큼 이야기하게 내버려 두었다가 숨이 찼을 때 튕겨 낼 수밖에 없다. 그렇게 결심하고 미하루의 이야기를 듣고 있는 사이에 오토비는 깨달았다.

미하루는 기요마루에게 반했다고 믿고 있다. 그 마음에 거짓은 없으리라.

하지만 그저 착각일 뿐이다. 미하루가 열을 올리는 까닭은 연심 때문이 아니라 기요마루에게 거절당했기 때문이다. 지금까지의 인생에서 자신의 생각대로 되지 않는 일도, 자신의 말대로 해주지 않는 사람도 만난 적이 없었던 미하루는 냉정한 기요마루를 용서할 수가 없는 것이다. 분하다. 승낙하게 하고 싶다. 그걸 연심으로 착각해 버린 것뿐이다.

"부디 제 마음을 헤아려 주세요. 그리고 기요마루 씨를 설득해 주세요. 이 혼담이 이루어진다면 오토비 씨에게도 좋은 일이 많이 있을 테니까요."

기요마루와의 혼담이 결정되면 새 집을 짓겠다, 오토비도 함께 그곳에서 살자, 생울타리를 두르고 다다미를 깐 방과 아궁이가 딸린 목욕탕이 있는 커다란 집이다——미하루는 즐거운 듯 이야기하며 눈을 빛내고 뺨을 물들인다. 슬슬 지치기 시작했을까. 목소리가 갈라지기 시작했을까.

"아가씨 말씀은 잘 알겠지만."

오토비가 끼어들자 미하루는 흠칫하며 입을 다물었다.

"오라버니는 아가씨를 아내로 맞이하지 않을 거예요. 분명히 그렇게 답을 드렸어요."

미하루는 오토비를 응시했다. 그 눈 주위에서 핏기가 가셔 간다.

"——좋지 못한 답이라면 들었어요. 그래서 오토비 씨가 편을 들어 주었으면 해서 이렇게 찾아왔다고 말씀드렸잖아요."

"저는 아가씨의 편을 들지 않을 거예요. 오라버니가 거절하겠다고 했으니까요."

"거절하는 건 이상하다고 생각하지 않으세요?"

"오라버니에게는 오라버니의 생각이 있겠지요."

그러자 미하루의 말투가 바뀌었다.

"당신들도, 쓰이지야는 어차피 타지 사람이라고 얕잡아 보는 건가요?"

목소리가 높아지고 눈빛도 달라졌다.

어라라? 하지만 이상하지는 않다. 아가씨는 오기를 부리고 있으니 이러다 화를 내도 할 수 없지.

"미카사의 나루터지기라는 이유만으로, 자신들은 대단하다고? 그래서 타지 사람 같은 건 상대하지 않는다고."

후리소데의 소매 사이로 가냘픈 주먹이 보인다. 저 예쁘고 부드러운 손가락을 주먹 쥐고 무엇을 향해 휘두르려는 걸까.

미카사의 나루터지기라서 대단하다고? 오토비네는 그렇게 생각한 적이 없다. 그렇게 생각하고 있는 건 당신들 쪽이잖아. 그래서 멋대로 그 '대단함'을 이용하고 싶어 하는 거잖아.

미하루가 보여준 '연심'의 밑바닥은 뻥 뚫렸고, 그 뚫린 구멍이 눈에 보이는 듯하다――고 생각했을 때, 오토비의 뇌리에 어떤 기억이 되살아났다. 기요마루의 침소 벽장의 미닫이 안쪽에서 무언가가 뚫고 나온 것처럼 뚫려 있던, 그 구멍.

"대체 기요마루 씨는 나 같은 미인의 어디가 부족하다는 거예요!"

격해진 나머지 미하루는 살짝 땀을 흘리고 있다.

흥분으로 눈이 젖어 있었다.

"미하루 씨."

정신이 들어 보니 낮게 으르렁거리는 듯한 목소리로 오토비는 그렇게 부르고 있었다.

"당신은 분명히 예쁘지만 신이 아니잖아요."

미하루는 눈앞에서 누가 손뼉을 짝 친 것처럼 멍해졌다.

"사람의 몸으로 신에게 대항하려고 해도 당해낼 수 없어요. 얌전히 포기하세요."

미하루의 얼굴이 더욱 하얘지고 입가가 경련하기 시작했다.

"그, 그게 무슨 소리예요. 무슨 말인지 모르겠어요."

노기가 올라와 단숨에 뺨이 홍조를 띤다.

"다, 당신, 당신은 이혼하고 돌아왔다면서요."

미워 죽겠다는 듯이 입을 일그러뜨리며 침을 뱉듯이 말했다.

"그래서 이런 지저분한 곳에서 땅바닥을 기는 듯한 생활을 하고 있는 주제에 쓰이지야의 딸인 나한테, 잘난 척, 그런 말을 하는군요."

방금 내뱉은 말이 미하루의 본성에서 비롯되었다고 여긴다면 이 얼마나 가엾은 일인가. 하지만 적어도 본심은 나왔다.

"그만 돌아가세요, 쓰이지야의 아가씨."

오토비의 말에 미하루는 용수철 장치가 되어 있는 장난감처럼 일어섰다. 후리소데 끝자락이 이로리의 재를 스친다.

"사람을 바보 취급하지 말아요!"

그때 오토비는 온몸으로 느꼈다.

삐걱.

통나무 오두막이 삐걱거린다. 무언가 거대한 것이 지붕 위에서 덮쳐 오고 있다. 그 압력이 오토비의 피부에 느껴진다.

삐걱.

판자 마루에 진동이 스치고 냄비걸이가 흔들린다.

기세 좋게 일어섰던 미하루도 몸을 움츠리며 겁먹은 듯이 주위를 둘러보았다.

"갑자기 이게 무슨?"

오토비는 대답을 할 수 없었다. 지붕 위에서 덮쳐 누르고 있던 압력이 오두막 안으로 들어왔다.

구불구불하게 몸을 꿈틀거리면서,

무언가가 자르륵 스치는 소리가 들리더니 이내 다가온다. 이로리 옆의 두 사람에게.

커다란 비늘이 스치는 소리인가.

오한이 달리고 소름이 돋았다.

쓰이지야의 아가씨, 도망치세요. 오토비는 소리치려고 했다. 목소리가 나오지 않는다. 숨이 멎는다.

안 된다, 이미 늦었다. 움직일 수 없다.

눈앞에서 머리카락을 묶어 올리고 예쁘게 차려입은 미하루가 몸을 비틀고 있다. 선 채로 그 몸이 비틀려 간다. 긴 양쪽 소매가 미하루의 몸통에 얽히고 높이 묶은 띠가 찌부러져 간다.

휘어감고, 조르고 있다.

"요, 용서해 주세요."

오토비는 필사적으로 목소리를 쥐어짰다.

"이 여자를 쫓아낼게요. 두 번 다시 기요마루에게 가까이 가지 못하게 할게요. 그러니, 제발 목숨만은 살려 주세요!"

살려 주세요――라고 말하는 순간 오토비는 단숨에 숨이 편해졌다. 두 사람의 몸은 해방되었다. 이로리 옆에 쓰러져 그대로 봉당까지 굴러떨어질 뻔한 미하루를 가까스로 안아 받쳤다. 그때 보았다. 하얀 목덜미에 비늘을 늘어놓은 듯한 흔적이 나 있는 것을.

기절에서 깨어난 미하루는 무슨 일이 있었는지 전혀 기억하지 못했다. 다만 몹시 무서운 일을 당했고, 같은 편이 되어 달라는 애원을 오토비가 들어 주지 않은 사실만은 머리에 남아 있었는지, 더 이상 오토비를 물고 늘어지지 않고 얌전히 물러갔다.

대합실에 있던 구경꾼들이 나중에 자초지종을 물으면 뭐라고 대답해야 할까. 혼담은 없었던 일이 되었다고 하면 자신만 나무라겠지. 둘러대려면 어떻게 해야 할지. 머리도 돌아가지 않고 마음도 따라가지 않는다. 그날의 남은 시간을 오토비는 목각 인형처럼 보냈다.

이윽고 밤이 찾아왔다. 이리저리 뒤척이던 오토비는 얕고 숨막히는 잠 속에서 지금껏 해 온 갖가지 걱정 따위는 이미 의미가 없음을 알았다.

질냄비 여자가 질냄비에서 나와 오토비의 베갯맡에 앉았기 때문이다.

얼굴도 머리카락도 옷의 무늬도 질냄비 속에 있었을 때와 똑같았다. 다만 허리 아래가 잘 보이지 않았다. 정좌하고 있는 모습 같기도 하고, 두 다리는 없고 길고 하얀 뱀의 몸통이 저 뒤까지 길게 뻗어 있는 모습처럼 보이기도 한다.

콧구멍밖에 없다. 귓불이 없다. 이상하리만치 희게 비쳐 보이는 피부와 커다란 눈. 그 눈이 오토비를 내려다보며 깜박인다.

뱀의 눈동자에 얇은 막이 쳐진 것처럼 젖어 있다.

고생했구나, 오토비.

여자의 목소리는 부드럽다. 얼굴을 가까이 해 온다. 목이 길다. 색깔이 없는 입술이 다가온다. 얼굴과 얼굴이 아슬아슬한 데까지 가까워진다.

여자는 숨을 쉬지 않았다.

하지만 이제 때가 되었다는 걸 알았다.

눈동자가 가늘어진다. 초승달처럼.

그런 여자가 어슬렁거리는 곳에 나의 소중한 남편, 기요마루를 놓아둘 수야 없지.

내 곁으로 데려가야겠다.

오토비, 이별을 슬퍼해서는 안 된다. 기요마루는 사람의 세상을 떠나 행복을 움켜쥐는 거야. 사람의 몸으로는 맛볼 일이 없는 영원한 행복을.

아아, 결국 그렇게 되어 버리는구나. 오토비는 잠든 채로 울었다.

"이튿날 아침, 눈을 떴을 때 오라비는 통나무 오두막에서 모습을 감추고 없었습니다."

오토비는 기요마루 침소의 벽장을 열어젖혔다. 기요마루가 걱정된 나머지 공포를 잊고 있었다.

"지금 생각하면 바보 같지만 오라비가 질냄비 속으로 들어가 버린 게 아닌가 생각했거든요."

뱀의 화신인 여자에게 휘감겨 함께 질냄비 안에 쏙 들어가서 기쁜 듯이 웃고 있는——

"하지만 질냄비도 사라지고 없었어요."

이제 이 오두막에 볼일은 없다. 내 곁으로 데려가겠다고, 여자는 말했다.

강이다. 구메가와 강이다.

"그렇게 생각하고 달려가다가 우리 집 쪽으로 달려오는 이웃 사람들과 마주쳤어요."

——큰일이야, 오토비 씨!

"오라버니는 두 번째 삿갓바위 위에 앉아 있었어요."

나루터지기의 한텐을 입고 햇볕을 가리는 삿갓을 등에 지고 손등싸개와 각반도 분명히 착용하고 있었다.

"하지만 나룻배는 강가에 매여 있었어요. 오라비는 맨몸으로 구메가와 강 한가운데까지 가서 두 번째 삿갓바위 위에 웅크려 앉아 무릎을 끌어안고 있었지요."

행복한 듯이 미소 짓고 있었다.

"가을비가 내리는 계절이지만 그 무렵에는 물기라고는 한 방울도 없이 마른 날씨가 이어지고 있었거든요. 한데 그날의 구메가와 강은 흐름이 굵어서."

마치 커다란 뱀이 몸을 꿈틀거리는 것처럼 격렬하게 흐르고 있었다.

"그러다가 두 번째 삿갓바위 주위에서 커다랗고 뾰족한 파도가 치기 시작했어요. 그건 강의 파도가 아니었어요."

웅크리고 앉아 미소 짓고 있는 기요마루의 얼굴에도 몸에도 물보라가 쏟아진다. 그러나 기요마루는 꼼짝도 하지 않았다.

"맞은편 기슭에서 가치마루가 배를 몰고 나가려고 해도 강의 꿈틀거림이 방해를 해서 키가 전혀 말을 듣지 않았대요, 그건 나중에 들은 이야기지만요."

오토비도 가치마루 부부도 급보를 듣고 모여든 근방의 사람들도 손을 쓰지 못하고 지켜볼 수밖에 없었다.

——이봐~, 기요마루 씨!

사람들이 저마다 불러도 기요마루는 모른다는 얼굴로 미소만 짓고 있다. 가끔 작게 고개를 끄덕이거나 입술을 움직이고 있지만 목소리는 들리지 않는다. 누구와 대화하고 있는 걸까. 누구를 향해 웃음을 보여 주고 있는 것일까. 오토비만은 알고 있었다.

기요마루 주위에서 구메가와 강의 물은 더욱 격렬하게 미친 듯이 춤추고 환희의 높은 파도를 만들어 낸다.

철썩, 철썩, 철썩.

"그리고 오라버니의 모습이 갑자기 사라졌어요."

선창이나 강기슭에 모인 사람들은 놀라고 무서워 소리를 질렀지만 오토비만은 침착했다.

기요마루는 가 버렸다. 죽은 것이 아니다. 구메가와 강의 수신님과 함께 영원한 삶을 누리리라.

"……알고 있는데도 눈물이 났어요. 이상하지요."

미카사의 나룻배는 만 사흘을 쉬었다. 그 사이에 오토비와 가치마루 부부는 기요마루의 장례를 치렀다. 유해가 없어서 관에는 기요마루의 옷 따위를 넣었다.

"보통은 장례라고 하면 서로들 도와서 치르지만 오라비는 그렇게 죽었기 때문에 이웃 사람들이 가까이 오려고 하지 않았어요. 우리도 남이 상관하기를 바라지 않았고요."

미카사의 나루터지기 집안 내에서 처리한다.

"하지만 역시 멀기는 해도 친척이라 아와리야의 마님만은 여러 가지로 돌봐 주셨어요."

게다가 안주인은 오토비의 앞날도 걱정해 주었다.

"도비마루에 대해서는 전부 올케한테 맡겨 두면 돼요. 하지만 나는 이혼하고 돌아온 홀몸이니까요."

전혀 아무렇지도 않은데. 외롭지 않은데. 오토비는 작게 중얼거렸다.

"저도 이야기를 들으면서 오토비 씨는 몹시 다부지고 훌륭한 분이구나 하고 감탄했습니다."

이런 말이 과연 오토비에 대한 칭찬이 되는지, 약간 불안했지만 도미지로는 솔직하게 말했다.

"처음에 아와리야의 안주인께 언제까지나 훌쩍훌쩍 울고 있으면 기요마루 씨를 위해서도 좋지 않으니 다른 곳에서 속내를 이야기하고 오라는 권유를 받았다고 하셨지요."

"네."

"어떠십니까. 조금은 가슴속 안개가 개었습니까?"

오토비는 도미지로의 얼굴을 보았다. 어린아이가 작고 예쁜 새를 들여다보는 듯한 눈빛이다. 자신을 향해 이런 것을 물어 주는 사람이 있나 하고 놀라고 있다.

"나는, 평소에는 아무것도 생각하지 않고 살고 있어요."

그렇게 말하고 조금 부끄러운 듯이 눈을 깜박거리더니 아래를 보았다.

"하지만…… 가끔, 불쑥 오라버니 일에 마음이 향하고, 어릴 때의 일을 떠올리거나 그때 이랬으면 좋았을 텐데 하고 후회하는 마음이 들면 눈물이 나고 말아요."

거칠어진 손가락을 만지작거리며 작은 목소리로 말한다.

"내가 쓰이지야의 아가씨보다 훨씬 더 포기할 줄을 모르네요."

"미하루 씨는 그 후에,"

"오라버니가 죽고 석 달도 지나지 않아 성하마을에 있는 상인의 아들과 혼담이 정해져서 냉큼 시집을 가 버렸어요."

포기한 게 아니라 두려웠기 때문이겠지. 구메가와 강에서 멀리 떨어질수록 좋다는 생각에 도망친 것이다.

"마님은 구메가와 강에 대해서도, 미카사의 나룻배에 대해서도 전혀 모르고 상관도 없는 사람한테 오라버니 이야기를 하는 게 좋겠다고 했어요."

현명한 조언이다. 사리에 밝은 안주인이다.

"그래서 토해 내고 실컷 울고 나면 나도 더 이상 울지 않아도 될 거라고요."

거기에는 조금 이의가 있다.

"하지만 추억을 그리워하며 눈물짓는 것은 나쁜 일이 아닙니다. 그건 참지 않아도 되겠지요."

"……그럴까요?"

볕에 그을린 오토비의 뺨에 흐른 눈물 자국을 억지로 문질러 지울 필요는 없다. 기요마루도 바라지는 않을 것이다.

"아와리야의 안주인께는, 오토비 씨에게 저희 괴담 자리를 권해 주신 데 깊이 감사드려야겠군요. 모쪼록 말씀 잘 전해 주십시오."

마무리 인사 같은 말을 해 버리고 나서 도미지로는 내심 당황했다. 큰일이다, 아직 한 가지 더, 오토비에게 하고 싶은 질문이 있었는데.

구메가와 강의 수신은 왜 질냄비에 들어가 나타났을까. 그 지방의 생활에 친숙한 그릇이라는 것 이상의 의미가 있나.

말을 꺼낼 호흡을 재면서 조금 지친 듯한 오토비의 옆얼굴을

지켜보고 있자니,

"미시마야의 도련님."

갑자기 오토비가 불러 도미지로는 저도 모르게 자세를 바로 했다.

"예!"

"도련님께도, 그때 이랬으면 좋았을 텐데 하고 후회하는 일이 있나요?"

도미지로는 진지하게 생각했다. "……감사하게도, 지금은 없군요."

"그럼 걱정거리는요?"

있다. 아주 큰 걱정거리가.

"역시 몸이 무거운 사촌누이의 일이지요. 출산은 쉬우면 한없이 쉽지만 힘들면 한없이 힘들다고 하지 않습니까. 건강한 아기의 얼굴을 보고 사촌누이와 서로 기뻐할 때까지는 걱정이 되어 견딜 수가 없습니다."

"사촌누이인데도요?"

"친누이처럼 친하거든요."

오토비의 볕에 그을린 얼굴에 이해의 그림자가 드리웠다. 빛이 비친 것이 아니다. 쓸쓸한 그림자가 사라졌다.

"걱정할 수밖에 없는 것은 괴롭지요."

도미지로는 오토비의 눈을 마주 보며 한 번, 두 번, 깊이 고개를 끄덕였다.

"그래도 오토비 씨는 그 괴로움에 지지 않고 오라버니를 위해 계속 걱정했어요. 후회할 필요는 전혀 없다고, 저는 생각합니다."

오토비의 눈초리가 빨개졌다.

"사촌누이의 아기는 언제 태어나요?"

"돌아오는 봄, 2월이려나요."

"그럼" 하고 기운찬 목소리로 말하며 오토비는 품에 손을 넣었다. "사촌누이한테 이거, 주세요."

반지半紙에 싸인 부적 같은 것을 꺼내어 다다미 위에 조심스럽게 놓았다.

"날치 지느러미예요. 순산의 부적."

"늘 가지고 다니십니까?"

"네. 나는 부적에서 딴 이름을 가지고 있으니 이 정도 눈치는 있어야지요."

그 외에는 장점이 없으니까…… 하고 말하며 웃었다. 그 웃는 얼굴에 도미지로는 안도했다. 안개가 개었다고 생각했다.

"고맙습니다. 소중히 받아다 사촌누이에게 전하겠습니다."

산호 구슬 비녀를 잊지 않고 챙겨, 그러나 더 이상 머리에 꽂지는 않고 소중한 듯 띠 사이에 찔러 넣은 오토비가 흑백의 방을 떠나갔다.

여운으로 희미한 바다 향기가 떠도는 것 같은 기분이 든다. 구메가와 강 하구의 물 냄새일까.

받은 날치 지느러미를 손에 든 채 도미지로가 가만히 앉아 있자니, 옆방으로 통하는 당지문이 열리고 하녀 오카쓰가 얼굴을 내밀었다.

"고생하셨습니다."

"응. 거참, 꽤나."

도미지로는 싱긋 웃으며 작은 순산 부적 꾸러미를 내밀어 보였다.

"고마운 선물이 딸린 이야기였지."

그런데 이거, 그냥 오치카한테 줘 버려도 되는 걸까.

"역시 어머니한테 상의하고 나서 주는 편이 좋겠지."

무엇보다 도미지로는 아직 오치카에게 축하 인사도, 안부를 물으러도 가지 않았다. 히시야에 있는 형 이이치로는 손님 대접을 받으며 벌써 축하하러 다녀왔다고 하는데.

"그렇지요. 특이한 괴담 자리의 선물이라고 하면 아가씨는 기뻐하시겠지만 나리와 마님의 생각은 또 다를지도 몰라요."

아, 그런가. 언제까지나 특이한 괴담 자리와 관련이 있는 물건을 오치카에게 떠넘기지 말라고 혼날 수도 있다.

——어렵군.

목을 움츠리며 찻잔에 남은 엽차를 마시려고 하니 오카쓰가 새로 끓여 주었다.

"요전에 이야기를 마친 이야기꾼과 인연을 남기는 참견을 했더니 이번에는 선물을 받아 버렸군."

이렇게 이야기꾼과 선을 남기는 것은 좋은 일일까, 나쁜 일일까. 지난번의 이야기꾼, 모치타로는 아직 색실 짚신을 들고 미시마야를 찾아오지 않았다. 포기하기에는 이르지만 계속 기다려도 오지 않을 것 같다는 기분이 든다. 오지 않은 채로 끝나 버리면 좋겠다——고 생각하는 것은 내가 겁쟁이라서일까, 분별이 생겨서일까.

"하지만 오토비 씨에게는 한 가지 묻지 못한 게 있어. 나도 참 아직 미숙하군."

도미지로가 질냄비의 수수께끼를 꺼내자 오카쓰는 진지한 표정이 되어 목소리를 낮추었다.

"실은 저, 꽤 옛날이기는 하지만 김 양식이 활발한 지방에 머문 적이 있어요."

당연히 미시마야에 들어와 살기 전의 인생에서 있었던 일이다.

"그래. 역시 화를 쫓아 달라고 불려갔었나?"

오카쓰는 본래 사악한 것을 정화하고 진정시키는 일을 하며, 그것을 생업으로 삼고 있었다. 오치카와 만난 계기도 그 인연에 이끌렸기 때문이다.

"예, 뭐 그런 사정으로요."

슬쩍 흘려넘기며 미소 짓던 오카쓰가 곧 진지한 얼굴로 돌아왔다.

"그 지방에서는 매일의 생활 속에서 쇠냄비나 쇠주전자가 많이 사용되고 있었지만."

김을 사고팔 때만은 김을 넣는 그릇으로 질냄비나 도기로 된 사발을 사용했다고 한다.

“그 해의 햇김이 나면 서낭신께 바치는데 그때도 훌륭한 질냄비에 넣곤 했어요.”

쇠 기운이 있는 그릇은 모처럼의 김의 풍미를 해치고 말기 때문이라고 오카쓰는 말했다.

“물론 말린 김이 아니라 생김의 경우지만요. 오토비 씨네 지방에서도 사정은 마찬가지가 아닐까요?”

아하, 과연.

“우타쓰 마을의 김은 성에 납품한다고 했었지. 질그릇에 넣어 공손하게 가져가는 걸까.”

그 모습을 한 번 보고 싶다.

“오토비 씨에게 있어서 제대로 된 그릇이라면 질냄비이니, 수신님이 질냄비에 들어 계시는 것은 일일이 설명이 필요한 일이 아니었겠지요.”

수신님이 나타난 순간부터 납득이 가는 일이었다.

“다만 질냄비의 무거운 뚜껑을 들어 올리고 안을 들여다보았더니 자신의 운명이 거기에 들어 있었다……는 건 무섭네요.”

사발의 뚜껑이나 나무 뚜껑과 달리 나름대로 크기가 꽤 되는 질냄비의 뚜껑은 열 생각을 가지고 들어 올리지 않으면 움직이지 않는다. 어쩌다가 우연히 열려 버리는 일은 없고 튼튼하기 때문에 쉽게 깨지거나 부서지지도 않는다.

정말로 의지를 가지고 힘주어 들어 올리지 않으면 그 뚜껑 밑에 숨어 있는 것과 마주 볼 수 없다.

즉, 운명을 선택하는 것.

"그런데 오카쓰 씨, 아까부터 왜 그렇게 목소리를 낮추고 소곤거리는 거야?"

오카쓰는 목을 움츠렸다. "청자와 수호자가 방금 끝난 이야기를 안주 삼아 이런 문답을 해도 될지, 듣고 버린다는 규칙을 깨버리는 게 아닐까 싶어서요."

도미지로는 생각지도 못한 대목이다.

"오토비 씨가 돌아가고 나서, 나도 오카쓰 씨도 흑백의 방에서 나가지 않았어. 지금이라면 괜찮겠지. 게다가 이 문답은 내가 오토비 씨의 이야기를 듣고 버리기 위해서도 필요하니까."

마음 쓰지 말라며 웃음을 짓고, 도미지로는 문득 눈을 깜박였다.

그것도 이 흑백의 방에서 이야기한다면 괜찮을까. 다른 장소에서 입에 올리고 싶지 않다. 그 상인 같은 남자의 이야기.

그자와의 대화는 그냥 꿈이나 환상에 불과하다고 생각했다. 처음에는 오치카의 혼례 때라 술에 취해 있었고, 두 번째는 밤에 일을 하느라 졸고 있었으니까.

하지만 오카쓰는 그자를 알고 있다. 태연하게 말했었다.

——사람이 아니겠지만요.

한 번 제대로 물어봐 두는 편이 좋겠다는 기분도 들고, 그냥 묻어 두면 고민할 거리도 없으니 괜찮지 않을까 싶기도 하다.

망설이고 주저하며 지금껏 털어놓지 못했다. 지금이라면 좋은 기회다. 도미지로, 겁쟁이의 면모를 떨쳐 내고 말하는 거야——

"그런데 이건 흑백의 방 안에서만 하는 이야기라는 의미가 아니라, 진짜 비밀 이야기인데요."

오카쓰에게 선수를 빼앗기고 말았다.

"뭐, 뭔데?"

도미지로의 목소리가 갑자기 뒤집어져서, 어지간히 총명한 오카쓰도 오해하고 만 모양이다. 가느스름한 눈을 조금 크게 뜨며,

"어머나, 도련님, 역시 알고 계셨군요" 하고 말했다.

"아무것도 몰라. 무슨 비밀 이야기인데?"

오카쓰는 갸름한 턱을 당기며 도미지로의 얼굴을 찬찬히 살펴보았다.

"이이치로 씨의…… 작은 나리의 이야기예요."

믿을 수 없는 형님의 이야기인가.

"나를 제쳐 두고, 히시야에서 준 선물을 들고 효탄코도에 축하하러 갔다면서? 그렇게 선수를 친 일이라면 알고 있지."

오카쓰의 눈초리가 느슨해지고 쓴웃음이 떠오른다.

"그건 도련님의 원한을 사도 어쩔 수 없는 짓이네요. 하지만 용서해 드리세요. 작은 나리는 오치카 아가씨의 경사가 없었더라도, 다른 곳에서는 말할 수 없는 불평을 하러 효탄코도에 가셨던 모양이니까요."

뺀들뺀들하고 요령 좋은 형님에게 무슨 불평불만이 있다는 걸

까.

“히시야를 통해서 좀처럼 거절하기 힘든 혼담이 들어와 고생하고 계시는 모양이에요.”

그 혼담에는 이이치로가 미시마야로 돌아와 후계자가 되어야 한다는 전제가 있기 때문에 히시야의 안주인은 이이치로의 부모인 이헤에와 오타미에게도 이야기했다고 한다.

“그래서 우리 나리와 마님에게도 투덜댈 수가 없었던 거지요.”

“하지만 형님은 싫은 혼담을 거절하는 일을 조심스러워할 사람이 아니야. 왜 고생 같은 걸 하고 질척질척 고민하는 걸까.”

오카쓰는 살짝 곁눈질을 하며 사악한 꿍꿍이를 꾸미는 악당처럼 생각에 잠겼다.

“이 비밀 이야기는 작은 나리가 간이치 씨와 오치카 아가씨에게 흘리는 바람에 돌고 돌아 제 귀에 들어온 거예요.”

어디를 어떻게 돌고 돌았는지 신경 쓰이지만, 에라 아무렴 어떠랴.

“그래서 나를 따돌리지 않으려고 가르쳐 주는 거로군?”

곁눈질을 멈추고 오카쓰는 고개를 끄덕였다. “작은 나리는 단순히 그 혼담이 마음에 들지 않아서 거절하고 싶으셨던 게 아니라 달리 마음에 둔 사람이 계신다고 해요.”

세상에. 도미지로는 재채기가 나올 뻔했다.

“그거, 어머니는 알고 있을까?”

“아뇨, 거기까지는 모르셔요.”

"실은 나도 최근에 형님이랑 이야기를 했는데."

순서로 따지면 이이치로가 효탄코도에 갔다가 돌아오는 김에 도미지로와 만났을 때의 일이다.

"엄청나게 힘을 주면서 아내를 맞이하는 일은 중요하다, 남자 일생의 중요한 일이라고 큰소리를 쳤어."

간이치와 오치카가 좋은 부부라고 깊이 감동한 듯 칭찬도 했었다. 그런 이이치로의 모습을 보며 도미지로도 어쩐지,

"형님에게 혼담이라도 들어왔나 싶었는데, 맞았군."

그런데 좋아하는 상대가 있다니.

"어디의 어떤 아가씨일까. 아니 잠깐, 형님이 좋아해도 통하지 않는 사람이 그렇게 많을 리 없는데. 평범한 아가씨가 아니라 좀 더 어려운 상대……. 설마 남의 아내인가? 과부인데 아이가 있다거나? 아니면 부엌 하녀인데 글씨도 제대로 읽고 쓸 수 없을 정도라, 역시 이래서는 우리 부모님이 승낙할 것 같지 않다거나?"

도미지로가 지껄이는 얘기를 멍하니 듣고 있던 오카쓰가 "전부 다 틀렸어요"라고 말하는 목소리는 조금 싸늘했다.

"아니, 형님의 일이긴 하지만 장난을 치면 안 되겠지. 미안, 미안."

그래서 어떤 사람인데?

"도련님, 굳게 비밀을 지키실 수 있나요?"

"지킬 수 있어. 약속해."

"저는 이 사랑과 관련해서 만에 하나 작은 나리께 무언가 곤란

한 일이 생겼을 때 곧장 도련님이 힘이 되어 주셨으면 하는 생각으로 말씀드리는 거예요."

단둘뿐인 형제니까.

"알고 있어. 형님이, 어지간히 곤란하다 해도 나한테까지 의지할 리 만무하지. 그야 오기랄까 긍지랄까, 체면이 있으니까. 하지만 나는 힘이 되어 주고 싶으니까, 마음의 준비를 해 두고 싶어."

오카쓰는 또 고개를 끄덕였다. 도미지로를 향해서가 아니라 '좋아, 이야기해 두자' 하고 자기 자신을 납득시킨 모양이다.

"이 혼담의 상대는 히시야의 중요한 거래처인데…… 가게 이름까지는 말씀드리지 않겠지만요."

성가신 이유는 매우 알기 쉽다.

"작은 나리가 마음에 둔 사람은, 혼담 상대의 동생이에요."

언니와의 혼담이 들어와 있는데 이이치로의 마음은 동생 쪽에 있다.

"그거, 상대도 알고 있어?"

"동생분은 알고 계셔요."

"언니는 모르는 건가. 누군가 말해 주면 좋을 텐데. 언니든 동생이든, 어쨌든 혼담이 이루어지면 히시야의 면은 서는 거고."

흑백의 방 아래쪽 자리에 도미지로. 옆방의 당지문 옆에 오카쓰. 평소와는 다른 배치로 대화하는 두 사람을, 아직 아무것도 그려지지 않은 도코노마의 하얀 반지가 바라보고 있다.

"그쪽에는, 언니는 전처의 자식이고 동생은 후처의 자식이라는 사정이 있는 모양이에요."

자식은 자매 둘뿐. 주인과 후처는 동생에게 사위를 들여 가게를 물려주고 싶어 한다. 그래서 언니 쪽은 일찌감치 밖으로 시집을 보낼 궁리를 했다.

"……형님은 우리 집의 후계자야. 다른 가게에 사위로 들어가지는 않을 거야."

도미지로는 그렇게 말하며 주먹을 쥐었다.

"특별히 장남이라서가 아니야. 이 미시마야를 물려받아 더 큰 가게로 만들고 싶다고 본인이 말했었어. 그게 형님의 꿈이야."

데릴사위는 안 된다. 그 동생과의 혼담은 포기해 달라고 할 수밖에 없다. 그렇지 않으면 미시마야를 포기하거나.

"어렵네요."

오카쓰도 미간에 희미하게 주름을 짓고 있다.

"저는 그저 고용살이 일꾼이니, 차라리 두 분이 같이 도망쳐 버렸다가 열기가 좀 식었을 때 미시마야로 돌아오시면 된다고 생각했거든요."

오카쓰는 이런 일에는 인정사정이 없다.

"그렇게는 안 되겠네요."

오치카와 간이치는 이이치로의 괴로운 속내를 듣고 어떻게 위로했을까.

"언니 쪽은 형님과의 혼담에 적극적일 테니, 가엾게 되었네."

한숨을 쉬는 김에 도미지로는 말했다. 하지만 오카쓰의 얼굴을 보니 전혀 뜻밖의 표정이어서 한숨이 도중에 멈추고 또 재채기가 나올 뻔했다.

"……혹시 가엾지 않은 거야?"

"언니분은 작은 나리에게 시집가고 싶지 않다고 해요."

"그야, 동생이 좋아하는 사람이니까…… 아니, 그런 줄 모르나?"

모르는데 싫어하는 건가.

"취향이라는 건 있겠지만, 상인의 딸의 혼담은 대개 부모나 친척이 결정하는 거잖아? 그런데 우연히 우리 형님 같은 패를 뽑았다면 터무니없는 대성공이지. 세 바퀴 돌고 멍 하고 짖은 다음 춤을 추며 기뻐할 일이라고. 그런데 뭐야, 무례하게!"

흑백의 방에 침묵이 흘렀다. 평소의 이야기꾼과 청자 사이에 흐르는 침묵과는 매우 다른, 푹 조린 것 같은 소탈한 침묵의 맛.

"그렇게 말씀하시면 안 돼요."

오카쓰의 눈빛이 작게 뾰족해진다. 꿀벌 엉덩이의 침처럼.

아차.

도미지로는 금방 반성했다.

"저도 모르게 말실수를 했습니다."

복잡한 사정까지는 몰라도 이헤에와 오타미는 입을 모아,

――이이치로가 싫어한다면 그런 혼담은 백지로 하면 된다.

선선히 정리했다고 한다.

"두 사람 다 나한테는 아무 말도 안 했어. 낌새조차 안 풍겼다

고."

"쓸데없는 걱정을 끼치지 않으려고 잠자코 계시는 거예요. 안 그래도 도련님의 마음은 지금 오치카 아가씨의 순산 기원으로 꽉 차 있잖아요."

도미지로는 목덜미를 긁적였다.

"여러 가지로 미안해. 하지만 앞으로 형님이 곤란해하는 눈치가 있으면 또 가르쳐 줘."

오카쓰는 자세를 바로하며 다다미에 손가락을 짚고 머리를 숙였다. "가르쳐 드리는 게 아니라 상의드릴게요."

날치 지느러미를 소중히 품에 집어넣고, 도미지로는 흑백의 방을 나왔다.

에도 거리에는 더욱더 가을이 깊어져 제철 물건들이 팔릴 시기다. 미시마야는 해가 지고 나서도 손님의 발길이 끊이지 않아, 이헤에도 오타미도 바쁜 것 같았다. 도미지로는 신타와 저녁을 먹고 나서 자신의 방으로 돌아가 책상을 향해 앉았다.

먹을 듬뿍 갈고, 붓을 길들이기 위해 희화戱畫 책을 넘겨 그림본으로 삼으면서 나룻배나 질냄비, 깃발 등을 그려 보았다. 뱀도 귀여운 모습부터 무서운 모습까지 여러 도안이 있다.

한밤중의 어둠 밑바닥에서 질냄비 속 이형異形의 여자와 이야기했다는 기요마루. 그때의 얼굴——오토비조차 보지 못한 달콤한 웃음을 띤 얼굴을 그려 보고 싶다. 이 이야기를 듣고 버리려면 그런 모습이 어울린다는 생각이 든다.

그러나 어렵다. 도미지로의 기량으로는 그려 낼 수 없는 소재다.

이런 벽에 부딪히는 것은 이번이 처음은 아니다. 아마 앞으로는 더 자주 부딪히겠지. 자신이 청자로서의 경험을 쌓아 나가면 나갈수록, 유희로라도 그림을 그리는 사람으로서는 수련 부족을 통감하고 몸부림치지 않을까.

——오싹해졌다.

하지만 지금은 우선 오토비의 눈물을 듣고 버려야 한다.

결심을 하고 나니 생각나는 것은 하나였다. 질냄비다. 새것이고 이가 빠지지도 더러워지지도 않은 질냄비. 다만 그 질그릇의 표면에는 희미하게 밴 비늘 무늬가 새겨져 있다.

뚜껑은 닫혀 있다. 이 뚜껑을 열려고 하는 사람은 안에서 어떤 운명이 얼굴을 내밀고 자신을 부르든 받아들일 각오를 해야 한다.

반한다는 건 그런 것이리라.

*

이튿날 아침, 부모님과 셋이서 아침 밥상에 앉을 수 있었기 때문에 도미지로는 날치 지느러미 부적을 보여 주고 이야기했다. 두 사람 다 몹시 기쁜 표정이었다. 특이한 괴담 자리의 선물이라고 싫어

하는 일은 없었다.

"이걸 가지고 오치카를 만나러 가야겠다."

"저도 가도 될까요?"

"얼굴을 보고 축하만 해 주는 거라면. 오치카의 눈앞에서 졸도하면 안 돼."

이렇게 해서 겨우 효탄코도를 찾아갈 수 있게 된 도미지로는 졸도는 하지 않았지만, 오치카의 손을 붙잡자마자 감정이 북받쳐 울었다.

"오라버니, 고마워요."

오치카도 울고 있었다.

"이 부적, 한시도 떼어놓지 않고 가지고 있을게요."

울 만큼 울고 나자 스스로도 의외일 만큼 도미지로는 상쾌한 기분을 느꼈다. 오치카의 남편 간이치에게 민달팽이처럼 질금질금 질투하고 있었던 것이 거짓말인 양, 마치 비 개인 오후 같았다.

그러자 머리도 돌아가기 시작했다.

"맞다, 희화 책."

"예? 책이 필요하십니까?"

"응. 내 실력으로 따라잡을 수 없는 그림을 그리고 싶을 때 도움이 되는 건 그림본이니까. 지금 가지고 있는 책으로는 부족해서요."

간이치와 함께 효탄코도의 서고에 가서 이것저것 골라 달라고 했다. 이야기에 흥이 올라 몇 번인가 소리 내어 웃었다.

오치카는 괜찮다. 나도 괜찮다. 책 꾸러미를 짊어지고 도미지로는 미시마야로 돌아갔다.

3장

삼가 이와 같이 아뢰옵니다

이이치로에게 혼담이 들어왔다. '히시야'의 중매로, 좋은 자리인 것 같았지만 본인의 뜻에 맞지 않는 데가 있어 무산되었다. 본인은 물론이고 미시마야로서도 깊이 고민해야 할 일은 아니었다. 인연이 없었을 뿐이다――.

아버지 이헤에로부터 도미지로가 이와 같은 설명을 들은 것은 10월 초하루의 일이었다. 간식 시간에 이헤에의 방으로 불려가, 단풍 색깔과 모양을 한 네리키리고운 팥소에 참마 가루나 찹쌀가루를 섞어 반죽한 것에 여러 가지 소를 넣고 다양한 모양으로 만든 생과자를 먹고 호지차를 마시면서 들은 이야기다.

도미지로는 (여러 가지 경위가 있었음을 이미 알았지만) 본심을 숨기고, 호오, 그래요, 아이고 유감이네요, 상대는 미인이 아니었나요, 하고 대꾸하면서 아름다운 네리키리의 단맛을 즐겼다. 이야기를 들어 보니 아버지와 어머니는 형님이 혼담을 거절한 진짜 이유를 여전히 모르는 모양이네. 뭐, 그편이 좋겠지.

"혼담을 거절했다고 해서 히시야의 체면을 망친 건 아니고, 이쪽에도 전혀 부담이 없다. 다만 이제는 슬슬 히시야를 떠나도 좋을 때라는 증거겠지."

이헤에는 그렇게 말하며 미지근한 호지차를 꿀꺽 삼켰다.

"올해 말쯤 이이치로를 집으로 데려올 생각이다."

와아. 예상보다 빠르네.

"그거 잘됐네요. 연말의 바쁜 시기에 형님이 있어 준다면 그만큼 든든한 일도 없지요."

"너무 의지하진 말아라. 이이치로는 오랫동안 주머니 가게 장사에서는 떠나 있었어. 처음부터 다시 가르쳐야 할 게야."

"형님은 배우는 게 빠르니까 괜찮아요. 그런데 히시야에서는 알고 있나요?"

"1년만 더, 반년만 더, 계속 그렇게 말해 왔지만 끝이 없어서 안 돼. 무엇보다 이이치로가 이제 돌아올 때라고 말하고 있다."

이헤에는 세 개째의 단풍 네리키리를 입에 집어넣었다. 아버지, 좀 더 천천히 맛보는 게 좋아요.

"그런데 도미지로, 요즘 특이한 괴담 자리 말인데 파리가 날리는 모양이더구나."

그렇다. 날치 오토비의 이야기 이후, 도안 노인의 주선으로 세 명의 이야기꾼을 맞이했지만 아무래도 좋지 못했다.

첫 번째는 은퇴한 듯한 품위 있는 노파였는데, 그 이야기는 처음부터 끝까지 자신이 얼마나 심한 시집살이를 당했는가 하는 고생담이었다. 괴담의 맛은 거의 없고, 굳이 말하자면 시어머니가 귀신보다 무서웠다는 내용뿐이다. 두 번째는 초라한 차림새의 하급 무사로, 처음부터 몸을 잔뜩 젖히고 으스대었다. 흑백의 방에 놓여 있던 검은 옻칠을 한 도刀걸이가 마음에 들지 않는다고 불평을 하고, 족자의 반지半紙가 '초상집 같다'며 화를 내더니 급기야 오카쓰가 국화와 단풍을 꽂아 놓은 화기花器를 걷어차며 날뛰는 바람에 당장 돌아가 달라고 부탁했다.

마지막 세 번째는 눈초리가 날카로운 젊은 상인으로, 희고 긴 손가락과 붉은 입술이 가부키에서 여자 역할을 하는 배우 같았다. 실제로 배우라 해도 이상하지 않을 정도로 목소리도 좋고 유창하게 이야기해 주었지만, 내용이 좋지 못했다. 고슈 가도甲州街道 에도 시대의 5대 가도 중 하나. 에도 니혼바시에서 고후甲府를 지나 시모스와下諏訪까지 가는 길이다 어딘가에 있는 여관마을에서 사람을 잡아 죽이는 유령이 나온다는 소문의 여관에 묵었던 이야기인데, 공교롭게도 도미지로는 거의 같은 이야기를 효탄코도에서 빌려온 '전국 가죽 부대 평판기'라는 여행기에서 읽은 지 얼마 되지 않았던 것이다. 게다가 '기분전환 삼아' 읽어 보라고 권하며 간이치는 이렇게 가르쳐 주었다.

——이 제목은, 가죽 부대에 넣어 옮기지 않으면 새 버릴 정도로 엉성한 이야기라는 겸손의 표현입니다. 읽어 보면 그렇지는 않고, 근자에 료고쿠 대로大路에서 전쟁 이야기를 들려주는 예인藝

ㅅ이 긴 이야기 사이에 잠시 숨을 돌릴 겸, 이 여행기에서 몇 가지 일화를 골라 젊은 제자들에게 이야기를 시켰더니 재미있다는 평판이 자자하답니다. 그 일화에 작은 종이를 붙여 두었으니 대충 넘겨 보십시오.

세 번째 이야기꾼인 젊은 상인이 자신에게 일어난 일이라며 한 이야기는 바로 그 예인이 고른 일화였다.

——거짓말쟁이 사기꾼.

떠올리니 화가 나서, 도미지로도 세 개째의 네리키리를 삼켰다.

"우리 괴담 자리는 애초에 오치카를 위해서 시작한 거야."

이헤에가 말하며 도미지로에게 웃음을 보였다.

"지금 이렇게 오치카가 행복하게 살고 있으니 억지로 계속할 필요도 없어. 그만둬 버려도 된다."

이야기의 방향이 그쪽으로 갈 거라고는 생각도 해 보지 않았기 때문에 도미지로는 깜짝 놀랐다. 안 좋은 제비를 뽑는 것은 분하고 피곤하지만 특이한 괴담 자리를 그만두자고 생각한 적은 한순간도 없다.

"아뇨, 그만두다니 당치도 않아요."

재빠른 대꾸에 이번에는 이헤에 쪽이 놀란 기색이다. "이거야 또, 대답이 빠르구나."

안 돼, 진지하게 말해야지. 도미지로는 자세를 바로 하고 앉았다.

"저 같은 어중간하고 느슨한 성격에 이만큼 효험이 있는 약도 없습니다. 제가 녹초가 되고, 아무리 특이한 괴담 자리를 계속해도 더 이상 배울 것이 없겠다고 포기할 때까지는 제발 계속하게 해 주세요. 부탁드립니다."

손을 짚고 머리를 숙이자 이헤에는 당황해서 "아니, 아니" 하고 말리는가 싶더니 격렬하게 기침을 했다. 차가 이상한 데로 들어가 버렸는지 찻잔을 움켜쥔 채 괴로워하며 헐떡인다.

"아버지, 정신 차리세요, 숨을 쉬세요, 숨 쉬세요."

도미지로는 이헤에의 어깨를 붙잡고 등을 팡팡 두드렸다.

"아, 이제 됐다, 괜찮아."

쓴웃음을 짓던 이헤에가 갑자기 진지한 눈빛이 되어 차남의 얼굴을 보았다.

"한 가지 말해 두겠는데 너는 그렇게 어중간하지도, 느슨한 성격도 아니다. 오히려 곧고 마음씨가 착하고 늘 주위를 배려하고 있지."

"예?"

정면에서 칭찬을 받고, 도미지로는 멍청한 목소리를 내고 말았다. 부끄럽지만 물론 기쁘다. 이헤에는 장사꾼으로서는 달변이지만 아버지로서는 청산유수로 말을 잘하는 편이 아니다.

"네가 오치카한테서 특이한 괴담 자리를 물려받은 것은 네 나름대로 생각하는 바가 있었기 때문임을 나는 잘 알고 있다. 그러니 찬물을 끼얹을 생각은 털끝만큼도 없다만."

사실을 말하자면, 특이한 괴담 자리에 대해서 지금은 오타미가 탐탁지 않아 한단다——하고 이헤에가 고백하듯 말했다.

"어머니가?"

"음. 오치카에게 중요한 이 시기에 무서운 이야기를 듣는 일을 더 이상 하지 말았으면 좋겠다, 그만둘 수 없느냐, 적어도 쉴 수는 없느냐며."

달력은 음력 10월이 되었다. 오치카는 해가 바뀌는 1월 중순에는 산달에 들어간다. 초산은 늦어지는 경향이 있지만 반드시 늦어진다고 정해져 있는 것은 아니다. 오히려 정월이 되고 나면 언제 태어나도 이상하지 않다고 생각해야 한다.

이제 출산까지는 석 달밖에 남지 않았다. 안 그래도 해야 할 일이 많은 연말연시에 걸리게 되니 일찍부터 준비를 시작해야 한다고 생각한 오타미는 지난 달 중순 술일戌日에 오치카가 무사히 복대를 두르자 "이거다!"라는 듯이 덤벼들었기 때문에 더욱 부산스러워졌다임신 5개월째의 술일부터, 임신한 여성이 태아를 보호하기 위한 흰 천(복대)을 배에 두르는 풍습이 있었다. 이는 십이지 중 술戌에 해당하는 동물인 개가 순산을 상징하기 때문이라고 한다. 산더미처럼 많은 기저귀와 포대기, 아기의 마를 쫓아 주는 삼잎 무늬 배내옷과 오치카를 위한 새 잠옷. 각각의 옷에는 빨 동안에 입을 여벌도 필요하기 때문에 오타미는 매일 바늘을 손에 들고 무언가를 꿰맸다.

당초 시댁인 효탄코도에서 설을 쇠고 나면 오치카는 미시마야로 돌아와 이쪽에서 아이를 낳기로 되어 있었다. 그러나 점점 배가 불러 오는 사이에 본인의 생각이 바뀌었는지 효탄코도에서 낳고 싶다는 말을 꺼냈다.

——멋대로 굴어서 죄송해요. 하지만 제 남편을 키워 준 많은 책들이 지켜보는 가운데 아기를 낳고 싶어요.

여기에는 남편 간이치도 기뻐하고 있는 모양이다.

부부 사이가 좋은 것도, 오치카가 효탄코도의 생활에 익숙해진 것도, 미시마야로서는 기뻐해야 할 일이니 안 된다고 할 수는 없다.

좋아, 그럼 이쪽에서 돌봐 주러 오가마. 두 집은 비가 내려도 뛰어가면 우산이 필요 없을 정도로 가깝다. 게다가 미시마야의 고참 하녀였던 오시마가 지금은 효탄코도의 안살림을 맡고 있다. 오타미와 오시마, 오카쓰 셋이서 여차할 때는 어떻게 해야 할지 상의하는 모습을 도미지로도 늘 보아서 알고 있었다.

미시마야는 오치카의 친정이 아니고 작은집이다. 본가는 가와사키 역참의 여관 '마루센'이고 그곳에는 부모님, 오라비 기이치와 그의 처자식이 살고 있는데 모두 오치카의 아기와 만날 날을 고대하고 있다. 다만 여관 장사는 안 그래도 쉬기 어려운 법인데, 설부터 1월 한 달은 가와사키의 대사평간사大師平間寺 고보 대사弘法大師를 모신 절. 액운을 막아 주는 것으로 유명하여 전국에서 참배객이 찾아온다 참배 손님이 몰려드는 대목이다. 오치카의 어머니조차 그렇게 쉽게 빠져나와 딸을 돌봐 줄 수는 없다. 자연스럽게 오타미가 그 몫을 대신하게 되어 하나부터 열까지 이것저것 신경 쓰느라 몹시 바쁘게 지내고 있는 것이다.

하지만 바빠지면 바빠질수록 힘이 나는 기질인 어머니가, 오치카를 위하는 한편으로 지금은 특이한 괴담 자리를 탐탁지 않아 하며 그만둬 주길 바란다니, 도미지로는 전혀 눈치채지 못했다.

"길하지 못하다는 거겠지요."

"단순히 길흉 문제가 아니야. 그 왜, 전에 한 번 오카쓰가 백발이 되어 버린 적이 있었지 않느냐?"

그랬다. 특이한 괴담 자리의 수호 역할을 하는 오카쓰가 가진 힘이 그때 들은 이야기가 감추고 있던 사악한 기를 물리친 바 있다. 그 대가로 한 움큼의 검은 머리카락이 갑자기 새하얗게 변하고 말았었다.

"그런 일도 있었으니 오타미의 걱정이 과하다 할 수는 없지. 요즘처럼 중요한 때에 오치카뿐만 아니라 누구의 몸에라도 무슨 일이 있으면 싫지 않겠니."

도미지로도 그 염려는 이해한다.

괴담 자리에는 어쩔 수 없이 인간 세상의 업이 쌓인다. 때로는 인간이 아닌 존재가 다가오기도 한다.

――오치카 씨의 아기, 무사히 태어나면 좋겠군요.

무섭다기보다도 불길한 대화는 도미지로의 귓속에도 새겨져 있다.

하지만 무사히 태어나도록 내가 지킬 것이다. 모두 함께 지킬 것이다. 바라고, 기도하고, 마음을 다할 것이다.

"알겠어요, 아버지. 흑백의 방에 이야기꾼을 초대하는 건 잠시 쉬지요."

도미지로는 쾌활하게 말했다.

"오치카의 아기 얼굴을 볼 때까지는 저도 엉덩이가 들썩거릴 테니 마침 잘됐어요. 게다가 올해 말에 형님이 히시야에서 돌아온다면 그쪽도 그쪽대로 바빠질 테고요."

이헤에의 눈매도 안도로 누그러졌다. "이이치로는 아기가 아니다. 자신의 일은 스스로 하면 되니 내버려 둬도 돼."

"한발 먼저 돌아온 동생으로서 그럴 수야 없지요. 형님이 고용살이 일꾼들에게 괴롭힘을 당하지 않도록, 사람들이 형님을 두려워하는 일이 없도록, 세상 물정 모르는 바느질 일꾼들을 모조리 사랑의 열병에 걸리게 하는 일이 없도록 제가 안배해야 하니까요."

도미지로가 가슴을 탕 두들겨 보이자 이헤에는 웃었다.

"다만 아까 아버지가 말씀하셨다시피 요즘 청자로서는 파리가 날리고 있으니……. 이대로 몇 달이나 쉬는 건 약간 아쉬운 기분도 드네요."

"그럼 어떻게 할까."

"한 명만 더, 알맹이 있는 이야기를 들려줄 이야기꾼을 만나게 해 주세요. 어차피 직업소개꾼 도안 씨 쪽에서도 당장 주선을 멈출 수는 없을 테지요."

아니꼬운 두꺼비 선인이 하는 일이다. 미시마야의 사정으로 멋대로 괴담 자리를 쉬다니 지금까지 순서를 기다리게 해 온 손님에게 미안하다, 우리 신용에 문제가 된다, 이 손해를 어떻게 해 줄 거냐고 투덜투덜 불평을 늘어놓겠지. 두꺼비 선인의 불평불만을 피하기 위해서라도 한 명 정도만 더 이야기꾼을 맞이하고 나서 슬쩍 쉬자.

"괴담 자리에 파리가 날리고 있는 건 도안 씨의 사람 보는 눈이 이상해진 탓이기도 하니 이참에 불평도 해 줘야겠어요."

"알았다. 그건 네게 맡기마."

그리하여 도미지로는 이튿날 곧장 고상한 맛의 사카만주酒饅頭밀가루나 쌀가루 등으로 만든 반죽에 팥을 넣고 쪄서 만드는 과자를 만주라고 하는데, 사카만주는 밀가루에 술을 넣고 반죽하여 만든 것을 말한다 꾸러미를 들고 도안 노인의 직업소개소를 찾아갔다. 어둑어둑한 계산대에 진을 치고 있던 두꺼비 선인의 기름진 얼굴은 사카만주의 향기에 일순간 밝아졌지만, 도미지로가 용건을 꺼내자 순식간에 요괴의 대장처럼 일그러진 부루퉁한 얼굴로 변했다. 으음, 누라리횬붙잡을 곳이 없이 매끈한 요괴. 요괴의 총대장이라는 이야기가 있다이라고 했던가. 아니, 간바리뉴도화장실에 나타나는 요괴로 입에서 새를 토하는 대머리의 모습이라고 한다. 섣달 그믐날에 '간바리뉴도 호토토기스'라고 외면 이 요괴가 나타나지 않는다고도 한다인가? 그건 측간의 신인가?

"이 장부를 보십시오."

두꺼비 선인은 뼈가 불거진 손가락으로 장부를 두드렸다. 미시마야 전용 명부라는데 튼튼한 기류桐生 종이기류는 군마 현 남동부에 있는 지명이다. 이곳에서 생산된 종이는 예로부터 두껍고 튼튼한 것으로 알려져 있었으며 현재도 기류시

市 중요무형문화재로 지정되어 있다를 보라색 실로 철한 모양이다.

"밥벌레 도련님이라도 수 정도는 셀 줄 알겠지요. 여기에 몇 명의 이름이 적혀 있습니까?"

"하나, 둘, 셋."

"답답하구만. 스물세 명!"

"꽤 많이 기다리게 했군요. 도안 씨, 사람을 다루는 실력이 조금 둔해진 것 아닙니까?"

"무, 무, 무슨."

"그렇게 새빨개지면 두꺼비 선인이 아니라 문어 선인이 되어 버려요."

도안 노인의 손에서 장부를 집어 든 도미지로가 미시마야 전용 명부를 찬찬히 살펴보았다. 이야기꾼이 이곳에서 댄 이름과 신분, 또는 직업. 작은 글씨로 덧붙여 쓴 것은 두꺼비 선인의 단평短評이다. '재수 없는 할망구' '알랑쇠 퇴물' '추녀' '알거지'. 좋지 않은 평가뿐인데도 이 사람들을 흑백의 방에 주선하려고 하는 까닭은 수탁금을 냈기 때문인가. 가장 아래의 '수탁금'란에 동그라미가 있고 놀랍게도 '1냥'이라는 기록도 보인다.

"이름을 보고 느낌이 온 사람을 세 분 고를 테니 순서대로 연결해 주세요."

"끄응." 두꺼비 선인이 땀을 흘리며 신음한다. "제, 제멋대로 그런 말을."

"나머지 스무 명한테는 정중하게 사과하고 수탁금을 돌려 드리세요. 특이한 괴담 자리를 재개할 때가 오면 제일 먼저 기별한다 하시고요."

도안 노인에게는 그렇게 말했지만 세 명을 고를 때 이름 따위는 신경 쓰지 않았다. 도미지로가 눈을 쟁반만 하게 뜨고 살펴본 것은 심술궂기 짝이 없는 직업소개꾼이 덧붙인 단평 쪽이다.

특히 눈에 띄는 세 사람의 단평은 다음과 같다.

〈참붕어〉 물고기 이름인가? 구이 종류에도 이런 이름이 있었던 것 같은 기분이 든다.

〈사각턱〉 얼굴 윤곽을 말하는 것이리라. 이름을 보니 여인이다. 무례하기는.

그리고 세 번째가 굉장했다.

〈정사물〉

도미지로는 처음에 잘못 봤나 싶어서 눈을 깜박였다. 정사? 한자가 어떻게 되지. '정사情死'라는 말을 들으면 남녀가 함께 죽는 장면부터 떠오르는 건 자신이 뭘 몰라서일까.

"아무한테도 보여 주지 않는 장부이니 이런 글을 덧붙여 놓으신 거겠지만."

장부를 돌려주면서 도미지로는 목소리를 낮추었다.

"너, 무, 해, 요."

도안 노인은 검붉게 성을 내고 있다. "마음대로 말씀하시지요."

"하지만 재미있어요" 하고 덧붙인 도미지로가 이를 보이며 웃었다. "먼저 내막이 밝혀지면 흥이 식으니 단평의 이유는 여쭙지 않겠습니다. 당사자를 뵈면 과연, 하고 납득할 수 있을지도 모르고요. 그럼 조속히 연결시켜 주시기를 부탁드리겠습니다."

도안 노인과의 만남 이후로 얼마 지나지 않아 직업소개소에서 행수가 심부름을 왔다. 〈참붕어〉 님과 〈사각턱〉 님은 상황이 여의치 않아, 언젠가 특이한 괴담 자리가 재개될 때를 기다리고 싶다는 의향이셨습니다. 그런가. 도미지로는 상관없다는 마음이었으나 도안 노인은 유감이지 않았을까. 그 '1냥'은 〈참붕어〉 님이었으니까.

남은 〈정사물〉 님은 미시마야가 좋다면 언제든 찾아오겠다고 한다. 가장 의미심장한 단평이 와 주는 것이니 바라던 바이기는 하지만 가장 불온한 단평이라 걱정스럽기도 했다. 오타미의 불안을 알면서 '한 명만 더'에 이런 이야기꾼을 불러들이다니 그야말로 표적 한가운데를 쏘는 불효나 마찬가지 아닌가.

못난 아들이라 죄송하다. 몰래 목을 움츠리면서 직업소개꾼과 이야기하여 〈정사물〉 님의 날짜를 정했다. 그러자 상대는 둘이서 오겠다고 한다. 오오! 그렇다면 역시 〈동반자살자〉라고 생각해도 무방하려나. 어쩐지 도미지로의 마음도 술렁였다.

그리고 당일.

오카쓰가 흑백의 방 도코노마에 장식한 것은 작고 하얀 꽃이 달린 비파나무 가지와 완전히 잎이 떨어진 감나무 가지다. 화기花器 주위에는 색깔이 선명한 마른 감잎이 흩뿌려져 있다.

"이 방에서 단풍놀이의 흔적을 맛볼 수 있도록 하려는 거로군."

고타쓰위에 이불을 씌워 보온을 유지할 수 있도록 만든 화로를 쓰기 시작한지라, 차를 끓이기 위한 네모난 화로에 더해 손을 따뜻하게 하기 위한 손화로가 등장했다. 이곳에서 사용하는 손화로는 이야기꾼의 취향에 어긋나면 안 되기 때문에 무늬가 없는 질그릇으로 갖추어져 있다. 다른 색깔이 없는 방에 감나무 낙엽이 한층 돋보여 아름답다. 비파꽃의 희미한 향기도 더해져 마음을 편하게 해 준다.

오시마가 효탄코도로 옮겨 가고 나서 특이한 괴담 자리를 위한 손님을 응대하는 일은 사환 신타의 역할이 되었다. 익숙하지 않은 일이라서 버벅거릴 거라 생각하고 (조금 재미있어하며) 기다리고 있자니, 의외로 즐거운 듯이 이야기하면서 복도를 걸어온다. 물론 당사자인 손님과 이야기하고 있다.

"……저희 가게에서 다가오는 계절에 가장 추천해 드리는 물건이 그 어깨에 두르는 천이거든요."

"손이 많이 가는 천이로군요. 무늬가 있는 쪽도 아름답지만 에마키두루마리에 그린 그림을 펼쳐 가며 차례차례 나타나는 그림을 감상할 수 있도록 만든 일종의 그림책처럼 만든 쪽이 또 한층 멋있어요. 그건 미시마야에서 특별히 주문하신 건가요?"

"예. 직조를 하시는 곳에서 주시는 안案을 바탕으로 저희도 이것저것 부탁드리고, 무늬가 있는 것은 폭과 길이를 어떻게 만들었을 때 가장 돋보일지 궁리하고 있습니다. 에마키는 세책상에 상의해서 길한 이야기를 고르고 있지요."

신타의 목소리는 자랑스러운 듯 신이 나 있다. 손님은 아무래도 남자인 듯 침착한 말투다.

"세책상은 이 댁 아가씨가 시집가신 효탄코도겠군요."

어라, 〈정사물〉 님은 사정을 잘 알고 계신다. 미리 미시마야에 대해서 조사해 온 것일까.

발소리와 사람의 기척이 흑백의 방 앞에 있는 작은 방으로 들어왔다.

"도련님, 손님을 안내해 왔습니다."

당지를 바른 문 맞은편에서 신타가 말한다.

"모셔 오렴."

신타가 당지문을 밀어 열고 옆으로 물러나자 남자의 하얀 버선이 문지방을 넘어 흑백의 방에 발을 들여놓았다.

염색하기 전의 비단실 같은 은발의 상투에, 은회색 유키쓰무기 이바라키 현 서쪽에 있는 유키結城 주변에서 생산되는 비단. 가는 명주실로 견고하게 짠다 하오리와 고소데를 입은, 딱 보기에도 유복해 보이는 상인 같은 노인이다. 키가 크고 몸도 탄탄하다. 하오리의 길이가 약간 긴 까닭은 이 사람의 체격에 맞추었기 때문이리라.

이 장신의 노인이 만든 그늘에 숨다시피 하며 여자 한 명이 바싹 붙어 있다. 짙은 보라색 두건에 동백꽃과 잎 무늬를 새겨 검게 물들인 고소데. 띠는 검붉은색 바탕에 당초무늬 자수가 되어 있다. 물론 비단이고, 이 자수만 해도 상당히 값이 나갈 것 같다.

"들어오셔서 그쪽에 앉으시지요."

도코노마 앞의 방석과 팔걸이가 있는 곳으로 두 사람을 안내하다가 도미지로는 깨달았다.

이 두 사람, 남자의 왼쪽 손목과 여자의 오른쪽 손목을 가느다란 띠로 묶어 연결하고 있다. 바싹 붙어 있으면 약간 느슨해지는 정도의 길이이니 답답하지는 않겠지만 두세 발짝 이상 떨어지기는 힘들어 보인다.

——그래서 〈정사물〉이구나.

내심 무릎을 쳤다. 정사——동반 자살. 이 세상에서 함께할 수 없는 남녀가 내세를 맹세하며 같이 죽을 때, 특히 물에 빠져 죽을 때는 시체가 떠내려가다가 서로 떨어지지 않도록 천이나 끈으로 손목을 묶곤 한다. 눈앞에 있는 남녀의 모습처럼.

"실례하겠습니다."

은발의 남자는 도미지로에게 갑자기 묵례하고 나서 두 사람을 잇고 있는 손목의 끈을 풀었다. 그러고는 여자를 부축해 방석에 앉힌다.

"힘들지 않소?"

여자의 머리가 위아래로 움직여 끄덕였다. 두건을 쓴 채, 게다가 고개를 숙이고 있어서 전혀 얼굴이 보이지 않는다.

"여기에 팔걸이가 있어요. 기대도록 해요. 그렇지, 그렇지."

남자는 한쪽 손으로 여자의 어깨를 받치고, 다른 한 손으로 여자의 오른팔을 들어 올려 팔걸이 위에 조심스럽게 놓아 주었다. 여자의 몸이 힘없이 흔들리며 팔걸이 쪽으로 기댄다.

여자의 왼팔은 전혀 움직이지 않고 오른팔도 그다지 쓸 수 없는 모양이다. 도미지로가 말했다.

"등받이가 있는 의자를 가져오지요. 아니면 낮은 팔걸이가 좋으실까요?"

그러자 남자가 도미지로 쪽을 돌아보더니 똑바로 얼굴을 마주 보았다. 물론 젊지는 않지만 늙지도 않았다. 이헤에와 비슷한 정도의 연배이려나. 품격도 있고 풍채도 좋고 전혀 약해 보이지 않는데. 섣불리 '노인'이라 여기다니 실례였구나.

"마음 써 주셔서 고맙습니다. 제가 옆에 있으면 이대로도 괜찮습니다."

남자는 여자의 얼굴을 내려다보며 다정한 손짓으로 두건을 벗겨 주었다.

여자의 얼굴이 드러나자 도미지로는 숨을 삼켰다.

머리카락은 듬성듬성 빠져 전체적으로 숱이 적었다. 남은 머리카락도 백발이 하얀 실의 폭포처럼 늘어져 있고, 그것을 묶어 뭉쳐서 작은 경단 모양으로 만들어 머리 뒤에 정리했다.

얼굴은 야위었고 뺨은 움푹 팼다. 그러나 콧날은 오뚝하고 이마는 모양 좋게 수려하고 입술 모양도 단정하다. 예전에는 아름다웠으리라.

여자는 눈을 또렷하게 뜨고 두 눈동자를 이쪽으로 향하고 있다. 흰자위도 검은자위도 알 수 없는, 재를 녹인 탁한 물 같은 눈이다.

"보시다시피 제 아내는 눈이 보이지 않습니다."

여자의 얼굴이 도미지로의 정면을 향하도록 아래턱에 손을 대어 방향을 고쳐 주고 나서 이야기꾼인 남편이 말했다.

"꽤 전부터 이야기도 할 수 없게 되었지만 귀는 들리고 머리도 둔해지지는 않았습니다."

대답이라도 하듯 아내가 미소를 짓는다. 눈을 깜박이자 눈초리에 고인 눈물이 보였다.

"부축해 주면 걸을 수 있지만 팔을 들지 못하기 때문에 아내 쪽에서 저를 붙잡을 수가 없습니다. 평소에는 집에 틀어박혀 지내고 있지만, 오늘은 특별히 이곳에 꼭 데려가 달라고 청하였기에 손목을 묶고 왔지요. 보기 흉한 모습을 보여 정말 죄송합니다."

시야 구석에서 아내의 모습을 신경 쓰면서 남편은 손을 짚고 도미지로에게 절을 했다.

"일어나십시오. 무엇 하나 보기 흉하지 않습니다."

빈말이 아니었다. 도미지로는 감동하고 있었다. 아내를 돕는 남편의 동작 하나하나에 배려가 가득하다.

"이곳의 관습으로 보잘것없기는 하지만 우선 다과를 대접하고 있습니다. 좋으실 때에 편하게 드십시오. 무언가 필요한 것이 있으면 지체없이 말씀해 주시고요."

두 사람을 보고 있으니 어찌 되었든 대접을 하고 싶어졌다. 엽차는 따뜻해야지. 쇠주전자를 화로 끝으로 밀고 물을 더 붓는다. 오늘의 다과는 네모난 화로의 모양을 본뜬 고구마와 밤으로 만든 차킨시보리茶巾絞り 재료를 차행주로 싸서 쪄, 행주 자국을 낸 것다. 작은 칠기 접

시에 부지런히 담고 이쑤시개를 곁들인다.

"정말 귀여운 과자라오."

남편이 눈을 가늘게 뜨며 아내에게 말을 걸었다.

"그 왜, 성하마을 산노바시 다리 기슭에 과자가게가 있었지 않소. 양갱이 유명한 집이었는데 나도 당신도 그 가게의 밤과자를 좋아했지요. 그것과 비슷한 과자를 내 주신 참이라오."

"작아서 손가락으로 집어 들고 먹을 수도 있습니다" 하고 도미지로는 말했다. "저는 늘 그렇게 먹지요."

다과를 하며 도미지로는 자신이 좋아하는 과자 이야기를 한바탕 늘어놓았다. 이 차킨시보리를 파는 가게는 실은 이노코모치음력 10월 첫 번째 해일亥日 해시亥時에 햇곡식으로 떡을 빚어 먹는 이노코 축제亥の子の祝い가 있는데, 이노코모치는 이때 먹는 떡이다도 맛있다. 돼지해에 태어난 아이를 축하하고 무병장수를 기원하며 먹는 것인데, 어떻게 1년 내내 만들어서 팔아 주지 않으려는지——.

이야기꾼 부부는 도미지로의 실없는 수다도, 차킨시보리도 마음에 든 모양이었다. 바싹 붙어 앉은 두 사람 사이에 온기가 통하고 그것이 도미지로의 마음도 따뜻하게 해 준다.

"도안 씨에게 제의를 받으시고 나서 꽤 오래 기다리지 않으셨습니까?"

슬슬 본론으로 들어가려고 물어보았다.

"아뇨, 그렇게 오래 기다리지는 않았습니다. 보름 정도일까요."

남편이 아내의 얼굴을 보고, 눈이 보이지 않는 아내가 남편의 목소리에 고개를 끄덕인다.

"처음부터 도안 씨에게는 그리 앞날이 길지 않은 아내가 살아 있는 동안에 이야기하게 해 달라고 부탁했으니 배려를 해 주신 거겠지요. 고마운 일입니다."

아니, 그 두꺼비 선인 놈은 당신들의 이름을 명부에 휘갈겨 놓고 〈정사물〉이라고 덧붙여 써 놓았을 뿐이지만.

지금은 그것에 화를 낼 계제가 아니다.

"저어, 아내분은,"

이야기꾼인 남편이 천천히 고개를 끄덕이자, 아내가 보이지 않는 눈을 내리깐다.

"아내의 몸은 조금씩 병이 들어 망가져 가고 있습니다. 지금은 다음 정월을 함께 맞이할 수 있으면 좋겠다고 바랄 뿐이고요."

"……그렇게 어려운 병에 걸리셨다는 뜻일까요?"

도미지로가 묻는 목소리가 갈수록 작아진다. 혹시 무례하게 여기지 않을까 싶었지만.

이야기꾼 부부에게 기분 상한 기색은 없었다. 남편의 눈에는 밝은 빛이 있고 그 어깨에 기댄 아내의 입가에는 관음상과 같은 부드러운 선이 있다.

"모르겠습니다. 병인지 다친 것인지, 저주나 재앙인지. 누군가 아는 분은 없는지, 고칠 수 있는 분은 없는지. 저희는 이렇게 에도에 올라와 지난 3년 동안 평판이 좋은 의원이나 약사, 기도사, 무녀를 찾아다녔습니다."

이제 대부분의 곳을 다 돌아서 더 이상 가 볼 곳이 없다.

"애초에 이런 고통은 아내만 겪는 것이 아닙니다. 32년 전, 그 땅에서 도망쳐 온 사람들은 지금까지의 세월 동안 나이에 상관없이 대개 비슷한 증상을 일으켜 한 사람 또 한 사람 죽어 갔습니다."

분하게도 받아들일 수밖에 없는 일이었다, 고 한다.

"다른 지역에 이런 일들이 공공연히 퍼져나가지 않도록 하자면 어쩔 수 없었습니다."

32년이나 전. 그 땅. 사람들. 이런 일들. 단순히 부부의 신상 이야기가 아니겠구나 하고 도미지로는 생각했다.

"하지만 저는 미련이 많은 남자라서요. 몇 번이나 탄원을 되풀이하고 벌을 받을 것을 각오하며 영주님께 매달려, 간신히 부부가 함께 에도로 나와도 좋다는 허락을 받았습니다."

하지만 결과는 허무했다. 시간과 돈을 헛되이 썼을 뿐이다.

"그러니 적어도 어디에선가 이 기억과 지금의 속내를 토해 내고 싶어요. 그게 끝나면 아내를 안고 고향으로 돌아갈 생각입니다."

고향에는 몇 사람 더, 아내와 똑같은 모습으로 조금씩 죽음으로 향하고 있는 자들이 남아 있다고 한다.

"그래도——."

남편은 갑자기 말을 끊고 입술을 꽉 깨물고 나서 얼굴을 들었다.

"한정된 시간이나마 함께 마음 편히 행복하게 살 수 있어서 얼마나 다행인지. 목숨을 걸고 도망쳐 온 사람들도, 목숨을 걸고 그들을 구하러 간 저희도 충분히 보답받았다고 믿고 있습니다."

좋아, 이야기는 이제 본론에 들어간다. 도미지로는 등을 펴고 두 사람을 마주 보았다.

"미시마야의 특이한 괴담 자리에서는 이야기하고 싶은 것은 마음껏 하시고, 입에 올리고 싶지 않은 대목은 덮어둔 채 내키는 대로 말씀하시면 됩니다. 이 도미지로, 마음을 다해 듣고 버리도록 하겠습니다."

뭔가 말하려는 모양인지 눈먼 아내가 입술을 떤다. 귀를 가까이 하던 남편은 왠지 부끄럽다는 듯이 도미지로 쪽으로 시선을 옮겼다. "아내가 말하기를, 도미지로 씨의 목소리는 아내와 처음 만났을 무렵의 제 목소리와 비슷하다고 합니다."

"아아, 그건 영광이네요."

"이야기를 하기 전에 지금부터 제 이름과 나름의 입장을 말씀드려 두지요."

남편의 이름은 아사카와 소에몬. 성씨를 쓰고 칼을 차는 것이 허락되어 있지만 무사는 아니다.

"아사카와 집안은 오슈奧州 현재의 아오모리 현, 이와기 현, 미야기 현, 후쿠시마 현을 가리키는 옛 지명 구자키 번 우도노쇼 지방의 두 개 마을을 다스리는 기모이리입니다. 대대로 당주가 소에몬이라는 이름을 쓰도록 되어 있고, 저는 그 4대째 당주였습니다."

지금은 그의 동생의 장자, 조카가 5대째 당주가 되어 그 이름을 쓰며 우도노쇼를 다스리고 있다.

"은퇴한 몸인 저는, 젊은 시절의 별명인 신고라는 이름을 쓰게 되었습니다."

그는 아내의 등에 손을 대고 부드럽게 문지르면서, "아내는 하나요라고 합니다" 하고 말했다.

도미지로는 고개를 끄덕였다. "알겠습니다. 그런데 아사카와 님, 지명이나 사람의 이름은 이곳에서만 쓰는 가명이어도 괜찮은데요."

아사카와 신고는 싱긋 웃었다. "듣고 버려 주시는 것이니 실명이어도 상관없습니다. 저희 모두…… 집안사람들과 이 일에 관련된 우도노쇼의 누구에게도, 자랑스러울지언정 부끄러운 일은 아니니까요."

그런 말을 들으니 도미지로의 가슴도 두근거렸다.

"저희 지방은 어쨌거나 작은 번이라 녹봉인 쌀의 수확량은 1만 석石 조금 더 되는 정도지만 이것은 쌀만을 척도로 한, 소위 말하는 공식적인 녹봉입니다."

구자키 번은 송어나 잉어 양식, 염료의 원료가 되는 초목의 재배나 교배에 의한 신종 개발, 영지 내에서 풍부하게 채취되는 닥나무를 사용한 종이 생산 등 여러 산업이 성황을 이루고 있었다. 이러한 산물을 영지 바깥의 다른 지방이나 에도, 교토에까지 널리 팔아 '제대로 벌어서 돈을 굴리고' 있었기 때문에 기실은 녹봉의 두 배 이상으로 풍요로운 생활을 하고 있는 땅이라고 한다.

"다행히 주가主家인 아노 가家도 평안하고 영지 바꿈이나 재산 몰수의 위기를 당한 적도 없습니다."

큰 재해를 당하는 일도 없고 기근이나 역병도 가볍게 피하며 구자키 번의 역사는 평탄하게 이어져 왔다.

"우도노쇼는 네모난 은화 같은 모양을 하고 있는 구자키 번의 딱 북동쪽 모서리에 해당합니다. 이웃 번과의 국경을 넘으면 곧장 험한 산맥이 솟아 있지요. 우도노쇼는 그 산맥과 이어지는 완만하고 넓은 언덕 위에 자리잡고 있는데 개울을 사이에 두고 나카노무라와 니시노무라라는 두 개의 마을이 있습니다."

아름다운 계단식 논에 벼를 재배하거나 종이를 생산하며 먹고 산다. 계단식 논이 되지 못하는 좁고 경사가 가파른 땅은 닥나무 재배에 안성맞춤이다. 널따란 언덕은 북쪽에 있는 산맥 덕분에 눈이 녹은 물이 흘러 내려와 샘물도 풍부했다.

"아사카와 집안은 나카노무라 마을에 있고 본래 이 땅에 종이를 뜨는 기술을 가져온 직인의 후손입니다. 기모이리가 되고, 두 마을에서 생산하는 종이를 성하마을의 도매상에 파는 거간꾼의 입장이 되고 나서도 집안에 전해지는 기술이 끊기지 않도록 저택 안에서 종이를 뜨고 있었지요."

"그럼 아사카와 님도?"

"예. 읽고 쓰기를 배우듯이 닥나무 다루는 법부터 배우기 시작했습니다."

종이를 뜨는 것은 공정의 마지막이고 그 전까지의 밑준비가 더 품이 든다.

"닥나무를 기르고 베고 묶어서 햇볕과 바람을 쐬어 잘 말립니다. 마르면 그것을 물에 담가 표면의 검은 껍질을 벗겨 내고…… 이 작업을 꼼꼼하게 하지 않으면 만들어지는 종이가 거무스레해지고 말지요."

"아하."

"깨끗하게 한 다음 다시 말려서 공동의 닥나무 창고에 넣어 두고 사용할 때는 사용할 만큼만 꺼내어 다시 물에 담급니다."

도미지로는 놀라서 할 말을 잃었다. 모처럼 말렸는데 또 물에 담근다고? 그것도 두 번이나 되풀이한다고?

"농사가 끝난 겨울철에 작업을 하기 때문에 강물은 차갑지요."

맞다, 그것도 계산에 넣어야 한다.

"……힘든 일이군요."

"의외로, 연약한 여자가 할 일은 아니지요."

도미지로가 놀라는 것을 즐기듯이 아사카와 신고의 표정은 밝다.

"종이를 뜨는 단계에서도 물을 씁니다. 〈지상紙床〉은 꽤 무겁기 때문에 양손으로 받쳐 들고 몸 전체로 움직여야 하지요."

이때 팔걸이에 몸을 기대고 이야기하는 남편에게 등을 안긴 채로 있던 하나요가 후후 하고 웃었다. 희미하기는 하지만 소리를 내어 웃은 것은 처음이다.

“아내도 그것 때문에 고생했습니다.”

아사카와 신고는 사랑스러운 듯이 아내의 야윈 얼굴을 바라보았다.

“제가 처음부터 가르쳤는데 종이 뜨는 일이 너무 힘들어서 저까지 미워하게 될 것 같다며 운 적이 있습니다.”

도미지로의 귀에는 그것도 아내 자랑으로 들린다.

“하지만 얼굴을 덮고 우는가 싶더니 갑자기 벌떡 일어나 눈물을 닦은 아내가 이렇게 말하더군요.”

——이런 건실한 일이 힘들다니 얼마나 행복한가요.

도미지로는 부부를 뚫어져라 바라보았다.

결코 떨어지지 않겠다, 헤어지지 않겠다는 듯이 앉아 있는, 도미지로의 입장에서 보면 부모에 가까운 나이인 이 부부에게서 수수께끼의 향기가 풍긴다.

“그러니까 하나요 님은 매일 겪던 건실한 일의 힘듦과는 전혀 다른 힘듦으로부터 도망쳐 오신 거로군요.”

목숨을 걸고 도망쳐 온 사람들과, 목숨을 걸고 구하러 간 사람들.

“그렇습니다.”

아사카와 신고는 도미지로에게 얼굴을 향하더니 먼 곳을 바라보는 눈빛을 했다.

"그것은 32년 전, 저는 열일곱의 애송이였고 계절은 딱 지금 무렵의 일이었습니다."

*

입동 아침, 나카노무라 마을 아사카와 집안의 저택 뒤쪽에 있는 요미노이케 연못이 얼었다고 해서, 신고는 일어나자마자 구경하러 가기로 했다. 하얀 숨을 내쉬고 서리를 서걱서걱 밟으며.

요미노이케 연못은 보름달 같은 둥근 모양의 연못으로, 지름이 정확히 4간(약 7.28미터)이다. 그래서 '4간' 연못이 줄어 '요켄' 연못이 되고, 어느새 '요미'로 바뀌었다고 나카노무라 마을 사람들은 믿고 있지만 이것은 갖다붙인 거라고 신고는 생각한다4간은 '욘켄 よんけん'이라고 읽는다. 니시노무라 마을에 있는 번의 도장道場에서 들은 이야기 쪽이 진실일 것이다.

우도노쇼에는 샘물로 만들어진 크고 작은 연못이 많이 흩어져 있다. 지름 4간은 그중에서도 작은 편이지만 요미노이케 연못은 다른 연못과 달리 묘하게 깊다. 옷자락을 걷어올리고 첨벙첨벙 나아가다 보면 금새 바닥이 푹 패인 곳을 만나 간담이 서늘해진다.

물은 맑고 물고기는 없다. 물풀이 우거져 있고 바닥까지 햇빛이 비쳐들지 않아 연못 가장자리에서 보기만 해서는 깊이를 가늠하기가 힘들다. 다만 달빛을 받으면 연못 가장자리에서 곧장 절

벽처럼 깊이 팬 곳이나 바닥에 가까운 곳에서 희미하게 빛나는 운모 덩어리를 볼 수 있다. 그래서 '요미노夜見ノ'인 것이다.

발음만 듣고 '요미潢川'라는 한자를 붙여, 그 연못의 바닥은 사후 세계로 통해 있다, 그래서 지름이 '사간'인 거라고, 그럴싸한 껍데기뿐인 말을 퍼뜨리는 사람도 있다. 겨우 이런 연못을 두려워하는 자들은 물이 고여 있는 곳이라면 꽃꽂이를 하는 수반水盤이나 새가 미역을 감는 곳도 무서워할 것이다. 참으로 한심스럽다.

어쨌거나 이만큼 깊은 샘물 연못이면 우물과 마찬가지로 주위의 흙이 지켜 주기 때문에 좀처럼 얼지 않는다. 얼어도 물가에 부슬부슬 돋아 있는 갈대 밑동에 얇은 얼음 조각이 뜨는 정도다. 그런데 오늘 아침에는 어찌 된 셈인지 연못의 물에 진눈깨비를 듬뿍 섞은 것처럼 되었다고 한다.

아사카와 집안의 저택은 옆으로 긴 걸쇠 모양을 한 단층 가옥이지만 띠로 이은 지붕 아래에는 신고가 약간 머리를 숙이기만 해도 걸어다닐 수 있는 높이의 다락이 있어, 고용살이 일꾼의 침소나 창고로 사용되고 있다. 같은 방에서 자는 동생이 귀찮아서 신고는 종종 그 다락에 올라가 마음껏 지내곤 했다. 아래층에서 이야기하는 소리는 사다리를 통해 다 들린다, 오늘 아침에도 이른 시간부터 고용살이 일꾼들의 왁자지껄한 목소리가 들렸다.

"너무 차가운 바람이 불어오기에 보러 갔더니 그렇게 되어 있지 뭐야."

"무섭네."

"입동인걸. 연못이 어는 게 왜 무서워?"

"평소에는 얼지 않는 연못이잖아."

아사카와 가의 고용살이 일꾼은 집안일을 하는 하녀들과 종이 뜨는 일을 하는 남자들을 합해 여덟 명이나 된다. 모두가 떠들면 시끄럽다.

"좀 조용히 해. 내가 보고 올 테니까 빨랫대 좀 빌려줘."

자고 일어나 위장이 비어 있는 탓에 한층 더 추위를 느낀 신고가 도테라를 껴입고 다락에서 발견한 낡은 목도리를 둘렀다.

"오쓰기 씨, 빨랫대로 뭘 하시려고요?"

신고는 이 집의 후계자이기 때문에 별명인 '오쓰기 씨'는 경칭이다'오'는 존경이나 공손의 뜻을 나타내는 접두사, '쓰기次'는 '다음'이라는 뜻이다. 그러나 본인은 그 별명이 마음에 들지 않는다. 쓰기하기천을 누덕누덕 기워 붙이는 것가 생각나서다.

"연못 가장자리에서 빨랫대로 물을 휘저을 거야. 정말로 진눈깨비처럼 얼었는지, 희고 탁해서 언 것처럼 보일 뿐인지, 느낌으로 알 수 있겠지."

빨랫대에 서리가 살짝 앉아 있어 손바닥에 달라붙는 것 같았다.

"오쓰기 씨 혼자서는 위험해요, 저도 갈게요."

고용살이 일꾼들 중에서는 가장 어린, 겨우 열 살에 뺨도 코끝도 빨간 고야타가 따라왔다. 키도 몸집도 무게도 신고의 절반도 되지 않는 고야타는, 만에 하나 신고가 요미노이케 연못에 빠져도 끌어올려 줄 수 없다. 위안도 되지 않는 일행이지만, 제멋대로 금세 말대꾸를 해 오는 동생이나 누이들보다 신고는 고야타가 더 기특하게 생각되어 귀여웠다.

아사카와 저택 뒤쪽의 덤불은 시들고 잡목림도 모두 잎을 떨구어 벌거숭이가 되었다. 요미노이케 연못은 차갑게 드러나 있고, 아침 해를 받은 그 수면은 마치 한 번도 닦인 적이 없는 청동 거울처럼 어두운 진녹색으로 굳어 보였다.

신고는 빨랫대를 들고 창을 던지는 요령으로 연못 물 안에 꽂았다.

첨벙. 물방울이 튄다. 차가웠는지 고야타가 으학 하고 소리를 지르며 펄쩍 뛰어 물러났다.

"영차."

물가에는 서릿발이 서 있어 미끄러지기 쉽다. 신고는 두 다리에 힘을 주고 버티어 서서 빨랫대로 휘저었다. 연못의 물은 검고 기름 같은 느낌이 든다. 퍼 보면 수정처럼 맑은 물인데 이렇게 보면 정체를 알 수 없는 무언가가 고여 있는 것 같다.

"벌써 녹아 버린 걸까."

고개를 빼고 장대의 움직임을 지켜보면서 재미없다는 듯이 고야타가 중얼거렸다.

그때였다. 신고는 턱 하는 감촉을 느꼈다. 빨랫대 끝에 무언가 걸렸다. 낚시에 비유하자면 눈에서 꼬리 끝까지가 한 자나 되는 농어나, 몸을 꿈틀거리며 도망치는 무태장어가 낚였을 때 같다.

"고야타, 내 몸을 껴안고 받쳐 다오."

마음의 위안일 뿐이라도 없는 것보다는 낫다. 고야타가 꽉 껴안아 오자 신고는 신중하게 연못 속에 발을 내디뎠다. 한 발짝. 괜찮다. 두 발짝, 세 발짝. 아직 얕다.

빨랫대가 옆으로 흐른다. 무언가 걸린 느낌이 아니다. 물고 있다. 연못 밑바닥에는 물의 흐름이 있고 문 것이 그 흐름에 휘말려 움직이고 있다.

이대로 끌어올리자. 장대를 양손으로 꽉 쥔 채, 위로 들어 올리는 게 아니라 움켜쥐고 있는 부분을 조금씩 앞으로 당겨 간다. 좋아, 좋아, 아직 물고 있다. 떨어지지 않았다. 대체 무엇일까?

"어라, 얼음이다."

고야타가 소리를 지르고, 신고도 보았다. 주먹만 한 크기의 진눈깨비 덩어리처럼 서걱서걱한 얼음이 몇 개 떠올라 수면에 얼굴을 내민다.

"바닥 쪽에 얼음이 있다니 이상한데."

신고는 큰 소리로 말하며 한층 세게 빨랫대를 끌어당겼다. 요미노이케 연못의 물이 꿈틀거린다. 하얀 파도가 인다.

첨벙!

빨랫대 바로 옆에 사람의 팔이 나타났다. 팔꿈치 아랫부분. 이어서 벗은 어깨가 떠올랐다.

"우와아아아아아아!"

고야타는 비명을 질렀지만, 이것은 잘한 일이었다. 아침 공기를 찢는 새된 비명을 듣고 아사카와 저택에서 고용살이 일꾼들이 달려와 주었다. 그중에는 말대꾸만 하는 신고의 동생 교지의 얼굴도 섞여 있었다.

"형, 식전 댓바람부터 뭐 하는 거야——아아아아아아아!"

바보 취급하듯이 내뱉는가 싶더니 교지도 비명을 지르기 시작했다. 신고가 열심히 잡고 있는 빨랫대 끝에 부웅! 하고 희푸르게 부푼 익사체가 떠올랐기 때문이다.

이것이 요미노이케 연못을 둘러싼 괴이와 위협의 모든 시작이었다.

*

끌어올려 보니, 여러 가지로 기묘한 점이 눈에 띄는 익사체였다.

물에 잠겨 부풀어 있어서 원래의 체격은 잘 알 수 없지만 키는 5척 3치 정도. 이렇다 할 상처나 부상은 없다. 바다나 강에 빠져 죽은 익사체는 해류에 쓸려 옷이 벗겨져서 알몸이 되는 일이 많지만, 작은 연못에 삼켜져 있던 이 남자는 변변치 않은 띠가 허리에 남아 있고 너덜너덜한 작업복도 몸에 달라붙어 있었다. 그 소매나 옷자락이 신고의 빨랫대에 엉겨붙었으리라.

피부는 핏기가 빠져 밀랍처럼 희고 연못의 물과 비슷할 정도로 차가워져 있었다. 그러나 발바닥이나 정강이에 몇 군데 나 있는 찰과상이나 베인 상처는 그리 오래된 것으로 보이지 않는다. 마른 가지나 마른 풀에 쓸린 탓이리라. 하지만 시체를 뒤집어 보니 오른쪽 어깨에서 비스듬히 견갑골을 가로질러 깊은 자상이 몇 개나 나타났다. 이쪽은 확실히 도끼나 낫으로 몇 번이나 베이지 않으면 생기지 않는 상처다.

시체의 눈알은 희고 탁하며 귓구멍에는 피가 새까맣게 달라붙어 있다. 이는 절반 이상이 빠져 있고 남아 있는 이도 흔들거리는데다 몹시 더러웠다. 피 때문에 더러워진 듯 보인다. 이 사이에 잔뜩 끼어 있는 고기 조각을 바늘이며 이쑤시개로 긁어내어 보니 코가 비뚤어질 것 같은 냄새를 풍겼다.

사냥꾼이라 짐승의 고기를 자주 먹었을까. 그러나 시체의 손바닥을 살펴보니 나카노무라 마을의 농민들과 똑같이 매일 가래나 괭이를 휘둘러 생기는 단단한 못이 있었다.

이자는 어디 사는 누구일까. 나카노무라 마을은 물론이고 니시노무라 마을에도 이런 남자는 없다. 마을 사람들은 서로 얼굴을 알고 있고 타지 사람을 발견하면 가만히 내버려 두지 않는다. 성하마을에서 종이를 사들이러 오는 도매상조차 새로운 얼굴이 있으면 작은 소란이 일어나는 곳이다.

우도노쇼의 언덕 기슭에는 번의 간평농작물을 수확하기 전에 미리 작황을 조사하여 소작료를 정하는 일 관리가 머무는 곳이 있다. 일반적으로 영주 가문의 간평 관리는 영지 내 작물의 작황을 조사하고 이를 바탕으로 연공年貢의 양을 정하는 관직이지만, 구자키 번에서는 그에 더하여 에도로 따지자면 마을의 치안을 담당하는 요리키与力 에도 시대에 치안을 담당하는 여러 부서에 소속되어 하급 관리인 도신을 지휘하며 상관의 업무를 보좌하던 직책나 도신同心 요리키 밑에서 서무나 경찰 등의 업무를 담당하던 하급 관리 같은 역할도 맡고 있었다. 마을과 마을, 사람과 사람의 다툼을 달래거나, 도둑을 잡거나, 들개나 곰이 출몰하는 시기에는 마을 사람들을 지휘하여 대비하는 등, 영지 내의 치안을 지키기 위한 일이라면 무엇이든 한다.

요미노이케 연못에서 올라온 기묘한 익사체에 대해서도 간평 관리가 조사하는 것이 마땅하다. 당시 우도노쇼의 초소에 머물고 있던 이는 하타사쿠 하치로베에, 29세. 영주의 가신家臣 중에서는 상사上士 무사의 신분 중 하나. 상급 번사藩士로, 무사의 가문을 상사, 평사, 향사 등으로 나누었을 때 가장 높은 지위다. 말을 타는 것이 허락되어 있었기 때문에 기사騎士라고도 했다 집안이고, 그의 아버지는 간평 관리에서 사쿠지作事 막부 관련 건물을 건조, 수리하는 일을 맡았던 조직 담당 요리키, 번의 재정을 관장하는 창고지기 등, 국정의 장長까지 올라간 사람이었다.

그러나 하치로베에는 털털하고 으스대지 않을뿐더러 '하타사쿠畑作'라는 성에 부끄러워서는 안 된다며 자신도 논밭에 나가 거침없이 괭이를 휘두르는——영주의 가신 집안의 무사치고는 특이한 사람이지만, 우도노쇼 사람들에게는 경애를 받고 있는 간평 관리였다. 이날 아침에도 아사카와 가의 심부름꾼으로부터 일의 자초지종을 듣고는 곧장 하인 하나를 데리고 나카노무라 마을로 말을 달려 왔다.

"소에몬, 이래서는 시끄러워서 견딜 수가 없군. 마을 사람들을 물려 주게."

기괴한 사건의 소식은 이미 마을 전체에 퍼져 마을 사람들이 깜짝 놀라 아사카와 저택으로 몰려와 있었다.

"시체는 헛간에 있나? 오쓰기, 고야타, 우선 발견했을 때의 상황을 들려 주게."

하치로베에도 신고를 친밀하게 '오쓰기'라고 부른다. 신고가 성을 사용하고 칼을 차고 다닐 수 있는 기모이리의 아들로서 니시노무라 마을에 있는 번의 도장에 다니며 검술의 기초와 주가主家 아노 가家가 전국 시대부터 소중히 전해 온 독특한 궁술의 기초를 배웠을 때 하치로베에가 사범 대리를 맡았던 탓도 있어, 두 사람은 사제師弟이며 형제 같은 사이이기도 했다.

"이 남자가 어딘가에서 도망쳐 왔다면 북쪽 산을 넘어왔겠지."

다른 방향에서 왔다면 필시 사람들의 눈에 띄었으리라. 이치상으로는 북쪽의 험준한 산을 올랐다 내려와 국경을 넘어왔다고밖에 생각할 수 없지만, 그래도 이 계절에……?

"요미노이케 연못을 중심으로 이 부근 일대를 탐색해 보지. 이곳에 왔을 때 이자가 맨발에 고소데 한 장 차림이었을 리는 없네. 짐이나, 몸에 지니고 있던 것이 발견된다면 신원을 찾을 단서가 될 거야."

산을 수색하겠다고 하치로베에는 시원시원하게 말했다.

"오쓰기, 니시노무라 마을에도 알리고 서둘러 일손을 모아 주게. 농기구라도 좋으니 사람들에게 무언가 무기를 들게 해. 이자가 혼자였다는 보장은 없네. 도둑 같은 거라면 동료가 있는 편이 자연스럽겠지."

신고의 아버지 아사카와 소에몬은 산을 수색한다고 하면 제일 먼저 선두에 서고 싶어 하는 사람이었다. 나카노무라 마을의 사냥꾼들에게 총을 들게 하고 자신은 아사카와 가의 '가보家宝'라는 붉게 칠한 활과 화살통을 짊어지고 고야타를 수행으로 삼아 등불을 들게 한다(동굴 안쪽이나 바위 그늘을 비추려는 것이다), 마을 남자들을 모아 탐색을 어떻게 할지 정하는 것은 모두 신고와 하치로베에에게 떠맡긴다……. 이런 전쟁 같은 일을 매우 좋아하는 아버지였다.

쓴웃음을 짓는 한편으로, 신고는 '웃을 일이 아니다'라고도 생각했다. 하치로베에의 말대로 저 익사체 남자가 혼자였다는 보장은 없다. 그에게 동료가 있다면 마을이 위험에 처하게 된다.

——저 등의 상처도 악당들의 내부 분열 때문일지 모르지.

상처는 깊었고 등뼈가 드러난 부분까지 있었다. 어지간히 강하게 집념을 가지고 베지 않으면 저렇게 되지는 않는다.

"오쓰기 씨, 그 차림으로는 추울 테지요. 솜옷을 입고 가세요."

옆에서 누가 말을 걸어서 신고는 고개를 돌렸다. 걸쇠 모양을 한 저택의 서쪽 봉당에서 밖으로 나가 남쪽에 있는 헛간으로 향하는 참이었다.

목소리의 주인은 아사카와 가의 하녀인 오마키였다. 양손에 물통을 들고 있다. 저택 안뜰에 땅을 파서 만든 우물에 갔다가 돌아온 참이리라. 물통 자루를 움켜쥔 양손이 새빨개져 있다.

마을의 일하는 여자들은 고소데 자락을 짧게 걷어올려 허리춤에 끼우고, 정강이에서 복사뼈까지를 감싸는 '한코'라는 각반을 하고 있다. 어중간한 것이라는 뜻의 '한코'는 다 뜨지 못하고 남은 닥나무 조각을 말려 천조각과 섞어서 두드려 천처럼 만든 것이다. 구자키 번만의 소품이다.

"마침 잘 만났다. 오마키, 남자들이 모두 나갈 테니 너희들끼리 우리 집 문단속을 단단히 해 둬."

말하면서 신고는 오마키에게 걸어가 물통을 들어 주려고 손을 내밀었다. 하녀는 갑자기 뒷걸음질을 치며 그 손을 사양했다.

"나리는 벌써 나가셨어요. 오쓰기 씨도 서둘러야지요."

"저 익사체는 도둑이나 살인자일지도 몰라. 동료가 있으면 위험하니 우리가 돌아올 때까지는 혼자 다니면 안 돼."

"예, 알다마다요."

오마키는 눈가에 약간 그늘이 있지만 전체적으로 귀여운 인상이다. 나이는 신고보다 한 살 아래로, 자식이 많은 가난한 집의 장녀라 여덟 살 때부터 아사카와 가에서 고용살이를 했다. 신고에게는 남을 잘 돌봐 주는 누이동생 같은 이였다.

"낯선 놈을 보더라도 그 자리에서 당장 소란을 피우지는 마. 일단은 몰래 도망쳐서 우리한테 알리면 돼——."

말하면서 신고는 의아하게 생각했다. 뭐야, 오마키. 왜 그런 얼굴을 하지? 나를 보지 않고 눈을 어디에 두고 있어?

신고에게서 조금 떨어진 곳, 그가 이제부터 가려고 했던 헛간 쪽을 바라보며 오마키는 우두커니 서 있다. 그 눈이 점점 커진다. 입술이 떨린다.

뭐야. 신고는 오마키의 눈을 쫓아 하녀가 보고 있는 쪽으로 얼굴을 향했다.

거기에 그 익사체가 서 있었다.

그냥 서 있는 것이 아니다. 이쪽으로 다가오고 있다. 비틀. 한 발짝 발을 내디딘다. 흔들. 어깨가 흔들린다. 팔이 허우적거리며 허공을 휘젓는다. 주정뱅이처럼 비틀비틀, 점토 덩어리처럼 무거운 듯이.

희고 탁한 눈. 이리저리 움직인다. 입가는 느슨해져 침을 흘리고 있다.

"구아우."

익사체가 한 번 신음하더니 갑자기 속도를 높여 신고에게 달려들었다.

무언가 생각할 새도 없이 신고는 옆으로 뛰어 익사체로부터 도망쳤다. 비틀비틀 돌진해 온 익사체는 꼴사납게 안뜰 바닥에 엎어졌다.

오마키가 물통을 떨어뜨리며 꺅 하고 짧게 비명을 질렀다. 그러자 익사체가 뱀처럼 머리를 쳐들고 이번에는 오마키 쪽으로 얼굴을 향했다.

"구아, 구아, 구아아."

버둥버둥 발버둥치며 일어선다. 양손을 앞으로 내밀고 입을 삐끔거리면서, 무서워서 꼼짝도 못하고 굳어 있는 오마키에게 고꾸라질 듯 달려간다.

"오마키, 도망쳐!"

순간, 발치의 돌멩이를 주워 익사체에게 던지며 신고는 외쳤다. 돌멩이는 익사체의 머리 오른쪽에 명중하고, 머리가 털썩 기울었다.

"도망쳐, 집 안으로 도망쳐 들어가!"

신고는 더욱 크게 고함치며 익사체에게 몸을 부딪쳤다. 몸 전체로 익사체를 누를 생각으로 힘껏 달려들었다.

냄새가 난다. 위장이 뒤집힐 것 같은 냄새다. 게다가 이 감촉. 익사체의 피부는 차갑고 세게 움켜쥐면 손가락이 파고든다. 엎드린 채로 쓰러진 익사체 위에 올라타 양팔을 비틀어 올리고, 묶을 것은 없는지 주위를 둘러보았다. 밧줄이나 끈은 눈에 띄지 않는다.

"누구, 누구 없느냐! 도와다오!"

큰 소리로 부르자 오마키가 도망쳐 들어간 봉당 쪽에서도, 안뜰 너머에서도 사람들이 우르르 달려왔다.

"구아아, 구아아!"

익사체는 새우처럼 몸을 젖혀 신고를 떨어뜨리려고 한다. 신고는 그 머리에 양손을 짚고 혼신의 힘으로 익사체의 얼굴을 땅바닥에 짓눌렀다. 코가 뭉개지는 감촉이 있었다. 그러나 익사체는 계속해서 날뛴다. 조금도 타격이 없고, 조금도 아파 하지 않는다.

"이놈 대체 뭐야."

그 빈약한 상투를 움켜쥐고 들어 올렸다가 머리를 땅에 내리친다. 한 번, 두 번, 세 번. 그러고 있는 사이에 누군가가 밧줄을 가져오고,

"오쓰기 씨, 이거!"

거기에 조력자가 가세해, 남자만 넷이 달려들어 익사체의 다리며 어깨를 누르고 양팔을 뒤로 묶으려고 했다. 익사체는 미친 듯이 날뛰며 계속해서 탁한 목소리로 소리를 질렀다.

"좀 얌전히 있어!"

신고가 오른팔을 세게 잡아당기자, 팔꿈치의 피부가 소리를 내며 찢어지고 팔이 절반 뜯겼다.

신고도 도와주던 남자들도 한순간 어안이 벙벙해 움직임이 멈추었다.

"우가아!"

익사체는 상반신을 비틀더니 입을 앞으로 내밀고 가장 가까이에 있던 남자의 얼굴에 달려들어 코를 물어뜯었다.

"끄윽!"

닥나무밭에서 일하는 규이치라는 젊은이가 물렸다. 익사체의 기세에 눌려 그대로 깔릴 뻔한 것을 나머지 사람들이 부축해 일으킨다. 신고는 익사체를 규이치에게서 떼어 놓으며, 그 느슨한

입가에서 피가 실처럼 흐르고 듬성듬성한 이도 붉게 더러워진 모습을 보았다.

"아파, 아파."

규이치는 양손으로 얼굴을 누르고 몸을 구부리며 웅크리고 말았다. 손가락 사이에서 피가 떨어진다.

"구아아아아!"

익사체가 날뛰며 신고를 뿌리치고 다시 규이치에게 덤벼들려고 한다. 피다. 피 냄새다. 이놈은 피 때문에 흥분하고 있다.

"이놈, 어째서 살아 있는 거야!"

얼음이 섞인 연못에 빠져 있었다. 숨은 멎어 있었다. 몸도 싸늘하게 식어 있었는데.

헛간에서 다시 살아난 것일까. 치료도 전혀 받지 않았는데? 익사체를 막기 위해 신고는 피부 한 장으로 매달려 있는 그자의 오른쪽 팔꿈치 아래를 잡아 뜯었다. 무릎 뒤를 걷어차 무릎을 꿇리려고 했다. 익사체는 비틀거릴 뿐 움직임을 멈추지 않는다. 입을 뻐끔거리며 규이치의 피를 맛보고 있다.

이미 죽은 익사체를, 어떻게 하면 다시 한번 죽일 수 있지?

"오쓰기, 떨어지게!"

큰 목소리가 울렸다. 하타사쿠 하치로베에의 목소리다. 그렇게 생각한 순간 무언가가 휘잉 하고 허공을 가르며 날아왔다.

신고는 몸을 비틀어 뒤로 뛰며 쓰러지다시피 익사체에게서 떨어졌다. 그러나 눈은 떼지 않았다. 그래서 확실하게 볼 수 있었다. 한 대의 화살이 똑바로 익사체의 머리에 꽂히는 것을.

익사체는 느릿느릿 멈추어 서더니 남은 왼손으로 천천히 허공을 휘저었다.

"모두들, 가까이 가지 마라!"

다시 한번 높이 외치며 하치로베에가 원숭이처럼 달려왔다. 왼손으로 익사체의 어깨를 누르고 오른손으로 꽂힌 화살을 꽉 움켜쥐더니 일단은 그것을 밀어 더욱 깊이 찌르고 나서 온몸의 힘을 담아 뽑아냈다.

화살촉의 도마뱀 발톱 같은 부분이 상처를 벌리고 화살이 뽑힌 자리에는 주먹만 한 구멍이 남았다. 익사체의 무릎이 털썩 꺾였다.

피는 나지 않는다. 한 방울도 흘러나오지 않는다. 썩은 듯한 냄새가 떠돌 뿐이다.

하치로베에는 뽑은 화살을 버리고는 허리에 찬 소도小刀를 뽑았다. 산을 수색할 때 대도大刀는 쓸데없이 길기만 할 뿐이다. 소도小刀와 가지를 치기 위한 단도면 충분하다에도 시대의 무사는 '대소大小'라고 부르는 길이가 다른 두 자루의 칼을 허리에 차고 다녔다. 이중 길이가 긴 것을 대도, 또는 타도打刀라고 하고 길이가 짧은 쪽을 와키자시脇差라고 하였는데, 편의상 대도와 소도로 번역하였다.

다리가 풀린 신고와 다른 사람들의 눈앞에서 하치로베에는 익사체의 목을 쳤다. 흰 칼날이 번득이고 베인 머리는 썩은 과일처럼 땅바닥에 떨어져 옆을 향해 멈추었다.

역시 피는 흐르지 않는다. 그 입은 아직도 움직이고 있었다. 우물우물 끈질기게 규이치의 생피를 맛보고 나서, 겨우 멈추었다.

주위가 조용해지고 아픔을 호소하는 규이치의 울음소리가 비통하게 울리기 시작했다.

이야기를 들으면서 어느새 도미지로는 양손을 힘껏 움켜쥐고 있었다.

살아 있는 익사체. 그 생각지 못하게 강인하고 끈질긴 움직임. 희고 탁한 눈은 하나요의 눈과 비슷하다. 무언가 관련이 있을 테지만 다음을 서둘러 물어서는 안 된다. 그래도 마음이 조급해진다. 이런 이야기는 처음이다.

"총도 두려워하지 않고 미쳐 날뛰는 다친 곰도 머리를 베면 쓰러뜨릴 수 있다, 그러니 저 익사체도 목을 쳐야 한다고 생각했다고, 하타사쿠 님은 말씀하셨습니다."

이야기하는 아사카와 신고는 도미지로의 두려움과 흥분을 아는지 모르는지 담담했다.

"정말 이 무슨 괴물인가 싶어서 우리는 한동안 어안이 벙벙할 뿐이었습니다. 산을 수색하는 일도 일단은 중지되었지요."

다행히 규이치의 상처는 그리 깊지 않았다. 코 주위에 사람의 이 모양이 둥글게 남아 있어 섬뜩하기는 했지만 피가 멎고 나니 꿰맬 정도는 아니었다.

그러나 몹시 아파하던 규이치는 오한으로 떨기 시작하고 높은 열이 났다.

"규이치의 상태를 좀 보고 싶네. 아사카와 가에서 간병해 주게."

하치로베에의 뜻을 받아들여 규이치를 돌보는 역할은 신고의 동생 교지가 맡겠다고 나섰다.

"하녀들은 무서워해서 쓸모가 없어. 게다가 규이치는 내 소꿉친구인걸."

그 교지가 주춤할 정도로 하치로베에는 엄한 명령을 내렸다. 규이치의 다리를 하나로 묶게. 좌우의 팔도 튼튼한 끈이나 밧줄로 마루 옆 기둥에 묶어 두게. 입에는 재갈을 물리게.

"어째서 그런 일을……."

"규이치는 익사체에게 물렸네. 개나 원숭이에게 물려서 병이 옮는 경우가 있지 않은가. 그 남자도 병이었을지 모른다고 생각하면, 이번에는 교지가 규이치에게 물리지 않도록 조심해서 나쁠 것은 없지."

그런가. 신고는 납득했기 때문에 떨떠름해하는 교지를 꾸짖어 하치로베에가 시킨 대로 규이치를 묶었다.

"다만…… 저희가 떠나자 곧 풀어 준 모양이더군요. 그게 잘못이었습니다."

익사체가 괴물로 변하는 과정을 봤기 때문에 산을 수색할 준비도 엄중해졌다. 무기를 긁어모아 남자들 전원에게 나누어주고, 냉기가 이에 스밀 정도로 춥기는 하지만 맑게 갠 입동의 한낮인데도 횃불을 준비했다. 어떤 괴물이라도 살아 있는 존재라면 불을 꺼릴 게 틀림없다는 하치로베에의 생각이었다.

구자키 번에서 기모이리 집안의 아들은, 번의 도장에서 영주의 가신 집안의 평사平士와 같은 대우를 받는다. 대신, 검술이나 궁술 중 하나에서 '얼추 기본은 익혔음'을 나타내는 면장免狀을 받을 때까지는 다녀야 한다.

아사카와 가에서는 아버지 소에몬이 궁술, 신고와 교지는 검술로 면장을 받았다. 형제는 특별히 검술의 길에 뜻이 있었던 것은 아니지만, 소에몬은 아노 가가 자랑하는 '부소카자마류武双風間流'라는 독특한 궁술에 반해 면장을 받은 후에도 계속 도장에 다니며 실력을 쌓았다. 또한 하타사쿠 하치로베에도 이 궁술의 명수로, 간평 관리로서 우도노쇼에 오기 전에는 '구자키 성하 1번가 나가야마 도장에 하치가 있다'는 찬양을 받을 정도였다고 한다(나가야마 도장은 번의 도장 중에서도 가장 고위의, 실력에 자신이 있는 자들만 모이는 곳이다).

부소카자마류 궁술은 우선 튼튼한 활줄을 건 활과, 화살촉이 무겁고 짧은 활, 바람을 받아 방향을 바꿀 수 있도록 세공이 된 화살깃을 이용해 악천후, 원거리에서도 정확하게 표적을 맞힐 수 있는 것이 특징이다. 게다가 보통 같으면 검이나 창으로 싸울 정도의 근접 전투에서도 화살을 쏘고, 활 자체를 무기로 삼거나 적의 공격을 흘려내는 방패처럼 이용해 싸운다. 원근 어느 쪽이든 든든한 이 궁술을 제대로 익힌 자가 한 명 있으면 전쟁터에서는 일당백. 아노 가는 이 기술로 전국 시대에 살아남았다고 한다.

이런 무예를 존중하는 곳이라 영지민들도 결코 패기가 없지는 않다. 그러나 이날의 수색 때는 지휘를 하는 하타사쿠 하치로베에의 표정이 시종일관 험악했던 데다가 익사체 괴물을 목격한 신고 등 남자들의 안색이 좋지 않았을뿐더러,

"오늘은 왜 이렇게 얼어붙은 거야?"

엄청나게 강한 냉기 때문에 기세가 별로 오르지 않았다.

"아침부터 이러네."

"산에서 바람이 불어 내려오는 것도 아닌데 말이야."

북쪽의 험준한 산들을 올려다보면서 시든 잡목림을 걸어다니고 덤불을 찌르고 바위 그늘을 들여다본다. 손끝이 곱아 움직이기 힘들어지고 속눈썹이나 콧구멍 가장자리에 미세한 고드름이 생긴다. 대나무 물통을 흔들면 안의 물이 사락사락 얼어붙어 가는 소리를 내고 짚신 바닥에는 얼음이 붙어 미끄러진다.

이상하다. 이것은 정상적인 우도노쇼의 겨울이 아니다. 게다가 지금은 입동이고 아직 소한도 대한도 아니다.

——이 냉기.

역시 요미노이케 연못에서 솟아나고 있는 것은 아닐까.

입 밖에 내지는 않아도 그렇게들 느끼고 있었다. 모두가 힐끔힐끔 불안한 듯이 바라보는 곳에는 흐린 청동 거울 같은 연못의 수면이 있었다.

——하타사쿠 님도 아실 거야.

찾아도 찾아도 익사체 남자의 것인 듯한 짐도, 옷도, 발자국 하

나조차 보이지 않았다.

"연못을 쳐내 볼까."

하치로베에의 말에 그를 따르던 남자들은 이때만은 공포가 아니라 순수한 추위 때문에 떨었다. 제발 봐주십시오!

이때 겨우 4간짜리 연못의 반대쪽에는 소에몬과 고야타가 있었다. 몸집이 작은 고야타는 냉기가 뼈까지 스며드는지 입도 뻥끗하지 않은 채 고개를 숙이고 있다. 소에몬도 역시 추운지 끊임없이 손을 마주 비비고 있었다.

신고는 하치로베에의 옆얼굴을 보았다. 간평 관리의 살쩍에도 얼음 조각이 붙어 있다.

"옛날이야기에서 들은 적이 있네."

갑자기 하치로베에가 낮게 중얼거렸다.

"어떤 옛날이야기입니까?" 하며 신고도 목소리를 낮추었다.

"120년쯤 전, 장소는 이곳이 아니라 구자키 영지 북쪽 끝의 어느 마을인데…… 역시 입동 날에 이상한 사건이 있었다고."

갑자기 불쑥 한기가 덮쳐 오고, 짐수레를 끄는 말의 발굽에는 성에가 끼고, 마을의 공동 우물에도 얼음이 얼었다고 한다.

"마을은 강한 냉기에 덮이고 마을 변두리에 있는 작은 반달 모양의 연못은 진눈깨비를 섞은 것처럼 되고 말았네."

바로 오늘 아침 신고와 고야타가 요미노이케 연못에서 목격한 풍경과 똑같다.

"그 반달 연못을 헤엄쳐 스무 살 정도의 젊은 무사 한 명이 나타났다고 하네.”

하치로베에는 곧 성급하게 고개를 저었다. “아니, 헤엄쳐 온 게 아니지. 연못 밑바닥에서 나타났으니 잠수해 왔다고 해야겠군.”

신고는 눈썹을 찌푸렸다. “잠수라니, 어디에서 온 겁니까?”

하치로베에는 고개를 끄덕였다. “반달 연못의 바닥이 통해 있는 다른 땅에서.”

예? 무슨 말씀을 하시는 겁니까.

“그 젊은 무사는 전쟁에 나가는 차림새를 하고 이마에는 머리띠를 동여매고 있었네. 그 머리띠에 물들여져 있는 문장은 어째서인지 우리 주가인 아노 가의 문장을 뒤집어서 좌우를 반대로 한 형태였는데.”

――내가 섬기고 있는 분은 오슈 에자키 번 번주 가몬 태수 소노 나가스케 님이오.

신고네 영주님은 구자키 번 7대 번주 가몬 태수 아노 미쓰요시 님이다. 맞는 것은 ‘가몬 태수’뿐이다.

“젊은 무사는 촌장에게 이 심상치 않은 냉기가 가실 때까지 반달 연못을 감시하라고 충고했네.”

――우리가 ‘인간이 아닌 자’라고 부르는 괴물이 연못을 통해 이쪽에도 나타날지 모릅니다.

“인간이 아닌 자?”

“죽은 사람일세” 하고 하치로베에는 한층 더 낮게 말했다. “목숨을 잃고, 온기도 사라지고, 핏기가 없어지고, 피부는 늘어져 있네. 하지만 일어서고, 돌아다니고, 아픔을 모르고, 몹시 목말라 있어 살아 있는 것의 피와 살을 찾아 먹어 치우지."

신고는 숨을 삼켰다. 하치로베에는 어딘가 아픈 것처럼 눈썹을 찌푸리고 햇빛 아래 가라앉아 있는 요미노이케 연못의 수면을 바라보고 있다.

"그런 괴물이 정말로 나타났습니까?"

신고의 억누른 속삭임에 하치로베에는 문득 제정신으로 돌아온 것처럼 눈을 깜박이고는 이쪽을 돌아보았다.

"아니, 나타나지 않았네. 내가 들은 옛날이야기에서는 마을을 덮친 한기는 사흘 만에 사라지고, 젊은 무사도 어느새 모습을 감추고, 반달 연못의 물 색깔도 원래대로 돌아왔다더군."

그것을 끝으로 두 번 다시 괴이한 일은 일어나지 않았고 이상한 한기가 덮쳐 오는 일도 없었다.

"그 마을에서는요" 하고 신고는 말했다. "하지만 지금 이 나카노무라 마을에서는 옛날이야기와 매우 비슷한 일이 일어나고 있군요."

하치로베에는 또 눈썹을 찌푸렸다. "그렇게 잘라 말할 수 있을 정도의 확신이, 내게는 없네."

그래서 요미노이케 연못을 쳐내고 싶은 것일까. "사실 하타사쿠 님은 연못에 잠수해 들어가서 조사하고 싶으신 게 아닙니까?"

"터무니없는 말 하지 말게. 얼어 죽을 거야."

"저도 그렇게 생각합니다만,"

신고의 말을 자르고 갑자기 아사카와 저택 쪽에서 반종半鐘 소리가 들려왔다. 기모이리의 반종이다. 무언가 큰일이 일어났을 때 나카노무라 마을과 니시노무라 마을, 나아가서는 간평 관리의 초소에서도 들을 수 있게 치도록 되어 있다.

무슨 일일까. 요미노이케 연못 주위의 남자들은 몸을 굳혔다. 그러나 반종 소리에 섞여 여자들의 비명이 들려오자 새 떼가 날아오르듯이 일제히 저택 쪽으로 달리기 시작했다.

"살려줘, 살려주세요오."

여자들이 비명을 지르며 도망치고 있다.

"규이치 씨가, 규이치 씨가."

뛰어 돌아온 신고가 제일 처음 만난 사람은 오마쓰라는 늙은 하녀로 안뜰 구석의 빨래 너는 곳에 주저앉아 움직이지 못하고 있었다.

"규이치가 어떻게 되었느냐!"

"눈이 새하얘져서 침을 흘리며 하녀들을 쫓아다니고 있어요."

교지는 어디에 있을까. 오마키는 어디에 있을까. 신고는 하치로베에와 저택으로 뛰어들어 봉당에서 방으로 급히 올라갔다. 그때 마침 다락으로 향하는 사다리에 오르는 오마키가 보였다. 바로 아래에 규이치가 쫓아가고 있었다.

"오마키, 멈추지 마. 올라가!"

달려가면서 신고는 고함쳤다. 그것이 오히려 좋지 않아, 이쪽을 돌아본 오마키는 규이치를 보고 비명을 지르며 사다리를 붙잡은 채 움직임을 멈추고 말았다.

규이치는 혼자서 춤추는 듯한 발걸음으로, 밑에서 보아도 이상함이 느껴졌다. 한 발 내딛고 한 발 물러나고 그때마다 커다란 머리를 흔들흔들 흔들고 있다. 흐음, 어째서 저렇게 머리가——.

그 순간 규이치가 고개를 틀어 이쪽을 보았기 때문에 왜인지 알았다. 얼굴이 부어올라 있다. 익사체에 물어뜯긴 코 주변만이 아니라 이마와 턱까지 부풀어 썩은 과일 같은 꼴로 변해 있었다.

눈은 희고 탁해지고 칠칠치 못하게 반쯤 벌어진 핏기 없는 입술 사이로 침이 뚝뚝 흐르며 끈적끈적하게 실을 끌고 있다.

"규이치!"

이름을 부르는 정도로 무슨 소용이 있을까. 이것은 이미 규이치가 아닌데.

"구아아아."

얼마 전까지 규이치였던 괴물이 양손을 뻗어 신고를 움켜쥐려고 했다. 사다리에서는 아직 오마키가 움직이지 못하고 있다. 괴물을 떠밀치는 대신에 일단 자신을 붙잡도록 내버려 두자고 신고는 생각했다. 붙잡히면 옆으로 날려 버리자. 아니면 끌어안고 목을 꺾는다——.

코를 찌르는 이상한 냄새. 괴물은 입을 벌려 신고를 물어뜯으려고 한다.

그 얼굴 한가운데에 화살이 꽂혔다. 화살깃의 붉은색과 검은색 두 줄로 된 선은 하타사쿠 하치로베에의 표시다.

"오쓰기, 엎드리게!"

하치로베에가 명령하는 목소리에 신고는 그 자리에서 쪼그리며 몸을 웅크렸다. 하치로베에가 날 듯이 달려와 다시 괴물의 목을 베었다. 무참하게 부풀어 오른 머리는 허공에서 빙글 돌아 신고 바로 옆에 떨어지더니 무겁게 튀었다. 피는 흐르지 않았지만 이상한 냄새는 더욱 강해졌다. 눈에 눈물이 배어 나온다.

오마키가 와락 울음을 터뜨리며 신고를 껴안아 왔다.

해가 지기까지 시간이 얼마 없다. 하치로베에의 지휘와 소에몬의 명령에 따라 아사카와 저택과 나카노무라 마을의 사람들은 열심히 움직였다.

저택과 그 주변, 마을의 요소마다 모닥불을 피운다. 오늘 밤은 어둠을 가까이 오게 해서는 안 된다. 요미노이케 연못에도 교대로 여러 명의 보초를 세우기로 하고 활과 화살, 손도끼, 무기가 될 만한 것을 갖추게 했다. 아직까지 니시노무라 마을에서는 이변이 일어나지 않은 듯하니 그쪽은 우선 안심이다.

노인과 여자, 아이들은 몇 군데에 모으고 그곳에도 보초를 배치했다. 밥을 지어 돌리거나 빨래를 하는 등으로 여자들의 손을 빌릴 때는 교지가 부지런히 돌아다니며 지켰다. 교지는 윗사람에게는 불퉁하지만 아랫사람들에게는 다정하다. 실은 오마키에게 마음이 있다는 사실도 신고는 눈치채고 있었다.

이렇게 방비를 단단히 하고 나서 배짱 좋은 것이 자랑거리인 마을의 사냥꾼과 하치로베에와 신고 셋이서 그 익사체와 규이치의 시체를 태웠다.

"뼈도 재도 그대로 묻을 수 있도록 먼저 구멍을 파 두는 편이 좋겠습니다."

사냥꾼의 이름은 오키이치, 나이는 본인도 모른다고 하지만 하치로베에보다 적고 신고보다 많다는 건 확실하다. 상투를 묶는 것이 귀찮다며 머리카락은 짧게 잘랐고, 머리 오른쪽에 있는 커다란 찢어진 흉터가 눈에 띄었다. 옛날에 곰과 싸웠을 때의 흔적이라고 한다.

오키이치도 활을 무기로 썼다. 물론 정식으로 부소카자마류를 배우진 않았고 어깨너머로 흉내낸 것이지만, 실전에서 많은 경험을 쌓았다는 점이 든든하다. 하치로베에보다도 신고보다도 근골이 탄탄한 그는 직접 가래와 괭이를 휘둘러 구멍을 팠다.

익사체와 규이치의 시체는 양쪽 다 진흙 덩어리처럼 차갑고 들고 있노라면 점점 무거워지는 기분이 들었다. 흙이 젖어 있어서 불이 잘 붙지 않는다. 불을 피운 것만으로는 모자라서 어유魚油를 썼다.

"……눈을 감겨 주지 않으면 불쌍하군요."

시체는 둘 다 희고 탁한 눈을 부릅뜬 채다. 오키이치가 눈꺼풀을 감겨 주려고 해도 잘되지 않았다.

어유 냄새가 나는 불꽃이지만 높고 밝게 타오르니 지금의 신고에게는 든든하게 여겨졌다.

화장의 불꽃을 둘러싸고, 하치로베에는 오키이치에게도 120년 전의 옛날이야기를 했다. 오키이치도 처음 듣는 이야기였지만,

“사냥꾼들 사이에서는 입동 전후인데 오늘처럼 이상하게 추운 날을 가리켜, ‘죽은 사람이 일어나는 날씨’라고 합니다”라고 말했다. “제 아버지도, 할아버지도 그렇게 말했지요.”

어째서인지 이유를 물은 적은 없었다. 너무 추워서 죽은 사람도 깜짝 놀라 일어나고 만다는 우스갯소리일 거라 여겼다고 한다.

두 구의 시체를 뼈가 될 때까지 태워 버리고, 셋이서 구멍을 도로 메운 뒤에 합장을 했다. 규이치의 늙은 어머니에게는 안된 일이지만 며칠 동안 상황을 보고 나서가 아니면 마을 사람들을 이곳에 가까이 오게 할 수는 없다.

지칠 대로 지쳤는데도 신고는 잠을 이룰 수가 없었다. 이 또한 괴이하게도 밤이 깊어 감에 따라 한기는 가시고, 아사카와 가의 부엌에 드러누워 있으니 여기저기서 서리나 얼음이 녹아 물방울 떨어지는 소리가 들려왔다. 그 수를 세며 머릿속을 비우지 않으면, 돌아보았을 때 가까이에 다가와 있던 익사체의 모습이나, 그놈에게 물렸을 당시 규이치의 비명이나, 괴물이 된 규이치가 사다리를 올라 도망치려는 오마키의 발을 움켜쥐기 직전의 광경이 생생하게 되살아났다.

“형, 일어나. 일어나 봐.”

어깨를 흔드는 손길에 신고는 눈을 떴다. 잠든 기억은 없다. 그

저 눈꺼풀이 어느새 내려와 있었을 뿐이다. 어깨를 흔드는 사람은 교지인데, 이쪽은 한숨도 자지 못했는지 눈이 충혈되어 있었다.

"또 나왔어, 요미노이케 연못——."

그 말에 신고는 벌떡 일어났다. 하마터면 교지의 머리와 머리를 부딪칠 뻔했다.

"카, 칼, 손도끼는 어디 있지."

더듬더듬 무기를 찾으려고 허둥거리는 신고를 교지는 꽉 눌렀다.

"이번에는 죽은 사람이 아니야. 여자야!"

"뭐?"

"연못 맞은편 쪽에서 잠수해서 헤엄쳐 왔대. 지금 하타사쿠 님이 조사하고 계셔."

연못을 통해 나타난 처자는 길이가 짧은 홑옷에 가느다랗고 납작한 띠를 매고 긴 머리카락을 경단처럼 동그랗게 묶고 있었다. 물 밑바닥에서 떠올랐을 때는 얇은 양날 단도를 입에 물고 있었지만 날뛰는 기색은 없었다. 뿐만 아니라 스스로 보초를 서는 사람들에게 손을 짚고 절하며, 급히 알리고 싶은 것이 있으니 촌장님께 안내해 주십시오, 하고 매달려 왔다고 한다.

처자는 아사카와 가의 안쪽 방에서 양손을 밧줄에 묶인 채 얌전히 앉아 있었다. 색이 바랜 유카타로 갈아입고 도테라를 걸치고 있다. 지금은 머리카락도 풀려 있다. 젖은 몸은 거의 마른 모양이다.

“신고인가? 이쪽으로 오게.”

하치로베에가 말하며 자신의 옆을 가리켰다.

“이 아이의 이름은 하나에花江라고 한다는군. 나이는 열다섯. 연못 맞은편에 있는 하뉴다무라 마을이라는 곳에서 왔네.”

신고는 하나에라는 처자에게 시선을 향했다. 이름대로 꽃처럼 예쁜 얼굴을 하고 있다.

“하나에, 이 젊은이가 이쪽 연못에서 네 아비를 발견하고 끌어올렸다.”

하치로베에의 말에, 하나에는 도테라 안쪽에서 몸을 움츠리더니 신고를 향해 머리를 숙였다.

“용서해 주세요. 제가 아버지를 붙잡았다면 이쪽에 폐를 끼치는 일은 없었을 텐데, 간발의 차이로 연못에 빠져 버려서.”

말은 통한다. 하나에가 하는 말의 의미는 알겠다. 하지만 ‘아버지’라니.

곤혹스러워 눈만 희번덕거리는 신고에게 하치로베에가 말했다. “음, 그 익사체는 하나에의 부친이었다고 하네.”

신고는 존경하는 이 간평 관리의 말도 당장은 이해하기 힘들었다.

“아버지는 어제 아침, 먹을 것을 가지러 마을의 곡물 창고에 갔다 돌아오는 길에 ‘인간이 아닌 자’의 습격을 받아 물리고 말았어요.”

누군가에게 쫓기는 것처럼 앞으로 고꾸라질 듯한 빠른 말투로 하나에는 말했다.

"사실은 그때 당장 부숴야 했지만 아버지는 건강하고 좀처럼 눈이 탁해지지 않았기 때문에 우리도 정이 남아 버려서 꾸물거리다가……."

잠깐 잠깐 잠깐. '부순다'고?

"그래서 아버지가 결국 날뛰기 시작했을 때도 제 힘으로는 목을 한 번에 칠 수가 없어서 주춤대는 사이에 연못에 빠졌어요. 몸은 죽은 거나 마찬가지라 순식간에 바위처럼 가라앉아 보이지 않게 되고 말았지요."

하나에가 숨을 돌리기 위해 말을 멈추자 하치로베에와 소에몬, 하나에를 발견한 보초들, 신고에 교지, 그 자리에 있는 모두의 콧김 소리가 들렸다. 쩔쩔매며 떨고 있다. 조금쯤 웃음이 터질 것 같기도 하지만 유쾌한 웃음은 아니다.

"그 익사체의 등에 난 상처는 당신이 벤 것이었나요?"

간신히 목소리를 되찾고 신고는 물었다. 하나에는 신고의 눈을 보며 고개를 끄덕였다.

"네."

"당신의 아버지는 요미노이케 연못에서 저와 고야타가 발견했을 때, 몸이 얼어 죽어 있었어요. 익사체답게 부풀고 숨이 끊어져서……."

"사람으로서는 죽어 있었지만." 말하다가 하나에는 더욱 목을 움츠렸다. “믿어 주지 않아도 어쩔 수 없지만, ‘인간이 아닌 자’가 되었던 거예요. 연못의 물은 진눈깨비처럼 얼어 있었으니 아버지도 가라앉은 채 얼었으면 좋았을 텐데 확인하지 않으면 무서우니까요. 제가 연못에 들어갔지요.”

그러나 연못 속에서는 아버지의 모습이 눈에 띄지 않았다. 물속을 지나 ‘저쪽’으로 도망쳐 버린 거라면 큰일이다. ‘저쪽’ 사람들에게 알려야 한다.

“아버지를 놓쳐 버린 건 어머니와 제 탓이고요.”

하나에는 가냘픈 주먹을 움켜쥐고 자신의 이마를 때렸다. 한 번, 두 번.

“먼 옛날, 단 한 번이지만 ‘인간이 아닌 자’가 역시 연못인지 늪인지를 통해 저쪽으로 도망친 것 같다면서 수영을 잘하는 관리님이 찾으러 갔다는 이야기를 들은 적이 있어서…….”

아아, 그 120년 전의 사건이다.

저쪽의 하뉴다무라 마을이라는 곳에도 자신이 들은 옛날이야기가 전해지고 있을까. 더 자세히 듣고 싶다. 처음부터 끝까지, 하나에가 아는 내용을 전부 듣고 싶다. 하지만 그 전에 하나에의 이가 딱딱 부딪히는 소리가 들렸다.

“당신, 춥지요? 배도 고프지 않나요?”

신고가 묻자 교지도 안심한 듯한 목소리로, “하타사쿠 님, 이런 여자아이 한 명인데 묶어 두지 않아도 괜찮잖아요. 풀어 주지요.”

떫은 얼굴로 팔짱을 끼고 있던 하치로베에가 팔을 풀고 아사카와 소에몬에게 물었다.

"기모이리 님, 아들들의 호소를 어찌 하실 겁니까?"

소에몬은 말상인 턱을 손가락으로 긁적이며 한탄해 보였다. "우리 아들들은 여자한테 물려서 큰일입니다. 교지, 오마키에게 말해서 목욕물을 끓여 주어라. 그리고 조스이채소, 된장 등을 넣고 끓인 죽라도……."

"이미 준비되어 있어요!" 문 옆에서 오마키의 목소리가 났다. 오마키는 남자들이 돌아보자 얼른 도망쳐 판자문에 숨었다.

하타사쿠 하치로베에가 가지 치는 칼을 뽑아 하나에의 손을 묶은 밧줄을 끊어 내며 살짝 웃었다.

*

연못 이쪽은 오슈 구자키 번 우도노쇼, 언덕 위에 있는 나카노무라 마을. 연못의 이름은 요미노이케夜見ノ池 연못. 영지민들이 섬기는 영주님은 7대째 번주 가몬 태수 아노 미쓰요시다.

연못 저쪽은 녹봉 1만 2천 석의 오슈 에자키 번 영지 남부에 있는 하뉴다무라 마을, 연못의 이름은 읽는 법만 같고 한자가 달라 놀랍게도 '요미노이케潢川ノ池'였다. 번주는 2대째 아와 태수 구마이 긴노스케. 하치로베에가 알고 있는 옛날이야기 속에서 이 에자키 번 번주는 소노라는 이름의 영주였으나, 이것은 옛날이야기가 만들어질 당시부터 지금의 하나에에게까지 다다르는 사이에 주가主

家가 바뀐 것이었다.

하뉴다무라 마을은 산간에 있고, 벼농사는 밭벼뿐이라 그다지 활발하지 않다. 마을 사람들은 삼밭을 경작하고 삼실을 자아 생계를 꾸린다. 근자에는 목화가 들어왔다고 한다. 면은 삼베보다 비싸게 팔리지만 마을 사람들에게는 그것을 널리 도입할 여유가 없어서 좀처럼 뿌리를 내리지 못하고 있다. 가장 큰 이유는 구마이 영주님이 연공 징수를 엄하게 하기 때문이다.

이쪽 구자키 번에서는 닥나무와 종이 제조가 번의 재정을 지탱하고 있다. 저쪽 에자키 번에는 그런 새로운 산업이 전혀 고안되지 않고 있는 모양이다. 산촌에 살며 배움이 전혀 없는 하나에조차 '대책이 없음'을 알 정도로 무대책인데도 연공만큼은 가혹하게 징수한다.

구마이 영주님은 스물두 살. 노래와 춤을 매우 좋아하고 정사政事에는 무심하며, 영지민들의 생활에 마음을 쓰는 일도 없다고 한다. 녹봉은 이쪽이 1만 석, 저쪽이 1만 2천 석으로 저쪽보다 못하지만, 실정은 구자키 번 쪽이 훨씬 풍요롭지 않을까. 실제로 오마키가 급하게 만든 조스이에, 하나에는 진수성찬이라며 눈을 휘둥그렇게 떴다.

편안한 생활은 구자키 번에는 있고 에자키 번에는 없다. 그러면 구자키 번에 없고 에자키 번에 있는 것은 무엇일까.

바로 '인간이 아닌 자'였다.

하나에는 외동딸로 부모와 셋이서 살고 있었다. 어릴 때 함께 살았던 조부모의 말에 따르면 "그 괴물을 가까이에서 보는 일은 2, 30년에 한 번 있을까 말까다."

그러나 아버지는 다른 말을 했었다.

"그 계산은 너무 태평해. 내가 기억하고 있는 바로는 5년에서 10년에 한 번은 나왔다. 다만 일찌감치 관리님이 퇴치해 주시거나, 날짜가 지나 한기가 사라져서 큰일이 나지 않고 수습되고 있었을 뿐이지."

하나에의 이야기를 듣다가 신고는 문득 깨달았다. 저쪽 에자키번 하뉴다무라 마을에도 이쪽과 같은 억양의 사투리가 있구나. 우리와 같다는 생각에 얼마간 기쁜 마음도 들었다.

열다섯 살인 하나에는 '인간이 아닌 자'를 이번까지 합쳐 두 번 보았다고 한다. 처음은 겨우 2년 전, 노래와 춤을 좋아하는 영주님이 번주가 되어 영지로 내려오신 해의, 역시 입동 날이었다.

물뿐만 아니라 술까지 얼어붙어 버릴 것 같은 한기와 함께, '인간이 아닌 자'는 나타났다. 장작을 줍는 아이들이 제일 처음 마주치고 뛰어서 도망쳐 돌아왔기 때문에, 마을 사람들이 모두 나서서 기다리고 있다가 아무도 습격을 받지 않고 잘 해치울 수 있었다.

"하지만 다른 마을에서는 사람이 물려서 며칠 동안 큰 소란이 일어났어요."

'인간이 아닌 자'는 살아 있는 죽은 자로 어째서인지 인육을 찾아 사람을 덮친다. 습격을 받아 물린 자는 빠르면 겨우 반각(약한 시간), 늦어도 반나절 정도면 '인간이 아닌 자'가 되고 만다.

즉 역병과 마찬가지로 하나의 '인간이 아닌 자'를 풀어 두면 눈 깜짝할 사이에 열, 스물로 늘어나고 마는 것이다.

이 괴물은 에자키 영지 내의 '풍물'인 듯 국경을 넘은 주위의 번에서는 나타난 적이 없다. 에자키 영지 내에서는 한 번에 최대 열네 곳에서 나타났다는 기록이 있다. 이때는 전의 소노 가家 치세였기 때문에 '인간이 아닌 자'의 위협을 잘 아는 영주의 가신 무사들이 거의 전쟁처럼 준비를 하여 이 괴물을 사냥했다.

그러나 새로운 번주인 구마이 가家에는 이 위협이 잘 전해져 있지 않았던 모양이다. 소노 영주님이 영지 바꿈을 당한 경위를 시골 처자인 하나에는 잘 몰라서 신고와 다른 사람들에게도 전할 수 없었지만,

"어떤 실수를, 조정에 문책당했겠지."

하고 하타사쿠 하치로베에는 추측했다.

"아니면 다수의 '인간이 아닌 자'가 일으킨 전쟁 같은 소동이 나라님께 반역하려는 뜻이 있다는 오해로 둔갑했는지도 모르고. 그렇다면 너무나도 기구한 이야기네만."

어쨌든 사정을 잘 모르는 채로 무서운 '풍물'이 있는 영지를 다스리게 된 구마이 가의 초대 영주는 운이 좋았는지, 다스리는 동안 '인간이 아닌 자'가 크게 날뛰는 일은 없었다. 언젠가의 겨울에 어디에선가 출현했을지도 모르지만, 큰일로 번지기 전에 퇴치되었거나 한기가 물러감과 함께 자연히 모습을 감추었을 것이다.

그렇다, 이 괴물은 반드시 이상한 한기와 함께 오고, 짧으면 하룻밤, 길어도 사흘 정도 만에 한기가 물러가면 함께 사라져 없어진다.

다만 사라지는 것은 어디에선가 나타난 '인간이 아닌 자'뿐이고, 어딘가를 물려서 '인간이 아닌 자'가 되고 만 사람은 그대로 남는다. 그 '인간이 아닌 자'가 다른 사람을 덮치면 새로운 괴물이 수를 늘려 간다.

그래서 '인간이 아닌 자'가 나타나면 반드시 찾아내어 죽일——부술 것. 말 그대로 머리를 쳐서 부수거나, 목을 베면 '인간이 아닌 자'는 죽는다. 또, 멀쩡한 사람이 습격을 받지 않도록 대비를 단단히 하고 지키는 일도 중요하다. 오랜 경험의 축적으로 소노가의 가신 무사들은 이것을 잘 알고 있었다. 영지민들도 몸으로 배워 알고 있었기 때문에 자손에게 가르쳐 전했다. 아무도 가볍게 여기지 않았다.

그러나 구마이 가의 가신 무사들은 전부, 전혀 몰랐다.

"게다가 이번에는…… 지금까지 중에서 가장 많은 수의 '인간이 아닌 자'가 한꺼번에 나와서요."

하뉴다무라 마을 안팎에서 하나에가 보고 들은 것만 해도 여덟은 되었다고 한다.

"제일 먼저 '야마반쇼山番所 번이 소유하고 있는 산림을 감독하는 관청'가 습격을 받아, 관리님께 의지할 수 없게 되어 버렸어요."

뿐만 아니라 '인간이 아닌 자'가 된 산지기 관리들이 그들이 관할하는 산간 마을을 덮치는 사태가 일어났다.

"우리 마을은 이럴 때를 위해 흙벽으로 만든 곳간을 몇 개 지어 두었거든요. 마을 사람들은 그곳으로 도망쳐 들어갔어요."

이걸로 어떻게든 사흘만 견디면 근원이 되는 '인간이 아닌 자'는 사라진다. 바라건대 그때까지 물려서 변한 '인간이 아닌 자'가 더 이상 늘지 않기를. 성하마을이든 어딘가의 야마반쇼든 좋으니 무기를 든 관리들이 구하러 와 주기를.

기도하면서 몸을 움츠리고 지내는 사이에 식량이 떨어졌다. 본래 가난한 하뉴다무라 마을이다.

하나에의 아버지는 무언가 가져오겠다며 마을 반대쪽에 있는 곡물 창고로 향했다. 그리고 무사히 창고에 도착해 말린 고구마와 잡곡 자루를 짊어지고 돌아왔으나,

——미안하다. 도중에 어깨를 물렸어.

상대는 튼튼한 산지기 관리인 '인간이 아닌 자'라 만만치 않았다. 분한 마음에 적어도 일격을 가하려고 필사적으로 마주 물어뜯어 주었더니, 입 안에서 냄새가 나서 견딜 수 없다. 그렇게 말하며 아버지는 몸을 웅크렸다.

——하나에, 나를 부숴 다오.

아아 무슨 말을. 아버지. 무리예요. 할 수 있을 리가 없잖아요.

일가는 셋이서 원래 살던 오두막으로 돌아갔다. 그곳에서 하룻밤을 지냈지만 하나에의 아버지는 제정신을 유지하고 있었고 눈도 탁해지지 않았다.

——어쩌면 '인간이 아닌 자'가 되지 않고 끝날지도 몰라.

어머니는 엷은 기대를 입에 담았지만 해가 높아지고 주위가 밝아짐에 따라 한기가 한층 강해지기 시작했다. 불길한 예감에 떨면서, 하나에는 어머니를 곳간으로 돌려보낸 뒤에 아버지의 손을 끌고 오두막을 떠났다. 아버지의 몸에서는 썩은 내가 났다.

하나에는 어릴 때부터, 다름 아닌 아버지에게 단련되어 만일 '인간이 아닌 자'의 습격을 받으면 어떻게 해야 하는지를 철저히 배웠다. 지금 '인간이 아닌 자'로 변하려고 하는 아버지에게 무엇을 하면 될지는 알고 있었다.

그럼에도 희고 탁해진 눈을 부릅뜨고 아버지가 침을 흘리며 울부짖기 시작했을 때, 첫 번째 일격으로 목을 끊을 수는 없었다. 하나에는 마을 밖으로 도망치고 아버지는 뒤를 쫓아왔다.

'인간이 아닌 자'가 되면 사람다운 지혜는 잃어버린다. 도망치는 '먹을 것'을 쫓고, 공격을 당하면 비틀비틀 도망칠 뿐이다. 그렇게 도망치고 쫓기며 조금 전까지 아버지였던 '인간이 아닌 자'를 부수려고 하다 보니, 둘이서 마을 변두리에 있는 요미노이케 연못 옆까지 와 있었다. 하나에는 덤불 속에서 아버지를 기다렸다가 등 뒤에서 손도끼로 베었다. 1격, 2격, 3격. 정신없이 베다가 몇 번째인가의 공격에 아버지가 연못에 떨어지고 만 것이다.

하타사쿠 하치로베에가 들은 옛날이야기의 '반달 연못'이 있던 마을은 하뉴다무라 마을 근처였다. 그 연못은 메워져 버려서 지금은 없다.

그래도 일화는 남아 있었다. 하나에는 할아버지에게도 아버지에게도, '인간이 아닌 자'에 대한 교훈 중 하나로 그 이야기를 들었다.

깊은 연못 맞은편에는 이쪽과 똑같은 다른 마을이 있다. 그곳에 사는 사람들은 '인간이 아닌 자'에 대해 전혀 모른다.

알리지 않으면 큰일 난다. 하나에는 그 일념으로 행동했다. 다행히 금번의 한기도 잦아들기 시작했다. 연못 물이 따뜻해지면 잠수하자.

"일단 곳간으로 돌아가서 어머니나 마을 사람들에게 이야기하지는 않은 게냐?"

하치로베에의 물음에 하나에는 고개를 저었다.

"돌아가 봐야 뭔가 보탬이 될 리도 없겠다 싶어서요. 물이 따뜻해질 때까지 혼자 숨어 있었어요."

두려움에 떨며 기다리는 사이에 마을 안팎에서 '인간이 아닌 자'가 몇이나 어정거리는 것을 발견했다. 산지기 관리 차림을 하고 있는 자뿐만 아니라 농민이나 행상인인 듯한 자도 섞여 있다. 여장旅裝을 한 '인간이 아닌 자'가 있다는 것은 산기슭에 있는 여관도 습격을 당했다는 증거다.

"한기가 가시면 원천이 되는 '인간이 아닌 자'는 사라져요. 하지만 물려서 늘어난 '인간이 아닌 자'는 그대로니까……."

하나에가 다시 떨기 시작했다.

"나, 돌아가야 해요. 어머니와 마을 사람들이 걱정돼요."

하나에 목소리의 잔향이 사라지자 그 자리는 일단 조용해졌다. 이윽고 희미하게 남자들의 콧숨 소리가 들렸다. 신고는 그 안에 자신의 숨소리도 섞여 있음을 깨달았다.

하타사쿠 하치로베에가 입을 열었다.

"이만한 만용을 부리며 네가 연못 이쪽으로 온 것은, 빈손으로 돌아가기 위해서냐."

초연하고 다정하게 하나에에게 물었다.

"도울 사람은 필요없느냐."

하나에는 하치로베에의 얼굴을 보았다. 신고도 간평 관리의 옆얼굴을 바라보고, 그러고 나서 아버지에게 시선을 옮겼다. 아사카와 소에몬은 왠지 주먹을 쥐고 팔꿈치 부근에 솟아오르는 자신의 근육을 점검하고 있다.

"물려서 변해 버린 '인간이 아닌 자'들을 진압하면 우선 하뉴다무라 마을은 구할 수 있지 않겠나."

그렇다면 우리가 가지.

"연못 이쪽의 구자키 번에는 전국 시대부터 전해지는 뛰어난 궁술이 있다. 이 나카노무라 마을의 남자들도 평범한 농민은 아니다. 그쪽의 번사番士들과 비슷한 수준으로 싸울 수 있지."

하나에의 얼굴에서 핏기가 가셨다. "다들, 연못에 잠수할 생각이신가요."

신고가 말하려고 한 것을 교지가 먼저 말해 버렸다. "네가 잠수해서 왔는데 우리가 못할 리 없지!"

"곧 싸울 준비를 시작했습니다."

꽃 같은 하나에를 동정하여 의협심이 솟은 것은 신고만이 아니었다. 이야기를 들은 나카노무라 마을의 남자들은 하나도 빠짐없이 하뉴다무라 마을을 도우러 가고 싶다며 손을 들어 주었다.

"나이 든 부모나 어린 자식이 있는 자를 제외하고, 수영을 잘 못하는 자를 또 제외하고."

이야기하는 남편에게 기댄 채 하나요가 그의 옆얼굴을 올려다보고 있다. 떠올리고 있는 것이리라. 당시에 나카노무라 마을의 남자들이 얼마나 든든했는지. 하나요의 눈에 빛은 없지만 표정에는 빛이 넘치고 있다.

"저나 교지 외에도 하타사쿠 사범(대리)의 추천을 받아 번의 도장에서 단련한 자들이 있었기 때문에 우선 그 맹자猛者들과, 그 외에는 오키이치 등 사냥꾼이 있었지요."

일단은 물을 지나서 가야 하기 때문에 화약을 사용해 총 쏘는 자들은 함께하기가 어렵다. 사냥꾼의 인선은 오키이치에게 맡겼다.

"우스운 이야기지만 가장 인선에 애를 먹은 것이 우리 아사카와 집안이었습니다."

"팔꿈치의 근육을 불끈거려 보이는 아버님이 선봉을 맡겠다고 우기셨습니까?"

저도 모르게 재미있다는 얼굴로 물었다가 실례가 되었나 싶어

오싹해진 도미지로지만, 한 박자 쉬고 나서 아사카와 부부가 즐거운 듯이 웃음을 터뜨렸다.

"예, 말씀하신 대로입니다."

아사카와 소에몬은 아들들에게 저택을 맡기고 자신이 가겠다고 우겼다.

——신고는 오쓰기(후계자)다. 교지는 신고에게 만에 하나 무슨 일이 있을 때 대신해야 하고. 내가 가지 않으면 어찌한단 말이냐? 유언이라면 당장 쓸 테니 화살통과 종이를 가져오지 못할까!

신고는 반드시 하나에를 지키며 따라갈 생각이었고, 교지는 형에게 뒤처지는 것을 참지 못했다.

——내가 갈 테니까 아버지와 교지는 남아.

——오쓰기인 형이 남아서 아버지를 지켜 드려!

결국 하타사쿠 하치로베에가 결정해 주었다.

——오쓰기는 와 주게. 소에몬의 궁술도 필요하네. 교지, 만에 하나 무슨 일이 있을 때는 네가 아사카와 가의 당주가 될 생각으로 여기 남아라.

"뭐, 간평 관리님의 명령보다도 교지가 남는다는 말을 듣고 울상을 짓던…… 무서운 게 아니라 기뻐서 울던 오마키의 얼굴 쪽이 동생에게는 효과가 있었던 모양이지만요."

오마키는 반나절 정도 만에 두 번이나 '인간이 아닌 자'와 마주친 가엾은 하녀다. 도미지로는 아까부터 깊이 동정하고 있었다.

"오마키 씨가 무사해서 다행입니다."

"예, 정말 다행스러운 일이었습니다" 하고 아사카와 신고는 말을 이었다. "'인간이 아닌 자'는 힘없는 여자나 아이들을 자주 노립니다. 그리고 동생과 비슷할 정도로 규이치도 오마키에게 마음이 있었기 때문에 제일 먼저 뒤를 쫓지 않았나 싶습니다."

괴물이 되어도 규이치 안에는 오마키를 알아볼 분별력이 남아 있었다는 뜻일까.

"확실치 않지만 그때의 일을 떠올릴 때마다 저는 '인간이 아닌 자'가 완전히 사람의 지혜나 정을 잃어버리진 않았을 거라고 생각하게 됩니다."

아사카와 신고는 그렇게 말하며 바싹 다가붙은 아내의 야윈 어깨를 단단히 껴안았다.

"때문에 '인간이 아닌 자'가 된 아비의 모습을 보며 목을 베기 위해 혼자 쫓아가 과감하게 싸운 하나에의 심중을 생각하면 가슴이 멥니다."

할 말을 찾지 못한 도미지로는 묵묵히 고개를 끄덕이며 부부의 모습을 바라볼 뿐이었다.

"이렇게 해서 하타사쿠 하치로베에 님을 위시하여 총 열세 명의 혈기 넘치는 남자들이 요미노이케 연못에 잠수하여 하뉴다무라 마을로 향하게 되었습니다."

*

선두는 하치로베에와 신고와 하나에 세 사람이다.

"미안하지만 하나에가 앞에서 헤엄쳐 주고 우리는 따라간다. 이쪽은 요미노이케 연못의 깊이도 모르고, 물이 얼마나 탁한지도 모르니까."

이상한 한기는 사라졌지만 입동을 지난 참이다. 맑은 한낮이라도 물은 충분히 차갑다.

"새삼스러운 말이지만 혼자서 온 하나에 너는 정말 용감하구나."

등에 활과 화살통을 비끄러매며 하치로베에가 부드럽게 말했다. 신고는 자신의 무기인 도끼와 손도끼, 예비 화살통을 준비했다.

"그럼, 간다."

하치로베에는 허리에 긴 밧줄을 감고 그 끝을 오키이치에게 맡겼다. 세 사람이 무사히 물속을 헤엄쳐 하뉴다무라 마을에 떠오르고, 주위에 위험이 없음을 확인하면 밧줄을 당겨 신호를 보낸다는 계획이다.

신고는 아장아장 걸어다닐 때부터 강에서 물놀이를 즐겼고 자라면서 헤엄도 잘 치게 되었다. 신이 나서 놀다가 하마터면 빠져 죽을 뻔한 적도 있지만 그것 때문에 겁을 먹게 된 기억은 없다.

그러나 지금은 무서웠다. 하나에와 하뉴다무라 마을의 사람들을 구해야 된다는 생각에 마음이 조급해지고 있다. 그런데 무릎은 떨리고 호흡이 가빠지고 심장이 뛰는 것을 억누를 수가 없다.

하나에는 머리를 깊이 집어넣고 몸을 구불거리며 스르륵 물속으로 잠수했다. 수면을 가볍게 치고 사라진 하나에의 하얀 발끝을 좇아 신고도 잠수했다. 바로 뒤에서 하치로베에가 후우 하고 크게 호흡하고 나서 잠수하는 기척이 느껴졌다.

요미노이케 연못은 깨끗한 샘물로 이루어진 못이다. 지금도 앞에서 헤엄치는 하나에가 똑똑히 보인다. 수면을 통과하여 빛이 닿는 깊이에서 흔들리고 있는 수초는 얼마나 아름다운지.

그러나 바닥 쪽에는 새까만 어둠이 고여 있다. 이렇게 깊었던가. 저 어둠에 발을 잡히면 올라갈 수 없게 된다. 어둠 위를 빨리 헤엄쳐 지나가야 한다.

물을 차는 하나에의 다리가 보인다. 코로 조금씩 숨을 내뱉으면서 두 팔로 물을 가르고, 신고는 그 뒤를 따라갔다.

나아가다 보니 빛이 사라졌다. 머리 위는 캄캄하다. 바위일까. 그러나 앞쪽에는 희미한 빛이 흔들리고 있다. 동굴을 지나듯이 이곳을 빠져나가면 하뉴다무라 마을 쪽일까.

몸이 물에 옥죄인다. 아니, 물뿐만 아니라 어둠에 감싸여 짓눌리는 듯한 기분이 든다. 시야가 휘고, 자신의 코에서 나오는 거품도 구불구불하게 일그러져 있는 것처럼 보인다.

멈추면 안 된다. 신고는 정신없이 물을 가르며 어둠을 헤엄쳐 나아갔다. 눈부실 정도의 빛 속으로 하나에가 부상해 간다.

첨벙!

요미노이케 연못은 텁수룩한 잡목림 안에 있었다.

나카노무라 마을의 요미노이케 연못보다 한층 더 큰 연못이다. 타원 같은 모양으로 주위의 얕은 물에는 시든 갈대가 서로 기대듯이 늘어서 있다.

하나에와 신고는 연못 한가운데에 떠올라 있었다. 물을 차며 기슭 쪽으로 가니 곧 발바닥이 바닥의 진흙에 닿았다. 신고의 발이 휘저어 탁해지고 만 물속에, 하치로베에가 떠올랐다.

주위를 살피면서 셋이 서로 도와 물에서 올라왔다. 이쪽 하늘은 구름은 많지만 햇빛이 밝다. 입동이 아니라 입춘의 하늘이라고 신고는 생각했다. 물에 젖은 옷과 몸에 추위가 파고들어 오리라 각오하고 있었는데 그렇지도 않았다.

“묘한 한기가 없으면 이 정도로 따뜻한 계절이니까요” 하고 하나에가 말한다. 연못 맞은편과는 꽤 다르다.

다행히 주위에 수상한 그림자도, 사람이 아닌 존재의 움직임도 없었다. 밧줄을 당기는 신호를 하치로베에에게 맡기고, 신고와 하나에는 마른 가지와 마른 풀을 모아 불을 피웠다. 신고는 불씨 없이 부싯돌을 쓰는 것이 오랜만이었다.

대개의 짐승과 마찬가지로 ‘인간이 아닌 자’도 불을 무서워한다고 한다. 그러나 모닥불의 연기에는 이끌리지 않을까 하고 생각했는데 하나에는 걱정하지 말라고 잘라 말했다.

“불기운이 있는 곳에 사람이 있다거나, 그런 지혜는 사라지고 없어요. 그러니까 이쪽은 소리를 내지 않도록, 모습을 보이지 않도록, 가능한 한 바람이 불어오는 쪽에 있지 않도록 조심하면 괜잖아요.”

‘인간이 아닌 자’는 코가 몹시 좋기 때문에 꽤 멀리에서도 살아 있는 사람의 피나 땀 냄새를 맡을 수 있다고 한다.

나카노무라 마을의 남자들이 속속 연못에서 올라오고, 모닥불도 두 개가 되었다. 모두 대충 몸을 말리고 자신의 무기를 정비하기 시작했다. 하치로베에와 아사카와 소에몬 등 활을 쓰는 자들은 활줄을 튕기고, 화살을 하나씩 흔들어 화살깃의 물기를 턴다. 물기가 남아 있으면 무거워지기 때문이다.

준비가 끝나고 모닥불을 밟아 끄면서, 오키이치가 희미한 바람에 눈을 가늘게 떴다.

“썩은 내장 냄새가 나는군.”

오키이치가 데려온 다른 두 명의 사냥꾼도 험악한 표정으로 고개를 끄덕이고 있다. 한 사람은 노인, 한 사람은 젊은이다. 젊은이는 흥분과 긴장으로 얼굴이 붉다.

“냄새가 강해지면 당장 가르쳐 주게” 하고 하치로베에가 말했다.

하나에가 안내를 맡고 하치로베에가 옆으로 나란히, 뒤에 신고, 무리의 최후방은 오키이치와 소에몬이다. 잡목림 안을 빠져나가자 곧 오솔길이 나왔다. 사람의 발자국은 있지만 우마牛馬의 발굽이나 수레바퀴 자국은 없다.

그들은 잡목림과 덤불 속을 조용히 걸어갔다.

신고는 어느새 호흡을 멈추고 있는 자신이 부끄러웠다. 움찔거리지 마, 한심하다.

갑자기 하치로베에가 걸음을 멈추고 오른손을 얼굴 옆으로 슥 들었다. 하나에와 남자들도 멈추었다.

쳐든 손을 천천히 움직여 하치로베에가 오른쪽 대각선 전방을 가리켰다. 키가 큰 마른 풀들의 맞은편에서 무언가 움직이고 있다.

신고는 손에 땀을 쥐었다. 시야 구석에서 활에 화살을 메기는 아버지 소에몬의 모습이 보였다.

바스락. 키 큰 마른 풀이 소리를 낸다. 이내 그 틈새로 매끄럽고 둥근 사람의 머리 뒤쪽부터 목덜미와 윗등이 보였다. 거무스레한 풀색 가사를 입은 승려다.

이쪽으로 등을 향한 채 승려는 비틀비틀 뒷걸음질 쳐 왔다. 하나에가 숨을 삼켰다.

"마을의 승려냐" 하고 하치로베에가 물었다. 하나에는 고개를 끄덕이며 손으로 입가를 눌렀다.

"반 리쯤(1리는 약 40킬로미터) 가면 산 위에 염불사念佛寺 염불종의 절. 염불종은 아미타불을 믿으며, 염불로 극락왕생하기를 비는 종파이다가 있는데…… 저건 주지스님의 가사예요."

그 속삭임이 들렸는지 마른 풀 속의 승려가 상반신을 비틀어 이쪽으로 얼굴을 향했다. 눈을 부릅뜨고 있다. 삶은 달걀의 흰자처럼 희고 탁한 그 눈. 입은 칠칠치 못하게 반쯤 벌어져 혀가 삐져나와 있었다.

"온다."

하치로베에가 낮게 외친 그때, '인간이 아닌 자'로 변한 주지승이 헤엄치듯이 양손으로 허공을 휘저으며 돌진해 왔다.

"그아아아라아아아아!"

주지승이 탁한 목소리로 뭔가를 외치고 입술을 핥으며 달려온다.

경계하는 신고의 오른쪽 귀 바로 옆을 소에몬이 쏜 화살이 스쳤다――고 생각했는데 어느새 주지승의 얼굴 한가운데에 꽂혔다. 화살의 기세에 주지승은 털썩 하늘을 향해 쓰러져 마른 풀의 덤불 속으로 사라졌다.

"으음. 목을 노렸는데" 하고 소에몬이 아까워한다. 하치로베에의 지시로 동료들이 주지승의 목을 손도끼로 벨 때 신고는 하나에의 어깨를 붙잡아 뒤를 보게 했다.

이윽고 덤불 맞은편에 몇 채의 허름한 오두막이 보이기 시작했다. 하뉴다무라 마을이었다. 마을의 출입구를 나타내는 나무문도 없고, 도조신道祖神도 지장당地藏堂도 없다. 이 마을의 가난함은, 성하마을에는 한 번밖에 발을 들인 적이 없고 나카노무라 마을과 니시노무라 마을밖에 모르는 신고도 쉽게 알아볼 수 있었다. 이곳의 마을은 잡목림과 덤불 사이에 섞여 짓눌려 있다.

불면 날아갈 것 같은 허름한 오두막은 나카노무라 마을의 사람들에게는 사람이 사는 곳이 아니라 장작 창고나 닭장 같았다. 출입구에는 판자문이 없고 거적을 늘어뜨려 두었을 뿐이다. 장지문도 당지문도 격자창도 없다. 그런 허름한 오두막 중 한 채가 하나에의 집이었다.

"어머니는 없어요……."

"좋아, 그럼 곳간으로 가 보자."

땅을 파서 만든 우물의 도르래를 지탱하는 기둥은 뿌리가 썩는 바람에 전체적으로 기울어 있었다. 짚으로 지붕을 인 집은 한 채도 없다. 빙 둘러 퍼져 있는 빈곤한 분위기 속에서 깜짝 놀랄 정도로 훌륭한 구조물들이 눈에 띄었다. 두 채의 곳간과 곡물 창고다. 흙벽의 아랫부분을 돌담으로 두르고 지붕에는 구운 기와를 얹은 곳간은, 출입구인 쌍바라지 문의 자물쇠도 묵직하다. 곡물 창고 쪽은 돌담 위에 판자벽을 두르고, 판자로 인 지붕에 누름돌을 여기저기 올려놓았다.

"곳간과 똑같이 만들기에는 돈이 부족해서요."

목숨줄인 식량, 곡물이나 씨, 벼를 보관하는 창고보다도 '인간이 아닌 자'로부터 마을 사람들의 생명을 지키는 곳간 쪽이 우선시된다. 하늬다무라 마을은 그런 곳이었다.

다행히 하나에의 어머니는 첫 번째 곳간에서 무사히 지내고 있었다. 모녀는 만나자마자 얼싸안고 울었다.

곧 정신을 차린 하나에가 곳간에 숨어 있던 마을 사람들에게 하치로베에를 필두로 하는 나카노무라 마을의 남자들을 소개해 주었다.

"우리는 연못 맞은편에서 도우러 왔네."

하타사쿠 하치로베에는 간결하게 말했다.

"지금은 그것만 통하면 충분해. 하나에, 두 번째 곳간으로 가자. 오키이치, 주위의 경계를 부탁한다. 신고, 이곳 마을 사람들의 인원수와 몸 상태를 확인해 주게."

하뉴다무라 마을의 사람들이 일단 첫 번째 곳간에 모였다. 남녀노소, 스물두 명. 가장 나이가 많은 자는 75세의 진베이라는 숯장이고, 가장 어린 아이는 아장아장 걷는 다요라는 여자아이였다. 일이 일어나자 일단 가까운 쪽의 곳간으로 도망쳐 들어가라고 해서 뿔뿔이 흩어져 이틀이나 만나지 못한 부모 자식이나 부부도 있었다. 그들이 서로의 무사함을 확인하고 손을 맞잡는 모습에 신고는 하마터면 눈물을 지을 뻔했다.

하뉴다무라 마을에는 원래 서른다섯 명의 마을 사람들이 살고 있었다. 줄어든 열세 명 중 나흘 전에 '인간이 아닌 자'들이 마을에 들어왔을 때 습격을 받은 것이 아홉 명(이중에 촌장 부부와 그 아들이 있었다), 그중 네 명까지는 눈이 희고 탁해져 곧 부술 수 있었지만, 다섯 명은 모습을 감추었다. 어디에선가 '인간이 아닌 자'가 되었을 이 다섯 명과는 별개로, 행방불명된 네 명이 어디에 있는지, 살아 있는지 죽었는지 알 길이 없었다.

하치로베에는 척척 지휘를 했다.

스물두 명 중 열두 명의 하뉴다무라 마을 남자들에게 곡물 창고나 마을 안에서 식량과 생활에 필요한 것을 전부 모으게 했다.

열 명의 여자와 아이들에게는 두 개의 곳간을 청소하고 정돈하라고 명령했다.

이 작업들을 하는 동안, 물론 나카노무라 마을의 남자들은 보초 역을 맡아 '인간이 아닌 자'가 나타나면 곧장 퇴치해 곳간에는 가까이 오지 못하게 했다.

하뉴다무라 마을 부근에 접근하는 '인간이 아닌 자'들은 원래의 마을 사람들과 조금 먼 곳에서 헤매다 온 자들이 섞여 있었다.

이 마을 근처에 다른 농촌은 없다. 땅이 척박한 산간에, 하뉴다무라 마을만이 가난한 나름으로 열심히 서로를 도와 가까스로 목숨을 이어 가고 있었던 것이다. 그 외에 가장 가까이에 있는 사람이 모이는 곳은 '야마반쇼'이고, 그다음이 그 주지승의 염불사, 다음이 산기슭에 있는 여관 마을이다.

이쪽의 '야마반쇼'란 구자키 번의 산림 관리소와 간평 관리를 합한 관청인 모양이다. 건물 안에는 튼튼한 감옥도 있어, 연공을 내지 못하는 자는 그곳에 갇힌다. 산지기 관리는 마을 사람들에 대해 무자비해서 괴물인 '인간이 아닌 자'가 되지 않아도 충분히 사람 같지 않았다고 한다. 그러니 걱정해 줄 필요는 없지만, 무기는 어떤지 몰라도 방어구로 몸을 두르고 있고 마을 사람들보다 잘 먹어서 튼튼한 데다 살집도 두툼한 산지기 관리들이 남김없이 사람을 습격하는 괴물로 변했다면 상당히 성가시리라. 하타사쿠하치로베에는 그것을 몹시 염려하고 있었다.

"하나에의 아버지도 상대가 산지기 관리였기 때문에 도망치기가 힘들었다고 하지 않았나?"

하치로베에의 방책은 그리 복잡하지 않았다. 어쨌거나 오늘 해가 지기 전에 하뉴다무라 마을 두 개의 곳간을 정비하고, 이곳에 있는 전원이 하룻밤을 무사히 보낼 수 있도록 한다. 지금은 이쪽에서 마을 바깥으로 자진해서 나가지는 않고, '인간이 아닌 자'가 나타나면 확실하게 부수기만 한다. 대신 곳간 주위에 흙부대를 쌓거나, 함정을 파거나, 밧줄을 치고 가느다란 나무패를 가득 매달아 밤 사이에 무언가가 가까이 오면 소리가 나도록 하거나, 횃불과 모닥불을 피우는 등, 모두들 일을 나누어 이런저런 궁리와 준비를 한다.

곳간의 문은 아무래도 안에 틀어박혀야 하게 될 때까지는 열어두고, 그곳에 나카노무라 마을의 남자들이 교대로 보초를 선다. 오키이치와 두 명의 동료 사냥꾼은 두 개의 곳간 지붕에 올라가 높은 곳에서 보초를 맡게 되었다.

오늘은 이 계절 중에서도 특히 화창한 날씨로 따뜻하고 바람도 없다. 하뉴다무라 마을이 있는 이 산간은 입동을 경계로 산에서 불어 내려오는 바람이 점점 강해진다. 한겨울에는 거기에 진눈깨비나 눈이 섞인다.

"춥고 가난해서 늘 쪼들렸지만 모두들 서로 도우며 살아왔어요."

그런데 금번 '인간이 아닌 자'의 습격으로 많은 희생이 나오고 말았다. 이것을 뛰어넘어 다시 원래처럼 살아갈 수 있을까.

하나에의 근심스러운 얼굴을 보며 신고는 말했다.

"그렇게까지 앞날을 걱정하기보다 우선 오늘 밤을 무사히 넘기지요. 하나에와 다른 사람들은 좀 쉬어요. 나는 물 긷는 일을 도와주고 올게요."

다행히 우물은 깊고 물은 풍부했다. 장작이나 불쏘시개가 될 만한 마른 풀도 많고 마을 전체의 오두막을 돌며 찾아보니 소쿠리에 가득한 숯과 몇 개의 초, 총을 쏘는 사람은 없고 총도 없는데 한 꾸러미의 화약이 발견되었다.

머리가 뭉개진 채 눈에 띄는 곳에 쓰러져 있는 '인간이 아닌 자'는 그 자리에 방치하지 않고 텅 빈 곡물 창고로 옮겨 안치했다. 머리가 없어도, 형상이 달라졌어도, 마을 사람이라면 체격이나 입고 있는 옷으로 누구인지 알 수 있을 테니까. 그렇게 늘어놓고 보니 신고 일행이 오고 나서 없앤 숫자가 일곱, 그 이전에 하뉴다무라 마을 사람들이 필사적으로 싸워 없앤 숫자가 넷임을 알 수 있었다. 이 넷 중에 촌장의 아내가 들어 있다.

"그럼 촌장님과 이치노스케는 지금도 어딘가에 있겠네요……."

촌장의 아들은 이름이 이치노스케로 나이는 열다섯, 하나에와는 소꿉친구라고 한다. 촌장은 마흔두 살, 억세고 덩치가 큰 남자다.

"사람으로서의 지혜를 잃었어도 익숙한 데가 있는 풍경에서 떠나지는 않을 테지. 가까이 오면 확실하게 저세상으로 보내 주겠네."

하치로베에의 말에 하뉴다무라 마을 사람들은 눈물을 지었다.

남자들은 어깨를 늘어뜨린 채 주먹을 쥐고 여자들은 손으로 얼굴을 덮었다.

연못을 잠수해서 와야 했기 때문에 나카노무라 마을의 남자들은 자신의 몸과 무기, 최소한의 방어구밖에 가져올 수 없었다. 깊은 물이라는 방해가 없다면 숯도 부엌 세간도 식량도 약도 마른 옷도 이불도, 필요한 것은 전부 가져올 수 있었을 텐데.

해 질 녘, 여자들이 남은 식량을 모두 긁어모은 다음 끓여서 나누어 준 조스이를 홀짝이자니 신고의 가슴에는 답답함이 쌓였다.

밤이 되고 곳간에 들어가 방비를 단단히 할 때까지 '인간이 아닌 자' 셋을 부수었다. 둘은 산지기 관리였는데 무두질한 가죽으로 만든 갑옷을 걸치고 하나는 손에 단창을 들고 있었다. 휘두를 정도의 지혜는 없었지만 어쨌거나 소중한 듯이 쥐고 놓지 않았다. 세 번째는 몸집이 작은 노인으로, '원승사願勝寺'라는 이름이 들어간 시루시반텐印半纏 옷깃이나 등 부분에 상호, 이름 등을 물들인 한텐. 주로 무명으로 만든 짧은 웃도리로, 직인들 사이에서 사용하거나 고용주가 고용인에게 지급하여 입게 했다을 입고 있었다. 절에서 일하는 하인일 것이다.

"즉, 야마반쇼도 염불사도 '인간이 아닌 자'의 손에 떨어졌다는 뜻이다."

첫 번째 곳간의 쌍바라지 문 바로 안쪽에서, 하치로베에는 통 모양의 덮개를 씌운 초를 들고 땅바닥을 막대로 그어 지도를 그렸다. 여기가 하뉴다무라 마을, 여기가 야마반쇼, 여기가 원승사. 여관마을의 입구는 이 두 곳보다는 꽤 멀리 떨어져 있다.

"그래도 야마반쇼에는 무기나 비품, 식량을 쌓아 두었겠지. 내일 날이 밝으면 조사하러 가세. 많은 인원이면 오히려 소란스러워. 나카노무라 마을에서 세 명, 하뉴다무라 마을에서 안내 한 명."

하치로베에가 이끄는 조력자들의 싸우는 모습에 격려를 받았는지 하뉴다무라 마을의 남자들도 사기가 올라가 길 안내역은 금방 정해졌다. 그들 쪽에서 이렇게 해 보면 어떤가, 저렇게 해 보면 어떤가 하는 의견도 나오기 시작했다.

신고는 소에몬과 함께 두 번째 곳간에 있었다.

밤이 깊어지기 전에 일단 보초를 교대하고 쉬라는 말을 들었지만 좀처럼 잠들 수가 없었다. 이쪽 곳간에는 여덟 살에서 열 살 정도의 사내아이 셋이 있었다. 신기한 듯이 다가오는 아이들에게 신고는 그들이 묻는 대로 우도노쇼와 나카노무라 마을에 대해 이것저것 이야기해 주었다.

아이들뿐만 아니라 하뉴다무라 마을 사람들은 모두 닥나무를 몰랐다. 그것을 사용해 만드는 종이에 대해서도 몰랐다.

"이쪽에서는 어떤 종이를 쓰지?"

신고의 물음에 곳간 안을 뒤지고 그 자리에 있던 마을 사람들 모두를 귀찮게 한 끝에 찾아온 대답은 지푸라기를 두드려 늘이고 펴서 이어 붙인 듯한 뻣뻣한 것이었다.

구자키 번과 에자키 번은 '같은 나라 안에 있는 다른 번'이 아니다. 전혀 다른 나라에 있는 두 개의 번이 나카노무라 마을과 하뉴

다무라 마을이라는 두 개의 장소, 요미노이케夜見ノ池 연못과 요미노이케黃泉ノ池 연못이라는 두 개의 연못을 통해 우연히 서로 통해 있을 뿐——.

어쩌면 에자키 번은 닥나무를 키워 종이를 만든다는 산업이 싹트기 전의 구자키 번이 아닐까. 즉 구자키 번의 시간을 거슬러 올라가면 에자키 번이 되는 게 아닐까. 그래서 번주도 다른 것이 아닐까? 그런 생각이 들어 신고는 아이들에게 물어보았다. 지금의 나라님은 몇 대째지? 이름을 가르쳐다오.

하뉴다무라 마을의 사내아이들은 깜짝 놀랐다.

"나라님?"

"그게 누구예요?"

"쇼군 말이다. 에도성에 살고 있는, 이 나라에서 제일 높은 영주님이지."

사내아이들은 얼굴을 마주 보더니 저마다 말했다.

"대왕님을 말하는 건가?"

"대왕님이라니…… 그건 뭐지?"

"몰라요? 이 나라에서 제일 높은 건 대왕님이에요."

거기서부터 다른 건가. 신고는 머리를 끌어안고 말았다. 그렇다, 이 아이들에게 달력을 보여 달라고 하자. 달력 정도는 있겠지.

"신고." 아버지 소에몬이 쌍바라지 문 밖에서 짧게 불렀다. 신고는 아이들에게 (조용히)라고 손가락을 세우고 나서 아버지 곁으로 갔다.

"이곳 뒤의 장치가 울렸다."

소에몬은 등의 화살통에서 천천히 화살을 뽑으며 목소리를 낮추었다.

"너는 오른쪽에서 가라. 나는 왼쪽에서 돌아가마."

그때 지붕 위에서 오키이치의 낮은 휘파람이 들려왔다. 올려다보니 그도 손짓으로 뒤쪽을 가리키고 있다. 신고도 손짓으로 (알았다)고 대답했다.

부자는 좌우로 나뉘어 곳간의 벽에 달라붙은 채 천천히 뒤쪽으로 돌아갔다.

밧줄을 치고 나무패를 매단 장치 바로 맞은편에 '인간이 아닌 자' 둘이 어정쩡하게 서 있었다. 나란히 서서 어깨를 서로에게 부딪치며 왠지 몸을 부들부들 떨고 있다.

두 번째 곳간의 뒤쪽을 비추고 있는 모닥불은 꽤 떨어진 곳에서 타오른다. 그 빛을 등진 '인간이 아닌 자' 둘은 검은 그림자가 되어 얼굴이 보이지 않는다. 방어구는 몸에 걸치고 있지 않았으니 산지기 관리는 아닌 모양이지만…… 오른쪽에 있는 놈은 손에 막대를 쥐고 있다. 왼쪽에 있는 놈은 오른쪽 놈보다 키가 작고 고개를 푹 숙이고 있다.

오른쪽 녀석이 쥔 막대가 둘러쳐져 있는 밧줄을 건드렸다. 밧줄이 막대에 밀려서 위로 올라가려 하고 있다. 매달린 나무패가 딱딱 소리를 낸다.

이놈은 무엇을 하고 싶은 것일까? 신고는 숨을 죽였다. 곳간 위에서 소리도 없이 지붕 가장자리까지 이동해 온 오키이치의 모습이 보인다.

오른쪽 놈이 막대를 놓았다. 밧줄이 원래대로 돌아가고 나무패가 또 희미하게 소리를 낸다.

"우와아" 하고 '인간이 아닌 자'가 목소리를 냈다.

"누, 가."

왼쪽의 '인간이 아닌 자'가 갑자기 무릎을 굽히며 그 자리에 쓰러졌다. 그러자 오른쪽 놈이 그쪽을 돌아보며 부축해 일으키려고 했다.

"구, 해, 줘어."

말을 했다. 이놈들은 '인간이 아닌 자'가 아닌가?

신고는 몸을 낮추고 재빨리 두 개의 검은 그림자를 향해 달려갔다. 허리에 찬 가지 치는 칼을 뽑아 언제든 벨 수 있도록 겨누며,

"이봐, 너는 누구냐."

하고 부르자 오른쪽 '인간이 아닌 자'의 머리가 흔들흔들 움직이며 이쪽으로 얼굴을 향했다.

"아들, 을, 구해, 줘."

입가가 침으로 젖어 있다. 말은 서툴고 목소리는 탁하다. 그러나 알아들을 수 있었다. 아들을 구해 줘.

"혹시 당신 촌장이오? 그쪽은 아들 이치노스케인가?"

신고는 그렇게 물으면서 거리를 좁혔다. 밧줄과 나무패 장치의 바로 안쪽까지. 손을 뻗으면 밧줄을 잡을 수 있다.

"마을, 사람들은."

오른쪽의 '인간이 아닌 자'가 침을 흘리며 다가왔다.

머리 위에서 한 줄기의 눈부신 빛이 비쳐들었다. 지붕 위의 오키이치가 등불을 이쪽으로 비추고 있다. 그 빛은 똑바로 오른쪽 '인간이 아닌 자'의 어깨 위를 밝혔다.

신고는 보았다. 그자의 오른쪽 눈은 완전히 희고 탁했다. 그러나 왼쪽 눈은 무사하다. 정상적인, 제정신의, 살아 있는 사람의 검은자위와 흰자위다.

"이치노, 스케."

촌장 '인간이 아닌 자'는 아들의 이름을 부르더니 입에서 게거품을 뿜었다. 구에에에!

그 순간, 남아 있던 왼쪽 눈의 제정신이 사라져 날아가고 희게 탁해졌다. 촌장 '인간이 아닌 자'는 양손으로 신고를 움켜쥐려다가 무릎 높이에 둘러쳐져 있는 밧줄에 걸렸다. 나무패가 일제히 높은 소리를 내며 울렸다.

오키이치가 비추는 등불의 빛을 표시로 삼아 소에몬이 화살을 쏘았다. 그 화살이 촌장 '인간이 아닌 자'의 오른쪽 눈에 꽂히자 촌장은 크게 뒤로 비틀거렸다.

신고는 한달음에 밧줄을 뛰어넘어 등의 손도끼를 움켜쥐고 단숨에 촌장 '인간이 아닌 자'의 목을 베었다.

날아간 촌장의 머리가 바로 옆에서 무릎을 꿇은 채 웅크리고 있는 아들의 어깨에 닿았다. 그 바람에 아들의 몸이 옆으로 쓰러진다. 신고는 재빨리 자세를 바로 하며 아들의 목도 베려고 손도끼를 겨누었다.

등불의 빛이 이동해 아들의 어깨를 비춘다. 피가 말라붙어 있다.

신고는 깜짝 놀라 몸을 일으키며 발끝으로 걷어차 아들의 몸이 하늘을 향하게 했다.

촌장의 아들은 목을 물어뜯기고 얼굴도 절반 이상 뜯어먹힌 상태였다. 이래서야 '인간이 아닌 자'로 변해도 다른 사람을 덮칠 수는 없다. 흔들흔들 걸으며 몸을 떨 수밖에 없었을 것이다.

신고는 구역질을 참으며 아들의 목도 몸통에서 잘라 냈다. 그러자 떨림이 멎었다.

"잔혹하군." 머리 위에서 오키이치가 작은 목소리로 말했다.

촌장은 덩치가 큰 남자였기 때문에 '인간이 아닌 자'로 변하는 데 시간이 걸렸다. 남아 있던 약간의 제정신으로 아들을 구하려고 한 것일까.

"신고, 밧줄을 원래대로 해 놓고 돌아와라. 뭔가 가까이 오면 내가 쏘아 주마."

소에몬의 목소리가 든든하게 울렸다.

두 번째 곳간에서는 날이 밝을 때까지 '인간이 아닌 자' 셋을 더 쓰러뜨렸다. 산지기 관리 둘에 행방불명되었던 이 마을의 여자한 명이었다.

첫 번째 곳간에는 '인간이 아닌 자'가 가까이 오는 일이 없었다. 우연이었는지, 바람의 방향이나 모닥불의 위치 때문이었는지. 첫 번째 곳간에는 노인이 많고 두 번째 곳간에는 여자와 아이들이 많았기 때문인지. 이야기를 나눠 봐도 답은 나오지 않았다.

신고는 하치로베에에게 부탁해 야마반쇼를 탐색하러 가는 세 명 사이에 끼었다. 어젯밤의 일을 머리에서 떨쳐 내려면 가만히 있지 말고 움직이는 편이 낫다.

"나도 이 눈으로 상황을 확인하러 가고 싶군. 소에몬, 이곳을 부탁하네."

하치로베에가 말했다. 나머지 한 명으로는 젊은 사냥꾼 롯페이타를 골랐다.

하뉴다무라 마을의 안내인은 마을의 젊은이 노노스케, 나이는 스무 살. 농사를 짓는 것 외에 베틀이나 실 잣는 기계 등 도구를 수선하는 일을 직업으로 삼고 있다.

"야마반쇼에는 저울을 수선하러 자주 불려갔습니다."

가혹하게 연공을 걷는 주제에 야마반쇼에서 쌀이나 잡곡, 삼실이나 삼베를 다는 저울은 늘 고장이 났고 관리들은 그것을 스스로 고칠 수가 없었다고 한다.

"조금이라도 연공이 가벼워지도록 제가 고치면서 손을 쓰곤 했지요."

"용케 목이 무사했군" 하고 신고가 대꾸하자 노노스케는 경련하듯이 웃었다.

"이곳 야마반쇼로 보내져 오는 관리는 머리가 별로 좋지 않아요. 검술 실력도 형편없고요. 쓸모없는 놈들의 집합소였지요."

'인간이 아닌 자'가 떼를 지어 덮쳐 오자 잠시도 버티지 못할 만큼 쓸모가 없었던 거다.

"그래도 단창이나 갑옷을 걸치고 있었다고 하니 조심해야 해요."

롯페이타는 신중하고 냉정했다. 젊지만 과연 오키이치에게 뽑힐 만한 실력을 갖추었다. 그도 활을 쓰는데 갈고리가 달린 투승投繩도 허리에 차고 있었다. 움직임은 들개처럼 민첩하다.

넷이서 마을을 나섰을 때 '인간이 아닌 자' 하나와 마주쳤다. 젊은 여자로, 기모노 앞이 벌어져 반라가 되어 있었다. 덤불 속을 어슬렁거리고 있다가 신고 일행을 알아차리고는 어색하게 다가왔다.

신고는 순간 눈을 돌리고 말았으나 노노스케는 눈알이 튀어나올 듯 놀라며 헉 하고 소리치더니,

"오타마!" 하고 여자를 불렀다. "오타마, 너 무사했던 거야? 나야, 노노스케, 알지?"

가엾게도 이번에는 침을 튀기며 계속해서 부르는 노노스케의 얼굴을 직시할 수가 없었다. 오타마라는 여자의 눈은 완전히 희게 탁해지고 입에서는 거품을 내뿜고 있다. 어쩌다 그랬는지 짐작이 가지 않지만 오른쪽 다리의 무릎 아래가 안쪽으로 굽어 버

려 약간 게처럼 걷는다.

"노노스케, 물러나 있어라."

하치로베에가 온화한 말투로 명령하고 소도小刀를 뽑으며 오타마에게 다가갔다. 롯페이타가 노노스케 앞에 버티고 서서,

"당신, 뒤를 보고 있어요" 하고 말했다.

오타마는 하치로베에에게 맥없이 목을 잘렸다. 머리가 땅바닥에 떨어져, 털썩. 몸이 덤불 속으로 쓰러지며, 다시 한번 털썩. 핏물에 젖은 소리가 서글프다.

천천히 덤불 안으로 걸어 들어간 하치로베에는 한 손으로 합장을 하고, 바로 가까이에 튀어나와 있는 잡목의 가지를 잘라 떨어뜨렸다.

"표식일세. 돌아오는 길에 회수해 주지."

노노스케는 한동안 훌쩍훌쩍 코를 훌쩍였다. 신고 일행은 묵묵히 그 뒤를 따랐다. 야마반쇼는 요미노이케 연못에서 동쪽으로 뻗어 있는 길을 올라가 숲을 빠져나간 곳에 있다고 한다.

길은 좁지만 잘 다져져 있다. 요미노이케 연못이 보이게 되었을 때 롯페이타가 갑자기 옆쪽 덤불로 들어갔다가 곧 나왔다.

"왜 그러나?"

"짐승의 똥이 있어서요."

아까 왔을 때는 보이지 않았다. 새로운 똥이었다며 고개를 갸웃거린다.

"뭔가 이상한가?"

"아니, 똥이 있다면 짐승도 있다는 뜻일 텐데, 이렇게 사람이 오가는 길가에서 똥을 누는 것은 묘한 일이라."

짐승도 이상해진 걸까. 사람 이외의 생물도 '인간이 아닌 자'처럼 변한다면.

"새 소리가 전혀 들리지 않아요."

롯페이타의 말을 듣고 신고는 처음으로 깨달았다. 하치로베에도 놀랐다.

"그러고 보니 그렇군."

"노노스케, '인간이 아닌 자'가 나타나면 새나 짐승도 이상해지나?"

겨우 울음을 그친 노노스케지만 아직 눈초리가 붉다. "모르겠어요. 저는 이렇게 가까이서 '인간이 아닌 자'를 보는 것도 처음이고……. 전부 다 모르는 것투성이에요."

또 울기 시작하면 곤란하니 아무도 그 이상은 묻지 않았다.

——만일 새나 짐승도 이상해진다면 역시 '인간이 아닌 자'는 괴물로 태어나는 존재가 아니라 물림으로써 옮는 돌림병일지도 몰라.

생각나는 것이 공수병이다. 이 병에 걸려 흉포해진 들개나 늑대가 사람이 사는 마을에 가까이 오면 무서운 일이 일어난다. 물린 사람은 물을 무서워하며 광란하게 되고, 며칠이나 고열과 아픔에 시달린 끝에 죽고 만다.

'인간이 아닌 자'가 매년 나타나는 게 아니라 어느 정도의 세월을 두고 불규칙적으로 나온다는 점도 병 같지 않은가. 무언가 유행할 조건이 갖추어졌을 때만 나타나는――.

하지만 우선 입동 전후라는 조건이 있다. 대체로 돌림병은 여름에 가장 기승을 부리고, 겨울에는 훨씬 적지 않은가. 겨울에 유행하는 병이라면 고뿔 정도다.

이런저런 생각을 하는 사이에 두 번째와 세 번째 '인간이 아닌 자'와 마주쳤다. 염색이 되어 있는 통소매 옷, 무두질한 가죽으로 만든 갑옷과 각반. 오른쪽 전방에 튀어나와 있는 바위 그늘에서 구르듯이 뛰어나와 탁한 소리를 지르며 이쪽으로 달려들었다.

"산지기 관리다아!"

노노스케의 외침과 동시에 롯페이타가 연달아 쏜 화살이 휘잉! 하고 허공을 가른다.

오른쪽 '인간이 아닌 자'는 얼굴에 맞아 삐걱삐걱 춤추고, 왼쪽 '인간이 아닌 자'는 허벅지에 맞아 헛발을 디디며 무릎을 꿇는다. 그 틈에 하치로베에와 신고가 소도와 손도끼로 해치웠다.

이놈들은 아픔을 느끼지 않는다. 새삼 신고는 그것이 무섭게도 슬프게도 느껴졌다. 눈 밑이나 허벅지의 부드러운 부분에 화살촉이 꽂혀도 비명도 지르지 않는다. 거품을 뿜으며 탁한 목소리로 으르렁거릴 뿐이다.

"신고, 대도는 방해가 될 뿐이지만 소도는 챙겨 두게. 롯페이타, 이자는 화살통도 메고 있다."

화살통에는 긴 화살깃이 달린 화살이 여덟 대 들어 있었다. 활은 눈에 띄지 않았다.

"이 가죽 갑옷도 도움이 되지 않을까요?"

"마을 사람들은 이런 걸 입는 데 익숙하지 않아. 무거워서 움직임에 방해가 될 걸세. 두고 가지."

이번에는 롯페이타의 수건 끝을 찢어 잔가지에 표식으로 묶어 둔 후 일행은 길을 서둘렀다.

야마반쇼는 두꺼운 초가지붕을 인, 동서로 긴 마구간이 있는 건물이었다. 낮은 흙담에 둘러싸여 있기는 하지만 문은 없다. 우도노쇼에서는 하타사쿠 하치로베에가 있는 간평 관리의 초소도, 요새까지는 아니지만 대울타리나 빗장이 달린 나무문, 문지기의 초소가 있고 조금은 으스대는 느낌을 풍기기 때문에, 이 풍경에는 허를 찔린 기분이었다.

"우선 주위를 한 바퀴 돌아보지."

하치로베에가 선두, 그 뒤에 노노스케와 신고, 최후방에는 롯페이타가 섰다. 하치로베에의 손 신호에 따라 나아갔다 멈추었다 한다.

흙담 안쪽에는 자갈을 깐 길이 정비되어 있었다. 하치로베에가 그곳을 밟으려고도 하지 않아서 신고 일행도 피해 걸었다.

건물 정면에 묘하게 높은 현관 마루가 있는 입구가 보인다. 사람이 평범하게 드나드는 구조가 아니라 가마를 대기 쉽도록 만들었다. 문은 활짝 열려 있어서 입구에서부터 반대편에 판자 문이 줄줄이 늘어선 막다른 곳까지 훤히 내다보인다. 바닥에는 판자가 깔려 있다. 아무도 없고 실내도 어질러지지 않았다.

툇마루 쪽을 따라 걸어가니 몇 군데에 덧문이 쓰러지거나 장지문이 열려 있다.

마구간에 다다르자 하치로베에가 뒤의 세 사람을 멈추게 하더니 혼자 울타리를 넘어 마방馬房을 들여다보러 들어갔다. 마방에서는 말이 히힝거리는 소리도, 발을 구르는 소리도 들리지 않았다. 텅 비어 있는 모양이다.

"……안장이나 등자, 고삐는 남아 있네."

하치로베에가 안쪽에서 돌아와 말했다.

"노노스케, 평소에는 여기에 말이 몇 마리 정도 묶여 있었지?"

"제가 본 바로는 네 마리 정도였습니다."

하치로베에는 이곳에 와서 처음으로 가엾은 것을 보는 듯한 눈을 했다.

"산지기 관리 중 누군가가 제정신을 잃기 전에 말들을 밖으로 도망치게 해 주었겠지."

마구간 옆을 돌아 건물 뒤쪽으로 나간다. 조릿대 숲이 울창하게 우거져 있고 발밑도 울퉁불퉁하다. 시야가 좋지 않아서 신고는 다시 긴장했다.

밀집한 조릿대가 밀치락달치락하며 휘어져 있다. 하치로베에가 가볍게 몸을 굽혀 그 아래를 빠져나가고 노노스케가 뒤따르다가——갑자기 돌처럼 굳어 버렸기 때문에 신고는 그 등에 코를 박았다.

"이봐!"

노노스케 옆을 빠져나간 신고가 눈을 들었다. 하지만 그도 역시 노노스케처럼 굳어 버리고 말았다.

조릿대 숲을 빠져나가니 그곳은 뒤뜰로, 이쪽의 출입문인 듯한 봉당 앞에 신고의 가슴 높이 정도 되는 '효수대'가 설치되어 있었다.

나무판자와 대나무 말뚝을 엮은, 가로로 길쭉한 대다. 그 위에 합쳐서 여덟 개, 사람의 머리가 꽂혀 늘어서 있다. 얼핏 보기에 여덟 명 모두 남자다. 그리고 '인간이 아닌 자'다. 머리만 남았어도 여전히 희게 탁해진 눈을 부릅뜬 채, 입술이 일그러져 당장이라도 "구아아아아" 하고 소리를 지를 것 같은 표정을 하고 있다.

"이건, 대체……."

어지간한 롯페이타도 기가 막히다는 얼굴로 활을 든 팔을 천천히 내렸다. 노노스케는 아직도 새하얗게 질린 얼굴로 조릿대 숲을 빠져나온 곳에서 웅크리고 있다.

"노노스케, 아는 얼굴이 있느냐."

하치로베에가 불러도 움직이려고 하지 않는다.

"모두 하뉴다무라 마을의…… 아니, 이 머리를 깎은 남자는 스님인가."

마주 보았을 때 왼쪽 끝의 머리만, 확실히 스님처럼 머리카락이 없다. 다른 일곱 개의 머리는 흐트러져 있기는 해도 상투를 묶었고, 그 모양으로 보아 세 사람은 무사(아마 산지기 관리)이고

네 사람은 상인이나 농부인 것 같았다.

노노스케는 고개를 저으며 살짝 눈물이 고인 눈으로 말했다. "우리 마을 사람은 아니에요."

"다른 장소에서 사냥당한 건가……."

"이 대머리는 그 염불사——원승사의 승려일까요."

신고도 왼쪽 끝의 머리로 다가가 좀 더 자세히 보려고 얼굴을 가까이 했다. 희미한 썩은 내.

그때, 신중한 손놀림으로 대머리를 만지며 살펴보던 하치로베에가 갑자기 엄청난 기세로 손을 움츠렸다.

"왜 그러십니까."

하치로베에는 움츠린 자신의 오른손 손끝을 살펴보며 눈을 가늘게 뜨더니 말했다. "아까 그 소도를 빌려주게."

신고는 소도를 내밀었다. 하치로베에가 그 칼끝으로 대머리의 입술을 비틀어 열며 말했다.

"보게, 이빨이 있네. 마치 들개 같군."

신고와 롯페이타는 나란히 그것을 확인했다. 노노스케는 겁을 먹고 뒷걸음질을 쳤다. "저는 봐주십시오."

위턱에 한 쌍의 날카로운 이빨. 줄줄이 돋아 있는 이도 끝이 칼날 같다. 이것은 사냥감을 사냥하여 그 고기를 먹는 짐승의 입이다.

"하마터면 손가락을 베일 뻔했어."

신고도 머뭇머뭇 손끝을 이빨 중 하나에 대어 보았다. 따끔하게 찔리는 감촉이 났다.

"다른 일곱은 '인간이 아닌 자'겠지만, 이 왼쪽 끝에 있는 하나는 애초에 사람이 아니로군."

진짜 괴물이다. 그 말에 새삼 그자를 관찰했다. 그러고 보니 눈썹이 없다. 귀가 이상하게 작고 턱이 뾰족하다.

"몸이 있으면 더 자세히 알 수 있지 않을까요. 하타사쿠 님, 찾아보지요."

"음. 지금까지보다 더 조심해서 가세. 노노스케, 움직일 수 있겠나? 다리가 풀려 버렸다면 건물 어딘가에 숨어 있게."

노노스케는 엉덩이에 불이 붙은 것처럼 펄쩍 뛰었다. "두고 가지 말아 주십시오!"

넷이서 앞뒤를 경계하면서 야마반쇼 주위를 빙글 한 바퀴 돌아보았다. 특별히 수상한 점은 눈에 띄지 않았지만 가끔 불어오는 희미한 바람에,

"묘하게 쇠 냄새가 나요."

롯페이타가 코를 벌름거리며 얼굴을 찌푸렸다.

바람은 이 야마반쇼가 지어져 있는 곳보다 낮은 곳에서 불어올라온다. 방향으로 말하면 서남서로, 지금은 신고 일행을 향해 바람이 불고 있다.

"어딘가 가까운 곳에 이 냄새의 원천이 있을 겁니다……."

"그걸 찾으러 가기 전에 건물 안을 조사해 보세. 무기나 식량이 남아 있으면 고마운 일이지."

신고 일행은 신을 신은 채 건물 안으로 들어갔다. 야마반쇼는 동서로 넓고, 판자가 깔린 바닥에는 맨발의 발자국과 짚신을 신은 발자국이 어지럽게 흩어져 잔뜩 남아 있었다. 대부분은 진흙으로 생긴 것 같았다. 다급한 사람의 출입이 있었던 증거다.

장지문이나 미닫이, 판자벽이나 회반죽 벽에 피보라가 튀어 그대로 말라 버린 검은 얼룩이 몇 군데 눈에 띄었다. 눈에 띄는 정도일 뿐 온 사방에 있는 것은 아니다. 화로나 부엌은 제대로 불의 뒤처리가 되어 있고 물병 안에는 깨끗한 물이 남아 있다. 적어도 이 건물 안에서 산지기 관리들과 괴물들의 격렬한 싸움이 벌어지진 않았던 듯하다.

"저렇게 머리를 효수해 두었을 정도이니 '인간이 아닌 자'들의 수도 처음에는 적었던 거겠지."

야마반쇼에 있는 인원만으로 충분히 해치울 수 있으리라 짐작했을 것이다. 그런데 점점 형세가 악화되어, 산지기 관리들도 한 사람 또 한 사람 습격을 받아 도망쳐 나가거나 '인간이 아닌 자'로 변하고 새로운 사냥감을 찾아 요미노이케 연못이나 하뉴다무라 마을까지 서성대게 되고 말았다.

"노노스케, 무기나 식량을 넣어 두는 곳을 알고 있나?"

"이쪽 복도 끝에 커다란 골방이 있었던 기억이 나는데요."

과연 복도의 막다른 곳에는 네 모퉁이를 쇠장식으로 보강한 두꺼운 쌍바라지 문이 있었다. 한쪽이 열어젖혀져 있어 신중하게 발을 들여놓아 보니, 이곳이 목적하던 골방인 것 같았다.

그러나 유감스럽게도 식량이나 무기는 남아 있지 않았다. 선반이나 상자는 텅 비어 있고 나무 상자가 몇 개 떨어져 있지만 그 안에 든 것도 왕겨뿐이다.

"이 방 가득 들어 있던 무기를 전부 다 쓸 정도로 격렬한 싸움이 있었다고도 생각하기 어려운데……."

그랬다면 건물 안팎에 그 흔적이 남아 있어야 한다.

노노스케가 미안한 듯이 목을 움츠리며 말을 꺼냈다. "이곳에 있던 산지기 관리들은 형편없는 자들이었어요."

"아아, 마을에서도 그 이야기는 들었네."

"애초에 이곳에는 돈이 될 만한 물건을 남겨 두지 않았습니다."

신고는 납득했다. "형편없는 자들이 멋대로 팔아 치워, 돈으로 바꾸어서 써 버렸다는 건가?"

"그렇지 않다면 그놈들이 늘 술 냄새를 풍기던 이유를 알 수가 없지요."

롯페이타가 불쾌한 듯이 코를 킁킁대며 또 "짜증나는군. 쇠 냄새가 나요" 하고 내뱉었다. "어디에서 오는 걸까, 이 냄새."

네 사람은 골방에서 복도로 나왔다. 쌍바라지 문을 닫으려다가, 지금까지 문에 가려져 있던 복도의 막다른 곳에 문짝을 아래로 떨어뜨려서 여는 문이 있음을 깨달았다. 네모난 문은 들어 올려져 있고 어둠 속으로 사다리가 내려져 있었다.

"아, 이 아래가 감옥이에요."

노노스케가 말하더니 또 다리가 풀린 듯 뒷걸음질을 쳤다. 이 남자는 지나치게 겁이 많다.

하치로베에가 네모난 문 옆에 무릎을 꿇고 구조를 살펴보았다. 사다리는 위쪽에 고정되어 있는 부분을 들어 올리면 자연스럽게 접히면서 올라온다. 그리고 떨어뜨리는 문 뒤쪽에 수납되는 형태가 되고, 찰칵 닫으면 평평한 바닥으로 바뀌어 손잡이만 튀어나오는 형태가 되는 모양이다.

"여봐라" 하고 하치로베에가 어둠 속을 향해 굵은 목소리를 내질렀다. "누구 있느냐. 구하러 왔다. 누군가 감옥 안에 갇혀 있다면 목소리를 내어 대답해라. 이름을 말해라."

조용하다. 격자창에서 비쳐드는 빛 속에서 먼지가 춤추고 있다.

"이번 '인간이 아닌 자' 소동이 일어나기 전에 마지막으로 이곳을 찾아온 것은 언제인가?"

노노스케가 굳은 얼굴로 대답했다.

"언제……였더라. 한 달…… 아니, 두 달쯤 전일까요."

"그 무렵, 이 지방의 마을 사람이 이곳에 갇혀 있었던 기억은 있나?"

"누가 갇혔다면 역시 귀에 들어왔을 테니, 없었을 겁니다."

그런가, 하고 하치로베에가 짧게 말하더니 다시 한번 사다리 너머로 불렀다. 누구 없느냐. 대답을 하고 이름을 대라. 구하러 왔다.

"좋아, 사다리를 올리고 문을 닫지."

"내려가서 조사하지 않아도 될까요?"

롯페이타의 물음에 하치로베에는 쓴웃음을 지었다.

"출입구는 이곳 한 군데뿐이지 않은가. 자네들에게 그런 위험한 짓을 시킬 수는 없고, 나도 하고 싶지 않네."

신고는 고개를 끄덕이며 몸을 내밀어 사다리에 손을 걸고 끌어올리면서 접기 시작했다. 철컥, 철컥, 철컥. 세 번째로 사다리를 접었을 때 갑자기 아래쪽에서 엄청난 힘으로 잡아당겨졌다.

방심하고 있었기 때문에 신고는 앞으로 고꾸라져 아래로 열리는 문 안으로 굴러떨어질 뻔했다. 상반신이 훌떡 거꾸러져 어둠 속으로 쓰러진 순간,

"키샤아아아아아!"

눈앞에 들개 같은 이빨을 드러낸 대머리 괴물의 얼굴이 닥쳐왔다.

하치로베에가 신고의 목덜미를 움켜쥐고 끌어당겨 일으켜 주었다. 재빨리 앞으로 나선 롯페이타는 팽팽하게 당긴 활에 메긴 화살을 당장이라도 사다리를 타고 복도로 올라오려 하는 괴물의 얼굴 한가운데를 향해 쏘았다. 커다란 오이가 갈라지는 듯한 소리가 나고 괴물은 비명을 지르며 아래로 굴러떨어졌다.

롯페이타는 이어서 두 번째, 세 번째 화살을 연달아 쏘았다. 그것을 지켜보고 나서 하치로베에가 떨어뜨리는 문을 세게 걷어차 닫았다.

신고는 눈앞이 어지러워 양손을 바닥에 짚고 크게 헐떡였다.

코끝에는 아까의 찰나 제대로 맡고 만 괴물의 이상한 입 냄새가 남아 있었다. 피와 살이 썩은 듯한 냄새.

그것은 호흡이었을까. 그놈은 숨을 쉬고 있을까. 숨을 쉰다면 생물일 텐데 이 세상 어디에 저런 생물이 있단 말인가?

——이곳은 이 세상이 아닌 걸까.

에자키 번 하뉴다무라 마을은 지옥 안의 어딘가인 것일까.

"신고, 다친 데는 없나?"

"아, 예."

"문 위에 올라앉아 눌러 주게. 롯페이타, 골방에서 나무 상자를 꺼내 오세."

하치로베에와 롯페이타는 커다란 나무 상자 두 개를 꺼내 문 위에 올려놓았다. 나무 상자를 움직이면서, 신고가 조금씩 체중을 옮겨 문 위에서 이동해 간다. 밑에서 괴물이 텅 두드려 오진 않을지, 울부짖는 소리가 나진 않을지, 스스로도 한심하게 여겨질 만큼 등이 오싹오싹했다.

"롯페이타의 화살이라면 첫 번째 한 대만 맞았을 뿐이라 하더라도 저것은 죽었겠지. 하지만 만일을 위해서일세" 하며 하치로베에도 험악한 얼굴을 하고 있었다.

건물 밖으로 나간 신고는 몇 번이나 심호흡을 하며 콧속에서 괴물의 냄새를 토해 냈다.

야마반쇼의 부지 서쪽에는 조잡한 만듦새이기는 하지만 3층짜리 집의 지붕보다도 높은 소방 망루가 서 있다. 아까 한 바퀴 돌았을 때는 그 위로 올라가는 사다리 옆을 지나쳤을 뿐이었지만 이번에는 달랐다.

“내가 올라가 보지. 롯페이타, 화살을 겨누고 있어 주게.”

하치로베에는 소도를 뽑아 신고에게 맡기고 아까의 단도를 뽑아 입에 물고는 사다리를 오르기 시작했다.

감옥의 떨어뜨려 여는 문에서는 이쪽이 방심하기를 기다려 덮쳐 왔다. 그 괴물은 그냥 짐승이 아니라 그럭저럭 지혜를 갖고 있다고 생각하는 편이 좋을 것 같다.

괴물을 생각하니 긴장으로 목덜미가 굳어지기 시작한다.

밑에서 올려다보는 것만으로는 소방 망루의 망대 위에 무언가가 숨어 기다리고 있다 해도 알 수 없다. 하치로베에가 한층 더 긴장하며 롯페이타에게 엄호를 명령한 이유도 그 때문이다. 알고 있기 때문에 더더욱 신고는 자기 자신이 한심하게 느껴졌다. 내가 더 정신을 똑바로 차리고 있었다면 나서서 사다리를 올라갔을 텐데. 하치로베에도 ‘신고, 올라가게’ 하고 명령해 주었을 텐데.

“오쓰기 님, 주위를 경계해 주세요.”

올라가는 하치로베에의 앞쪽을 향하여 활을 힘껏 당겨 겨눈 채 롯페이타가 말했다.

“여기는 덤불에서도 길에서도 훤히 보입니다. 무언가 튀어나온다면, 부탁드립니다.”

“아, 알겠네.”

신고는 손도끼를 쥐고 노노스케는 그 등에 숨었다. “나, 나도 감시하고 있을게요."

삐걱, 삐걱, 삐걱. 하치로베에가 사다리의 가로봉을 밟으면 삐걱거리는 소리가 난다. 작은 나무 부스러기가 떨어질 때도 있다. 이곳이 '인간이 아닌 자'의 습격을 받고 산지기 관리들이 없어진 지, 아무리 길게 잡아도 열흘 정도이리라. 그 기간 동안 사다리가 삭아 버릴 리는 없으니, 역시 이곳에서는 전부터 건물 손질이나 점검도 구석구석까지 되어 있지 않았다고 봐야 한다.

하치로베에의 머리가 망대 있는 곳까지 다다랐다. 이번에는 롯페이타의 활이 희미하게 삐걱거렸다.

"아무도 없네."

이쪽을 내려다보며 짧게 소리를 지르고, 하치로베에는 망대 위로 올라갔다. 난간에 손을 짚고 한 바퀴 둘러본다.

야마반쇼는 사방이 산으로 둘러싸여 있지만 북쪽과 서쪽의 산이 높고 군데군데 깎아지른 절벽이 노출되어 있다. 남쪽에서 동쪽에 걸쳐서 완만하게 내려가다가 한 군데 푹 꺼져 있는 곳은 아마 계곡일 것이다.

"노노스케!" 하치로베에가 망대에서 불렀다. "저쪽이 여관 마을인가?"

산이 푹 꺼져 있는 바로 그곳을 가리키며 물었다.

"예, 그렇습니다."

"아무래도 화재가 있었던 모양이군."

아까 롯페이타가 맡은 '쇠 냄새'가 그 냄새일까. 오키이치도 그렇지만 사냥꾼은 신고 일행보다도 훨씬 코가 좋다.

"큰불은 아닌 모양이지만 불이 번지지 못하도록 넓게 부순 거겠지. 저건 여관과…… 도이야바인가. 지붕이 떨어지고 벽이 부서져 있네."

"움직임은 있습니까?" 신고는 위를 향해 물었다. 하치로베에는 망대의 난간을 움켜쥔 채 먼 곳을 뚫어져라 보고 있다.

"무사한 사람은 도망쳐 흩어졌거나 남은 건물 안에 숨어 있겠지만 이 거리에서는 확인할 길이 없네. 적어도 밥 짓는 연기가 눈에 띄진 않네만."

이상한 것이 있군—— 하고 말을 이었다.

"여관마을을 관통하는 외길에 막대처럼 우두커니 서 있는 사람들이 보이는데."

똑똑히 보인다고, 자기 자신에게 확인하는 듯한 말투로 하치로베에는 말을 했다.

"아니, 나란히 서 있다기보다 제각각…… 대략 열 명 정도일까. 음, 역시 사람일세. 다른 것은 아니야."

그 말을 듣자 노노스케는 떨기 시작했다. "그건 '인간이 아닌 자' 떼입니다, 하타사쿠 님!"

"그들이 길가에 모여서 그냥 우두커니 서 있다는 건가?"

"그놈들은 가까운 곳에 사냥감이 없을 때는 허수아비처럼 되거든요. 반나절이나 만 하루도 아무렇지 않게 우두커니 서 있는데, 비에 젖거나 바람이 불어 흔들흔들하면서도 태연하게 서 있습니다."

그러나 사람의 냄새를 맡거나 소음이나 목소리를 들으면 맹렬하게 눈을 뜨고 덮쳐 온다고 한다.

"이 눈으로 본 적은 없지만 촌장님한테 자주 들었습니다. '인간이 아닌 자'들은 먹을 것을 먹지 못할 때는 겨울의 뱀처럼 꼼짝도 않고 가만히 있어요. 그렇다고 죽은 건 아닙니다. 자고 있는 것도 아니에요. 옆에서 소리를 내면 갑자기 눈을 뜨고 덮쳐 오니, 아주 조심해야 합니다."

"그럼 지금은 여관마을에 가까이 가지 않는 편이 좋겠군."

한둘이라면 어떻게든 되겠지만 이 거리에서 확인할 수 있는 상대만 해도 열 정도라면, 이쪽도 대책을 갖추고 가야 한다.

"길가에 그만한 수의 '인간이 아닌 자'가 모여 있다면 여관마을은 통째로 당해 버렸다는 뜻이겠군요."

활을 들고 하치로베에를 지켜보면서 롯페이타가 말했다.

"이제 와서 우리가 가 봐야 이미 늦었을 겁니다. 뭐, 식량 정도는 조달할 수 있을지도 모르지만."

노노스케는 완고하게 고개를 저었다. "싫어요, 싫어, 저는 같이 가지 않을 겁니다."

머리 위에서 또 하치로베에가 불렀다.

"노노스케, 산 위에 있는 원승사였나? 그건 저쪽인가?"

서쪽 산의, 바위가 앞으로 튀어나와 있는 부근을 가리키고 있다.

"예!"

"여기에서는 딱 이 손가락 끝에 산문이 보이는데."

밑에서 올려다보는 신고의 눈으로는 볼 수 없다. 이 근처 산의 잡목림은 가을 겨울이 되어도 잎을 떨어뜨리지 않는 종류의 나무들로 이루어져 있는지, 산자락은 거무스레한 초록색 잎으로 덮여 시야를 가린다.

"원승사에는 짚을 인 지붕이 있는 훌륭한 산문이 있나?"

"예!"

"노노스케 자네는 올라간 적이 있나?"

"지붕의 짚을 갈 때는 우리 마을 사람들이 도우러 가지요."

망대 위에서 하치로베에가 그 산문이 보이는 방향을 향해 손을 흔들기 시작했다.

"소용없군, 안 보이는 건가."

그렇게 말하더니 몸을 빙글 돌려 사다리에 매달려서는 올라갔을 때보다 두 배나 빠른 속도로 내려왔다.

"염불사 산문 위에 남자가 한 명 올라가 몸을 숙이고 있네. 이쪽을 알아채지는 못한 기색인데 그자는 '인간이 아닌 자'가 아닌 것 같아."

구하러 가야 하네.

노노스케의 말에 따르면 원승사에 살고 있는 사람은 주지와 그 제자인 승려와 절에서 일하는 하인 세 명뿐이라고 한다. 가사를 입은 주지승 '인간이 아닌 자'와 절의 하인인 듯한 '인간이 아닌 자'와는 이미 만났다. 산문에 올라가 있는 것이 누구든, 본래 세 사람밖에 없는 절이라면 이 넷이서 상대할 수 없을 정도의 '인간이 아닌 자'가 모여 있을 염려는 적다.

말을 마친 하치로베에가 다짜고짜 길을 서두르더니 내키지 않아 하는 노노스케의 엉덩이를 두드리며 안내를 시켰다. 신고도 머리로는 그렇게 해야 한다고 생각했지만 마음 한구석에는 피로와 두려움이 솜먼지처럼 쌓여 감을 느꼈다. 하뉴다무라 마을이 그리웠다. 절을 향해 산길을 올라감에 따라 롯페이타가 더욱더 불쾌한 듯 얼굴을 일그러뜨리며 '쇠 냄새가 난다'고 호소하는 것에도 불안이 쌓였다.

야마반쇼가 있는 곳에서 원승사로 가는 방법은 두 가지다. 하나는 절의 신자인 이 부근의 영지민들이 자주 사용하는 길로, 절에 물자를 운반하는 수레를 밀고 다닐 수 있을 정도로 정돈되어 있다. 다른 하나는 거의 짐승이 다니는 길로, 바위나 나무뿌리를 붙잡고 걸어야 할 만큼 경사가 험하지만 수레길로 가는 것보다 훨씬 가깝다. 구해야 할 사람의 모습을 확인한 하치로베에는 당연히 후자의 길을 선택했다.

숨을 헐떡이고 땀을 흘리며 올라가자 거무스레한 잡목림 맞은편에 통나무를 짜고 판자 지붕을 씌웠을 뿐인 종루가 보이기 시작했다.

"절의 종루예요."

이곳에 사는 노노스케는 역시 산길을 걷는 데 익숙하고 엉거주춤한 태도에 비해서는 발걸음에 흔들림이 없다.

"작고 낮군."

"산문이 더 높을 정도지요."

잠시 후, 갈색으로 시든 덤불을 헤치고 탁 트인 곳에 다다랐다. 그곳은 원승사의 본당 뒤쪽으로 바람에 흙먼지가 춤출 뿐 아무것도 없었다. 채광을 위한 밀어서 여는 창이 몇 개 줄지어 있지만 전부 닫힌 상태다.

"좋아, 우선은 한 바퀴 돌아보세."

종루 아래를 지나 본당 오른쪽으로 나간다. 주위에 인기척은 없고 '인간이 아닌 자'의 기척도 느껴지지 않는다.

본당 정면에서 왼쪽도 조사해 보았다. 입구의 쌍바라지 문도, 바깥 복도에 면해 늘어서 있는 장지문도 닫혀 있다.

"이건, 문단속이 되어 있군."

이 산의 잡목림은 반쯤 시들어 있다. 원승사는 아담한 구조로 본당 외에는 장작 창고밖에 없다. 산문까지는 완만한 내리막길인데 상당히 거리가 떨어져 있고, 자갈도 정원석도 없는 바닥에 마른 잎이 흩어져 있다.

"아아, 냄새가 나요" 하며 롯페이타가 손등으로 코를 눌렀다. "죄송합니다, 하타사쿠 님."

"야마반쇼에서 맡은 것과 같은 냄새인가?"

"예. 진하고 옅은 차이는 있지만 이 부근에서는 훨씬 더 냄새가 나네요. 아무래도 바람 때문에 어디에선가 냄새가 실려 오는 게 아니라.”

롯페이타는 발치를 한 바퀴 둘러보았다.

“흙에서 냄새가 납니다. 땅바닥에서 냄새가 올라오고 있어요.”

“흐음. 혹시 광산 냄새는 아닌가. 아니면 온천 냄새.”

우도노쇼에 광산은 없지만 온천이라면 있다. 롯페이타의 눈이 밝아졌다. “그럴지도 모르겠네요. 하지만 훨씬 더 불쾌한 냄새인데…….”

그때 산문의 짚으로 인 지붕 끝에서 사람의 머리가 튀어나오더니 “아!” 하고 소리를 질렀다.

“오오, 있다!” 하고 이쪽도 응답했다. “절 사람인가? 구하러 왔네.”

네 사람은 산문으로 달려갔다. 짚으로 엮은 지붕 위의 인물은 하치로베에가 산문 바로 아래에 다다르자 밧줄 사다리를 던져 내려 주었다.

“나무아미타불, 나무아미타불, 감사합니다, 감사합니다” 하고 외는 목소리는 약하다.

하치로베에는 밧줄 사다리를 움켜쥐고 머리 위의 남자에게 물었다. “내려오기 전에 거기서 주위를 살펴봐 주게. ‘인간이 아닌 자’는 없나?”

산문 위의 남자는 비틀비틀 지푸라기 지붕을 기어 다니며 동서남북으로 고개를 빼더니,

“지금은 보이지 않습니다. 이 절도 어제 오후에 ‘인간이 아닌

자'가 되어 버린 주지스님이 산을 내려가고 나서는 내내 저 혼자였습니다."

내려가서 도망칠까 하는 생각도 했지만 기력이 다해 버렸다고 약한 목소리로 호소한다.

"어디로 도망쳐도 소용없을 것 같아서요."

"그렇지는 않네. 살아남은 사람은 그대만이 아니야. 마음을 단단히 먹고 내려오게."

하치로베에의 격려를 받으며 남자는 밧줄 사다리에 발을 걸고 위태위태하게 흔들리며 내려왔다. 나이는 마흔이 넘은 정도일까. 상투는 상인처럼 틀었고, 쓰쓰소데에 카루산통은 크고 단은 좁게 만든 바지. 주로 추운 지방에서 남녀 구분 없이 입었다, 편상 짚신을 신고 등에 보자기 꾸러미를 비끄러매고 있다.

"이곳의 스님이라면 우리는 이미 만났네. 부처님 계시는 곳으로 보내 드렸지."

"아아, 그렇습……."

남자의 몸이 흔들려 신고가 부축해 주었다. 남자는 황송해하면서도 거의 온몸으로 기대어 왔다.

"스님은 계속 저와 술래잡기를 하고 있었지만 어딘가에서 더 먹음직한 냄새가 났는지 갑자기 방향을 틀더니 산을 내려가셨습니다."

신고는 롯페이타와 얼굴을 마주 보았다. 가사를 몸에 걸친 채, 변해 버린 모습이었던 그 주지승.

"먹음직한 냄새라니…… 연못에서 올라온 우리를 말하는 건가."

롯페이타의 중얼거림에 신고는 "설마" 하며 웃으려고 했다. 산 위와 산 아래고, 이렇게 멀리 떨어져 있지 않은가. 그럴 리 없다. 그러나 문득 눈에 들어온 하치로베에의 험악하고 진지한 얼굴에 웃음을 삼켰다.

"스님과 술래잡기라니."

"말 그대로입니다. 저를 먹으려고 쫓아오는 스님을 피해서 여기저기 숨기도 하고 높은 곳에 올라가기도 하고, 그 사이에 물이나 식량을 찾기도 하고."

"본당의 문단속은 그대가 했나."

"예. 스님을 가둘 수는 없을까, 아니면 제가 틀어박힐 수는 없을까 하고 이것저것 해 보았지만 소용이 없었습니다."

남자가 퍼뜩 정신 차린 얼굴로 물었다.

"여러분은 관문關門에서 오셨습니까? 아니면 기노 번 분들이십니까?"

신고 일행의 얼굴과 옷차림을 살펴보며 당황한 듯 말을 이었다.

"이거 실례했습니다. 저는 가도야 몬자에몬이라는 사람이고 성하마을에서 전당포를 운영하고 있습니다."

"전당포?" 노노스케가 깜짝 놀랐다. "전당포가 뭔가요?"

하뉴다무라 마을에서 밖으로 나간 적이 없다면 그런 장사는 모를 것이다.

신고는 물었다. "기노 번이라는 곳은, 이곳 에자키 번의 이웃 번인가?"

가도야 몬자에몬은 다시 한번 위에서 아래까지 신고를 훑어보더니 그제야 고개를 끄덕였다.

"남쪽에 이웃한 번입니다. 이곳은 국경의 관문이 가깝지요."

"자세한 이야기는 좀 더 안전한 데서 듣지" 하며 하치로베에가 끼어들었다. "전당포 주인, 그대 외에는 이 절에 더 이상 제대로 된 사람은 없는 거겠지?"

없습니다, 하며 몬자에몬은 고개를 저었다.

"걸을 수 있나?"

"예. 뭐, 이틀가량 아무것도 먹지 못했지만 아무렇지도 않습니다."

그러나 혼자서는 서 있지도 못하는 몬자에몬을 데리고 하뉴다무라 마을로 돌아가려면 수레길을 이용할 수밖에 없다. 다섯 사람은 한 덩어리가 되어 조급해지는 마음을 누르고 자칫하면 떨릴 듯한 다리에 힘을 주며 걷는 데만 전념했다.

돌아온 하뉴다무라 마을은 나카노무라 마을 남자들의 수배와 마을 사람들의 노력으로 순조롭게 방비를 갖추어 가고 있었다.

흙부대를 많이 만들기에는 유감스럽게도 마대 자루가 부족하다. 그래서 어떤 곳은 깊은 고랑을 파고, 다른 곳에서는 그 흙을 쌓아 올려 작은 보루를 지었다. 마을 안은 두 번 세 번 꼼꼼하게 조사하여 먹을 수 있을 만한 것, 쓸 수 있을 만한 것은 모조리 두 개의 곳간으로 옮겼다.

우연히 발견된 한 움큼의 화약은 소에몬이 사용할 방법을 생각해 내어, 혼자서 흙으로 쌓은 보루나 고랑 옆에 가서 손을 보았다. 몬자에몬을 데리고 신고 일행이 돌아왔을 때 마침 그 작업을 마친 참이었는데, 흡사 나카노무라 마을의 아사카와 저택에서 정원 일이라도 하고 있었던 것처럼 손에 묻은 흙을 털면서 유유히 일어나 마중을 나와 주었다.

——우리 아버지의 담력도 참.

본래 배짱이 두둑한 사람이라고 생각은 하고 있었지만 신고는 새삼 감탄했다.

고랑과 보루로 마을의 출입구에서 두 개의 곳간으로 접근하는 통로를 하나로 만들 수 있었다. 그 양쪽 끝에 버팀목을 떼면 쌓아 올려져 있는 바위나 통나무가 굴러떨어지는 장치를 만들어 냈을 즈음, 초겨울의 짧은 해는 급속하게 지기 시작했다. 어두워지면 움직일 수 없다. 여자들이 지어 준 묽은 조스이를 배 속에 집어넣고, 오늘 밤에도 교대로 보초를 선다.

몬자에몬은 첫 번째 곳간에서 하나에의 간호를 받으며 안색을 많이 되찾았다. 노노스케는 마을로 돌아오자마자 기운을 차리고 탐색을 하던 동안의 일을 침을 튀기며 떠들어 댔다. 슬쩍슬쩍 노노스케를 곁눈질하던 몬자에몬은 무엇을 물어도 짤막하게 대답하며 사람들의 모습을 엿보는 눈치였다.

밤의 장막이 하뉴다무라 마을을 감쌀 무렵, 첫 번째 곳간에서는 몬자에몬을 둘러싸고 하치로베에와 소에몬, 신고와 하나에, 최연장자인 진베이를 포함한 하뉴다무라 마을의 남자들이 둥글게 앉았다.

"덕분에 목숨을 건졌습니다. 고맙습니다."

몬자에몬은 하치로베에에게 엎드려 절을 했다.

"저는 평범한 성하마을의 전당포상에 불과하지만 여러분은…… 이 마을 사람들의 이야기에 따르면 연못 맞은편에 있는 다른 번에서 오셨다고 하더군요."

이쪽이 몬자에몬에게 묻고 싶은 얘기가 산더미처럼 있는 것과 마찬가지로 몬자에몬도 의문으로 가득한 기색이다.

"하나에, 일의 계기부터 이야기해 주지 않겠느냐."

하치로베에의 재촉을 받은 하나에가 더듬거리며 지금까지의 경위를 이야기했다. 몬자에몬은 가끔 눈을 크게 뜨고 숨을 삼키고 주먹을 쥐며 하나에를 가로막지 않고 열심히 듣고 있었다.

"낮에는 야마반쇼까지 무기나 식량을 찾으러 갔는데 그곳의 소방 망루에서 하타사쿠 님이 당신을 발견한 거요."

신고가 말하자 몬자에몬은 눈을 가늘게 떴다.

"혹시 그 야마반쇼에는 효수된 머리가 있지 않았습니까."

"있었소! 당신 알고 있소?"

"이틀 전……이 맞을까요, 하나, 둘." 몬자에몬은 자신없는 듯 손가락을 꼽으며 날짜를 세었다. "여관마을에 묵고 있을 때, 산지기 관리 두 명이 찻집에서 하는 이야기를 얼핏 들었습니다.”

두 명의 산지기 관리가 나누던 대화에서는 다급한 기색을 찾을 수 없었다.

——이번에는 괴물의 수가 많아. 효수대 한 대로는 다 늘어놓을 수 없을 걸세.

——우키타무라 마을에서는 마을 사람이 절반 이상이나 ‘인간이 아닌 자’가 되어 버린 모양이니 말이야.

“우키타무라 마을은 여관마을에서 3리쯤 내려간 곳에 있는 큰 마을이에요” 하고 하나에가 설명해 주었다. “야마반쇼보다 먼저, 그쪽이 습격을 받았었구나…….”

하뉴다무라 마을을 떠날 일이 없는 하나에로서는 사정을 몰라도 무리가 아니다.

“그런 큰일이 일어났는데 느긋하게 찻집에서 게으름을 피우고 있었다니, 정말로 이곳 산지기 관리들은 돼먹지 못한 놈들이군.”

신고는 분노를 누를 수 없어 내뱉었다. 몬자에몬은 온화하게,

“일의 중대함을 깨닫지 못하고 만만하게 여기고 있었던 겁니다” 하고 말했다.

“나카노무라 마을의 여러분도 들으셨다시피, 이곳 영지 내에서는 ‘인간이 아닌 자’들이 일으킨 소동이 몇 번이나 있었습니다. 그건 이 땅의 역사이고 풍토이기도 하지요. 하지만 그게 어떤 이유로 어떻게 시작되었는지 자세한 내용은 영지민들 사이에 거의 퍼지지 않았습니다. 구마이 가문 내에서도, 산지기 관리처럼 신분

이 낮은 가신에게는 지식이 주어지지 않았고요."

영지 바꿈으로 이 땅에 온 지 아직 2대밖에 되지 않은 구마이 가문에는 처음부터 지식 자체가 부족해, '인간이 아닌 자'의 위협에 대한 마음의 준비를 할 수가 없었다는 불행도 있다.

"그래도 지금껏 어떻게든 큰일에 이르지 않았던 것은 그저 운이 좋았을 뿐인데 말입니다."

그러나 이번에는 다르다.

"우리 나카노무라 마을에서 온 자들도 이 불길한 사건을 아직 잘 이해하지 못하고 있네."

"그 야마반쇼에서, 분명히 이곳 사람이 변해서 된 '인간이 아닌 자'에 섞여 사람의 모습을 하고는 있지만 머리카락이 없는 데다 들개 같은 이빨을 드러낸 괴물의 머리를 보았소만……."

하치로베에와 신고의 말에 몬자에몬은 재빨리 고개를 끄덕였다. "그것을 보셨다면 이야기가 빠르겠군요. 그 이빨이 있는 괴물이 바로 재앙의 원천이니까요."

기세 좋게 이야기를 계속하려고 하는 몬자에몬의 코앞에, 소에몬이 두툼한 손바닥을 내밀며 제지했다.

"평범한 전당포상인 당신이 어떻게 우리한테 설명해 줄 수 있을 정도로 자세히 알고 있는 거요? 마을의 전당포상이 이런 시골의 산사山寺에 무슨 용건이 있었는지, 그것도 수상하군."

듣고 보니 그렇다. 아버지, 빈틈이 없다.

몬자에몬은 찬물이 끼얹어진 것 같은 얼굴을 했지만 하타사쿠 하치로베에는 눈가에 웃음을 띠었다.

"어떤가, 전당포상. 가르쳐 주게."

몬자에몬은 빙 둘러앉은 남자들의 얼굴을 둘러보고 각오를 굳힌 듯 콧김을 한 번 내뿜었다.

"좋습니다, 다 말씀드리지요. 이 마을 사람들한테는 미움을 받을 이야기가 되겠지만요."

가도야는 분명히 성하마을의 전당포상이지만 그 주인인 몬자에몬은 돈놀이꾼이다.

"제 아버지 대부터 돈놀이를 했습니다. 증문證文은 받아도 담보로 물건이나 사람을 잡지는 않지요. 대신 신용이 있는 손님하고만 거래를 합니다."

큰 고객으로는 구마이 가문 사람들이 몇 명이나 있다. 중신重臣도 적잖게 섞여 있다.

"그래서 제 귀에는 가문 내의 비밀 이야기도 들어옵니다."

'인간이 아닌 자'에 얽힌 사정도 그렇게 듣게 된 이런저런 이야기를 몬자에몬 나름대로 이어 붙여 이해한 것이라고 한다.

"사실을 말씀드리자면 원승사의 주지스님도 제 오랜 손님 중 한 분이었습니다."

이 말에는 하뉴다무라 마을의 남자들이 당황했다. 그럴 리 없다고, 날카로운 목소리가 날아온다.

"스님이 진 빚은 아닙니다. 스님의 본가가 경영하고 있던 푸성귀 도매상의 빚을 달리 갚아 줄 분이 계시지 않아서, 저도 어쩔 수 없이 스님한테까지 받으러 찾아뵈었던 것이지요."

그 푸성귀 도매상은 망했고 주지승의 본가는 이미 뿔뿔이 흩어졌다. 결국 빚만 남았다.

"속세를 떠나 부처를 모시는 스님은 자신의 재산을 가지고 있지는 않습니다. 물론 절의 재물이나 신자들의 기부에 손을 대는 일은 절대로 하시지 않고요."

"그렇다면 당신은 스님한테 무엇을 받고 있었단 말이오?"

몬자에몬은 담담하게 대답했다. "가끔은 원한을 살 때도 있는 생업이다 보니 이 몸의 극락왕생을 위해 독경을 해 달라고 했습니다."

신고는 놀랐다. "그걸 위해서 일부러 저런 산사까지 다니고 있었던 거요?"

"1년에 한 번이니까요. 매년 입동 전후에 찾아뵙기로 약속이 되어 있었습니다."

침묵이 흘렀다. 모두 어떤 얼굴을 하면 좋을지 알 수가 없었기 때문이다.

그러자 지금까지 물건인 양 침묵하고 있던 숯장이 진베이 할아범이 쉰 목소리로 말했다. "그렇다면 우리는 당신을 미워하지 않겠소."

이로써 침묵이 누그러졌다. 몬자에몬도 안도했는지 입가에 웃음을 띠었다. "고맙습니다. 그럼 제 이야기를 계속해도 될까요."

가도야는 성하마을의 3번가, 구마이 가의 거성인 도치야마橡山 성의 뒷문 근처에 있다. 입동 이틀 전 오후, 몬자에몬이 가게 계산대에 있는데 엉덩이 밑에서 쿵 하고 진동이 왔다. 지진인가 하고 긴장했지만 두 번, 세 번 흔들리더니 뚝 그쳐 조용해졌다. 한데 곧바로 구역질 나는 불쾌한 냄새가 바깥에서 풍겨 왔다.

"허둥지둥 나가 보니 우리 가게의 사환 아이가 대빗자루를 붙잡고 우웩우웩 토하고 있었습니다. 저도 이상한 냄새 때문에 코가 비뚤어지고 위장이 뒤집히는 기분이었지요."

몬자에몬은 하늘을 올려다보았다. 방금 전까지는 맑았는데 지금은 검은 구름이 끼어 있다.

"한 덩어리의 검은 구름이 성의 천수각 위를 덮쳐 누르고 있었습니다."

도치야마 성은 평지에 봉긋하게 솟아 있는 동그란 언덕 위에 지어져 있다. 이름 그대로 칠엽수橡 숲의 언덕으로, 산성이라고 할 정도의 높이는 아니지만 숲은 울창하다.

"그 숲의, 성을 사이에 둔 맞은편에서 한 줄기의 가느다란 연기가 피어오르고 있었습니다."

이상한 냄새의 진원지가 아닐까.

"봉화처럼도 보이는, 먹을 흘려 넣은 것처럼 새까맣고 기분 나쁜 연기였습니다. 바람에 쓸려 부풀어도 전혀 옅어지지 않았습니다."

가끔 그 연기 속에서 불꽃이 튀기도 했다.

"성 한쪽에서 화재가 일어났나 보다, 이거 큰일이다, 하고 우리 마을 사람들은 술렁거렸습니다."

성주인 아와 태수 구마이는 내년 봄에 도성으로 올라갈 때까지 영지에 머무른다.

"영주님의 코앞에서 불을 내다니 터무니없는 실수지만, 소방대가 나서는 기색이 전혀 없었습니다. 그리고 4반각(약 30분)쯤 지켜보고 있자니 그 수상한 연기도 자연히 사라져 버렸습니다."

냄새는 좀처럼 사라지지 않았지만 저녁이 되었을 무렵에는 "대체 무슨 일이 있었던 걸까"라는 소문이 남을 뿐 마을의 생활은 평온을 되찾았다.

"다만 제 가슴 깊은 곳에는 어떤 불안이 있었습니다."

설마 그런 일이……라고 생각하면서도 완전히 지울 수는 없는 작고 검은 불안이.

"이튿날 아침, 아직 날도 채 밝기 전에 성에서 총등성總登城을 알리는 큰북이 울려 퍼지더군요."

큰북은 긴급한 이변이 없으면 울리지 않는다.

"가문의 모든 분들이 서둘러 등성을 준비하셨지만 기괴하게도 도중에 성문이 닫히기 시작했지요."

가도야에서 보이는 뒷문도 그곳으로 향하는 가신들을 무시하고 닫혀 간다. 가슴이 술렁거리고 무릎이 떨린 몬자에몬은, 아아, 드디어, 큰일이다. 절망스러운 기분이 들었다고 한다.

"어제의 소동은 성이 있는 언덕 어딘가에 '부귀腐鬼'를 토해 내는 균열이 생긴 탓이 아니었을까. 세 번의 땅울림과 검은 연기도 그런 게 아닐까, 하고."

부귀란 무엇일까.

"그 이빨 있는 괴물의 별명입니다. 옛날부터 불러 온 호칭이라고 하더군요."

부귀는 사람의 모습과 비슷하기는 하지만 땅속 깊은 곳에 살고 있는 추하고 냄새 나는 괴물이다. 몸은 야위고 뼈가 불거져 있으며, 재빠르게 움직이고, 집의 처마에 뛰어오를 정도로 도약력이 있다는 점에서는 원숭이와 비슷하다. 힘은 세지 않고, 무기를 사용하면 쉽게 처치할 수 있고, 무엇보다 햇빛 아래에서는 며칠밖에 살지 못한다.

이 괴물의 무서움은 어쨌거나 물린 자가 '인간이 아닌 자'로 변해 버린다는 것이다. '인간이 아닌 자'는 산 채로 시체처럼 썩어가면서 차례차례 다른 사람들을 덮쳐 생피와 살을 먹고, 더욱 '인간이 아닌 자'를 늘려 간다.

"거듭 불길한 것은, 그 '인간이 아닌 자'가 퇴치되지 않고 계속해서 다른 사람을 습격하면 결국에는 부귀와 꼭 같은 모습이 되고 만다는 점입니다."

사람이 변해서 된 '인간이 아닌 자'라도 더욱 타락해 부귀가 되면, 더이상 햇빛 아래에서 약해지지 않는다는 점이 한층 더 성가시다.

극히 소박한 의문이 목까지 치밀어 올라 신고는 물었다. "부귀가 땅속에 살고 있다는 것은, 다시 말해 지옥의 귀신이라는 뜻이오?"

같은 의문을 품고 있었는지 노노스케가 크게 고개를 끄덕이며, "원승사의 불당에 지옥도가 장식되어 있어서 저도 압니다. 지옥의 귀신 중에서도 지위가 낮은 놈들은 알몸에 바싹 야위었고 비참한 모습이지요."

몬자에몬은 노노스케에게, 어린아이에게 들려주는 듯한 말투로 대답했다. "아니, 아니, 부귀는 지옥에서 염마대왕을 모시는 우두마두牛頭馬頭나 도깨비와는 다릅니다. 그런 훌륭한 내력을 가진 존재가 아니에요."

그냥 괴물, 배를 곯은 추하고 가련한 괴물에 지나지 않는다고 한다.

"에자키 번의 영지 내에서는 옛날부터 그런 땅속의 괴물이 지상으로 나오고 마는 재앙이 있었다는 건가?"

하치로베에의 말에 몬자에몬은 고개를 끄덕였다.

"맞습니다. 예전의 번주이자, 전국시대보다도 전부터 이 땅에 뿌리를 내리고 있었던 소노 일족이 이 불행……수해獸害와 역병을 하나로 합친 듯한 재앙에 관한 기록을 남겼고 영지 바꿈 때 구마이 가에 인계했다고 합니다만."

구마이의 가신들은 이 기록에 그다지 무게를 두지 않았다. '수해'라는 것만 보고 곰이나 들개 피해와 비슷하리라며 흘려 버린 모양이라 지금은 어디에 있는지도 확실하지 않다. 이미 처분해 버렸을지도 모른다.

"다만 한 번은 훑어보았다는 가신이 몇 명 있었고 제 지식도 그런 분들의 견문을 긁어모은 것입니다."

부귀는 달력상 입동에서 춘분 사이에 나타나는데, 지금까지의 경험으로는 입동 전후가 많다. 그렇다 하더라도 출현은 늘 갑작스럽다. 우선은 땅울림이 일어나고 균열이 생기거나, 지면이 함몰되어 깊은 구멍이 뚫린다. 거기에서 뜨거운 증기가 피어오르거나 연기가 오를 때도 있다.

균열이나 함몰 자체는 크지 않고 사람들이 사는 마을에서 떨어진 산이나 숲속에서 일어나기 때문에 당장 피해가 생기는 일은 없다. 오히려 눈치채지 못할 때가 더 많다. 무서운 것은 균열이나 함몰이 아니라 거기에서 지상으로 나오는 부귀 쪽이다.

"다행히 부귀는 떼로 나타나는 일은 없고 균열이나 함몰도 한 번에 여러 곳에서 일어난 예는 없다고 합니다."

평상시부터 영지 내의 어딘가에 이상한 증기나 검은 연기가 피어오르지 않았는지, 균열이나 함몰이 생기지 않았는지, 주의를 게을리하지 않고 감시하다가 실지로 그 일이 일어났을 때 출현하는 부귀를 일찌감치 퇴치하면 이 재앙으로 생기는 피해를 최소한으로 막을 수 있을 터였다.

"실제로 막아 온…… 것일까."

신고는 하나에의 얼굴을 보았다. 눈에 눈물이 고이고 입술이 떨리고 있다.

"산속에서 일어나는 일이라, 성이나 성하마을에는 피해가 없으니까요."

하나에는 입술을 깨물면서 작은 목소리로 말했다. "우리한테는 제대로 가르쳐주지 않아서 듣고 전하거나 보고 흉내내면서 어떻게든 할 수밖에 없었어요."

하뉴다무라 마을의 남자들이 제각각 고개를 끄덕인다. 하나에의 아버지를 생각하는 것인지 덩달아 흐른 눈물을 팔로 닦는 사람도 있었다.

"정말 가엾은 일입니다."

몬자에몬은 목소리를 낮추며 눈을 내리깔았다.

"산지기 관리들조차 냄새가 나서 싫긴 하지만 부귀나 '인간이 아닌 자'보다 굶주린 곰이 훨씬 더 무섭고 강하다며 얕잡아 보고 있었으니까요."

신고는 야마반쇼에 있던 아무렇게나 만든 효수대와 몬자에몬이 찻집에서 들었다는 산지기 관리들의 느긋한 대화를 떠올렸다. 배 속 깊은 곳이 지직거리며 타는 듯한 기분이 들었다.

"한 가지 더, 싫은 이야기가 있습니다."

미안한 듯 어깨를 움츠리며 몬자에몬은 말을 이었다. "부귀를 토해 낸 균열이나 함몰 구멍은 고작해야 하룻밤이면 막히고 맙니다. 이것도 이 재앙을 좀처럼 눈치채기 어려운 이유 중 하나인데."

원래대로 막힌 후에 그곳을 다시 파면 종종 사금이나 금괴가

채굴된다고 한다. 땅속에 있던 것이 휘저어져 지표 가까이로 나오는 걸까.

"그래서 부귀와 '인간이 아닌 자'의 피해를 그다지 깊이 마음 쓰지 않는 이들에게는, 이 재앙이 오히려 돈을 벌 수 있는 좋은 기회라……."

더욱더 심각하게 두려워하는 일이 없었다는 것이다.

"굶주려 사람을 습격하는 큰 곰에게서 질 좋은 간을 얻을 수 있는 것과 마찬가지인가."

누구의 발언인가 하니 소에몬이었다. 가면 같은 얼굴을 하고 있다.

"미안하네. 시시한 말을 했군."

소에몬은 표정을 누그러뜨리며 하나에에게 사과했다. 하나에는 딱 한 방울 눈물을 흘렸을 뿐이었다.

"혹시나 하는 불안이 적중했다 생각하고 그대는 곧장 성하마을에서 도망쳐 나온 건가?"

하치로베에가 몬자에몬에게 물어 이야기를 재촉했다.

"예. 다만…… 금방은 결단을 내리지 못하고 역시 망설이고 말았지요."

설마 에자키 번 내에서 가장 많은 백성이 살고 있는 성하마을의 한가운데, 성의 언덕에 재앙의 균열이 생기다니 믿을 수 없고 믿고 싶지도 않았다.

"부귀와 '인간이 아닌 자'는 영지 내의 일이기는 하지만 번화가에 사는 제 눈앞에서 일어나는 일은 아니라 여겼습니다."

하지만 착각이었다. 근거 없는 믿음이었다.

"그래도 성에는 구마이 가의 무사들이 모여 있습니다. 총등성을 알리는 큰북은 총력을 모아서 출현한 부귀를 사냥하겠다는 거겠지, 문을 전부 닫은 까닭은 부귀가 마을로 도망치지 못하게 하기 위해서겠지, 분명 곧 소란이 가라앉으리라, 그렇게 가슴을 향해 말해 주었습니다."

그러나.

"큰북 소리가 그친 지 얼마 지나지 않아서, 닫힌 뒷문을 타넘어 몇 명의 무사가 도망쳐 나왔습니다."

대도도 소도도 활도 화살도 버린 채 손톱으로 긁다시피 하여 간신히 문에 올랐지만 허둥거리던 나머지 굴러떨어지는가 하면, 바깥 해자에 걸려 있는 흙다리를 넘어지고 자빠지며 건너서 어떻게든 이쪽으로 도망쳐 나온다.

"무사들이 앞다투어 도망쳐 나오는 광경을 목격하자마자 제 엉덩이에 불이 붙었습니다. 다행인지 불행인지 저는 마음 편한 홀몸이고 부모도 이미 없습니다."

고용살이 일꾼들에게 명령하여 가게를 닫고 엄중하게 문단속을 시켰다.

"집이 가까운 자에게는 얼른 돌아가 가족들과 숨으라고 명령하고, 가게에서 먹고 자는 자에게는 제가 돌아와 부를 때까지 절대로 문을 열지 말고 아무도 들이지 말라는 말을 해 두고, 문갑 안의 돈과 당장 필요한 물건만 싸서 한달음에 성하마을을 떠났습니다."

처음에는 어디로 도망치겠다는 목적지도 없었다. 원승사 주지승의 얼굴을 떠올린 것은 마을을 떠나 가도에 들어선 후였다.

"그러고 보니 매년 이맘때는 주지스님을 만나러 갔었지. 마침 잘됐다고 생각했습니다."

소동이 가라앉을 때까지 산사에 숨어 주지승의 독경을 듣고 있자. 그 이상은 생각하고 싶지도 않았다고 한다.

"당신, 적어도 이웃 사람들한테 도망치라는 말을 해 줄 생각은 하지 않았소?"

엄한 목소리로 롯페이타가 물었다. 화살촉처럼 날카로운 눈빛으로 몬자에몬의 얼굴을 쏘아보고 있다.

"갑자기 부귀 이야기 따위를 해도 그야 믿어 주지는 않겠지. 하지만 말이라도 해 보자는 생각조차 하지 않았소?"

몬자에몬이 고개를 숙인 채 대답하지 않는다. 롯페이타 옆에 앉아 있는 노노스케가 가만히 롯페이타의 소매를 잡아당기며 말없이 고개를 저었다. 그러자 롯페이타는 입가를 일그러뜨리며 시선을 피했다.

"……저야말로, 정말 인간도 아닌 놈이네요."

몬자에몬은 낮게 중얼거리며 손으로 얼굴을 누르더니 말을 이었다. "마을에서 도망쳐 나와 이곳 여관마을까지 만 하루 밤낮. 보통 같으면 이틀 하고도 반나절은 걸리는 길이지만 다행히 달이 밝아서 쉬엄쉬엄이긴 해도 밤에도 계속 걸었고……."

그러다 들른 찻집에서 두 명의 산지기 관리가 나눈 대화를 들었던 거다.

"등줄기가 얼어붙는 것 같은 기분이 들었습니다."

이 부근에서도 우키타무라 마을이 먼저 습격을 받아 거의 전멸했다!

"그게 성에 나타난 부귀의 짓일 리는 없습니다. 아무리 뭐라 해도 너무 빨라요. 그런 속도로 괴물의 재앙이 퍼졌다면, 가도를 걸어 고개를 넘어온 저도 어디에선가 따라잡혔어야지요."

그렇다면 생각할 수 있는 답은 하나뿐이다.

"어딘가 이 근처의 산이나 숲속에도 균열이나 함몰이 생겨 부귀가 출현했다는 뜻입니다."

부귀를 낳는 균열이나 함몰 구멍이 한 번에 한 곳에만 생긴다는 보장은 없다. 과거에는 그랬다 해도 이번에는 다를 수 있다.

"그와 마찬가지로 부귀는 한 번에 여럿이 나타나진 않는다는 것도 그저 마음 편한 착각에 지나지 않았습니다."

아무런 근거도 없었다. 어쩌면 이번에는 열이고 스물이고 우글우글 땅 밑에서 솟아나왔을지도 모른다. 그런 사태가 일어났어도 이상하지 않다.

"이곳의 산지기 관리들도 뭘 저렇게 느긋한 거냐 싶어 답답했지요."

어쨌거나 이 여관마을에 머물 수는 없다. 우키타무라 마을에서 너무 가깝다. 당장 떠나자. 산으로 들어가자.

"변명 같아서 부끄럽습니다만 인간도 아닌 놈인 저라도 원승사의 주지스님이 걱정되었습니다."

아직 젊은 수행승이나 늘 친절하게 보살펴 주는 절의 하인 얼굴도 떠올랐다. 몬자에몬은 공포에 채찍질당하고 불안에 등을 떠밀리는 한편으로 다소나마 솟아난 희망을 날개로 삼아서 익숙하지 않은 산길을 필사적으로 올라갔다.

"산도 숲도 덤불도 시든 채로 겨울을 향해 가는 고요함에 덮여 있고, 무엇 하나 이상한 일은 없는 것처럼 여겨졌습니다."

하지만 식은땀을 닦으며 발을 옮기다가 깨달았다. 새 소리가 나지 않는다는 걸. 그리고 산의 공기 속에 떠도는 기묘한 쇠 냄새도.

"자네도 줄곧 그렇게 말했지" 하며 신고는 롯페이타를 돌아보았다. 활을 쓰는 이는 뺨을 굳히며 작게 고개를 끄덕였다.

"바로 부귀를 토해 내는 균열이나 함몰 구멍에서 풍겨 오는 냄새입니다."

다시 말해 쇠 냄새는 부귀의 출현 장소가 그리 멀지 않은 곳에 있음을 나타낸다.

"구멍이 막히면 냄새는 흩어집니다. 바람의 방향에 따라 얼마나 냄새가 나는지 차이가 생기기도 하고요. 그래서 더욱 곤란해졌다는 사실을 알았습니다."

그러나 몬자에몬은 원승사를 향해 갔다. 겁을 먹고도 도망치지 않은 점은 훌륭하다. 그 정도의 자존심은 이 돈놀이꾼에게도 있었다. 이자를 구한 것은 잘못이 아니다. 신고는 그렇게 자신의 가슴을 향해 들려주었다.

"간신히 도착해 보니 절에는 주지스님밖에 없었습니다."

수행승은 어제 아침부터 탁발을 위해 산을 내려가 돌아오지 않았다. 절의 하인은 어젯밤부터 모습이 보이지 않았다고 한다.

몬자에몬은 주지승에게 어떻게 된 일인지를 털어놓았다. 고령의 주지승은 이 땅에 나타나는 '인간이 아닌 자'의 역사를 물론 알고 있다. 하뉴다무라 마을이나 우키타무라 마을의 신자들이 부탁해 '인간이 아닌 자'가 되어 '부숴진' 자의 장례를 지낸 적도 있었다. 다만 그것이 매년 일어나는 일은 아닌 데다가 미덥지는 못해도 일단은 산지기 관리가 있고 마을을 지키는 남자들 덕분에 큰 피해는 내지 않고 막아 왔다.

"그렇게 걱정하지 마라, 뭘 그리 혼자 허둥거리냐며, 저는 야단을 맞았습니다."

시골 산사의 주지승도 이 재앙을 곰이나 들개나 여름철에 유행하는 돌림병과 비슷하게 보고 있었던 모양이다.

"하지만 이번에는 가볍게 끝나지 않을지도 몰라요. 에자키 번 영지 내 구석구석까지 이 재앙이 퍼지고 말지도 모릅니다."

주지승의 무릎에 매달리다시피 하며 호소했지만 주지승은 몬자에몬을 밀어내며 말했다.

——독경을 시작할 테니 당신도 손과 얼굴을 씻고 발의 먼지를

털어 내고 오시오.

몬자에몬은 본당에서 밖으로 나갔다. 인기척은 없고 생물의 기척도 들리지 않았다.

"주위의 모습을 확인하고 싶어서 저는 산문에 올라가 보았습니다."

거기에서라면 야마반쇼는 물론 이 근처의 산간을 뚫고 지나가는 가도와 여관마을까지 둘러볼 수 있다.

"한데 여관마을에서 연기가 오르고 있었습니다. 봉화 같은 검은 연기가 아니라 불이 났을 때 피어나는 연기가 구름처럼 떠올라 바람에 쓸려 가고 있었어요."

대낮부터 큰 화재라니. 여관마을도 이제 다 틀렸구나. 몬자에몬은 눈앞이 캄캄해졌다.

그렇다면 주지승과 함께 야마반쇼로 도망쳐 들어갈까. 아니, 느긋한 산지기 관리들에게 의지하느니, 근처에 있는 마을 쪽으로 도망칠까.

"그냥 이곳에 틀어박혀 있는 편이 나을까. 가난한 절이지만 쌀이나 된장 정도는 모아 뒀을 테고 우물도 있으니 주지스님과 둘이서라면 보름 정도는 버티겠지, 하고."

산문의 짚으로 인 지붕에 걸터앉아 생각에 잠겨 있는데, 원승사의 본당 뒤쪽에서 무언가가 재빠르게 달려나와 종루 뒤의 덤불 속으로 뛰어드는 모습이 눈에 들어왔다.

몬자에몬은 지붕 위에서 돌처럼 굳었다.

“개도 고양이도 여우도 너구리도 아니었습니다. 다리가 둘이고 머리와 팔다리가 붙어 있고 징그럽게 굽은 등에 지저분한 시체 같은 피부색을 하고.”

부귀다. 부귀가 본당에서 나왔다.

아아, 방심했다. 어느새.

“주지스님이 무사한지 확인해야 한다고 머리로는 생각했지만 몸이 움직이지 않았습니다. 이가 딱딱 부딪히고, 눈물이 흐르고, 숨이 흐트러져, 저는 그저 본당을 내려다볼 뿐이었습니다.”

이러고 있는 사이에 주지승 쪽에서 나와 주지 않을까. 몬자에몬을 찾으러 와 주지 않을까. 무사한 얼굴을 보여 주십시오, 주지스님.

하지만 주지승은 모습을 보이지 않았다.

“한심하게도 소변을 참을 수가 없게 되어 제가 산문에서 내려왔을 때는 이미 해가 지고 있었습니다.”

캄캄해지고 나서는 더욱더 내려갈 수 없게 될 거라는 초조함도 있어서 몬자에몬은 각오를 굳혔다.

“오르내릴 때 사용한 밧줄 사다리는 원래 종루에 달려 있던 것입니다.”

여차하면 또 높은 곳으로 도망쳐야 하니 밧줄 사다리가 몬자에몬의 목숨줄이다. 허리에 둘둘 감아 절대 잃어버리지 않도록 했다.

“옆쪽 툇마루를 통해 본당으로 올라가 보니 주지스님은 본존인

아미타불 앞에 엎어져 계셨습니다."

가사가 솟아올라 늙은 승려의 야위고 뼈가 불거진 몸은 그 안에 파묻혀 있었다. 옷자락에서 가느다란 다리 끝이 비죽 나와 있지 않았다면, 스님이 그 자리에 가사만 벗어던지고 어디론가 도망쳤다고 생각했을지도 모른다.

――주지스님.

얼른 주지승 곁으로 달려가 안아 일으키고 싶다는 마음과 당장이라도 등을 돌려 장작 패는 도끼든 나무 막대든 좋으니 무기가 될 것을 가져오자는 마음, 어느 쪽을 택할지 결정하지 못한 채 몬자에몬은 스님을 떨리는 목소리로 불렀다.

엎드린 주지승 주위에 피가 흩어져 있다. 코를 찌르는 냄새가 난다.

"그때, 가사가 천천히 움직이고 주지스님이 몸을 일으켰습니다."

청빈을 실천한 지 오래라 뺨은 쑥 들어가고 눈은 움푹 꺼져 본래 고목 같은 인상이기는 했다. 거기에 생기와 예지를 주고 있었던 것은 어떤 때에도 따뜻한 빛을 잃지 않는 주지승의 눈빛이었는데.

지금 그 눈알이 희게 흐려져 있다.

저녁 어스름 속에서도 알아볼 수 있는 그 하얀 절망과 공포에, 몬자에몬은 저도 모르게 오열했다.

주지승은 눈에 보이지 않는 누군가에게 목덜미를 붙잡혀 쑤욱

들어올려지듯 일어섰다. 몸이 앞으로 고꾸라지고 양팔이 허우적거린다. 목에 건 향나무 염주알이 서로 부딪쳐 가벼운 소리가 났다.

"주지스님은 입을 크게 벌리고 제게 덤벼들었습니다."

이 또한 믿기 어렵다. 재빠른 것은 부귀뿐이고 물려서 된 '인간이 아닌 자'는 움직임이 둔할 텐데. 이야기가 다르지 않은가.

"저는 비명을 지르며 도망치다가 가까스로 주지스님을 피해서 본당 밖으로 뛰쳐나갔습니다."

이내 목숨을 건 술래잡기가 시작되었다.

"제게는 검술의 소양이 없는 데다 이 나이가 되고 나서는 장작을 패거나 물을 긷는 등의 힘 쓰는 일도 전부 고용살이 일꾼에게 맡겨 왔습니다."

도망쳐 다니다가 부엌에서 식칼을, 뒤뜰에서 갈퀴를 발견했지만 그걸 휘둘러 자신의 손으로 주지승을 '부수는' 일은 도저히 무리였다. 내키지 않는다는 의미가 아니라 자신에게는 그런 힘이 없었다.

이리저리 피하면서 문단속을 함으로써 주지승을 한 곳에 가둬 놓기도 했다. 하지만 오래가지 않았다.

"'인간이 아닌 자'가 된 주지스님은, 처음에는 덧문이나 장지를 여닫는 방법을 잊어버린 기색이었습니다. 하지만 눈앞에서 도망치며 제가 그 일을 되풀이하다 보니 떠올리고 만 것이겠지요."

곧 자유자재로 여닫게 되었고, 몬자에몬 쪽이 틀어박히려고 가구나 물건을 쌓아 한 곳을 막으면 능숙하게 제거하거나 옆에서 돌아 들어와 쫓아왔다.

주지승에게서 도망쳐 다니는 한편으로 아직 어딘가에 숨어 있을지도 모르는, 주지승을 덮친 부귀도 조심해야 한다. 그것을 생각하면 밤 사이에 절을 떠나 산을 내려가는 행동은 지나치게 위험했다.

"쫓겨 다니는 사이에 살아 있는 사람의 몸인 저는 지칠 대로 지치고 말았습니다."

처음의 기대는 부질없는 것이었다. 이 절에는 음식다운 음식이 없었다. 물만으로 배를 채우고 거의 자지도 못해 몬자에몬은 쇠약해졌다.

"그래도 어제 오후에 주지스님이 절에서 나간 후, 저도 어디론가…… 그래요, 바로 이 마을이지요, 이곳을 찾아 도망칠까 하고."

그러나 숨어 있던 본당의 마루 밑에서 용기를 내어 기어나와 보니 바람 속에 틀림없이 그 쇠 냄새가 느껴졌다.

불쾌하고 농후한 냄새가.

"어딘가 가까운 곳에 또 새로운 부귀 구멍이 뚫렸겠지요."

어디인지는 알 길이 없다. 알고 싶지도 않았다.

――이제 싫다. 여기에서 죽자. 굶주리고 목이 말라 죽어도 좋다. 그편이 훨씬 낫다.

"하타사쿠 님이 발견해 주셨을 때 저는 그런 자포자기한 기분으로 적어도 하늘과 가까운 곳에서 죽으려고 산문 지붕에 엎드려 있었지요."

이야기를 마친 몬자에몬은 힘없이 등을 웅크렸다. 그 어깨를 노노스케가 머뭇머뭇 쓰다듬어 준다.

"……하타사쿠 님."

둥글게 둘러앉은 사람들의 바깥에서 억누른 듯한 목소리가 들렸다. 오키이치다. 그러고 보니 조금 전에 이 자리에서 모습을 감추었었다.

"왜 그러나."

"이쪽으로 와 보십시오."

오키이치는 다른 사람들의 귀를 신경 쓰고 있었다. 하치로베에가 일어섰다, 두 사람은 곳간 벽 쪽으로 얼굴을 향한 채 소곤소곤 대화를 시작했다.

오키이치의 눈은 경계심으로 번들거리고 있었다. 대화를 계속하는 사이에 하치로베에의 등이 굳어졌다. 신고는 심장이 뛰는 것을 느꼈다.

"좋아, 두 번째 곳간 쪽을 부탁하네."

하치로베에는 그렇게 말하며 오키이치를 내보내고 자신은 신고 일행의 곁으로 돌아왔다.

"다들 침착하게 들어 주게. 일이 귀찮아졌어."

방금 전, 지붕 위에서 망을 보던 자가 마을 뒷산 쪽에서 땅이 무너지는 소리를 들었다. 상당히 큰 규모로 숲의 일부도 밀려 쓸려 갔다.

"그 후로 곧, 소리가 난 방향에서 코가 비뚤어질 듯한 이상한 냄새가 풍겨 왔다고 하네."

신고는 눈을 크게 뜨고 소에몬의 얼굴을 보았다. 우도노쇼를 다스리는 다부진 아버지가 벌써 무릎을 딛고 일어서려 하고 있다.

"……뒷산에 새로운 구멍이 생긴 걸세. 부귀가 나타날 거야."

하치로베에의 지시는 간결했다. 오늘 밤에는 지금부터 보초도 남기지 않고 이곳에 있는 전원이 두 번째 곳간에 틀어박힌다. 불을 끄고 숨을 죽이고 소리를 내지 않고 아침까지 보낸다.

"어둠 속에서는 움직일 수 없네. 부귀가 어디에서 몇이나 나타날지 알 수 없는 이상은 몸을 지키는 게 먼저야. 날이 밝으면 우리도 대처할 방법이 생길 걸세."

다들, 알겠지. 아침까지만 참으면 되네. 다행히 이 곳간의 벽은 두꺼우니.

"이곳에 아기가 없어서 다행이군요." 롯페이타가 낮게 중얼거리며 이마의 땀을 닦았다.

*

"그 하룻밤의 일을, 저는 지금도 가끔 꿈에서 볼 때가 있습니다."

흑백의 방 상석에서 아내의 손을 부드럽게 잡으며 아사카와 신고는 말했다. 말투는 온화하고 공포는 느껴지지 않았다. 다만 한 곳을 응시하는 두 눈은 그늘져 있었다.

그 눈빛 너머에 지난 밤의 어둠이 있다.

"반달이 뜬 밤이었습니다. 곳간의 동쪽과 서쪽 벽의 높은 곳에는 채광창이 있어서 달빛이 비스듬히 비쳐 들어왔습니다."

공포에 질린 사람들의 얼굴은 달빛을 받아 죽은 사람처럼 창백했다.

"달이 움직이고, 비쳐드는 빛의 길이가 달라져 갔습니다. 주위 사람들의 숨소리가 들렸어요. 누군가가 움직여 옷 스치는 소리도, 그것을 나무라며 제지하는 목소리도 귀에 들어왔습니다. 보초를 서던 이가 맡았다는 이상한 냄새는 이내 곳간 안에서도 또렷하게 느낄 수 있게 되어 괴로웠지요."

남편의 어깨에 기대어 하나요가 보이지 않는 눈을 크게 뜬다.

그녀의 눈동자도 지난 밤의 어둠을 보고 있다.

"……웠어요."

쉰 속삭임이 하나요의 입술 사이에서 흘러나왔다. 도미지로도 놀랐지만, 아사카와 신고는 강한 놀람을 드러내며 아내의 몸을 고쳐 안더니 그 얼굴을 들여다보았다.

"하나요, 지금 목소리가 나왔지요."

하나요는 천천히 눈을 깜박이고 남편에게 미소를 지었다.

도미지로는 말했다. "제가 잘못 들은 것이 아니라면 '무서웠어요'라고 말씀하신 것 같은데."

"예." 마음의 떨림을 억누르려는 심산인지 아사카와 신고는 갑자기 눈을 감았다. "아내의 마음속에도 그날 밤의 일은 또렷하게 남아 있겠지요. 지금까지의 세월 동안 조금씩 몸이 약해지고 마음도 약해져 가는 가운데, 괴로웠던 일이나 무서운 추억도 엷어져 주면 좋겠다고 바라 왔습니다만……."

"괴롭기만 한 추억이 아니기 때문에 기억하고 계시는 것이 아닌지요?"

도미지로도 깊이 생각하고 한 발언은 아니었지만 내뱉고 보니 자신의 말이 옳다는 확신이 들었다.

"확실히 여러분에게는 무서운 하룻밤이었겠지요. 그러나 하나요 씨는 혼자가 아니었어요. 요미노이케潢川ノ池 연못에서 요미노이케夜見ノ池 연못을 잠수해서 빠져나가 나카노무라 마을을 찾아갔을 때처럼 외톨이는 아니었어요."

도미지로의 말에 하나요의 뺨에 또 미소가 떠올랐다. 그 모습을 보며 남편도 미소를 지었다.

"예, 제가 옆에 있었습니다" 하고 아사카와 신고는 말했다. "우리는 곳간의 어둠 속에서 한 덩어리가 되어 어깨를 맞대고 있었는데 정신이 들어 보니 아내가 바로 옆에 있었지요."

하나에는 떨고 있었다. 떨림을 억누르기 위해 두 팔로 스스로를 껴안고 있었다.

"힘을 기르고 말을 타는 데만 관심 있고, 친동생 교지를 약올리고 동생뻘인 고야타가 우러러볼 만한 일이라면 무엇이든 하려고 했던 저는 거칠고 촌스러운 젊은이였습니다. 울며 떨고 있는 소녀를 위로하는 방법이라곤 전혀 갖고 있지 않았지요."

다만 하나에의 떨리는 숨결을 느끼고 있는 사이에 참을 수 없게 되어 그 어깨를 안아 주었다.

하나에도 신고에게 매달려 왔다.

"아내의 몸에서 전해지는 온기에 지금까지 느낀 적이 없는 편안함을 느꼈습니다."

하지만 그로부터 얼마 지나기도 전에 공포의 발소리가 들려왔다.

분명히 발소리였다. 다른 소리가 아니었다.

"무언가가 곳간의 벽을 차는가 싶더니, 그것은 지붕으로 올라갔습니다."

기와지붕 위에서 날기도 하고 뛰기도 했다. 마치 그 소리에 겁을 먹고 누군가가 곳간에서 나오지 않을지 시험하는 것 같았다.

"모두 숨을 죽이고 엎드려 눈을 감았습니다. 동요해서는 안 된다. 우리는 이곳에 없다. 곳간의 벽이나 바닥이 된다. 그렇게 생각하면서."

또 다른 발소리가 났다. 하나. 둘. 계속해서 벽을 타고 지붕으로 올라간다. 탁한 목소리로 "갸!" "갸!" 하고 서로 운다.

"아내를 껴안은 채 저는 살며시 얼굴을 들어 채광창을 올려다보았습니다. 그 순간──."

달은 산 맞은편으로 숨어, 창밖에도 어둠만이 가득 차 있었다. 덕분에 신고는 소리를 지르지 않을 수 있었다.

"그중 하나가 창에서 거꾸로 매달려 안을 들여다보았습니다."

이쪽은 곳간 바닥에 엎드려 있다. 얼기설기 엇갈려 있는 굵은 대들보가 눈을 가려 주었다.

"부귀의 눈은 빛나고 있었습니다."

탁한 노란색 빛은 두리번거리며 움직였다. 곳간 안을 탐색하려 하고 있다.

"아내의 호흡이 흐트러지고 이가 딱딱 부딪히고 억누르려 해도 몸이 떨리더군요. 반대로 저는 마음이 차분해졌습니다."

나카노무라 마을의 남자들은 하나에의 말에 이끌려 하뉴다무라 마을을 구하러 왔다. 같이 겁을 먹고 있어서는 아무런 도움도 되지 않는다.

"채광창에서 부귀의 머리가 사라지는 것을 확인하고, 저는 주위에서 숨을 죽이고 있는 마을 사람들에게 말했습니다. 저 창에서는 이쪽은 보이지 않는다. 움직이지 않고 목소리를 내지 않고 몸을 낮추고 있으면 괜찮다——."

하나에는 신고의 얼굴을 똑바로 올려다보았다. 다른 마을 사람들은 얼굴의 땀이나 눈물을 닦고 서로 몸을 맞대며 격려하고 있었다.

"하지만 그러는 동안에도 새로운 부귀들의 발소리가 들려왔습니다."

쏜살같이 달려온 기세 그대로 곳간의 벽을 올라가 지붕 위를 뛰어간다. 출입구의 두꺼운 문을 걷어차거나 손톱으로 긁는 듯한 소리를 내기도 한다. 입술을 핥으며 사냥감을 찾기 위해 대화라도 하듯 새된 원숭이 같은 목청으로 서로를 향해 울부짖는 소리는 뭐라 말하기 힘들 만큼 불길하게 들렸다.

"자백하자면 처음에 하타사쿠 님이 모두 함께 곳간에 숨어서 밤을 보낸다, 보초도 세우지 않겠다고 말씀하셨을 때 저는 내심 건방진 생각을 하고 있었습니다."

——왜 싸우지 않는 걸까.

"부귀 두셋…… 아니 네다섯이어도, 나카노무라 마을의 남자들이 모여 있는 지금이라면 무서워할 필요가 없지 않나. 여기에서 맞서 싸워 뿌리를 뽑아 버린다면 후환도 없어질 텐데. 어째서 숨는 걸까, 나약하지 않은가 하고."

하지만 습격해 온 부귀는 넷이나 다섯 정도가 아니었다. 열도 부족하다. 스물, 서른일지도 몰랐다.

"적의 수를 알 수 없는 이상 모두의 목숨을 지키는 게 먼저라는 하타사쿠 님의 판단은 옳았지요. 그 과감함과 냉정함에 저의 미숙함을 대조해 보고 부끄러움으로 식은땀을 흘렸습니다."

새벽이 가까워지자 그제야 부귀들의 기척이 완전히 사라졌다. 그래도 하치로베에는 신중한 자세를 무너뜨리지 않고 사람들에게는 곳간 안에 머무르라고 말했다.

마을 사람들도 하룻밤의 어려움은 피했지만 모두가 뼛속까지

겁을 먹고 있어서인지 하치로베에의 명령에 거역하려는 사람은 보이지 않았다.

가도야 몬자에몬도 이야기했지만 그들은 지금까지 부귀에 대해서 알지 못했다. 다행인지 불행인지 적어도 이 근처에 터를 잡고 살고 있는 영지민들은 지금까지 부귀와 마주칠 기회가 없었다. 어젯밤에 처음으로 그 공포를 체감한 것이다.

마을 사람들에게 오랫동안 '인간이 아닌 자'는 알 수 없는 역병 같은 존재였다. 성가시고 무섭지만 그 원인이 되는 더욱 무서운 괴물이 따로 존재하리라고는 꿈에도 생각하지 않았다.

이 땅의 산지기 관리들도 마을 사람들에게 전달할 만큼의 지식은 갖고 있지 않았던 걸까. 지식은 있었지만 마을 사람들에게 전달하여 조심하도록 만들 정도의 지혜는 없었던 걸까.

어느 쪽이든 갑자기 부귀의 습격을 받은 마을 사람들은 진실 앞에서 겁을 내며 혼란스러워하고 있었다. 말없이 그들의 대화를 듣고 있던 신고는 깨달았다. 사람들이 이 마을에서 살아가는 것에 자신감을 잃기 시작했음을, 그것은 다시 말해, 에자키 번의 정사政事에 대한 불신의 표현이다.

이 번의 치세는 엉성하고 백성들에게 차갑다. 연공을 착취할 뿐 이 정도의 큰일을 주지하는 것마저 소홀히 하고, 게으르며 오만한 데다 미덥지 못하다. 지금까지도 어렴풋이 느끼고는 있었지만 불평을 해도 어쩔 수 없는 일이라 모두 입을 다물고 눈을 감아왔다. 그러나 이번 사태와 함께 단숨에 드러나 더 이상 눈을 피할 수 없게 되었다.

하뉴다무라 마을의 삶과 역사——땀을 흘리며 열심히 경작해 온 논에도, 마을 사람들을 먹여 살려 준 산의 은총에도 감사와 애착이 있다. 추억이 있다. 떠나기 어렵다. 그러나 거기에 집착하고 있다가는 가장 중요한 목숨이 위태롭다. 목숨을 지키려면 어떻게 해야 할까.

같은 입장에 처했다면 자신은 어떻게 했을까. 신고는 스스로에게 물었다. 나카노무라 마을은 풍요로운 땅이다. 그리운 고향이다. 어지간한 어려움이 닥치지 않는 한 버리고 떠날 수는 없다.

그런 생각을 하고 있자니 눈꺼풀 안쪽에 오마키와 고야타의 웃는 얼굴이 어른거렸다. 교지의 건방진 말버릇이 생각났다.

무사히 나카노무라 마을로 돌아가고 싶다, 원래의 평온한 삶 속으로 돌아가고 싶다고 신고는 마음속으로 되뇌었다.

——그렇다면, 이곳에 있는 전원이 나카노무라 마을로 도망치면 어떨까.

엉뚱한 생각은 아니다. 이 호랑이 아가리에서 도망칠 수 있는 토끼굴만 한 작은 희망은 그 연못이다. 요미노이케潢川ノ池 연못으로 잠수해 요미노이케夜見ノ池 연못으로 떠올라서 구자키 번 우도노쇼 나카노무라 마을로 도망쳐 나간다.

언제, 누가 그 이야기를 꺼내 하뉴다무라 마을 사람들의 결심을 촉구할 수 있을까. 이제는 그 문제만 남은 것처럼 생각되었다.

가도야 몬자에몬은 사람들 사이에 섞여 있다는 안도 때문에 기력도 체력도 다했는지 여전히 죽은 듯 자고 있었다. 그 옆에서 하치로베에와 소에몬, 사냥꾼 오키이치와 롯페이타가 목소리를 낮추어 이야기를 나누고 있다.

잠시 후, 오키이치와 롯페이타 두 사람만 밖으로 내보내고 곳간의 문을 원래대로 굳게 닫은 하사타쿠 하치로베에가 신고를 불렀다.

"오키이치와 롯페이타가 주위의 상황을 살피러 갔네. 저 두 사람이라면 맡겨 두어도 괜찮지."

어젯밤에 보초가 들은 커다란 붕괴 소리와 강렬한 냄새의 원천은 어디일까. 마을 뒷산 어딘가인 모양이지만 얼마나 가까울까. 거기에서는 지금도 부귀가 들끓고 있을까. 그것을 확인하러 보냈다고 한다.

"몬자에몬의 이야기에 따르면 그런 구멍은 하룻밤 정도면 막혀 버리는 모양일세. 그렇다면 장소를 알아내서 그게 완전히 막히기를 기다렸다가 행동할지, 아니면 낮 동안에 큰맘 먹고 움직여야 할지."

낮게 말하는 하치로베에의 말을 받아 소에몬이 무뚝뚝하게 덧붙였다. "어쨌거나 올 때보다 사람 수가 배 이상으로 늘어나니 말이다. 뭐, 이 마을에 갓난아기와 누워 지내는 노인이 없어서 다행이지."

신고는 하마터면 펄쩍 뛰어오를 뻔했다. "그럼 연못을 통해서 나카노무라 마을로 도망치는 거군요!"

"달리 방법이 없으니까. 보십시오, 하타사쿠 님. 우리 집의 반푼이 오쓰기도 이제 이 방법밖에 없다는 걸 알고 있습니다."

소에몬은 이미 결심한 모양이다. 하치로베에의 옆얼굴에는 아직 망설임이 떠올라 있다.

"성하마을에서, 아니면 가장 가까운 야마반쇼에서 도우러 올지 모른다는 희망은 버릴 수 없지만……."

하치로베에의 조용한 중얼거림에 소에몬은 강하게 코웃음 쳤다.

"기대할 수 없습니다."

신고는 당황했다. 우리 아버지도 무례가 지나치다. 그러나 하치로베에는 화난 기색 없이, 눈썹도 눈초리도 슬픈 듯 처져 있다.

"짐작건대 에자키 번에서도 대규모로 부귀가 발생한 적이 없었을 걸세. 각각 다른 장소에서 얼마 되지 않은 무리와 맞닥뜨리는 경험을 했을 뿐이고, 이렇다 할 계획 없이 대처했지만 그럭저럭 극복할 수 있었을 테지."

하지만 이번에는 달랐다. 규모는 크고 장소는 나쁘고 한 번으로 끝나지 않고 몇 번이나 계속되었다. 지금도 계속되고 있다. 가도야 몬자에몬이 도망쳐 나온 성하마을 안에서도, 이후로 새로운 함몰 구멍이 생기고 부귀가 나타났다 해도 이상하지는 않다.

"여기에서 무사히 도망칠 수 있게 된다면, 무례하다 하시며 저의 이 주름진 목을 치셔도 상관없습니다. 하지만 지금은 말씀드려야겠습니다."

소에몬은 눈을 가늘게 뜨며 말을 이었다.

"하타사쿠 님이 같은 무사로서 에자키 번의 무사들에게 조금이라도 기대하는 마음을 가지고 계시는 것은 당연합니다. 하지만 신분은 무사여도 겁쟁이는 겁쟁이, 꼭두각시는 꼭두각시입니다. 꼭두각시를 믿고 이 마을의 선남선녀를 두 눈 빤히 뜨고 죽이는 일을 저는 할 수 없습니다. 우도노쇼에서 대대로 기모이리를 맡아 온 아사카와 가의 명예에 걸고 할 수 없는 일이에요. 설령 실수로라도 그런 짓을 했다간 제가 조상님께 벌을 받고 말 겁니다."

훌륭한 화술이지만 말이 지나치다. 신고는 목덜미가 서늘해졌다.

하타사쿠 하치로베에는 고개를 숙이고 쿡쿡 웃기 시작했다.

"정말이지 인정사정이 없군."

"무례함을 사과드립니다" 하고 소에몬은 말했다. 그러고는 씩 웃었다.

하치로베에도 상쾌한 얼굴이 되었다.

"어쨌든 지금은 오키이치와 롯페이타가 돌아오기를 기다리지. 그 사이에 두 번째 곳간에 있는 사람들도 이쪽으로 불러 두세."

어제 하루 동안 방비를 굳혀 둔 덕분에 그나마 준비가 수월해졌다. 곳간 바깥에서 경계해야 하는 곳은 정해져 있다. 두 번째 곳간에는 여자와 어린아이가 많았기 때문에 신고 일행은 사람을 나누어 재빨리 움직였다. 어젯밤의 공포에 바싹 야윈 여자들, 지칠 대로 지쳐 멍해진 아이들. 그들에게 하룻밤 동안 함께 틀어박혀 있던 나카노무라 마을의 남자들은 신장神將처럼 의지가 되고 있다.

두 곳간의 벽 모두 부귀들의 발자국이 가득 남아 있었다. 발톱이 날카로운지 흙벽이 깊이 파인 상태다. 크기는 신고의 손바닥 정도이고 발가락의 수는 세 개다. 괴물다워서 왠지 안심이 되었다.

지금은 밥 짓는 일을 삼가야 해서, 남은 음식을 아이들에게 주고 어른들은 물만 섭취하며 버티기로 했다. 그래도 낯익은 얼굴이 무사히 모이자 하뉴다무라 마을의 사람들에게 생기가 돌아왔다. 가도야 몬자에몬도 겨우 일어나서 잠에 취한 눈으로 앉아 있는 것을 하나에가 보살펴 주고 있었다.

"하뉴다무라 마을 사람들에게 상의하고 싶은 일이 있네."

하치로베에는 솔직하게 말을 꺼내고 앞으로의 방안을 설명했다. 함께 나카노무라 마을로 도망친다고.

"하지만 야마반쇼에 신고도 하지 않고 살아남은 스물두 명의 마을 사람이 이곳을 떠난다는 것은, 다시 말해 도산逃散 농민이 땅을 버리고 영주의 통치에서 도망치는 것일세. 우리 구자키 번에서도 도산은 향촌령을 깨는 큰 죄이고, 책형에 처해지도록 정해져 있지. 즉 하뉴다무라 마을의 사람들은 일단 이곳을 떠나면 두 번 다시 돌아올 수는 없네."

집도 논도 조상의 묘도 버리고 나가는 것이다.

"그래도 이 어려움을 피하고 모두의 목숨을 지키려면 다른 수

단은 없다고 나는 생각하네. 단, 꼭 이곳에 남겠다는 사람을 억지로 끌고 갈 생각은 없어."

"가는 곳은 우도노쇼, 나카노무라. 우리 마을일세." 소에몬이 소리쳤다. "나는 기모이리인 아사카와 소에몬, 내가 하뉴다무라 마을 사람들을 보살펴 주겠네."

하뉴다무라 마을 사람들이 동요하는 일은 없었다. 모두 돌부처처럼 입을 꾹 다물고 있다.

신고는 시야 한쪽에서 하나에의 얼굴을 보았다. 몬자에몬 옆에 붙어서 고개를 숙이고 있다. 바로 뒤에 있는 하나에의 어머니는 한 손을 눈가에 대고 눈물을 참는 모습이다.

"……그럴 수는 없어요."

하뉴다무라 마을의 누군가가 신음하듯이 말했다. 남자의 목소리인데 반쯤 울고 있다.

"우리, 이 마을을 떠나면 먹고살 수 없어요."

중간에 앉아 있는, 생각지도 못하게 젊은 남자다. 가까이 붙어 있는 사람들은 가족인 모양이다. 아버지와 어머니, 어린 누이.

"먹고살 수 있도록 나카노무라 마을이 자네들을 다 품어 주겠네" 하고 소에몬이 말했다. "나카노무라 마을에도 논이 있네. 닥나무밭도 있지. 자네는 종이 뜨기를 알고 있나? 이쪽에는 없는 기술이지. 나카노무라 마을에는 이 마을에 없는 것이 더 있네. 마음에 드는 생계의 길을 골라서 살아가면 돼."

그 말꼬리에 덤벼들듯이 날카로운 목소리가 울렸다. "다들 행방을 알 수 없게 된 사람을 버릴 거요?"

머리카락도 수염도 덤불처럼 더부룩한, 햇볕에 그을린 자그마한 몸집의 남자다. 왼팔을 소매 속에 집어넣은 채 등을 웅크리고 있다. 추위 때문일까.

"네 가족이 없어졌느냐."

하치로베에가 온화한 목소리로 물었다. 수염이 더부룩한 남자가 얼굴을 돌리고 대답을 하지 않는다.

"이자는 쓰네키치라고 하는데, 원래는 우리 마을에서 둘뿐인 총을 쏠 줄 아는 사람이에요" 하고 노노스케가 대신 대답했다. "둘이라는 건 형제지요. 하지만 작년 봄에 쓰네키치가 곰한테 당해서."

그 말을 듣고 신고도 이해했다. 왼팔을 소매 안에 숨기고 있는 게 아니구나. 잃었구나.

"그 후로는 동생 마쓰키치가 먹여 살리고 있었던 거나 마찬가지예요. 아니, 우리도 돕기는 했지만."

그 소중한 동생의 행방을 아직도 모른다고 한다.

행방을 알 수 없게 된 사람을 어떻게 해야 하나. 알고는 있지만 이 대화를 하고 싶지 않았다. 그래서는 안 된다는 것도 알고는 있지만.

"나는 동생을 두고 가지 않겠소. 여기에서 기다릴 거요."

쓰네키치의 목소리는 날카로웠지만 그 굽은 등은 가엾을 정도로 작고 야위었다.

"동생은 언제부터 돌아오지 않았나?"

하치로베에의 물음에 이번에는 하나에가 대신 대답했다. "우리 아버지가 그렇게 되기 전날 아침에 마쓰키치 씨는 산에 들어가서 한 번은 새와 토끼를 사냥해 돌아왔지만 다시 나갔다가 그 후로 돌아오지 않았어요."

"마쓰키치도 총을 쏘나?"

"아뇨. 쓰네키치 씨가 총을 갖고 있었는데도 크게 다쳤으니 이제 의지하지 않겠다면서."

"그렇군, 한 줌의 화약이 있었던 것은 자네 집이었나" 하고 소에몬이 말했다.

"총은 어쨌나?"

"벌써 여관마을에서 팔아 버렸소."

"그렇다면 자네 동생의 무기는 무엇인가?"

"도끼와 활을 갖고 갔소."

쓰네키치의 눈초리가 빨개져 있었다.

"형이라면 동생의 솜씨를 가장 잘 알고 있겠지. 그 두 가지 무기를 구사해서 지금까지 마쓰키치가 살아남았을 거라고 생각하나?"

쓰네키치는 얼굴을 숙였다. 웅크린 등에 힘이 들어간다. "……모르겠소."

"그렇군" 하고 하치로베에는 담담하게 대답했다.

"나도 모르겠네. 가혹한 일이지. 가엾다고 생각하네. 하지만 여기에서 그 가혹함을 억지로라도 삼키고 살아남기 위한 결단을 내려야 하는 사람은 자네만이 아닐세. 마을 사람들은 많든 적든 누군가를 이곳에 남기고 떠나야 해."

그렇다. 그 비정함에 직면해야 한다. 차라리 가족이나 동료 중 누군가가 이미 '인간이 아닌 자'가 되어 버렸다는 게 확실한 쪽이 나을 정도다.

신고는 마을 사람들의 얼굴을 똑바로 볼 수가 없게 되어 눈을 내리깔았다.

"한 사람 한 사람의 가슴속은 묻지 않겠네. 물어도 나는 같은 말밖에 할 수 없으니까. 가엾다, 가혹하다, 하지만 결단을 내려야 한다고."

하치로베에의 말은 더없을 정도로 성실하고 옳다. 옳다고 해도 아무런 위로가 되지 않아서 분할 따름이다. 신고의 눈꺼풀 안쪽에 또 시건방진 동생의 얼굴이 어른거렸다. 그 녀석의 안부를 모르는 채 두고 떠나는 일은, 나도 할 수 없겠지.

"어제, 야마반쇼와 원승사까지 갔다가 돌아오는 사이에 만난 정상적인 사람은 성하마을에서 온 가도야 몬자에몬 단 한 명이었네."

이름이 불리자 몬자에몬이 정신이 든 듯 눈을 깜박였다. 그리고,

"저도 그 절에 들어가고 나서 살아남은 사람을 한 명도 보지 못했습니다."

"행방을 알 수 없는 마을 사람들은 무사하다면 지금쯤 돌아왔겠지. 돌아오지 않는 까닭은 무사하지 않기 때문이야."

아사카와 소에몬이 굵은 목소리로 말했다. 옳지만, 정말로 인정사정이 없다.

"포기해. 목숨이 있어야 뭐라도 한다는 것은 이럴 때를 위한 말일세. 자네들이 살아남지 못하면 죽은 가족이나 동료를 공양할 수도 없어."

"죽었는지 어떤지 아직 몰라요!"

머리를 번쩍 들며 쓰네키치가 외치다가 그 기세에 자세가 무너져 바닥에 엎어졌다. 주위 사람들이 당황하며 부축해 일으키려고 한다.

"죽었어" 하고 하타사쿠 하치로베에는 말했다. "아무래도 괴롭다면 이곳을 전쟁터라고 생각하게. 자네들은 싸움에 져서 물러나는 걸세. 동료에 대한 미련 때문에 때를 놓치면 이 부대는 전멸하네."

하뉴다무라 마을 사람들은 실로 파도가 모래사장을 덮치듯 비통한 체념에 잠겼다. 사람들의 마음이 이 비정함을 삼켜 가는 희미한 소리가 신고에게는 들리는 것 같은 기분이 들었다.

몇 개나 되는 흐느낌 소리와 한숨이 교차한다.

"저어……."

노노스케의 작은 목소리가 묘하게 익살스러운 어조로 그 자리의 긴장을 깼다. 어느 모로 보나 소심한 사람답게 손을 움츠려 얼굴 옆으로 들고 있다.

"왜 그러나, 노노스케."

"그쪽의 나카노무라 마을에서 하뉴다무라 마을 사람이 뭔가 벌을 받지는 않을지, 저는 무서운데요."

하치로베에는 문득 앉은 자세를 고치며 노노스케뿐만 아니라 하뉴다무라 마을 일동의 얼굴을 둘러보았다.

"노노스케의 청원은 지당하네. 자네들도 불안하겠지. 하지만 이곳에 있는 스물두 명의 장래는, 이 하타사쿠 하치로베에가 반드시 보증하겠네."

하뉴다무라 마을 사람들은 장대비의 빗방울이 튀듯이 술렁거렸다. 많은 대화가 교차하지만 하나의 목소리로 정리되지는 않는다.

신고는 하나에를 바라보았다. 그녀는 어머니의 손을 잡고 함께 울고 있었다.

직접 설득하고 싶어서 신고는 근질근질했다. 그러자 아들의 마음을 꿰뚫어 본 것처럼 소에몬이 또 소리를 질렀다. "울지 말게. 우리가 모시는 구자키 번 7대 번주 아노 미쓰요시 님은 자비로운 분이야. 이 땅의 무자비한 영주님인지 뭔지와는 다르단 말일세. 분명 자네들을 받아들여 주실 게야. 하타사쿠 님과 내가 그렇게 부탁을 드리겠네. 아무것도 걱정하지 말게."

일의 발단은 하나에였다. 나카노무라 마을과 하뉴다무라 마을을 연결한 것은 하나에의 용기였다.

결단해 줘, 하나에. 내가 옆에 있을게.

"……하타사쿠 님."

쉰 목소리로 말을 꺼낸 이는 살아남은 자들 중 최연장자인 숯장이 노인 진베이였다.

"왜 그러나" 하고 하치로베에는 대답했다.

진베이 노인은 하치로베에와 소에몬의 뒤에 나란히 있는 나카노무라 마을 남자들의 얼굴을 보았다. 순서대로 한 사람 한 사람, 천천히 바라보았다.

"나카노무라 마을의 남자들도."

진베이는 이가 모두 빠져서 말을 할 때 오물거린다. 그러나 목소리에는 힘이 있었다.

"우리한테 무슨 의리가 있는 것도 아닌데 하나에의 이야기만 듣고 곧장 도우러 와 주셨습니다."

덕분에 우리는 살아남을 수 있었지요——.

"지금도, 우리를 두고 당신들끼리 도망치는 게 훨씬 빠를 텐데, 데려가 주시겠다고 합니다."

진베이는 거기에서 입을 다물고 시옷자로 입술을 휘었다. 그 얼굴로 이번에는 하뉴다무라 마을의 동료들 쪽을 둘러보았다.

"나는 이분들을 따라가고 싶네."

진베이는 딱 잘라 말했다.

"자네들도 그렇게 해 주었으면 좋겠어. 하지만 무서운 심정은 이해하네. 행방을 모르는 사람을 포기할 수 없다는 주장도 이해해.”

그럼 어떻게 하겠다는 걸까.

“나카노무라 마을에 가고 싶지 않다는 사람은 손을 들게. 한 명이라도 있다면 나는 그 사람과 남겠네.”

진베이의 눈은 맑고, 입가에는 불상 같은 부드러운 웃음이 떠올라 있었다.

“나는 가족도 없고 살날도 얼마 남지 않은 노인일세. 남는 사람한테는 내가 함께하겠네. 대신 나카노무라 마을로 가고 싶다는 다른 사람들을 용서해 주게.”

그 자리가 조용해졌다. 들리는 것은 모여 있는 남녀노소의 숨소리뿐이다.

“이곳에 남고 싶은 사람은 손을 들게” 하고 진베이가 되풀이했다. “없나? 지금이 아니면 묻지 않을 거야.”

하뉴다무라 마을 사람들의 맨 뒤에서 누덕누덕 기운 작업복을 몸에 걸친 억센 얼굴의 남자가 오른손을 들었다. 왼손으로는 옆에 앉아 있는 비슷한 나이의 여자의 손목을 잡고 들어 올린다.

“미조!” 하고 노노스케가 큰 소리를 질렀다. “너, 심술도 정도껏 부려. 마누라가 불쌍하지도 않냐!”

미조라고 불린 남자에게 손을 잡혀 있는 여자가 아내인 모양이다. 얼굴을 돌리고 어깨를 떨며 울고 있다.

그런데도 미조는 믿기 어려운 말을 했다.

“남으면, 이 마을의 논도 밭도 전부 내 것이 되겠지.”

하뉴다무라 마을의 동료들뿐만 아니라 나카노무라 마을의 남자들도 이 말에는 기가 막혔다.

소에몬이 위협했다. "논을 독차지해 봐야, 부귀와 '인간이 아닌 자'투성이인 땅에서 어떻게 살아갈 작정인가."

신고의 아버지는 건장하고 체격이 좋고 이 나이에도 매일 단련하고 있기 때문에 마음만 먹으면 천둥 같은 목소리를 낼 수 있다. 지금도 신고는 귓속이 저릿저릿했다.

그러나 미조는 꺾이지 않았다.

"부, 부귀인지 뭔지는, 해님 아래에서는 금방 죽어 버리잖아요?"

무섭지 않아, 하며 거칠게 콧김을 뿜는다.

"'인간이 아닌 자'도 먹을 것이 없어지면 끝장이야."

"먹을 것이라면 있소."

끼어든 이는 가도야 몬자에몬이다.

"이 영지 내의 백성이 통째로 먹을 것이지. 먹힌 자는 '인간이 아닌 자'로 변하오. 영지 내에 '인간이 아닌 자'가 넘쳐나면 국경을 넘어 주위 영지로 몰려가겠지요. 거기에서 먹을 것이 떨어지면 또 그 너머로 갈 테고."

이 재앙에 끝은 없다.

"'인간이 아닌 자'는 죽은 사람과 마찬가지지요. 더위도 추위도, 아픔도 가려움도 없소. 항상 굶주려 있는데도, 죽은 사람과 마찬가지이니 굶어 죽는 일은 없소. 먹을 것을 얻게 될 때까지는 허수

아비나 나무 막대처럼 기다릴 뿐이오."

마음도 없다. 정도 없다. '인간이 아닌 자'는 '인간이 아닌 자'를 계속 늘릴 뿐이다. 배불리 사람을 먹은 순서대로 부귀로 또 변해, 한층 더 사태를 나쁘게 만들어 갈 뿐이다.

"미처 말하지 못했는데 이 가도야 몬자에몬은 돈놀이꾼이오. 당신은 알고 있소? 세상에 돈놀이꾼이 없는 땅은 없다오. 돈놀이꾼은 어디에서든 살 수 있고 돈을 벌 수 있거든. 나도 하타사쿠 님네 나라로 건너가면 번화한 마을로 나가 순식간에 돈을 잡아 굴려서 집과 가게를 갖게 될 거요. 그러니 미조 씨, 당신네 부부는 내 가게에서 일하면 되오. 이곳에 남아 논이나 밭을 경작하는 것보다 훨씬 편하게 잘살 수 있을 거요."

청산유수란 바로 이런 것이다.

"……잘살 수 있다고요?"

"있고 말고요."

"어떻게 당신은 그렇게 자신있게 말할 수 있단 말이오?"

"나는 수완이 좋은 돈놀이꾼이니까요."

힘찬 대답에, 한 박자를 두고 미조의 손에서 힘이 빠졌다. 아내는 손을 내리는 김에 미조의 손가락을 뿌리치고 몸을 움츠렸다. 주위 사람들도 마치 '인간이 아닌 자'를 보는 듯한 눈빛으로 미조를 보며 아내를 감쌌다.

"이야기는 끝난 것 같군요, 하타사쿠 님."

가도야 몬자에몬은 아직도 졸린 듯한 눈을 작게 깜박거리며 싱긋 웃었다.

“저도 나카노무라 마을의 여러분을 따라가겠습니다. 이걸로 전원 일치로군요. 다만 딱 한 가지 걱정스러운 점은…… 제가 헤엄을 칠 줄 모르기 때문에 연못으로 잠수한다는 게, 아무래도.”

방금 전까지의 자신감에 찬 대화에서, 부풀었던 구운 떡이 쪼그라들 듯이 주저앉고 말았다. 그 익살스러운 모습에 소에몬이 웃었다. 하치로베에도 쓴웃음을 짓는다.

“우리가 앞장서지. 연못 이쪽에서 맞은편으로 밧줄을 친 다음 누구나 무사히 잠수하여 다다를 수 있도록 하겠네. 뭐, 숨을 참고 물을 휘저을 수만 있으면 될 게야.”

그리고 마침 옆에 있던 아장아장 걷는 여자아이 다요의 머리를 쓰다듬었다.

“아이들은 내가 업고 잠수하겠네.”

즉시 하나에의 목소리가 날아왔다.

“다요는 제가 데리고 잠수할게요.”

코맹맹이 소리지만 더 이상 울고 있지는 않았다.

그러고 나서 잠시 후 오키이치와 롯페이타가 첫 번째 곳간으로 돌아왔다.

“어젯밤에 생긴 함몰 구멍은 이 마을의 서쪽, 뒷산의 산자락에 뻥 뚫려 있었습니다.”

집채만 한 크기의 구멍이라고 한다.

“그래서 근처에 있는 늪의 흐름이 그 구멍 쪽으로 바뀌어 버렸더군요. 어젯밤의 소동은 늪의 물이 단숨에 흘러 들어오자 구멍 밑에 있던 부귀들이 깜짝 놀라 한꺼번에 뛰쳐나온 탓이 아니었을까 합니다."

물의 흐름에 밀려, 함몰 구멍의 가장자리는 반쯤 무너진 채 막혀 있다. 이상한 냄새도 거의 사라지고 적어도 이 구멍에서 새로운 부귀가 나올 기미는 없는 것 같았다고 오키이치는 말했다.

"이 마을을 지나간 후에 괴물들이 어디로 갔는지 발자국과 냄새에 의지해 쫓아가 보았더니……."

어젯밤에 솟아나온 부귀 떼는 야마반쇼를 지나 잡목림 안을 빠져나가, 일부는 원승사 쪽으로 산을 올라가고 나머지 대부분은 여관마을로 향한 모양이다.

"야마반쇼 안의 모습은 변함이 없었지만, 이 곳간 벽에 남아 있는 것과 같은 세 발가락의 발자국이 사방에 남아 있었습니다."

살아 있는 것의 기척이 나지 않자 부귀들도 그냥 통과했으리라. 다만 효수대 위에 효수되어 있던 머리는 물어뜯기거나 내던져져 있었다고 한다.

"'인간이 아닌 자' 쪽은 어떤가? 몇이나 발견했나?"

오키이치와 롯페이타는 잠시 얼굴을 마주 보더니, 롯페이타가 대답했다. "가는 길에 둘, 오는 길에 하나를 발견해 쓰러뜨리고 왔습니다만……."

셋이다. 오키이치나 롯페이타가 소리를 내면 수풀이나 바위 그늘, 덤불 속에서 갑자기 나타났다고 한다. 흙투성이, 마른 풀투성이로, 노숙이라도 하고 있었던 것 같은 모습이었다.

"코를 킁킁거리고 있었으니 저와 롯페이타의 냄새를 쫓아 왔는지도 모르겠습니다."

소리와 냄새. 그 원천이며 먹을 것인 사람이 가까이에 있지 않으면 '인간이 아닌 자'는 장작개비처럼 쓰러져 있거나 허수아비처럼 우두커니 서 있다——.

"여관마을에는 길 한가운데에 줄지어 있는 '인간이 아닌 자'가 열 놈 정도 있었을 텐데."

하치로베에가 말했다. 야마반쇼의 소방 망루 위에서 본 것이다. 신고도 기억하고 있다. 롯페이타도 고개를 끄덕였다.

"그래서 조심스럽게 가 보았는데 부귀 떼에 쫓겨 흩어졌는지 깨끗이, 하나도 눈에 띄지 않고 사라졌습니다."

먹을 것을 찾아 장소를 옮겨 간 곳에서 또 우두커니 서 있으려나. 떠올려 보면 무시무시한 한편으로 애처롭기도 하다.

"뭐, 그놈들은 느리니까요."

"아니, 아니, 개중에는 움직임이 빠른 놈도 있으니 만만하게 여겨서는 안 됩니다."

몬자에몬이 끼어들자 오키이치는 눈썹을 약간 찌푸렸다. "무엇이 다른 걸까요."

"'인간이 아닌 자'로 변한 직후에는 움직임이 빠른 것인지도 모르지."

소에몬의 말에 신고도 떠올렸다. 첫날 밤, 두 번째 곳간 뒤에 나타난 촌장 '인간이 아닌 자'. 신고의 눈앞에서 마지막까지 정상으로 남아 있던 왼쪽 눈이 희게 흐려진 순간 이쪽을 향해 덤벼들어 왔다. 그 움직임은 확실히 느릿하지 않았다.

"그거야 어찌 되었든, 지금의 여관마을은 부귀들의 소굴이 되었습니다" 하고 오키이치가 말했다. 너무 아무렇지도 않게 말해서 조금도 무섭지 않다.

"'인간이 아닌 자'들 대신, 부귀들이 여관마을에 숨어 있는 건가."

"예. 놈들은 햇빛에 약한 모양이지요. 무사한 건물뿐만 아니라 건물이 불탄 자리든, 부서진 건물이든, 어딘가 그늘이 지는 곳에 들어가 돌처럼 웅크린 채 자고 있었습니다."

신고는 심장이 벌렁거리고 목구멍이 메어 왔다. "접근해서 보고 온 겐가?"

"새끼를 데리고 있는 굶주린 곰에게 접근하는 일보다는 쉬운 일이었습니다."

세어 보니 열세 놈이 있었다고 한다. 믿기 어렵다. 이 무슨 배짱이란 말인가.

"돌처럼 자고 있다, 라."

하치로베에의 눈빛이 날카로워졌다. 그렇다면 역시 낮 동안이 기회다. '인간이 아닌 자'만 경계하면 된다.

"뒷산의 함몰 구멍은 이미 반쯤 메워졌네. 하루 더 기다리면 완전히 막혀서 더 안전하겠지. 하지만 그 하루 사이에 가까운 다른 장소에 새로운 함몰 구멍이 생길지도 몰라."

"그러면 끝이 없습니다. 갈 거라면 지금이지요."

신고는 조급한 마음으로 말했다.

"마을 사람들의 마음도 이제 정해졌습니다. 그러나 하루가 지나면 또 흔들릴지도 몰라요. 이런 일에는 결단과 기세가 중요하지 않겠습니까."

뒤에서 상당한 힘으로 머리를 얻어맞았다. 아버지다. "건방지구나."

"아버지야말로, 하타사쿠 님께 무례한 말만 했잖아요."

하타사쿠 하치로베에는 아사카와 부자에게 아랑곳하지 않고 움켜쥔 주먹으로 자신의 허벅지를 가볍게 때리며 일어섰다.

"좋아, 시작하세."

*

하뉴다무라 마을 사람들은 글자 그대로 몸뚱이 하나, 입은 옷 한 벌만 갖고 도망쳤다. 숨을 멈추고 물속으로 잠수하면, 그 후에는 밧줄을 따라 나아가기만 하면 된다. 눈을 감고 있어도 할 수 있다. 어린아이라도 할 수 있다.

"수영을 잘 못하는 사람은 잘하는 사람이 도와주게. 물론 나카노무라 마을의 남자들이 옆에 붙어 있을 걸세. 누구 한 사람도 버리지 않을 게야."

하치로베에는 모두에게 꼼꼼하게 설명했다. 그 표정은 결단을 망설이고 있었을 때보다 밝고, 몸의 움직임 또한 가벼워졌다.

스물두 명을 두 줄로 세우고, 사이사이에 무기를 든 나카노무라 마을의 남자들이 섞인다. 전체를 지휘하기 위해 하치로베에가 선두에 서서 요미노이케 연못으로 향한다. 연못에 도착하면 수영을 잘하는 나카노무라 마을의 남자 두 명이 먼저 잠수하여, 맞은편에서 원군을 부르기로 했다. 간평 관리의 초소에도 사람을 보내 하치로베에의 부하들을 불러들이고, 초소에 갖추어져 있는 화살통이나 투창, 갈고리 밧줄 등의 무기를 가져오게 한다.

하나에는 친한 사람에게 어머니를 맡기고, 체력이 닿는 한 요미노이케潢川ノ池 연못과 요미노이케夜見ノ池 연못 사이를 왕복하며 마을 사람들이 나카노무라 마을로 건너가는 것을 돕는다. 어린 다요와 그의 모친은 밧줄을 걸쳐 안전을 확인하면 가장 먼저 하나에가 옆에 붙어 연못으로 잠수하기로 했다.

"나카노무라 마을에서는 모든 집에서 물을 끓이고 모닥불을 피우고 밥을 지어 달라고 하게. 하뉴다무라 마을 사람들이 도착하면 순서대로 몸을 말리고 쉴 수 있도록 준비해 주게."

대열이 하뉴다무라 마을을 떠나기 직전까지, 소에몬은 오키이치와 무언가 의논을 하고 롯페이타에게서는 화살을 나누어 받았다.

"아버지, 뭔가 생각이 있는 거예요?"

아버지가 쓰네키치와 마쓰키치의 화약으로 무엇을 만들고 있는지 신고는 아직 듣지 못했다.

하치로베에는 알고 있을까.

"곧 알게 될 게다."

무뚝뚝하게 대답하며 소에몬은 꼼꼼하게 활줄의 탄력을 확인했다.

"우리 궁수들은 조금 늦게 너희들을 쫓아갈 거다. 신고, 하뉴다무라 마을 사람들을 단단히 지켜 주어라. 오늘 안에는 나카노무라 마을 사람이 될 테니 우리 집안 책임이다. 오쓰기인 네게 맡기마."

담담한 아버지의 말투와 '맡긴다'는 말에 신고는 당황했다.

"우리 집의 당주는 아버지예요. 그렇게 벌써 저한테 맡기시면 곤란해요."

"대가 바뀔 때가 오면 벌써고 뭐고 없어. 각오를 하라는 말이다."

대가 바뀐다고?

"아버지, 죽을 생각이에요?"

그렇게 위험한 일을 하려는 것일까.

소에몬은 대답하지 않았다. 신고는 입을 다물고 있는 오키이치와 롯페이타의 얼굴을 둘러보았다. 두 사람 다, 기모이리와 오쓰기 앞에서 얌전히 있겠습니다, 라는 표정이다.

"왜 세 사람만 늦는 건데요? 최후방이라는 뜻이에요? 그럼 저도 돕게 해 주세요."

"궁수가 아닌 네게는 무리다" 하고 소에몬이 엄하게 말했다. "원망하려면 이럴 때를 위해 부소카자마류를 익혀 두지 않은 자기 자신의 불민함을 원망해라."

아무 대꾸도 할 수가 없었다. 확실히 신고는 궁술 수업을 게을리했다. 아버지와 사범 대리가 너무 실력이 좋다 보니 자신은 도저히 따라잡을 수 없다며 일찌감치 포기해 버린 것이다.

그래도 지금은 대꾸하고 싶다. 큰 소리로 말해 주고 싶다. 모두를 무사히 도망치게 하기 위해 아버지가 위험한 다리를 건널 생각이라면 나도 함께 건너겠다. 아버지 혼자는 보내지 않겠다. 집안은 교지에게 맡기면 된다!

그때 소에몬이 신고의 어깨를 움켜쥐고 눈을 맞추며 이렇게 말을 이었다. "이제부터 네가 하나에 곁에 있어 주지 않으면 어쩌겠다는 거냐. 저 처자는 숨이 끊어져도 동료인 마을 사람들을 위해 잠수하려고 할 게다. 내버려 두면 그러다 목숨을 잃고 말 게야."

"하, 하지만……."

"나는 죽지 않아. 이런 곳에서 죽을 것 같으냐. 만에 하나를 생각하고 아버지다운 말을 해 보고 싶었을 뿐이다. 정말이지, 눈치 없는 성격은 누구를 닮은 게냐."

오키이치가 눈으로만 미소를 짓는다. 롯페이타는 작게 고개를 끄덕이며 주먹을 쥐어 보였다.

"기모이리 님의 등은 우리가 지키겠습니다."

알았다. 신고는 대답할 수밖에 없다.

"잘 부탁드립니다."

머리를 숙인 후 일부러 소에몬의 얼굴을 보지 않고 달려서 그 자리를 떠났다.

휘잉휘잉, 바람이 소리를 낸다.

하뉴다무라 마을을 떠나 흙먼지가 피어오르는 들길로 나오자 갑자기 바람 소리가 귀를 찢을 것 같았다.

이 땅의 겨울바람이다. 잡목림 사이를 빠져나가면서 여자의 비명 같은 소리를 낸다. 우도노쇼를 불어 지나가는 입동 이후의 북풍도 이런 불길한 소리를 내었을까.

하뉴다무라 마을에서 보면 목적지인 요미노이케 연못은 북북서에 해당한다. 거의 외길이고 좌우로 구불구불하기는 하지만 크게 굽어져 있는 곳은 없다. 이 바람이 계속 불어 주면 탈출하는 일행은 줄곧 목적지에서 불어오는 바람을 맞게 된다.

그런데 떠나온 하뉴다무라 마을 뒤편에 있는 산이나 마을을 둘러싼 숲에서 보면, 같은 북풍이 총 서른다섯 명 분의 인기척과 냄새를 실어 오기 때문에 그 냄새를 맡은 괴물들에게 쫓길 것은 충분히 각오해 두어야 한다.

함몰 구멍에서 솟아나오는 부귀는 햇빛에 약하다. 그러나 '인간이 아닌 자'가 인간의 피와 살을 실컷 먹고 '된' 부귀는 햇빛도 두려워하지 않는다고 한다. 그런 성가신 부귀가 가까이에 없기를. 이 근처에 흩어져 있는 '인간이 아닌 자'들이 느리고 지혜가 없는 놈들뿐이기를.

신이든 부처든 무엇이든 좋다. 이 소원을 들어 달라고 신고는 가슴속으로 되풀이하고 있었다.

하뉴다무라 마을의 사람들을 돌보면서, 주위를 경계하면서 나아간다. 덤불이나 키가 큰 마른 풀 속에는 '인간이 아닌 자'가 숨어 있을지도 모르니 길이 트여 있는 곳으로 나아간다. 이 소동이 시작되기 전부터 맑은 날씨가 이어지고 있었다더니, 길은 단단하고 바싹 말라 있었다. 흙먼지를 들이마셔 재채기나 기침이 나오는 사람이 있다. 그러면 하치로베에는 일동의 걸음을 멈추게 하고, 때로는 그 자리에 쪼그리게 했다. 재채기나 기침을 한 사람은 어른이라면 스스로 자신의 입과 코를 누르고, 어린아이라면 옆에 있는 어른들이 머리째 끌어안아 조용히 시킨다.

곰에게 왼팔을 잃은 사냥꾼 쓰네키치는 걸을 때 다리도 약간 끌었다. 신고는 쓰네키치에게 다가가 말을 걸었다. "등에 진 손도끼, 내가 맡겠네."

쓰네키치는 이쪽을 보지도 않았지만 신고가 그의 발걸음에 맞춰 걷고 있노라니,

"내 오른팔은 남아 있소. 내 몸 정도는 지킬 수 있으니 여자와 아이들 옆에 있어 주시오" 하고 무뚝뚝하게 말했다.

"그래? 알았네."

올 때 본 기억이 있는 나무들. 그러고 보니 표시를 해 둔다며 롯페이타가 단도로 나무줄기에 상처를 냈던가——.

갑자기 줄 앞쪽에서 비명이 일었다. 오른쪽 덤불 속에서 난데

없이 일어선 허수아비처럼 '인간이 아닌 자' 셋이 나타난 것이다.

나카노무라 마을의 남자들은 냉정했다. 하뉴다무라 마을 사람들을 감싸면서, '인간이 아닌 자' 셋을 부수고 주위를 둘러본다. 그러자 왼쪽의 완만한 경사면을 따라 새로운 '인간이 아닌 자' 둘이 흔들흔들 내려오는 모습이 보였다.

"역시 냄새와 발소리로 눈치채는군. 다들, 서두르세. 연못까지 얼마 안 남았어."

그때 하뉴다무라 마을 쪽에서 새가 우는 듯한, 휘파람 같은 소리가 들려왔다. 강한 북풍 속을 뚫고 화살처럼 날아온다.

"저건 뭐지?"

"휘파람 신호일세."

하치로베에는 짧게 대답하고 사람들을 재촉했다.

"입가를 누르고 숨을 죽이고 몸을 앞으로 숙이고 잔걸음으로 서두르게. 자, 뒤를 돌아보지 마."

신고는 줄의 맨 뒤로 가려고 걸음을 돌렸다. 순간 하뉴다무라 마을 방향에서 이번에는 커다란 폭발음이 작렬했다. 귓속뿐만 아니라 지면을 타고 발목에서 무릎까지 떨리게 하는 굉음이다.

쏴아아아아아아.

요미노이케 연못으로 향하는 일행 옆을 북풍이 소용돌이치면서 불어 지나간다. 마른 가지도 마르지 않은 가지도, 올려다보아야 할 듯한 높은 나무도 흙먼지를 뒤집어쓴 관목도, 모든 것에 그 바람이 불었다.

신고의 시야 가득한 풍경 속에 하나, 또 하나, '인간이 아닌 자'들이 나타났다. 덤불 속에서, 나무 그늘에서, 절벽 아래의 바위 밑에서.

포위되었다! 간담이 서늘해지고 목이 바싹 마른다. 거기에 또 아까보다 더욱 큰 폭발음이 울리고, 거기에서 생겨난 바람이 자연의 바람을 거슬러 강렬한 악취를 날라왔다.

"다들, 움직이지 마. 쪼그리고 몸을 웅크리게."

하치로베에가 명령한다. 그렇게 말하지 않아도 신고는 굳어 버려 움직일 수가 없었다. 마을 사람들도 엉거주춤한 채 하나같이 눈만 크게 뜨고 있다.

주위의 풍경 속에서 속속 '인간이 아닌 자'들이 나온다. 그 얼굴은 겨우 2, 3간의 거리를 사이에 두고 들길가에 웅크리고 있는 신고 일행이 아니라 뒤쪽의 하뉴다무라 마을 쪽을 향하고 있다.

괴물들은 코를 벌름거리고 비틀비틀 팔을 휘저으며, 눈에는 보이지 않는 실에 잡아당겨지듯 하뉴다무라 마을로 걷기 시작했다. 길까지 내려오지 않고 경사면을 따라 불안한 발걸음으로 나아가는 '인간이 아닌 자'도 있고, 코를 벌름거리다가 점점 다리가 빨라져 거의 뛰다시피 멀어져 가는 '인간이 아닌 자'도 있다.

또 폭발음. 이번에는 그리 크지 않았지만 아까보다 훨씬 가까운 장소이고 몇 개의 통나무가 높은 곳에서 굴러떨어지는 듯한 소음이 뒤따랐다. 악취가 점점 강해진다. 신고는 깨달았다. 이것은 인분 거름 냄새다.

눈에 보이는 범위 내의 '인간이 아닌 자'들은 이제 완전히 폭음과 악취에 이끌려 마을 사람들의 줄에서 등을 돌렸다. 비틀비틀, 흔들흔들, 느릿느릿 하뉴다무라 마을을 향해 간다. 썩은 고기에 꼬이는 파리떼 같다.

"좋아, 연못으로 간다."

목소리를 낮춘 채 하치로베에는 큰 몸짓으로 사람들에게 지시했다.

"소리를 내지 말고 뛰게."

하나에가 제일 먼저 움직였다. 다요를 업은 채로 어머니의 손을 잡고 있다.

"다들, 머리를 숙이고 달리세요."

나카노무라 마을의 남자들도 뒤를 지키면서 달리기 시작한다. 신고는 그들에게 고개를 저어 보였다.

"나는 아버지 일행과 같이 가겠어요. 저 폭발은 아버지가 한 짓이지요?"

하치로베에가 신고의 팔을 꽉 잡고는 고개를 끄덕였다. "소에몬 님이 그림을 그리고, 마을 사람들을 부려 쌓은 장치일세."

높다란 장소나 좁은 곳에 엉성한 발판을 쌓고, 그 위에 작은 바위와 통나무를 쌓아 올린다. 그리고 인분 거름을 채운 통이나 병을 올리면 완성이다.

"한 주먹의 화약을 다섯 개의 작은 꾸러미로 나누어 다섯 곳의 발판에 장치해 두었네."

멀리에서도 화약의 위치를 알 수 있도록, 하뉴다무라 마을 남자의 낡은 붉은색 속옷을 찢어 표시로 묶어 두었다고 한다.

요미노이케 연못으로 향하는 마을 사람들의 발소리와 숨결 냄새에 이끌려 '인간이 아닌 자'들이 몰려오면, 이 다섯 곳의 장치를 이용해 보다 요란스러운 소리를 내고, 보다 강렬한 악취를 흘려보낸다. 그렇게 '인간이 아닌 자'들을 하뉴다무라 마을 쪽으로 모이게 해 두고 그 틈에 사람들을 안전하게 도망시킨다는 계획이다.

"하타사쿠 님, 가십시오. 아버지와 사냥꾼들은 제가 맡겠습니다."

하치로베에는 다시 한번 신고의 팔을 꽉 잡았다. 그러고 나서 몸을 돌려 달려갔다.

이 장치를 확실하게 작동시키려면 폭발에 휘말리지 않도록 멀리 떨어진 곳에서 붉은 색의 작은 표시를 확실하게 쏠 수 있는 궁수가 필수다. 소에몬과 오키이치와 롯페이타.

멀리 떨어져서 화살을 쏜다고 해도, 세 사람이 위험한 다리를 건너고 있음에는 틀림이 없다. '인간이 아닌 자'들은 속속 하뉴다무라 마을로 향하고 있다.

곧 네 번째 폭발이 일어났다. 지금까지 중에서 가장 먼 것 같다. 가능한 한 '인간이 아닌 자'들을 멀어지게 해, 요미노이케 연못으로 잠수하는 사람들을 위해 시간을 벌려면 그만큼 궁수 세 명의 퇴각도 늦어질 수밖에 없다. 부소카자마류의 명수이며 화살

이 떨어지면 활 자체를 무기로 삼아 싸울 수 있을 세 사람이지만,

――괴물들의 수가 너무 많다.

덤불 속에 몸을 숨기고 있던 신고는 애간장이 타들어 가는 초조함으로 주먹을 쥐었다. 아버지는, 오키이치는, 롯페이타는 지금 어디에 있을까? 이 '인간이 아닌 자'들은 대체 어디에서 솟아 나오는 걸까?

신고 일행의 기척이 날 때까지는 계속 눈에 띄지 않는 곳에 숨어 있을까. 그것은 지혜일까, 그저 짐승과 같은 습성일까.

줄줄이 이어지는 '인간이 아닌 자'들의 대부분은 느릿느릿하고 발걸음도 불안하지만, 가끔 깜짝 놀랄 만큼 움직임이 빠른 놈도 있다. 무엇이 다른 걸까. 이렇게 많은 수의 '인간이 아닌 자'를 목격하기란 처음이자 마지막일 터라, 공포와 혐오로 얼굴을 일그러뜨리면서도 신고는 괴물들을 관찰했다.

소에몬은 '인간이 아닌 자'로 변한 직후에는 움직임이 빠른 것이 아닐까 하고 말했었다. 이렇게 몇이나 비교해서 살펴보니, 과연 총총히 걸을 수 있는 '인간이 아닌 자'는 아직 몸차림이 깔끔해 보인다.

등 뒤의 잡목림이 술렁거림을 느낀 신고가 머리를 숙이고 땅바닥에 엎드린 순간, 덤불 위 아슬아슬한 곳을 '인간이 아닌 자' 하나가 뛰어넘어 지나갔다. 순간적으로 보았을 뿐이지만 머리카락은 전부 빠지고 옷이 벗겨져 알몸인 데다 온몸의 피부가 그을린 것처럼 거무스레해져 있다. 이미 '인간이 아닌 자'가 아니라 부귀

가 되어 가는 놈이었다. 즉, 그렇게 되면 다시 느림보에서 벗어나 원숭이처럼 민첩하게 움직이게 되는 것이다.

저놈이 갔어요. 아버지, 다섯 번째 폭발은 아직이에요? 빨리 도망치세요.

들길에서는 '인간이 아닌 자'들의 모습이 사라졌다. 신고가 덤불에서 일어섰을 때 다섯 번째 폭발음이 울려 왔다. 이번에는 잡목림 너머로 흙먼지도 보였다.

신고는 그쪽을 향해 달렸다. 몸을 숙인 채 머리를 움츠리며 숨을 죽이고. 뭉게뭉게 피어오르는 흙먼지는 나무들 틈새로 이쪽까지 밀려와 신고를 감쌌다.

그때 흙먼지 속에서 큰 콧김 소리가 났다. 푸릉, 푸릉. 발을 멈춘 신고 앞으로 밤색 말 한 마리가 달려나왔다. 검은 갈기를 흐트러뜨리고 폭발음에 겁을 먹었는지 발굽으로 땅을 어수선하게 걷어차고 있다. 안장도 고삐도 등자도 없는 말이지만 통통하게 살이 쪘고 윤기도 돈다. 야마반쇼에서 도망친 말이 이 근처의 숲속에서 헤매고 있었던 걸까.

"워워! 착하지."

같은 장소에서 어정버정 발굽을 울리는 말을 진정시키기 위해 신고는 손을 뻗었다. 그러나 말이 내키지 않는다는 듯 머리를 숙이는 바람에 신고의 팔은 허공을 휘저었다. 그때 흙먼지 속에서 입을 시옷자로 구부린 아사카와 소에몬의 얼굴이 불쑥 나타났다.

신고는 저도 모르게 비명을 질렀다. 순간 아버지의 거친 손이 턱을 붙잡았다.

"소란 피우지 마라. 도망치자."

소에몬은 손에 든 활로 흙먼지를 흩었다. 등의 화살통에는 화살이 다 떨어졌다. 바로 뒤에서 쫓아온 오키이치도, 지금 활에 메겨져 있는 화살이 마지막 한 대인 것 같다.

"롯페이타는?"

신고의 물음이 끝나기도 전에 세 사람의 머리 위로 휘잉 하며 화살이 날아갔다. 곧 잡목림 어딘가에서 털썩, 쿵 하는 소리가 들렸다.

"기모이리 님, 오쓰기 님, 이쪽으로 빨리!"

롯페이타의 목소리가 나고, 목소리의 주인이 5간쯤 앞쪽에 있는 나뭇가지에서 들길로 뛰어내렸다.

"형님, 제 화살은 지금 그걸로 끝입니다."

"알았다. 먼저 가거라."

롯페이타와 오키이치는 짧은 대화를 나누고, 소에몬이 신고의 어깨를 밀었다.

"뛰어라. 롯페이타의 발치를 잘 보고 같은 곳을 밟으면서 달려야 한다."

"마, 말을 어떻게 할까요."

밤색 말은 발굽을 울리던 것을 멈추고 코를 킁킁거리며 꼬리를 크게 움직이고 있다.

"야마반쇼의 말이 아닐까요?"

"그런 것치고는 윤기가 너무 돕니다." 오키이치가 말하며 띠에 끼워 두었던 단도를 뽑았다. 무엇을 하는가 했더니 그 작은 칼날로 재빨리 말의 오른쪽 귀를 잘랐다. 피가 확 튀었다.

"좋아, 가거라. 마물에게 붙잡히지 마!"

오키이치에게 엉덩이를 얻어맞은 밤색 말이 잡목림 속으로 달려 들어갔다.

"말의 귀를 자르는 것은 마물을 막기 위해서다" 하고 소에몬이 말했다. "그리고 저 피 냄새가 우리의 냄새를 가려 주겠지."

신고 일행도 요미노이케 연못을 향해 달렸다.

연못가에 다다라 보니 마을 사람들은 벌써 열 명 정도가 저쪽으로 건너갔다. 신고는 흠뻑 젖은 고소데 자락에서 물을 뚝뚝 흘리며 하치로베에와 뭔가 이야기를 하고 있는 젊은 남자의 모습에 눈을 부릅떴다.

"교지!"

먼저 고함친 사람은 소에몬이다.

"네가 여기에서 뭘 하고 있는 게냐!"

"도우러 왔어요. 뭐 불만 있어요, 망할 아버지? 아, 망할 형도 있네."

교지가 소매를 묶고 있는 붉은 어깨끈은 아마 오마키의 것이리라.

"나만 두고 가다니. 수영이라면 내가 형보다 세 배는 더 잘하는데."

오키이치와 롯페이타는 나카노무라 마을에서 보급된 화살 묶음으로 달려들었다. 교지 말고도 연못 맞은편에서 지원하러 와준 새로운 얼굴이 있다. 초소에서 근무하는 하치로베에의 부하도 있었다.

"여기까지 왔으면, 어쨌든 전원이 도망칠 때까지 시간을 벌면 돼요. 여차하면 풀숲에 불을 지르는 방법도 있지."

다행히 마른 풀이라면 주위에 지천으로 널렸다.

"이건 도움이 되려나?"

하치로베에의 부하가 품에서 꺼낸 것은 기름종이 꾸러미, 내용물은 화약이다.

"품에 쑤셔 넣고 왔네. 어찌어찌 젖지는 않았군."

"고맙습니다, 지옥에서 부처를 만난 기분입니다."

나카노무라 마을의 남자들이 마지막 방비를 다지는 동안 하뉴다무라 마을 사람들은 차가운 연못 물로 들어갔다. 한 명, 또 한 명. 걸친 밧줄이 물속에서 움직이고 물가에서 작게 꿈틀거리며 사람의 움직임을 전해 준다.

숯장이 진베이 노인은 하뉴다무라 마을 주민들 중에서 마지막으로 잠수할 사람은 자신이라고 우겼다. 그러나 사냥꾼 쓰네키치가 그런 노인의 팔을 잡으며 말했다.

"맨 뒤는 저예요. 그 정도는 제 체면을 세워 주세요, 할아버지."

쓰네키치는 무사한 한쪽 팔로 손도끼를 쥐었다. 그 팔도 살이 내리고 뼈가 불거져, 손도끼 날이 무거운 듯이 내려가 있다.

조금만 더 힘내면 된다. 신고도 방심하지 않고 눈에 힘을 주며 귀를 기울였다.

들길 맞은편이나 덤불, 숲의 그늘에서 '인간이 아닌 자'의 흔들흔들 흔들리는 머리가 나타나 활줄이 울리고 화살이 허공을 가른다. 하나, 또 하나. 일단 멀어지게 해 시간과 거리를 벌고, 괴물들이 요미노이케 연못에 가까이 오지 못하게 한다. 꼴 좋게 됐다, 이쪽의 승리까지 이제 얼마 남지 않았다.

"형 차례야, 얼른 들어가."

어느새 연못가에 남아 있는 사람은 쓰네키치, 하치로베에, 오키이치와 롯페이타, 소에몬과 신고와 교지뿐이었다.

"하, 하나에는?"

"저쪽에서 모닥불을 피우고 있어." 교지가 코웃음을 치며 말했다. "질금거리고 있으면 이번에는 형이 혼자 남겨질걸. 그쪽에 있는 사람이랑 같이 잠수해 줘."

쓰네키치는 외팔이라 밧줄을 잡으면 물을 가를 수 없다. 누군가가 바싹 붙어 안내를 해 주지 않으면 곤란하다.

"그럼 네가 먼저 가."

"오래된 짠지처럼 쪼글쪼글해진 주제에 뭘 센 척하는 거야."

신고는 당황했다. 내가 그렇게 지친 얼굴을 하고 있나.

두 사람의 대화에 웃음을 띠고 있던 롯페이타가 갑자기 진지한 얼굴로 돌아와 중얼거렸다. "냄새가 나요."

신고의 코에는 아직 아무런 냄새도 나지 않는다. 하지만 오키이치도 긴장하고 있다. 어지간한 소에몬도 어깨에서 등까지 쌓인 피로의 빛을 숨기지 못하고 있었지만, 오키이치의 움직임에 맞추어 몸을 똑바로 펴고는 화살통의 화살을 한 대 뽑았다.

"무슨 냄새가 나는지 모르겠지만."

교지가 검지를 가볍게 핥아 바람에 댔다.

"하타사쿠 님, 연못 반대쪽으로 돌아가는 편이 좋겠는데요. 바람의 방향이 바뀐 걸까요."

그렇게 말하며 교지는 새끼 사슴처럼 총총 뛰어 연못가를 돌아다녔다. 혼자 움직이지 마라, 멋대로 장소를 옮기지 마라. 모두가 그렇게 말하려고 했지만, 누구의 목소리도 미처 말이 되어 밖으로 나가지 못했다.

사락, 사라락.

연못 맞은편 기슭에는 물가까지 키 큰 갈대가 우거져 있다. 반쯤은 시들어 듬성듬성한 갈대 군락이지만, 정오를 한참 지나 그쪽은 해가 기울고 시야가 나빠져 있었다.

그 그늘 속에서 지저분한 팔이 나타나 교지의 어깨를 움켜잡는가 싶더니 '인간이 아닌 자'의 얼굴이 나타났다. 입을 크게 벌려 교지의 목을 옆에서 물어뜯으려 하고 있다.

멈칫하던 교지가 우옷 하고 소리를 지르며 '인간이 아닌 자'를 뿌리치고 연못으로 뛰어들었다. 방금 전까지 교지가 있던 곳으로 교지를 놓친 '인간이 아닌 자'가 비틀거리며 나왔다. 순식간에 그 얼굴에 한 대, 두 대 화살이 꽂힌다. 화살의 기세에 밀려 '인간이 아닌 자'는 하늘을 향해 털썩 쓰러졌다.

교지가 연못 물을 헤치며 이쪽으로 돌아온다. 신고는 첨벙첨벙 물을 밟으며 손을 뻗다가, 보았다. 쓰러진 '인간이 아닌 자'를 밟고 두 번째가 나타나는 것을.

무사 '인간이 아닌 자'였다. 이마에서 머리 중앙까지를 밀었고, 도마루 갑옷胴丸鎧 보병용 갑옷의 일종으로, 통처럼 몸을 감싸고 등에서 끌어당겨 묶었다. 무게가 가벼워 활동하기 편한 것이 장점을 걸친 채 손등싸개를 하고 있다. 줄무늬가 있는 면으로 된 노바카마옷자락에 넓게 테두리를 댄 무사들의 여행용 바지는 옆이 크게 잘려, 틈새로 다리가 엿보였다.

무참하고 우습게도, 두 자루의 칼은 아직 허리에 제대로 차고 있다. 그러나 이 '인간이 아닌 자'는 양손을 들고 이쪽을 위협하듯이 괴성을 지르더니 펄쩍 뛰어올라 달리기 시작했다. 연못 가장자리를 돌아온다.

"기운이 넘치는 놈이군."

오키이치가 말하며 화살을 조준한다. 무사 '인간이 아닌 자'는 화살을 피해 재빨리 몸을 숙이고, 그대로 엎드리더니 그르렁거리며 침을 흘렸다.

"롯페이타, 위험해!"

연못에서 일어서자마자 교지가 외쳤다. 오키이치 바로 옆에 붙어 있는 롯페이타의 어깨 뒤로, 갑자기 세 번째 '인간이 아닌 자'가 나타난 것이다. 소리도 없이, 믿을 수 없는 속도로.

순간 쪼그려 앉은 롯페이타가 손에 들고 있던 활의 본체로 그

'인간이 아닌 자'의 발을 걸어 넘어뜨리면서 옆으로 굴렀다. 발이 걸린 '인간이 아닌 자'는 고함을 지르며 머리에서부터 소에몬의 발치로 고꾸라졌지만, 뱀이 머리를 쳐들듯이 입부터 일어나 소에몬의 발목을 물어뜯으려고 했다. 거리가 너무 가까워 화살을 쏠지, 활로 칠지 소에몬은 망설였다.

그 틈에 '인간이 아닌 자'가 이빨을 드러냈다. 아버지가 물린다! 신고의 눈앞에서 시간이 멈추었다.

소에몬의 발치에 다른 누군가가 몸을 내던져 '인간이 아닌 자'와의 사이에 끼어들었다. '인간이 아닌 자'의 이빨 앞에 자신의 몸을 내민 것이나 마찬가지였다.

쓰네키치였다.

'인간이 아닌 자'는 그의 왼쪽 어깨를 물더니 이빨을 와구와구 세우면서 더욱 크게 입을 벌렸다. 마치 쓰네키치를 통째로 삼키려고 하는 것 같다.

"마, 마쓰키치예요." 쓰네키치가 아픔을 참는 기색으로 말하며 신고 일행의 얼굴을 올려다보았다. 그 눈이 웃고 있다.

"이놈이 제 동생입니다. 찾았어요."

그러더니 남아 있는 오른팔로 자신을 물어뜯고 있는 '인간이 아닌 자'의 머리를 쓰다듬어 준다.

그러고 보니 이 '인간이 아닌 자'는 산을 돌아다니는 사냥꾼의 옷차림이고, 허리에 사냥감을 매다는 갈고리 밧줄을 감고 있다. 아무도 어떤 말도 하지 못했다.

"다행이다. 같이 갈 수 있겠구나, 마쓰키치."

쓰네키치는 다정하게 말하며 오른손으로 동생의 머리를 움켜쥐더니 아무렇게나 크게 비틀었다. 목뼈가 부러지는 소리가 났다.

무사 '인간이 아닌 자'는 오키이치의 화살을 피해 하치로베에에게 달려들려고 입술을 핥고 있다. 동그라미에 삼나무 잎이 있는 문장紋章을 새긴 도마루 갑옷에 진흙과 피가 튀어 흩어져 있었다.

"그대가 길을 잃었다는 그 말의 주인인가" 하고 하치로베에는 말을 걸었다. "말은 부귀도 '인간이 아닌 자'도 노리지 않는 모양이군. 적어도 이 땅에서 애마가 편안하게 살아남을 수 있도록 주인으로서 기도해 주어라."

무사 '인간이 아닌 자'는 도약했다. 대략 2간 정도의 거리를 단숨에 좁히는, 괴물도 짐승도 아닌 무예자의 몸짓이었다.

하치로베에는 냉정했다. 달려드는 '인간이 아닌 자'를 향해 소도를 뽑더니 한 번 휘둘러 그 목을 베고는, 자신은 빙글 몸을 돌려 물가로 떨어지는 '인간이 아닌 자'의 몸통을 피했다.

"저는 마을로 돌아가겠습니다. 죄송하지만 동생을 어깨에 좀 실어 주십시오."

쓰네키치가 말하며 일어섰다.

"이렇게 되면 저는 그쪽으로는 갈 수 없어요. 마쓰키치와 함께 있겠습니다."

소에몬과 롯페이타가 힘을 합쳐 쓰네키치의 굽은 등에 동생의 몸을 실어 주었다.

"하타사쿠 님" 하며 쓰네키치는 하치로베에를 보았다.

"왜 그러나."

"연못 저편으로 도망칠 수밖에 없다는 당신의 생각은 옳았어요. 그 무사의 도마루 갑옷에 새겨져 있는 동그라미에 삼나무 잎은, 기노 번의 문장입니다."

기노 번. 이웃 번이다. 이 부근은 국경이 가깝고 관문도 있다고 들었다.

"'인간이 아닌 자'의 지옥은, 이제 이 영지 내만이 아닌 거지요. 마을 사람들을 부탁합니다."

그리고 쓰네키치는 떠나갔다. 비틀거리면서 가끔 멈추어 서서 동생의 몸을 다시 짊어지며 흙먼지가 춤추는 들길 저편으로, 하뉴다무라 마을로.

입동이 지난 오후의 해가 붉다. 그 해가 땅바닥에 새기는 나카노무라 마을 남자들의 그림자는 짧아서 마치 말뚝이 늘어서 있는 것처럼 보였다.

이 재앙을 여기에서 막는 말뚝이다.

*

"요미노이케潢川ノ池 연못으로 잠수해 요미노이케夜見ノ池 연못으로 떠오르자, 부끄러운 일이지만 저는 힘이 빠져서 자력으로는 물에서 올라갈 수가 없었습니다."

나카노무라 마을 쪽에서는 마을의 모든 남자들이 기다리고 있고, 마을의 모든 여자들이 일하고 있었다.

"고야타가 저를 간호하며 이쪽의 상황을 이것저것 이야기해 주었습니다. 저도 고야타에게 연못 저편에서 무슨 일이 있었는지 들려주었지요. 지금 빨리 정리해서 이야기해 두지 않으면 곧 잊어버릴지도 모르겠다는 기분이 들어서 몹시 서둘러 기억을 쏟아 냈습니다."

너무나도 엉뚱하고 믿기 힘든 일이었기 때문에 나카노무라 마을로 돌아와 진정이 되고 나니 왠지 나쁜 꿈을 꾸었던 것 같은 기분이 들었다고 한다.

"아아, 그렇군요. 그래서 꿈이 그렇듯이, 하뉴다무라 마을의 일도 머릿속에서 사라져 버릴지 모른다고 생각하신 거군요."

그러나 실제로 그런 일은 없었다. 오히려 신고는 꽤 오랜 세월, 부귀와 '인간이 아닌 자'의 악몽에 시달렸다.

"저와 하나요는 마치 처음부터 약혼자였던 것처럼 부부가 되었습니다만 제가 자주 악몽을 꾸고 가위에 눌려서 꽤 걱정을 시키고 말았지요."

흑백의 방에서 이야기를 계속하는 아사카와 신고의 팔에 기대어, 아내 하나요는 어느 사이엔가 꾸벅꾸벅 졸고 있다. 나이에 어울리는 주름도 있고 검버섯도 있고 살날이 얼마 남지 않아 야윈 얼굴이지만 소녀처럼 무구하고 아름답다.

"제일 처음에 말씀드렸다시피 우도노쇼에서는 닥나무밭과 종이 뜨기라는 생계의 길이 있고 일손은 아무리 많아도 부족할 정도였기 때문에 하뉴다무라 마을의 사람들은 모두 그 길을 택해 일했습니다."

소에몬은 약속한 대로 모든 사람들을 그대로 품어 보살폈다. 하뉴다무라 마을에서 온 사람 중에서는 열심히 종이 뜨는 일에 전념하며 실력을 키워 풍요로운 삶을 얻은 자도 있다고 한다.

"아내는 종이 뜨는 일이 중노동이라는 사실에 놀랐지만, 정말로 괴롭고 슬펐던 대목은 일하는 것이 아니었습니다. 제게는 약한 소리를 하지 않았지만, 나중에 사이가 좋아지고 동서 사이가 된 오마키에게는 털어놓을 때가 있었던 모양입니다."

——규이치 씨의 가족에게 미안해요.

"아아……."

도미지로는 그 이름을 떠올렸다. 저쪽에서 이쪽으로 흘러든 하나에의 아버지에게 물려, 이쪽에서는 단 한 명 목숨을 잃고 만 불운한 남자다.

"그렇다 해도 하뉴다무라 마을 사람들이 순조롭게 우도노쇼에 정착할 수 있었던 모양이라 기쁘네요. 이쪽에 계시는 것이 자비로운 영주님이라 다행입니다."

이야기는 마지막으로 향하고 있다. 대단원을 앞두고 도미지로도 호흡을 가다듬었다.

"예. 다만 처음에 말씀드렸던 대로 모두들 이쪽에서는 점점 몸이 약해져서."

뚜렷한 병은 아니다. 그저 왠지 모르게 생기가 사라져 간다.

"진베이 할아버지는 이쪽에서 1년밖에 살지 못했습니다. 수명이 다한 거라며 본인은 웃었지만, 건강했던 몸이 급격하게 약해지고 눈이 보이지 않게 된 게 나이 탓만은 아니었으리라 생각합니다."

구자키 번과 에자키 번은 무언가가 달랐다. 그 무언가가 몸에 지장을 주어 하뉴다무라 마을에서 나카노무라 마을로 도망친 사람들은 빗의 이가 빠지듯이 수가 줄어 갔다.

"가장 어렸던 다요는 하뉴다무라 마을에 대해 기억도 하지 못했겠지만, 열여섯의 나이로 죽고 말았습니다."

이야기하는 아사카와 신고의 목소리가 괴로운 듯이 가늘어진다.

"하뉴다무라 마을 사람들의 절반 정도는 이쪽으로 오고 나서 이름을 바꾸거나, 머리를 깎고 한번 대머리가 되었다가 다시 기르거나, 당시의 우도노쇼에서는 꽤 드문 일이었지만 마를 쫓는 조각을 만드는 등, 저쪽과 이쪽의 구분을 두려고 했습니다."

에자키 번 영지민으로서의 인생은 끝났다. 모두 한 번 죽은 셈이나 마찬가지다. 그리고 구자키 번 우도노쇼에서 다시 태어났다.

"그렇군요, 이름을 바꾼 분도 있다고요" 하고 도미지로는 말했다. "이야기를 중간에 자르는 것 같고 제가 잘못 들었나 싶어 말씀 드리지 못하고 있었는데, 하나요 씨도 이름을 바꾸셨는지요?"

옛날이야기 속에서는 '하나에'라고 불렸다.

"오오, 이거…… 먼저 말씀드렸어야 했는데."

신고는 놀라 눈을 깜박거리고 있었다.

"참으로 실례했습니다. 말씀하신 대로, 아내도 하나에에서 하나요로 이름을 바꾸었습니다."

매끄럽게 바뀐 것은 아니었다고 한다.

"하나에라는 이름은 아버지가 지어 주신 거라며 본인은 바꾸고 싶어 하지 않았지만 어머니는 바꾸라고 권하셨지요."

곤란해진 하나에가 상의해 와, 신고는 열심히 지혜를 쥐어짜서 한자로도 히라가나로도 소리로도 한 글자만 다른 '하나요'가 어떻겠냐며 권했다고 한다.

"좋은 생각인 것 같습니다."

"그럴까요."

재빠르게 되받아치듯이 신고는 물었다. 도미지로는 급히 말을 삼키고 말았다.

"지금에 와서는 후회하고 있습니다. 더 결단력 있게 하나에와는 소리도 글씨도 완전히 다른 이름을 주었으면 좋았을 텐데. 아내가 하뉴다무라 마을에도, 가족을 지키기 위해 '인간이 아닌 자'로 변해 버린 아버지의 추억에도 붙들리지 않도록."

큰맘 먹고 이름을 완전히 바꾸었다면 하나에의 몸이 약해지는 일도, 눈이 빛을 잃는 일도 없지 않았을까.

"푸념이지요."

신고가 고개를 떨어뜨린다. 당사자인 하나요는 대답하지 않았다. 남편의 팔 안에서 졸고 있다. 무언가 꿈을 꾸고 있는지, 감은 눈꺼풀이 희미하게 떨린다.

"하뉴다무라 마을 분들 중 누군가에게 이 일을 물어보신 적은 있으십니까."

도미지로는 온화하게 물었다.

"이쪽으로 와도 오래 살지 못할 바에는 하뉴다무라 마을에 있는 편이 나았다고, 그런 푸념을 늘어놓는 사람은 없었습니까?"

작게 한숨을 쉬고, 신고는 시선을 들었다. "아내와 아내의 어머니를 포함해서 하뉴다무라 마을의 누구에게도 그런 불평을 들은 적은 없습니다."

아무도 열세 명의 나카노무라 마을 남자들을 탓하지는 않았다. 하뉴다무라 마을 사람들이 자신들의 결단을 후회하는 일도 없었다.

"돌이켜보면 그쪽에서는 '인간이 아닌 자'의 재앙이 없었다고 해도 연공 징수에 쫓기고 있었지요. 그것만으로도 이쪽으로 도산해 오기를 잘했다며."

괴물과 나쁜 정치, 사람의 목숨을 뿌리째 베어 내는 것으로는 똑같은 해악이다.

"다시 말해, 그분들은 둘 중 하나를 골라야 하는 결단에서 옳은 쪽을 고르신 겁니다."

신고 자신도 처음에 말했다. 한정된 시간이라도 함께 마음 편히 살 수 있어서 다행이라고. 그래도 아내를 잃는다고 생각하면 마음이 천 갈래 만 갈래로 찢어지는 것 또한 인지상정이다.

서로 사랑하는 부부의 모습이 눈부시다. 이 얼마나 드물고 강한 인연으로 맺어진 두 사람인가.

부럽다……는 마음을 탐욕스럽게 얼굴에 드러내지 않으려고 허둥지둥 코 밑을 북북 문지르며,

"결점이 있는 인물이지만 저는 가도야 몬자에몬 씨를 싫어할 수가 없네요" 하고 도미지로는 말했다. "정말로 큰 마을로 나가 돈놀이로 집안을 세웠나요?"

아사카와 신고의 눈이 밝아졌다. "예, 그 양반은 정말로 해냈습니다. 저쪽에서 건너온 사람들 중에서는 지금도 가장 건강합니다. 귀가 어두워져 버려서 늘 큰 소리로 옛날이야기만 하는 할아버지가 되었지요."

끈질긴 돈놀이꾼에게 복이 있기를.

"구자키 번의 가신들이 이 일화를 믿고 널리 전하던가요?"

"예. 당시 영주님의 하명으로 영지 내의 늪이나 연못을 전부 조사하게 되었을 정도니까요."

구자키 번 7대 번주 가몬 태수 아노 미쓰요시는 관용이 있을 뿐만 아니라 영명하기도 했던 것이다.

"다만 나카노무라 마을의 요미노이케夜見ノ池 연못도 수영을 잘하는 가신 몇 분이 다시 한번 잠수해 조사하셨는데……."

아무도 요미노이케潢川ノ池 연못 쪽에 다다를 수 없었다. 몇 번을 시험하고 탐색해도 요미노이케夜見ノ池 연못의 깊은 곳에는 바위벽이 버티고 있을 뿐이었다고 한다.

"그러고 보니 제가 하나에의 뒤를 따라 처음으로 저쪽까지 잠수해 가는 도중에 온몸이 뭉개지는 듯한 압을 느낀 부분이 있었습니다. 그때 저쪽으로 통하는 길을 뚫었던 것인지도 모릅니다."

그 '길'은 항상 열려 있는 상태가 아니라는 뜻일까. 어쩌면 에자키 번 쪽에서 '인간이 아닌 자'의 재앙이 일어났을 때만 유일한 탈출로로 열리는 게 아닐까.

도망치는 자들과 도우려는 자들의 아슬아슬한 해후를 위해.

"지금도 영지 내에서는 몇 군데 연못에 보초가 세워져 있지만 그런 일은 두 번 다시 일어나지 않았다고 들었습니다."

하뉴다무라 마을은, 에자키 번은 어떻게 되었을까. 지옥 같은 광경 그대로 이 세상에 존재할까. 알 수 없다. 알 길이 전혀 없는 것은 아니겠지만,

"굳이 어딘가의 연못에 잠수해서 에자키 번을 찾아내려는 용감한 사람도 지금은 더 이상 없습니다."

그것은 금기가 되고 봉인되었다. 연못의 보초가 수면을 노려보며 과거가 돌아오지 않도록 감시하고 있다.

"오늘 제가 이곳에 온 까닭도 이 자리의 이야기는 결코 밖에는 새어나가지 않는다는 평판을 믿었기 때문입니다."

도미지로는 딱 잘라 말했다. "예, 분명하게 약속드립니다. 안심

하십시오."

둘이서 얼굴을 마주 보며 서로 고개를 끄덕였다.

"제 과거도 이제는 그야말로 다 지난 일이 되었습니다만."

아사카와 신고 안의, 괴물의 재앙에 관한 무서운 기억은 엷어졌다. 사랑하는 아내의 목숨이 등불처럼 쉽게 꺼질지도 모른다는 점이 마음에 걸릴 뿐이다. 그리고 한 가지 더, 지금도 그립게 떠올리는 일화가 있다고 한다.

"다름 아닌 하타사쿠 님의 일입니다."

하치로베에도 이미 저세상 사람이 되었는데,

"시종일관 냉정하게 일을 처리하고 무엇을 두려워하거나 쉽게 굽히지 않으며 결코 평상심을 잃지 않는 것처럼 보이던 그분이, 당시에 딱 한 번 손의 떨림을 억누르지 못하고 식은땀으로 흠뻑 젖은 적이 있지요……."

흠, 그런 일이. 이쪽도 앉은 자세를 바로 하고 말 정도로 궁금한 대목이다.

"어떤 때였습니까?"

"이 믿기 어렵고 기막힌 일의 사정을 성에 알리는 경위서를 쓰실 때에."

——이 문서 한 마디 한 구절에, 나카노무라 마을과 하뉴다무라 마을 사람들의 목숨이 걸려 있네.

내 말로 영주님의 마음을 움직이고 믿음을 얻지 못한다면 모든 것이 수포로 돌아간다. 그 생각을 하면 붓끝이 떨려 글씨를 쓸 수가 없다.

“문서의 맺음말, ‘삼가 이와 같이 아뢰옵니다’라는 문장 위에 땀이 떨어져 버려서 두 번이나 새로 썼다고, 훗날 면목없다는 듯이 말씀하셨습니다.”

아아, 그랬구나. 이것이야말로 진정한 무사의 모습이 아닐지.

아사카와 부부를 전송한 후, 도미지로는 곧 이 이야기의 그림을 어떻게 할지 생각하기 시작했다.

이번에는 그리고 싶은 주제도, 그림이 될 만한 장면도 많이 있다. 듣고 버리기 위해서는 한 장만 그리면 되지만 그것으로는 부족할 정도로 여러 가지 그림이 마음에 떠올랐다.

흑백의 방에 틀어박혀 차례차례 밑그림을 그렸다. 첫째 날은 우도노쇼의 완만한 언덕과 개울, 나카노무라 마을의 아사카와 저택, 간평 관리의 초소로 이어지는 오솔길. 신고와 고야타, 건방진 동생 교지. 우선 익사자를, 다음에는 하나에라는 소녀를 토해 낸 요미노이케 연못과, 그것을 둘러싼 잡목림. 젖은 머리카락의 하나에와 처음 만난 순간의 신고. 하녀 오마키와 불운한 규이치.

둘째 날에는 드디어 ‘인간이 아닌 자’를 그렸다. 맨 처음으로 붓을 댄 것은 하나에의 아버지다. 산지기 관리 ‘인간이 아닌 자’에게 쫓기다 끝내 진퇴양난에 빠진 찰나, 적어도 한 번은 반격하려고 다짜고짜 괴물을 물어뜯고 말았다는.

가족을 생각하고 마을 사람들을 지키려는 강한 마음으로 한 일이다. 하지만 슬프게도 그만한 인물조차 '인간이 아닌 자'에게 물려 버리면 동류가 되고 만다. 그것이 이 재앙의 가장 무서운 점이라고 도미지로는 생각한다.

가죽 갑옷을 걸친 산지기 관리. 행상인, 여관이나 도이야바에서 일하는 사람들. 모두 '인간이 아닌 자'로 변해 버리면 똑같이 괴물로 전락한다.

불도에 귀의한 승려조차 예외는 아니다. 원승사의 주지승이 '인간이 아닌 자'로 변한 후의 모습을 상상하면 도미지로의 마음도 불안으로 흐트러진다. 이 세상의 화가 중에서 이런 걸 그림의 주제로 받을 수 있는 사람이 얼마나 될까.

끈질긴 돈놀이꾼 가도야 몬자에몬과 주지승의 술래잡기는 비참함과 동시에 익살스럽다. 그런 기회를 얻을 일은 결코 없겠지만, 만일 몬자에몬을 만날 수 있다면 본인의 입으로 자세히 들어 보고 싶다. 주지승에게 쫓겨 도망쳐 다니는 동안에는 눈물도 흘렸겠지. 하지만 웃음도 치밀어오르지 않았을까. 그러면서도 이 세상에는 신도 부처도 없다는 생각에 원망스럽고 화가 나서 견딜 수 없었으리라.

셋째 날에는 나카노무라 마을 열세 명의 남자들을 그리기 시작했다. 가장 매력적이면서도 어려운 사람은 역시 하타사쿠 하치로베에지만, 아사카와 저택의 당주이자 기모이리인 아사카와 소에몬도 그리기 어려운 맛이 있다. 괴물을 상대로 직접 무기를 들고 싸우고 후위대까지 맡는 기모이리 아버지라니, 이 또한 세상에 두 명 있을 것 같지 않다. 산을 헤치고 다니는 사냥꾼이자 부소카자마류라는 강력한 궁술을 쓰는 오키이치와 롯페이타도 그리고 싶은데, 그들의 들개처럼 민첩한 움직임은 어떻게 표현해야 할까.

하뉴다무라 마을 노노스케의 한심한 겁쟁이 같은 모습이나, 최연장자 진베이가 중요한 순간에 던진 말의 무게, 첫 번째 곳간에 모인 마을 사람들의 여러 가지 생각과 바람. 아아, 부귀 떼를 지나쳐 보내기 위해 모두 함께 숨을 죽이고 지냈던 밤, 공포로 물든 어둠의 색깔도 잊어서는 안 된다.

이상의 내용을 간소한 묵화로 표현하기란 쉽지 않은 데다, 결정적으로 도미지로의 기량이 부족하다. 스스로도 잘 아는 터라 답답하고 분해서 그날 밤에는 잠들 수가 없었다.

이튿날 아침, 세수를 하면서 결심했다.

——역시, 사랑 이야기의 한 장면으로 하자.

그렇다면 신고와 하나에의 만남이지만, 동생 교지와 하녀 오마키도 그리고 싶은 마음을 자극하는 조합이다. 동서 사이가 된 하나요와 오마키의 모습도 그림이 될 것 같다. 오마키가 하나요에게 종이 뜨는 방법을 가르치는 장면이라든가, 지게를 지고 어깨를 나란히 하며 닥나무밭의 두렁길을 걷고 있는 모습이라든가. 그 길의 앞쪽으로 신고와 교지 형제가 서 있는 장면을 넣으면 어떨까.

좋지 않은가! 두렁길은 두 쌍의 젊은 부부가 그 행복을 붙잡기까지의 고난을 나타내기 위해 심상치 않은 모습으로 그리자. 해골이 얼굴을 내밀고 있거나, 사람의 팔 같은 모양을 한 나무뿌리가 꿈틀거리고 있거나——.

스스로 생각해도 오싹할 정도로 좋다. 흥이 난다. 이번에는 한 장으로 모자랄지도 모른다. 왜냐하면 부귀도 꼭 그리고 싶으니까. 이 젊은 부부들과 같은 구도 속에는 넣을 수 없으니 나누어야 한다.

——차라리 연작으로 그려 버릴까.

누군가에게 보여 주기 위해서가 아니다. 그저 마음의 흥분을 가라앉히기 위해, 화가로서의 마음도 충분히 발현하기 위해서다. 아무리 수고를 들여도, 무엇 하나 지장이 생기지 않는다.

게다가 이번을 마지막으로 특이한 괴담 자리는 잠시 쉬게 된다. 오치카가 무사히 아기를 낳고 여러 가지 일이 정리될 때까지는 그렇게 하기로 아버지 이헤에와 이야기했다. 게다가 어머니 오타미의 희망이기도 하니 도미지로 역시 거스를 마음은 털끝만큼도 없다.

하지만 솔직히 말하자면 조금 쓸쓸하다. 아니, 매우 쓸쓸하고, 무료하고 재미없다. 핥아도 핥아도 작아지지 않는 알사탕을 맛보는 것처럼.

좋아, 어쨌든 두 쌍의 젊은 부부부터 시작하자.

——닥나무는 어떤 식물일까.

키가 큰 나무일까 관목일까, 잎은 길쭉할까 둥글까. 가지고 있는 견본책을 뒤집어 찾고 있는데 머리 위쪽에서 헛기침 소리가 들렸다.

행수 중 누군가일까, 대행수 야소스케일까. 그러고 보니 오늘 아침, 누군가 크게 재채기를 하지 않았던가?

"지금은 손을 뗄 수가 없어. 급한 용건인가?"

견본책에 코를 처박은 채 물었을 때 뜻밖의 대답이 돌아왔다.

"다녀왔다."

어? 도미지로는 얼굴을 들었다.

흑백의 방 출입구에 형 이이치로가 훌쩍 서 있었다. 이발소에 다녀온 참인지, 가늘고 세련되게 다듬은 이초마게에도 시대에 가장 일반적이었던 남자의 머리 모양에, 도미지로는 본 적이 없는 화려한 용 무늬 그림의 하오리. 새로 지은 것 같다.

"다녀왔다고 했다."

이이치로는 방 안으로 들어왔다. 펼친 채 엎어 둔 견본책이나 쌓아 둔 커다란 희화戱画 책을 밟지 않도록 피해, 비어 있는 도코노마 앞에서 고소데 자락을 걷으며 앉았다.

"돌아왔어."

이이치로는 말했다. 머릿기름의 좋은 냄새가 난다.

"어, 어서 오세요" 하고 도미지로는 말했다. "일찍 왔네요. 세밑 대청소를 할 무렵까지는 히시야에 있을 줄 알았는데."

"돌아오기로 결정했으면 빨리 오는 편이 낫지. 멀리 가 있었던 것도 아니고 짐은 보자기 하나뿐이니까."

잘생기고 수완 좋고 영리한 데다 마음씨까지 착해서 누구에게도 미움을 사지 않는다. 어린아이나 개, 고양이에게도 사랑받고, 물론 여자에게도 매우 인기가 좋지만 그것으로 우쭐댄 적은 한 번도 없다. 하나부터 열까지 나무랄 데가 없는 형 이이치로는 말도 잘해서 짜증난다.

"미안, 마중을 못 나가서."

"신경 쓰지 마라. 꽤 열중해 있었던 모양이구나. 콧등에 먼지가 묻었어."

도미지로는 당황하여 얼굴을 문질렀다. 이이치로가 가까이 있던 희화 책을 집어 들어 팔락팔락 넘기며 대충 보더니 말했다.

"이런, 효탄코도 것이로군."

뒤표지에 도장이 찍혀 있는 것이다.

"간이치가 마련해 줬어요."

"최근 오치카에게 문병을 갔니? 이제 산달이 되었으려나. 나는 지금부터 얼굴을 보러 갈 생각인데, 같이 가면 어떻겠니."

평소 같으면 덥석 달려들 유혹이지만 도미지로는 천천히 고개를 저었다.

"오늘은 관둘래요. 지금 이런 상황이라."

그러고는 어질러진 흑백의 방 안을 둘러보며 덧붙였다.

"꼭 그리고 싶은 그림이 몇 개나 머리에 떠오른 참이거든요. 그 구도를 안은 채로 오치카 옆에 가는 건 좋지 않을 듯해요."

이이치로는 희미하게 얼굴을 찌푸렸다. "그건, 특이한 괴담 자리의 그림이기 때문이냐?"

"응. 길하지 않은 구도도 있으니까요."

이이치로의 눈빛이 잠깐 동안 무섭게 변하더니 이내 누그러졌다.

"취미도 좋지만 이렇게 내가 돌아온 이상 앞으로는 너도 내 손발이 되어서 일해 줘야 한다. 특이한 괴담 자리는 당분간 쉴 거라고 아버지한테 들었어."

"오치카의 출산이 무사히 끝날 때까지는 안 하기로 약속했어요. 건강한 아기의 얼굴을 보면 다시 시작할 거예요."

또 다시 잠깐 이이치로의 얼굴이 가면을 쓴 듯 딱딱하게 굳었다.

도미지로는 거기에서 형의 의견을 읽어 냈다. 꾸물꾸물 계속하지 말고 차라리 여기에서 접어 버려. 괴담 자리 놀이라면, 바깥에서 호사가들의 모임이 얼마든지 있지 않니——.

도미지로는 말했다. "형님, 좀 야위었네요."

이이치로는 당황했다. "그래?"

"뺨이 홀쭉해졌어요. 힘들었나 봐요."

오카쓰가 가르쳐 주었다. 이이치로의 복잡해진 혼담에 대해서. 그 때문에 결국은 좋아하는 처자를 포기해야 했다. 이이치로의 사랑은 이루어지지 않은 것이다.

지금까지의 인생에서 미세한 상처 하나 없었던 이이치로라는 구슬에 작지만 깊은 금이 생겼다. 이러고 있으니 그 금이 잘 보인다. 도미지로는 가슴이 아팠다.

"나 같은 건…… 형님한테 조언 따위를 할 수 있는 지혜도 경험도 없지만."

형과 마주하면 저도 모르게 말투가 어려지고 마는 도미지로다.

"다만, 이 흑백의 방에서 배운 거라면 말할 수 있어요."

"호오" 하고 이이치로는 한쪽 눈썹을 치켜올렸다. "어떤 고견이냐?"

도미지로는 말했다. "이어질 인연이라면 어떤 어려움도 뛰어넘어서 이어질 거예요."

아사카와 신고와 하나에처럼.

"그러니까 이어지지 않은 건 인연이 없었던 거예요. 아무도 잘못하지 않았어요. 그뿐이에요."

이이치로는 아무 말도 하지 않았다. 도미지로도 말없이 기다렸다. 내심 식은땀을 흘리며.

도미지로의 배에서 꼬르륵 소리가 났다.

유쾌한 듯 한바탕 웃음을 터뜨린 이이치로가 자리에서 가볍게 일어섰다. "오치카의 얼굴을 보고 오마."

도미지로는 혼자 흑백의 방에 남았다. 그림을 그리고 있으면 배가 고프다. 오치카도 배 속 아기도 배가 고프겠지. 좋아, 이걸 그리고 나면 쌀과자를 들고 만나러 갈까.

편집자 후기

미시마야 변조괴담 시리즈 제8탄에는 세 개의 에피소드가 실려 있습니다. 누나를 구하기 위해 등에의 저주를 받고 오직 신만이 출입할 수 있는 '이세계異世界 도박장'으로 끌려간 소년의 이야기, 대를 이어 나룻배 사공 일을 해오던 오누이가 질냄비 속에서 나타난 정체불명의 존재와 맞닥뜨린 이후로 각각 사랑에 빠지거나 두려움에 사로잡히는 이야기, 그리고 죽여도 죽지 않는 '인간이 아닌 자'들에 관한 이야기. 이중에서도 압권인 것은 역시 표제작 「삼가 이와 같이 아뢰옵니다」겠지요. 처음 원고를 마주했을 때, 미야베 미유키의 좀비물이라니 (상당히 늦은 감이 있지만) 이제야 나와 주었구나! 싶은 기분으로 교정교열은 뒷전에 둔 채 완전히 푹 빠져서 읽고 말았네요.

좀비zombie라는 말은 신적인 힘을 지닌 존재를 뜻하는 콩고 말(nzambi)에서 유래되었습니다. 이 단어는 부두교와 자주 연결되었는데 부두교의 사제인 보코가 인간에게서 영혼을 뽑아내 노예로 부렸다고 알려져 있지요. '되살아난 시체'라는 의미로 널리 쓰이기 시작한 건 조지 로메로 감독의 〈살아 있는 시체들의 밤〉(1968)부터입니다. 이 영화는 공전의 히트를 기록하며 미국에서 호러 붐을 일으켰는데 이러한 현상은 당시 미국이 베트남에서 무차별적으로 행하던 대량 살육을 함의하고 있습니다. 또한 '세계경찰'을 자임하며 타국의 전쟁에 개입했지만, 실상은 인종차별이나 성차별 같은 자국 내부의 문제조차 해결하지 못하는 모순에 부딪혔고 이것이 호러(좀비)물과 같은 문화적 현상으로 표출되었다는 견해도 있지요.

미국의 호러 붐은 포스트 냉전시대를 맞이할 즈음 버블 붕괴 후의 일본으로 건너옵니다. 『호러국가 일본』에서 다카하시 도시오 교수가 지적한 것처럼 불황으로 인한 빈부격차의 확대, 회복 가능성이 보이지 않는 경제 상황과 맞물려 일본에서도 각종 호러 영화와 좀비 소설이 점차 인기를 얻기 시작한 거죠. 그리고 연달아 터진 어마어마한 사건(한신 대지진, 옴진리교 등)으로 "향후 10년 동안 새로운 이야기 같은 건 만들어지지 않을 것"이라 평가되던 1990년대 중반 무렵 일본 사회의 내부적 붕괴를 다루면서 '호러물의 풍요로운 10년'을 활짝 열어젖힌 작가들(기시 유스케, 기리노 나쓰오, 오노 후유미)이 등장합니다.

이중에서 오노 후유미의 『시귀』(1998)는 6,000매가 넘는 대작으로 일본을 대표하는 장편 좀비물이라고 하겠습니다. 이 작품이 출간되었을 당시 미야베 미유키는 『시귀』를 스티븐 킹의 걸작 『살렘스 롯』과 비교하며 다음과 같은 글을 쓴 바 있습니다. "빛과 암흑이 선명하게 경계선을 긋고 있는 『살렘스 롯』과 달리 『시귀』에는 '빛 같은 신'이라 할 만한 존재가 없습니다. 대신 죽은 자가 다시 부활하는 이상한 현상과 싸우며 붕괴하는 마을을 구하기 위해 사람들이 의지할 수 있는 것은 단 하나, '인간의 양심'뿐이라는 메시지가 있지요. 『시귀』는 '승리 확률이 적다고 해도 외부의 적인 좀비와 용감하게 싸운다'라는 미국식 전개를 보이는 『살렘스 롯』과는 다른 소설입니다. 9.11 테러 발생 이후, 전 세계의 적과 용감하게 싸우는 일에만 매진하는 미국을 보면서 저는 『시귀』라는 작품이 나올 수 있었던 일본이라는 나라의 현 상황과 문화는—그 나약함까지 포함해서—어쩌면 귀중한 것일지도 모른다는 생각이 들었습니다."

미야베 미유키는 '시귀'를 '일본이라는 나라가 만들어낸 불가사의한 존재'로 인식하며 이 작품이 질서가 붕괴된 일본 사회의 참담한 현실을 잘 드러냈다고 평가합니다. 어쩌면 이때부터 좀비물에 대한 계획을 세우지 않았을까요. 아니, 적어도 자신이 좀비물을 쓴다면 어떤 모습으로 그리겠다는 구상 정도는 했을 거라고 생각합니다. '백물어'를 소재로 삼은 작가는 많았지만 '백물어'를 연작 형식으로 100편까지 쓰는 시도가 전대미문이었듯, 좀비가 등장하는 소설은 많지만 미야베 미유키가 쓰는 좀비물은 뭔가 다르지 않을까. 그런 기대를 하는 독자가 저 혼자만은 아니겠지요. 과연 어떨지.

어느 겨울 아침. 연못이 얼었는지 궁금해진 소년은 막대기로 연못을 휘젓다가 신원을 알 수 없는 익사체를 발견합니다. 오랫동안 물에 잠겨 부풀어서 원래의 체격을 알기 힘든 남자의 시체였어요. 한데 마을 사람들이 모여서 처리방법을 논의하던 와중에 죽은 남자가 벌떡 일어나 사람들을 덮쳐 마을을 쑥대밭으로 만들어 버립니다. 게다가 화살을 맞아도 끄떡없는 익사체에게 물리면 똑같은 괴물로 변하고 마는데.

대체 이 '인간이 아닌 자'는 어디에서 왔을까요. 글쎄, 어디에서 왔는지는 모르지만 왜 출현했는지는 확실히 알 수 있어요. '인간이 아닌 자'를 불러 낸 건 백성이 굶어죽든 말든 연공을 착취하는 데만 열을 올리는 관료들과 수습은커녕 위험을 알리는 일조차 게을리한 정치가들이며, 사람들이 앞으로의 삶에 자신감을 잃기 시작한 까닭은 '인간이 아닌 자'의 출현 때문이 아니라 그와 같은 상황이 발생해도 수습해 줄 '국가'가 없음을 뼈저리게 깨달았기 때문입니다. (미야베 미유키의 표현을 빌리면) 그것은 다시 말해 '政事에 대한 불신'이겠지요.

『외딴집』에서 재정상의 곤란과 민중의 궁핍을 해결한다는 명목으로 문화를 통제했던 정치가의 모습을, 『괴수전』에서는 번의 발전을 도모한다는 명분으로 강압적 정책을 실시하고 '인간사냥'도

서슴지 않는 관리를 형상화하며 정치권력의 문제를 다룬 바 있는 작가 미야베 미유키는 질서가 무너진 곳에서 출현하는 부귀를 통해 일본 사회가 돌이킬 수 없는 파국으로 치닫고 있음을 환기시키고 있습니다. 『삼가 이와 같이 아뢰옵니다』의 말미에 등장하는 "괴물과 나쁜 정치, 사람의 목숨을 뿌리째 베어 내는 것으로는 똑같은 해악이다"……라는 문장에, 마치 부귀처럼 갑작스레 불어닥친 후쿠시마 발전소 사고 이후 갈수록 심각해지는 상황에서도 덮어놓고 '안전+안심'이라는 허위정보를 끊임없이 뿌려대는 정부+언론의 모습이 겹쳐 보이기도 합니다……만 해석은 어디까지나 이 소설을 마주할 독자들의 몫일 터, 제 임무는 '닥치고 다음 권이 언제 나올지나 빨리 말해라'는 요구에 부응하는 것이겠죠.

일본에서 이 소설이 출간된 후 작은 소동이 있었다더군요. 『삼가』 본문에 "이번을 마지막으로 특이한 괴담 자리는 잠시 쉬게 된다. 오치카가 무사히 아기를 낳고 여러 가지 일이 정리될 때까지는(…)"이라는 대목이 나오는데, "그렇다면 미시마야 시리즈 자체가 끝난다는 얘기인가?", "이 시리즈는 여기서 종료되는 건가?"라는 독자들의 문의가 폭주하는 바람에 출판사가 이를 해명하느라 진땀깨나 흘린 모양이에요. 결국 미야베 미유키 작가가 직접 수습에 나섰습니다. 지면이 모자라니 주요 대목만 옮기자면, "이것은 전적으로 저의 안내 부족에서 생긴 오해입니다. 대단히 죄송합니다. 그동안 수고 많았다는 격려까지 받는 바람에 몸을 움츠리고 있습니다. 미시마야 변조괴담 시리즈는 지금까지의 페이스로 이어지는 중입니다. 이미 내년에 간행 예정인 9권이 거의 다 쓰여 있고, 10월부터는 《주간신초》에서 10권의 연재도 시작됩니다. 아무쪼록 앞으로도 애독해 주시기를 잘 부탁드립니다"라고 하네요.

제가 이 글을 끼적이고 있는 지금, 이미 미시마야 시리즈 9권의 예약판매가 진행중이니까 대략 내년 봄에는 한국어판으로도 만나실 수 있을 듯합니다. 10권의 연재가 시작된 것도 확인하고 나니, 아아 몹시 기쁘고 설레네요. 좋아하는 작가의 다음 작품을 기다리는 것도 인생의 작은 행복이 아닐지. 그럼, 건강한 모습으로 9권이 나올 때 뵙지요.

다음 편에는 오염된 바다를 그린 사회파 호러를 기대하며,
삼송 김 사장 드림.

삼가 이와 같이 아뢰옵니다
초판 1쇄 발행 2023년 8월 18일

지은이 미야베 미유키
옮긴이 김소연

발행편집인 김홍민 · 최내현
책임편집 조미희
편집 김하나
마케터 마리
표지디자인 이혜경디자인
용지 한승
출력 블루엔
인쇄 · 제본 대원

펴낸곳 도서출판 북스피어
출판등록 2005년 6월 18일 제105-90-91700호
주소 (10595) 경기도 고양시 덕양구 동송로 23-28 305동 2201호
전화 02) 518-0427
팩스 02) 701-0428
홈페이지 https://blog.naver.com/hongminkkk
전자우편 editor@booksfear.com

ISBN 979-11-92313-41-2 (04830)
ISBN 978-89-91931-29-9 (SET)

책값은 뒤표지에 있습니다.
파본은 구입하신 곳에서 교환해 드립니다.